拉丁文文法大全

修訂版

康華倫 ──── 著　　王志弘 ──── 編校
VALENTINO CASTELLAZZI

GRAMMATICA LATINA

修訂版序言

　　本書初版自 2016 年 4 月問世以後，承蒙讀者們的肯定，截至當年年底，實體紙本書的銷售便已逾 500 本，電子書版本更獲選列為百本「台灣 Google Play 2016 年度最佳電子書」之一，足見華語閱讀社群早已渴望能有這樣一本專為中文讀者、以漢文編纂的拉丁文教材。對此，作為一名拉丁文的教育推廣者，我首先要感謝讀者們的肯定，也深刻感受到肩負責任之重大，並且自我期許能再繼續精益求精。

　　秉持著上述的信念，在編纂系列作《初階拉丁文語法》及《進階拉丁文語法》二書的同時，我也再行審校本書的內容以進行修訂：除了改正幾處先前未能檢出的錯誤外（參見後揭「修訂簡表」），也調整了部分單元的課文編排，並且配合系列作品的編纂，統合各書所使用的格式、體例及用語，以利讀者能夠循序漸進、更有效率地使用本書學習拉丁文。

　　本書的初稿脫胎自於過去我在臺灣大學外國語文學系執教期間的拉丁文課程講義，並歷經長年的調整，以求能勉力回應學生們於教學現場所回饋的學習難處。最後則有賴臺灣大學法律學院王志弘博士生於前往慕尼黑大學交換期間（2013-2014）初步完成全書的編輯、修訂及審校。嗣後，在 2015 年時牽成本書於秀威資訊出版的鄭伊庭女士、其後接力協助本書完稿的廖妘甄女士、李書豪先生、辛秉學先生、陳慈蓉女士，為本書初版設計典雅封面的蔡瑋筠女士，對於這些鼎力襄助本書出版的朋友們，在此我都要一併表達我的感謝。

　　衷心期盼這本合眾人之力所完成的文法書，能讓讀者感受到這是一本內容完善、具可讀性、容易瞭解且有所助益的教材。

Valentino Castellazzi（康華倫）

2018 年 5 月於台北市

修訂簡表

主要格式修訂

1. 全書內容分作五編；原第 X 單元及第 XI 單元互調；並調整第 III、IV、V、VI、VII、VIII、IX、XII，以及 XX 單元的名稱；調整各單元內的標題格式；增列各表格名稱及表次；調整部分例句出處格式；

2. 調整編纂凡例及第 IV、XXIV 等單元的內容及編排；於「本書援引之作家作品一覽」中，增訂部分作家之生卒年及作品名稱、並調整細部符號的使用。

初版內容勘誤

初版頁	誤 → 正
xvi	**Apuleius (Lucius Apuleius Madaurensis, ca. 125 - ac. 180)** → ca.
17	**dicit**：（他/她/它將）說 → （他/她/它）說
21/365	**Neapolis, is**：拿波里 → 拿坡里
26	(3.) 與格（例句）：[那]女孩對我而言是珍貴的。 → 親愛的
32	練習例句[5.1.]：... *when she* says *an ant...* → *sees*
39	(5.) 第五變格：這個變格共有七個名詞 → 17 個
40	練習例句[1.]：[信使之神] Mercuriusu 有很多形象 → 有許多[信使之神] Mercurius 的形象
42/393	**triumviri, um/ orum**：古代羅馬的三位執政官 → [官制名稱] 古代羅馬的三人執政官
49/397	**vigilantia, ae**：1 decl. 警戒 → 1 decl., fem. 警戒
57	練習例句[6.2]：... *quam si unus* esses. = ...比獨自一人的你... *than if* you were *alone.* → ... *quam si unus essem.* = ...比獨自一人的我... *than if I was alone.*
85	[4]：**audire**（聽 | *to* heard） → *hear*
90	**amare** 假設語氣過去完成式第二人稱單數：am-**avissses** → am-**avisses**
92	練習例句[7.]：Domitianus 在起初的幾年間採行溫和的統治 → 起初幾年，Domitianus 在統治上是溫和的
103	**capi** 命令語氣現在式第二人稱單數：cap-**ete** → cap-**ere**
118	練習例句[7.]：鳳凰靠著夜間的指引。*The* Phenices *have confidence in the* nocturnal guide. → 腓尼基人信賴夜間（星光）的指引。*The Phoenicians have confidence in the nocturnal (starlight) to guide (their way).*
216/356	新增詞條：**invitasses (invito, as, avi, atum, are)** *v., tr.,* 1., pluperf. subj., 2 pers. sing. （若你/妳已曾）邀請
226	練習例句[17.]：Granted that... → *Let...*
233/357	**iustum**：meut., nom. sing. → neut., nom. sing.
277	**decretum**：[1.] gerundive, masc./ neut., acc. sing.；masc., nom. sing. → [1.] perf. part., masc./ neut., acc. sing.; neut., nom. sing.
286	註 149：Epaminodas → Epaminondas
326	**amo**：*v., tr./ intr.* 愛 → *v., tr./ intr.*, 1. 愛

目 次

修訂版序言　　　　　　　　　　　　　　　　　**i**

修訂簡表　　　　　　　　　　　　　　　　　　ii

目次　　　　　　　　　　　　　　　　　　　**iii**

表次　　　　　　　　　　　　　　　　　　　**xii**

編纂凡例　　　　　　　　　　　　　　　　　**xv**

本書採行之略語一覽表　　　　　　　　　　　　xx

本書援引之作家作品一覽　　　　　　　　　　　xxiii

第一編：拉丁文及其文法概念總說

0　簡介：如何面對拉丁文　　　　　　　　　　**3**

1. 拉丁文的學習目的　　　　　　　　　　　　　4

2. 拉丁文的解析步驟　　　　　　　　　　　　　4

3. 如何使用字典　　　　　　　　　　　　　　　6

I　字母與發音　　　　　　　　　　　　　　　**7**

1. 拉丁文的字母與發音　　　　　　　　　　　　8

　(1.) 母音　　　　　　　　　　　　　　　　　8

　(2.) 雙母音　　　　　　　　　　　　　　　　8

　(3.) 子音　　　　　　　　　　　　　　　　　9

2. 拉丁文的音節區分　　　　　　　　　　　　　11

3. 拉丁文的重音　　　　　　　　　　　　　　　11

II 文法的基本規定   13
1. 拉丁文的詞類   14
2. 拉丁文名詞的構成要素   15
3. 拉丁文動詞變化的要素   16

第二編：名詞類實詞的變格形式

III 名詞的變格   21
1. 名詞類實詞的「格」   31
    (1.) 主格   31
    (2.) 屬格   32
    (3.) 與格   32
    (4.) 受格   32
    (5.) 呼格   33
    (6.) 奪格   33
2. 名詞的變格   34
    (1.) 第一變格   34
    (2.) 第二變格   36
    (3.) 第三變格   40
    (4.) 第四變格   43
    (5.) 第五變格   46
    (6.) 名詞變格的一些特例   47

IV 形容詞與代名詞的變格   51
1. 形容詞的變格   57
    (1.) 形容詞的字尾與所屬變格   57
    (2.) 代詞性形容詞的變格   59

　　　(3.) 形容詞變格的運用　　　　　　　　65

　　2. 代名詞的變格　　　　　　　　　　　70

　　　(1.) 人稱代名詞　　　　　　　　　　70

　　　(2.) 所有格代名詞　　　　　　　　　70

　　　(3.) 指示代名詞與指示形容詞　　　　71

　　　(4.) 關係代名詞　　　　　　　　　　72

　　　(5.) 疑問代名詞　　　　　　　　　　72

　　　(6.) 不定代名詞和不定形容詞　　　　73

第三編：動詞的變化形式

V　動詞變化總說　　　　　　　　　　79

　1. 動詞變化的要素　　　　　　　　　81

　　(1.) 人稱　　　　　　　　　　　　81

　　(2.) 單、複數　　　　　　　　　　81

　　(3.) 時態　　　　　　　　　　　　81

　　(4.) 語態　　　　　　　　　　　　83

　　(5.) 語氣　　　　　　　　　　　　84

　2. 時態和語氣的組合　　　　　　　85

VI　一般動詞的變化　　　　　　　　　87

　1. 動詞變化的種類與詞形　　　　　　95

　2. 不規則的動詞變化　　　　　　　　97

　　(1.) 助動詞：sum　　　　　　　　97

　　(2.) 助動詞：possum　　　　　　99

　3. 規則的動詞變化：主動語態　　　100

　　(1.) 第一種動詞變化：amare　　　100

(2.) 第二種動詞變化：habere　103

(3.) 第三種動詞變化 I：ducere　105

(4.) 第三種動詞變化 II：capere　107

(5.) 第四種動詞變化：audire　108

4. 規則的動詞變化：被動語態　110

(1.) 第一種動詞變化：amari　111

(2.) 第二種動詞變化：haberi　112

(3.) 第三種動詞變化 I：duci　113

(4.) 第三種動詞變化 II：capi　114

(5.) 第四種動詞變化：audiri　115

VII　異態動詞與半異態動詞的變化　117

1. 異態動詞　122

(1.) 第一種動詞變化的異態動詞　123

(2.) 第二種動詞變化的異態動詞　123

(3.) 第三種動詞變化的異態動詞　124

(4.) 第四種動詞變化的異態動詞　127

(5.) 異態動詞變化中的主動語態形式　128

2. 半異態動詞　129

(1.) 第二種動詞變化的半異態動詞　129

(2.) 第三種動詞變化的半異態動詞　130

VIII　異例動詞的變化　131

1. 異例動詞：fio　132

2. 異例動詞：fero　133

(1.) 主動語態：ferre　133

(2.) 被動語態：ferri　134

3. 異例動詞：volo; nolo; malo   135

4. 異例動詞：eo   138

IX   缺項動詞的變化   **139**

1. 缺項動詞：aio   140

2. 缺項動詞：inquam   141

3. 缺項動詞：memini   142

4. 缺項動詞：odi   143

5. 缺項動詞：quaeso   144

X   動詞變化的構詞改變   **145**

1. 第一種動詞變化的構詞改變   158

   (1.) 完成式語尾的子音重複   158

   (2.) 完成式語尾的縮略   158

2. 第二種動詞變化的構詞改變   160

   (1.) 完成式語尾的子音重複   160

   (2.) 完成式語尾的縮略   160

   (3.) 特定的完成式語尾：-si、-xi 及 -vi   161

3. 第三種動詞變化的構詞改變   162

   (1.) 完成式語尾的子音重複   162

   (2.) 完成式語尾的縮略   166

   (3.) 特定的完成式語尾：-xi   167

   (4.) 特定的完成式語尾：-si、-ssi 及 -psi   170

   (5.) 特定的完成式語尾：-vi 及 -ivi   172

   (6.) 特定的完成式語尾：-ui   174

   (7.) 特定的完成式語尾：-i   176

4. 第四種動詞變化的構詞改變   177

(1.) 完成式語尾的子音重複   177

(2.) 完成式語尾的縮略   177

(3.) 特定的完成式語尾：-si 及 -xi   177

(4.) 特定的完成式語尾：-ivi 及 -ui   178

第四編：動詞的文法

XI　動詞的構詞法   **181**

1. 前綴字首：a-, ab-, abs-   194

2. 前綴字首：ad-   195

3. 前綴字首：amb-   196

4. 前綴字首：ante-   196

5. 前綴字首：circum-   196

6. 前綴字首：co-, com-, con-   196

7. 前綴字首：de-   198

8. 前綴字首：inter-   199

9. 前綴字首：intro-   199

10. 前綴字首：ne-, nec-   199

11. 前綴字首：ob-, obs-   200

12. 前綴字首：per-   201

13. 前綴字首：pot-   202

14. 前綴字首：prae-   202

15. 前綴字首：praeter-   203

16. 前綴字首：pro-, prod-, por-   203

17. 前綴字首：re-, red-   204

18. 前綴字首：se-   206

19. 前綴字首：sub-, subs-   206

20. 前綴字首：super- 207

21. 前綴字首：tra-, trans- 208

XII 動詞與主詞的一致性 **209**

1. 一般情況下的一致性 213

2. 主詞不明確或無法確定時的一致性 216

3. 無人稱動詞的一致性 217

4. 缺項動詞的一致性 218

XIII 直述語氣 **221**

XIV 假設語氣 **231**

1. 表示命令或勸告的假設語氣 237

2. 表示懷疑的假設語氣 238

3. 表示願望的假設語氣 238

4. 表示可能性的假設語氣 239

5. 表示推測的假設語氣 239

XV 命令語氣 **245**

1. 命令語氣的基本概念 246

2. 否定的命令語氣 247

XVI 不定詞 **249**

XVII 分詞 **259**

1. 拉丁文分詞的基本概念 261

2. 拉丁文分詞的型態 261

(1.) 名詞化的分詞   261

(2.) 表示屬性的分詞   261

(3.) 表示動作的分詞   261

(4.) 作為述語的分詞   262

(5.) 關於異態及半異態動詞的分詞運用   262

XVIII GERUND 與 GERUNDIVE 動名詞   **265**

1. 基本概念   272

2. Gerund 動名詞的使用   273

(1.) 屬格的 Gerund 動名詞   273

(2.) 受格的 Gerund 動名詞   274

(3.) 奪格的 Gerund 動名詞   274

3. Gerundive 動名詞的使用   275

(1.) 作為形容詞的 Gerundive 動名詞   275

(2.) 被動委婉句   276

XIX SUPINE 動名詞   **279**

第五編：名詞類實詞的文法

XX 數詞   **283**

1. 羅馬數字的表現方式   286

2. 基數   288

3. 序數   289

4. 分配的數   289

5. 副詞的數   290

XXI　指示代名詞與指示形容詞　**291**

1. 指示形容詞　295

2. 指示代名詞　296

(1.) is, ea, id　297

(2.) idem, eadem, idem　297

(3.) ipse, ipsa, ipsum　298

XXII　所有格形容詞與所有格代名詞　**301**

1. 所有格的使用原則　309

2. 反身格的使用原則　312

XXIII　關係代名詞　**319**

XXIV　不定代名詞與不定形容詞　**327**

1. 指稱不特定對象：「某（個/些）」　335

2. 指稱個別對象：「每一（個/些）」、「其他」　336

(1.) 表達未特定的「每一（個/些）」　336

(2.) 表達特定範圍內的「每一（個）」與「其他」　337

(3.) 表達不特定範圍內的「每一（個/些）」與「其他」　338

3. 表現數量之有無：「無不」、「無」、「非無」　341

(1.) 表達全體：「無（一）不」　341

(2.) 表達有無：「無（/沒有）」、「非無（/不是沒有）」　342

4. 表現讓步意味：「無論（誰/什麼）」　345

附錄

總字彙　**349**

表　次

表 II-1：人稱代名詞一覽表　16

表 III-1：名詞第一變格　34

表 III-2：名詞第二變格（陽性-us 字尾及中性-um 字尾）　36

表 III-3：名詞第二變格（-er 字尾）　36

表 III-4：名詞第二變格（語幹以-i-結尾）　37

表 III-5：名詞第二變格（deus）　37

表 III-6：名詞第三變格　40

表 III-7：名詞第三變格（*i-declension*）　41

表 III-8：名詞第三變格（*mix declension*）　41

表 III-9：名詞第三變格（vis）　42

表 III-10：名詞第四變格　43

表 III-11：名詞第四變格（domus）　44

表 III-12：名詞第五變格　46

表 IV-1：形容詞的變格　57

表 IV-2：第三變格的形容詞（-is 字尾）　58

表 IV-3：第三變格的形容詞（子音字尾）　58

表 IV-4：代詞性形容詞的變格（alius、alter）　59

表 IV-5：代詞性形容詞的變格（solus、totus）　61

表 IV-6：代詞性形容詞的變格（nullus、ullus）　62

表 IV-7：代詞性形容詞的變格（unus）　63

表 IV-8：代詞性形容詞的變格（neuter、uter）　64

表 IV-9：現在分詞的變格　66

表 IV-10：基數的變格（duo、tres）　66

表 IV-11：形容詞比較級的變格　　67

表 IV-12：人稱代名詞的變格　　70

表 IV-13：指示代名詞的變格　　71

表 IV-14：指示形容詞的變格　　72

表 IV-15：疑問代名詞及關係代名詞的變格　　73

表 IV-16：不定代名詞 nihil 及 nemo 的變格　　75

表 IV-17：plus 的變格　　76

表 VI-1：動詞 sum 的變化　　97

表 VI-2：動詞 possum 的變化　　99

表 VI-3：動詞 amo 的變化　　100

表 VI-4：動詞 habeo 的變化　　103

表 VI-5：動詞 duco 的變化　　105

表 VI-6：動詞 capio 的變化　　107

表 VI-7：動詞 audio 的變化　　108

表 VI-8：動詞 amor 的變化　　111

表 VI-9：動詞 habeor 的變化　　112

表 VI-10：動詞 ducor 的變化　　113

表 VI-11：動詞 capior 的變化　　114

表 VI-12：動詞 audior 的變化　　115

表 VII-1：異態動詞變化中的主動語態形式　　128

表 VIII-1：動詞 fio 的變化　　132

表 VIII-2：動詞 fero 的變化　　133

表 VIII-3：動詞 feror 的變化　　134

表 VIII-4：動詞 volo 的變化　　135

表 VIII-5：動詞 nolo 的變化　　136

表 VIII-6：動詞 malo 的變化　　137

表 VIII-7：動詞 eo 的變化　　138

表 IX-1：動詞 aio 的變化　　　　　　　　140

表 IX-2：動詞 inquam 的變化　　　　　　141

表 IX-3：動詞 memini 的變化　　　　　　142

表 IX-4：動詞 odi 的變化　　　　　　　　143

表 IX-5：動詞 quaeso 的變化　　　　　　144

表 XX-1：羅馬數字一覽表　　　　　　　　286

編纂凡例

一、本書每一單元皆編列有「課程字彙」，並依**字母順序**收錄出現於該單元的**所有字彙**。其中將以斜體字來標示單字的重音，也會針對具有詞形變化的詞類，標示其變格（*declension*）或動詞變化（*conjugation*）的種類。這些訊息在普通的字典中通常不會被明確地標示出來。

二、為求簡約起見，在「課程字彙」中，將以各種文法用語的略稱來呈現各單字的說明。各略語所指稱中、英文用詞，詳見後列「本書採行之略語一覽表」。此外，在此字彙表中也不再如單元內文般，逐一於標示詞形變化的語尾前使用取代字根的「～」（*tilde*）符號。

三、為便於查閱，各單元的「課程字彙」將根據各單字**首次**出現於該單元的形態來進行條目編輯。其中，各單字在同一單元中所曾出現的一切不同詞形變化形態、或是由其所構成的特定用法與片語，都將共同編入此一字彙條目當中。若同一單字具有由不同字母開頭的詞形變化形態、且又同時出現在該單元時，除仍將以該單字於該單元首次出現的形態來編輯課程字彙外，也將另行於不同字母項下加列協助參照用的字彙條目。

四、各種詞類在「課程字彙」中的具體標示方法及範例如下：

[1] 動詞：

先於字彙條目後方列出該動詞的基本要素，包括詞形變化組（*paradigam*），動詞類型、以及屬於第幾種動詞變化。再分別臚列該字彙形態所表現的時態、語氣，以及人稱、單複數。最後則是中文的意涵。例如：

calc*a*vit (c*a*lco, as, *a*vi, *a*tum, *a*re) *v., tr.,* 1, perf. ind., 3 pers. sing. （他/她/它已）踩踏，踐踏

若該字彙形態屬於被動語態的話，則另於時態之前加以標註。例如：

obs*i*deri (obs*i*do, is, s*e*di, s*e*ssum, ere) *v., tr.,* 3., pass., pres. inf. 被侵佔，被佔據

若為具有名詞類變格的分詞、Gerund 動名詞、或 Supine 動名詞時，則在時態語語氣之後臚列其性別、格與單複數。例如：

***e*rrans, *a*ntis (*e*rro, as, *a*vi, *a*tum, *a*re)** *v., intr.,* 1, pres. part., 3 decl. [正在]

行走的，[正在]逡巡的，[正在]徘徊的

co**ndita (c**o**ndo, is, didi, ditum, ere)** *v., tr.,* 3., perf. part., fem., nom./ abl. sing.; neut., nom./ acc. pl. 已[/被]保持的，已[/被]維持的，已[/被]創造的，已[/被]建立的

intellectu**ros (int**e**llego, is, l**e**xi, l**e**ctum, ere)** *v., tr.,* 3., fut. part., masc., acc. pl. 將[/被]瞭解的，將[/被]理解的

age**ndi (**a**go, is, e**gi, **a**ctum, ere)** *v., tr.,* 3., [1.] ger., neut., gen. sing. 進行[的]，履行[的]，操作[的]，做[的]，帶走[的]；[2.] gerundive, masc./ neut., gen. sing.; masc., nom. pl. 該被進行的，該被履行的，該被操作的，該被做的，該被帶走的

adhibe**nda (adh**i**beo, es, ui, itum, ere)** *v., tr.,* 2., gerundive, fem., nom./ abl. sing.; neut., nom./ acc. pl. 該被引進的，該被帶進的，該被使用的，該被維持的

cu**bitum (c**u**bo, as, c**u**bui, itum, **a**re)** *v., intr.,* 1., sup., neut., acc. sing. 睡，躺下

若動詞是以直述語氣現在式第一人稱單數的形態作為「課程字彙」的條目，則僅列其動詞的基本要素；只有當動詞已由其他形態作為條目時，才會另行於該項之中編輯有直述語氣現在式第一人稱單數的說明。例如：

tra**do, is, tr**a**didi, tr**a**ditum, ere** *v., tr.,* 3. 交付，遞交，述說

manduca**re (mand**u**co, as, **a**vi, **a**tum, **a**re)** *v., tr.,* 1., …… ; **mand**u**co** pres. ind., 1 pers. sing. （我）吃

[2] 名詞：

先於單字後方列出其單數主格與單數屬格的形式，並標示該名詞屬於第幾種變格、為何種性別，再依序臚列該單字所表現的格及單、複數。例如：

co**rpora (c**o**rpus, oris)** *n.,* 3 decl., neut., nom./ acc. pl. 身體，肉軀

若名詞係以單數主格的形態作為「課程字彙」的條目，則僅列至其性別。

[3] 形容詞、代名詞，與具詞形變化的數詞：

一般而言，會先於字彙後方依序列出該詞的陽性主格、陰性主格及中性主格的形式，再臚列該字彙所表現的性別、格及單複數。例如：

nostrum (noster, nostra, nostrum) *adj.* ; *pron.*, neut., nom./ acc. sing. ; masc., acc. sing. 我們的

若該字彙屬於第三變格的話，則依循前揭名詞的標示法。例如：

imprudenti (imprudens, entis) *adj.*, 3 decl., masc./ fem./ neut., dat./ abl. sing. 不慎的，失察的

若該字彙係以陽性單數主格的形態作為「課程字彙」的條目，則僅標示至詞類。若屬第三變格者，則再增列標示至其變格種類。例如：

fallax, acis *adj.*, 3 decl. 虛偽的、不誠實的

若屬比較級或最高級的詞類，且具原級詞彙可資對照的話，則於詞類後方加註原級詞彙。例如：

celeberrimo (celeberrimus, a, um) *adj., sup.* [pos.: **celeber, bris, bre**] masc./ neut., dat./ abl. sing. 極為知名的，非常著名的

[4] 副詞、感歎詞、連接詞、介係詞，以及不具詞形變化的數詞：

由於這些詞類並不具詞形變化，故僅標示其詞類及中文意涵。若遇有特殊用法者（如需接奪格的介係詞），則另以半形引號 [ ] 加註。而若遇有中文難以表達其意者，則再加註英文解釋。例如：

inter *prep.* [＋acc.] 在…之間，在…之中

aliter *adv.* 此外，不同地，在其他方式或層面上（*otherwise, in any other way*）

由介係詞與其他字彙所共同構成的片語、慣用語，僅各別於相關詞彙項下呈現，不另編整至各介係詞條目。

[5] 詞類與變化的中文套語：

為使讀者能直接透過字彙的中文意涵來辨識部份字彙的詞類與變化，在字彙意涵的編輯中，也將使用一定的中文套語來呈現詞類（譬如以[～的]來標示形容詞、以[～地]來標示大部份的副詞）、變格（譬如以[～的]來標示屬格）、及變化（例如以[已～]來標示完成式、[被～]來標示被動語氣），各套語參見後列「本書採行之略語一覽表」內的[中文套

語]部份。這些套語旨在方便字彙的辨識，在實際進行文獻解讀或文句翻譯時，仍需視文章脈絡及句式情境來調整適切的中文用語，切勿拘泥其中。

五、本書於附錄最末編輯有總字彙，其編輯體例同上，惟僅以各單字於字典中所會呈現的形態（動詞類為直述語氣現在式第一人稱單數，名詞類為主格單數，形容詞及代名詞類則為陽性主格單數），作為編輯的條目，並於項下臚列各詞彙在本書各單元所曾出現過的變格及變化形態。為求簡約起見，附屬於各條目的變格及變化之後將不另行複述其中文釋義。例如：

vir, viri *n.,* 2 decl., masc. 男人，人 [II, III, XVIII]；**viri** gen. sing.; nom./ voc. pl. [III, VI]；**virorum** gen. pl. [XVI]；**virum** acc. sing. [XXIII]

惟若遇有詞類轉換，如動詞條目項下的分詞、動名詞（Gerund、Gerundive、Supine），或片語、慣用語、特殊用法等情況，則再另行臚列其中文釋義。

六、有鑑於拉丁文的學習目的在於拉丁文原典的研讀，本書在編列各單元的練習例句時，遂儘可能地採引各拉丁文作家的不同作品，並配合各單元的學習要點，進行構句上的調整。有興趣深入研究的讀者們，可根據各例句後以半形括號( )所標示的出處，另行加以參照。作品出處的標示則以 (作者簡稱, *作品簡稱, 章節位置*) 依序呈現，關於本書所使用的作家作品簡稱，參見後列「本書援引之作家作品一覽」。

七、凡在各單元課文中所列舉的拉丁文字詞，概以不標重音的字典型態呈現，並在其後以（中文 | *English*）的格式表現其簡易的中、英文字義；為求簡約，名詞及形容詞僅標示單數形式，動詞則以現在式第一人稱呈現，但以「*to +動詞原型*」的形式來呈現英文字義。

八、為了增進讀者對於拉丁文的理解，本書於各單元例句之後，同時附有中文及英文翻譯（英文翻譯部份以斜體字呈現），若有再需補充說明之處，則在英文翻譯之後以全形大括號﹛﹜標示。受限於語法結構上的差異，中文、乃至於英文，往往未必能夠同時精確地呈現出拉丁文語句的文義及文法結構，因而本書僅能嘗試以「信實地表現出拉丁文語句的意義」，作為中文翻譯時的**優先考量**，至於各例句的英文翻譯則力求「得以呈現拉丁文原句的文法及語法結構」。從而在中文譯句上或有不甚通順之處，在英文譯句部份也或有不符合當代英文的用法，敬請讀者務必就此部份有所留意。

九、凡是引自各種拉丁文作家作品的例句，其語句意涵及中英譯文的確認，將回歸於各原典的上下文脈絡。從而，針對拉丁文例句本身所未能具體呈現的資訊，將於中文譯句部份以半形引號[ ]、於英文譯句部份以半形括號( )分別加以表現，以利讀者對於各引句的理解。

十、除了例句末以半形括號( )所標註的出處作者姓名外，例句當中若出現有人名或地名等專有名詞時，若華語世界就此已存有常見通用的譯名時，則從其譯名。譬如：拿坡里（Neapolis）、台伯河（Tiberis）、凱撒（Caesar）、或西塞羅（Cicero）等；其餘部份，則仍以拉丁文原文的主格拼法呈現，並於字彙條目中標示為[人名]或[地名]，而不另做音譯。

本書採行之略語一覽表（依類型排列）

略語種類	略語標示法	英文用語	中文用詞/[中文套語]
詞類	*v.*	verb	動詞
	v., intr.	intransitive verb	不及物動詞
	v., tr.	transitive verb	及物動詞
	anomal. v.	anomalous verb	異例動詞
	aux. v.	auxiliary verb	助動詞或副動詞
	defect. v.	defective verb	缺項動詞
	dep. v.	deponent verb	異態動詞
	impers. v.	impersonal verb	無人稱動詞
	semidep. v.	semi-deponent verb	半異態動詞
	n.	noun	名詞
	pron.	pronoun	代名詞
	demonstr. pron.	demonstrative pronoun	指示代名詞
	indef. pron.	indefinite pronoun	不定代名詞
	interr. pron.	interrogative pronoun	疑問代名詞
	pers. pron.	personal pronoun	人稱代名詞
	poss. pron.	possessive pronoun	所有格代名詞
	refl. pron.	reflexive pronoun	反身代名詞
	rel. pron.	relative pronoun	關係代名詞
	adj.	adjective	形容詞 [～的]
	adj., comp.	comparative degree	形容詞比較級 [較～的]
	adj., sup.	superlative degree	形容詞最高級 [極/非常/最～的]
	demonstr. adj.	demonstrative adjective	指示形容詞
	indef. adj.	indefinite adjective	不定形容詞
	interr. adj.	interrogative adjective	疑問形容詞
	poss. adj.	possessive adjective	所有格形容詞
	adv.	adverb	副詞 [～地]
	adv., comp.	comparative adverb	副詞比較級 [較~地]
	adv., sup.	superlative adverb	副詞最高級 [極/非常/最～地]
	neg. adv.	negative adverb	否定副詞
	conj.	conjunction	連接詞

	neg. conj.	negative conjunction	否定連接詞
	interj.	interjection	感歎詞
	prep.	preposition	介係詞
	num.	number	數詞
	card. num.	cardinal number	基數詞
	ord. num.	ordinal number	序數詞 [第～]
	distr. num.	distributive number	分配數詞 [每～]
變格與變化類型	decl.	declension	名詞類變格
	indecl.	indeclinable	無變格
	irreg.	irregular	不規則變化
時態（*tense*）	pres.	present	現在式
	imperf.	imperfect	未完成式 [曾～]
	perf.	perfect	完成式 [已～]
	pluperf.	pluperfect	過去完成式 [已曾～]
	futp.	future perfect	未來完成式 [將已～]
	fut.	future	未來式 [將～]
語態（*voice*）	(act.)	active voice	主動語態
	pass.	passive voice	被動語態 [被～]
語氣（*mood*）	ind.	indicative mood	直述語氣
	subj.	subjunctive mood	假設語氣 [若～]
	imp.	imperative mood	命令語氣 [得～]
	part.	participle mood	分詞 [～的]
	pres. part.	present participle	現在分詞＝分詞現在式 [正在～的]
	perf. part.	perfect participle	過去分詞＝分詞完成式 [已～的]
	fut. part.	future participle	未來分詞＝分詞未來式 [將～的]
	ger.	gerund mood	Gerund 動名詞
	gerundive	gerundive mood	Gerundive 動名詞 [該被～的]
	sup.	supine mood	Supine 動名詞
	inf.	infinitive mood	不定詞
	pers. inf.	present infinitive	不定詞現在式 ＝現在不定詞
	perf. inf.	perfect infinitive	不定詞完成式 ＝過去不定詞 [已～]
	fut. inf.	future infinitive	不定詞未來式 ＝未來不定詞 [將～]

性（gender）	masc.	masculine	陽性
	fem.	feminine	陰性
	neut.	neuter	中性
格（case）	nom.	nominative	主格
	gen.	genitive	屬格 [～的]
	dat.	dative	與格
	acc.	accusative	受格
	voc.	vocative	呼格
	abl.	ablative	奪格
人稱	pers.	person	人稱
數（number）	sing.	singular	單數
	pl.	plural	複數
其他文法用語	*locu.*	locution	片語、慣用語
	pos.	positive degree	（形容詞或副詞之）原級
	sing. tant.	*singularia tantum*	僅有單數形式
	pl. tant.	*pluralia tantum*	僅有複數形式
例句出處	.		（表示人名或作品名的略稱）
	,		（表示前後的項目編碼具有層級關係）
	;		（表示前後的項目編碼不具層級關係）
	:		（表示詩作的行數）
	app.	appendix	附篇，附錄
	fr.	fragmenta	殘篇
	prae.	praefatio	前言
	prol.	prologus	（劇作的）序幕
	q.v.	quod vide	參見

本書援引之作家作品一覽

[Incertus Auctor] 作者不詳
Lex XII = Leges XII tabularum 十二表法

Andronicus (Lucius Livius Andronicus, ca. 280/260 - ca. 200 B.C.)
Od. = Odissia

Accius (Lucius Accius, 170 - ca. 86 B.C.)
Eury. = Eurysaces

Afranius (Lucius Afranius)
Com. = Compitalia

Apuleius (Lucius Apuleius Madaurensis, ca. 125 - ca. 180)
Met. = Metamorphoses 金驢記（變形記）

Aurelius Victor (Sextus Aurelius Victor, ca. 320 - ca. 390)
Vir. = De Viris Illustribus

Biblia Sacra: Novum Testamentum 新約聖經
Io. = Evangelium secundum Ioannem 約翰福音

Biblia Sacra: Vetus Testamentum 舊約聖經
Ec. = Liber Ecclesiastes 傳道書
Gen. = Liber Genesis 創世紀

Caesar (Caius Iulius Caesar, 100 - 44 B.C.) 凱撒
Civ. = de Bello Civili 內戰記
Gal. = de Bello Gallico 高盧戰記

[Caesar] (Caius Iulius Caesar, 100 - 44 B.C.) (incertus auctor) （冒名偽作）
His. = de Bello Hispaniensi

Cato (Marcus Procius Cato, 234 - 149 B.C.)
Agr. = de Agri Cultura 農業志

Celsus (Aulus Cornelius Celsus, ca. 25 B.C.
- ca. 50 A.D.)
Med. = de Medicina 醫學論

Cicero (Marcus Tullius Cicero, 106 - 43 B.C.) 西塞羅
Amic. = de Amicitia [= Laelius]
Arch. = (Oratio) pro A. Licinio Archia
Att. = Epistulae ad Atticum
Balb. = Oratio pro L. Corn. Balbo
Brut. = Brutus (sive de Claris Oratoribus)
Caec. = (Oratio) pro Caecina
Cael. = (Oratio) pro (M.) Caelio
Catil. = (Orationes) in Catilinam
Clu. = (Oratio) pro (A.) Cluentio
de Orat. = de Oratore
Deiot. = pro Rege Deiotaro
Div. = de Divinatione (ad M. Brutum)
Div. Caec. = Divinatio in Q. Caecilium
Fam. = (Epistulae) ad Familiares
Fin. = de Finibus (Bonorum et Malorum)
Flac. = (Oratio) pro Flacco
Inv. = de Inventione (Rhetorica)
Leg. = de Legibus
Lig. = (Oratio) pro Ligario
Luc. = Lucullus [= Academicae Quaestiones Liber II]
Man. = (Oratio) pro Lege Manilia [= de Imperio Cn. Pompei (ad Quirites Oratio)]
Marc. = (Oratio) pro Marcello
Mur. = (Oratio) pro Murena
Mil. = (Oratio) pro Milone
N. D. = de Natura Deorum
Off. = de Officiis
Orat. = Orator (ad M. Brutum)
Parad. = Paradoxa Stoicorum
Phil. = (Orationes) Philippicae in M. Antonium
Pis. = (Oratio) in Pisonem
Q. Fr. = Epistulae ad Quintum Fratrem
Quinct. = (Oratio) pro P. Quinctio
Rab. Post. = (Oratio) pro Rabirio Postumo

Red. Quir. = (Oratio) post Reditum ad Quirites

Red. Sen. = (Oratio) post Reditum in Senatu

Rep. = de Re Publica

Rosc. Am. = (Oratio) pro Sexto Roscio Amerino

Rosc. Com. = (Oratio) pro (Quinto) Roscio Comoedo

Sen. = (Cato Maior) de Senectute

Sest. = (Oratio) pro Sestio

Sul. = (Oratio) pro Sulla

Tim. = Timaeus [= de Universo]

Top. = Topica

Tul. = (Orator) pro M. Tullio

Tusc. = Tusculanae Disputationes

Ver. = (Actio) in Verrem

Columella (Lucius Iunius Moderatus Columella, 4 - ca. 70)
= de Re Rustica

Curtius Rufus (Quintus Curtius Rufus)
= Historiae Alexandri Magni

Ennius (Quintus Ennius, ca. 239 - ca. 169 B.C.)
Ann. = Annales
Trag. = Tragoediae

Eutropius (Flavius Eutropius)
= Breviarium historiae Romanae

Festus (Sextus Pompeius Festus)
= de Verborum Significatione

Florus (Lucius Annaeus Florus, ca. 74 - ca. 130)
Epit. = Epitome Rerum Romanorum

Gellius (Aulus Gellius, ca. 125 - ca. 180)
= Noctes Atticae

Gratianus (Gratianus de Clusio, ca. 1100 - ca. 1160) *Gratian*
D. = Decretum Gratiani

Horatius (Quintus Horatius Flaccus, 65 - 8 B.C.) *Horace*
Carm. = Carmina [= Odae]
Ep. = Epistulae
S. = Sermones [= Satirae]

Isidorus (Isidorus Hispalensis, ca. 560 - 636)
Ety. = Etymologiarum sive Originum Liber XX

Iustinus (Marcus Iunianus Iustinus) *Justin*
= Historiarum Philippicarum Libri XLIV

Iustinianus I (Flavius Petrus Sabbatius Iustinianus, ca. 482 - 565) 查士丁尼一世（查士丁尼大帝）| *Justinian I (Justinian the Great)*
Dig. = Digesta 學說彙編（查士丁尼法典）

Livius (Titus Livius Patavinus, 59 B.C. - 17 A.D.) 李維 | *Livy*
= ab Urbe Condita 羅馬史

Lucilius (Caius Lucilius, ca. 160s - 103/102 B.C.)
= Saturae [Fragmenta]

Lucretius (Titus Lucretius Carus, ca. 99 - ca. 55 B.C.)
= de Rerum Natura 物性論

Macrobius (Macrobius Ambrosius Theodosius, ca. 385/390 - ca. 430)
Sat. = Saturnalia

Manilius (Marcus Manilius)
Astr. = Astronomica

Naevius (Gnaeus Naevius, ca. 270 - 201 B.C.)
fr. = (ex incertis fabulis) [Fragmenta]

Nepos (Cornelius Nepos, ca. 110 - ca. 25 B.C.)
Att. = Atticus
Cim. = Cimon
Dat. = Datames
Ep. = Epaminondas
Han. = Hannibal
Milt. = Miltiades
Pau. = Pausanias
Them. = Themistocles

Ovidius (Publius Ovidius Naso, 43 B.C. - 17/18 A.D.) *Ovid*
Ars. = Ars Amatoria
Fast. = Fasti
Her. = Heroides [=Epistulae]
Ib. = Ibis
Met. = Metamorphoses
Tr. = Tristia

Petronius (Caius Petronius Arbiter, ca. 27 - 66)
S. = Satyrica

Phaedrus (Caius Iulius Phaedrus, ca. 15 B.C. - 50 A.D.)
= Fabulae

[Phaedrus] (Caius Iulius Phaedrus, ca. 15 B.C. - 50 A.D.) （改寫作品）

Plautus (Titus Maccius Plautus, ca. 254 - 184 B.C.)
Am. = Amphitruo
As. = Asinaria
Aul. = Aulularia
Bac. = Bacchides
Cap. = Captivi
Cas. = Casina
Cist. = Cistellaria
Curc. = Curculio
Epid. = Epidicus
Men. = Menaechmi
Merc. = Mercator
Mil. = Miles Gloriosus
Mos. = Mostellaria
Per. = Persa
Poen. = Poenulus
Ps. = Pseudolus
Rud. = Rudens
St. = Stichus
Trin. = Trinummus

Plinius [/Maior] (Caius Plinius Secundus, 23 - 79) *Pliny the Elder*
Nat. = Naturalis Historia 博物志（自然史）

Plinius Minor (Caius Plinius Caecilius Secundus, 61 - 113) *Pliny the Younger*
Ep. = Epistulae

Propertius (Sextus Propertius, ca. 50/45 - ca. 15 B.C.)
= Elegiae

Quintilianus (Marcus Fabius Quintilianus, ca. 35 - ca. 100) *Quintilian*
Decl. = Declamationes
Inst. =Institutiones Oratoriae

Sallustius (Caius Sallustius Crispus, 85 - ca. 35 B.C.) *Sallust*
Cat. = Bellum Catilinae
Iug. = Bellum Iugurthinum
Pomp. = Epistula Cn. Pompei ad senatum
Rep. = Epostulae ad Caesarem senem de re publica

Seneca Maior (Lucius [/Marcus] Annaeus Seneca, ca. 54 B.C. - 39 A.D.) *Seneca the Elder*
Contr. = Controversiae

Seneca [/Minor] (Lucius Annaeus Seneca, ca. 4 B.C. - 65 A.D.) *Seneca the Younger*
Ben. = de Beneficiis
Ep. = Epstulae (Morales ad Lucilium)
Helv. = (de Consolatione) ad Helviam
Ira = (ad Novatum) de Ira
Marc. = (de Consolatione) ad Marciam
Nat. = Quaestiones Naturales
Thy. = Thyestes
Tro. = Troades

Sisenna (Lucius Cornelius Sisenna, ca. 120 - 67 B.C.)
His. = Historiae

Silius Italicus (Tiberius Catius Asconius Silius Italicus, ca. 28 - ca. 103)
= Punica

Socrates (470/469 - 399 B.C.) 蘇格拉底
fr. = (ex incertis fabulis) [Fragmenta]

Statius (Caecilius Statius, ca. 220 - 168 B.C.)
Plo. = Plocium [Fragmenta]

Suetonius (Caius Suetonius Tranquillus, ca. 69 - ca. 122)
Aug. = (Octavius) Augustus (Caesar)
Cl. = Claudius
Ves. = Vespasianus

Syrus (Publilius Syrus)
= Sententiae

Tacitus (Publius [/Caius] Cornelius Tacitus, 56 - ca. 117) 塔西佗
Ann. = Annales 編年史
Ger. = Germania 日耳曼志
Hist. = *Historiae* 歷史

Terentius (Publius Terentius Afer, 195/185 - 159 B.C.) *Terence*
An. = Andria
Eu. = Eunuchus
Heau. = Heauton Timorumenos
Hec. = Hecyra
Ph. = Phormio

Tibullus (Albius Tibullus, ca. 55 - 19 B.C.)
= Elegiae

V. Maximus (Valerius Maximus)
  = Facta et Dicta Memorabilia

Varro (Marcus Terentius Varro, 116 - 27 B.C.)
  L. = de Lingua Latina
  R. = de Re Rustica

Venantius Fortunatus (Venantius Honorius Clementianus Fortunatus, ca. 530 - ca. 600/609)
  H. = Hymnus in Honore Sanctae Crucis

Vergilius (Publius Vergilius Maro, 70 - 19 B.C.) 維吉爾 | *Virgil*
  A. = Aeneis
  Ecl. = Eclogae 牧歌集

Vitruvius (Marcus Vitruvius Pollio, ca. 80/70 - ca. 15 B.C.)
  = de Architectura 建築十書

第一編

拉丁文及其文法概念總說

0 簡介：如何面對拉丁文

課程字彙

a, ab *prep.* [＋abl.] 從…，被…（*from...,
by...*）

agebant (ago, is, egi, actum, ere) *v., tr.*, 3.,
imperf. ind., 3 pers. pl. （他/她/它們曾）進
行，履行，操作，做，帶走

alius, alia, aliud *indef. adj./ pron.* 其他的，
另一（個/些）的

calcavit (calco, as, avi, atum, are) *v., tr.*, 1.,
perf. ind., 3 pers. sing. （他/她/它已）踩踏，
踐踏

congregaverat (congrego, as, avi, atum, are)
v., tr., 1., pluperf. ind., 3 pers. sing. （他/她
/它已曾）收集，匯集、聚集[人群]

corpora (corpus, oris) *n.*, 3 decl., neut., nom./
acc. pl. 身體，肉軀

cubili (cubile, is) *n.*, 3 decl., neut., dat./ abl.
sing. 巢穴；**in cubili** *locu.* [*prep.* **in**＋abl.
sing.] 在巢穴裡

duo, ae, o *card. num. adj.* 二

errans, antis (erro, as, avi, atum, are) *v., intr.*,
1., pres. part., 3 decl. [正在]徘徊的，[正在]
游移的，[正在]猶豫的，[正在]迷路的，
[正在]犯錯的

est (sum, es, fui, futurus, esse) *aux. v., intr.*,
irreg., pres. ind., 3 pers. sing. （他/她/它）
是，有，在；**fuit** perf. ind., 3 pers. sing.
（他/她/它已）是，有，在

et *conj.* 和、及，並且，而且

fallax, acis *adj.*, 3 decl. 虛偽的、不誠實的

ferae (fera, ae) *n.*, 1 decl., fem., gen./ dat.
sing.; nom. pl. 野獸；**feris** dat./ abl. pl. 野
獸[們]；**a feris** *locu.* [*prep.* **a**＋abl. pl.] 被
野獸[們]

fuit → **est**

homines (homo, minis) *n.*, 3 decl., masc.,
nom./ acc. pl. 男士[們]，人[們]

idem, eadem, idem *demonstr. pron./ adj.* 相
同的，同樣的；同時的

imperator, oris *n.*, 3 decl., masc. 指揮，首
領；皇帝

in *prep.* [＋acc./ abl.] 在…；到…，向…

iter, itineris *n.*, 3 decl., neut. 路，途徑，旅
程

iuvenis, is, e *adj.* 年輕的

laniant (lanio, as, avi, atus, are) *v., tr.*, 1.,
pres. ind., 3 pers. pl. （他/她/它們）撕裂；
laniantur pass., pres. ind., 3 pers. pl. （他/
她/它們）被撕裂

leo, onis *n.*, 3 decl., masc. 獅子

lupus, I *n.*, 2 decl., masc. 狼

multam (multus, a, um) *adj.*, fem., acc. sing.
許多的，很多的

nemo, nemini [dat.], neminem [acc.] *pron./
adj.*, 3 decl., masc./ fem., sing. tant. 沒有人，
無人（*no one*）

nostrum (noster, tra, trum) *poss. pron./ adj.*,
masc., acc. sing.; neut., nom./ acc. sing. 我
們的

per *prep.* [＋acc.] 經過，透過（*through...,
per...*）

praedam (praeda, ae) *n.*, 1 decl., fem., acc.
sing. 獵物，掠奪品，戰利品

qui, quae, quod *rel.; indef.; interr. pron./ adj.*
誰，哪個/些；那/些；什麼

senectute (senectus, senectutis) *n.*, 3 decl.,
fem., abl. sing. 長者，老人，老年；**in
senectute** *locu.* [*prep.* **in**＋abl.] 在年老時

simul *adv.* 同時，同樣地

spinam (spina, ae) *n.*, 1 decl., fem., acc. sing.
刺

tempus, oris *n.*, 3 decl., neut. 時間，光陰；
per tempus *locu.* [*prep.* **per**＋acc. sing.] 經
過一段時間

unus, a, um *card. num. adj.* 一；一些

verax, acis *adj.*, 3 decl. 誠實的，真誠的

1. 拉丁文的學習目的

　　拉丁文雖然是一種已消失的語言，但它曾經存在好幾世紀的時間。經年累月下，前後期的拉丁文遂有著極大的差異。單以西塞羅（M. Tulius Cicero，106 - 43 B.C.）和 T. Maccius Plautus（ca. 254 - 184 B.C.）這兩位同屬古典時期的作家而言，他們所呈現的拉丁文就有著極大的不同，而更遑論中世紀時期的拉丁文了。例如 **imperator** 此字，原本是「指揮」或「首領」之意。但自奧古斯都[1]（Augustus）成為羅馬帝國第一位皇帝後，此字就代表「皇帝」之意。

　　有鑑於學習這種語言的首要目的在於能研讀古文，而不在於能夠流利的言談，因此，文法（*grammar*）及語法（*syntax*）對研究拉丁文是非常重要的，在翻譯拉丁文時，一定要先解析它的文法和邏輯。此外，瞭解此文章的類別是歸屬於歷史、法律或是建築等領域也是非常重要的，因為它們在文法或結構上有一定的不同之處。

2. 拉丁文的解析步驟

　　若從一段文章中擷取一句話時，連接詞、關係代名詞及標點是非常重要的。我們應先把各個句子分解成許多單位。其解析步驟如下：

① 先找出**主詞**（*subject*）。一般來說，是個名詞或是代名詞；

② 接著是**動詞**；

③ 然後是**直接受詞**（*direct object*）。大部份是名詞或是代名詞；

④ 最後是其他的**間接受詞**（*indirect object*）或**介係詞補語**（*prepositional complement*）。

形容詞與副詞，不包含在此分解程序中。

　　在拉丁文中，主詞的「**格**（*case*）」一定是**主格**（*nominative*），用來表示做出某個動作的人、動物或東西。文句中的動詞會符合主詞的「**數**」（單數或複數）及「**人稱**」（我、你/妳、他/她/它、我們、你們/妳們、他們/她們/它們）。

---

[1] 即羅馬帝國的首位皇帝屋大維（Gaius Octavius Thurinus，63 - 14 B.C.，在位期間：27 - 14 B.C.）。

例如：

> Leo errans spinam calcavit. (Phaedrus, *app., 15*) ＝ 一頭徘徊行走的獅子踩到
> 一根刺。*A lion (while) walking trampled upon a thorn.*

這個句子的主詞是 **Leo**（獅子 | *lion*），為單數的**主格**，因此動詞 **calcavit**
（踩 | *to trample upon*）為第三人稱單數；**spinam**（刺 | *thron*）是直接受詞，為
單數的**受格**（*accusative*）；**errans**（行走的 | *walking*）是形容詞，也是主詞的**同
位語**，需配合主詞的性、數和格。

只要按照上述的規定，很容易便能瞭解哪一個字是句子中的主詞；不
過，如果句中的主詞是複數時，則會增加理解上的難度。無論如何，根據
規定，主詞跟它的形容詞所呈現的格都會是主格。例如：

> **Duo homines**, **unus fallax** et **alius verax**, simul iter agebant. (Phaedrus, *app.,*
> *24*) ＝ 兩個男人，一個是虛偽的，另一個則是誠實的，他們同時走在
> 路上。*Two men, one deceitful and the other truthful, were traveling along the way at*
> *the same time.* ｛粗體部份為主格｝

> **Nemo nostrum** idem est in senectute qui fuit iuvenis. (Seneca, *Ep., 6; 58, 22*)
> ＝ 我們之中沒有人在年老時會與其年輕時相同。*None of us is the same*
> *man in old age that he was in young.* ｛粗體部份為主格｝

直接受詞的格是受格，它是主詞在某一動作後的結果。因為大部份的
直接受詞都是名詞，所以常會伴隨著形容詞，從而這個修飾直接受詞的形
容詞也會使用受格。例如：

> Lupus **praedam multam** in cubili congregaverat per tempus. (Phaedrus, *app.,*
> *20*) ＝ 狼在一段時間[會]在[牠的]巢穴裡收集許多獵物。*The wolf during a*
> *certain period collected a lot of prey in (its) lair.* ｛粗體部份為受格｝

介係詞補語有好幾種型態，我們須一一研究。

一個有直接受詞的句子，必定有及物動詞。它可以是主動句，也可以
是被動句。在被動句中，原本在主動句中的主詞會變成受詞，並須使用**奪**
格（*ablative*），其可有或可無伴隨介係詞 **a (/ab)**（從…, 被… | *from, by*）。至於
原本在主動句中的直接受詞，在被動句中則會變成主詞。例如：

Ferae laniant corpora. ＝ 野獸們撕裂身體。*The beasts mutilate the bodies.* ｛→主動｝

Corpora **a feris** laniantur. ＝ 身體被野獸們所撕裂。*The bodies are mutilated by the beasts.* ｛→被動｝

　　在這組例句中，主動句的主詞 **ferae**（野獸們 | *the beasts*）變成被動句的施動者補語 **a feris**（被野獸們 | *by the beasts*），至於 **corpora**[2]（身體 | *the bodies*）則從受詞變成主詞。

3. 如何使用字典

　　由於華語世界並未有太多拉丁文－中文字典可供使用，至於中文－拉丁文字典則更是罕見，因而華語世界的拉丁文學習者往往必須使用以英文、法文、德文、義大利文等其他外文所編成的拉丁文字典。不過，在翻譯時也不宜太過依靠字典，由於某些句子可能會誤導學習者，因此最重要的還是需要去考量文句的上下文脈絡。

　　一個拉丁文的名詞、形容詞或代名詞，將因性、數、格的差異，而呈現出相同或不同的字尾形態；一個拉丁文的動詞，也會隨著時態、語態、語氣、人稱及單複數的差異，而呈現出各種不同的字尾形態。由於字典針對具有詞形變化的字彙，僅會擇一詞形加以登載，譬如名詞是以單數主格為代表，形容詞及代名詞則以陽性單數主格為代表，動詞則以直述語氣現在式第一人稱單數為代表；因而學習者必須具備**變格**（*declension*）及**動詞變化**（*conjugation*）等詞形變化的相關知識，才能正確且有效率地使用字典。

---

[2]　corpora 是一個中性名詞，在拉丁文文法中，中性名詞的主格與受格的語尾變化正好相同。

I 字母與發音

課程字彙

actio, onis *n., 3 decl., fem.* 行為，動作

brevis, is, e *adj.* 短的，短暫的

breviter *adv.* 短暫地、簡短地

caedes, is *n., 3 decl., fem.* 屠殺，殺戮

canis, is *n., 3 decl., masc./ fem.* 狗

caritas, atis *n., 3 decl., fem.* 仁慈，慈愛

cedere (cedo, is, cessi, cessum, ere) *v., intr., 3., pres. inf.* 退讓，離開，取回，容許，進行

character, eris *n., 3 decl., masc.* 字符，個性

cibus, i *n., 2 decl., masc.* 食物

coacto, as, avi, atum, are *v., intr., 1. [+inf.]* 強迫

coelum, i *n., 2 decl., neut.* 天空，天堂

coepere (coepio, is, coepi, coeptum, coepere) *v., intr./ tr., 3., [1.] pres. inf.* 開始；*[2.] pass., pres. imp., 2 pers. sing.* （你/妳得）被開始

credere (credo, is, credidi, creditum, ere) *v., tr./ intr., 3., [1.] pres. inf.* 相信，信賴，託付；*[2.] pass., pres. imp., 2 pers. sing.* （你/妳得）被相信，被信賴，被託付

cui (qui, quae, quod) *rel. ; indef. ; interr. pron./ adj., masc./ fem./ neut., dat. sing.* [給]誰，[給]哪個；[給]那；[給]什麼

cum *prep. [+abl.]* 偕同，與...（with...）

deinde *adv.* 然後，接著，之後

deus, dei *n., 2 decl., masc.* 神；上帝

donum, i *n., 2 decl., neut.* 禮物

dormire (dormio, is, ivi, itum, ire) *v., intr., 4., pres. inf.* 睡，睡覺

fortuna, ae *n., 1 decl., fem.* 命運，機運，幸運，財富

galea, ae *n,. 1 decl., fem.* 頭盔

gentes (gens, gentis) *n., 3 decl., fem., nom./ acc. pl.* 人民，民族，種族，氏族

gingiva, ae *n., 1 decl., fem.* 牙齦

Gorgon, onis *n., 3 decl., fem.* [人名] 希臘神話中的蛇髮女妖之名

gula, ae *n., 1 decl., fem.* 咽喉

haec (hic, haec, hoc) *demonstr. pron./ adj., fem., nom. sing.; neut., nom./ acc. pl.* 這，此，這個的；這些的；**huius** *masc./ fem./ neut., gen. sing.* 這，此，這個的

laudare (laudo, as, avi, atum, are) *v., tr., 1., [1.] pres. inf.* 稱讚，頌揚；*[2.] pass., pres. imp., 2 pers. sing.* （你/妳得）被稱讚，被頌揚

locus, i *n., 2 decl., masc.* 地方，場所

loqui (loquor, eris, locutum sum, loqui) *dep. v., intr./ tr., 3., pres. inf.* 說話，言談

manducare (manduco, as, avi, atum, are) *v., tr., 1., [1.] pres. inf.* 吃；*[2.] pass., pres. imp., 2 pers. sing.* （你/妳得）被吃

manere (maneo, es, mansi, mansum, ere) *v., intr./ tr., 2., [1.] pres. inf.* 留下，停留，保持；*[2.] pass., pres. imp., 2 pers. sing.* （你/妳得）被留下，被停留，被保持

mater, tris *n., 3 decl., fem.* 母親

mihi (ego, mei, mihi, me) *pers. pron., irreg., 1 pers. sing., dat.* [給]我

miser, a, um *adj.* 不幸的，悲慘的，可憐的

nihil *indef. pron., indecl., neut., nom./ acc. sing.* 無，無物，沒有東西

pater, tris *n., 3 decl., masc.* 父親

pectus, oris *n., 3 decl., neut.* 胸，胸襟

philosophia, ae *n., 1 decl., fem.* 哲學

postremus, a, um *adj., sup.* [pos.: **posterus, a, um**] 最後的

proelium, li(i) *n., 2 decl., neut.* 戰役

quis, quis, quid *interr. ; indef. pron.* 誰，什麼

rosa, ae *n., 1 decl., fem.* 玫瑰

satis *adv.* 足夠地，充分地

sonus, i *n., 2 decl., masc.* 聲音

studere (studeo, es, ui, --, ere) *v., intr., 2., [+dat.] pres. inf.* 學習

theatrum, i *n., 2 decl., neut.* 劇場

ut *conj.* 為了，以致於，如同

1. 拉丁文的字母與發音

　　拉丁文有 24 個字母。除了沒有「j」與「w」外，其餘都和英文相同。過去在拼寫字母「i」時，會有拉長筆劃而產生異體字形「j」的情況，換言之，拉丁文中的「j」就是字母「i」，而不是另外一個單獨存在的字母。字母「u」在拉丁文中，可當子音或母音使用；當作為子音使用時，要發成 [v] 的音。拉丁文的發音如下：

(1.) 母音

a ＝ 就如同在英文的 *father*。如：**pater**（父親 | *father*）、**mater**（母親 | *mother*）。

e ＝ 就如同在英文的 *pet*。如：**pectus**（胸，胸襟 | *chest*）、**credere**（相信，信賴 | *to believe, to trust, to entrust*）。在拉丁文中，[e] 這個母音可以是短音或長音。當它為長音時，發音要用稍微停頓一段時間，且整個字的重音要落在這個母音上。如：**manere**（留下、保持 | *to remain, to stay*）、**studere**（學習 | *to study*）。

i ＝ 就如同在英文的 *is, it, routine*。如：**dormire**（睡覺 | *to sleep*）、**miser**（不幸的，悲慘的 | *wretched, unfortunate, miserable, distressing*）。

o ＝ 就如同在英文的 *often, oh*。如：**locus**（地方，場所 | *place*）、**donum**（禮物 | *gift*）。

u ＝ 就如同在英文的 *moon, noon*。如：**ut**（為了 | *so that*）、**fortuna**（命運，機運，幸運，財富 | *fortune, chance, luck, prosperity, wealth, property*）。

(2.) 雙母音

雙母音即為兩個母音合起來發一個音。

ae ＝ 拉丁文的母音 [e]。如：**haec** [heck]（這些 | *these*）。

oe ＝ 拉丁文的母音 [e]。如：**coepere** [chepere]（開始 | *to begin*）。

　　在拉丁文中，-ae- 總是發成一個音，但 -oe- 有時會分別發成兩個母音，即 [o] 和 [e]，如：**proelium** [pro-e-lium]（戰役 | *battle*）。

其他母音的組合將個別發成兩個分開的母音。如：

au = 拉丁文的母音 [a] 和 [u]。如：**laud*are*** [la-u-dare]（稱讚 | *to praise*）。

ei = 拉丁文的母音 [e] 和 [i]。如：**de*inde*** [de-i-nde]（然後 | *then*）。

eu = 拉丁文的母音 [e] 和 [u]。如：**d*eu*s** [de-u-s]（神 | *god*）。

ui = 拉丁文的母音 [u] 和 [i]。如：**c*ui*** [cu-i]（給誰 | *to whom, to what*）。

(3.) 子音

拉丁文的子音和英文子音的發音沒有多大的差別，除了在少數單獨的子音或子音組的情況下。如：

[1] 子音：c

當子音「c」的後面銜接有母音「a」、「o」、「u」時，也就是在「-ca-」、「-co-」、「-cu-」的情況下，則「c」發成 [k] 的音。如：**c*anis***（狗 | *dog*）、**coacto**（我強迫 | *I compel*）、**cum**（與，偕同 | *with*）。

當子音「c」後面接軟化的母音「e」、「i」時，也就是在「-ce-」、「-ci-」的情況下，則「c」發 [ch] 的音。如：**c*edere*** [che-dere]（退讓，取回，容許 | *to give way, to withdraw, to allow*）、**c*ibus*** [chi-bus]（食物 | *food*）。

當子音「c」的後面銜接有雙母音「ae」、「oe」時，也就是在「-cae-」、「-coe-」的情況下，由於 ae 和 oe 發 [e] 的音，因此「c」會發 [ch] 的音。如：**c*aedes*** [che-des]（屠殺，殺戮 | *slaughter, murder*）、**c*oelum*** [che-lum]（天空，天堂 | *sky, heaven*）。

有些學者認為拉丁文中，在「c」這個子音後面從來沒有軟化的音，因此「c」應該都發成 [k] 的音。這就是所謂的**古典發音的爭議**，至今未能解決。

[2] 子音：g

古典發音的爭議也出現在子音「g」的發音上：

若子音「g」後面接母音「a」、「o」、「u」時，也就是在「-ga-」、「-go-」、「-gu-」的情況下，則「g」發成喉音的 [g]（就像在英文的 *get*）。如：**g*alea***（頭盔 | *helmet*）、**G*orgon***（希臘神話中的蛇髮女妖之名 | *Gorgon*）、**g*ula***（咽

喉 | *gullet, throat*)。

但若子音「g」後面接母音「e」、「i」以及雙母音「ae」、「oe」時，也就是在「-ge-」、「-gi-」以及「-gae-」、「-goe-」的情況下，則發成 [j]，如：**ge**n**te**s [je-ntes]（人民，民族 | *people*）、**ging**i**va** [jin-ji-va]（牙齦 | *gum (of the teeth)*)）；或是同樣比照前述古典發音爭議的學者主張，認為「g」這個子音後面也沒有軟化的音，因此都應發成喉音的 [g]，亦即：**ge**n**te**s [ge-ntes]、**ging**i**va** [gin-gi-va]。

[3] 子音組：ch

子音組「ch」總是發成 [k] 的音，再加上一點氣音。如：**cha**r**a**c**te**r（字符；個性 | *character*)）。

[4] 子音：h

當子音「h」位於一個字的開端時，會有一點氣音。如：**h**u**ius**（這個的 | *of this*)）；當它位於在一個字當中，則不會發音。如：**m**i**hi** [mi-i]（給我 | *to me*)、**n**i**hil** [ni-i-l]（無、毫無 | *nothing*)）。但在後期拉丁文的發音中，亦有把字中的「h」發成 [k]，亦即將 **m**i**hi** 及 **n**i**hil** 分別唸成 [miki]、[nikil]。

[5] 子音組：qu

子音組「qu」發成 [kw] 的音，就如同英文的 *quick*。如：**quis**（誰 | *who*)）。

[6] 子音：s

子音「s」都是發成齒擦音，就如同英文的 *sew, seek, substance* 等。如：**satis**（足夠地、充分地 | *enough*)、**so**n**us**（聲音 | *sound*)）；但若子音「s」位於一個字當中，則 s 要發輕音，如同英文的 *ro*s*e*。如：**ro**s**a**（玫瑰 | *rose*)）。

[7] 子音組：ph

子音組「ph」發成 [f] 後面再接氣音 [h]，亦即 [f＋h]。如：**philos**o**phia** [f-h-iloso-f-h-ia]（哲學 | *philosophy*)）。

[8] 子音組：th

子音組「th」和上述子音組「ph」的情形相同，在 [t] 後面也要再接一個氣音 [h]。如：**the*a*trum** [t-h-eatrum]（劇場 | *theatre*）。

拉丁文中每一個字母都一**定要**發音，沒有字母是不發音的。根據前述的規則，拉丁文的發音非常簡單，並不會形成困擾，例如「a」這個字母唸作英文 *father* 的 [a]，在所有的情形中，拉丁文字母「a」都發成完全相同的音，沒有任何發音上的細微差別。需要強調的是，學習者必須要忘掉用英文的方式來發音，畢竟英文有許多「中間的音」並不存在於拉丁文的發音中。

2. 拉丁文的音節區分

每一個音節，通常都是由一個子音加上一個母音或是雙母音所構成的。當一個單字必須分成不同的音節來唸時，後面接母音的那個子音，就成為它隨後音節的一部分；但是當一個母音後面有兩個或更多的子音時，這些子音中的第一個是屬於前一個音節，其餘的則屬於以後的音節。如：

lo-qui（言談，說話 | *to talk*）；**man-du-ca-re**（吃 | *to eat*）；

pos-tre-mus（最後的 | *last*）。

3. 拉丁文的重音

通常拉丁文的重音落在一個單字的倒數第二個音節。如：**fort*u*na**（幸運 | *fortune*）；**br*e*vis**（短暫的 | *short*）。或落在倒數第三個音節。如：***a*ctio**（行為，動作 | *action*）；**cr*e*dere**（相信 | *to believe*）；**br*e*viter**（短暫地 | *briefly*）；**c*a*ritas**（仁慈，慈愛 | *charity, love*）。

理論上，拉丁文的重音是有一些規則的。但是，最好的方法還是將每一個字的重音背起來，或是聽老師的發音。

II 文法的基本規定

課程字彙

a, ab *prep.* [＋abl.] 從…，被…（*from…, by…*）

ad *prep.* [＋acc.] 到…，向….，往…，靠近…

a*lbus***, a, um** *adj.* 白的、白色的

a*ltus***, a, um** *adj.* 高的

br*eviter*** *adv.* 短暫地、簡短地

C*aesar***, aris** *n.,* 3 decl., masc. [人名/稱號] 凱撒，即 Gaius Julius Caesar（100 - 44 B.C.），羅馬共和末期的軍事家，政治家，其名號於羅馬帝國時期成為對皇帝的稱謂

c*anis***, is** *n.,* 3 decl., masc./ fem. 狗

c*aritas***, atis** *n.,* 3 decl., fem. 仁慈，慈愛

c*arnem*** (c***aro***, c***arnis***)** *n.,* 3 decl., fem., acc. sing. 肉；**c***aro*** nom. sing. 肉

d*omus***, us** *n.,* 4 decl., fem. 住宅，房屋

d*ormire*** (d***ormio***, is, *i*vi, *i*tum, *i*re)** *v., intr.,* 4., pres. inf. 睡，睡覺

e*go***, m***ei***, m***ihi***, me** *pers. pron.,* irreg., 1 pers. sing. 我；**me** acc./ voc. /abl. 我；**a me** *locu.* [*prep.* **a**＋abl.] 被我

e*o***, is, *i*vi/ *i*i, *i*tum, *i*re** *anomal. v., intr,* 4. 去，往

est (**sum, es, f***ui***, fut***urus***, esse**)** *aux. v., intr.,* irreg., pres. ind., 3 pers. sing. （他/她/它）是，有，在；**s***umus*** pres. ind., 1 pers. pl. （我們）是、有、在

et *conj.* 和、及，並且，而且

fecit (**f***acio***, is, f***eci***, f***actum***, f***acere***)** *v., tr.,* 3., perf. ind. 3 pers. sing. （他/她/它已）做，製作，建造

f*emina***, ae** *n.,* 1 decl., fem. 女士，女人

h*eu*** *interj.* 喔！嗚呼！

hoc (**hic, haec, hoc**)** *demonstr. pron./ adj.,* masc., abl. sing. ; neut., nom./ acc./ abl. sing. 這，此，這個的

h*omo***, minis** *n.,* 3 decl., masc. 男士，人

i*lle***, i***lla***, i***llud*** *demonstr. pron./ adj.* 那，彼，那個的

in *prep.* [＋acc./ abl.] 在…；到…，向…

l*oqui*** (l***oquor***, eris, loc***utum*** sum, l***oqui***)** *dep. v., intr./ tr.,* 3., pres. inf. 說話，言談

m*ajestas***, a***tis*** *n.,* 3 decl., fem. 尊嚴，威權

m*anducare*** (m***anduco***, as, *a*vi, *a*tum, *a*re)** *v., tr.,* 1., [1.] pres. inf. 吃；[2.] pass., pres. imp., 2 pers. sing. （你/妳得）被吃；**m***anduco*** pres. ind., 1 pers. sing. （我）吃；**m***anducata*** perf. part., fem., nom./ abl. sing.; neut., nom./ acc. pl. 已[/被]吃的；**m***anducata*** est pass., perf. ind., 3 pers. sing., fem. （她已）被吃

me → *e*go

m*eus***, a, um** *poss. pron./ adj.* 我的；**m***ea*** fem., nom./ abl. sing.; neut., nom./ acc. pl. 我的

m*ontem*** (mons, m***ontis***)** *n.,* 3 decl., masc., acc. sing. 山，山嶺；**s***upra*** m***ontem*** *locu.* [*prep.* **s***upra***＋acc. sing.] 在山上

m*ultum*** *adv.* 許多地，很多地

n*isi*** *conj.* 若非，除非

nos, n*ostri***/ n***ostrum***, n***obis*** *pers. pron.,* irreg., 1 pers. pl. 我們

qui, quae, quod *rel. ; indef. ; interr. pron./ adj.* 誰，哪個/些；那/些；什麼

schola, ae *n.,* 1 decl., fem. 學校；**in sch***ola*** *locu.* [*prep.* **in**＋abl. sing.] 在學校；**sch***olam*** acc. sing. 學校；**ad sch***olam*** *locu.* [*prep.* **ad**＋acc. sing.] 往學校

sed *conj.* 但是，然而

s*umus*** → est

s*upra*** *adv./ prep.* [＋acc.] 在…上面

t*abula***, ae** *n.,* 1 decl., fem. 碑，牌，板，列表，文書

tu, t*ui***, t***ibi***, te** *pers. pron.,* irreg., 2 pers. sing. 你/妳

vir, v*iri*** *n.,* 2 decl., masc. 男人，人

vos, v*estri***/ v***estrum***, v***obis*** *pers. pron.,* irreg., 2 pers. pl. 你/妳們

1. 拉丁文的詞類

　　拉丁文有8種詞類：**名詞、代名詞、形容詞、動詞、副詞、連接詞、感嘆詞**與**介係詞**；在拉丁文中沒有冠詞。

[1] 名詞是用來表達人或事物的名稱。例如：

Caesar（凱撒 | *Caesar*）、**domus**（房屋 | *house*）、**canis**（狗 | *dog*）。

[2] 代名詞是用來替代名詞。代名詞又分所有格代名詞、指示代名詞、
　　疑問代名詞等多種類型，例如：

meus（我的 | *mine*）[所有格代名詞]：tabula est **mea**. = 板子是我的。*The
　tablet is mine.*

ille（那個 | *that*）[指示代名詞]：**ille** vir. = 那個男人。*That man.*

qui（誰 | *who*）[疑問代名詞]：**qui** fecit hoc? = 這是誰做的？*Who did this?*

[3] 形容詞是用來描述名詞的。例如：

altus（高的 | *tall*）：**altus** homo. = 高的男人。*A tall man.*

albus（白的 | *white*）：**alba** domus. = 白[色]的房屋。*A white house.*

[4] 動詞是用來表達動作或存在的狀態。例如：

manducare（吃 | *to eat*）、**dormire**（睡 | *to sleep*）、**loqui**（說話 | *to talk*）。

[5] 副詞是用來表達如何做某個動作。例如：

breviter（簡短地 | briefly）：**breviter** loqui. = 簡短地說。*To talk briefly.*

multum（很多 | *a lot*）：**multum** manducare. = 吃很多。*To eat a lot.*

[6] 連接詞用於語句間或字詞間的連結。例如：

et（和 | *and*）、**sed**（但是 | *but*）、**nisi**（除非 | *unless*）等。

[7] 感嘆詞是用來表達情感的聲音。例如：

heu（喔！嗚呼！｜ *oh! ah!*）等。

[8] 介係詞通常位於一個名詞或代名詞之前。用來表示位置、方向、時間、或抽象概念等。例如：

in（在｜ *in, at*）：**in** schola sumus. ＝ 我們在學校。*We are at school. (/We are inside the school.)*

supra（上｜ *on, over*）：domus **supra** montem. ＝ 在山上的房屋。*A house on the mountain.*

ad（往…｜ *to*）：**ad** scholam eo. ＝ 我去學校。*I go to school.*

2. 拉丁文名詞的構成要素

在拉丁文中，名詞、代名詞與形容詞等詞類隸屬於**名詞類實詞**（*substantive*，即廣泛意義下的名詞），其皆涉及**有性**、**數**，以及**格**（*case*）等構成要素。在這些要素的作用下，名詞類實詞所呈現的詞尾詞形變化，則被稱為**變格**（*declension*）。

[1] 名詞的「性」：

拉丁文名詞有三種「性」：**陽性**、**陰性**和**中性**。每個名詞的性別都要牢記，因為，我們沒有辦法透過一些判斷和標準來分辨一個名詞是陽性、陰性還是中性。除非在某些明顯的情形。如：**homo**（[masc.] 男人｜ *man*）或 **femina**（[fem.] 女人｜ *woman*）等。

在對拉丁文有更深入地瞭解後，學生將較容易地分辨出什麼名詞屬於什麼性別。譬如以 –tas 結尾的名詞是陰性名詞，例如：**caritas**（仁慈，慈愛｜ *charity, love*）或 **majestas**（尊嚴｜ *majesty*）等。

[2] 名詞的「數」：就一個名詞的「數」而言，可分**單數**和**複數**。

[3] 名詞的「格」：分為**主格**、**屬格**、**與格**、**受格**、**呼格**、**奪格**等，會藉由字尾變化來表達，我們將以獨立的單元來介紹。

3. 拉丁文動詞變化的要素

拉丁文的動詞同樣也具有一系列的詞尾詞形變化，我們稱之為**動詞變化**（*conjugation*）。影響其動詞變化的因素，則包括有**人稱**、**數**、**時態**（*tense*）、**語態**（*voice*），以及**語氣**（*mood*）。

[1] 動詞的「人稱」與「數」：包含第一人稱、第二人稱，以及第三人稱；每項人稱再有**單數**和**複數**的區別。

表 II-1：人稱代名詞一覽表

	單數	複數
第一人稱	**ego**（我｜*I*）	**nos**（我們｜*we*）
第二人稱	**tu**（你/妳｜*you*）	**vos**（你/妳們｜*you*）
第三人稱[3]	**ille**（他｜*he*） **illa**（她｜*she*） **illud**（它｜*it*）	**illi**（他們｜*they*） **illae**（她們｜*they*） **illa**（它們｜*they*）

[2] 動詞的「時態」：可分**過去時**、**現在時**和**未來時**。

[3] 動詞的「語態」：用於指出一個動詞是**主動**或**被動**。

主動語態的動詞是一個主詞正在做動詞所說的動作。例如：

Ego manduco carnem. ＝ 我吃肉。*I eat meat.*

被動語態的動詞，其主詞並非在做動詞所表達的那個動作，而是在接受那個動作。例如：

Caro manducata est a me. ＝ 肉被我吃。*The meat was eaten by me.*

由此可看出，若動詞從主動改成被動，在文法上會有一些改變。這部分我們日後會再提及。

---

[3] 第三人稱的人稱代名詞沒有自己的主格，此處暫以指示代名詞 ille, illa, illud 作為替代標示。

[4] 動詞的「語氣」：用於表達動詞所表達的動作要「如何做」。

當一個動作是用來對事實的陳述時，會使用**直述語氣**；當一個動作只是一個主意或可能性時，會使用**假設語氣**；當一個動作被設想為命令時，則使用**命令語氣**。

名詞類實詞的「格」與動詞是學習拉丁文的關鍵之處。若想更加深入地瞭解這個語言，學習者一定得透澈地研習名詞類實詞的**變格**與動詞的**動詞變化**。

第二編

名詞類實詞的變格形式

III 名詞的變格

課程字彙

a, ab *prep.* [＋abl.] 從…，被…（*from...,
by...*）

abstinere (abstineo, es, stinui, stentum, ere)
v., tr./ intr., 2., [1.] pres. inf. 避免，避開，
防範；[2.] pass., pres. imp., 2 per. sing.
（你/妳得）被避免，被避開，被防範

abundat (abundo, as, avi, atum, are) *v., intr.*,
1., pres. ind., 3 pers. sing. （他/她/它）富
於，充滿

accurrit (accurro, is, curri, cursum, ere) *v.,
intr.*, 3., [1.] pres. ind., 3 pers. sing. （他/她
/它）奔走，疾馳；[2.] perf. ind., 3 pers.
sing. （他/她/它已）奔走，疾馳

acies, ei *n.*, 5 decl., fem. 邊鋒，戰線；視線

acutam (acutus, a, um) *adj.*, fem., acc. sing.
鋒利的，銳利的

acutior, or, us *adj., comp.* [pos.: acutus, a, um]
較鋒利的，較銳利的

ad *prep.* [＋acc.] 到…，向….，往…，靠
近…

aditum (aditus, us) *n.*, 4 decl., masc., acc.
sing. 通路，門徑，入口

adultos (adultus, i) *n.*, 2 decl., masc., acc. pl.
成人，成年人

Aeneas, ae *n.*, 1 decl., masc. [人名] 特洛伊
英雄之一，後來成為羅馬人的始祖

aequor, oris *n.*, 3 decl., neut. 海平面

aer, aeris *n.*, 3 decl., masc./ fem. 氣，空氣；
aëra acc. sing. 氣，空氣

aestas, atis *n.*, 3 decl., fem. 夏天，夏季；
aestate abl. sing. 夏天，夏季；**aestatis**
gen. sing. 夏天[的]，夏季[的]

agellus, I *n.*, 2 decl., masc. 小田地，小田園

ager, agri *n.*, 2 decl., masc. 田野，田園；
agrum acc. sing. 田野，田園；**agro** abl.
sing. 田野，田園；**in agro** *locu.* [prep. in
＋abl. sing] 在田裡；**agros** acc. pl. 田野，
田園

agitabant (agito, as, avi, atum, are) *v., tr.*, 1.,
imperf. ind., 3 pers. pl. （他/她/它們曾）攪
拌，搖動，支配

agricolae (agricola, ae) *n.*, 1 decl., masc.,
gen./ dat. sing.; nom./ voc. pl. 農人，農夫；
agricolarum gen. pl. 農人[們的]，農夫[們
的]；**agricola** nom./ voc./ abl. sing. 農人，
農夫；**agricolam** acc. sing. 農人，農夫

alas (ala, ae) *n.*, 1 decl., fem., acc. pl. 翅膀，
羽翼

aliquot *indef. adj./ pron.*, indecl. 一些，少許

ambulo, as, avi, atum, are *v., intr.*, 1. 步行，
漫步，走動；**ambulare** pres. inf. 步行，
漫步，走動

amico (amicus, ci) *n.*, 2 decl., masc., dat./ abl.
sing. 朋友；**cum amico** locu. [prep. cum＋
abl. sing.] 和朋友

Anchises, ae *n.*, 1 decl., masc. [人名]
Anchises 為 Aeneas 之父

angustiae, arum *n.*, 1 decl., fem., pl. tant. 苦
難

anni (annus, i) *n.*, 2 decl., masc., gen. sing.;
nom. pl. 年，歲

antiquos (antiquus, qui) *n.*, 2 decl., masc.,
acc. pl. 老人[們]，古人[們]；**apud
antiquos** *locu.* [prep. apud＋acc. pl.] 就古
人們而言

antiquum (antiquus, a, um) *adj.*, masc./ neut.
acc. sing.; neut., nom. sing. 老的，古老的，
舊的

apud *prep.* [＋acc.] 靠近（*near..., at...*）

aqua, ae *n.*, 1 decl., fem. 水；**in aqua** *locu.*
[prep. in＋abl. sing.] 在水中；**aquam** acc.
sing. 水

arant (aro, as, avi, atum, are) *v., tr.*, 1., pres.
ind., 3 pers. pl. （他/她/它們）犁田，耕種

argento (argentum, i) *n.*, 2 decl., neut., dat./
abl. sing. 銀，錢

aristas (arista, ae) *n.*, 1 decl., fem., acc. pl. 穀
物，作物

arma, orum *n.,* 2 decl., neut., pl. tant. 武器，軍械

armigerorum (armiger, eri) *n.,* 2 decl., masc., gen. pl. 侍衛[們的]，護衛[們的]；**armigeri** gen. sing.; nom./ voc. pl. 侍衛，護衛

astris (astrum, i) *n.,* 2 decl., neut., dat./ abl. pl. 星體，天體；**in astris** *locu.* [*prep.* **in**＋abl. pl.] 在星體

astrologus, i *n.,* 2 decl., masc. 占星師，天文學者；**astrologo** dat./ abl. sing. 占星師，天文學者

Athenae, arum *n.,* 1 decl., fem., pl. tant. [地名] 雅典

atque *conj.* 和、及，並且，而且

audivit (audio, is, ivi, itum, ire) *v., tr.,* 4., perf. ind., 3 pers. sing. （他/她/它已）聽，聽到；**audiebat** imperf. ind., 3 pers. sing. （他/她/它曾）聽，聽到

Augusto (Augustus, a, um) *adj.,* masc./ neut., dat./ abl. sing. 八月，八月的

aurae (aura, ae) *n.,* 1 decl., fem., gen./ dat. sing.; neut., nom. pl. 微風，氣息

auro (aurum, i) *n.,* 2 decl., neut., dat./ abl. sing. 金，黃金

aut *conj.* 或，或是

autumno (autumnus, i) *n.,* 2 decl., masc., dat./abl. sing. 秋天，秋季；**autumnus** nom. sing. 秋天，秋季

auxilia, iorum *n.,* 2 decl., neut., pl. 援兵

auxilium, ii *n.,* 2 decl., neut., sing. 協助，幫忙，輔助

ave, avete, aveto *interj.* [問候用語] 嗨；你/妳們好；你/妳好

beneficia (beneficium, ii) *n.,* 2 decl., neut., nom./ acc. pl. 利益，好處

benignae (benignus, a, um) *adj.,* fem., gen./ dat. sing.; nom. pl. 和藹的，溫和的

bestiolae (bestiola, ae) *n.,* 1 decl., fem., gen./ dat. sing.; nom. pl. 小生物，小動物

bona (bonum, i) *n.,* 2 decl., neut., nom./ acc. pl. 善，佳，好處，利益

bos, bovis *n.,* 3 decl., masc. 公牛；**boum** gen. pl. 公牛[群的]；**bobus** dat./ abl. pl. 公牛[群]；**bubus** dat./ abl. pl. 公牛[群]

breves (brevis, is, e) *adj.,* masc./ fem., nom./ acc. pl. 短的，短暫的；**minus breves** *locu.* [*adv.* **minus**＋nom./ acc. pl.] 較短的，較短暫的

breviores (brevior, or, us) *adj., comp.* [pos.: **brevis, is, e**] masc./ fem., nom./ acc. pl. 較短的，較短暫的

cadit (cado, is, cecidi, casum, ere) *v., intr.,* 3., pres. ind., 3 pers. sing. （他/她/它）落下，墜落，降落

caeca (caecus, a, um) *adj.,* fem., nom./ abl. sing.; neut., nom./ acc. pl. 盲的，盲目的

caelestium (caelestis, is, e) *adj.,* gen. pl. 天空的，天上的，天堂的

caelum, I *n.,* 2 decl., neut. 天空，天堂；**ad caelum** *locu.* [*prep.* **ad**＋acc. sing.] 向天空

Caesar, aris *n.,* 3 decl., masc. [人名/稱號] 凱撒，即 Gaius Julius Caesar（100 - 44 B.C.），羅馬共和末期的軍事家，政治家，其名號於羅馬帝國時期成為對皇帝的稱謂

calcavit (calco, as, avi, atum, are) *v., tr.,* 1., perf. ind., 3 pers. sing. （他/她/它已）踩踏，踐踏

candidam (candidus, a, um) *adj.,* fem., acc. sing. 純淨的，明亮的，潔白的

candore (candor, oris) *n.,* 3 decl., fem., abl. sing. 白，雪白，亮白

capillos (capillus, i) *n.,* 2 decl., masc., acc. pl. 頭髮

captant (capto, as, avi, atum, are) *v., tr.,* 1., pres. ind., 3 pers. pl. （他/她/它們）捕捉

cara (carus, a, um) *adj.,* fem., nom./ abl. sing.; neut., nom./ acc. pl. 親愛的，珍愛的，珍貴的

carnem (caro, carnis) *n.,* 3 decl., fem., acc. sing. 肉；**caro** nom. sing. 肉

carpe (carpo, is, carpsi, carptum, ere) *v., tr.,* 3., pres. imp., 2 pers. sing. （你/妳得）捉，抓，拿

casam (casa, ae) *n.,* 1 decl., fem., acc. sing. 家，房屋；**in casam** *locu.* [*prep.* **in**＋acc. sing.] 到屋裡；**casa** nom./ abl. sing. 家，房屋；**a casa** *locu.* [*prep.* **a**＋abl. sing.] 從屋裡

castra, orum *n.,* 2 decl., neut., pl. tant. 要塞，營寨，軍營

casus, us *n.,* 4 decl., masc. 情況，遭遇

celeber, bris, bre *adj.* 知名的，著名的

Cicero, onis *n.,* 3 decl., masc. [人名] 西塞羅（106 - 43 B.C.，古羅馬政治家）

cinere (cinis, eris) *n.,* 3 decl., masc., abl. sing. 灰，灰燼

civis, is *n.,* 3 decl., masc. 人民，市民，公民，國民

clamat (clamo, as, avi, atum, are) *v., intr.,* 1., pres. ind., 3 pers. sing. （他/她/它）叫，喊

clamoribus (clamor, oris) *n.,* 3 decl., masc., dat./ abl. pl. 吶喊，哭囂；**clamores** nom./ acc. pl. 吶喊，哭囂

colebant (colo, is, ui, cultum, ere) *v., tr.,* 3., imperf. ind., 3 pers. pl. （他/她/它們曾）住，居住，耕作；照顧，崇敬

colle (collis, is) *n.,* 3 decl., masc., abl. sing. 小山，山丘，山坡；**collis** nom./ gen. sing. 小山，山丘，山坡

columba, ae *n.,* 1 decl., fem. 鴿子；**columbam** acc. sing. 鴿子

compta (comptus, a, um) *adj.,* fem., nom./ abl. sing.; neut., nom./ acc. pl. 優雅的

condita (condo, is, didi, ditum, ere) *v., tr.,* 3., perf. part., fem., nom./ abl. sing.; neut., nom./ acc. pl. 已[/被]保持的，已[/被]維持的，已[/被]創造的，已[/被]建立的

contentus, a, um *adj.* 滿意的，滿足於 [+abl.]

contra *adv./ prep.* [+acc.] 對抗，反對

copia, ae *n.,* 1 decl., fem., sing. 數量

copiae, arum *n.,* 1 decl., fem., pl. 軍隊

corallis (corallium, ii) *n.,* 2 decl., neut., dat./ abl. pl. 珊瑚

cornu, us *n.,* 4 decl., neut. 獸角

corpus, oris *n.,* 3 decl., neut. 身體，肉軀

cotidie *adv.* 每天

cum [1.] *adv.* 當，在…之時（*when…, since…*）；[2.] *prep.* [+abl.] 偕同，與…（*with…*）

cur *adv.* 為何，為什麼

currant (curro, is, cucurri, cursum, ere) *v., intr.,* 3., pres. subj., 3 pers. pl. （若他/她/它們）跑，衝，碰見；**currens, entis** pres. part., 3 decl. [正在]跑的，[正在]衝的，[正]碰見的

curru (currus, us) *n.,* 4 decl., masc., abl. sing. 馬車，車輿；**currum** acc. sing. 馬車，車輿；**curruque** [=curru+que] masc., abl. sing. 馬車，車輿

de *prep.* [+abl.] 關於

dea, deae *n.,* 1 decl., fem. 女神；**deabus** dat./ abl. pl. 女神[們]

debent (debeo, es, ui, itum, ere) *v., tr.,* 2., pres. ind., 3 pers. pl. （他/她/它們）必須，應當

delectant (delecto, as, avi, atum, are) *v., tr.,* 1., pres. ind., 3 pers. pl. （他/她/它們）歡欣於，滿足於

Delphi, orum *n.,* 2 decl., masc., pl. tant. [地名] 德爾菲（希臘神話的太陽神阿波羅諭示神諭之處）

delphini (delphinus, i) *n.,* 2 decl., masc., gen. sing.; nom. pl. 海豚

desiderat (desidero, as, avi, atum, are) *v., tr.,* 1., pres. ind., 3 pers. sing. （他/她/它）想要，意欲

deus, dei *n.,* 2 decl., masc. 神；上帝；**diis** dat./ abl. pl. 眾神；**deo** dat./ abl. sing. 神；上帝；**dei** gen. sing.; nom./ voc. pl. 神；上帝；**dii** nom. pl. 眾神；**di** nom./ voc. pl. 眾神；**deis** dat./ abl. pl. 眾神；**dis** dat./ abl. pl. 眾神；**deum** acc. sing. 神；上帝；**deorum** gen. pl. 眾神[的]

dicabant (dico, as, avi, atum, are) *v., tr.,* 1., imperf. ind., 3 pers. pl. （他/她/它們曾）獻，奉獻

dicax, acis *adj.,* 3 decl. 機伶的，機智的，愛諷刺的

dicit (dico, is, dixi, dictum, ere) *v., tr.,* 3., [+dat.] pres. ind., 3 pers. sing. （他/她/它）說

dies, ei *n.,* 5 decl., masc. 日，天；**diem** acc. sing. 日，天

diligentia, ae *n.,* 1 decl., fem. 勤勉，努力，細心

dimittit (dimitto, is, misi, missum, ere) *v., tr.,* 3., pres. ind., 3 pers. sing. （他/她/它）送走，驅散，解散，放棄

distribuebat (distribuo, is, bui, butum, uere) *v., tr.,* 3., imperf. ind., 3 pers. sing. （他/她/它曾）分配，分送

divitias (divitiae, arum) *n.,* 1 decl., fem., pl. tant., acc. 財富；**divitiae** pl. tant., nom./ voc. 財富

doctique [＝**docti**＋**que**] (**doctus, a, um**) *adj.*, masc./ neut., gen. sing.; masc., nom. pl. 有知識的，智慧的，博學的

dolor, oris *n.,* 3 decl., masc. 痛苦，憂傷

domus, us *n.,* 4 decl., fem. 住宅，房屋

donabant (**dono, as, avi, atum, are**) *v., tr.*, 1., imperf. ind., 3 pers. pl. （他/她/它們已曾）贈送，給予；寬恕，免除；**donabantque** [＝**donabant**＋**que**] imperf. ind., 3 pers. pl. （他/她/它們已曾）贈送，給予；寬恕，免除

e, ex *prep.* [＋abl.] 離開…，從…而出（*out of…, from…*）

eam (**is, ea, id**) *demonstr. pron./ adj.*, fem., acc. sing. 她；其

effigies, ei *n.,* 5 decl., fem. 影像，形象，塑像

ego, mei, mihi, me *pers. pron.*, irreg., 1 pers. sing. 我；**me** acc./ voc. /abl. 我；**a me** *locu.* [*prep.* **a** ＋ abl.] 被我；**mihi** dat. [給我；**mi** [＝**mihi**] dat. [給我

enim *adv.* 其實，實際上

eo, is, ivi/ ii, itum, ire *anomal. v., intr.,* 4. 去，往

est (**sum, es, fui, futurus, esse**) *aux. v., intr.*, irreg., pres. ind., 3 pers. sing. （他/她/它）是，有，在；**esse** pres. inf. 是，有，在；**sunt** pres. ind., 3 pers. pl. （他/她/它們）是、有、在；**erat** imperf. ind., 3 pers. sing. （他/她/它曾）是，有，在；**erant** imperf. ind., 3 pers. pl. （他/她/它們曾）是，有，在

et *conj.* 和、及，並且，而且

etiam *conj.* 還有，也，仍（*also…*）

evolat (**evolo, as, avi, atum, are**) *v., intr.,* 1., pres. ind., 3 pers. sing. （他/她/它）飛走

excitant (**excito, as, avi, atum, are**) *v., tr.,* 1., pres. ind., 3 pers. pl. （他/她/它們）喚起，舉起，飼養[動物]，栽培[植物]

exeo, is, ivi/ ii, itum, ire *anomal. v., intr./ tr.,* 4. 離開，離去

extra *adv./ prep.* [＋acc.] 在…之外，此外

fabrum (**faber, fabri**) *n.,* 2 decl., masc., acc. sing.; gen. pl. 鐵匠

facies, ei *n.,* 5 decl., fem. 面，臉，外表

familias (**familia, ae**) *n.,* 1 decl., fem., [gen./] acc. pl. 家屬，家族；[當屬格時限與 pater, mater, filius 等字連用]

fas *n.,* indecl., neut. 宜，善，好

febris, is *n.,* 3 decl., fem. 發燒

fecunda (**fecundus, a, um**) *adj.*, fem., nom./ abl. sing.; neut., nom./ acc. pl. 肥沃的，豐饒的

feminae (**femina, ae**) *n.,* 1 decl., fem., gen./ dat. sing.; nom./ voc. pl. 女士，女人；**feminarum** gen. pl. 女士[們的]，女人[們的]

feras (**fera, ae**) *n.,* 1 decl., fem., acc. pl. 野獸[們]

filia, ae *n.,* 1 decl., fem. 女兒；**filiabus** dat./ abl. pl. 女兒[們]

filius, ii *n.,* 2 decl., masc. 兒子；**filiis** dat./ abl. pl. 兒子[們]；**fili** voc. sing. 兒子

filum, I *n.,* 2 decl., neut. 絲線，纖維

fines, ium *n.,* 3 decl., masc., pl. 領土，領域；**finibus** dat./ abl. pl. 領土，領域

finis, is *n.,* 3 decl., masc., sing. 邊界，邊境

flabra (**flabrum, i**) *n.,* 2 decl., neut., nom./ acc. pl. 疾風

flet (**fleo, es, flevi, fletum, flere**) *v., intr./ tr.,* 2., pres. ind., 3 pers. sing. （他/她/它）哭泣；**flebat** imperf. ind., 3 pers. sing. （他/她/它曾）哭泣

fluctuum (**fluctus, us**) *n.,* 4 decl., masc., gen. pl. 波浪[的]，洪水[的]

fluminum (**flumen, inis**) *n.,* 3 decl., neut., gen. pl. 河[的]，溪流[的]

forma, ae *n.,* 1 decl., fem. 面貌，外觀，體態，形態

formica, ae *n.,* 1 decl., fem. 螞蟻；**formicam** acc. sing. 螞蟻

formosae (**formosus, a, um**) *adj.*, fem., gen./ dat. sing.; nom. pl. 美麗的

foro (**forum, i**) *n.* 2 decl., neut., dat./ abl. sing. 集會的公共場所；法庭；**in foro** [*prep.* **in** ＋abl. sing.] 在集會場；在法庭

forte *adv.* 正巧，偶然地；可能，或許

fortuna, ae *n.,* 1 decl., fem. 命運，機運，幸運，財富

fortunate (**fortunatus, a, um**) *adj.*, masc., voc. sing. 幸運的，幸福的；**fortunatum** masc./ neut., acc. sing.; neut., nom. sing. 幸

運的，幸福的

frequ*e*ntior, or, us *adj., comp.,* [pos.:**frequ*e*ns, *e*ntis**] 較常的，較頻繁的

fr*i*gus, oris *n.,* 3 decl., neut. 寒冷

fr*u*ctus, us *n.,* 4 decl., masc. 果實，水果；**fr*u*ctibus** dat./ abl. pl. 果實，水果

fulg*e*ntia (f*u*lgens, *e*ntis) *adj.,* 3 decl., neut., nom./ acc. pl. 閃爍的

gel*i*di (gel*i*dus, a, um) *adj.,* masc./ neut., gen. sing.; masc., nom. pl. 冰冷的

ger*u*nt (g*e*ro, is, g*e*ssi, g*e*stum, g*e*rere) *v., tr.,* 3., pres. ind., 3 pers. pl. （他/她/它們）持有，帶來，管理；**ger*e*bat** imperf. inf., 3 pers. sing. （他/她/它曾）持有，帶來，管理

gl*a*cies, *ei* *n.,* 5 decl., neut. 冰

gl*e*bas (gl*e*ba, ae) *n.,* 1 decl., fem., acc. pl. 土地

gl*o*riam (gl*o*ria, ae) *n.,* 1 decl., fem., acc. sing. 榮耀

Gr*a*eca (Gr*a*ecus, a, um) *adj.,* fem., nom./ voc./ abl. sing.; neut., nom./ acc./ voc. pl. [地名] 希臘的，希臘人的

gr*a*ta (gr*a*tus, a, um) *adj.,* fem., nom./ abl. sing.; neut., nom./ acc. pl. 感激的，感謝的

hab*e*mus (h*a*beo, es, h*a*bui, itum, *e*re) *v., tr.,* 2., pers. ind., 1 pers. pl. （我們）有，持有；考慮；**hab*e*bat** imperf. ind., 3 pers. sing. （他/她/它曾）有，持有；考慮

h*e*rbae (h*e*rba, ae) *n.,* 1 decl., fem., gen./ dat. sing.; nom. pl. 草

hic, haec, hoc *demonstr. pron./ adj.* 這，此，這個的

h*i*ems, mis *n.,* 3 decl., fem. 冬天，冬季；**h*i*emis** gen. sing.; acc. pl. 冬天，冬季；**h*i*eme** abl. sing. 冬天，冬季；**ad h*i*emis *locu*.** [prep. **ad**＋acc. pl.] 到冬天，到冬季

h*o*mines (h*o*mo, minis) *n.,* 3 decl., masc., nom./ acc. pl. 男士[們]，人[們]

horrid*i*ora (horr*i*dior, or, us) *adj., comp.* [pos.: **h*o*rridus, a, um**] neut., nom./ acc.pl. 較可怕的，較粗暴的

h*o*stem (h*o*stis, is) *n.,* 3 decl., masc./ fem., acc. sing. 敵人；**h*o*stis** nom./ gen./ voc. sing. 敵人

iam *adv.* 已經

Ianu*a*rio (Ianu*a*rius, a, um) *adj.,* masc./ neut., dat./ abl. sing. 一月，一月的

ide*o*que [＝**ideo**＋**que**] *adv.* 因此（*and thus…, and therefore…*）

ignom*i*niam (ignom*i*nia, ae) *n.,* 1 decl., fem., acc. sing. 恥辱

imam (*i*mus, a, um) *adj., sup.,* fem., acc. sing. 極低的，極深的；**imis** masc./ fem./ neut., dat./ abl. pl. 極低的，極深的；**ima** fem., nom./ abl. sing.; neut., nom./acc. pl. 極低的，極深的

imm*e*nsum (imm*e*nsus, a, um) *adj.,* masc./ neut., acc. sing.; neut., nom. sing. 無垠的，無邊際的

impedim*e*nta, *o*rum *n.,* 2 decl., neut., pl. 行李

impedim*e*ntum, i *n.,* 2 decl., neut., sing. 障礙

imp*e*rio (imp*e*rium, ii) *n.,* 2 decl., neut., dat./ abl., sing. 指揮，統治；**imp*e*rium** nom./ acc. sing. 指揮，統治

imp*i*ger, gra, grum *adj.* 主動的，積極的

impl*e*bat (impleo, es, *e*vi, *e*tum, *e*re) *v., tr.,* 2., imperf. ind., 3 pers. sing. （他/她/它曾）遍佈，充滿，滿足

impl*o*rat (impl*o*ro, as, *a*vi, *a*tum, *a*re) *v., tr.,* 1., pres. ind., 3 pers. sing. （他/她/它）懇求，祈求

impr*o*bo (impr*o*bus, a, um) *adj.,* masc./ neut., dat./ abl. sing. 惡劣的，不道德的，無恥的

imprud*e*nti (impr*u*dens, entis) *adj.,* 3 decl., masc./ fem./ neut., dat./ abl. sing. 不慎的，失察的

in *prep.* [＋acc./ abl.] 在…；到…，向…

inc*a*utum (inc*a*utus, a, um) *adj.,* masc./ neut., acc. sing.; neut., nom. sing. 未注意的，不設防的

incl*i*nat (incl*i*no, as, *a*vi, *a*tum, *a*re) *v., tr./ intr.,* 1., pres. ind., 3 pers. sing. （他/她/它）傾向，趨向

inc*o*las (*i*ncola, ae) *n.,* 1 decl., masc./ fem., acc. pl. 居民

inconst*a*ntia, ae *n.,* 1 decl., fem. 任意，恣意；**cum inconst*a*ntia *locu*.** [prep. **cum**＋abl. sing.] 伴隨著恣意

ind*o*les, is *n.,* 3 decl., fem., sing. tant. 本質，天賦

infrenabat (**infreno, as, avi, atum, are**) v., tr., 1., imperf. ind., 3 pers. sing. （他/她/它曾）抑制，約束，控制

ingenium, ii n., 2 decl., neut. 才能，才智，秉性

inopiam (**inopia, ae**) n., 1 decl., fem., acc. sing. 缺乏，匱乏，貧困，貧窮

inquit (**inquam, is, inquii**) defect. v., intr., irreg., pres. ind., 3 pers. sing. （他/她/它）說

interea adv. 同時

intrat (**intro, as, avi, atum, are**) v., tr./ intr., 1., pres. ind., 3 pers. sing. （他/她/它）進入

irrigant (**irrigo, as, avi, atus, are**) v., tr., 1., pres. ind., 3 pers. pl. （他/她/它們）灌溉

ita adv. 因此，因而

Italia, ae n., 1 decl., fem. [地名] 義大利

iucundi (**iucundus, a, um**) adj., masc./ neut., gen. sing.; masc., nom. pl. 快樂的，愉悅的，舒適的，美味的

Iulio (**Iulius, a, um**) adj., masc./ neut., dat./ abl. sing. 七月，七月的

iussu (**iussus, us**) n., 4 decl., masc., abl. sing. 命令

lacuum (**lacus, us**) n., 4 decl., masc., gen. pl. 湖[的]，湖泊[的]

laudant (**laudo, as, avi, atum, are**) v., tr., 1., pres.ind., 3 pers. pl. （他/她們）稱讚，頌揚

lavabat (**lavo, as, lavi, lautum, are**) v., tr./ intr., 1., imperf. ind., 3 pers. sing. （他/她/它曾）洗，清洗

leaenae (**leaena, ae**) n., 1 decl., fem., gen./ dat. sing.; nom. pl. 母獅

lepida (**lepidus, a, um**) adj., fem, nom./ abl. sing.; neut., nom./ acc. pl. 機伶的，討喜的，令人愉悅的

limpida (**limpidus, a, um**) adj., fem., nom./ abl. sing.; neut., nom./ acc. pl. 乾淨的，清澈的

littera, ae n., 1 decl., fem., sing. 字母

litterae, arum n., 1 decl., fem., pl. 文學，書信，記錄

loca (**locus, i**) n., 2 decl., neut., nom./ acc. pl. 地方，場所；**locus** masc., nom. sing. 地方，場所；**loci** masc., gen. sing.; nom. pl. 地方，

場所

longiores (**longior, ior, ius**) adj., comp. [pos.: **longus, a, um**] masc./ fem., nom./ acc. pl. 較長的

loquimur (**loquor, eris, locutum sum, loqui**) dep. v., intr./ tr., 3., pres. ind., 1 pers. pl. （我們）說話，言談；**loquor** pres. ind., 1 pers. sing. （我）說話，言談

lupus, i n., 2 decl., masc. 狼

magna (**magnus, a, um**) adj., fem., nom./ abl. sing.; neut., nom./ acc. pl. 大的，大量的，強大的，偉大的；**magne** masc., voc. sing. 大的，大量的，強大的，偉大的

magis adv., comp. 較多地（more…）

Maiae (**Maia, ae**) n., 1 decl., fem., gen./ dat. sing.; nom./ voc. pl. [人名] 羅馬神話中的女神，為信使之神 Mercurius 的母親

maiores, um n., 3 decl., masc., pl. tant. 祖先

mala (**malum, i**) n., 2 decl., neut., nom./ acc. pl. 惡，壞，災厄，苦難

malacia, ae n., 1 decl., fem. 平靜，鎮靜

manduco, as, avi, atum, are v., tr., 1. 吃；**manducata** perf. part., fem., nom./ abl. sing.; neut., nom./ acc. pl. 已[/被]吃的；**manducata est** pass., perf. ind., 3 pers. sing., fem. （她已）被吃

manes, ium n., 3 decl., masc. pl. tant. 陰魂

manu (**manus, us**) n., 4 decl., fem., abl. sing. 手；**in manu** locu., [prep. **in**＋abl. sing.] 在手裡；**manibus** dat./ abl. pl. 手

mare, is n., 3 decl., neut. 海；**marium** gen. pl. 大海[的]；**maris** gen. sing. 海[的]；**maria** nom./ acc./ voc. 大海

marina (**marinus, a, um**) adj., fem., nom./ abl. sing.; neut., nom./ acc. pl. 海的，海洋的

Mars, Martis n., 3 decl., masc. [人名] 羅馬神話中的戰神

matronae (**matrona, ae**) n., 1 decl., fem., gen./ dat. sing.; nom. pl. 女士，已婚的婦女

me；mihi；mi → **ego**

mense (**mensis, is**) n., 3 decl., masc., abl. sing. 月，月份；**mensibus** dat./ abl. pl. 月，月份

mentem (**mens, mentis**) n., 3 decl., fem., acc. sing. 精神，心力，心智

mercatores (**mercator, oris**) n., 3 decl., masc., nom./ acc./ voc. pl. 商人[們]；

mercatorumque [＝**mercatorum**＋**que**] gen. pl. 商人[們的]

Mercurius, ii *n.,* 2 decl. masc. [人名] 羅馬神話中的信使之神；**Mercuri** gen./ voc. sing. [人名] 羅馬神話中的信使之神

minus *adv., comp.* [pos.: **parum**] 較少地（*less...*）

miseram (miser, a, um) *adj.,* fem., acc. sing. 不幸的，悲慘的，可憐的；**misera** fem.. nom./ abl. sing.; neut., nom./ acc. pl. 不幸的，悲慘的，可憐的

mite (mitis, is, e) *adj.,* neut., nom./ abl. sing. 溫和的，溫暖的，和煦的

mitiores (mitior, or, us) *adj., comp.* [pos.: **mitis, is, e**] masc./ fem., nom./ acc./ voc. pl. 較溫和的，較溫暖的，較和煦的

moenia, ium *n.,* 3 decl., neut., pl. tant. 城牆

molestum (molestus, a, um) *adj.*, masc./ neut., acc. sing.; neut., nom. sing. 煩人的，擾人的，惱人的

monilia (monile, is) *n.,* 3 decl., neut., nom./ acc. pl. 項鏈，首飾

monstra (monstrum, i) *n.,* 2 decl., neut., nom./ acc. pl. 怪物，怪獸

monstrabat (monstro, as, avi, atum, are) *v., tr./ intr.,* 1., imperf. ind., 3 pers. sing. （他/她/它曾）展示，呈現，指出

mordet (mordeo, es, momordi, morsum, ere) *v., tr.,* 2., pres. ind., 3 pers. sing. （他/她/它）囓咬，叮螫

moribus (mos, moris) *n.,* masc., dat./ abl. pl. 風俗習慣；**mos** nom. sing. 風俗習慣；**more** abl. sing. 風俗習慣；**more suo** *locu.* 依照他/它的習慣

morsum (morsus, us) *n.,* 4 decl., masc., acc. sing. 囓咬，叮螫

muliercula, ae *n.,* 1 decl., fem. 少女，少婦，女性

multi (multus, a, um) *adj.,* masc./ neut., gen. sing.; masc., nom. pl. 許多的，很多的；**multas** fem., acc. pl. 許多的，很多的；**multae** fem., gen./ dat. sing.; nom. pl. 許多的，很多的

munit (munio, is, ivi/ ii, itum, ire) *v., tr.,* 4., pres. ind., 3 pers. sing. （他/她/它）鞏固，強化，保護，防衛

nam *conj.* 由於，此外

nautarum (nauta, ae) *n.,* 1 decl., masc., gen. pl. 水手[們]，海員[們]；**nautae** gen. /dat. sing.; nom./ voc. pl. 水手，海員

navibus (navis, is) *n.,* 3 decl., fem., dat./ abl. pl. 船；**navis** nom./ gen. sing. 船；**navibusque** [＝**navibus**＋**que**] dat./ abl. pl. 船

Neapolis, is *n.,* 3 decl., fem. [地名] 拿坡里

necare (neco, as, avi, atum, are) *v., tr.,* 1., [1.] pres. inf. 殺；[2.] pass., pres. imp., 2 pers. sing. （你/妳得）被殺

nefas *n.,* indecl, neut. 忌，惡，壞

Neptunus, I *n.* 2 decl., masc. [人名] 羅馬神話中的海神；**Neptuni** gen. sing. [人名] 羅馬神話中的海神[的]；**Neptunum** acc. sing. [人名] 羅馬神話中的海神

Nioba, ae [＝**Niobe, es**] *n.,* 1 decl., fem. [人名] 希臘神話中的女性人物

niveo (niveus, a, um) *adj.,* masc./ neut., dat./ abl. sing. 雪白的

nix, nivis *n.,* 3 decl., fem. 雪

noctem (nox, noctis) *n.,* 3 decl., fem., acc. sing. 夜晚；**sub noctem** *locu.* [prep. **sub**＋acc. sing.] 傍晚，接近晚上的時候；**noctes** nom./ acc. pl. 夜晚

non *neg. adv.* 不，非，否

nostrum (noster, tra, trum) *poss. pron./ adj.,* masc., acc. sing.; neut., nom./ acc. sing. 我們的

Novembri (November, bris, bre) *adj.,* masc./ fem./ neut., dat./ abl. sing. 十一月，十一月的

novum (novus, a, um) *adj.,* masc./ neut., acc. sing.; neut., nom. sing. 新的

nummum (nummus, i) *n.,* 2 decl., masc., acc. sing.; gen. pl. 錢，錢幣

nutu (nutus, us) *n.,* 4 decl., masc., abl. sing. 點頭，頷首

o *interj.* 喔！噢！

observabat (observo, as, avi, atum, are) *v., tr.,* 1., imperf. ind., 3 pers. sing. （他/她/它曾）觀測，觀察

Octobri (October, bris, bre) *adj.,* masc./ fem./ neut., dat./ abl. sing. 十月，十月的

olim *adv.* [有]一次，[有]一天

Olympo (Olympus, i) *n.,* 2 decl., masc., dat./ abl. sing. [地名] 奧林帕斯山，希臘神話中

諸神居住之處；**in Olympo** *locu.*, [*prep.* **in** ＋abl. sing.] 在奧林帕斯山

*o***mnem** (*o***mnis, is, e**) *adj./ pron.*, masc./ fem., acc. sing. 每一，任一，每一事物，每一人

*o***mnibus** (*o***mnes, es, ia**) *adj./ pron.*, masc./ fem./ neut., dat./ abl. pl. 一切，所有，所有事物，所有人

*o***ppidum, i** *n.*, 2 decl., neut. 城鎮，城市，要塞

*o***pprimit** (*o***pprimo, is, pr***e***ssi, pr***e***ssum, ere**) *v., tr.*, 3., pres. ind., 3 pers. sing. （他/她/它）壓，壓制，壓迫

*o***ptat** (*o***pto, as, *a*vi, *a*tum, *a*re**) *v., tr.*, 1., pres. ind., 3 pers. sing. （他/她/它）意欲，希望，想要

*o***rnant** (*o***rno, as, *a*vi, *a*tum, *a*re**) *v., tr.*, 1., pres. ind., 3 pers. pl. （他/她/它們）妝點，裝飾，配戴；**orn*a*bat** imperf. ind., 3 pers. sing. （他/她/它曾）妝點，裝飾，配戴

*pa***cem** (**pax, p*a*cis**) *n.*, 3 decl., fem., acc. sing. 和平；**pax** nom. sing. 和平

paen*i*nsula, ae *n.*, 1 decl., fem. 半島

paluda*me*ntum, i *n.*, 2 decl., neut. 披風，斗篷

panth*e*rae (**panth*e*ra, ae**) *n.*, 1 decl., fem., gen./ dat. sing.; nom. pl. 豹

p*a*rat (**p*a*ro, as, *a*vi, *a*tum, *a*re**) *v., tr.*, 1., pres. ind., 3 pers. sing. （他/她/它）準備

pars, p*a*rtis *n.*, 3 decl., fem. 部份

p*a*rvum (**p*a*rvus, a, um**) *adj.*, masc./ neut., acc. sing.; neut., nom. sing. 小的，少的，細微的；**p*a*rvo** masc./ neut., dat./ abl. sing. 小的，少的，細微的；**p*a*rva** fem., nom./ abl. sing.; neut., nom./ acc. pl. 小的，少的，細微的

p*a*ter, tris *n.*, 3 decl., masc. 父親；**p*a*ter fam*i*lias** *locu.* 家長，家主

p*a*tria, ae *n.*, 1 decl., fem. 祖國，國家，故鄉

p*e*de (**pes, p*e*dis**) *n.*, 3 decl., masc., abl. sing. 腳

peragr*a*bat (**per*a*gro, as, *a*vi, *a*tum, *a*re**) *v., tr.*, 1., imperf. ind., 3 pers. sing. （他/她/它曾）走遍，巡遍

percurr*e*bat (**perc*u*rro, is, cuc*u*rri, c*u*rsum, ere**) *v., intr./ tr.*, 3., imperf. ind., 3 pers. sing. （他/她/它曾）馳越，奔越

perfl*a*nt (**perfl*o*, as, *a*vi, *a*tum, *a*re**) *v., tr./ intr.*, 1., pres. ind., 3 pers. pl. （他/她/它們）吹，刮，擊，打

p*e*tunt (**p*e*to, is, *i*vi, *i*tum, ere**) *v., tr.*, 3., pres. ind., 3 pers. pl. （他/她/它們）要求，請求，尋求，攻擊，追擊，前往；**pet*e*bant** imperf. ind., 3 pers. pl. （他/她/它們曾）要求，請求，尋求，攻擊，追擊，前往；**pet*e*bat** imperf. ind., 3 pers. sing. （他/她/它曾）要求，請求，尋求，攻擊，追擊，前往

pi*e*tate (**p*i*etas, *a*tis**) *n.*, 3 decl., fem., abl. sing. 虔誠，虔敬，忠誠，責任，義務

pl*a*ntas (**pl*a*nta, ae**) *n.*, 1 decl., fem., acc. pl. 秧苗，樹苗

po*e*tae (**po*e*ta, ae**) *n.*, 1 decl., masc., gen./ dat. sing.; nom./ voc. pl. 詩人

p*o*mis (**p*o*mum, p*o*mi**) *n.*, 2 decl., neut., dat./ abl. pl. 水果

p*o*pulus, i *n.*, 2 decl., masc. 人民，民眾；**p*o*pulo** dat./ abl. sing. 人民，民眾；**a p*o*pulo** *locu.* [*prep.* **a** ＋abl. sing.] 從人民，從民眾

p*o*rro *adv.* 此外，再者

p*o*rtubus (**p*o*rtus, us**) *n.*, 4 decl., masc., dat./ abl. pl. 港口；**in p*o*rtubus** *locu.* [*prep.* **in** ＋abl. pl.] 在港口

p*o*ssidet (**poss*i*deo, es, s*e*di, s*e*ssum, ere**) *v., tr.*, 2., pres. ind., 3 pers. sing. （他/她/它）持有，擁有

post *adv./ prep.* [＋acc.] 後面，後方，之後

pra*e*bet (**pra*e*beo, es, ui, itum, ere**) *v., tr.*, 2., pres. ind. 3 pers. sing. （他/她/它）供應，提供，呈現

praecipit*a*vit (**praec*i*pito, as, *a*vi, *a*tum, *a*re**) *v., tr./ intr.*, 1., perf. ind., 3 pers. sing. （他/她/它已）扔下，一頭栽進

praen*u*ntia (**praen*u*ntius, a, um**) *adj.*, fem., nom./ abl. sing.; neut., nom./ acc. pl. 先驅的，前兆的，通報的，傳令的

praes*i*dium, ii *n.*, 2 decl., neut. 防護，保護，保障

praet*e*rea *adv.* 此外，另外，再者，此後

pr*e*ces, ium *n.*, 3 decl., fem., pl. tant. 祈求

preti*o*sasque [＝preti*o*sas＋que] (**preti*o*sus,

a, um) *adj.*, fem., acc. pl. 珍貴的，昂貴的，貴重的

proelium, li(i) *n.*, 2 decl., neut. 戰役

propter *prep.* [＋acc.] 接近，靠近；因為

prosilit (prosilio, is, ivi, --, ire) *v., intr.*, 4., pres. ind., 3 pers. sing. （他/她/它）跳，跳躍

prosperum (prosperus, a, um) *adj.*, nom./acc. neut., acc.masc.sing. 繁榮的，興盛的，成功的，幸運的

publica (publicus, a, um) *adj.*, fem., nom./ voc./ abl. sing.; neut., nom./ acc./ voc. pl. 公共的，公眾的

puella, ae *n.*, 1 decl., fem. 女孩，女童；**puellaeque** [＝puellae＋que] gen./ dat. sing.; nom./ voc. pl. 女孩，女童

puer, i *n.*, 2 decl., masc. 男孩，男童；**pueros** acc. pl. 男孩[們]，男童[們]

puerulus, i *n.* 2 decl., masc. 小男孩，男童

pulchra (pulcher, pulchra, pulchrum) *adj.*, fem., nom./ abl. sing.; neut., nom./ acc. pl. 美麗的，漂亮的

puppis, is *n.*, 3 decl., fem. 甲板

purpureas (purpureus, a, um) *adj.*, fem., acc. pl. 紫的，紫色的

puteum (puteus, putei) *n.*, 2 decl., masc., acc. sing. 井，坑

quam *adv./ conj.* 多少，多麼；[用於比較] 比…，較…

re (res, rei) *n.*, 5 decl., fem., abl. sing. 物，事物，東西；**res** nom./ voc. sing.; nom./ acc./ voc. pl. 物，事物，東西

re publica (res publica, rei publicae) *n.*, 5 decl.＋1 decl., fem., abl. sing. 政事，公眾事務，國家；**de re publica** *locu.* [*prep.* de ＋abl. sing.] 關於政事

regia, ae *n.*, 1 decl., fem. 皇宮，宮殿

regnum, I *n.*, 2 decl., neut. 王國

relucebat (reluceo, es, luxi, --, ere) *v., intr.*, 2., imperf. ind., 3 pers. sing. （他/她/它曾）閃爍，閃耀

repente *adv.* 突然地

risuque [＝risu＋que] **(risus, us)** *n.*, 4 decl., masc., abl. sing. 笑，笑聲

rivo (rivus, rivi) *n.*, 2 decl., masc., dat./ abl. sing. 小河，溪流

Romam (Roma, ae) *n.*, 1 decl., fem., acc. sing. [地名] 羅馬；**ad Romam** *locu.* [*prep.* ad＋acc. sing.] 到羅馬；**Roma** nom./ voc./ abl. sing. 羅馬；**ex Roma** *locu.* [*prep.* ex＋abl. sing.] 離開羅馬

Romani (Romanus, a, um) *adj.*, masc./ neut., gen. sing.; masc., nom. pl. [地名] 羅馬的，羅馬人的

Romani (Romanus, i) *n.*, 2 decl., masc., gen. sing.; nom./ voc. pl. [族群名] 羅馬人

rosa, ae *n.*, 1 decl., fem. 玫瑰；**rosas** acc. pl. 玫瑰

rutilabant (rutilo, as, avi, atum, are) *v., intr./ tr.*, 1., imperf. ind., 3 pers. pl. （他/她/它們曾）有光澤，變紅潤

saepe *adv.* 時常，常常

sagittam (sagitta, ae) *n.*, 1 decl., fem., acc. sing. 箭，箭矢

Salamis, inis *n.*, 3 decl., fem. [地名]

salubrius (salubrior, or, us) *adj.*, comp. [pos. : **saluber, bris, bre**] neut., nom./ acc. sing. 較健康的，較有益健康的

se (sui, sibi, se, sese) *pers./ refl. pron.*, irreg., 3 pers. sing./ pl., masc./ dem./ neut., acc./ abl. 他/她/它（自身）；他/她/它們（自身）

securis, is *n.*, 3 decl., fem. 斧

sed *conj.* 但是，然而

sedabant (sedo, as, avi, atum, are) *v., tr.*, 1., imperf. ind., 3 pers. pl. （他/她/它們）平靜，鎮定

sedebat (sedeo, es, sedi, sessum, ere) *v., intr.*, 2., imperf. ind., 3 pers. sing. （他/她/它曾）坐，使置於

seditione (seditio, onis) *n.*, 3 decl., fem., abl. sing. 叛亂，暴動；**a seditione** *locu.* [*prep.* a＋abl. sing.] 從叛亂，從暴動

semper *adv.* 永遠，一直，總是

senibus (senex, is) *n.*, 3 decl., masc., dat./ abl. pl. 老人

sentient (sentio, is, sensi, sensum, ire) *v., tr./ intr.*, 4., fut. ind., 3 pers. pl. （他/她/它們將）察覺，感覺，考量，認知，理解

serenabat (sereno, as, avi, atum, are) *v., tr.*, 1., imperf. ind., 3 pers. sing. （他/她/它曾）放晴，發光，照亮

servat (servo, as, avi, atum, are) *v., tr.*, 1., pres. ind., 3 pers. sing. （他/她/它）看守，

保護，保存，救助；**serv*a*bant** imperf. ind., 3 pers. pl. （他/她/它們曾）看守，保護，保存，救助

sestertium (sestertius, ii) *n.,* 2 decl., masc., acc. sing.; gen. pl. 古羅馬的一種銀幣名稱

si *conj.* 如果，倘若

sic *adv.* 如此地，這般地

s*i*dera (s*i*dus, eris) *n.,* 3 decl., neut., nom./ acc. pl. 星星，星體；**s*i*derum** gen. pl. 星星[的]，星體[的]

s*i*lvis (s*i*lva, ae) *n.,* 1 decl., fem., dat./ abl. pl. 樹林、森林；**in s*i*lvis** *locu.* [*prep.* in＋abl. pl.] 在森林，在樹林

s*i*ta (s*i*tus, a, um) *adj.,* fem., nom./ abl. sing.; neut., nom./ acc. pl. 座落，位於

s*i*tis, is *n.,* 3 decl., fem. 渴

smar*a*gdis (smar*a*gdus, i) *n.,* 2 decl., masc., dat./ abl. pl. 綠寶石

socius, ii *n.,* 2 decl., masc. 同伴，伙伴

species, ei *n.,* 5 decl., fem. 物種

spect*a*s (spect*o*, as, *a*vi, *a*tum, are) *v., tr.,* 1., pres. ind., 2 pers. sing. （你/妳）觀察，檢視

specubus (specus, us) *n.,* 4 decl., masc./ fem./ neut., dat./ abl. pl. 洞穴，深淵

spes, ei *n.,* 5 decl., fem. 希望

st*a*bat (sto, as, st*e*ti, st*a*tum, are) *v., intr.,* 1., imperf. ind., 3 pers. sing. （他/她/它）站立，佇立，停留，留下

st*a*tuas (st*a*tua, ae) *n.,* 1 decl., fem., acc. pl. 雕像

st*a*tuit (st*a*tuo, is, ui, t*u*tum, u*e*re) *v., tr.,* 3., [1.] pres. ind., 3 pers. sing. （他/她/它）決定；建立；[2.] perf. ind., 3 pers. sing. （他/她/它已）決定；建立

str*e*pitum (str*e*pitus, us) *n.,* 4 decl., masc., acc. sing. 聲響

sub *prep.* [＋acc./ abl.] 在…下面；有關，關於

su*i*s (su*u*s, a, um) *poss. pron./ adj.,* masc./ fem./ neut., dat./ abl. pl. 他/她/它的；他/她/它們的；**su*o*** masc./ neut., dat./ abl. sing. 他/她/它的；他/她/它們的；**su*a*** fem., nom./ abl. sing.; neut., nom./ acc. pl. 他/她/它的；他/她/它們的

s*u*mma (s*u*mmus, a, um) *adj., sup.,* fem., nom./abl. sing.; neut., nom./ acc. pl. 極高的，極致的

summit*a*tem (summitas, *a*tis) *n.,* 3 decl., fem., acc. sing. 表面，頂端

sunt → est

tam *adv.* 如此地，多麼地，那麼多地

tempest*a*tibus (tempestas, *a*tis) *n.,* 3 decl., fem., dat./ abl. pl. 風暴，暴風雨；**in tempest*a*tibus** *locu.* [*prep.* in＋abl. pl.] 在暴風雨中；**tempest*a*tem** acc. sing. 風暴，暴風雨

templum, I *n.,* 2 decl., neut. 廟宇，神殿

temporis (tempus, oris) *n.,* 3 decl., neut., gen. sing. 時間[的]，光陰[的]；**tempus** nom./ acc. sing. 時間，光陰

ten*e*bat (teneo, es, tenui, tentum, *e*re) *v., tr.,* 2., impref. ind., 3 pers. sing. （他/她/它曾）擁有，抓住，持續，維持

ten*e*brae, arum *n.,* 2 decl., fem., pl. tant. 黑暗

terra, ae *n.,* 1 decl., fem. 土地，陸地，地面；**terram** acc. sing. 土地，陸地，地面

terr*e*nas (terr*e*nus, a, um) *adj.,* fem., acc. pl. 土地的，陸地的，地上的

T*i*beris, is *n.,* 3 decl., masc. [河川名] 台伯河

tranqu*i*lle *adv.* 安靜地，平靜地

trid*e*ntem (tr*i*dens, entis) *n.,* 3 decl., masc., acc. sing. 三叉戟；**trid*e*nte** abl. sing. 三叉戟

tri*u*mvirum (tri*u*mviri, um/ *o*rum) *n.,* 2 decl., masc., gen. pl. （古代羅馬的）三位執政官[的]

tu, t*u*i, t*i*bi, te *pers. pron.,* irreg., 2 pers. sing. 你/妳

tum *adv.* 那時，當時；此外，接著，然後

tunc *adv.* 那時，當時，然後，隨即

t*u*rba, ae *n.,* 1 decl., fem. 群，大群

t*u*rris, is *n.* 3 decl., fem. 塔

tu*u*m (tu*u*s, a, um) *poss. pron./ adj.,* masc., acc. sing.; neut., nom./ acc. sing. 你/妳的

tyr*a*nnus, I *n.,* 2 decl., masc. 暴君；**tyr*a*nno** dat. /abl. sing. 暴君；**tyr*a*nnum** acc. sing. 暴君

u*n*das (u*n*da, ae) *n.,* 1 decl., fem., acc. pl. 波浪

ungu*e*nta (ungu*e*ntum, i) *n.,* 2 decl., neut., nom./ acc. pl. 香精，油膏

urbe (urbs, *u*rbis) *n.,* 3 decl., fem., abl. sing.

城市；羅馬城；**ab *u*rbe** *locu.* [*prep.* **ab**＋ abl. sing.] 自從羅馬城；***u*rbem** acc. sing. 城市；羅馬城；**extra *u*rbem** *locu.* [*prep.* **extra**＋acc. sing.] 在（羅馬）城外

ut *conj.* 為了，以致於，如同

ux*o*ribus (*u*xor, *o*ris) *n.,* 3 decl., fem., dat./ abl. pl. 妻子[們]

v*a*lida (v*a*lidus, a, um) *adj.,* fem., nom./ abl. sing.; neut., nom./ acc. pl. 強壯的，強大的

vas, is *n.,* 3 decl., neut., sing. 花瓶；**v*a*sa, *o*rum** *n.,* 2 decl., neut. pl. 花瓶

veh*e*bant (v*e*ho, is, v*e*xi, v*e*ctum, ere) *v., tr.,* 3., imperf. ind., 3 pers. pl. （他/她/它們曾）承載，負載，運送，傳送

vehem*e*ntibus (veh*e*mens, *e*ntis) *adj.,* 3 decl., masc./ fem./ neut., dat./ abl. pl. 激烈的，強烈的，強調的；**vehem*e*ntes** masc./ fem., nom./ acc. pl. 激烈的，強烈的，強調的

vehementi*o*res (vehem*e*ntior, or, us) *adj., comp.* [pos. : **veh*e*mens, *e*ntis**] masc./ fem., nom./ acc. pl. 較激烈的，較強烈的，較強調的

vel*o*ci (v*e*lox, *o*cis) *adj.,* 3 decl., masc./ fem./ neut., dat. sing. 快的，快速的

v*e*ndunt (v*e*ndo, is, didi, ditum, ere) *v., tr.,* 3., pres. ind., 3 pers. pl. （他/她/它們）賣

v*e*nti (v*e*ntus, i) *n.,* 2 decl., masc., gen. sing. ; nom. pl. 風；**vent*o*rum** gen. pl. 風

v*e*re (ver, v*e*ris) *n.,* 3 decl., neut., abl. sing. 春天，春季；**ver** nom./ acc. sing. 春天，春季

Verg*i*lius, ii *n.,* 2 decl., masc. [人名] 維吉爾（Publius Vergilius Maro，70 - 19 B.C.，古羅馬詩人）；**Verg*i*lii** gen. sing. [人名] 維吉爾[的]；**Verg*i*li** voc. sing. [人名] 維吉爾

v*e*sper, eri *n.,* 2 decl., masc. 晚上；**v*e*speri** gen./ dat./ abl. sing. ; nom./ voc. pl. 晚上；**v*e*spere** voc./ abl. sing. 晚上

v*e*stes (v*e*stis, is) *n.,* 3 decl., fem., nom./ acc. pl. 衣服，服飾

v*i*as (v*i*a, ae) *n.,* 1 decl., fem., acc. pl. 路，路徑；**v*i*am** acc. sing. 路，路徑

vic*i*ssim *adv.* 依次，再度（*in turn, again*）

vid*e*re (v*i*deo, es, v*i*di, v*i*sum, ere) *v., tr.,* 2., [1.] pres. inf. 看；[2.] pass., pres. imp., 2 pers. sing. （你得）被看；**v*i*det** pres. ind., 3 pers. sing. （他/她/它）看；**v*i*des** pres. ind., 2 pers. sing. （你/妳）看

v*i*ri (vir, v*i*ri) *n.,* 2 decl., masc., gen. sing.; nom./ voc. pl. 男人，人；**vir** nom./ voc. sing. 男人，人

vis, vis/ r*o*boris *n.,* 3 decl., fem. 力氣，武力，暴力

v*i*ta, ae *n.,* 1 decl., fem. 生命，生活

v*i*vet (v*i*vo, is, v*i*xi, v*i*ctum, ere) *v., intr.,* 3., fut. ind., 3 pers. sing. （他/她/它將）活，生活

v*u*ltum (v*u*ltus, us) *n.,* 4 decl., masc., acc. sing. 臉，面容

1. 名詞類實詞的「格」

藉由字尾的詞形變化，拉丁文的名詞、形容詞及代名詞便可表達出下列各種「格（*case*）」的意涵：

(1.) 主格

主格（*nomiative*）是主詞（*subject*）所使用的格。主詞（/格）是動作的發動者、或引發動作的事物。如果主要動詞是主動語態，主詞便是動詞動作的引發者；若動詞為被動語態，主詞則是動詞動作的接受者。例如：

Ego manduco carnem. ＝ 我吃肉。*I eat meat.*

Caro manducata est a me. ＝ 肉被我吃。*The meat was eaten by me.*

　　一個名詞的主格也可以用來表達述語（*predicate*），亦即與表現狀態的助動詞 esse（是｜*to be*）搭配，構成名詞述語（*nominal predicate*）。例如：

Italia **paeninsula est**. ＝ 義大利是一個半島。*Italy is a peninsula.*

　　此句的動詞 esse 作為助動詞使用，它並沒有真正的動作，而是在表達一個狀態。

　　名詞述語也可以用形容詞來表現。例如：

Puella **pulchra est**. ＝ [那]女孩很漂亮。*The girl is beautiful.*

(2.) 屬格

　　屬格（*genitive*）是表示「**從屬、所有**（*possession*）」或「**特定指稱**」的一個格，它通常和名詞或代名詞連用。例如：

Terra **agricolae**. ＝ 農人的土地。*The land of the farmer.*

　　這個句子表達出這塊土地屬於誰，或者表明我們正在談論的是什麼樣的土地。

(3.) 與格

　　與格（*dative*）表現動作所施予的人或事物，是表達間接受詞的格。例如：

Puella cara est **mihi**. ＝ [那]女孩對我而言是親愛的。*(That) girl is dear to me.*

(4.) 受格

　　受格（*accusative*）表示一個動詞的直接受詞。例如：

Ego manduco **carnem**. ＝ 我吃肉。*I eat meat.*

　　受格也可以與帶有指示動作的介係詞 **ad**（往｜*to*）和 **in**（在｜*in*）同用。

例如：

Ad Romam eo. ＝ 我前往羅馬。*I go to Rome.*

In casam ambulo. ＝ 我在屋內走動。*I stroll inside the house.*

(5.) 呼格

呼格（*vocative*，或譯為「稱呼格」、「呼喚格」）是表達呼告語氣的格，字尾形式通常和主格是一樣的。例如：

Ave **Caesar**[4]! (Suetonius, *Cl., 21*) ＝ 嗨，凱撒！*Hi, Caesar!*

(6.) 奪格

奪格（*ablative*）是最複雜的格，它用以表現其他格所不能表達的意涵，並經常用於**介係詞片語**（即「介係詞＋名詞」的詞組）之中。常見幾個須搭配奪格的拉丁文介係詞有：

[1] **de**（關於 | *about*）。例如：
De re publica loquimur. ＝ 我們論及政事。*We talk about politics.*

[2] **cum**（和，與 | *with*）。例如：
Cum amico loquor. ＝ 我與一名朋友說話。*I'm taking with a friend.*

[3] **in**（在 | *in*）[表狀態，不表示動作]。例如：
Cicero **in foro** stabat. ＝ 西塞羅在法庭裡。*Cicero was in the forum.*

[4] **e/ ex**（離開，從...而出 | *from*）[在母音之前用 **ex**]。例如：
Ex Roma exeo. ＝ 我離開羅馬。*I leave Rome. (/I exit from Rome.)*

4　此處的「凱撒」為對羅馬帝國皇帝的稱謂，此處指羅馬帝國皇帝 Tiberius Claudius Caesar Augustus Germanicus（10 B.C. - 54 A.D.，在位期間：41 - 54 A.D.）

[5] a/ ab（從 | *from*）[在母音之前用 **ab**]。例如：

Ab urbe[5] condita. (Livius) ＝ 自羅馬城奠基[以來]。*From the foundation of Rome.*

　　拉丁文的名詞類實詞共有 5 種變格（*declension*），亦即有 5 種用來表達「性」、「數」、「格」的詞形變化模組。以下我們將分別針對名詞、形容詞及代名詞的情況，依序分別介紹這 5 種變格所呈現的字尾變化形式。

2. 名詞的變格

(1.) 第一變格

　　第一種變格的主格字尾是 **-a**，通常多歸屬於陰性名詞，亦稱作「*a-declension*」。例如：**rosa**（玫瑰 | *rose*）。

表 III-1：名詞第一變格

	單數	複數
主格	ros-**a**	ros-**ae**
屬格	ros-**ae**	ros-***arum***
與格	ros-**ae**	ros-**is**
受格	ros-**am**	ros-**as**
呼格	ros-**a**	ros-**ae**
奪格	ros-**a**	ros-**is**

5　urbs 意為「城市」，在古典拉丁文文獻中是羅馬城的同義詞。

練 習

[01]   Italia est magna paeninsula, terra fecunda. Paeninsula abundat pomis[6]. Italia agricolarum et nautarum patria est. Aurae semper benignae sunt et aqua limpida est. Non sunt leaenae et pantherae. Feminae formosae sunt. ＝ 義大利是個大半島，一塊豐饒的土地。這半島盛產水果。義大利是一個農人與海員的國家。風總是輕柔地吹送，而水清明澈淨。[那兒]沒有母獅子和豹。女人[都]很美麗。*Italy is a big peninsula, a fertile land. The peninsula abounds in fruit. Italy is a country of farmers and seamen. The weather is always benign and the water is clear. There are no lionesses nor panthers. Women are beautiful.*

[02]   Agricolae terram arant, glebas irrigant, aristas excitant, plantas currant, in silvis[7] feras captant. ＝ 農人們犁田、灌溉土地、培植穀物、照料秧苗，並在森林裡捕捉野獸。*The farmers plow the land, irrigate the cultivated soil, raise grain crops, take care of sprouts, catch beasts in the forests.*

[03]   Fortuna apud[8] antiquos dea[9] erat, dea magna et valida. Summa cum inconstantia divitias et inopiam, gloriam et ignominiam, bona et mala distribuebat[10]: nam dea caeca erat. ＝ 對古代的人們而言，命運是一位女神，一位偉大且法力強大的女神。祂任意地分送財富與貧窮，榮耀與恥辱，善與惡：實際上，祂是盲目的。*Fortune, in the time of ancient people, was a great and powerful goddess. With great fickleness she distributed riches and scarcity, glory and ignominy, good and evil: in fact, the goddess was blind.*

---

[6] 由於動詞 abundare（充滿、富於 | *to abound*）必須連接奪格使用，因此 pomis 在此為 pomum（水果 | *fruit*）的複數奪格。

[7] 若介係詞 in 加上地方是要表達「在某處的靜止狀態」（沒有動作）時，則要使用奪格。

[8] 介係詞 apud 的意思是「靠近」，「在…之中」，後面要接受格。

[9] dea（女神 | *goddess*）雖為第一變格，但其與格複數及奪格複數皆為不規則變化的 deabus。

[10] distribuebat 由動詞 distribuere（分配、分送 | *to distribute*）變化而來，屬於主動語態直述語氣未完成式的第三人稱單數變化。

(2.) 第二變格

第二變格歸屬於主格字尾是 **-us** 的陽性名詞，以及主格字尾是 **-um** 的中性名詞，也被稱為「*o-declension*」。例如：**lupus**（[masc.] 狼 | *wolf*）、**templum**（[neut.] 廟 | *temple*）。

表 III-2：名詞第二變格（陽性-us 字尾及中性-um 字尾）

-us 字尾陽性名詞			-um 字尾中性名詞		
	單數	複數		單數	複數
主格	lup-**us**	lup-**i**	主格	templ-**um**	templ-**a**
屬格	lup-**i**	lup-*orum*	屬格	templ-**i**	templ-*orum*
與格	lup-**o**	lup-**is**	與格	templ-**o**	templ-**is**
受格	lup-**um**	lup-**os**	受格	templ-**um**	templ-**a**
呼格	lup-**e**	lup-**i**	呼格	templ-**um**	templ-**a**
奪格	lup-**o**	lup-**is**	奪格	templ-**o**	templ-**is**

有些主格字尾是 **-er** 的名詞，如 **puer**（男孩 | *boy*）與 **ager**（田野 | *field*）等，仍屬於第二變格。其字尾變化如下，其中某些名詞（譬如 ager）的語幹會有省略的現象發生。

表 III-3：名詞第二變格（-er 字尾）

puer			ager		
	單數	複數		單數	複數
主格	puer	puer-**i**	主格	ager	agr-**i**
屬格	puer-**i**	puer-*orum*	屬格	agr-**i**	agr-*orum*
與格	puer-**o**	puer-**is**	與格	agr-**o**	agr-**is**
受格	puer-**um**	puer-**os**	受格	agr-**um**	agr-**os**
呼格	puer	puer-**i**	呼格	ager	agr-**i**
奪格	puer-**o**	puer-**is**	奪格	agr-**o**	agr-**is**

某些第二變格的陽性名詞，會因其語幹結尾為 **-i-**，而會影響其語尾變化。下面我們來比較 **socius**（同伴，伙伴 | *companion*）、**filius**（兒子 | *son*）與前揭 **lupus** 的變格，便可以看到呼格的字尾是 **-i** 而非 **-e**。

表 III-4：名詞第二變格（語幹以-i-結尾）

	socius			filius	
	單數	複數		單數	複數
主格	soci-us	soci-i	主格	fili-us	fili-i
屬格	soci-i	soci-*orum*	屬格	fili-i	fili-*orum*
與格	soci-o	soci-is	與格	fili-o	fili-is
受格	soci-um	soci-os	受格	fili-um	fili-os
呼格	soci	soci-i	呼格	fili	fili-i
奪格	soci-o	soci-is	奪格	fili-o	fili-is

　　有些第二變格的中性名詞，雖然其語幹結尾也是 **-i-**，卻仍不會影響字尾變化。例如 **proeli-um**（戰役 | *battle*）的屬格單數為 **proeli-i**，與格單數是 **proeli-o**。

　　deus（神，上帝 | *god*）的呼格單數與主格同為 **deus**，複數變化如下：

表 III-5：名詞第二變格（deus）

	單數	複數
主格	de-us	di / de-i / di-i
屬格	de-i	deum / de-*orum*
與格	de-o	dis / de-is / di-is
受格	de-um	de-os
呼格	de-us	di / de-i
奪格	de-o	dis / de-is / di-is

練　習

[01]　Tyrannus in antiquum oppidum intrat, imperio improbo[11] incolas opprimit. Populus clamat: "O magne, o fortunate![12] Regnum tuum fortuna est!" Poetae doctique viri[13] tyranno ingenium vendunt, novum imperium laudant, beneficia petunt. Matronae puellaeque unguenta et rosas gerunt, tyranno paludamentum ornant. Interea a populo prosilit puerulus: tyrannum videre[14] desiderat. Sed non[15] videt: tyrannum enim munit armigerorum turba. Tum puerulus: "Cur tam multi armigeri, si regnum fortunatum habemus?" = 一名暴君進入一座古老的城市，並以拙劣的統治手段壓迫居民。人民呼喊道：「喔！多麼偉大啊！喔！多麼幸運！你的王國是快樂的表徵！」詩人與學者將[他們的]才能出賣給暴君，讚揚新的政府，[並且]要求好處。女士和女孩們帶著香精與玫瑰，妝點暴君的斗蓬。同時，一名小男孩在人群之中跳躍著：他想要看看那暴君。但是他看不到：[有]一大群侍衛保護著暴君。小男孩因而[說]：「如果我們有一個幸福的王國，又為什麼有這麼多的護衛呢？」*A tyrant enters an ancient city, (and) oppresses the inhabitants with shameless rule. The population exclaims: "Oh, (you) great, (you) fortunate! Your reign (just) is fortune!" Poets and learned men sell (their) talents to the tyrant, praise the new command, (and) ask for benefits. Matrons and girls carry on ointments and roses, (they) adorn the tyrant with a general's cloak. Meanwhile, a child comes out from the people: he desires to see the tyrant. But doesn't (/cannot) see him: a multitude of armed men, in fact, safeguards the tyrant. Then the small child: "Why so many armed men, if we have a fortunate reign?"*

[02.]　Mercurius, Maiae filius, cum diis et deabus in Olympo vivet. = [信使之神] Mercurius 是[女神] Maia 的兒子，跟眾男女神祇[同]住在奧林帕斯山。 *Mercury, son of Maia, lives on the Olymp with gods and goddesses.*

[03.]　In terra Graeca impiger agricola vivet. Agricola parvum sed prosperum agrum possidet. = 在希臘住著一位勤奮的農夫。[這]農人擁有[一處]狹小卻肥沃的土地。 *On the Greek land lives an energetic farmer. The farmer possesses a small but fertile field.*

---

[11] imperio improbo（無恥的統治 | *shameless rule*）為「簡單奪格」，亦即無需經由介係詞所引介的奪格，在此作為行為補語，用以表現執行動作的方式、作法或手段。

[12] magne 及 fortunate 在此皆屬於呼格。

[13] -que 是「和，也 | *and*」的意思，放在字尾用以連接相關聯的字，因此 poetae doctique viri 即 poetae et docti viri 之意；docti viri 意指複數的「知識份子，學者 | *intellectuals*」。

[14] videre（看 | *to see, to look*）為動詞的不定式，在此句中已存在有另一個表現時態的主要動詞 desiderat，其動詞原型為 desiderare（想要、意欲 | *to desire*）。

[15] non 為否定副詞，須置於其所指稱的動詞之前，亦即以「non＋動詞」來表現對該動詞的否定。

38 | GRAMMATICA LATINA 拉丁文文法大全〔修訂版〕

[04.] Dicit agricola filiis [16] suis: "Hic agellus praesidium nostrum contra miseram inopiam est." = 農人告訴他的孩子們:「這一小塊土地是使我們免於落魄貧窮的保障。」 *The farmer says to his sons: "This small field is our defense against miserable scarcity."*

[05.] **Columba et Formica(鴿子與螞蟻 | *Dove and Ant*)**

[5.1.] Columba lavabat alas in parvo rivo, cum in aqua formicam videt. = 鴿子在小溪裡清洗翅膀,此時牠看到[一隻]螞蟻在水裡。 *A dove was washing her wings in a small stream, when she sees an ant in the water.*

[5.2.] Misera formica flet et auxilium implorat; tunc columba bestiolae herbae filum praebet et eam servat. = 可憐的螞蟻哭著請求幫助;因此鴿子給了小傢伙一根草而救了他。 *The poor ant cries and implores for help; so, the dove gives the small beast a thread of herb, and saves her.*

[5.3.] Post aliquot dies agricola in agro suo columbam videt et acutam sagittam parat: nam columbam candidam necare optat. = 幾天後,農夫在他的農地裡看到鴿子,並準備鋒利的箭矢:因為農夫希望殺掉白色的鴿子。 *After a few days, a farmer sees the dove in his field, and prepares a piercing arrow: in fact, he hopes to kill the white dove.*

[5.4.] Sed grata formica accurrit atque incautum agricolam mordet. = 然而,心存感激的螞蟻疾馳並囓咬毫無防備的農夫。 *But the grateful ant hastens (to help) and bites the incautious farmer.*

[5.5.] Tunc vir, propter molestum morsum, sagittam dimittit et columba ad caelum evolat. = 因此,[這]人,由於擾人的囓咬,放下了箭矢從而鴿子飛向天空。 *So the man, because of the roublesome bite, dismisses the arrow and the dove flies toward the sky.*

[5.6.] Sic parva formica vicissim columbam servat. = 所以,換成小螞蟻救了鴿子。 *So, the small ant in turn saves the dove.*

---

[16] 由於動詞 dicere(說,告訴 | *to say, to talk*)需和與格同用,因而 filiis 在此為與格複數。

(3.) 第三變格

第三變格包含陽性、陰性和中性的名詞，其主格單數的字尾皆不相同，通常會是一個子音。例如：**dolor**（[masc.] 痛苦｜*pain*）、**corpus**（[neut.] 身體｜*body*）。

表 III-6：名詞第三變格

陽性及陰性名詞			中性名詞		
	單數	**複數**		**單數**	**複數**
主格	dolor	dolor-es	**主格**	corpus	corpor-a
屬格	dolor-is	dolor-um	**屬格**	corpor-is	corpor-um
與格	dolor-i	dolor-ibus	**與格**	corpor-i	corpor-ibus
受格	dolor-em	dolor-es	**受格**	corpus	corpor-a
呼格	dolor	dolor-es	**呼格**	corpus	corpor-a
奪格	dolor-e	dolor-ibus	**奪格**	corpor-e	corpor-ibus

從上表可知，第三變格名詞的一個典型特徵在於：主格單數自有一個異於其他格所使用的語幹。例如，**corpus** 在其他格所使用的語幹為 corpor-。依據不同的語幹結尾，主格單數的字尾也會有所不同。舉例如下：

[1] 語幹結尾為 **-c-** 或 **-g-** 的名詞，其主格單數的字尾為 **-x**，例如：

pa**c**em (acc. sing.) ＝ pa**x** (nom. sing.)（和平｜*peace*）。

[2] 語幹結尾為 **-t-** 或 **-r-** 的名詞，其主格單數的字尾為 **-s**，例如：

mo**r**ibus (dat./ abl. pl.) ＝ mo**s** (nom. sing.)（風俗習慣｜*custom, manner*）。

[3] 語幹結尾為 **-l-**、**-st-**、**-v-** 等的名詞，其主格單數的字尾為 **-is**，例如：

col**l**e (abl. sing.) ＝ col**lis** (nom. sing.)（山坡｜*hill*）；

ho**st**em (acc. sing.) ＝ ho**stis** (nom. sing.)（敵人｜*enemy*）；

na**v**ibus (dat./ abl. pl.) ＝ na**vis** (nom. sing.)（船｜*ship*）。

[4] 語幹結尾為 **-or-** 的名詞，其主格單數的字尾為 **-us**，例如：

temp**or**is (gen. sing.) ＝ temp**us** (nom. sing.)（時間 | *time*）。

　　在第三變格當中另有「*i-declension*」及「*mix declension*」兩種類型：「*i-declension*」的字尾變化幾乎都是 **-i-**。例如：**t***u***rris**（塔 | *tower*）、**mare**（海 | *sea*）、**s***i***tis**（渴 | *thirst*）、**p***u***ppis**（甲板 | *poop*）、**febris**（發燒 | *fever*）、**T***i***beris**（台伯河 | *Tiber*）、**Ne***a***polis**（拿坡里 | *Naples*）、**sec***u***ris**（斧 | *axe*），以及**c***i***vis**（人民，市民 | *citizen*）等。而在「*mix declension*」中，語幹中的一個子音會有所改變。例如：**pars**（部份 | *part*）、**Mars**（[人名] 羅馬神話中的戰神 | *Mars*）。

表 III-7：名詞第三變格（*i-declension*）

	陰性名詞			中性名詞	
	單數	複數		單數	複數
主格	t*u*rr-is	t*u*rr-es	主格	m*a*r-e	m*a*r-ia
屬格	t*u*rr-is	t*u*rr-ium	屬格	m*a*r-is	m*a*r-ium
與格	t*u*rr-i	t*u*rr-ibus	與格	m*a*r-i	m*a*r-ibus
受格	t*u*rr-im	t*u*rr-is (/-es)	受格	m*a*r-e	m*a*r-ia
呼格	t*u*rr-is	t*u*rr-es	呼格	m*a*r-e	m*a*r-ia
奪格	t*u*rr-i	t*u*rr-ibus	奪格	m*a*r-i	m*a*r-ibus

表 III-8：名詞第三變格（*mix declension*）

	陰性名詞			陽性名詞	
	單數	複數		單數	複數
主格	pars	p*a*rt-es	主格	Mars	M*a*rt-es
屬格	p*a*rt-is	p*a*rt-ium	屬格	M*a*rt-is	M*a*rt-ium
與格	p*a*rt-i	p*a*rt-ibus	與格	M*a*rt-i	M*a*rt-ibus
受格	p*a*rt-em	p*a*rt-es (/-is)	受格	M*a*rt-em	M*a*rt-es (/-is)
呼格	pars	p*a*rt-es	呼格	Mars	M*a*rt-es
奪格	p*a*rt-e	p*a*rt-ibus	奪格	M*a*rt-e	M*a*rt-ibus

另外，不規則名詞 **vis**（力氣，武力，暴力 | *force, strength, violence*）也屬於第三變格，其字尾變格如下：

表 III-9：名詞第三變格（vis）

	單數	複數
主格	vis	v*ir*-es
屬格	vis / *roboris*	v*ir*-ium
與格	vi / *robori*	v*ir*-ibus
受格	vim	v*ir*-es
呼格	vis	v*ir*-es
奪格	vi	v*ir*-ibus

練 習

[01] Romani mariti uxoribus donabant monilia ex auro et argento, donabantque[17] vestes multas purpureas pretiosasque. = 羅馬的丈夫給妻子銀與金的項鏈和許多紫色且珍貴的服飾。*Roman husbands gave (their) wives necklaces of gold and silver, and gave (also) many purple and precious dresses.*

[02] Femineae summa cum diligentia etiam capillos cinere rutilabant: ita feminarum forma compta et pulchra erat. = 女性非常用心地以灰燼讓頭髮變得亮麗：因此女性的面貌顯得優雅且美麗。*The women very digligently made their hair glowing with ashes: and so the aspect of the women was elegant and pleasant.*

[03] Romani a seditione se abstinere debent. = 羅馬人必須防範叛亂。*Romans must refrain from sedition.*

[04] **Celeber Astrologus（知名的占星師 | *A Famous Astrologer*）**

　　[4.1.] Celeber astrologus cotidie sub noctem a casa agros petebat atque fulgentia sidera observabat. = 一位知名的占星師在每天傍晚時，[便]從家裡前往田野並且觀察燦爛的星星。*A famous astrologer every day, at night time, left (his) house toward the fields and observed the fulgid asters.*

　　[4.2.] Olim extra urbem more suo ambulare statuit: mentem in astris omnem tenebat, ideoque repente imprudenti pede puteum calcavit et in imam

---

[17] donabant 由動詞 donare（贈送，給 | *to give*）變化而來，屬於主動語態直述語氣未完成式的第三人稱複數變化。

aquam praecipitavit. = 有一天，他照例決定在城外散步：全神貫注於星星，正因如此，他突然地失足踩入溝中，並一頭栽進深水[之中]。*One day (once) he decided to stroll ouside the city, according to his custom: he had all his mind kept on the asters, and for this reason, suddenly, put imprudently a foot in a ditch and plunged into the deep water.*

[4.3.]　Tum flebat vehementibus clamoribus loca implebat. = 因此，他放聲大哭，響亮的哭聲遍佈四周。*So he was crying and filled the place with high cries.*

[4.4]　Forte muliercula lepida et dicax loca peragrabat ; clamores audivit, et astrologo : "Tu - inquit - caelestium siderum vias spectas, terrenas vias non vides." = 剛好有位活潑調皮的女性經過該處；她聽到哭聲，並對占星師說：「你觀察天上星體的軌跡，卻未注意到地上的路徑。」*By chance a witty and sarcastic woman was passing by; she heard the cries, and said to the astrologer: "You observe the path of the caelestial asters, (but) don't see the paths on the earth."*

(4.) 第四變格

第四變格以母音 **-u-** 為主要的字尾特徵，故被稱為「*u-declension*」。

雖有少數例外，但一般而言，第四變格陽性名詞的主格字尾為 **-us**；若主格字尾為 **-u** 時，則為中性名詞。例如 **cas-us**（[masc.] 情況，遭遇 | *case*）、**corn-u**（[neut.] 獸角 | *horn*）。

表 III-10：名詞第四變格

陽性名詞			中性名詞		
	單數	**複數**		**單數**	**複數**
主格	cas-us	cas-us	主格	corn-u	corn-ua
屬格	cas-us	cas-uum	屬格	corn-us	corn-uum
與格	cas-ui	cas-ibus	與格	corn-ui	corn-ibus
受格	cas-um	cas-us	受格	corn-u	corn-ua
呼格	cas-us	cas-us	呼格	corn-u	corn-ua
奪格	cas-u	cas-ibus	奪格	corn-u	corn-ibus

名詞 **domus**（房屋 | *house*）可有第二與第四變格字尾。

表 III-11：名詞第四變格（domus）

	單數	複數
主格	dom-**us**	dom-**us**
屬格	dom-**us** / dom-**i**	dom-**uum** / dom-**orum**
與格	dom-**ui** / dom-**o**	dom-**ibus**
受格	dom-**um**	dom-**us** / dom-**os**
呼格	dom-**us**	dom-**us**
奪格	dom-**u** / dom-**o** / dom-**i**	dom-**ibus**

練　習

[01]　　**Neptunus**[18]（*海神 Neptune*）

[1.1.]　Neptunus imperium habebat marium, lacuum et fluminum. ＝ [海神] Neptunus 具有海洋、湖泊與河川的統治權。*Neptune had the control of seas, lakes and rivers.*

[1.2.]　Neptuni regia in imis maris specubus sita erat. ＝ Neptunus 的皇宮坐落在深海的洞窟。*The royal palace of Neptune was situated in the caves of the deep sea.*

[1.3.]　Smaragdis et corallis regia relucebat. ＝ 皇宮閃爍著綠寶石與珊瑚。*The royal place shone with emeralds and corals.*

[1.4.]　Aditum marina monstra servabant. ＝ 海怪們看守著入口。*The sea monsters guarded the entrance.*

[1.5.]　Neptunus curru veloci immensum maris aequor cotidie percurrebat, currum delphini vehebant. ＝ Neptunus 每天乘坐疾速的車輿通過遼闊的海面，由海豚拉著車輿。*Neptune, with a quick coach, every day hastened through the immense surface of the sea, the dolphins pulled the coach.*

---

[18]　Neptunus 為羅馬神話中的海神。

[1.6.] Deus in manu tridentem gerebat; tridente undas infrenabat. = [海]神在手上持著三叉戟，並以三叉戟控制著海浪。 *The god held in his hand the trident; with the trident he controlled the waves.*

[1.7] Neptuni nutu et iussu maria undas agitabant aut sedabant. = 隨著 Neptunus 的頷首及下令，大海變得波濤洶湧或風平浪靜。 *With a nod and order of Neptune, the sea waves beacame agitated or calm.*

[1.8] In tempestatibus deus in sua ima regia sedebat, fluctuum strepitum tranquille audiebat. = 在暴風雨之中，[海]神坐在其深邃的皇宮之中，平靜地聆聽波浪的聲響。 *During the storms, the god seated in his deep royal palace, and quietly listened to the noise of the waves.*

[1.9.] Post tempestatem, summitatem maris petebat curruque currens, malacia maris contentus, vultum candore niveo ornabat risuque suo caelum serenabat navibusque viam monstrabat. = 在暴風雨之後，祂乘車輿返回海面，滿足於大海的平靜，帶著雪白的面容，以笑聲使天空變得晴朗，為船隻指示路徑。 *After the storm, he went back to the surface of the sea, and ruiing with the coach, content of the quietness of the sea, he had a face adorned of a snowy candor, and with his laugh the sky became serene, and he showed the route to the ships.*

[1.10.] Nautae et mercatores summa pietate Neptunum colebant et in portubus statuas deo dicabant : nam nautarum mercatorumque vita et fortuna in Neptuni manibus erant. = 水手及商人非常虔誠地敬拜 Neptunus，並在港口奉獻神像給[那位]神祇：其實這些水手和商人們的命運都掌握在 Neptunus 的手中。 *Seamen and merchants venerated Neptune with great piety, and in the ports erected statues to the god; in fact, the life and the destiny of the seamen and merchants was in the hands of Neptune.*

(5.) 第五變格

第五變格以字尾的主要母音 **-e-** 為特徵，並稱作「*e-declension*」。這個變格共有 17 個名詞，例如：**di*es***（日，天 | *day*）、**res**（物 | *thing*）、**facies**（面 | *face*）、**spes**（希望 | *hope*）、**effi*gies***（影像，形象，塑像 | *image*）、**acies**（邊鋒，戰線 | *edge*），及 **species**（物種 | *species*）等。其中除了 **dies** 為陽性名詞外，其餘都是陰性名詞。

表 III-12：名詞第五變格

陽性名詞			陰性名詞		
	單數	複數		單數	複數
主格	d*i*-es	d*i*-es	主格	r-es	r-es
屬格	di-*ei*	di-*erum*	屬格	r-*ei*	r-*erum*
與格	di-*ei*	di-*ebus*	與格	r-*ei*	r-*ebus*
受格	d*i*-em	d*i*-es	受格	r-em	r-es
呼格	d*i*-es	d*i*-es	呼格	r-es	r-es
奪格	d*i*-e	di-*ebus*	奪格	r-e	r-*ebus*

練 習

[01] Mercuri sunt[19] multae effigies. ＝ 有許多[信使之神] Mercurius 的形象。 *There are many effigies of Mercury.*

[02] Res multae sunt. ＝ 有許多東西/事情。*There are many things. (The matters are many.)*

[03] Carpe diem. (Horatius, *Carm., 1, 11: 8*) ＝ 及時行樂！*Live day by day!*

[04] **Tempus Anni**（一年的季節 | *The Seasons*）

   [4.1.] Hieme dies breviores quam noctes sunt, venti vehementiores quam autumno et vere perflant. ＝ 在冬季，白晝比夜晚短，風刮得比秋天跟春天更強烈。*In winter the days are shorter than the nights, the winds blow stronger than in autumn and spring.*

   [4.2.] Mense Ianuario glacies acutior est et nix frequentior cadit quam omnibus hiemis mensibus; maria horridiora sunt quam omnibus anni

---

[19] 助動詞 esse 亦含有「有」的意思。

mensibus. = 在一月，冰[層]比較堅實，且雪下得比所有冬天的月份還要頻繁；海相比一年中的所有月份還更洶湧。*In the month of January the ice is more solid and the snow falls more frequently than in all the months of the winter;the seas aree more agitated than in all the months of the year.*

[4.3.] Ver salubrius senibus est quam aestas, autumnus et hiems; vere venti vehementes sunt, sed minus gelidi quam hieme. = 對老人而言，春季比夏季、秋季及冬季還要健康；說實在地，風比較強，但沒有比冬天還要冷。*Spring, to old people, is healthier than summer, autumn and winter; during the spring, winds are stronger, but less cold than in winter.*

[4.4.] Aestate dies longiores sunt quam noctes, sed mense Augusto noctes sunt minus breves quam mense Iulio; porro noctes mitiores semper sunt quam omnibus anni mensibus; praeterea iucundi aestatis fructus tam pueros quam adultos delectant. = 在夏季，白晝比夜晚長，但是在八月，夜晚沒有比七月的短；再者，夜晚一向比一年的所有月份還要溫暖；另外，美味的夏季水果既讓孩子們、也讓大人們感到滿足。*During the summer the days are longer than the nights, but in the month of august the nights are less shorter than during the month of july; furthermore, the nights are always milder than during all the months of the year; furthermore, the plesants fruit of the summer satisfies both the children and the adults.*

[4.5.] Autumnus fructibus abundat ut aestas, atque mense Octobri saepe caelum tam mite est ut vere; sed mense Novembri iam ad hiemis frigus inclinat; tum homines flabra ventorum hiemis praenuntia iam sentient. = 秋季與夏季有一樣多的水果，而在十月，天空時常與春季一樣溫煦；但在十一月，[氣候]已經趨向冬寒；那時，人們已經感覺到[有如]冬季使者的風之湧動。*Autumn is as abundant in fruit as summer, and in the month of October, the weather is often as clement as spring; but in the month of November there is already a trend toward the cold of winter; then men will already feel the gushes of the winds as an herald of winter.*

(6.) 名詞變格的一些特例

[1] **deus**（神，上帝 | *god*）：如前表列所示，deus 屬於第二類語尾變化。它的呼格單數與主格單數同為 deus。在複數型態上，它有三種主格形式，即：dei、dii 與 di；三者的與格複數及奪格複數的變化分別是：deis、diis、dis。有時屬格複數 deum 會以 deorum 的型態出現。

[2] **locus**（地方、場所 | *place*）可以有陽性主格複數 loci，或中性主格複數 loca。

[3] 有一些特殊的屬格形式，如：

pater famili**as**（家長 | *father of the family*）；

numm**um** {gen. pl.}（錢，錢幣 | *money*）；

sesterti**um** {gen. pl.}（古羅馬的一種銀幣名稱 | *sesterce*）；

fabr**um** {gen. pl.}（鐵匠們 | *ironsmith*）；

triumvir**um** {gen. pl.}（[官制名稱] 古代羅馬的三人執政官 | *triumviri*）。

[4] **vesper**（晚上 | *evening*）有兩種奪格：一個是表示方位或位置的 vesper**i**（到晚上、在晚上）；還有一個是一般的奪格 vesper**e**（當晚上時）。

[5] **dea**（女神 | *goddess*）跟 **filia**（女兒 | *daughter*）的與格複數及奪格複數分別為不規則變化的 deabus 和 filiabus。

[6] 主格單數字尾為 **-ius** 的名詞，有字尾為 **-ii** 的屬格，與字尾為 **-i** 的呼格，例如：

Vergilius[20]（維吉爾 | *Vergil*），其屬格形態為 Vergil**ii**、呼格形態則為 Vergil**i**；

filius（兒子 | *son*），其屬格形態為 fil**ii**、呼格形態則為 fil**i**。

mi fili ＝ [稱呼語氣] 我的孩子！我的兒子！*Oh! My son!*

[7] **aer**（氣，空氣 | *air*）有希臘文的受格 aëra。有些源自希臘字的專有名詞，保留了希臘文中語尾變化的某些部份。例如下列人名：

Nioba, ~ae [或作 **Niobe**, ~es]（希臘神話中的女性人物名 | *Niobe*）；

Aeneas, ~ae, ~ae, ~am…（羅馬人始祖之名 | *Aeneas*）；

Anchises, ~ae, ~ae, ~en, ~e…（即 Aeneas 之父 | *Anchises*）；

---

[20] 即 Publius Vergilius Maro，70 - 19 B.C.，古羅馬詩人。

Salamis, ~inos, ~ibus, ~a....（[地名] | *Salamis*）。

[8] **vas**, vasis（花瓶 | *vase*）：在單數時，有第三變格語尾變化。複數時，有第二變格中性的語尾變化：**vasa**, ~orum。

[9] **bos**, bovis（公牛 | *ox*）：在屬格複數時，有 boum 的變化；在與格複數及奪格複數，則有 bobus 或 bubus 等變化。

[10] 有些字只有單數形式（singularia tantum）例如：**indoles**（本質 | character）；

有些字則只有複數形式（pluralia tantum），例如：

angustiae（苦難 | *trouble*）、**divitiae**（財富 | *riches*）、

tenebrae（黑暗 | *darkness*）、**Athenae**（雅典 | *Athens*）、

arma（武器 | *weapons*）、**castra**（軍營，營寨 | *camp*）、**spolia**（戰利品 | *spoil*）、

Delphi[21]（德爾菲 | *Delphis*）、**moenia**（城牆 | *walls*）、**preces**（祈求 | *prayes*）、

maiores（祖先 | *ancestors*）、**manes**（陰魂 | *gods of the lower world*）。

[11] 有些字在單數時有一種意義，而在複數型態又有另一個不同的意義，例如：

copia（數量 | *abundance*）、**copiae**（軍隊 | *army*）；

littera（字母 | *alphabet*）、**litterae**（文學 | *literature*）；

auxilium（幫忙 | *help*）、**auxilia**（援兵 | *auxiliary forces*）；

impedimentum（障礙 | *impediment*）；

impedimenta（行李 | *baggage of an army*）；

finis（邊界 | *end, border*）、**fines**（領土、領域 | *country, territory*）。

[12] **fas**（宜）和 **nefas**（忌）只有主格與受格。

---

21 希臘神話的太陽神阿波羅諭示神諭之處。

儘管一般的字典未必會在名詞的後方直接以數字來標示變格的種類，卻仍能對變格種類的辨識提供幫助。任何拉丁文字典在編輯名詞字彙時，都會提供它的**主格單數**以及**屬格單數**，例如：corpus, corpor-is；字典的使用者只要透過屬格所呈現的字尾及語幹，即可得知該名詞的變格種類，並再據以變化出其他的格，如 corpor-i、corpor-e 等等。

在學習拉丁文的名詞時，除了必須仔細分辨名詞的變格種類，也應該就名詞所屬的性別有所掌握，否則便無法再去決定形容詞所應採用的變格種類（詳見下一單元關於形容詞變格的說明）。不過，單憑主格與屬格的單數形態並無法反映出名詞所屬的性別，因而在字典當中，也會再使用不同的符號，來標示出各個名詞的性，譬如以 **f** 表示陰性、**m** 表示陽性、**n** 則表示中性。

IV 形容詞與代名詞的變格

課程字彙

accusare (accuso, as, avi, atum, are) *v., tr.,* 1., [1.] pres. inf. 指控，責難；[2.] pass., pres. imp., 2 pers. sing.（你/妳得）被指控，被責難

acer, acris, acre *adj.,* 3 decl. 尖銳的，酸的，辛辣的

acerrimus, a, um *adj., sup.* [pos.: **acer, acris, acre**] 極尖銳的，極酸的，極辛辣的

ad *prep.* [＋acc.] 到…，向…，往…，靠近…

aedificavit (aedifico, as, avi, atum, are) *v., intr./ tr.,* 1., perf. ind., 3 pers. sing.（他/她/它已）建築，建造

agere (ago, is, egi, actum, ere) *v., tr.,* 3., [1.] pres. inf. 進行，履行，操作，做，帶走；[2.] pass., pres. imp., 2 pers. sing.（你/妳得）被進行，被履行，被操作，被做，被帶走

agitabant (agito, as, avi, atum, are) *v., tr.,* 1., imperf. ind., 3 pers. pl.（他/她/它們曾）攪拌，搖動，支配

album (albus, a, um) *adj.,* masc., acc. sing; neut., nom./ acc. sing. 白的、白色的

aliqui, aliqua, aliquod *indef. adj./ pron.* 某些（人，事物）；相當重要的，特別突出的

aliquis, aliquis, aliquid *indef. pron./ adj.* 某（些）人，某（些）物

alius, alia, aliud *indef. adj./ pron.* 其他的，另一（個/些）的；**alias** fem., acc. pl. 其他的，另一（些）的；**aliorum** masc./ neut., gen. pl. 其他的，另一（些）的；**alium** masc., acc. sing. 其他的，另一（個）的；**aliud** neut., nom./ acc. sing. 其他的，另一（個）的；**alio** masc./ neut., abl. sing.; masc., dat. sing. 其他的，另一（個）的；**alia** fem., nom./ abl. sing.; neut., nom./ acc. pl. 其他的，另一（個/些）的；**alios** masc., acc. pl. 其他的，另一（些）的

alter, altera, alterum *indef. adj./ pron.* 另一（個），另外的；**alterius** masc./ fem./ neut., gen. sing. 另一（個），另外的；**alterum** masc., acc. sing.; neut., nom./ acc. sing. 另一（個），另外的；**altero** masc./ neut., abl. sing. 另一（個），另外的

alta (altus, a, um) *adj.,* fem., nom./ voc./ abl. sing.; neut., nom./ acc./ voc. pl. 高的；**altus** masc., nom. sing. 高的

amphitheatrum, i *n.,* 2 decl., neut. 圓形劇場，競技場

an *interr. conj.* 或者，還是

animo (animus, i) *n.,* 2 decl., masc., dat./ abl. sing. 心靈，心智，精神，意圖，感覺

apud *prep.* [＋acc.] 靠近（*near..., at...*）

arbor, oris *n.,* 3 decl., fem. 樹，樹木

arduus, a, um *adj.* 險峻的，陡峭的

atque *conj.* 和、及，並且，而且

audax, acis *adj.,* 3 decl. 勇敢的

auxerunt (augeo, es, auxi, auctum, ere) *v., tr.,* 2., perf. ind., 3 pers. pl.（他/她/它們已）增加，增大

bellum, i *n.,* 2 decl., neut. 戰爭；**in bellum locu.** [*prep.* **in**＋acc. sing.] 到戰爭

bonum, i *n.,* 2 decl., neut. 善，佳，好處，利益

brevis, is, e *adj.* 短的，短暫的

brevissimus, a, um *adj., sup.* [pos.: **brevis, is, e**] 極短的，極短暫的

caelum, i *n.,* 2 decl., neut. 天空，天堂

causa, ae *n.,* 1 decl., fem. 原因，理由，事情，[法律]案件

cavus, a, um *adj.* 空的，中空的

celerior, or, us *adj., comp.* [pos.:**celer, eris, ere**] 較快的，較敏捷的

civitatem (civitas, atis) *n.,* 3 decl., fem., acc. sing. 城市，社群，社會

clarus, a, um *adj.* 清楚的，明白的，顯著的，著名的

collis, is *n.,* 3 decl., masc. 小山，山丘，山

condici*o*num (condi*c*io, *o*nis) *n.,* 3 decl., fem., gen. pl. 情況[的]，條件[的]

c*o*ntra *adv./ prep.* [＋acc.] 對抗，反對

controv*e*rsia, ae *n.,* 1 decl., fem. 爭論，爭吵

cor, c*o*rdis *n.,* 3 decl., neut. 心，心胸，心臟

c*o*ram *adv.* 當面，面對面

cum [1.] *adv.* 當，在...之時（*when..., since...*）；[2.] *prep.* [＋abl.] 偕同，與...（*with...*）

cust*o*dient (cust*o*dio, is, *i*vi, *i*tum, *i*re) *v., tr.,* 4., fut. ind., 3 pers. pl. （他/她/它們將）保護，保衛，保存

de *prep.* [＋abl.] 關於

d*e*bes (d*e*beo, es, ui, itum, ere) *v., tr.,* 2., pres. ind., 2 pers. sing. （你/妳）必須，應當

dens, d*e*ntis *n.,* 3 decl., masc. 牙齒

d*e*nsa (d*e*nsus, a, um) *adj.,* fem., nom./ abl. sing.; neut., nom./ acc. pl. 濃密的，稠密的，厚實的；**d*e*nsae** fem., gen./ dat. sing.; nom. pl. 濃密的，稠密的，厚實的；**d*e*nsam** fem., acc. sing. 濃密的，稠密的，厚實的；**d*e*nsus** masc., nom. sing. 濃密的，稠密的，厚實的

d*i*cere (d*i*co, is, d*i*xi, d*i*ctum, ere) *v., tr.,* 3., [＋dat.] [1.] pres. ind. 說；[2.] pass., pres. imp., 2 pers. sing. （你/妳得）被說；**d*i*cebat** imperf. ind., 3 pers. sing. （他/她/它曾）說

diff*i*cilis, is, e *adj.* 困難的

diffic*i*llimus, a, um *adj., sup.* [pos.: **diff*i*cilis, is, e**] 極困難的

d*i*gna (d*i*gnus, a, um) *adj.,* fem., nom./ abl. sing.; neut., nom./ acc. pl. 適當地，值得的

diss*i*milis, is, e *adj.* 相異的

dissim*i*llimus, a, um *adj., sup.* [pos.: **diss*i*milis, is, e**] 極相異的

d*o*ctus, a, um *adj.* 有知識的，智慧的，博學的

duc*e*nti, ae, a *card. num. adj.* 兩百

du*o*bus (du*o*, ae, o) *card. num. adj.,* masc., dat./ abl., pl.; neut., abl. pl. 二；**de du*o*bus** [*prep.* de＋abl. pl.] 從二者；**du*a*rum** fem., gen. pl. 二；**d*u*o** masc./ neut., nom./ acc. pl. 二

dux, d*u*cis *n.,* 3 decl., masc. 將領，指揮官，

---

e, ex *prep.* [＋abl.] 離開...，從...而出（*out of..., from...*）

ecqui, ecqua(e), ecquod *interr.; indef. adj./ pron.* 不論是誰？無論什麼？

ecquis, ecquis, ecquid *interr.; indef. pron./ adj.* 不論是誰？無論什麼？

ego → m*i*hi

e*o*rum (is, *e*a, id) *demonstr. pron./ adj.,* masc./ neut., gen. pl. 他/它們[的]；這/那些[的]；**is** masc., nom. sing. 他；此；**ea** fem., nom./ abl. sing.; neut., nom./acc. pl. 她；其；它們；那些；**id** neut., nom./ acc. sing. 它；彼

est (sum, es, f*u*i, fut*u*rus, esse) *aux. v., intr.,* irreg., pres. ind., 3 pers. sing. （他/她/它）是，有，在；**sit** pres. subj., 3 pers. sing. （若他/她/它）是，有，在；**es** [1.] pres. ind., 2 pers. sing. （你/妳）是，有，在；[2.] pres. imp., 2 pers. sing. （你/妳得）是，有，在；**erit** fut. ind., 3 pers. sing. （他/她/它將）是，有，在；**sunt** pres. ind., 3 pers. pl. （他/她/它們）是、有、在；**esset** imperf. subj., 3 pers. sing. （若他/她/它曾）是，有，在；**sint** pres. subj., 3 pers. pl. （若他/她/它們）是，有，在；**ero** fut. ind., 1 pers. sing. （我將）是，有，在；**essem** imperf. subj., 1 pers. sing. （若我曾）是，有，在；**esse** pres. inf. 是，有，在

et *conj.* 和、及，並且，而且

exc*e*lsi (exc*e*lsus, a, um) *adj.,* masc./ neut., gen. sing. ; masc., nom. pl. 高的，高貴的，高尚的，傑出的

f*a*cilis, is, e *adj.* 簡單的，容易的

fac*i*llimus, a, um *adj., sup.* [pos. : **f*a*cilis, is, e**] 極簡單的，極容易的

f*e*rvidus, a, um *adj.* 灼熱的，炙熱的

f*i*nibus (f*i*nes, ium) *n.,* 3 decl., masc., dat./ abl. pl. 領土，領域

fons, f*o*ntis *n.,* 3 decl., masc. 泉水，泉源

f*o*rtis, is, e *adj.* 強壯的，有力的，堅強的，堅定的

fort*i*ssimus, a, um *adj., sup.* [pos. : **f*o*rtis, is, e**] 極強壯的，極有力的，極堅強的，極堅定的

f*u*gae (f*u*ga, ae) *n.,* 1 decl., fem., gen./ dat.

sing. ; nom. pl. 逃竄，逃走

fut*u*rus, a, um *adj.* 將來的，未來的

gener*o*sum (gener*o*sus, a, um) *adj.*, masc./ neut., acc. sing.; neut., nom. sing. 高尚的，高貴的

g*e*nus, eris *n.*, 3 decl., neut. 物種，類屬；出身，世系

gr*a*cilis, is, e *adj.* 細薄的

grac*i*llimius, a, um *adj., sup.* [pos.: **gracilis, is, e**] 極細薄的

Gr*ae*cos (Gr*ae*cus, i) *n.,* 2 decl., masc., acc. pl. [地名] 希臘；希臘人；***apud* Gr*ae*cos** *locu.* [*prep.* **apud**＋acc. pl.] 靠近希臘，在希臘那邊

h*ae*c (hic, haec, hoc) *demonstr. pron./ adj.,* fem., nom. sing.; neut., nom./ acc. pl. 這，此，這個的；這些的；**h*a*rum** fem., gen. pl. 這些，這些的；**his** masc./ fem./ neut., dat./ abl. pl. 這些，這些的；**h*o*rum** masc./ neut., gen. pl. 這些，這些的；**hic** masc., nom. sing. 這，此，這個的；**hoc** masc., abl. sing.; neut., nom./ acc./ abl. sing. 這，此，這個的

h*o*mines (h*o*mo, minis) *n.,* 3 decl., masc., nom./ acc. pl. 男士[們]，人[們]；**h*o*mo** nom./ voc. sing. 男士，人

h*u*milis, is, e *adj.* 低的

hum*i*llimius, a, um *adj., sup.* [pos.: **h*u*milis, is, e**] 極低的

idem, eadem, idem *demonstr. pron./ adj.* 相同的，同樣的；同時的

id*o*neus, a, um *adj.* 合適的，適宜的

ille, illa, illud *demonstr. pron./ adj.* 那，彼，那個的；**illi** masc./ fem./ neut., dat. sing.; masc., nom. pl. [給]那，[給]彼，[給]那個的；那些，那些的

in *prep.* [＋acc./ abl.] 在…；到…，向…

ins*i*stit (ins*i*sto, is, *i*nstiti, --, ere) *v., tr./ intr.,* 3., pres. ind., 3 pers. sing. （他/她/它）堅定，堅決，強化

inter *prep.* [＋acc.] 在…之間，在…之中

ipso (ipse, ipsa, ipsum) *demonstr. pron./ adj.,* masc./ neut., abl. sing. 他/它本身；**in se ipso** *locu.* [*prep.* in＋abl. sing.] 在他/它本身，在他/它自身；**ipse** masc., nom. sing. 他本身；**ipsa** fem., nom./ abl. sing.; neut.,

nom. /acc. pl. 她本身；它們本身；**ipsum** masc., acc. sing.; neut., nom./ acc. sing. 他/它本身

is, ea, id → e*o*rum

iste, ista, istud *demonstr. pron./ adj.* 那，其，那個的

It*a*lia, ae *n.,* 1 decl., fem. [地名] 義大利；**in It*a*lia** *locu.* [*prep.* in＋abl. sing.] 在義大利

iure (ius, iuris) *n.,* 3 decl., neut., abl. sing. 法，法律，法則；**ius** nom./ acc. sing. 法，法律，法則

iuvare (iuvo, as, iuvi, iutum, iuvare) *v., tr.,* 1., [1.] pres. inf. 幫忙，幫助；[2.] pass., pres. imp., 2 pers. sing. （你/妳得）被幫忙，幫助

laborem (labor, oris) *n.,* 3 decl., masc., acc. sing. 勞動，辛勞，勞苦，艱難；**labor** nom. sing. 勞動，辛勞，勞苦，艱難

laudans, antis (laudo, as, avi, atum, are) *v., tr.,* 1., pres. part., 3 decl. [正在]稱贊的，[正在]頌揚的；**laudatus, a, um** perf. part. 已[/被]稱贊的，已[/被]頌揚的；**laudat*u*rus, a, um** fut. part. 將[/被]稱贊的，將[/被]頌揚的；**laud*a*ndus, a, um** gerundive 該被稱贊的，該被頌揚的

leges (lex, legis) *n.,*3 decl., fem., nom./ acc. pl. 法律

leo, onis *n.,* 3 decl., masc. 獅子

ligneus, a, um *adj.* 木質的，木製的

lingua, ae *n.,* 1 decl., fem. 舌頭；言談，語言

loco (locus, i) *n.,* 2 decl., masc., dat./ abl. sing. 地方，場所；**locum** acc. sing. 地方，場所

longus, a, um *adj.* 長的

longior, ior, ius *adj., comp.* [pos.: **longus, a, um**] 較長的

long*i*ssimus, a, um *adj., sup.* [pos.: **longus, a, um**] 極長的

m*a*gis *adv., comp.* 較多地（*more…*）

male *adv.* 不好的，壞的，惡地

malum, i *n.,* 2 decl., neut. 惡，壞，災厄，苦難

m*a*lis (m*a*lo, m*a*lis, m*a*lui, --, m*a*lle) *aux. anomal. v., tr.,* irreg., pres., subj., 2 pers. sing. （若你/妳）偏好於，比較想要

manet (maneo, es, mansi, mansum, ere) *v., intr./ tr.,* 2., pres. ind., 3 pers. sing. （他/她/它）留下，停留，保持

mari (mare, is) *n.,* 3 decl., neut., dat./ abl. sing. 海

marmor, oris *n.,* 3 decl., neut. 大理石

memor, oris *adj.,* 3 decl. [＋gen.] 記得的，有記憶的

mensis, is *n.,* 3 decl., masc. 月，月份

mente (mens, mentis) *n.,* 3 decl., fem., abl. sing. 精神，心力，心智

merces, edis *n.,* 3 decl., fem. 薪俸，報酬

meus, a, um *poss. pron./ adj.* 我的

mihi (ego, mei, mihi, me) *pers. pron.,* irreg., 1 pers. sing., dat. [給]我 ；**ego** nom. 我

milia, ium *card. num. adj.,* 3 decl. pl. 數千

mille *card. num. adj.* 一千

miser, a, um *adj.* 不幸的，悲慘的，可憐的

miserrimus, a, um *adj., sup.* [pos.: **miser, a, um**] 極不幸的，極悲慘的，極可憐的

montes (mons, montis) *n.,* 3 decl., masc., nom./ acc. pl. 山，山嶺 ；**mons** nom. sing. 山，山嶺

morimur (morior, eris, mortuus sum, mori) *dep. v., intr.,* 3., pres. ind., 1 pers. pl. （我們）死亡，凋零

multa (multus, a, um) *adj.,* fem., nom./ abl. sing.; neut., nom./ acc. pl. 許多的，很多的 ；**multi** masc./ neut., gen. sing.; masc., nom. pl. 許多的，很多的

multum *adv.* 許多地，很多地

neminem (nemo, nemini [dat.], neminem [acc.]) *pron./ adj.,* 3 decl., masc./ fem., sing. tant., acc. 沒有人，無人（*no one*）；**nemo** nom. 沒有人，無人（*no one*）

neuter, tra, trum *indef. adj./ pron.* 兩者皆非 ；**neutrum** masc./ neut., acc. sing.; neut., nom. pl. 兩者皆非

nihil *indef. pron.,* indecl., neut., nom./ acc. sing. 無，無物，沒有東西

nisi *conj.* 若非，除非

noctes (nox, noctis) *n.,* 3 decl., fem., nom./ acc. pl. 夜晚 ；**nocte** abl. sing. 夜晚

nocturna (nocturnus, a, um) *adj.,* fem., nom./ abl. sing.; neut., nom./ acc. pl. 夜晚的

nolumus (nolo, nolis, nolui, --, nolle) *aux. anomal. v., intr./ tr.,* irreg., pres. ind., 1 pers. pl. （我們）不想要

non *neg. adv.* 不，非，否

nos, nostri/ nostrum, nobis *pers. pron.,* irreg., 1 pers. pl. 我們 ；**nostri** gen. 我們[的]；**nobis** dat./ abl. 我們

nostram (noster, tra, trum) *poss. pron./ adj.,* fem., acc. sing. 我們的 ；**nostro** masc./ neut., dat./ abl. sing. 我們的 ；**noster** masc., nom. sing. 我們的 ；**nostrum** masc., acc. sing.; neut., nom./ acc. sing. 我們的

nullus, a, um, *adj.* 無，沒有 ；**nulla** fem., nom./ abl. sing.; neut., nom./ acc. pl. 無，沒有 ；**nullae** fem., nom. pl. 無，沒有 ；**nullaque** [＝**nulla**＋**que**] fem., nom./ abl. sing.; neut., nom./ acc. pl. 無，沒有

numqui, numquae, numquod *interr. adj./ pron.* 或許誰的？或許什麼的？

numquis, numquis, numqui *interr. pron./ adj.* 或許誰？或許什麼？

nunc *adv.* 現在，當下

omne (omnis, is, e) *adj./ pron.,* neut., nom./ acc. sing. 每一，任一，每一事物，每一人

os, ossis *n.,* 3 decl., neut. 骨，骨骸

pars, partis *n.,* 3 decl., fem. 部份

parva (parvus, a, um) *adj.,* fem., nom./ abl. sing.; neut., nom./ acc. pl. 小的，少的，細微的

patrocinio (patrocinium, ii) *n.,* 2 decl., neut., dat./ abl. sing. 保護，防衛，辯護

perfectum (perfectus, a, um) *adj.,* masc./ neut., acc. sing.; neut., nom. sing. 完美的，完成的

pervigilat (pervigilo, as, avi, atum, are) *v., intr.,* 1., pres. ind., 3 pers. sing. （他/她/它）守夜，通宵警戒

plus, pluris *n.,* 3 decl., neut. 加，許多

poeta, ae *n.,* 1 decl., masc. 詩人

pons, pontis *n.,* 3 decl., masc. 橋

praeter *prep.* [＋acc.] 在…前面，之前；此外，除外

primus, a, um *ord. num. adj.* 第一

publicae (publicus, a, um) *adj.,* fem., gen./ dat. sing.; nom. pl. 公共的，公眾的

puellarum (puella, ae) *n.,* 1 decl., fem., gen. pl. 女孩[們的]，女童[們的]；**puella**

nom./ voc./ abl. sing. 女孩，女童

pulcher, pulchra, pulchrum *adj.* 美麗的，漂亮的；**pulchra** nom./ abl. sing.; neut., nom./ acc. pl. 美麗的，漂亮的

pulcherrimus, a, um *adj., sup.* [pos.: **pulcher, pulchra, pulchrum**] 極美麗的，極漂亮的

pulvis, eris *n.,* 3 decl., masc. 塵埃，灰塵

purus, a, um *adj.* 乾淨的，清澈的，純潔的

quae (qui, quae, quod) *rel.; indef.; interr. pron./ adj.,* fem., nom. sing./ pl.; neut., nom./ dat. pl. 誰，哪個/些；那/些；什麼；**qui** masc., nom. sing./ pl. 誰，哪個/些；那/些；什麼；**quod** neut., nom./ acc. sing. 誰，哪個；那；什麼

quamvis (quivis, quaevis, quodvis) *indef. adj./ pron.,* fem., acc. sing. 無論誰，無論什麼；**quivis** masc., nom. sing./ pl. 無論誰，無論什麼；**quaevis** fem., nom. sing./ pl.; neut., nom./ acc. pl. 無論誰，無論什麼；**quodvis** neut., nom. sing. 無論誰，無論什麼

quam *adv./ conj.* 多少，多麼；[用於比較] 比…，較…

quicumque, quaecumque, quodcumque *rel. ; indef. pron./ adj.* 無論誰，無論什麼

quid (quis, quis, quid) *interr. ; indef. pron.,* neut., nom./ acc. sing. 誰，什麼；**quis** masc./ fem., nom. sing. 誰，什麼

quidam, quaedam, quiddam *indef. pron./ adj.* 某人，有人

quidam, quaedam, quoddam *indef. adj./ pron.* 某事

quies, etis *n.,* 3 decl., fem. 寧靜，寂靜，平靜

quilibet, quaelibet, quidlibet *indef. pron./ pron.* 無論誰，無論什麼

quilibet, quaelibet, quodlibet *indef. adj./ pron.* 無論誰的，無論什麼的

quinam, quaenam, quodnam *interr. adj./pron.* 不管是誰？無論什麼？

quisnam, quaenam, quidnam *interr. pron./ adj.* 不管是誰？無論什麼？

quispiam, quaepiam, quodpiam *indef. adj./ pron.* 有人的，某人的，某物的

quispiam, quispiam, quidpiam (/quippiam) *indef. pron./ adj.* 有人，某人，某物

quisquam, [ulla], quicquam (/quidquam) *indef. pron.,* sing. tant. 無一人不，任何人

quisque, quisque, quidque *indef. pron./ adj.* 每人，每物

quisque, quaeque, quodque *indef. adj./ pron.* 每，每一

quisquis, quisquis, quidquid (/quicquid) *rel. ; indef. pron./ adj.* 無論是誰，無論什麼

quivis, quaevis, quidvis *indef. pron./ adj.* 無論誰，無論什麼

quotiens *adv.* 每當

res, rei *n.,* 5 decl., fem. 物，事物，東西

res publicae (res publica, rei publicae) *n.,* 5 decl. + 1 decl., fem., nom. pl. 政事，公眾事務，國家

respondes (respondeo, es, spondi, sponsum, ere) *v., intr.,* 2., pres. ind., 2 pers. sing. （你/妳）回應，答覆

Romanum (Romanus, a, um) *adj.,* masc./ neut., acc. sing ; neut., nom. sing. [地名] 羅馬的，羅馬人的

ruber, bra, brum *adj.* 紅的，紅色的

saevus, a, um *adj.* 殘暴的，兇猛的

salutem (salus, utis) *n.,* 3 decl., fem., acc. sing. 安全，健康

sanguis, inis *n.,* 3 decl., masc. 血，血液

sapiens, entis *n.,* 3 decl., masc. 智者，賢者

secundus, a, um *ord. num. adj.* 第二

se (sui, sibi, se, sese) *pers./ refl. pron.,* irreg., 3 pers. sing./ pl., masc./ dem./ neut., acc./ abl. 他/她/它（自身）；他/她/它們（自身）；**sui** gen. 他/她/它（自身）[的]；他/她/它們（自身）[的]；**sibi** dat. [給]他/她/它（自身）；[給]他/她/它們（自身）

sermo, onis *n.,* 3 decl., masc. 談話，對話，話語，演說

si *conj.* 如果，倘若

silvis (silva, ae) *n.,* 1 decl., fem., dat./ abl. pl. 樹林、森林；**silvae** gen./ dat. sing.; nom. pl. 樹林，森林；**silvam** acc. sing. 樹林，森林

similis, is, e *adj.* 相似的

simillimus, a, um *adj., sup.* [pos.: **similis, is, e**] 極相似的

sit ; sunt ; sint → est

sol, solis *n.,* 3 decl., masc. 太陽

solus, a, um *adj.* 唯一的，單獨的；**sola** fem., nom./ voc./ abl. sing., neut., nom./ acc./ voc. pl. 唯一的，單獨的；**solum** masc., acc. sing.; neut., nom./ acc./ voc. sing. 唯一的，單獨的

speculo (speculum, i) *n.,* 2 decl., neut., dat./ abl. sing. 鏡子

suus, a, um *poss. pron./ adj.* 他/她/它的；他/她/它們的

tamen *adv.* 尚且，仍然，但是

tecum [＝te＋cum] **(tu, tui, tibi, te)** *pers. pron.,* irreg., 2 pers. sing., abl. 和你/妳，與你/妳；**cum** *prep.* [＋abl.] 偕同，與…（*with*…）

tempore (tempus, oris) *n.,* 3 decl., neut., abl. sing. 時間，光陰

terram (terra, ae) *n.,* 1 decl., fem., acc. sing. 土地，陸地，地面

totus, a, um *adj.* 全部，所有；**totamque** [＝totam＋que] fem., acc. sing. （和，與）全部，所有；**totum** masc., acc. sing.; neut., nom. acc. sing. 全部，所有；**totas** fem., acc. pl. 全部，所有；**tota** fem., nom./ abl. sing.; neut., nom. acc. pl. 全部，所有；**toti** masc./ fem./ neut., dat. sing.; masc., nom. pl. 全部，所有；**totae** fem., nom., pl. 全部，所有；**toto** masc./ neut., abl. sing. 全部，所有

tres, tres, tria *card. num. adj.* 三

tu, tui, tibi, te *pers. pron.,* irreg., 2 pers. sing. 你/妳；**te** acc./ voc./ abl. 你/妳；**tibi** dat. [給]你/妳；**tui** gen. 你/妳[的]

tuus, a, um *poss. pron./ adj.* 你/妳的

ullus, a, um *adj.* 無一不，任一；**ulla** fem., nom./ abl. sing.; neut., nom./ acc. pl. 無一不，任一；**ullius** masc./ fem., neut., gen. sing. 無一不，任一

universo (universus, a, um) *adj.,* masc./ neut., dat./ abl. sing. 全部的，全體的，共同的

unus, a, um *card. num. adj.* 一；一些；**unum** masc., acc. sing.; neut., nom./ acc. sing. 一

unusquisque, unaquaeque, unumquodque *indef. adj.* （…之中的）每一

unusquisque, unumquidque *indef. pron.* （…之中的）每一

uter, utra, utrum *indef. adj./ pron.* sing. tant. 兩者之一；**utram** fem., acc. 兩者之一；**utrum** masc., acc. 兩者之一；**utro** masc./ neut., abl. 兩者之一

utroque (uterque, utraque, utrumque) *indef. adj./ pron.,* masc./ neut., abl. sing. 兩者皆，兩者中的每一

uti (utor, eris, usus sum, uti) *dep. v., intr./ tr.,* 3., pres. inf. 使用，處理，控制；**utendum** [1.] ger., neut., acc. sing. 使用，處理，控制；[2.] gerundive, masc., acc. sing.; neut., nom./ acc. sing. 該被使用的，該被處理的，該被控制的；**est utendum** *locu.* [gerundive＋esse] （他/它）應該使用，應該處理，應該控制

via, ae *n.,* 1 decl., fem. 路，路徑

videris (video, es, vidi, visum, ere) *v., tr.,* 2., [1.] futperf. ind., 2 pers. sing. （你/妳將已）看；[2.] perf. subj., 2 pers. sing. （若你/妳已）看；[3.] pass., pres., 2 pers. sing. （你/妳）被看；**videretur** pass., imperf. subj., 3 pers. sing. （若他/她/它曾）被看；**videtur** pass., pres. ind., 3 pers. sing. （他她它）被看

vigilantia, ae *n.,* 1 decl., fem. 警戒

viginti unus, a, um *card. num. adj.* 二十一

virtus, utis *n.,* 3 decl., fem. 美德，德性；勇氣，膽識

vos, vestri/ vestrum, vobis *pers. pron.,* irreg., 2 pers. pl. 你/妳們；**vestri** gen. 你/妳們[的]；**vobis** dat./ abl. 你/妳們

vostrorum [＝vestrorum] **(vester, tra, trum)** *poss. pron./ adj.,* masc./ neut., gen. pl. 你/妳們的；**vester** masc., nom. sing. 你/妳們的；**vestrum** masc., acc. sing.; neut., nom./ acc. sing. 你/妳們的

1. 形容詞的變格

(1.) 形容詞的字尾與所屬變格

　　形容詞跟相對應名詞的「性」、「數」和「格」需一致，亦即：若一個名詞以與格型態出現時，對應的形容詞也必須是與格；若名詞為陽性，則形容詞也必須是陽性等。例如：silva densa（濃密的森林｜*dense forest*）是主格單數形態，若我們要把名詞跟形容詞改成與格單數形態，就會變成 silvae densae，改成受格單數形態則是 silvam densam，依此類推。

　　必須特別留意的是：形容詞可能與其相對應的名詞分別屬於不同的變格。例如：poeta clar**us**（著名的詩人｜*famous poet*），poeta 屬於第一變格，由於它是一個陽性名詞，因此用以形容 poeta 的形容詞 clarus 必須使用陽性的字尾型態，而那屬於第二變格。

　　對應著不同性別的名詞，形容詞的字尾及其所屬的變格可以為：**-us**（陽性，屬於第二變格）、**-a**（陰性，屬於第一變格）、以及 **-um**（中性，屬於第二變格），例如：**longus, longa, longum**（長的｜*long*）。正因形容詞的陽性屬於第二變格，有些形容詞的陽性單數主格字尾也會是 **-er**，例如：**miser, misera, miserum**（可憐的｜*miserable, poor*）；**pulcher, pulchra, pulchrum**（美麗的｜*beautiful*）。

表 IV-1：形容詞的變格

		陽性 （屬於第二變格）	陰性 （屬於第一變格）	中性 （屬於第二變格）
單 數	主格	long-**us**	long-**a**	long-**um**
	屬格	long-**i**	long-**ae**	long-**i**
	與格	long-**o**	long-**ae**	long-**o**
	受格	long-**um**	long-**am**	long-**um**
	呼格	long-**e**	long-**a**	long-**um**
	奪格	long-**o**	long-**a**	long-**o**
複 數	主格	long-**i**	long-**ae**	long-**a**
	屬格	long-***orum***	long-***arum***	long-***orum***
	與格	long-**is**	long-**is**	long-**is**
	受格	long-**os**	long-**as**	long-**a**
	呼格	long-**i**	long-**ae**	long-**a**
	奪格	long-**is**	long-**is**	long-**is**

此外，也有屬於第三變格的形容詞，其主格單數的字尾會是 **-is**、或以子音結尾。在字尾為 **-is** 的情況下，陽性及陰性的主格單數字尾同為 **-is**，而中性的主格單數字尾則會是 **-e**。例如：**br*e*vis, br*e*vis, br*e*ve**（短的 | *short*）。若字尾是子音，則不論是陽性、陰性及中性，其主格單數都是相同的。例如：***a*udax, *a*udax, *a*udax**（勇敢的 | *courageous*）。

表 IV-2：第三變格的形容詞（-is 字尾）

	陽性及陰性			中性	
	單數	**複數**		**單數**	**複數**
主格	br*e*v-is	br*e*v-es	**主格**	br*e*v-e	br*e*v-ia
屬格	br*e*v-is	br*e*v-ium	**屬格**	br*e*v-is	br*e*v-ium
與格	br*e*v-i	br*e*v-ibus	**與格**	br*e*v-i	br*e*v-ibus
受格	br*e*v-em	br*e*v-es (/-is)	**受格**	br*e*v-e	br*e*v-ia
呼格	br*e*v-is	br*e*v-es	**呼格**	br*e*v-e	br*e*v-ia
奪格	br*e*v-i	br*e*v-ibus	**奪格**	br*e*v-i	br*e*v-ibus

表 IV-3：第三變格的形容詞（子音字尾）

	陽性及陰性			中性	
	單數	**複數**		**單數**	**複數**
主格	*a*udax	aud*a*c-es	**主格**	*a*udax	aud*a*c-ia
屬格	aud*a*c-is	aud*a*c-ium	**屬格**	aud*a*c-is	aud*a*c-ium
與格	aud*a*c-i	aud*a*c-ibus	**與格**	aud*a*c-i	aud*a*c-ibus
受格	aud*a*c-em	aud*a*c-es (/-is)	**受格**	*a*udax	aud*a*c-ia
呼格	*a*udax	aud*a*c-es	**呼格**	*a*udax	aud*a*c-ia
奪格	aud*a*c-e	aud*a*c-ibus	**奪格**	aud*a*c-e	aud*a*c-ibus

(2.) 代詞性形容詞的變格

　　有9個具有代名詞屬性的形容詞，其變格模式異於一般的形容詞變格，而另行構成一組代詞性形容詞（*pronominal adjective*）的變格。代詞性形容詞的變格特徵在於**屬格單數**及**與格單數**的字尾分別是 **-ius** 及 **-i**，且皆適用於任何性別。屬於此種變格的形容詞包括有：***a**lius, **a**lia, **a**liud*（其他，另一 | *another*）、***a**lter, **a**ltera, **a**lterum*（另一 | *the other*）；***s**olus, **s**ola, **s**olum*（唯一的，單獨的 | *alone, sole*）、***t**otus, **t**ota, **t**otum*（全部，所有 | *all*）；***n**ullus, **n**ulla, **n**ullum*（無，沒有 | *not any, no*）、***u**llus, **u**lla, **u**llum*（任一 | *any, any one*）；***n**euter, **n**eutra, **n**eutrum*（兩者皆非 | *neither (of the two)*）、***u**ter, **u**tra, **u**trum*（兩者之一 | *whichever of the two,either one of the two*），以及 ***u**nus, **u**na, **u**num*（單數：一 | *one*；複數：一些 | *some*）。

表 IV-4：代詞性形容詞的變格（alius、alter）

<table>
<tr><td colspan="8">alius, alia, aliud（其他，另一）、alter, altera, alterum（另一）</td></tr>
<tr><td colspan="2"></td><td colspan="2">陽性</td><td colspan="2">陰性</td><td colspan="2">中性</td></tr>
<tr><td rowspan="6">單</td><td>主格</td><td>ali-us</td><td>alter</td><td>ali-a</td><td>alter-a</td><td>ali-ud</td><td>alter-um</td></tr>
<tr><td>屬格</td><td colspan="2">al-ius / alter-ius</td><td colspan="2">al-ius / alter-ius</td><td colspan="2">al-ius / alter-ius</td></tr>
<tr><td>與格</td><td>ali-i</td><td>alter-i</td><td>ali-i</td><td>alter-i</td><td>ali-i</td><td>alter-i</td></tr>
<tr><td rowspan="3">數</td><td>受格</td><td>ali-um</td><td>alter-um</td><td>ali-am</td><td>alter-am</td><td>ali-um</td><td>alter-um</td></tr>
<tr><td>呼格</td><td>ali-e</td><td>alter-e</td><td>ali-a</td><td>alter-a</td><td>ali-ud</td><td>alter-um</td></tr>
<tr><td>奪格</td><td>ali-o</td><td>alter-o</td><td>ali-a</td><td>alter-a</td><td>ali-o</td><td>alter-o</td></tr>
<tr><td rowspan="6">複</td><td>主格</td><td>ali-i</td><td>alter-i</td><td>ali-ae</td><td>alter-ae</td><td>ali-a</td><td>alter-a</td></tr>
<tr><td>屬格</td><td colspan="2">ali-orum / alteri-orum</td><td colspan="2">ali-arum / alteri-arum</td><td colspan="2">ali-orum / alteri-orum</td></tr>
<tr><td>與格</td><td>ali-is</td><td>alter-is</td><td>ali-is</td><td>alter-is</td><td>ali-is</td><td>alter-is</td></tr>
<tr><td rowspan="3">數</td><td>受格</td><td>ali-os</td><td>alter-os</td><td>ali-as</td><td>alter-as</td><td>ali-a</td><td>alter-a</td></tr>
<tr><td>呼格</td><td>ali-i</td><td>alter-i</td><td>ali-ae</td><td>alter-ae</td><td>ali-a</td><td>alter-a</td></tr>
<tr><td>奪格</td><td>ali-is</td><td>alter-is</td><td>ali-is</td><td>alter-is</td><td>ali-is</td><td>alter-is</td></tr>
<tr><td colspan="8">1. alius, alia, aliud 於屬格單數時，語幹 ali- 會減縮為 al-。</td></tr>
<tr><td colspan="8">2. alius, alia, aliud 與 alter, altera, alterum 的屬格變化型態可互通使用。</td></tr>
</table>

練 習

[01] **Alias** res agere. = 做別的事情。*To do other things.*

[02] In **aliorum** finibus. = 在別人的領土。*In the territory of other people.*

[03] **Alium** neminem. = 另一個無名氏。*Another nobody.*

[04] Nihil **aliud**. = 沒有其他的。*Nothing else.*

[05] Tu respondes **aliud** mihi. = 你回答我的是另一回事。*(What) you answer me is another matter.*

[06] **Alio** loco, **alio** tempore. = 不同的地方，不同的時節。*Another place, another time.*

[07] **Aliud** est male dicere, **aliud** (est) accusare. (Cicero, *Cael., 3; 6*) = 說壞話是一回事，指控是另一回事。*To vituperate is one thing, (and) to accuse is another.*

[08] Haec et multa **alia** coram dicebat. = 他當面說這些，以及許多其他的事情。*He said openly these and many other (things).*

[09] Tu solus praeter **alios**. (Plautus, *Ps., 3, 2*) = 你一個人在其他人面前。*You alone in front of the rest.*

[10] Amphitheatrum **alium** aedificavit. = 他建造了另一個圓形劇場。*He built another ampitheater.*

[11] **Alius, alia** via civitatem auxerunt. (Livius, *1, 21*) = [兩人]各自以各自的方法擴展了（羅馬）城市。*Each one in different way enlarged Rome.*

[12] **Alter** idem. = [兩者中]另一相同的。*Another same.*

[13] **Alterius** laborem. = [兩人中]其中一人的辛勞。*The fatigue of another one.*

[14] **Alterum** de duobus. = 兩者之一。*Another from two.*

[15] Quotiens te speculo videris **alterum**. (Horatius, *Carm., 4, 10: 6*) = 每當你在鏡中看見另外一個自己。*As often as that in the mirror you see another self.*

表 IV-5：代詞性形容詞的變格（solus、totus）

		陽性		陰性		中性	
		solus, sola, solum（唯一的，單獨的）、**totus, tota, totum**（全部，所有｜*all*）					
單	主格	sol-**us**	tot-**us**	sol-**a**	tot-**a**	sol-**um**	tot-**um**
	屬格	sol-*ius*	tot-*ius*	sol-*ius*	tot-*ius*	sol-*ius*	tot-*ius*
	與格	sol-**i**	tot-**i**	sol-**i**	tot-**i**	sol-**i**	tot-**i**
數	受格	sol-**um**	tot-**um**	sol-**am**	tot-**am**	sol-**um**	tot-**um**
	呼格	sol-**e**	tot-**e**	sol-**a**	tot-**a**	sol-**um**	tot-**um**
	奪格	sol-**o**	tot-**o**	sol-**a**	tot-**a**	sol-**o**	tot-**o**
複	主格	sol-**i**	tot-**i**	sol-**ae**	tot-**ae**	sol-**a**	tot-**a**
	屬格	sol-*orum*	tot-*orum*	sol-*arum*	tot-*arum*	sol-*orum*	tot-*orum*
	與格	sol-**is**	tot-**is**	sol-**is**	tot-**is**	sol-**is**	tot-**is**
	受格	sol-**os**	tot-**os**	sol-**as**	tot-**as**	sol-**a**	tot-**a**
數	呼格	sol-**i**	tot-**i**	sol-**ae**	tot-**ae**	sol-**a**	tot-**a**
	奪格	sol-**is**	tot-**is**	sol-**is**	tot-**is**	sol-**is**	tot-**is**

練　習

[01] **Sola** puellarum. (Tibullus, *3, 8: 15*) = 女孩們中唯一的一個。*The only one among the girls.*

[02] Quamvis multi sint, magis tamen ero **solus** quam si unus essem. (Cicero, *Att., 12, 51, 1*) = 不管有多少人，我仍將比獨自一人的我更為孤獨。*No matter how many they are, I shall be more lonely than if I was alone.*

[03] **Solum** locum. = 唯一的地方。*The only place.*

[04] Omne caelum **totam**que cum universo mari terram. (Cicero, *Fin., 2, 34; 112*) = 整片天空及所有的海與陸地。*All the sky and all the earth with all the seas.*

[05] Unum opus, **totum** atque perfectum. (Cicero, *Tim., 17*) = 一項工作，完成且完美。*One work, complete and perfect (well done, finished).*

[06] Sapiens, in se ipso **totus** est. (Horatius, *S., 2, 7: 86*) = 有智慧的人，一切盡在其身。*A wise person is whole in his own person.*

[07] **Totus** et mente et animo in bellum insistit. (Caesar, *Gal., 6, 5*) = 他專注一切的心力與精神於戰爭[之中]。*He concentrates mind and spirit completely in the war.*

[08] Pervigilat noctes **totas**. (Plautus, *Aul., 1, 1*) ＝ 他整晚警戒守夜。*He vigilates all the nights.*

[09] Nocte **tota**. ＝ 整晚/ 整夜。*All the night.*

[10] In Italia **tota**. ＝ 在整個義大利。*In all Italy.*

[11] An **toti** morimur, nullaque pars manet? (Seneca, *Tro., 378*) ＝ 是否在我們大夥死後，便沒有留下些什麼嗎？*Or we all die, and nothing (no part of us) remains?*

[12] Ille sapiens est **totum**. ＝ 那位智者[通曉]一切。*He is wise in everything.*

[13] **Totae** res publicae. ＝ 所有的公眾事務。*All political things.*

[14] In **toto**, multi homines sunt. ＝ 總共有很多的人。*As a whole, there are many people.*

[15] **Toti** illi montes excelsi. ＝ 所有的那些高山。*All those high mountains.*

表 IV-6：代詞性形容詞的變格（nullus、ullus）

		陽性		陰性		中性	
		*nu*llus, *nu*lla, *nu*llum（無，沒有）、*u*llus, *u*lla, *u*llum（任一）					
單	主格	null-*us*	ull-*us*	null-*a*	ull-*a*	null-*um*	ull-*um*
	屬格	null-*ius*	ull-*ius*	null-*ius*	ull-*ius*	null-*ius*	ull-*ius*
	與格	null-*i*	ull-*i*	null-*i*	ull-*i*	null-*i*	ull-*i*
數	受格	null-*um*	ull-*um*	null-*am*	ull-*am*	null-*um*	ull-*um*
	呼格	null-*e*	ull-*e*	null-*a*	ull-*a*	null-*um*	ull-*um*
	奪格	null-*o*	ull-*o*	null-*a*	ull-*a*	null-*o*	ull-*o*
複	主格	null-*i*	ull-*i*	null-*ae*	ull-*ae*	null-*a*	ull-*a*
	屬格	null-*orum*	ull-*orum*	null-*arum*	ull-*arum*	null-*orum*	ull-*orum*
數	與格	null-*is*	ull-*is*	null-*is*	ull-*is*	null-*is*	ull-*is*
	受格	null-*os*	ull-*os*	null-*as*	ull-*as*	null-*a*	ull-*a*
	呼格	null-*i*	ull-*i*	null-*ae*	ull-*ae*	null-*a*	ull-*a*
	奪格	null-*is*	ull-*is*	null-*is*	ull-*is*	null-*is*	ull-*is*

※ nullus, nulla, nullum 為 ullus, ulla, ullum 的對反概念，其係以否定前綴 n- 搭配 ullus, ulla, ullum 所構成。

練 習

[01] **Nulla** controversia mihi tecum erit. (Plautus, *Aul., 2, 2*) ＝ 我和你將不會有爭議。 *I will have no controversy with you.*

[02] **Nulla** tibi est lingua？ (Plautus, *St., 1, 3*) ＝ 你沒有舌頭嗎？ *Don't you have a tongue？*｛此處意指「你為何不說話？」｝

[03] Nostram salutem **nullae** leges custodient. (Cicero, *Deiot., 11; 30*) ＝ 沒有法律會保護我們的安全。 *No laws will protect our safety.*

[04] Virtus, vigilantia, labor apud Graecos **nulla** sunt. (Sallustius, *Rep., 1, 9*) ＝ 道德感、警戒心、勞動力，在希臘那邊，這些都不存在。 *In Greece virtue, vigilance and work are non existent.*

[05] **Nullus** es. ＝ 你什麼都不是。 *You are nothing. (/You are nobody. /You are of no value.)*

[06] Non **ulla** causa esset quae non digna nostro patrocinio videretur. (Cicero, *Brut., 90; 312*) ＝ 沒有一個案件不值得我們做辯護。 *(It could be said) that there is no case which seems unworthy of our patronage.*

[07] Nemo **ullius** nisi fugae memor. (Livius, *2, 59*) ＝ 沒有人記得任何事，除了逃走。 *No one remembers anything but escape.*

表 IV-7：代詞性形容詞的變格（unus）

unus, una, unum（一；一些）					
陽性		**陰性**		**中性**	
單數	**複數**	**單數**	**複數**	**單數**	**複數**
主格	*un*-**us**	*un*-**i**	*un*-**a**	*un*-**ae**	*un*-**um**	*un*-**a**
屬格	un-*ius*	un-*orum*	un-*ius*	un-*arum*	un-*ius*	un-*orum*
與格	*un*-**i**	*un*-**is**	*un*-**i**	*un*-**is**	*un*-**i**	*un*-**is**
受格	*un*-**um**	*un*-**os**	*un*-**am**	*un*-**as**	*un*-**um**	*un*-**a**
呼格	*un*-**e**	*un*-**i**	*un*-**a**	*un*-**ae**	*un*-**um**	*un*-**a**
奪格	*un*-**o**	*un*-**is**	*un*-**a**	*un*-**is**	*un*-**o**	*un*-**is**

1. unus, una, unum 作為數詞的「一」時，在概念上並無複數可言，此時僅在修飾只具複數型態的名詞時，才會使用形式上的複數型態（但實質上仍意指單數「一」）。

2. 當複數形態的 uni, unae, una 作為形容詞或代名詞使用時，則意指「一些」。

表 IV-8：代詞性形容詞的變格（neuter、uter）

		陽性		陰性		中性	
		neuter, neutra, neutrum（兩者皆非）、 **uter, utra, utrum**（兩者之一）					
單	主格	neuter	*u*ter	neutr-a	*u*tr-a	neutr-**um**	*u*tr-**um**
	屬格	neutr-*ius*	utr-*ius*	neutr-*ius*	utr-*ius*	neutr-*ius*	utr-*ius*
	與格	neutr-i	*u*tr-i	neutr-i	*u*tr-i	neutr-i	*u*tr-i
數	受格	neutr-um	*u*tr-**um**	neutr-am	*u*tr-am	neutr-um	*u*tr-**um**
	呼格	neutr-e	*u*tr-e	neutr-a	*u*tr-a	neutr-um	*u*tr-**um**
	奪格	neutr-o	*u*tr-o	neutr-a	*u*tr-a	neutr-o	*u*tr-o
複	主格	neutr-i	--	neutr-ae	--	neutr-a	--
	屬格	neutr-*orum*	--	neutr-*arum*	--	neutr-*orum*	--
	與格	neutr-is	--	neutr-is	--	neutr-is	--
數	受格	neutr-os	--	neutr-as	--	neutr-a	--
	呼格	neutr-i	--	neutr-ae	--	neutr-a	--
	奪格	neutr-is	--	neutr-is	--	neutr-is	--

1. neuter, neutra, neutrum 為 uter, utra, utrum 的對反概念，其係以否定前綴 ne- 搭配 uter, utra, utrum 所構成。

2. uter, utra, utrum 無複數的變化型態。

練 習

[01] **Neutrum** eorum contra alterum iuvare debes. (Caesar, *Civ., 1, 35*) ＝ 你不該幫忙他們兩人中的任一人去對抗另外一人。 *You ought not to help any of them against the other (the others).*

[02] Genus **neutrum**. ＝ 不屬於[二者中]任何一方的種類。 *A neuter sort. (/A neuter gender.)*

[03] Quid bonum sit, quid malum, quid **neutrum**. (Cicero, *Div., 2, 4; 10*) ＝ 何謂善，何謂惡，何謂非善亦非惡。 *What is (possibly) good, what is (possibly) bad, what is (possibly) neither good nor bad.*

[04] **Uter** vostrorum est celerior? (Plautus, *Aul., 2, 4*) ＝ 你們[兩人]之中，哪一位比較敏捷？ *Which one of you (two) is quicker?*

[05] Harum duarum condicionum nunc **utram** malis. (Terentius, *Heau., 2, 3*) ＝ 在這兩種狀況中，現在你得選一個。*Between these two conditions, now you (have to) choose one.*

[06] Inter se agitabant **uter** ad **utrum** bellum dux idoneus magis esse. (Livius, *10, 14*) ＝ 他們互相討論[這兩位中的]哪一位統帥比較適宜指揮[那兩場中的]哪一場戰役。*They were discussing among themselves which one of the (two) commaders was more idoneous to which of the (two) wars.*

[07] **Uter** ex his sapiens tibi videtur？(Seneca, *Ep., 14-15; 90, 14*) ＝ 這[兩人]當中的哪一個，在你看來是有智慧的人？*Among these (two) people, who seems to you wise？*

[08] Horum **utro** uti nolumus, altero est utendum. (Cicero, *Sest., 42; 92*) ＝ 我們不想用這一個，就一定要用另一個。*(If) we do not want to use one of these two, (then) it has to use the other.*

[09] In **utro**que iure. ＝ 在兩種法律下。*In both the codes.*｛通常指民法及教會法；或指民法及刑法｝

(3.) 形容詞變格的運用

除了各類形容詞外，形容詞的變格也會運用在動詞的**分詞**、部份的**基數**、全部的**序數**、**所有格形容詞**（/**所有格代名詞**）、**形容詞比較級**與**形容詞最高級**等處。

[1] 分詞

包括**現在分詞**、**過去分詞**、**未來分詞**，以及 **Gerundive 動名詞**[22]，都會適用形容詞變格。其中過去分詞、未來分詞及 Gerundive 動名詞會依照形容詞的「~us, ~a, ~um」模式，以第一及第二變格來進行語尾變化；至於現在分詞則比照第三變格的形容詞來進行語尾變化。例如：

laudans, laudant-**is**（[現在分詞] 讚美的 | *praising*）

laudat-us, ~a, ~um（[過去分詞] 被讚美的 | *praised*）

laudatur-us, ~a, ~um（[未來分詞] 那將被讚美的 | *to be praised, will be praised*）

laudand-us, ~a, ~um（[Gerundive 動名詞] 該被讚美的 | *to be praised*）

---

[22] 在文法的分類上，亦有將具備形容詞性質的 Gerundive 動名詞視為分詞的主張。

表 IV-9：現在分詞的變格

	陽性及陰性			中性	
	單數	**複數**		**單數**	**複數**
主格	laudans	laudant-es	主格	laudans	laudant-ia
屬格	laudant-is	laudant-ium	屬格	laudant-is	laudant-ium
與格	laudant-i	laudant-ibus	與格	laudant-i	laudant-ibus
受格	laudant-em	laudant-es (/-is)	受格	laudans	laudant-ia
呼格	laudans	laudant-es	呼格	laudans	laudant-ia
奪格	laudant-e	laudant-ibus	奪格	laudant-e	laudant-ibus

[2] 基數

基數 **unus, una, unum**（一 | *one*）、**duo, duae, duo**（二 | *two*）、**tres, tres, tria**（三 | *three*）及其合成數，例如：**viginti unns, ~a, ~um**（二十一 | *twenty-one*）；以及百與千的倍數，例如：**ducenti, ~ae, ~a**（二百 | *two hundred*）等，皆適用形容詞的變格；其他未在此列的基數則不具變格型態。

① unus, ~a, ~um 適用於代詞性形容詞的變格，參見前揭表 IV-7；

② duo, ~ae, ~o 為不規則的形容詞變格，tres, ~es, ~ia 則屬於第三變格；兩者的變格皆僅有複數型態（參見下表 IV-10）。

③ **centus, centa, centum**（百 | *hundred*）適用一般形容詞「~us, ~a, ~um」模式的變格；單數的 **mille**（千 | *thousand*）不具變格型態，但複數的 **milia, ~ium**（數千 | *thousands*）則屬於第三變格。

表 IV-10：基數的變格（duo、tres）

		duo, duae, duo（二）、**tres, tres, tria**（三）					
		陽性		陰性		中性	
複數	主格	du-o	tr-es	du-ae	tr-es	du-o	tr-ia
	屬格	du-orum	tr-ium	du-arum	tr-ium	du-orum	tr-ium
	與格	du-obus	tr-ibus	du-abus	tr-ibus	du-obus	tr-ibus
	受格	du-os	tr-es	du-as	tr-es	du-o	tr-ia
	奪格	du-obus	tr-ibus	du-abus	tr-ibus	du-obus	tr-ibus

[3] 序數

所有的序數皆須按照形容詞的「~us, ~a, ~um」模式，以第一及第二變格來進行語尾變化，例如：**primus, ~a, ~um**（第一 | *first*）、**secundus, ~a, ~um**（第二 | *second*）等。

[4] 所有格形容詞及所有格代名詞

拉丁文的所有格形容詞（*possessive adjective*，或稱「物主形容詞」）與所有格代名詞（*possessive pronoun*，或稱「物主代名詞」）的字彙形態相同，且皆須依照形容詞的「~us, ~a, ~um」模式，以第一及第二變格來進行語尾變化。

拉丁文的所有格形容詞（/代名詞）分別為：

me-**us**, me-**a**, me-**um**（我的 | *mine*）

tu-**us**, tu-**a**, tu-**um**（你/妳的 | *yours*）

su-**us**, su-**a**, su-**um**（他/她/它的 | *his/her/its own*）

nos-**ter,** nos-**tra**, nos-**trum**（我們的 | *ours*）

ves-**ter,** ves-**tra**, ves-**trum**（你/妳們的 | *yours*）

su-**us**, su-**a**, su-**um**（他/她/它們的 | *their own*）

[5] 形容詞比較級

一般形容詞的比較級字尾是 **-ior**（陽性及陰性）及 **-ius**（中性），屬於第三變格。例如：long**ior**, long**ior**, long**ius**（較長的 | *longer*）。

表 IV-11：形容詞比較級的變格

陽性及陰性			中性		
	單數	複數		單數	複數
主格	long-ior	long-ior-**es**	主格	long-ius	long-ior-**a**
屬格	long-ior-**is**	long-ior-**um**	屬格	long-ior-**is**	long-ior-**um**
與格	long-ior-**i**	long-ior-**ibus**	與格	long-ior-**i**	long-ior-**ibus**
受格	long-ior-**em**	long-ior-**es**	受格	long-ius	long-ior-**a**
呼格	long-ior	long-ior-**es**	呼格	long-ius	long-ior-**a**
奪格	long-ior-**e**	long-ior-**ibus**	奪格	long-ior-**e**	long-ior-**ibus**

[6] 形容詞最高級

形容詞最高級的字尾包括「**-*i*ssimus, -*i*ssima, -*i*ssimum**」、「**-errimus, -errima, -errimum**」及「**-*i*llimus, -*i*llima, -*i*llimum**」，其字尾重音皆落在倒數第三個音節，並皆採「~us, ~a, ~um」模式，以第一及第二變格來進行語尾變化。

① 大多數的形容詞最高級字尾為「**-*i*ssimus, -*i*ssima, -*i*ssimum**」。例如：

long-**us**, long-**a**, long-**um** → long-**issimus, ~a, ~um**（極長的 | *very long*）

fort-**is, ~is, ~e**｛3 decl.｝ → fort-**issimus, ~a, ~um**（極強壯的 | *very strong*）

brev-**is, ~is, ~e**｛3 decl.｝ → brev-**issimus, ~a, ~um**（極短的 | *very short*）

② 若形容詞的陽性單數字尾是 **-er** 時，最高級的字尾則會是「**-*er*-rimus, -*er*-rima, -*er*-rimum**」。例如：

mis**er**, mis**er-a**, mis**er-um**（可憐的 | *miserable*）→ mis**er-rimus**, mis**er-rima**, mis**er-rimum**

pulch**er**, pulch**r-a**, pulch**r-um**（美麗的 | *beautiful*）→ pulch**er-rimus**, pulch**er-rima**, pulch**er-rimum**

ac**er**, ac**r-is**, ac**r-e**（[3 decl.] 尖銳的，酸的，辛辣的 | *sharp, sour, pungent*）→ ac**er-rimus**, ac**er-rima**, ac**er-rimum**

③ 有 6 個陽性單數以「**-il-is**」結尾的形容詞，其最高級的字尾會變成「**-*i*l-limus, -*i*l-lima, -*i*l-limum**」。例如：

fac**il-is, ~is, ~e**（[3 decl.] 簡單的 | *easy*）→ fac**il-limus**, fac**il-lima**, fac**il-limum**

diffic**il-is, ~is, ~e**（[3 decl.] 困難的 | *difficult*）→ diffic**il-limus**, diffic**il-lima**, diffic**il-limum**

hum**il-is, ~is, ~e**（[3 decl.] 低的 | low）→ hum**il-limus**, hum**il-lima**, hum**il-limum**

grac**il-is, ~is, ~e**（[3 decl.] 細薄的 | *slender*）→ grac**il-limus**, grac**il-lima**, grac**il-limum**

sim**il-is, ~is, ~e**（[3 decl.] 相同的 | *similar*）→ sim**il-limus**, sim**il-lima**, sim**il-limum**

dissim**il-is, ~is, ~e**（[3 decl.] 相異的 | *unlike, dissimilar*）→ dissim**il-limus**,
dissim**il-lima**, dissim**il-limum**

練　習

　　請根據括號內所提示的名詞單數屬格字尾，以及其後搭配的形容詞字尾，判斷出下列各個名詞的變格種類及性別，並逐一列出該名詞的各項變格及其所需搭配的形容詞字尾變化：

[01]　　arbor (~oris) alta. ＝ 高的樹。*high tree.*

[02]　　collis (~is) altus. ＝ 高的山丘。*high hill.*

[03]　　cor (~rdis) generosum. ＝ 高尚的心胸。*magnificent heart.*

[04]　　dens (~ntis) cavus. ＝ 中空的牙齒。*hollow tooth.*

[05]　　fons (~ntis) purus. ＝ 清淨的泉源。*clear source.*

[06]　　homo (~inis) fortis. ＝ 強壯的人。*strong man.*

[07]　　ius (iuris) Romanum. ＝ 羅馬的法律。*Roman law.*

[08]　　leo (~onis) saevus. ＝ 殘暴的獅子。*wild lion.*

[09]　　marmor (~oris) album. ＝ 潔白的大理石。*white marble.*

[10]　　mensis (~is) futurus. ＝ 未來的月份。*future month.*

[11]　　merces (~edis) parva. ＝ 微薄的薪俸。*small compensation.*

[12]　　mons (~ntis) arduus. ＝ 陡峭的山。*hard mountain.*

[13]　　os (ossis) album. ＝ 白色的骨頭。*white bone.*

[14]　　pons (~ntis) ligneus. ＝ 木橋。*wooden bridge.*

[15]　　puella (~ae) pulchra. ＝ 漂亮的女孩。*beautiful girl.*

[16]　　pulvis (~eris) densus. ＝ 厚的塵埃。*dense dust.*

[17]　　quies (~etis) nocturna. ＝ 夜晚的寂靜。*noctunal quiet.*

[18]　　sanguis (~inis) ruber. ＝ 紅色的血。*red blood.*

[19]　　sermo (~nis) doctus. ＝ 智慧的演說。*learned speech.*

[20]　　sol (~is) fervidus. ＝ 熾熱的太陽。*very hot sun.*

2. 代名詞的變格

(1.) 人稱代名詞

拉丁文的人稱代名詞變格如下表所示：

表 IV-12：人稱代名詞的變格

	第一人稱	第二人稱	第三人稱[23]
單　數	（我）	（你/妳）	（他/她/它）
主格	ego	tu	(ille, illa, illud)
屬格	mei	tui	sui
與格	mihi	tibi	sibi
受格	me	te	se
呼格	me	te	se
奪格	me	te	se
複　數	（我們）	（你/妳們）	（他/她/它們）
主格	nos	vos	(illi, illae, illa)
屬格	nostri / nostrum	vestri / vestrum	sui
與格	nobis	vobis	sibi
受格	nos	vos	se
呼格	nos	vos	se
奪格	nobis	vobis	se

(2.) 所有格代名詞

所有格代名詞的型態與所有格形容詞相同，分別是：meus, mea, meum
（我的 | *mine*）、tuus, tua, tuum（你/妳的 | *yours*）、suus, sua, suum（他/她/它的 |
his/her/its own）、noster, nostra, nostrum（我們的 | *ours*）、vester, vestra, vestrum
（你/妳們的 | *yours*）、suus, sua, suum（他/她/它們的 | *their own*）。

23　第三人稱的人稱代名詞沒有自己的主格，可由指示代名詞 ille, illa, illud、is, ea, id、或
ipse, ipsa, ipsum 取代。

(3.) 指示代名詞與指示形容詞

常見的指示代名詞包括有：**is, ea, id**（他，她，它｜*he, she, it*），**idem, eadem, idem**（相同的｜*same*）和 **ipse, ipsa, ipsum**（他本身，她本身，它本身｜*himself, herself, itself*）。其變格分別如下表 IV-13 所示：

表 IV-13：指示代名詞的變格

		is, *e*a, id	***i*dem, *e*adem, *i*dem**
單	主格	is, *e*a, id	*i*dem, *e*adem, *i*dem
	屬格	e*i*us, e*i*us, e*i*us	ei*u*sdem, ei*u*sdem, ei*u*sdem
	與格	e*i*, e*i*, e*i*	e*i*dem, e*i*dem, e*i*dem
數	受格	e*u*m, e*a*m, id	e*u*ndem, e*a*ndem, idem
	奪格	e*o*, e*a*, e*o*	e*o*dem, e*a*dem, e*o*dem
複	主格	e*i* (/*ii*), e*a*e, e*a*	idem, e*a*edem, e*a*dem
	屬格	e*o*rum, e*a*rum, e*o*rum	e*o*r*u*mdem, e*a*r*u*mdem, e*o*r*u*mdem
	與格	e*i*s, e*i*s, e*i*s (/*ii*s, *ii*s, *ii*s)	e*i*sdem, e*i*sdem, e*i*sdem (/*i*sdem, *i*sdem, *i*sdem)
數	受格	e*o*s, e*a*s, e*a*	e*o*sdem, e*a*sdem, e*a*dem
	奪格	e*i*s, e*i*s, e*i*s (/*ii*s, *ii*s, *ii*s)	e*i*sdem, e*i*sdem, e*i*sdem (/*i*sdem, *i*sdem, *i*sdem)

	***i*pse, *i*psa, *i*psum**	
	單數	**複數**
主格	*i*pse, *i*psa, *i*psum	*i*psi, *i*psae, *i*psa
屬格	ips*i*us, ips*i*us, ips*i*us	ips*o*rum, ips*a*rum, ips*o*rum
與格	*i*psi, *i*psi, *i*psi	*i*psis, *i*psis, *i*psis
受格	*i*psum, *i*psam, *i*psum	*i*psos, *i*psas, *i*psa
奪格	*i*pso, *i*psa, *i*pso	*i*psis, *i*psis, *i*psis

常見的指示形容詞有 3 個：**hic, haec, hoc**（這，此，這個的 | *this*），**iste, ista, istud**（那，其，那個的 | *this*），**ille, illa, illud**（那，彼，那個的 | *that*）。這些形容詞也帶有指示代名詞的屬性，其變格如下表 IV-14 所示：

表 IV-14：指示形容詞的變格

		hic, haec, hoc	iste, ista, istud	ille, illa, illud
單	主格	hic, haec, hoc	*iste, ista, istud*	*ille, illa, illud*
	屬格	h*ui*us, h*ui*us, h*ui*us	ist*i*us, ist*i*us, ist*i*us	ill*i*us, ill*i*us, ill*i*us
	與格	h*ui*c, h*ui*c, h*ui*c	*isti, isti, isti*	*illi, illi, illi*
數	受格	hunc, hanc, hoc	*istum, istam, istud*	*illum, illam, illud*
	奪格	hoc, hac, hoc	*isto, ista, isto*	*illo, illa, illo*
複	主格	hi, hae, haec	*isti, istae, ista*	*illi, illae, illa*
	屬格	h*o*rum, h*a*rum, h*o*rum	ist*o*rum, ist*a*rum, ist*o*rum	ill*o*rum, ill*a*rum, ill*o*rum
	與格	his, his, his	*istis, istis, istis*	*illis, illis, illis*
數	受格	hos, has, haec	*istos, istas, ista*	*illos, illas, illa*
	奪格	his, his, his	*istis, istis, istis*	*illis, illis, illis*

(4.) 關係代名詞

拉丁文的關係代名詞是 **qui, quae, quod**（那，那些，誰，什麼 | *which, who, what, that*）。它也可作為疑問代名詞使用，意指「誰？哪個（人/事物）？什麼？（*who? which one? what?*）」。

(5.) 疑問代名詞

拉丁文最主要的疑問代名詞則是用於指稱「人」的 **quis**（[masc./fem.] 誰？| *who?*），以及用於指稱「物」的 **quid**（[neut.] 什麼？| *what?*）。quis 在單數的變格型態中，其陽性型態與陰性型態一致；quis, quis, quid 的複數變格型態則與關係（/疑問）代名詞 qui, quae quod 的複數變格型態相同。

儘管 quis 在文法上也可作為陰性疑問代名詞，但在拉丁文的文獻中，作為陰性疑問代名詞的 quis 很少會被使用。

表 IV-15：疑問代名詞及關係代名詞的變格

		疑問代名詞 quis, quis, quid			關係（/疑問）代名詞 qui, quae, quod		
		陽性	陰性	中性	陽性	陰性	中性
單數	主格	quis	quis	quid	qui	quae	quod
	屬格	c*u*ius	c*u*ius	c*u*ius	c*u*ius	c*u*ius	c*u*ius
	與格	c*u*i	c*u*i	c*u*i	c*u*i	c*u*i	c*u*i
	受格	quem	quem	quid	quem	quam	quod
	奪格	quo	quo	quo	quo	qua	quo
複數	主格	qui	quae	quae	qui	quae	quae
	屬格	qu*o*rum	qu*a*rum	qu*o*rum	qu*o*rum	qu*a*rum	qu*o*rum
	與格	qu*i*bus	qu*i*bus	qu*i*bus	qu*i*bus	qu*i*bus	qu*i*bus
	受格	quos	quas	quae	quos	quas	quae
	奪格	qu*i*bus	qu*i*bus	qu*i*bus	qu*i*bus	qu*i*bus	qu*i*bus

(6.) 不定代名詞和不定形容詞

[1] 派生自關係/疑問代名詞的不定代名詞（/形容詞）

拉丁文有許多衍生自前揭關係代名詞 qui, quae, quod 及疑問代名詞 quis, quis, quid 的不定代名詞與不定形容詞，這兩組字源也會決定這些不定代名詞與不定形容詞所適用的變格型態。例如：quinam, quaenam, quondam 會依循 qui, quae, quod 的變格，aliquis, aliquis, aliquid 則會適用 quis, quis, quid 的變格。

① 指稱不特定對象：「某（個/些）」

ali**quis**, ali**quis**, ali**quid** {ali + quis/quid} ＝ 某（些）人，某（些）物。
someone, somewhat, something.

ali**qui**, ali**qua**, ali**quod** {[*adj.*] ali + qui/qua[e]/quod} ＝ 某些（人、事物）。
some, any.

quidam, **quae**dam, **quid**dam {qui/quae; quid + dam} ＝ 某人，有人。*someone, a certain man.*

quidam, **quae**dam, **quod**dam {[*adj.*] qui/quae/quod + dam} ＝ 某事。*a certain.*

quispiam, **quis**piam, **quid**piam (/quippiam) {quis/quid + piam} ＝ 有人，某人，某物。*someone, anybody, anything, any, someone, something, some.*

quispiam, **quae**piam, **quod**piam {[*adj.*] quis; quae/quod + piam} ＝ 有人的，某人的，某物的。*someone, anyone, anybody, anything, many, someone, something, some.*

② 指稱個別對象：「每一（個／些）」

quisque, **quis**que, **quid**que {quis/quid + que} ＝ 每人、每事。*everyone, each one, everything.*

quisque, **quae**que, **quod**que {[*adj.*] quis; quae/quod + que} ＝ 每，每一（人、事物）。*every, each, everybody, everything.*

unus**quis**que, unum**quid**que {unus/unum + quis/quid + que} ＝ 每一。*each one, everyone, everything.*

unus**quis**que, una**quae**que, unum**quod**que {[*adj.*] unus/una/unum + quis; quae/quod + que} ＝ 每一。*each, everyone, everything.*

③ 表現數量之有無：「無（一）不」

quisquam, [ulla], **quid**quam (/quicquam) {quis/quid + quam} ＝ 無一人不；任何人。*anyone.*

④ 表現讓步意味：「無論（誰／什麼）」

ec**quis**, ec**quis**, ec**quid** {[具疑問詞作用] ec + quis/quid} ＝ 不論是誰？無論什麼？*and who ever?, and what ever?*

ec**qui**, ec**quae** (/ecqua), ec**quod** {[*adj.* 具疑問詞作用] ec + qui/quae/quod} ＝不論是誰？無論什麼？*and who ever?, and what ever?*

num**quis**, num**quis**, num**quid** {[具疑問詞作用] num + quis/quid} ＝ 或許誰？或許什麼？*who maybe, what maybe?*

num**qui**, num**quae**, num**quod** {[*adj.* 具疑問詞作用] num + qui/quae/quod} ＝ 或許誰的？或許什麼的？*and who ever, and what ever?*

quisquis, **quisquis**, **quidquid** (/quicquid) {quis + quis ; quid + quid} = 無論是誰，無論什麼。 *no matter who, no matter what, whoever, whatever, everyone who.*

quicumque, **quae**cumque, **quod**cumque {qui/quae/quod + cumque} = 無論誰，無論什麼。 *no matter who, no matter what, whoever, whatever.*

quilibet, **quae**libet, **quid**libet {qui/quae; quid + libet} = 無論誰，無論什麼。 *whoever/ whatever you please.*

quilibet, **quae**libet, **quod**libet {[*adj.*] qui/quae/quod + libet} = 無論誰的，無論什麼的。 *whoever/ whatever you please.*

quisnam, **quis**nam, **quid**nam {[具疑問詞作用] quis/quid + nam} = 不管是誰？無論什麼？ *who ever? what ever? who tell me? what tell me?*

quinam, **quae**nam, **quod**nam {[*adj.* 具疑問詞作用] qui/quae/quod + nam} = 不管是誰？無論什麼？ *who ever? what ever?*

quivis, **quae**vis, **quid**vis {qui/quae; quid + vis} = 無論誰，無論什麼。 *whoever, whatever, who you please, what you please, anyone, anything.*

quivis, **quae**vis, **quod**vis {[*adj.*] qui/quae/quod + vis} = 無論誰，無論什麼。 *whoever, whatever, who you please, what you please, anyone, anything.*

[2] 不定代名詞 nihil 及 nemo

nihil（[neut.] 無物，沒有什麼東西 | *nothing*）與 **nemo**（[masc.] 沒有人 | *no one, nobody*）屬於不定代名詞。nihil 為中性的代名詞，用於指稱「物品、東西」且僅為單數，有時它可當副詞使用；nemo 可作為陽性的代名詞或形容詞，只能用於指稱「人」，亦僅為單數。

表 IV-16：不定代名詞 nihil 及 nemo 的變格

		*ni*hil	nemo
單	主格	n*i*hil	nemo
	屬格	(null*i*us r*e*i)	(null*i*us)
	與格	(n*u*lli r*e*i)	nemini
數	受格	n*i*hil	n*e*minem
	奪格	(n*u*lla re)	(n*u*llo)

形容詞 nullus, nulla, nullum（無，沒有 | *not any, no*）雖與前述 nihil（沒有什麼、沒有東西）、nemo（沒有人）有相同意思，但它只被當作是一般形容詞，並屬於代詞性形容詞的變格（參見前表 IV-6）。

[3] 不定代名詞（/形容詞）plures

plus（[3 decl.] 加，許多 | *more*）本身為中性名詞，屬於第三變格，但其單數無與格型態；其複數型態可轉為不定形容詞或不定代名詞使用，意指「許多的、眾多的、多數的」，亦屬第三變格（詳見下表 IV-17）。plus 本身另可轉為副詞，此時會作為副詞 **multum**（許多地 | *much, plenty*）的比較級型態。

表 IV-17：plus 的變格

	plus		
	單數 （中性）	**複數**	
		陽性及陰性	**中性**
主格	plus	pl*ur*-es	pl*ur*-a
屬格	pl*ur*-is	pl*ur*-ium	pl*ur*-ium
與格	--	pl*ur*-ibus	pl*ur*-ibus
受格	plus	pl*ur*-es	pl*ur*-a
奪格	pl*ur*-e	pl*ur*-ibus	pl*ur*-ibus

第三編

動詞的變化形式

V 動詞變化總說

課程字彙

a, ab *prep.* ［＋abl.］ 從…，被…（*from...*, *by...*）

amabo (amo, as, avi, atum, are) *v., tr./ intr.*, 1., fut. ind., 1 pers. sing. （我將）愛；**amat** pres. ind., 3 pers. sing. （他/她/它）愛；**amata** perf. part., fem., nom./ abl. sing.; neut., nom./ acc. pl. 已[/被]愛的；**amata est** pass., perf. ind., 3 pers. sing., fem. （她）被愛

ambulant (ambulo, as, avi, atum, are) *v., intr.*, 1., pres. ind., 3 pers. pl. （他/她/它們）步行，漫步，走動

amici (amicus, ci) *n.,* 2 decl., masc., gen. sing.; nom./ voc. pl. 朋友；**amico** dat./ abl. sing. 朋友

antea *adv.* 先前，以往

audivi (audio, is, ivi, itum, ire) *v., tr.*, 4., perf. ind., 1 pers. sing. （我已）聽，聽到

cibum (cibus, i) *n.,* 2 decl., masc., acc. sing. 食物

cives (civis, is) *n.,* 3 decl., masc., nom./ acc./ voc. pl. 人民[們]，市民[們]，公民[們]，國民[們]

coniuratores (coniurator, oris) *n.,* 3 decl., masc., nom./ acc. pl. 共謀者[們]，密謀者[們]，反叛者[們]

consul, is *n.,* 3 decl., masc. （古代羅馬的）執政官

cotidie *adv.* 每天

cucurri (curro, is, cucurri, cursum, ere) *v., intr.*, 3., perf. ind., 1 pers. sing. （我已）跑，衝，碰見

eam (is, ea, id) *demonstr. pron./ adj.*, fem., acc. sing. 她；其；**eo** masc./ neut., abl. sing. 他；此；它；彼；**ab eo** *locu.* [prep. **ab**+abl. sing.] （憑、依、靠、被）他；此；它；彼

ego, mei, mihi, me *pers. pron.*, irreg., 1 pers. sing. 我；**me** acc./ voc. /abl. 我；**a me** *locu.* [*prep.* **a** + abl.] 被我

enumeravit (enumero, as, avi, atum, are) *v., tr.*, 1., perf. ind., 3 pers. sing. （他/她/它已）計算，列舉出

eo → ibimus

esse (sum, es, fui, futurus, esse) *aux. v., intr.*, irreg., pres. inf. 是，有，在；**est** pres. ind., 3 pers. sing. （他/她/它）是，有，在

facta (factum, i) *n.,* 2 decl., neut., nom./ acc. pl. 事實，事蹟

filius, ii *n.,* 2 decl., masc. 兒子

frater, tris *n.,* 3 decl. 兄弟

Graecis (Graecus, a, um) *adj.*, masc./ fem./ neut., dat./ abl. pl. [地名] 希臘的，希臘人的

heri *adv.* 昨天

hiems, mis *n.,* 3 decl., fem. 冬天，冬季

hoc (hic, haec, hoc) *demonstr. pron./ adj.*, masc., abl. sing.; neut., nom./ acc./ abl. sing. 這，此，這個的

iam *adv.* 已經

ibimus (eo, is, ivi/ ii, itum, ire) *anomal. v., intr.*, 4., fut. ind., 1 pers. pl. （我們將）去，往；**eo** pres. ind., 1 pers. sing. （我）去，往；**ite** pres. imp., 2 pers. pl. （你/妳們得）去

illi (ille, illa, illud) *demonstr. pron./ adj.*, masc./ fem./ neut., dat. sing.; masc., nom. pl. [給]那，[給]彼，[給]那個的；那些，那些的；**ille** masc., nom. sing. 那，彼，那個的

in *prep.* ［＋acc./ abl.］ 在…；到…，向…

istius (iste, ista, istud) *demonstr. pron./ adj.*, masc./ fem./ neut., gen. sing. 那，其，那個的

laborabant (laboro, as, avi, atum, are) *v., intr./ tr.*, 1., imperf. ind., 3 pers. pl. （他/她/它們曾）工作，勞動

litteris (litterae, arum) *n.,* 1 decl., fem., dat.

pl. 文學，書信，記錄

lugere (lugeo, es, luxi, luctum, ere) *v., intr./ tr.*, 2., pres. inf. 哭，哭泣

malos (malus, a, um) *adj.*, masc., acc. pl. 壞的，不好的，惡劣的

manducabat (manduco, as, avi, atum, are) *v., tr.*, 1., imperf. ind., 3 pers. sing. （他/她/它曾）吃；**manducabit** fut. ind., 3 pers. sing. （他/她/它將）吃；**manduco** pres. ind., 1 pers. sing. （我）吃；**manducatur** pass., pres. ind., 3 pers. sing. （他/她/它）被吃

Mariam (Maria, ae) *n.*, 1 decl., fem., acc., sing. [人名] 瑪莉；**Maria** nom./ voc. abl. sing. [人名] 瑪莉

mater, tris *n.*, 3 decl., fem. 母親

me → *ego*

natus, a, um (nascor, eris, natus sum, nasci) *dep. v., intr.*, 3., perf. part. 已誕生的，已出生的；**natus est** perf. ind., 3 pers. sing., masc. （他已）誕生，出生

nisi *conj.* 若非，除非

nuntiaverimus (nuntio, as, avi, atum, are) *v., tr.*, 1., [1.] futp. ind., 1 pers. pl. （我們將已）通知，宣布，報告；[2.] perf. subj., 1 pers. pl. （若我們已）通知，宣布，報告；**nuntiabit** fut. ind., 3 pers. sing. （他/她/它將）通知，宣布，報告

occupabunt (occupo, as, avi, atum, are) *v., tr.*, 1., fut. ind., 3 pers. pl. （他/她/它們將）佔領，攻佔，攫取

omnibus (omnes, es, ia) *adj./ pron.* masc./ fem./ neut., dat./ abl. pl. 一切，所有，所有事物，所有人

optaverat (opto, as, avi, atum, are) *v., tr.*, 1., pluperf. ind., 3 pers. sing. （他/她/它已曾）意欲，希望，想要；**optaverit** [1.] futp. ind., 3 pers. sing. （他/她/它將已）意欲，希望，想要；[2.] perf. subj., 3 pers. sing. （若他/她/它已）意欲，希望，想要

paraverat (paro, as, avi, atum, are) *v., tr.*, 1., pluperf. ind., 3 pers. sing. （他/她/它已曾）準備

perfrigidus, a, um *adj.* 很冷，寒冷

periculo (periculum, i) *n.*, 2 decl., neut., dat./ abl. sing. 危險，風險；**in periculo** *locu.* [*prep.* **in**＋abl. sing.] 在危險之中

pomum, pomi *n.*, 2 decl., neut. 水果

postquam *conj.* 在…之後

publicam (publicus, a, um) *adj.*, fem., acc. sing. 公共的，公眾的

puella, ae *n.*, 1 decl., fem. 女孩，女童

puer, i *n.*, 2 decl., masc. 男孩，男童；**puero** dat./ abl. sing. 男孩，男童；**a puero** *locu.* [*prep.* **a**＋abl. sing.] 被男孩

puniverit (punio, is, punivi, itum, ire) *v., tr.*, 4., [1.] futp. ind., 3 pers. sing. （他/她/它將已）懲罰，處罰；[2.] perf. subj., 3 pers. sing. （若他/她/它已）懲罰，處罰

quem (qui, quae, quod) *rel. ; indef. ; interr. pron./ adj.*, masc. acc. sing. 誰，哪個；那；什麼

rem (res, rei) *n.*, 5 decl., fem., acc. sing. 物，事物，東西

rem publicam (res publica, rei publicae) *n.*, 5 decl.＋1 decl., fem., acc. sing. 政事，公眾事務，國家

Romam (Roma, ae) *n.*, 1 decl., fem., acc. sing. [地名] 羅馬

Romanos (Romanus, i) *n.*, 2 decl., masc., acc. pl. [族群名] 羅馬人

salvam (salvus, a, um) *adj.*, fem., acc. sing. 安全的

semper *adv.* 永遠，一直，總是

studeo, es, ui, --, ere *v., intr.*, 2., [＋dat.] 學習；**studet** pres. ind., 3 pers. sing. （他/她/它）學習；**studebam** imperf. ind., 1 pers. sing. （我曾）學習

te (tu, tui, tibi, te) *pers. pron.*, irreg., 2 pers. sing., acc./ voc./ abl. 你/妳

utinam *adv.* 但願

video, es, vidi, visum, ere *v., tr.*, 2. 看；**videam** pres. subj., 1 pers. sing. （若我）看到

vobis (vos, vestri/ vestrum, vobis) *pers. pron.*, irreg., 2 pers. pl., dat./ abl. 你/妳們

1. 動詞變化的要素

拉丁文的動詞變化跟拉丁語系的語言有許多相似之處。若已熟悉法文、西班牙文或義大利文的動詞變化，則學習拉丁文的動詞變化便不算太難。但對於僅熟悉英文的人而言，學習拉丁文的動詞變化就會感到比較吃力。

在先前的單元中，我們已簡單提及動詞會根據人稱、單複數、時態、語態（主動/被動）及語氣等要素，而產生語尾的詞形變化。在此將再針對各別要素的具體內容進行補充說明。

(1.) 人稱

主詞總共有三種人稱：第一人稱（我/我們）、第二人稱（你/你們），以及第三人稱（他/她/它/他們/她們/它們）。

拉丁文的動詞變化不需要再搭配人稱代名詞來表現「誰」在做動作，因為動詞語尾的詞形本身便已表現出是誰在做動作。

(2.) 單、複數

動詞變化會告訴我們主詞是單數還是複數。

(3.) 時態

動詞的時態（*tense*）會告訴我們這個動作是**什麼時候**發生的。時態主要分為現在、過去和未來。所有的動詞變化都是根據這三個主要的時間觀念，再加上一些小變動來表現動作完成的時間。學習動詞變化最好的方法，就是把動詞變化熟背起來。然後再分析什麼情況下要用什麼時態。

直述語氣的句型可以完整地呈現動詞的6種時態；這些時態不但表現了時間，也表達了敘述的觀點。

[1] 現在式（*Present*）：用來表示正在發生的事或是一種習慣。例如：

Ego **video**. ＝ 我[現在]看到。*I see.*

Studeo. ＝ 我學習。*I study.*

Amici cotidie **ambulant**. ＝那些朋友們每天散步。*(Those) friends were taking a stroll every day*

Graecis litteris **studet**. ＝他在學希臘文學。*He studies Greek literature.*

※ **注意**：拉丁文裡並沒有進行式。

[2] 未完成式（*Imperfect*）：用來表示在過去持續發生、但現在已不再進行的事。這個時態需要花比較久的時間才能完全地的瞭解。例如：

Ego **studebam**. ＝ 我過去一直在學習。*I was studying (at that moment, in that period.)*

Illi **laborabant** vobis. ＝ 他們之前為了你們工作。*They were working for you (at that time, before.)*

Frater **manducabat** pomum. ＝ 哥哥[/弟弟]那時在吃水果。*The brother was eating fruit (at that time.)*

[3] 未來式（*Future*）：用來表示未來將會發生的事情。例如：

Manducabit. ＝ 他/她將會吃。*He/she will eat.*

Semper **amabo** eam. ＝ 我將會一直愛她。*I will always love her.*

Ibimus Romam. ＝ 我們將要去羅馬。*We will go to Rome.*

[4] 完成式（*Perfect*）：用來表示發生在過去，且跟現在沒有關聯、已經完成的某件事。拉丁文的完成式跟英文的過去式有點相像。例如：

Audivi eam lugere. ＝ 我之前聽到她哭。*I hear her crying.*[24] ｛指在特定的某一個場合或某一次機會聽到過；但是她現在已經沒有在哭了｝

Enumeravit facta istius. ＝ 他/她舉出這個人所有的事蹟。*He/She enumerated all the facts of him.*

Heri **cucurri** amico. ＝我昨天碰到一名朋友。*Yesterday I encountered a friend.*

[5] 過去完成式（*Pluperfect*）：用來表示這個動作已經在過去的某個時間點完成，而且比另外一個過去發生的事還要早完成。例如：

---

[24] 請留意此處拉丁文原句中的 lugere（哭｜*to cry*）為動詞不定式，而在英文譯句裡的 *crying* 則屬於 Gerund 動名詞。

Optaverat hoc iam antea. = 他之前就已經很想要那件東西了。*He had hoped this even before.*

Filius manducabat cibum quem mater **paraverat**. = 兒子當時在吃他母親先前準備的食物。*The son was eating the food that the mother had prepared.*

[6] 未來完成式（*Future Perfect*）：用來表示一個動作將會在未來發生，且會完成在未來所發生的另一件事之前。例如：

Optaverit… = 他將會想要…*He will have wished for…*｛在某個時間點或在某個時間點之前｝

Nisi Romanos in periculo esse **nuntiaverimus**, coniuratores rem publicam occupabunt. = 如果我們沒有告訴羅馬人他們有危險的話，那些叛變者將會侵占國家。*If we will not announce (if we will not have announced) that the Romans are (were) in danger, the conspirators will occupy the State.*

Consul, postquam cives malos **puniverit**, omnibus nuntiabit rem publicam salvam esse. = 那名執政官，將在處罰完頑劣的市民們後，告訴所有人國家已經安全了。*The consul, after he will have punished bad citizens, will tell everyone that the State is safe.*

(4.) 語態

拉丁文的動詞有 2 種語態（*voice*）：主動跟被動。在主動語態中，主詞是動作的發動者；在被動語態中，主詞是動作的接受者。例如：

Ille amat Mariam. = 他愛瑪莉。*He loves Mary.*｛→ 主動｝

Maria amatur ab eo. = 瑪莉被他愛。*Mary is loved by him.*｛→ 被動｝

主動語態的動詞可以是及物動詞，也可以是不及物動詞。

及物動詞會接續一個直接受詞，通常使用受格來表現；不及物動詞則沒有受詞。例如：

Ego manduco **pomum**. = 我吃**水果**。*I eat fruit.*｛受格形式的 pomum 為及物動詞 manduco 的直接受詞｝

Eo **Romam**. = 我去**羅馬**。*I go to Rome.*｛受格形式的 Romam 並非不及物動詞 eo 的直接受詞，而是一個表現目的位置的補語（*complement*）｝

只有及物動詞才得以轉換成被動語態。例如：

Ego **manduco** pomum. ＝ 我吃水果。*I eat fruit.*

→ Pomum **manducatur** a me. ＝ 水果被我吃。*The fruit is eaten by me.*

被動語態的完成式、過去完成式、以及未來完成式，會分別以分詞過去式（過去分詞）搭配助動詞 **esse**（是 | *to be*）的現在式、未完成式、以及未來式等變化形式來呈現。其中，分詞須與主詞的性、數、格一致。例如：

Puer **natus est**. ＝ 一個男孩出生了。*The child is born.*

Puella **amata est** a puero. ＝ 女孩被男孩愛。*The girl has been loved by the boy.*

(5.) 語氣

動詞共有 8 種語氣（*mood*）：直述語氣、假設語氣、命令語氣、不定詞、分詞、Gerund 動名詞、Gerundive 動名詞，以及 Supine 動名詞；依其字尾變化的作用，可區分為**限定語氣**和**非限定語氣**兩大類。限定語氣的字尾變化能夠適切地表現出人稱及單、複數，非限定語氣的字尾變化則不能表現出人稱及單、複數。

[1] 限定語氣：包括有**直述語氣**、**假設語氣**及**命令語氣**。

① 直述語氣用於表示直陳句和實際發生的情況。例如：

Hiems perfrigidus **est**. ＝ 冬天很冷。*Winter is very cold.*

② 假設語氣用於表示想法、打算、渴望、不確定性或可能性，以及任何跟情緒有關的事情。例如：

Utinam **videam** te. ＝ 但願我能見到你。*Wish I could see you.*

③ 命令語氣用於表示一個命令或要求。例如：

Ite. ＝ 你/妳們去。*Go!*

[2] 非限定語氣：包括有**不定詞**（動詞原型）、**分詞**、**Gerund 動名詞**、**Gerundive 動名詞**、以及 **Supine 動名詞**。這些語氣也被稱作是名詞型的語氣，因為它除了具有動詞的本質外，也同時帶有名詞或形容詞的屬性，從而可能會照著名詞或形容詞的形式來產生變格。

2. 時態和語氣的組合

時態也會影響到語氣：

① **直述語氣**有動詞全部的 6 種時態：現在式、未完成式、未來式、完成式、過去完成式和未來完成式。

② **假設語氣**只有 4 種時態：現在式、未完成式、完成式和過去完成式。

③ **命令語氣**有現在式和未來式。

④ **不定詞**有現在式、完成式和未來式。

⑤ **分詞**有現在式、完成式和未來式。

⑥ **Gerund、Gerundive，以及 Supine 這 3 種動名詞**皆不能表示時間。

我們在這裡要作一個補充。在拉丁文的字典裡，動詞是依照下列形式來排列的：

① 直述語氣現在式第一、第二人稱。例如：am-**o**, am-**as**

② 直述語氣完成式第一人稱。例如：am-**avi**

③ 分詞的完成式（即「過去分詞」）。例如：am-**atum**

④ 不定詞的現在式（即「動詞原型」）。例如：am-**are**。

由於動詞是讓我們能夠清楚的瞭解拉丁文的關鍵，因此在學習拉丁文時，要盡量深入學習各種動詞變化的形式，尤其是那些在完成式會產生字尾改變的動詞。就此部份，我們也會再以獨立的單元進行介紹。

VI 一般動詞的變化

課程字彙

a, ab *prep.* [+abl.] 從…，被…（*from…, by…*）

ad *prep.* [+acc.] 到…，向…，往…，靠近…

adfectationem (adfectatio, onis) *n.,* 3 decl., fem., acc. sing. 企圖，渴望，矯飾

administrabant (administro, as, avi, atum, are) *v., intr./ tr.,* 1., imperf. ind., 3 pers. pl. （他/她/它們曾）治理，管理，運行；**administrari** pass., pres. inf. 被治理，被管理，被運行

adulari (adulor, aris, atus sum, ari) *dep. v., tr.,* 1., pres. inf. 奉承，討好，諂媚

adulescens, entis *n./ adj.,* 3 decl. 青年，青少年；年少的，年輕的

aedificaverat (aedifico, as, avi, atum, are) *v., intr./ tr.,* 1., pluperf. ind., 3 pers. sing. （他/她/它已曾）建築，建造

agnos (agnus, i) *n.,* 2 decl., masc., acc. pl. 小羊，羔羊

agendi (ago, is, egi, actum, ere) *v., tr.,* 3., [1.] ger., neut., gen. sing. 進行 [的]，履行 [的]，操作 [的]，做 [的]，帶走 [的]；[2.] gerundive, masc./ neut., gen. sing.; masc., nom. pl. 該被進行的，該被履行的，該被操作的，該被做的，該被帶走的

agricola, ae *n.,* 1 decl., masc. 農人，農夫

alium (alius, alia, aliud) *indef. adj./ pron.,* acc. sing. 其他的，另一（個）的

amare (amo, as, avi, atum, are) *v., tr./ intr.,* 1., [1.] pres. inf. 愛；[2.] pass., pres. imp., 2 pers. sing. （你/妳得）被愛；**amata** perf. part., fem., nom./ abl. sing.; neut., nom./ acc. pl. 已[/被]愛的；**amatus, a, um** perf. part. 已[/被]愛的；**amanda** gerundive, fem., nom./ abl. sing.; neut., nom./ acc. pl. 該被愛的；**amandus, a, um** gerundive 該被愛的；**amandi** [1.] ger., neut., gen. sing. 愛[的]；[2.] gerundive, masc./ neut., gen. sing.; masc.,

nom. pl. 該被愛的；**amando** [1.] ger., neut., dat./ abl. sing. 愛；[2.] gerundive, masc./ neut., dat./ abl. sing. 該被愛的；**amandum** [1.] ger., neut., acc. sing. 愛；[2.] gerundive, masc., acc. sing.; neut., nom./ acc. sing. 該被愛的；**amatur** pass., pres. ind., 3 pers. sing. （他/她/它）被愛；**amari** pass., pres. inf. 被愛；**ament** pres. subj., 3 pers. pl. （若他/她/它們）愛；**amentur** pass., pres. subj., 3 pers. pl. （若他/她/它們）被愛

ambulare (ambulo, as, avi, atum, are) *v., intr.,* 1., pres. inf. 步行，漫步，走動

animus, i *n.,* 2 decl., masc. 心靈，心智，精神，意圖，感覺

annis (annus, i) *n.,* 2 decl., masc., dat./ abl. pl. 年，歲

Antiochum (Antiochus, i) *n.,* 2 decl., masc., acc. sing. [人名] 此指一名曾經教導過西塞羅與 Marcus Junius Brutus 等人的哲學教師

aperit (aperio, is, aperui, apertum, ire) *v., tr.,* 4., pres. ind., 3 pers. sing. （他/她/它）打開，打破，違反

Arar, ris *n.,* 1 decl., masc. [河川名] Arar 河

arenas (arena, ae) *n.,* 1 decl., fem., acc. pl. 競技場，運動場；**in arenas** *locu.* [prep. in+ acc. pl.] 到競技場，到運動場

armentarius, ii *n.,* 2 decl., masc. 牧人，牧童

ars, artis *n.,* 3 decl., fem. 技巧，技藝，藝術，方法，途徑，特徵

assentatoribus (assentator (/adsentator), oris) *n.,* 3 decl., masc., dat./ abl. pl. 奉承者，諂媚者，馬屁精

athletae (athleta, ae) *n.,* 1 decl., masc., gen./ dat. sing.; nom. pl. 競技者，運動員；**athletarum** gen. pl. 競技者[們的]，運動員[們的]

audire (audio, is, ivi, itum, ire) *v., tr.,* 4., [1.] pres. inf. 聽，聽到；[2.] pass., pres. imp. 2

pers. sing. （你/妳應）被聽，被聽到；
aud*io* pres. ind., 1 pers. sing. （我）聽，
聽到；**aud***istis* perf. ind., 2 pers. pl. （你/
妳們已）聽，聽到；**aud***iebam* imperf.
ind., 1 pers. sing. （我曾）聽，聽到；
aud*iri* pass., pres. inf. 被聽，被聽到；
aud*iebatur* pass., imperf. ind., 3 pers. sing.
（他/她/它曾）被聽，被聽到

aures (*auris, is*) *n.,* 3 decl., fem., nom./ acc. pl.
耳朵

auro (*aurum, i*) *n.,* 2 decl., neut., dat./ abl.
sing. 金，黃金

avidi (*avidus, a, um*) *adj.,* masc./ neut., gen.
sing.; masc., nom. pl. 渴望的，渴求的，貪
心的，貪婪的

belli (*bellum, i*) *n.,* 2 decl., neut., gen. sing 戰
爭[的]；*bellumque* [＝**b***ellum*＋**que**]
nom./ acc. sing. 戰爭

b*onus, a, um* *adj.* 美好的，良善的，有益
的；**b***onarum* fem., gen. pl. 美好的，良善
的，有益的

caelum, i *n.,* 2 decl., neut. 天空，天堂

Caes*aris* (**Caes***ar, aris*) *n.,* 3 decl., masc., gen.
sing. [人名/稱號] 凱撒[的]，即 Gaius
Julius Caesar（100 - 44 B.C.），羅馬共和
末期的軍事家，政治家，其名號於羅馬
帝國時期成為對皇帝的稱謂；**Caes***ar*
nom./ voc. sing. [人名/稱號] 凱撒；
Caes*arem* acc. sing. [人名/稱號] 凱撒

Cam*illus, i* *n.,* 2 decl., masc. [人名] 此指
Marcus Furius Camillus（ca. 446 - 365
B.C.），古代羅馬的軍事家，政治家

campo (*campus, i*) *n.,* 2 decl., masc., dat./ abl.
sing. 田野；**in campo** *locu.* [*prep.* **in**＋abl.
sing.] 在田野；*campum* acc. sing. 田野；
c*ampus* nom. sing. 田野；**in campum**
locu. [*prep.* **in**＋acc. sing.] 到田野

cant*antem* (*cano, is, cecini,* [*cantum*]*, ere*) *v.,*
intr./ tr., 3., pres. part., masc./ fem., acc. sing.
[正在]歌唱的，[正在]頌唱的

capio, is, cepi, captum, ere *v., tr.,* 3. 拿，抓
取；*capere* [1.] pres. inf. 拿，抓取；[2.]
pass., pres. imp., 2 pers. sing. （你/妳得）
被拿，被抓取；*capi* pass., pres. inf. 被拿，
被抓取；*capiebantur* pass., imperf. ind., 3
pers. pl. （他/她/它們曾）被拿，被抓取

caput, itis *n.,* 3 decl., neut. 頭；首腦，首領

C*ato, onis* *n.,* 3 decl., masc. [人名] 古代羅
馬的姓氏，隸屬於 Porcia 氏族

cavendum (*caveo, es, cavi, cautum, ere*) *v.,*
intr./ tr., 2., [1.] ger., neut., acc. sing. 留意，
小心；[2.] gerundive, masc., acc. sing.; neut.,
nom./ acc. sing. 該被留意的，該被小心的；
cavendum est *locu.* [gerundive＋*esse*]
（它）應該留意，小心

celebrant (*celebro, as, avi, atum, are*) *v., tr.,*
1., pres. ind., 3 pers. pl. （他/她/它們）慶
祝

cenam (*cena, ae*) *n.,*1 decl., fem., acc. sing.
晚餐；**post cenam** *locu.* [*prep.* **post**＋acc.
sing.] 晚餐後

censor, oris *n.,* 3 decl., masc. （古代羅馬的）
監察官

certant (*certo, as, avi, atum, are*) *v., intr.,* 1.,
pres. ind., 3 pers. pl. （他/她/它們）競技，
競爭，爭鬥

cibus, i *n.,* 2 decl., masc. 食物

citharistae (*citharista, ae*) *n.,* 1 decl., masc.,
gen./ dat. sing.; nom./ voc. pl. 里拉琴的演
奏者

civitas, atis *n.,* 3 decl., fem. 城市，社群，社
會

civium (*civis, is*) *n.,* 3 decl., masc., gen. pl. 人
民[們的]，市民[們的]，公民[們的]，國
民[們的]

clamat (*clamo, as, avi, atum, are*) *v., intr.,* 1.,
pres. ind., 3 pers. sing. （他/她/它）叫，喊

cognoscit (*cognosco, is, gnovi, gnitum, ere*)
v., tr., 3., pres. ind., 3 pers. sing. （他/她/它）
明瞭，認識，承認

comoediis (*comoedia, ae*) *n.,* 1 decl., fem.,
dat./ abl. pl. 喜劇

comparant (*comparo, as, avi, atum, are*) *v.,*
tr., 1., pres. ind., 3 pers. pl. （他/她/它們）
獲得，取得；準備，提供，比較

conciliabant (*concilio, as, avi, atum, are*) *v.,*
tr., 1., imperf. ind., 3 pers. pl. （他/她/它們
曾）聚集，聯合，和解，安撫，平息

coniurati, orum *n.,* 2 decl., masc., pl. 共謀者
們，密謀者們，謀叛者們

coniuraverunt (*coniuro, as, avi, atum, are*)
v., intr., 1., perf. ind., 3 pers. pl. （他/她/它

們已）共謀，密謀，謀叛

consilio (consilium, ii) *n.,*2 decl., neut., dat./ abl. sing. 建議，意見，計劃，決定，智能

contra *adv./ prep.* [＋acc.] 對抗，反對

convivarum (conviva, ae) *n.,* 1 decl., masc./ fem., gen. pl. 客人[們的]，賓客[們的]

convivium, ii *n.* 2 decl., neut., 宴會；**ad convivium** *locu.,* [*prep.* **ad**＋acc. sing.] 到宴會

Creta, ae *n.,* 1 decl., fem. [地名] 克里特島；**in Creta** *locu.* [*prep.* **in**＋abl. sing.] 在克里特島

crudelissime *adv., sup.* [pos.: **crudeliter**] 很殘忍地，極殘酷地

cultoribus (cultor, oris) *n.,* 3 decl., masc., dat./ abl. pl. 支持者[們]，崇拜者[們]，有興趣的人[們]；居住者[們]，栽植者[們]

cum [1.] *adv.* 當，在…之時（*when...,* *since...*）；[2.] *prep.* [＋abl.] 偕同，與…（*with...*）

cunctator, oris *n.,* 3 decl., masc. 遲延者，延宕者

curras (curro, is, cucurri, cursum, ere) *v., intr.,* 3., pres. subj., 2 pers. sing. （若你/妳）跑，衝，碰見；**currit** pres. ind., 3 pers. sing. （他/她/它）跑，衝，碰見

Daedalus, i *n.* 2 decl., masc. [人名] 希臘神話中的著名工匠

debetis (debeo, es, ui, itum, ere) *v., tr.,* 2., pres. ind., 2 pers. pl. （你/妳們）必須，應當

defendebat (defendo, is, fensi, fensum, ere) *v., tr.,* 3., imperf. ind., 3 pers. sing. （他/她/它曾）迴避，防範，保衛，辯護；**defendebant** imperf. ind., 3 pers. pl. （他/她/它們曾）迴避，防範，保衛，辯護

delectant (delecto, as, avi, atum, are) *v., tr.,* 1., pres. ind., 3 pers. pl. （他/她/它們）歡欣於，滿足於

devorant (devoro, as, avi, atum, are) *v., tr.,* 1., pres. ind., 3 pers. pl. （他/她/它們）吞食，吞噬

dicionem (dicio, onis) *n.,* 3 decl., fem., acc. sing. 權威，統治，支配，領地

dixit (dico, is, dixi, dictum, ere) *v., tr.,* 3., [＋dat.] perf. sind., 3 pers. sing. （他/她/它已）說；**dicebant** imperf. ind., 3 pers. pl. （他/她/它們曾）說

die (dies, ei) *n.,* 5 decl., masc., abl. sing. 日，天；*eo die locu.* 在這[/那]天

disputantem (disputo, as, avi, atum, are) *v., intr./ tr.,* 1., pres. part., masc./ fem., acc. sing. [正在]討論的，[正在]爭辯的，[正在]議論的

ditant (dito, as, avi, atum, are) *v., tr.,* 1., pres. ind., 3 pers. pl. （他/她/它們）充實，使豐足

doctos (doctus, a, um) *adj.,* masc., acc. pl. 有知識的，智慧的，博學的

dolet (doleo, es, ui, itum, ere) *v., intr.,* 2., pres. ind., 3 pers. sing. （他/她/它）痛苦，受苦

dominum (dominus, i) *n.,* 2 decl., masc., acc. sing. 主人；**ad dominum** *locu.* [*prep.* **ad**＋acc. sing.] 對主人，向主人；**domine** voc. sing. 主人

Domitianum (Domitianus, i) *n.,* 2 decl., masc., acc. sing. [人名] Titus Flavius Domitianus（51 - 96 A.D.），羅馬帝國皇帝，在位期間：81 - 96 A.D.

dormitabat (dormito, as, avi, atum, are) *v., intr.,* 1., imperf. ind., 3 pers. sing. （他/她/它曾）打盹，打瞌睡

ducere (duco, is, duxi, ductum, ere) *v., tr.,* 3., [1.] pres. inf. 指引，指揮，帶領，認為，視為；[2.] pass., pres. imp., 2 pers. sing. （你/妳得）被指引，被指揮，被帶領，被認為，被視為；**ducebat** imperf. ind., 3 pers. sing. （他/她/它曾）指引，指揮，帶領，認為，視為；**ducam** [1.] pres. subj., 1 pers. sing. （若我）指引，指揮，帶領，認為，視為；[2.] fut. ind., 1 pers. sing. （我將）指引，指揮，帶領，認為，視為；**duci** pass., pres. inf. 被指引，被指揮，被帶領，被認為，被視為；**ductus, a, um** perf. part. 已[/被]指引的，已[/被]指揮的，已[/被]帶領的，已[/被]認為的，已[/被]視為的；**ductus sum** pass., perf. ind., 1 pers. sing., masc. （我已）被指引，被指揮，被帶領，被認為，被視為

dum *conj.* 當…，在…之時（*while...,* *when..., as...*）

educantque [＝**educant**＋**que**] **(educo, as, avi, atum, are)** *v., tr,* 1., pres. ind., 3 pers. pl.

（他/她/它們）訓練，培育，教養，教育

ego → *me*

enim *adv.* 其實，實際上

eo (*is, ea, id*) *demonstr. pron./ adj.,* masc./ neut., abl. sing. 他；此；它；彼；**cum *eo* locu.** [*prep.* **cum**＋abl. sing.] （與）他；此；它；彼；*eius* masc./ fem./ neut., gen. sing. 他[的]，她[的]，它[的]；這個[的]，那個[的]

est；*erunt*；*ero*；*erat*；*erant* → *sum*

et *conj.* 和、及，並且，而且

exclamat (*exclamo, as, avi, atum, are*) *v., intr./ tr.,* 1., pres. ind., 3 pers. sing. （他/她/它）咆哮，呼喊，大聲疾呼

exercitus, us *n.,* 4 decl., masc. 軍隊

Fabius, i *n.,* 2 decl., masc. [人名] 古代羅馬的氏族名

facetos (*facetus, a, um*) *adj.,* masc., acc. pl. 詼諧的，風趣的，幽默的

facile (*facilis, is, e*) *adj.,* masc./ fem./ neut., abl. sing.; neut., nom./ acc. sing. 簡單的，容易的

facultatem (*facultas, atis*) *n.,* 3 decl., fem., acc. sing. 能力，機會

falli (*fallo, is, fefelli, falsum, ere*) *v., tr.,* 3., pass., pres. inf. 被誤導，被欺騙

fatigavit (*fatigo, as, avi, atum, are*) *v., tr.,* 1., perf. ind.,3 pers. sing. （他/她/它已）疲累，疲倦

ferro (*ferrum, i*) *n.,* 2 decl., neut., dat./ abl. sing. 鐵，鐵器，武器，劍

flectere (*flecto, is, flexi, flexum, ere*) *v., tr.,* 3., [1.] pres. inf. 彎曲，扭曲；[2.] pass., pres. imp., 2 pers. sing. （你/妳得）被彎曲，被扭曲

fluctus, us *n.,* 4 decl., masc. 波浪，洪水

flumen, inis *n.,* 3 decl., neut. 河，溪流；*flumine* abl. sing. 河，溪流

fuit；*fuerunt*；*fuisset*；*futurum* → *sum*

Galliam (*Gallia, ae*) *n.,* 1 decl., fem., acc. sing. [地名] 高盧

Graecae (*Graecus, a, um*) *adj.,* fem., gen./ dat. sing.; nom./ voc. pl. [地名] 希臘的，希臘人的

Hannibalem (*Hannibal, alis*) *n.,* 3 decl., masc., acc. sing. [人名] 漢尼拔，此指迦太基軍事家 Hannibal Barca（247 - 183 B.C.）

habere (*habeo, es, habui, itum, ere*) *v., tr.,* 2., [1.] pres. inf. 有，持有；考慮；[2.] pres. imp., 2 pers. sing. （你/妳得）被持有；被考慮；*habemus* pres. ind., 1 pers. pl. （我們）有，持有；考慮；*habetis* pres. ind., 2 pers. pl. （你/妳們）有，持有；考慮；*habeo* pres. ind., 1 pers. sing. （我）有，持有；考慮；*haberi* pass., pres. inf. 被持有；被考慮；*habebuntur* pass., fut. ind., 3 pers.pl. （他/她/它們將）被持有；被考慮

habenas (*habena, ae*) *n.,* 1 decl., fem., acc. pl. 韁繩

hastas (*hasta, ae*) *n.,* 1 decl., fem., acc. pl. 標槍

herbarum (*herba, ae*) *n.,* 1 decl., fem., gen. pl. 草[的]

hominem (*homo, minis*) *n.,* 3 decl., masc., acc. sing. 男士，人

honorant (*honoro, as, avi, atum, are*) *v., tr.,* 1., pres. ind., 3 pers. pl. （他/她/它們）尊敬，尊崇

honorumque [＝**honorum**＋**que**] (*honor, oris*) *n.,* 3 decl., masc., gen. pl. 榮譽[的]，榮耀[的]，尊敬[的]

iactant (*iacto, as, avi, atum, are*) *v., tr.,* 1., pres. ind., 3 pers. pl. （他/她/它們）丟，拋，擲

ideo *adv.* 因此（*thus…, therefore…*）

ignobiliter *adv.* 可恥地，不名譽地，卑賤地

immensum (*immensus, a, um*) *adj.,* masc./ neut., acc. sing.; neut., nom. sing. 無垠的，無邊際的

imperio (*imperium, ii*) *n.,* 2 decl., neut., dat./ abl., sing. 指揮，統治；**in *imperio* locu.** [*prep.* **in**＋abl. sing.]在統治下

in *prep.* [＋acc./ abl.] 在…；到…，向…

incolas (*incola, ae*) *n.,* 1 decl., masc./ fem., acc. pl. 居民

incolumis, is, e *adj.* 未受損的，沒受傷的

inducebant (*induco, is, duxi, ductum, ere*) *v., tr.,* 3., imperf. ind., 3 pers. pl. （他/她/它們曾）引入，導入，介紹

integritatem (*integritas, atis*) *n.,* 1 decl., fem., acc. sing. 純潔，純正，正直，完整性

inter *prep.* [＋acc.] 在…之間，在…之中

interfecti (interficio, ficis, feci, fectum, ficere) *v., tr.*, 3., perf. part., masc./ neut., gen. sing.; masc., nom. pl. 已[/被]殲滅的，已[/被]殺死的；**interfecti erunt** pass., futperf. ind., 3 pers. pl., masc. （他們將已）被殲滅，被殺死；**interfecerunt** perf. ind., 3 pers. pl. （他/她/它們已）殲滅，殺死

invasit (invado, is, vasi, vasum, ere) *v., intr./ tr.*, 3., perf. ind., 3 pers. sing. （他/她/它已）湧到，侵入

isti (iste, ista, istud) *demonstr. pron./ adj.*, masc./ fem./ nuet., dat. sing.; masc., nom. pl. 那，其，那個的；那些的

Italia, ae *n.*, 1 decl., fem. [地名] 義大利；**in Italia** *locu.* [*prep.* in + abl. sing.] 在義大利

iter, itineris *n.*, 3 decl., neut. 路，途徑，旅程

labyrinthum (labyrinthus, i) *n.*, 2 decl., masc., acc. sing. 迷宮

laetificant (laetifico, as, avi, atum, are) *v., tr.*, 1., pres. ind., 3 pers. pl. （他/她/它們）使振奮，使欣喜，使歡喜

laudabant (laudo, as, avi, atum, are) *v., tr.*, 1., imperf. ind., 3 pers. pl. （他/她們曾）稱讚，頌揚

laudis (laus, laudis) *n.*, 3 decl., fem., gen. sing. 稱讚[的]，讚美[的]

leges (lex, legis) *n.*, 3 decl., fem., nom./ acc. pl. 法律

libertatem (libertas, atis) *n.*, 3 decl., fem., acc. sing. 自由，率直

longe *adv.* 長遠，長久

Luceriam (Luceria, ae) *n.*, 1 decl., fem., acc. sing. [地名] 位於義大利半島東側偏南的一座城市

ludum (ludus, i) *n.*, 2 decl., masc., acc. sing. 遊戲，娛樂；**in ludum** *locu.* [*prep.* in + acc. sing.] 到遊戲中

lupi (lupus, i) *n.*, 2 decl., masc., gen. sing.; nom. pl. 狼

manducatus, a, um (manduco, as, avi, atum, are) *v., tr.*, 1., perf. part. 已[/被]吃的；**manducatus est** pass., perf. ind., 3 pers. sing., masc. （他已）被吃

magister, tri *n.*, 2 decl., masc. 老師，教師，主人

magna (magnus, a, um) *adj.*, fem., nom./ abl. sing.; neut., nom./ acc. pl. 大的，大量的，強大的，偉大的；**magni** masc./ neut., gen. sing.; masc., nom. pl. 大的，大量的，強大的，偉大的

maximus, a, um *adj., sup.* [pos.: **magnus, a, um**] 極大的，極大量的，極強大的，極偉大的

melle (mel, mellis) *n.*, 3 decl., neut., abl. sing. 蜂蜜；**cum melle** *locu.* [*prep.* cum + abl. sing.] 加蜂蜜

me (ego, mei, mihi, me) *pers. pron.*, irreg., 1 pers. sing., acc./ voc. /abl. 我；**a me** *locu.* [*prep.* a + abl.] 被我；**ego** nom. 我；**mihi** dat. [給]我

memoria, ae *n.*, 1 decl., fem. 記憶，回憶；**in memoria** *locu.* [*prep.* in + abl. sing.] 在記憶裡

mensam (mensa, ae) *n.*, 1 decl., fem., acc. sing. 餐桌，餐宴，宴席

minuit (minuo, is, minui, nutum, uere) *v., tr.*, 3., [1.] pres. ind., 3 pers. sing. （他/她/它）減少，減輕，削弱；[2.] perf. ind., 3 pers. sing. （他/她/它已）減少，減輕，削弱

moderatus, a, um *adj.* 溫和的，節制的，克制的

modico (modicus, a, um) *adj.*, masc./ neut., dat./ abl. sing. 適度的，節制的，少量的

morum (mos, moris) *n.*, masc., gen. pl. 風俗習慣[的]

munditiae (munditia, ae) *n.*, 1 decl., fem., gen./ dat. sing.; nom. pl. 整潔，禮儀

Musas (Musa, ae) *n.*, 1 decl., fem., acc. pl. [人名] 繆斯，希臘神話中掌管藝術的女神們

nautae (nauta, ae) *n.*, 1 decl., masc., gen./ dat. sing.; nom./ voc. pl. 水手，海員

ne *neg. adv./ conj.* 不，否，非；為了不，以免

nec *neg. adv./ conj.* 也不

neque [= nec] *neg. adv./ conj.* 也不

nihil *indef. pron.*, indecl., neut., nom./ acc. sing. 無，無物，沒有東西

noctem (nox, noctis) *n.*, 3 decl., fem., acc. sing. 夜晚

non *neg. adv.* 不，非，否

nos, nostri/ nostrum, nobis *pers. pron.*, irreg., 1 pers. pl. 我們

n*o*tus, a, um (n*o*sco, is, n*o*vi, n*o*tum, ere) *v., tr.*, 3., perf. part. 已[/被]知道的，已[/被]認識的，已[/被]查明的，已[/被]瞭解的

obl*e*ctant (obl*e*cto, as, *a*vi, *a*tum, *a*re) *v., tr.*, 1., pres. ind., 3 pers. pl. （他/她/它們）娛樂，使歡喜

obs*e*rvant (obs*e*rvo, as, *a*vi, *a*tum, *a*re) *v., tr.*, 1., pres. ind., 3 pers. sing. （他/她/它）觀測，觀察

obs*i*deri (obs*i*do, is, s*e*di, s*e*ssum, ere) *v., tr.*, 3., pass., pres. inf. 被侵佔，被佔據

obst*i*tit (obst*o*, as, stiti, --, *a*re) *v., intr.*, 1. [+dat.] perf. ind., 3 pers. sing. （他/她/它已）面對，對抗

obtemper*a*vit (obt*e*mpero, as, *a*vi, *a*tum, *a*re) *v., intr.*, 1. [+dat.] perf. ind., 3 pers. sing. （他/她/它已）服從，順從

omnes, es, ia *adj./ pron.*, pl. 一切，所有，所有事物，所有人

orbem (orbis, is) *n.*, 3 decl., fem., acc. sing. 圓週，[天體的]軌道

pal*a*estris (pal*a*estra, ae) *n.*, 1 decl., fem., dat./ abl. pl. 體育場，角力場；**in pal*a*estris** *locu.* [*prep.* in+abl. pl.] 在體育場，在角力場

Pal*a*tio (Pal*a*tium, ii) *n.*, 2 decl., neut., dat./ abl. sing. [地名] 羅馬七丘之一；皇宮，宮殿的代稱；**in Pal*a*tio** *locu.* [*prep.* in+abl. sing.] 在皇宮，在宮殿

p*a*cem (pax, p*a*cis) *n.*, 3 decl., fem., acc. sing. 和平

P*a*pam (P*a*pa, ae) *n.*, 1 decl., masc., acc. sing. 教宗

pars, p*a*rtis *n.*, 3 decl., fem. 部份

patefaci*a*mus (patef*a*cio, is, feci, f*a*ctum, ere) *v., tr.*, 3., pres. subj., 1 pers. pl. （若我們）顯露，暴露，透露

pat*e*llae (pat*e*lla, ae) *n.*, 1 decl., fem., gen./ dat., sing.; nom. pl. 小盤子，小碟子

pater, tris *n.*, 3 decl., masc. 父親

p*a*tria, ae *n.*, 1 decl., fem. 祖國，國家，故鄉；**p*a*triam** acc. sing. 祖國，國家，故鄉

pat*e*rae (pat*e*ra, ae) *n*, 1 decl., fem., gen./ dat. sing.; nom. pl. 碗、碟

pat*e*rnae (pat*e*rnus, a, um) *adj.*, fem., gen./ dat. sing.; nom. pl. 父親的

p*a*vet (p*a*veo, es, p*a*vi, --, ere) *v., intr./ tr.*, 2., pres. ind., 3 pers. sing. （他/她/它）驚慌，害怕，恐懼

pec*u*niam (pec*u*nia, ae) *n.*, 1 decl., fem., acc. sing. 財產，錢財

perv*e*nit (perv*e*nio, is, v*e*ni, v*e*ntum, *i*re) *v., intr.*, 4. [1.] pres. ind., 3 pers. sing. （他/她/它）抵達，到達；[2.] perf. ind., 3 pers. sing. （他/她/它已）抵達，到達

pet*i*stis (pet*o*, is, *i*vi, *i*tum, ere) *v., tr.*, 3., perf. ind., 2 pers. pl. （你/妳們已）要求，請求，尋求，攻擊，追擊，前往

Pha*e*thon, *o*ntis *n.*, 3 decl., masc. [人名] 希臘神話中太陽神之子，因偷駕日車釀災而遭宙斯擊斃

plenus, a, um *adj.* 充滿的，豐富的，滿足的

po*e*tae (po*e*ta, ae) *n.*, 1 decl., masc., gen./ dat. sing.; nom./ voc. pl. 詩人

p*o*ntem (pons, p*o*ntis) *n.*, 3 decl., masc., acc. sing. 橋

poss*i*debat (poss*i*deo, es, s*e*di, s*e*ssum, ere) *v., tr.*, 2., imperf. ind., 3 pers. sing. （他/她/它曾）持有，擁有

p*o*ssum, p*o*tes, p*o*tui, --, p*o*sse *aux. v., intr.*, irreg. 能夠；**p*o*terat** imperf. ind., 3 pers. sing. （他/她/它曾）能夠；**p*o*test** pres. ind., 3 pers. sing. （他/她/它）能夠

post *adv./ prep.* [+acc.] 後面，後方，之後

pra*e*bet (pra*e*beo, es, ui, itum, ere) *v., tr.*, 2., pres. ind. 3 pers. sing. （他/她/它）供應，提供，呈現

pr*i*mis (pr*i*mus, a, um) *ord. num. adj.*, masc./ fem./ neut., dat./ abl. pl. 第一

proc*e*llas (proc*e*lla, ae) *n.*, 1 decl., fem., acc. pl. 風暴

proper*a*bant (pr*o*pero, as, *a*vi, *a*tum, *a*re) *v., intr./ tr.*, 1., imperf. ind., 3 pers. pl. （他/她/它們曾）加速，趕忙，催促

propon*e*bant (prop*o*no, is, p*o*sui, p*o*situm, ere) *v., tr.*, 3., imperf. ind., 3 pers. pl. （他/她/它們曾）展現，提議，提出

pr*o*prium (pr*o*prius, a, um) *adj.*, masc./ neut., acc. sing.; neut., nom. sing. 個別的，專屬的，獨特的，特有的，本質的

pr*o*pter *prep.* [+acc.] 接近，靠近；因為

prud*e*ntia, ae *n.*, 1 decl., fem. 審慎，謹慎，睿智，洞見

quemquam (quisquam, [ulla], quicquam (/quidquam)) *indef. pron.*, sing. tant., masc., nom./ acc. 無一人不，任何人

quid (quis, quis, quid) *interr.; indef. pron.*, neut., nom./ acc. sing. 誰，什麼

qui, quae, quod *rel.; indef.; interr. pron./ adj.* 誰，哪個/些；那/些；什麼；**quod** neut., nom./ acc. sing. 誰，哪個；那；什麼；**quam** fem., acc. sing. 誰，哪個；那；什麼；**quo** masc./ neut., abl. sing. 誰，哪個；那；什麼；**cum quo** *locu.* [*prep.* **cum**＋abl. sing.] 與誰，與哪個；與那；與什麼；**qua** fem., abl. sing. 誰，哪個；那；什麼；**in quo** *locu.* [*prep.* **in**＋abl. sing.] 在誰，在哪個；在那；在什麼

rapio, is, rapui, raptum, ere *v., tr.*, 3. 奪取，拿走，攫取，劫掠，掠奪

rationem (ratio, onis) *n.*, 3 decl., fem., acc. sing. 計算，計畫，方法，理性

recuperare (recupero, as, avi, atum, are) *v., tr.*, 1., [1.] pres. inf. 奪回，收復，恢復；[2.] pass., pres. imp., 2 pers. sing. （你/妳得）被奪回，收復，恢復

redegit (redigo, is, degi, dactum, ere) *v., tr.*, 3., perf. ind., 3 pers. sing. （他/她/它已）擊退，趕回，回復

regem (rex, regis) *n.*, 3 decl., masc., acc. sing. 國王；**ad regem** *locu.* [*prep.* **ad**＋acc. sing.] 往國王（處），到國王（處）

repagula, orum *n.*, 2 decl., neut., pl. tant. 門栓

Romanus, i *n.*, 2 decl., masc. [族群名] 羅馬人；**Romani** masc., gen. sing.; nom./ voc. pl. [族群名] 羅馬人；**Romanorum** gen. pl. [族群名] 羅馬人[們的]

Romanam (Romanus, a, um) *adj.*, fem., acc. sing. [地名] 羅馬的，羅馬人的；**Romani** masc./ neut., gen. sing.; masc., nom./ voc. pl. [地名] 羅馬的，羅馬人的

sagittas (sagitta, ae) *n.*, 1 decl., fem., acc. pl. 箭，箭矢

saepe *adv.* 時常，常常

saltatorium (saltator, oris) *n.*, 3 decl., masc., gen. pl. 舞者[們的]

Samnitibus (Samnites, ium) *n.*, 3 decl., masc., dat./ abl. pl. [族群名] 古代義大利民族之一；**a Samnitibus** *locu.* [*prep.* **a**＋abl. pl.] 從

Samnites 人，被 Samnites 人

scit (scio, scis, scivi, scitum, scire) *v., tr.*, 4., pres. ind., 3 pers. sing. （他/她/它）知道，瞭解；**scio** pres. ind., 1 pers. sing. （我）知道，瞭解

scurrae (scurra, ae) *n.*, 1 decl., masc., gen./ dat. sing.; nom./ acc. pl. 丑角，小丑

sed *conj.* 但是，然而

semper *adv.* 永遠，一直，總是

senatorum (senator, oris) *n.*, 3 decl., masc., gen. pl. （古代羅馬的）元老院議員[們的]

senatus, us *n.*, 4 decl., masc. （古代羅馬的）元老院

sentire (sentio, is, sensi, sensum, ire) *v., tr./ intr.*, 4., [1.] pres. inf. 察覺，感覺，考量，認知，理解；[2.] pass., pres. imp., 2 pers. sing. （你/妳得）被察覺，被感覺，被考量，被認知，被理解

sepeliverunt (sepelio, is, ivi, sepultum, ire) *v., tr.*, 4., perf. ind., 3 pers. pl. （他/她/它們已）埋，埋葬，抑制，鎮壓

sermones (sermo, onis) *n.*, 3 decl., masc., nom./ acc. pl. 談話，對話，話語，演說；**inter sermones** *locu.* [*prep.* **inter**＋acc. pl.] 在談話之間，在對話當中

severitatem (severitas, atis) *n.*, 3 decl., fem., acc. sing. 嚴格，嚴厲；**propter severitatem** *locu.* [*prep.* **propter**＋acc. sing.] 因為嚴格，嚴厲；**severitas** nom. sing. 嚴格，嚴厲

Siciliam (Sicilia, ae) *n.*, 1 decl., fem., acc. sing. [地名] 西西里島；**in Siciliam** *locu.* [*prep.* **in**＋acc. sing.] 到西西里島

si *conj.* 如果，倘若

sideris (sidus, eris) *n.*, 3 decl., neut., gen. sing. 星星[的]，星體[的]

sinamus (sino, is, sivi, situm, ere) *v., tr.*, 3., pres. subj., 1 pers. pl. （若我們）放任，允許，容許

sine *prep.* [＋abl.] 沒有（*without*）

somnum, i *n.*, 2 decl., masc. 睡眠

stellas (stella, ae) *n.*, 1 decl., fem., acc. pl. 星體，行星

sulcant (sulco, as, avi, atum, are) *v., tr.*, 1., pres. ind., 3 pers. pl. （他/她/它們）耕，犁，劈開

sum, es, fui, futurus, esse *aux. v., intr.*, irreg. 是，有，在；**estote** fut. imp., 2 pers. pl. （你/妳們得）是，有，在；**est** pres. ind., 3 pers. sing. （他/她/它）是，有，在；**erunt** fut. ind., 3 pers. pl. （他/她/它們將）是，有，在；**fuit** perf. ind., 3 pers. sing. （他/她/它已）是，有，在；**sunt** pres. ind., 3 pers. pl. （他/她/它們）是、有、在；**fuerunt** perf. ind., 3 pers. pl. （他/她/它們曾）是，有，在；**ero** fut. ind., 1 pers. sing. （我將）是，有，在；**fuisset** pluperf. subj., 3 pers. sing. （若他/她/它已曾）是，有，在；**erat** imperf. ind., 3 pers. sing. （他/她/它曾）是，有，在；**futurum** fut. part., masc., acc. sing.; neut., nom./ acc. sing. 將是的，將有的，將在的；**erant** imperf. ind., 3 pers. pl. （他/她/它們曾）是，有，在

superbiam (superbia, ae) *n.*, 1 decl., fem., acc. sing. 自豪，驕傲

tamenne [＝**tamen**＋**ne**] *interr. adv.* 尚且，仍然，但是

te (tu, tui, tibi, te) *pers. pron.*, irreg., 2 pers. sing., acc./ voc./ abl. 你/妳

tenebrae, arum *n.*, 2 decl., fem., pl. tant. 黑暗

testes (testis, is) *n.*, 3 decl., masc./ fem., nom./ voc./ acc. pl. 證人[們]

Tethys, yos *n.*, irreg. [acc.: ~yn, dat.: ~yi, abl.: ~yi] fem. [人名] 希臘神話中的海洋女神

tibicinam (tibicina, ae) *n.*, 1 decl., fem., acc. sing. 演奏 Tibia 笛的女樂手

tolerant (tolero, as, avi, atum, are) *v., tr.*, 1., pres.ind., 3 pers. pl. （他/她/它們）容忍，容許，忍受

tragoediis (tragoedia, ae) *n.*, 1 decl., fem., dat./ abl. pl. 悲劇

tranquillum (tranquillus, a, um) *adj.*, masc., acc. sing.; neut., nom./ acc. sing. 安靜的，平靜的

tyrannidis (tyrannis, nidis) *n.*, 3 decl., fem., gen. sing. 專制[的]，暴政[的]

undas (unda, ae) *n.*, 1 decl., fem., acc. pl. 波浪

urbe (urbs, urbis) *n.*, 3 decl., fem., abl. sing. 城市；羅馬城；**in urbe** *locu.* [*prep.* **in**＋abl. sing.] 在羅馬城

ut *conj.* 為了，以致於，如同

vel *adv./ conj.* 或，或者，或是

verba (verbum, i) *n.*, 2 decl., neut., nom./ acc. pl. 字，話語，言論

vespillones (vespillo, onis) *n.*, 3 decl., masc., nom./ acc./ voc. pl. 殯葬者[們]

victorias (victoria, ae) *n*, 1 decl., fem., acc. pl. 勝利，凱旋；**victoriasque** [＝**victorias**＋**que**] acc. pl. 勝利，凱旋

videre (video, es, vidi, visum, ere) *v., tr.*, 2., [1.] pres. inf. 看；[2.] pass., pres. imp., 2 pers. sing. （你得）被看；**vidistis** perf. ind., 2 pers. pl. （你/妳們已）看

vino (vinum, vini) *n.*, 2 decl., neut., dat./ abl. sing. 酒

virtus, utis *n.*, 3 decl., fem. 美德，德性；勇氣，膽識

vitae (vita, ae) *n.*, 1 decl., fem., gen./ dat. sing.; nom. pl. 生命，生活

vituperabant (vitupero, as, avi, atum, are) *v., tr.*, 1., imperf. ind., 3 pers. pl. （他/她/它們曾）責罵，責備

viri (vir, viri) *n.*, 2 decl., masc., gen. sing.; nom./ voc. pl. 男人，人

vivo, is, vixi, victum, ere *v., intr.*, 3. 活，生活

voluntati (voluntas, voluntatis) *n.*, 3 decl., fem., dat. sing. 意志，意願，意圖，意旨

1. 動詞變化的種類與詞形

一般而言，拉丁文有 4 種規則的動詞變化：

① 第一種動詞變化的動詞不定詞（即動詞原型）結尾是 **-are**。如：**amare**（愛 | *to love*）。

② 第二種動詞變化的動詞不定詞結尾是 **-ere**，其中第一個 **-e-** 是長母音。如：**habere**（有 | *to have*）。

③ 第三種動詞變化的動詞不定詞結尾是 **-ere**，其中第一個 **-e-** 是短母音。如：**ducere**（帶領 | *to lead*）。

④ 第四種動詞變化的動詞不定詞結尾是 **-ire**。如：**audire**（聽 | *to hear*）。

我們曾經提過，字典通常會列出動詞變化的下列形式：直述語氣現在式（第一和第二人稱單數）、直述語氣完成式（第一人稱單數）、分詞完成式（即過去分詞）和不定詞現在式（即動詞原型）。由這些形式所呈現的動詞語尾樣態組合，被稱作一個動詞的「詞形變化組（*paradigm*）」。儘管一般的字典不會逐一為每個動詞標示其動詞變化種類，但使用者仍可以藉由字典所提供的「詞形變化組」來瞭解各個動詞的變化種類與形態。

[1] 第一種動詞變化

舉例來說，第一種動詞變化 amare 的詞形變化組為：「*am*-**o**, *am*-**as**, am-**avi**, am-**atum**, am-**are**」，因其動詞字根皆為 am-，因此可使用替代符號「~」簡化標記為：「*am*-**o**, **~as**, **~avi**, **~atum**, **~are**」。其中，我們看到結構母音（*structural vowel*）「**-a-**」幾乎毫無例外地出現在各個詞形變化中，從而使我們可以認定這個動詞具有規則的變化模式，並且推斷所有以 **-are** 結尾的動詞都會遵守這種詞形變化形態。

[2] 第二種動詞變化

第二種動詞 habere 的詞形變化是：「h*ab*-**eo**, h*ab*-**es**, h*ab*-**ui**, h*ab*-**itum**, hab-**ere**」。我們在其中看到結構母音「**-e-**」在完成式中變成「**-u-**」，在過去分詞中變成「**-i-**」。從而也可依此推斷所有以 **-ere** 為結尾的動詞都遵循著同樣的詞形變化。

但也有例外的情況，如動詞 **videre**（看 | *to see*）的詞形變化為：「v*id*-**eo**, v*id*-**es**, v*id*-**i**, v*i*-**sum**, v*id*-**ere**」，其在完成式與過去分詞的字尾產生構詞的改

變。這使我們每次碰到以 *-ere* 結尾的第二種動詞變化的動詞時，都必須去參考字典，以確認其詞形變化樣態。至於以 *-are* 結尾的第一種動詞變化的動詞，由於是屬於完全規則的變化形態，故無需再一一查證。

[3] 第三種動詞變化

第三種動詞變化的 d*u*cere 其詞形變化為：「d*u*-co, d*u*-cis, d*u*-xi, d*u*-ctum, d*u*-cere」，其字根在完成式和過去分詞會發生構詞改變，這種語幹改變可再參考：v*i*v-o, v*i*v-is, v*i*-xi, v*i*-ctum, v*i*v-ere（活著 | *to live*）。

第三種動詞變化尚有另一種形式，其直述語氣現在式第一人稱單數的字尾是 **-io**，例如：「c*a*p-io, c*a*p-is, c*e*p-i, c*a*p-tum, c*a*p-ere（拿、取 | *to take*）」，它也會在完成式和過去分詞發生語幹的構詞改變。但若參考：r*a*p-io, r*a*p-is, r*a*p-ui, r*a*p-tum, r*a*p-ere（奪取 | *to snatch*），則又是完全不同的構詞變化，我們會在之後的「動詞變化的構詞改變」單元中，介紹這些構詞上的變化。

[4] 第四種動詞變化

第四種動詞變化 aud*i*re 的詞形變化是：「aud-io, *a*ud-is, aud-ivi, aud-*i*tum, aud-*i*re」。但也有例外者，如：**sent*i*re**（感覺 | *to feel*）的詞形變化為「sent-io, s*e*nt-is, s*e*n-si, s*e*n-sum, sent-*i*re」。

以上這些都是屬於規則的動詞變化形式，此外還有許多不規則變化的動詞，我們必須逐步地去認識這些動詞的變化。學習者不需對拉丁文動詞的複雜變化感到卻步。事實上，一旦我們掌握了這些動詞的變化規則，動詞變化相對地就會變得比較簡單。

2. 不規則的動詞變化

(1.) 助動詞：sum

依照慣例，我們從助動詞 **sum**（是 | *to be*）開始學習動詞變化。sum 是不規則動詞，其詞形變化組為：**sum, es, *fu*i, fut*u*rum, *e*sse**。

表 VI-1：動詞 sum 的變化

直述語氣	現在式	sum es est	s*u*mus *e*stis sunt	假設語氣	現在式	sim sis sit	s*i*mus s*i*tis sint
	未完成式	*e*ram *e*ras *e*rat	er*a*mus er*a*tis *e*rant		未完成式	*e*ssem *e*sses *e*sset	ess*e*mus ess*e*tis *e*ssent
	完成式	f*u*i fu*i*sti f*u*it	f*u*imus fu*i*stis fu*e*runt		完成式	fu*e*rim fu*e*ris fu*e*rit	fu*e*r*i*mus fu*e*r*i*tis fu*e*rint
	過去完成式	fu*e*ram fu*e*ras fu*e*rat	fuer*a*mus fuer*a*tis fu*e*rant		過去完成式	fu*i*ssem fu*i*sses fu*i*sset	fuiss*e*mus fuiss*e*tis fu*i*ssent
	未來完成式	fu*e*ro fu*e*ris fu*e*rit	fu*e*rimus fu*e*ritis fu*e*rint	命令語氣	現在式	-- es --	-- *e*ste --
	未來式	*e*ro *e*ris *e*rit	*e*rimus *e*ritis *e*runt		未來式	-- *e*sto *e*sto	-- est*o*te s*u*nto
分詞	現在式	--		不定詞	現在式	*e*sse	
	完成式	--			完成式	fu*i*sse	
	未來式	fut*u*rus, ~a, ~um			未來式	fut*u*rus, ~a, ~um *e*sse 或 f*o*re	

拉丁文的助動詞 sum 的具有以下作用：

[1] 作為被動語態完成式的助動詞。例如：

Cibus manducatus **est** a me.＝ 食物被我吃了。*The food has been eaten by me.*

Omnes interfecti **erunt**.＝ 他們全都會被殺。*They all shall have been killed.*

[2] 作為名詞述語（*nominal predicate*）的一部份 。例如：

Ego Romanus **sum**. = 我是羅馬人。*I am Roman.*

Magister bonus **fuit**. = 老師[那時]很好。*The teacher was (had been) good.*

[3] 作為動詞述語（*verbal predicate*），意指「存在」。例如：

Qui **sunt**, qui **fuerunt**, qui **erunt**. (Cicero, *Red. Quir., 6; 16*) = 那些現在存在的、過去曾經存在的、[和]未來將存在的人。*Those who are, who were, (and) who will be.*

Dum **ero**. (Plautus, *Mil., prol.*) = 直到我活著。*Till when I will live.*

[4] 在第三人稱單複數中，它可以有以下的意思：

　　① 它可以意指「有、在這裡」。例如：

Flumen **est** Arar[25]. (*Caesar, Gal., 1, 12*) = 有一條 Arar 河。*There is the River Arar.*

Si Caesaris exercitus non **fuisset**. (Cicero, *Phil., 4, 2; 4*) = 如果凱撒的軍隊不曾存在。*If Caesar's army were not there.*

Est qui dixit. = 有某個人說。*Someone said.*

In eo flumine pons **erat**. (Caesar, *Gal., 2, 5*) = 在那河上有一座橋。*On that river there was a bridge.*

　　② 它也可以意指「發生」。例如：

Quid te futurum est? (Cicero, *Ver., 2.2, 64; 155*) = 你將會如何？*What will happen to you?*

　　③ 或「舉行」。例如：

Eo die non **fuit** senatus. (Cicero, *Fam., 12, 25*) = 在那天，元老院的會議並沒有舉行。*On that day there was no Senate meeting.*

　　④ 或「有...的必要、理由」。例如：

---

[25] 即今流經法國東部的 Saône 河。

Non **est** quod curras. (Seneca, *Marc., 25, 1*) ＝ 你沒有必要跑。*You have no reason to run (away).*

⑤ 或「與...有關」。例如：

Nihil **est** mihi cum eo. ＝ 我和他沒有任何關連。*There is nothing to me with him.*

(2.) 助動詞：p*o*ssum

副動詞 **p*o*ssum**（能夠｜*can*）也是不規則動詞，其詞形變化係比照助動詞 **sum** 的變化，但在字尾以母音 **-e-**、**-u-** 開頭的情況下，其字根 **pos-** 須變成 **pot-**。其詞形變化組為：**p*o*s-sum, p*o*t-es, p*o*t-ui, p*o*s-se**。在 possum 之後須接原型動詞，否則沒有完整的意義。例如：

Non **poterat** ambulare. ＝ 他無法走路。*He could not walk.*

表 VI-2：動詞 possum 的變化

直述語氣	現在式	p*o*s-sum p*o*t-es p*o*t-est	p*o*s-sumus p*o*s-*estis* p*o*s-sunt	假設語氣	現在式	pos-sim pos-sis p*o*s-sit	pos-s*i*mus pos-s*i*tis p*o*s-sint
	未完成式	p*o*t-eram p*o*t-eras p*o*t-erat	pot-er*amus* pot-er*atis* p*o*t-erant		未完成式	pos-sem pos-ses p*o*s-set	pos-s*e*mus pos-s*e*tis p*o*s-sent
	完成式	pot-ui pot-u*isti* p*o*t-uit	pot-u*imus* pot-u*istis* pot-u*erunt*		完成式	pot-u*erim* pot-u*eris* pot-u*erit*	pot-uer*imus* pot-uer*itis* pot-u*erint*
	過去完成式	pot-u*eram* pot-u*eras* p*o*t-u*erat*	pot-ueramus pot-u*eratis* pot-u*erant*		過去完成式	pot-u*issem* pot-u*isses* pot-u*isset*	pot-uissemus pot-uiss*etis* pot-u*issent*
	未來完成式	pot-u*ero* pot-u*eris* p*o*t-u*erit*	pot-u*erimus* pot-u*eritis* pot-u*erint*	命令語氣	現在式	-- -- --	-- -- --
	未來式	p*o*t-ero p*o*t-eris p*o*t-erit	pot-*erimus* pot-*eritis* pot-erunt		未來式	-- -- --	-- -- --
分詞	現在式	pot-ens, pot-*entis* (3 decl.)		不定詞	現在式	pos-se	
	完成式	--			完成式	pot-u*isse*	
	未來式	--			未來式	--	

3. 規則的動詞變化：主動語態

(1.) 第一種動詞變化：amare（愛 | to love）

表 VI-3：動詞 amo 的變化

直述語氣	現在式	am-o am-as am-at	am-*amus* am-*atis* am-ant	假設語氣	現在式	am-em am-es am-et	am-*emus* am-*etis* am-ent
	未完成式	am-*abam* am-*abas* am-*abat*	am-abamus am-abatis am-abant		未完成式	am-*arem* am-*ares* am-*aret*	am-*aremus* am-*aretis* am-*arent*
	完成式	am-*avi* am-*avisti* am-*avit*	am-*avimus* am-*avistis* am-averunt		完成式	am-*averim* am-*averis* am-*averit*	am-*averimus* am-*averitis* am-*averint*
	過去完成式	am-*averam* am-*averas* am-*averat*	am-*averamus* am-*averatis* am-*averant*		過去完成式	am-*avissem* am-*avisses* am-*avisset*	am-*avissemus* am-*avissetis* am-*avissent*
	未來完成式	am-*avero* am-*averis* am-*averit*	am-*averimus* am-*averitis* am-*averint*	命令語氣	現在式	-- am-a am-et	-- am-*ate* am-ent
	未來式	am-*abo* am-*abis* am-*abit*	am-*abimus* am-*abitis* am-abunt		未來式	-- am-*ato* am-*ato*	-- am-*atote* am-*anto*
分詞	現在式	am-ans, am-*antis* (3 decl.)		不定詞	現在式	am-*are*	
	完成式	am-*atus*, ~a, ~um			完成式	am-*avisse*	
	未來式	am-*aturus*, ~a, ~um			未來式	am-*aturus*, ~a, ~um *esse*	
Gerund 動名詞		am-*andi*		Supine 動名詞		am-*atum*	

命令語氣指的是第二人稱的單、複數，而在上表中以框線表示的第三人稱單、複數則是借自假設語氣，屬於表現激勵或勸告的命令語氣。

動詞的分詞和 Gerundive 動名詞有形容詞的作用，並且根據其相關的名詞而有陽、陰、中性和單、複數的變格。其中，過去分詞（分詞的完成式）與 Gerundive 動名詞同屬被動語態。例如：

patria amata. ＝ 摯愛的祖國。*the loved country.*〔過去分詞〕

pater amatus. ＝ 親愛的父親。*the loved father.*〔過去分詞〕

patria amanda. ＝ [應]被愛的祖國。*the country to be loved.*〔Gerundive 動名詞〕

pater amandus. = [應]被愛的父親。*the father to be loved.*｛Gerundive 動名詞｝

為了完整呈現分詞的樣態，在此仍將過去分詞並列於主動語態的動詞變化表之中，Gerundive 動名詞則參見後揭被動語態動詞變化表。

Gerund 動名詞與 Supine 動名詞則是動詞的名詞形式，且具備自己的名詞詞尾變化。Gerund 動名詞只有在單數的屬格、與格、受格與奪格進行變格，其一般形式為屬格。例如：

屬格：am-**andi**（愛的｜*of loving*）

與格：am-**ando**（愛｜*to loving*）

受格：am-**andum**（愛｜*loving*）

奪格：am-**ando**（愛｜*by loving*）

Ars **amandi**. = 愛的藝術。*The art of love.*

Animus **agendi**. = 行動的意圖。*The intention of doing (something or a certain action).*

Supine 動名詞則只有受格（主動語態）與奪格（被動語態）兩種變格形態，它表現一個動作的狀態，但不指出其發生的時間。

練 習

[01] Nautae undas sulcant,[26] stellas observant, procellas tolerant, pecuniam comparant, et patriam ditant. = 水手們破浪航行，觀測星象，忍受風暴，賺取財富並充實國庫。*Seamen plow the waves, observe the stars, tolerate storms, acquire money, and enrich the country.*

[02] Athletae in palaestris et in arenas certant, hastas et sagittas iactant, incolas delectant. = 運動員們在運動場及圓形競技場中競技，拋擲標槍與弓箭，並且娛樂當地居民。*The athleths fight in the wrestling places and in the amphitheatres, throw pikes and arrows, delight the inhabitants.*

---

[26] 在此須加以提醒的是：由於中文的語境未必能夠清楚地表現主詞的單、複數，因此我們必須特別注意拉丁文動詞的字尾變化，以便瞭解其所指稱的主詞究竟是單數還是複數。

[03] Scurrae et citharistae convivarum mensam laetificant. ＝ 小丑和演奏里拉琴的樂手們逗樂席上賓客。*Players and lyre-players cheer the table of the guests.*

[04] Poetae Musas[27] honorant, athletarum victorias celebrant, tragoediis et comoediis incolas oblectant educantque. ＝ 詩人尊崇繆斯女神，慶祝運動員的勝利，並以悲劇和喜劇娛樂並薰陶居民。*The poets honor the Muses, celebrate the victories of the athleths, delight and educate the inhabitans with tragedies and comedies.*

[05] Agricola in campo dormitabat. ＝ 農夫當時正在田裡打盹。*The farmer was feeling sleepy in the field.*

[06] Adulescens voluntati[28] paternae non obtemperavit. ＝ 青年當時不服從父親的意旨。*The teenager did not obey the command of the father.*

[07] Domitianus primis annis[29] moderatus in imperio fuit. (Eutropius, *7, 23*) ＝ 起初幾年，Domitianus 在統治上是溫和的。*Domitianus, during the frist few years, was moderate in command.*

[08] Labyrinthum Daedalus[30] in Creta aedificaverat[31]. ＝ Daedalus 當時在克里特島已建造了一座迷宮。*Daedalus had built a labyrinth in Chrete.*

---

[27] 繆斯為希臘神話中掌管藝術的女神們。

[28] 由於動詞 obtemperare（服從，順從 | *to obey*）需和與格同用，因而 voluntati（意志，意圖 | *will, purpose*）為與格單數。

[29] primis annis 為簡單奪格，在此作為時間補語。

[30] 希臘神話中的著名工匠。

[31] aedificaverat 由動詞 aedificare（建造 | *to build*）變化而來，屬於主動語態直述語氣過去完成式的第三人稱單數變化。

(2.) 第二種動詞變化：**habere**（有 | *to have*）

表 VI-4：動詞 habe的 變化

直述語氣	現在式	hab-**eo** hab-**es** hab-**et**	hab-**emus** hab-**etis** hab-**ent**	**假設語氣**	現在式	hab-**eam** hab-**eas** hab-**eat**	hab-**eamus** hab-**eatis** hab-**eant**	
	未完成式	hab-**ebam** hab-**ebas** hab-**ebat**	hab-**ebamus** hab-**ebatis** hab-**ebant**		未完成式	hab-**erem** hab-**eres** hab-**eret**	hab-**eremus** hab-**eretis** hab-**erent**	
	完成式	hab-**ui** hab-**uisti** hab-**uit**	hab-**uimus** hab-**uistis** hab-**uerunt**		完成式	hab-**uerim** hab-**ueris** hab-**uerit**	hab-**uerimus** hab-**ueritis** hab-**uerint**	
	過去完成式	hab-**ueram** hab-**ueras** hab-**uerat**	hab-**ueramus** hab-**ueratis** hab-**uerant**		過去完成式	hab-**uissem** hab-**uisses** hab-**uisset**	hab-**uissemus** hab-**uissetis** hab-**uissent**	
	未來完成式	hab-**uero** hab-**ueris** hab-**uerit**	hab-**uerimus** hab-**ueritis** hab-**uerint**	**命令語氣**	現在式	-- hab-**e** hab-**eat**	-- hab-**ete** hab-**eant**	
	未來式	hab-**ebo** hab-**ebis** hab-**ebit**	hab-**ebimus** hab-**ebitis** hab-**ebunt**		未來式	-- hab-**eto** hab-**eto**	-- hab-**etote** hab-**ento**	
分詞	現在式	hab-**ens**, ~**entis** (3 decl.)		**不定詞**	現在式	hab-**ere**		
	完成式	hab-**itus**, ~**a**, ~**um**			完成式	hab-**uisse**		
	未來式	hab-**iturus**, ~**a**, ~**um**			未來式	hab-**iturus**, ~**a**, ~**um** *esse*		
Gerund 動名詞		hab-**endi**		**Supine** 動名詞		hab-**itum**		

練 習

[01]　Habemus Papam! ＝ 我們有[新]教宗！ *We have a (new) Pope.*

[02]　Habetis, quam petistis, facultatem. (Caesar, *Gal., 6, 8*) ＝ 你們[現在]有了過去所尋求的機會。 *You have (now) the opportunity that you have sought.*

[03]　Habeo in memoria. (Plautus, *Per., 3, 1*) ＝ 我記住這個。 *I have in meory (/I remember) this.*

[04]　Agricola campum possidebat. ＝ 農夫有一塊地。 *The farmer possessed a field.*

[05]　Campus bonarum herbarum plenus erat. ＝ 田裡種滿了豐美的植物。 *The field was full of good herbs.*

[06]   Agnos agricola in[32] campum saepe ducebat. ＝ 農夫經常把小羊帶到田裡。*The farmer brought the sheep onto the field very often.*

[07]   Armentarius ad[33] dominum currit et clamat: "Domine[34], lupi in campo agnos devorant." ＝ 牧羊人跑向主人並大喊:「主人,狼群在田裡正吞食著小羊。」*The shepherd runs to the master and exclaims: "Lord, the wolves in the field are devouring the sheep."*

[08]   Camillus[35] exclamat: "Ferro non auro, patriam recuperare debetis[36]!" (Livius, *5, 49*) ＝ Camillus 大聲疾呼:「你們應以刀劍而非黃金來收復國家!」。*Camillus exclaims: "you have to regain the country not with gold, but with iron (/weapons)!"*

[09]   Caesar Galliam in Romanam dicionem redegit[37]. Caesaris belli rationem victoriasque Romani laudabant, sed tyrannidis adfectationem vituperabant; ideo magna pars senatorum contra[38] Caesarem coniuraverunt. ＝ 凱撒使高盧歸於羅馬的統治。羅馬人稱頌凱撒的戰略和勝利,但卻鄙視他專制的企圖;因此元老院中大多數的人都共謀推翻凱撒。*Caesar restored Gallia under Roman jurisdiction. Roman people praised Caesar for the matter of war and the victories, but despised the affectation of tyranny; for this reason, a great part of the senators was conspiring against Caesar.*

---

[32] 介係詞 in 在此表示指向某個方向的動作,因此須接受格。

[33] 介係詞 ad 之後一定要接受格。

[34] domine 為 dominus(主人 | *lord, master*)的單數呼格。

[35] 此指 Marcus Furius Camillus(ca. 446 - 365 B.C.),古代羅馬的軍事家,政治家。

[36] debetis 由動詞 debere(應當 | *ought*)變化而來,屬於主動語態直述語氣現在式的第二人稱複數變化,在此可作為命令語氣。

[37] redegit 由動詞 redigere(擊退,趕回,回復 | *to drive back, to reduce*)變化而來,屬於主動語態直述語氣完成式的第三人稱單數變化。

[38] 介係詞 contra 之後一定要接受格。

(3.) 第三種動詞變化 I：d*u*cere（帶領 | *to lead*）

表 VI-5：動詞 duco 的變化

直述語氣	現在式	d*u*c-o d*u*c-is d*u*c-it	duc-imus duc-itis duc-unt	假設語氣	現在式	d*u*c-am d*u*c-as d*u*c-at	duc-*amus* duc-*atis* d*u*c-ant
	未完成式	duc-*ebam* duc-*ebas* duc-*ebat*	duc-ebamus duc-ebatis duc-ebant		未完成式	d*u*c-erem d*u*c-eres d*u*c-eret	duc-eremus duc-eretis duc-erent
	完成式	d*u*x-i d*u*x-*isti* d*u*x-it	d*u*x-imus d*u*x-*istis* d*u*x-erunt		完成式	d*u*x-erim d*u*x-eris d*u*x-erit	d*u*x-*erimus* d*u*x-*eritis* d*u*x-erint
	過去完成式	d*u*x-eram d*u*x-eras d*u*x-erat	dux-eramus dux-eratis dux-erant		過去完成式	dux-*issem* dux-*isses* dux-*isset*	dux-*issemus* dux-*issetis* dux-*issent*
	未來完成式	d*u*x-ero d*u*x-eris d*u*x-erit	dux-*erimus* dux-*eritis* dux-*erint*	命令語氣	現在式	-- d*u*c-e d*u*c-at	-- d*u*c-ite d*u*c-ant
	未來式	d*u*c-am d*u*c-es d*u*c-et	duc-*emus* duc-*etis* duc-ent		未來式	-- d*u*c-ito d*u*c-ito	-- duc-*itote* duc-*unto*
分詞	現在式	d*u*c-ens, ~*entis* (3 decl.)		不定詞	現在式	d*u*c-ere	
	完成式	d*u*c-tus, ~a, ~um			完成式	d*u*x-*isse*	
	未來式	duc-*turus*, ~a, ~um			未來式	duc-*turus*, ~a, ~um *esse*	
Gerund 動名詞		duc-*endi*		**Supine 動名詞**		d*u*c-tum	

練　習

[01]　Ad regem me ducam. (Plautus, *Am., 4, 3*) ＝ 我會帶我自己到國王那裡。
（＝我會到國王那裡）。*I will bring myself to the king. (= I will go to see the king.)*

[02]　Sideris proprium est ducere orbem. (Seneca, *Nat., 7, 23, 1*) ＝ 星體的本質在於[依循]軌道運作。*It is proper to the stars to regulate the orbit.*

[03]　Cato[39] Censor, propter[40] severitatem vitae notus, Romanorum morum integritatem defendebat et semper cultoribus[41] Graecae munditiae obstitit.

---

[39]　此指 Marcus Porcius Cato（234 - 149 B.C.），羅馬共和時期的政治家。
[40]　介係詞 propter 之後一定要接受格。
[41]　由於動詞 obstare（對抗，反對 | *to oppose*）需和與格同用，因而 cultoribus 為與格複數。

= 監察官 Cato，以律己嚴謹而著稱，[他]捍衛了羅馬人的風俗純正性，並且總是反對希臘流俗的愛好者。*Cato the Censor, famous necause of the strictness of his life, defended the integrity of Roman customs, and always opposed the cultivators of Greek manner.*

[04] Fabius Maximus Cunctator[42] prudentia et consilio[43] Hannibalem in Italia fatigavit et eius[44] superbiam minuit. = 『延宕者』Fabius Maximus 靠他的睿智和計畫，使漢尼拔在義大利精疲力竭，並大挫其銳氣。*Fabius Maximus, the Procrastinator, through prudence and wisdom wearied out Hannibal in Italy and decreased his arrogance.*

[05] Magni viri Romani in urbe leges proponebant, civium libertatem defendebant, pacem bellumque administrabant, laudis[45] honorumque avidi erant. = 重要的羅馬人在羅馬提議法案，捍衛市民自由，管控和平及戰事，並渴求讚美與尊敬。*Important Roman people proposed laws in Rome, defended the freedom of people, administered peace and war, and were avid of praises and honors.*

[06] Cum tenebrae noctem inducebant, ad convivium properabant; post cenam, modico vino[46] cum melle, inter[47] sermones facetos vel doctos, tranquillum somnum conciliabant. = 當黑暗籠罩黑夜時，他們[便]趕去晚宴；晚餐之後，在適量摻蜜的酒、以及詼諧或智慧的談話中，他們安然入睡。*When darkness was introducing the night, they went quickly to a banquet; after dinner, through moderate wine with honey, among facetious or learned conversation, they conciliated (their) sleep.*

---

[42] Cunctator 意指行事拖延的人，而 Quintus Fabius Maximus（ca. 280 - 203 B.C.，古羅馬政治家、軍事家）因其拖延戰事的態度而得此稱號，但也正是這種戰術使他能夠擊敗漢尼拔。

[43] prudentia 及 consilio 皆為簡單奪格，在此作為態度補語。

[44] eius 是指示代名詞 is, ea, id 的屬格。在「他、她、它」等代名詞不指涉句中主詞時，可以用來代替所有代名詞 suus, sua, suum。

[45] laudis 和 honorum 皆為屬格，這是由於用以表現「渴望」的形容詞 avidus 須與屬格連用。

[46] vino 和 melle 在此都是奪格。其中 vino 是表示工具的補語，而 melle 是表示同伴的補語，須接連介係詞 cum 來使用。

[47] 介係詞 inter 之後一定要接受格。

(4.) 第三種動詞變化 II：*capere*（拿、取 | *to take*）

表 VI-6：動詞 capio 的變化

直述語氣	現在式	cap-io cap-is cap-it	cap-imus cap-I cap-iunt	假設語氣	現在式	cap-iam cap-ias cap-iat	cap-iamus cap-iatis cap-iant
	未完成式	cap-iebam cap-iebas cap-iebat	cap-iebamus cap-iebatis cap-iebant		未完成式	cap-erem cap-eres cap-eret	cap-eremus cap-eretis cap-erent
	完成式	cep-i cep-isti cep-it	cep-imus cep-istis cep-erunt		完成式	cep-erim cep-eris cep-erit	cep-erimus cep-eritis cep-erint
	過去完成式	cep-eram cep-eras cep-erat	cep-eramus cep-eratis cep-erant		過去完成式	cep-issem cep-isses cep-isset	cep-issemus cep-issetis cep-issent
	未來完成式	cep-ero cep-eris cep-erit	cep-erimus cep-eritis cep-erint	命令語氣	現在式	-- cap-e cap-iat	-- cap-ite cap-iant
	未來式	cap-iam cap-ies cap-iet	cap-iemus cap-ietis cap-ient		未來式	-- cap-ito cap-ito	-- cap-itote cap-iunto
分詞	現在式	cap-iens, ~ientis (3 decl.)		不定詞	現在式	cap-ere	
	完成式	cap-tus, ~a, ~um			完成式	cep-isse	
	未來式	cap-turus, ~a, ~um			未來式	cap-turus, ~a, ~um *esse*	
Gerund 動名詞		cap-iendi		Supine 動名詞		cap-tum	

(5.) 第四種動詞變化：*audire*（聽 | to hear）

表 VI-7：動詞 audio 的變化

直述語氣	現在式	aud-**io** aud-**is** aud-**it**	aud-**imus** aud-**I** aud-**iunt**	**假設語氣**	現在式	aud-**iam** aud-**ias** aud-**iat**	aud-**iamus** aud-**iatis** aud-**iant**
	未完成式	aud-**iebam** aud-**iebas** aud-**iebat**	aud-**iebamus** aud-**iebatis** aud-**iebant**		未完成式	aud-**irem** aud-**ires** aud-**iret**	aud-**iremus** aud-**iretis** aud-**irent**
	完成式	aud-**ivi** aud-**ivisti** aud-**ivit**	aud-**ivimus** aud-**ivistis** aud-**iverunt**		完成式	aud-**iverim** aud-**iveris** aud-**iverit**	aud-**iverimus** aud-**iveritis** aud-**iverint**
	過去完成式	aud-**iveram** aud-**iveras** aud-**iverat**	aud-**iveramus** aud-**iveratis** aud-**iverant**		過去完成式	aud-**ivissem** aud-**ivisses** aud-**ivisset**	aud-**ivissemus** aud-**ivissetis** aud-**ivissent**
	未來完成式	aud-**ivero** aud-**iveris** aud-**iverit**	aud-**iverimus** aud-**iveritis** aud-**iverint**	**命令語氣**	現在式	-- aud-**i** aud-**iat**	-- aud-**ite** aud-**iant**
	未來式	aud-**iam** aud-**ies** aud-**iet**	aud-**iemus** aud-**ietis** aud-**ient**		未來式	-- aud-**ito** aud-**ito**	-- aud-**itote** aud-**iunto**
分詞	現在式	aud-**iens**, ~**ientis** (3 decl.)		**不定詞**	現在式	aud-**ire**	
	完成式	aud-**itus**, ~**a**, ~**um**			完成式	aud-**ivisse**	
	未來式	aud-**iturus**, ~**a**, ~**um**			未來式	aud-**iturus**, ~**a**, ~**um** *esse*	
Gerund 動名詞		aud-**iendi**		**Supine 動名詞**		aud-**itum**	

練 習

[01]　Caput dolet, neque audio. (Plautus, *Am., 5, 1*) ＝ 我頭痛，也聽不見。*I have headache, and I don't hear.*

[02]　Neque tibicinam cantantem[48] neque alium quemquam[49] audio. (Plautus, *Mos., 4, 3*) ＝ 我既沒聽見女笛手的吹奏，也沒聽見其他任何人的[聲音]。*I do not hear the female player of the reed-pipe, nor anyone else.*

---

[48]　cantantem 為 cantans 的陽性及陰性之受格單數變位。cantans 為動詞 cantare（唱 | sing）的分詞現在式（現在分詞），也可作為形容詞使用。

[49]　alius quisquam 皆為不定代名詞，alius 為「另一、其他」之意，而 quisquam 為「無一人；任何人」之意。

[03] Vidistis hominem et verba eius audistis. (Cicero, *Ver.*, *2.4, 42; 92*) = 你們曾見過這個人，並聽過他的言論。*You saw the man and heard his words.*

[04] Cum quo Antiochum[50] saepe disputantem audiebam. (Cicero, *Luc.*, *4; 11*) = 我常聽到 Antiochus 與那個人在討論事情。*I often heard Antiochus dicussing with him.*

[05] Tethys[51] repagula aperit et immensum caelum praebet. (Ovidius, *Met.*, *2: 155-157*) = Tethys 打開門閂，展現出廣闊無垠的天空。*Tethys opens the door bars and shows the immense sky.*

[06] Phaethon[52] pavet, nec flectere habenas scit, nec iter cognoscit. (Ovidius, *Met.*, *2: 169-170*) = Phaeton [感到]害怕，他不曉得該如何操控韁繩，也不認得路。*Phaeton is afraid, and does not know how to bend the reins, and does not know the route.*

[07] Scio quod[53] nihil scio. (Socrates, *fr.*) = 我知道我一無所知。*I know that I know nothing.*

[08] Pater in Siciliam incolumis pervenit. = 父親毫髮無傷地抵達西西里。*The father reached Sicily uninjured.*

[09] Coniurati Domitianum[54] in Palatio[55] crudelissime interfecerunt; vespillones ignobiliter sepeliverunt.[56] = 謀反者們極為殘酷地在皇宮殺害了 Domitianus；殯葬者們不名譽地埋葬他。*The conspirators killed Domitianus very cruelly in the Palace; the undertakers buried him ignobly.*

---

[50] 此指一名曾經教導過西塞羅與 Marcus Junius Brutus 等人的哲學教師。

[51] 希臘神話中的海洋女神。

[52] Phaethon 為希臘神話中太陽神之子，因偷駕日車釀災而遭宙斯擊斃。

[53] quod 在此可作為關係代名詞 qui 的中性受格變位，也可作為連接詞。如同英文的「*that*」。

[54] Titus Flavius Domitianus（51 - 96 A.D.），羅馬帝國皇帝，在位期間：81 - 96 A.D.。

[55] Palatium 為羅馬七丘之一，因歷代羅馬君主多將宮殿設置於此，而又成為皇宮、宮殿的代稱。

[56] Vespillones 是為窮人掘墓埋葬的殯葬人員，由於他們把皇帝 Domitianus 埋在城中窮人專用的公共墓地裡，而非厚葬在羅馬皇帝專屬的陵墓中，此種作為因而被描述為 ignobiliter（可恥地，不名譽地，卑賤地）。

4. 規則的動詞變化：被動語態

在被動語態中，動作的發動者（通常是主動句中的主詞）要以奪格來表示，在其前方可加上介係詞 **a (/ab)**（作用如同英文的 *by*），但也可以省略不加；此外，在被動語態中沒有第二人稱複數的命令語氣未來式。例如：

Patria amatur **(a) te**. ＝ 祖國為你所愛。*The country is loved by you.*

以下為 4 種規則動詞的被動語態變化表，其中以過去分詞搭配助動詞 sum 所構成的複合語式（包括直述語氣的完成式、過去完成式、未來完成式；假設語氣的完成式及過去完成式）在使用上須與主詞的性及數一致。

(1.) 第一種動詞變化：**am*ari*** （被愛 | *to be loved*）

表 VI-8：動詞 **am*or*** 的變化

直述語氣	現在式	*a*m-**or** am-**aris** am-**atur**	am-**amur** am-**amini** am-**antur**	假設語氣	現在式	am-er am-eris am-**etur**	am-**emur** am-**emini** am-**entur**	
	未完成式	am-**abar** am-ab**aris** am-ab**atur**	am-ab**amur** am-ab**amini** am-ab**antur**		未完成式	am-**arer** am-**areris** am-**aretur**	am-**aremur** am-**aremini** am-**arentur**	
	完成式	am-**atus, a, um** + **sum** **es** **est** am-**ati, ae, a** + **sumus** **estis** **sunt**			完成式	am-**atus, a, um** + **sim** **sis** **sit** am-**ati, ae, a** + **simus** **sitis** **sint**		
	過去完成式	am-**atus, a, um** + **eram** **eras** **erat** am-**ati, ae, a** + **eramus** **eratis** **erant**			過去完成式	am-**atus, a, um** + **essem** **esses** **esset** am-**ati, ae, a** + **essemus** **essetis** **essent**		
	未來完成式	am-**atus, a, um** + **ero** **eris** **erit** am-**ati, ae, a** + **erimus** **eritis** **erunt**		命令語氣	現在式	-- am-**are** am-**etur**	-- am-**amini** am-**entur**	
					未來式	-- am-**ator** am-**ator**	-- -- am-**antor**	
	未來式	am-**abor** am-**aberis** am-**abitur**	am-**abimur** am-**abimini** am-**abuntur**	不定詞	現在式	am-**ari**		
					完成式	am-**atus, ~a, ~um** *esse*		
					未來式	am-**atum** *iri*		
分詞	現在式	--						
	完成式	am-**atus, ~a, ~um**						
	未來式	--						
Gerundive 動名詞		am-**andus, ~a, ~um**		**Supine** 動名詞		am-**atu**		

練 習

[01]　　Neque enim ut ament, amentur. (Tacitus, *Ger., 38*) ＝ 事實上，他們將不愛、也不被愛。*And they will not love and be loved.*

(2.) 第二種動詞變化：**haberi**（被考慮 | *to be considered*）

表 VI-9：動詞 habeor 的變化

直述語氣	現在式	hab-**eor** hab-**eris** hab-**etur**	hab-**emur** hab-**emini** hab-**entur**	**假設語氣**	現在式	hab-**ear** hab-**earis** hab-**eatur**	hab-**eamur** hab-**eamini** hab-**eantur**
	未完成式	hab-**ebar** hab-**ebaris** hab-**ebatur**	hab-**ebamur** hab-**ebamini** hab-**ebantur**		未完成式	hab-**erer** hab-**ereris** hab-**eretur**	hab-**eremur** hab-**eremini** hab-**erentur**
	完成式	hab-**itus, ~a, ~um** + sum es est hab-**iti, ~ae, ~a** + su**mus** estis sunt			完成式	hab-**itus, ~a, ~um** + sim sis sit hab-**iti, ~ae, ~a** + si**mus** si**tis** sint	
	過去完成式	hab-**itus, ~a, ~um** + *eram* *eras* *erat* hab-**iti, ~ae, ~a** + *eramus* *eratis* *erant*			過去完成式	hab-**itus, ~a, ~um** + *essem* *esses* *esset* hab-**iti, ~ae, ~a** + *essemus* *essetis* *essent*	
	未來完成式	hab-**itus, ~a, ~um** + *ero* *eris* *erit* hab-**iti, ~ae, ~a** + *erimus* *eritis* *erunt*		**命令語氣**	現在式	-- hab-**ere** hab-**eatur**	-- hab-**emini** hab-**eantur**
	未來式	hab-**ebor** hab-**eberis** hab-**ebitur**	hab-**ebimur** hab-**ebimini** hab-**ebuntur**		未來式	-- hab-**etor** hab-**etor**	-- -- hab-**entor**
分詞	現在式	--		**不定詞**	現在式	hab-**eri**	
	完成式	hab-**itus, ~a, ~um**			完成式	hab-**itus, ~a, ~um** *esse*	
	未來式	--			未來式	hab-**itum** *iri*	
Gerundive 動名詞		hab-**endus, ~a, ~um**		**Supine 動名詞**		hab-**itu**	

練 習

[01] Tamenne isti testes habebuntur? (Cicero, *Flac., 9; 21*) ＝ 然而，這樣的證人竟獲看重？*So they will be endowed with such witnesses?*

(3.) 第三種動詞變化 I：d*u*ci（被帶領 | *to be conducted*）

表 VI-10：動詞 ducor 的變化

		直述語氣				假設語氣		
	現在式	d*u*c-or d*u*c-eris d*u*c-itur	duc-*imur* duc-*imini* duc-*untur*		現在式	d*u*c-ar d*u*c-aris d*u*c-atur	duc-*amur* duc-*amini* duc-*antur*	
	未完成式	duc-e*bar* duc-eb*aris* duc-eb*atur*	duc-eb*amur* duc-eb*amini* duc-eb*antur*		未完成式	d*u*c-erer duc-er*eris* duc-er*etur*	duc-er*emur* duc-er*emini* duc-er*entur*	
	完成式	d*u*c-**tus**, ~a, ~um + **sum** **es** **est** d*u*c-**ti**, ~ae, ~a + *sumus* *estis* **sunt**			完成式	d*u*c-**tus**, ~a, ~um + **sim** **sis** **sit** d*u*c-**ti**, ~ae, ~a + *simus* s*i*tis **sint**		
	過去完成式	d*u*c-**tus**, ~a, ~um + *eram* *eras* *erat* d*u*c-**ti**, ~ae, ~a + *eramus* *eratis* *erant*			過去完成式	d*u*c-**tus**, ~a, ~um + *essem* *esses* *esset* d*u*c-**ti**, ~ae, ~a + *essemus* ess*e*tis *essent*		
	未來完成式	d*u*c-**tus**, ~a, ~um + *ero* *eris* *erit* d*u*c-**ti**, ~ae, ~a + *erimus* *eritis* *erunt*		命令語氣	現在式	-- d*u*c-**ere** duc-*atur*	-- duc-*imini* duc-*antur*	
	未來式	d*u*c-ar d*u*c-eris d*u*c-etur	duc-*emur* duc-*emini* duc-*entur*		未來式	-- d*u*c-itor d*u*c-itor	-- -- duc-*untor*	
分詞	現在式	--		**不定詞**	現在式	d*u*c-i		
	完成式	d*u*c-**tus**, ~a, ~um			完成式	d*u*c-**tus**, ~a, ~um esse		
	未來式	--			未來式	d*u*c-**tum** iri		
Gerundive 動名詞		duc-*endus*, ~a, ~um		**Supine 動名詞**		d*u*c-**tu**		

練 習

[1.] Ductus sum in ludum saltatorium. (Macrobius, *Sat., 3, 14, 7*) ＝ 我被帶到舞者們的遊戲中。*I am introduced to the game of dancers.*

(4.) 第三種動詞變化 II：**capi**（被拿取 | *to be taken*）

表 VI-11：動詞 capi**or** 的變化

<table>
<tr><td rowspan="9">直述語氣</td><td rowspan="1">現在式</td><td colspan="2">c*ap*-ior
c*ap*-eris
c*ap*-itur</td><td colspan="2">cap-imur
cap-*i*mini
cap-i*u*ntur</td><td rowspan="5">假設語氣</td><td>現在式</td><td>cap-iar
cap-i*a*ris
cap-i*a*tur</td><td>cap-i*a*mur
cap-i*a*mini
cap-i*a*ntur</td></tr>
<tr><td>未完成式</td><td colspan="2">cap-iebar
cap-ieb*a*ris
cap-ieb*a*tur</td><td colspan="2">cap-ieb*a*mur
cap-ieb*a*mini
cap-ieb*a*ntur</td><td>未完成式</td><td>cap-erer
cap-er*e*ris
cap-er*e*tur</td><td>cap-er*e*mur
cap-er*e*mini
cap-er*e*ntur</td></tr>
<tr><td>完成式</td><td colspan="4">cap-**tus, ~a, ~um** + **sum**
es
est
cap-**ti, ~ae, ~a** + s*u*mus
estis
sunt</td><td>完成式</td><td colspan="2">cap-**tus, ~a, ~um** + **sim**
sis
sit
cap-**ti, ~ae, ~a** + s*i*mus
s*i*tis
sint</td></tr>
<tr><td>過去完成式</td><td colspan="4">cap-**tus, ~a, ~um** + *eram*
eras
erat
cap-**ti, ~ae, ~a** + er*a*mus
er*a*tis
erant</td><td>過去完成式</td><td colspan="2">cap-**tus, ~a, ~um** + *essem*
esses
esset
cap-**ti, ~ae, ~a** + ess*e*mus
ess*e*tis
essent</td></tr>
<tr><td>未來完成式</td><td colspan="4">cap-**tus, ~a, ~um** + *ero*
eris
erit
cap- **ti, ~ae, ~a** + *e*rimus
*e*ritis
erunt</td><td rowspan="2">命令語氣</td><td>現在式</td><td>--
c*ap*-ere
cap-i*a*tur</td><td>--
cap-*i*mini
cap-i*a*ntur</td></tr>
<tr><td>未來式</td><td colspan="2">cap-iar
cap-ieris
cap-ietur</td><td colspan="2">cap-iemur
cap-iemini
cap-ientur</td><td>未來式</td><td>--
cap-itor
cap-itor</td><td>--
--
cap-i*u*ntor</td></tr>
<tr><td rowspan="3">分詞</td><td>現在式</td><td colspan="4">--</td><td rowspan="3">不定詞</td><td>現在式</td><td colspan="2">cap-i</td></tr>
<tr><td>完成式</td><td colspan="4">cap-**tus, ~a, ~um**</td><td>完成式</td><td colspan="2">cap-**tus, ~a, ~um** *esse*</td></tr>
<tr><td>未來式</td><td colspan="4">--</td><td>未來式</td><td colspan="2">cap-**tum** *iri*</td></tr>
<tr><td colspan="2">**Gerundive** 動名詞</td><td colspan="4">cap-iendus, ~a, ~um</td><td colspan="2">**Supine** 動名詞</td><td colspan="2">c*ap*-tu</td></tr>
</table>

練 習

[01] Patellae, paterae capiebantur. (Cicero, *Ver.*, 2.4, 21; 47) ＝ 盤子與碟子被拿取。*Dishes and offering dishes were collected.*

(5.) 第四種動詞變化：aud*i*ri（被聽見 | *to be heard*）

表 VI-12：動詞 audior 的變化

直述語氣	現在式	a*u*d-ior aud-*i*ris aud-*i*tur	aud-*i*mur aud-*i*mini aud-i*u*ntur	**假設語氣**	現在式	a*u*d-iar aud-i*a*ris aud-i*a*tur	aud-i*a*mur aud-i*a*mini aud-i*a*ntur
	未完成式	aud-ieb*a*r aud-ieb*a*ris aud-ieb*a*tur	aud-ieb*a*mur aud-ieb*a*mini aud-ieb*a*ntur		未完成式	aud-*i*rer aud-*i*reris aud-*i*retur	aud-*i*remur aud-*i*remini aud-*i*rentur
	完成式	aud-*i*tus, ~a, ~um + sum 　　　　　　　　　es 　　　　　　　　　est aud-*i*ti, ~ae, ~a + s*u*mus 　　　　　　　　est*i*s 　　　　　　　　sunt			完成式	aud-*i*tus, ~a, ~um + sim 　　　　　　　　　sis 　　　　　　　　　sit aud-i*ti*, ~ae, ~a + s*i*mus 　　　　　　　　s*i*tis 　　　　　　　　sint	
	過去完成式	aud-*i*tus, ~a, ~um + eram 　　　　　　　　　eras 　　　　　　　　　erat aud-*i*ti, ~ae, ~a + er*a*mus 　　　　　　　　er*a*tis 　　　　　　　　erant			過去完成式	aud-*i*tus, ~a, ~um + *e*ssem 　　　　　　　　　*e*sses 　　　　　　　　　*e*sset aud-*i*ti, ~ae, ~a + ess*e*mus 　　　　　　　　ess*e*tis 　　　　　　　　*e*ssent	
	未來完成式	aud-*i*tus, ~a, ~um + *e*ro 　　　　　　　　　eris 　　　　　　　　　erit aud-*i*ti, ~ae, ~a + *e*rimus 　　　　　　　　er*i*tis 　　　　　　　　erunt		**命令語氣**	現在式	-- aud-*i*re aud-i*a*tur	-- aud-*i*mini aud-i*a*ntur
	未來式	a*u*d-iar aud-i*e*ris aud-i*e*tur	aud-i*e*mur aud-i*e*mini aud-i*e*ntur		未來式	-- aud-*i*tor aud-*i*tor	-- -- aud-i*u*ntor
分詞	現在式	--		**不定詞**	現在式	aud-*i*ri	
	完成式	aud-*i*tus, ~a, ~um			完成式	aud-*i*tus, ~a, ~um *esse*	
	未來式	--			未來式	aud-*i*tum *i*ri	
Gerundive 動名詞		aud-i*e*ndus, ~a, ~um		**Supine 動名詞**		aud-*i*tu	

練 習

[01] Fluctus, qui longe audiebatur, invasit. (Seneca, *Nat., 6, 7, 6*) ＝ 在遠處[便可]被聽見的洪水湧至。*The flood, that could be heard from afar invaded.*

[02] Severitas virtus est sine[57] qua civitas[58] administrari non potest. (Cicero, *Off.*, *1, 25; 88*) ＝ 嚴峻是一種美德，沒有它城市將無法被治理。*Severity is a virtue without which it a city cannot be administered.*

[03] Cavendum est[59] ne[60] assentatoribus patefaciamus aures nec adulari nos sinamus: in quo nos falli facile[61] est. (Cicero, *Off., 1, 26; 91*) ＝ 應留意的是，我們別聽信於奉承者，也別使我們被諂媚：我們會輕易地遭其所騙。*Be careful not to open (our) ears to the flatterers, and do not let ourselves to be flattered: it is easy to fall into this (trap).*

[04] Dicebant Luceriam[62] a Samnitibus[63] obsideri. (Aurelius Victor, *Vir., 31*) ＝ 聽說 Luceria 城被 Samnites 人圍攻。*They said that Luceria was besieged by the Samnites.*

---

[57] 介係詞 sine 之後必須接奪格。

[58] civitas 可意指「社群」或「城市」；從這個字根衍生出了 civilitas 一詞，意指「教養」，從而再由此字衍生出英文的「*civilization*」。

[59] 此屬「被動委婉句（*passive periphrastic sentence*）」，用來表達一種絕無妥協餘地、絕對必須如此的意味；我們會在後面談到 Gerundive 動名詞的單元看到更多的用例。

[60] ne 作為連接詞時意指「以致於不」，它是 ut（「以致於」）的相反；兩者之後皆需接假設語氣。

[61] facile 是形容詞 facilis（簡單的，容易的｜*easy*）的中性變格形態。形容詞的中性形態除了用來對應中性名詞以外，還具有一種獨立的形式，亦即與動詞 esse 搭配成為「esse＋形容詞中性形態」的形式，用來表示「這是...」這種一般性的概念。

[62] Luceria 為位於義大利半島東側偏南的一座城市。

[63] Samnites 為古代義大利的民族。

VII　異態動詞與半異態動詞的變化

課程字彙

ad *prep.* ［＋acc.］ 到…，向….，往…，靠近…

adi*p*iscor, eris, ad*e*ptus sum, sci *dep. v., tr.*, 3. 獲得，趕上；**adipisc*e*ndi** [1.] ger., neut., gen. sing. 獲得[的]，趕上[的]；[2.] gerundive, masc./ neut., gen. sing.; masc., nom. pl. 該被獲得的，該被趕上的

aggr*e*dior, eris, r*e*ssus sum, redi *dep. v., tr./ intr.*, 3. 接近，靠近，突擊；**aggr*e*ditur** pres, ind., 3 pers. sing. （他/她/它）接近，靠近，突擊

a*g*itis (*a*go, is, *e*gi, *a*ctum, ere) *v., tr.*, 3., pres. ind., 2 pers. pl. （你/妳們）進行，履行，操作，做，帶走

aliter *adv.* 此外，不同地，在其他方式或層面上（*otherwise, in any other way*）

alt*e*ri (*a*lter, *a*ltera, *a*lterum) *indef. adj./ pron.,* masc./ fem./ neut., dat. sing.; masc., nom. pl. 另一（個），另外的

amne (amnis, is) *n.*, 2 decl., masc., abl. sing. 河，河川

a*n*imi (*a*nimus, i) *n.*, 2 decl., masc., gen. sing.; nom. pl. 心靈，心智，精神，意圖，感覺

a*p*ud *prep.* ［＋acc.］ 靠近（*near…, at…*）

assentior, *i*ris, *s*ensus sum, iri *dep. v., intr.*, 4. 同意，贊成

atque *conj.* 和、及，並且，而且

a*u*deo, es, *a*usus sum, ere *semidep. v., tr./ intr.,* 2. 勇於，膽敢；**audes** pres. ind., 2 pers. sing. （你/妳）勇於，膽敢

B*a*cchi (B*a*cchus, i) *n.*, 2 decl, masc., gen. sing. [人名] 羅馬神話中的酒神[的]

b*o*na (b*o*num, i) *n.,* 2 decl., neut., nom./ acc. pl. 善，佳，好處，利益

c*au*sae (c*au*sa, ae) *n.*, 1 decl., fem., gen./ dat. sing.; nom. pl. 原因，理由，事情，[法律] 案件

cl*a*mat (cl*a*mo, as, *a*vi, *a*tum, *a*re) *v., intr.*, 1., pres. ind., 3 pers. sing. （他/她/它）叫，喊

compl*e*ctor, eris, l*e*xus sum, cti *dep. v., tr.*, 3. 擁抱；**compl*e*xae** perf. part., fem., gen./ dat. sing.; nom. pl. 已[/被]擁抱的

comp*o*suit (comp*o*no, is, *po*sui, *po*situm, ere) *v., tr.*, 3., perf. ind., 3 pers. sing. （他/她/它已）寫作，創作，組成，構成

conf*i*do, is, f*i*sus sum, ere *semidep. v., intr.*, 3. 信任，信賴

consp*e*xi (consp*i*cio, is, sp*e*xi, sp*e*ctum, ere) *v., tr.*, 3., perf. ind., 1 pers. sing. （我已）觀察，看見，注視，留意

c*o*quos (c*o*quus, c*o*qui) *n.*, 2 decl., masc., acc. pl. 廚師[們]，廚子[們]

cul*i*na, ae *n.*, 1 decl., fem. 廚房；**in cul*i*na locu.** [*prep.* in＋abl. sing.] 在廚房

cum [1.] *adv.* 當，在…之時（*when…, since…*）；[2.] *prep.* ［＋abl.］ 偕同，與…（*with…*）

curr*i*culo (curr*i*culum, i) *n.*, 2 decl., neut., dat./ abl. sing. 馬車

de *prep.* ［＋abl.］ 關於

d*e*cet, --, uit, --, ere *impers. v., intr./ tr.,* 2. [無人稱] 應當，應該

dic (d*i*co, is, d*i*xi, d*i*ctum, ere) *v., tr.*, 3., [＋dat.] pres. imp., 2 pers. sing. （你/妳得）說；**d*i*cis** pres. ind., 2 pers. sing. （你/妳）說

di*e*m (d*i*es, ei) *n.*, 5 decl., masc., acc. sing. 日，天

diff*i*do, is, f*i*sus sum, ere *semidep. v., intr.*, 3. 失去信賴，失望

d*o*mum (d*o*mus, us) *n.*, 4 decl., fem., acc. sing. 住宅，房屋

d*o*te (dos, d*o*tis) *n.*, 3 decl., fem., abl. sing. 嫁妝

d*u*ce (dux, d*u*cis) *n.*, 3 decl., masc., abl. sing. 將領，指揮官，指引

d*u*cere (d*u*co, is, d*u*xi, d*u*ctum, ere) *v., tr.*, 3., [1.] pres. inf. 指引，指揮，帶領，認為，視為；[2.] pass., pres. imp., 2 pers. sing. （你/妳得）被指引，被指揮，被帶領，

被認為，被視為

dum *conj.* 當…，在…之時（*while..., when..., as...*）

duo, ae, o *card. num. adj.* 二

eius (is, ea, id) *demonstr. pron./ adj.,* masc./ fem./ neut., gen. sing. 他[的]，她[的]，它[的]；這個[的]，那個[的]；**ei** masc./ fem./ neut., dat. sing.; masc., nom. pl. [給]他，她，它，[予]此，其，彼；他們；這些；**ea** fem., nom./ abl. sing.; neut., nom. /acc. pl. 她；其；它們；那些

equis (equus, equi) *n.*, 2 decl., masc., dat./ abl. pl. 馬[群]

esse；est → sum

et *conj.* 和、及，並且，而且

experior, iris, pertus sum, iri *dep. v., tr.,* 4. 測試，測驗；**experiamur** *pres. subj.,* 1 pers. pl. （若我們）測試，測驗

facinus, oris *n.*, 3 decl., neut. 罪行，惡行，惡徒

familiae (familia, ae) *n.*, 1 decl., fem., gen./ dat. sing.; nom./ voc. pl. 家屬，家族

fateor, eris, fassus sum, eri *dep. v., tr.,* 2. 承認，聲稱；**fatetur** *pres. ind.,* 3 pers. sing. （他/她/它）承認，聲稱

fervens, entis (ferveo, es, ui, --, ere) *v., intr.,* 2., pres. part., 3 decl. [正]炎熱的，[正在]煮沸的

fido, es, fisus sum, ere *semidep. v., intr.,* 3. 信任，信賴；**fidunt** *pres. ind.,* 3 pers. pl. （他/她/它們）信任，信賴；**fidentes** *pres. part.,* masc./ fem./ neut., nom./ acc. pl. [正在]信任的，[正在]信賴的

fieri (fio, fis, factus sum, fieri) *semidep. anomal. v., intr.,* 4., pres. inf. 變成，被製作，發生

filiam (filia, ae) *n.*, 1 decl., fem., acc. sing. 女兒

filii (filius, ii) *n.*, 2 decl., masc., gen. sing.; nom./ voc. pl. 兒子

frontibus (frons, frontis) *n.*, 3 decl., fem., dat./ abl. pl. 前方；額頭；**in frontibus locu.** [*prep.* **in**＋abl. pl.] 在前方，在額頭

fruor, eris, fructus/ fruitus sum, frui *dep. v., intr.,* 3. [＋ abl.] 享用，受益；**frui** *pres. inf.* 享用，受益

fuit → sum

fungor, eris, functus sum, fungi *dep. v., tr./ intr.,* 3. 履行，執行；**fungens, entis** *pres. part.* [正在]履行的，[正在]執行的

fugit (fugio, is, fugi, itum, fugere) *v., intr./ tr.,* 3., [1.] pres. ind., 3 pers. sing. （他/她/它）逃跑，避免，迴避；[2.] perf. ind., 3 pers. sing. （他/她/它已）逃跑，避免，迴避

gaudeo, es, gavisus sum, dere *semidep. v., intr.,* 2. 歡欣，喜悅；**gaudent** *pres. ind.,* 3 pers. pl. （他/她/它們）歡欣，喜悅

gemini, orum *n.*, 2 decl., masc., pl. tant. 雙胞胎，雙生子

haec (hic, haec, hoc) *demonstr. pron./ adj.,* fem., nom. sing.；neut., nom./ acc. pl. 這，此，這個的；這些的；**hanc** fem., acc. sing. 這，此，這個的；**huius** masc./ fem./ neut., gen. sing. 這，此，這個的

heu *interj.* 喔！嗚呼！

hodie *adv.* 今天

hortor, aris, atus sum, ari *dep. v., tr.,* 1. 力勸，鼓舞，催促；**hortans, antis** *pres. part.* [正在]力勸的，[正在]鼓舞的，[正在]催促的；**hortaturus, a, um** *fut. part.* 將[/被]力勸的，將[/被]鼓舞的，將[/被]催促的；**hortaturus, a, um esse** *fut. inf.* 將力勸，將鼓舞，將催促；**hortandi** [1.] ger., neut., gen. sing. 力勸[的]，鼓舞[的]，催促[的]；[2.] gerundive, masc./ neut., gen. sing.; masc., nom. pl. 該被力勸的，該被鼓舞的，該被催促的；**hortatum** sup., neut., acc. sing. 力勸，鼓舞，催促；**hortatus, a, um** perf. part. 已[/被]力勸的，已[/被]鼓舞的，已[/被]催促的；**hortatus sit** pref. subj., 3 pers. sing. （若他/她/它已）力勸，鼓舞，催促；**hortatur** pres. ind., 3 pers.sing. （他/她/它）力勸，鼓舞，催促

humanitati (humanitas, atis) *n.*, 3 decl., fem., dat. sing. 人性，人格

iam *adv.* 已經

illum (ille, illa, illud) *demonstr. pron./ adj.,* masc., acc. sing. 那，彼，那個的

impudentia, ae *n.*, 1 decl., fem. 厚顏無恥，傲慢無禮

in *prep.* [＋acc./ abl.] 在…；到…，向…

iniuste *adv.* 不公平地，不公正地，不適當

地，不合法地

intro *adv.* 內部，裡面，屋內，室內

irascor, eris, iratus sum, irasci *dep. v., intr.,* 3. 生氣，憤怒；***irasci*** pres. inf. 生氣，憤怒

iudices (iudex, icis) *n.,* 3 decl., masc., nom./ acc./ voc. pl. 法官，審判者

iudicium, ii *n.,* 2 decl., neut. 法庭，審判，判決，判斷力

Iunonem (Iuno, onis) *n.,* 3 decl., fem., acc. sing. [人名] 羅馬神話中的女神，為朱庇特的妻子

labor, eris, lapsus sum, labi *dep. v., intr.,* 3. 滑，跌落，敗壞；***labitur*** pres. ind., 3 pers. sing. （他/她/它）滑，跌落，敗壞

latera (latus, eris) *n.,* 3 decl., neut., nom./ acc. pl. 側面，旁邊；***ad latera*** *locu.* [*prep.* **ad** ＋acc. pl.] 到旁邊，到側邊

litteras (litterae, arum) *n.,* 1 decl., fem., acc. pl. 文學，書信，記錄

loquor, eris, locutum sum, loqui *dep. v., intr./ tr.,* 3. 說話，言談；***loquens, entis*** pres. part. 3 decl. [正在說話的，言談的；***locuturus, a, um*** fut. part. 將[/被]談到的；***locuturus, a, um esse*** fut. inf. 將說話，將言談；***loquendi*** [1.] ger., neut., gen. sing. 說話[的]，言談[的]；[2.] gerundive, masc./ neut., gen. sing.; masc., nom. pl. 該被談論的；***locutum*** [1.] perf. part., masc., acc. sing.,; neut., nom./ acc. sing. 已[/被]談論的；[2.] sup., neut., acc. sing. 說話，言談；***loquuntur*** pres. ind., 3 pers. pl. （他/她/它們）說話，言談；***loquere*** pres. imp., 2 pers. sing. （你/妳得）說話，言談

machinam (machina, ae) *n.,* 1 decl., fem., acc. sing. 機器，機器，器械

magna (magnus, a, um) *adj.,* fem., nom./ abl. sing.; neut., nom./ acc. pl. 大的，大量的，強大的，偉大的

mala (malum, i) *n.,* 2 decl., neut., nom./ acc. pl. 惡，壞，災厄，苦難

maxime *adv.* 極大地，極多地，特別地

me (ego, mei, mihi, me) *pers. pron.,* irreg., 1 pers. sing., acc./ voc. /abl. 我；***pro me*** *locu.* [*prep.* **pro**＋abl.] 為了我；**mi** [＝**mihi**] dat. [給]我；***mihi*** dat. [給]我

medio (medius, a, um) *adj.,* masc./ neut., dat./ abl. sing. 中央的，中間的

mereo, es, ui, itum, ere *v., tr.,* 2. 賺，贏，值，值得

mereor, eris, meritus sum, mereri *dep. v., tr.,* 2. 賺，贏，值，值得；***meruerunt*** perf. ind., 3 pers. pl. （他/她/它們）賺，營，值，值得

metior, iris, mensus sum, metiri *dep. v., tr.,* 4. 測量，估算；***metiri*** pres. inf. 測量，估算

metuere (metuo, is, ui, utum, ere) *v., tr.,* 3., [1.] pres. inf. 畏懼，害怕；[2.] pass., pres. imp., 2 pers. sing. （你/妳得）被畏懼，被害怕

militare (militaris, is, e) *adj.,* neut., nom./ acc. sing. 軍人的，軍隊的，軍事的

militum (miles, itis) *n.,* 3 decl., masc., gen. pl. 士兵[們的]，步兵[們的]

miror, aris, atus sum, ari *dep. v., intr./ tr.,* 1. 驚訝；***mirans, antis*** pres. part. [正在驚訝的；***miraturus, a, um*** fut. part. 將[/被]驚訝的；***miraturus, a, um esse*** fut. inf. 將驚訝；***mirandi*** [1.] ger., neut., gen. sing. 驚訝[的]；[2.] gerundive, masc./ neut., gen. sing.; masc., nom. pl. 該被驚訝的；***miratum*** sup., neut., acc. sing. 驚訝；***mirentur*** pres. subj., 3 pers. pl. （若他/她/它們）驚訝

misereo, es, ui, itum, ere *v., intr./ tr.,* 2. 同情，憐憫

misereor, eris, miser(i)tus sum, eri *dep. v., intr./ tr.,* 2. 同情，憐憫；***miseremini*** [1.] pres. ind., 2 pers. pl. （你/妳們）同情，憐憫；[2.] pres. imp., 2 pers. pl. （你/妳們得）同情，憐憫

miserum (miser, a, um) *adj.,* masc., acc. sing.; neut., nom./ acc. sing. 不幸的，悲慘的，可憐的

modo (modus, i) *n.,* 2 decl., masc., dat./ abl. sing. 方式，方法；***modum*** acc. sing. 方式，方法；***in modum*** *locu.* [*prep.* **in**＋acc. sing.] 以...方式，方法

morior, eris, mortuus sum, mori *dep. v., intr.,* 3. 死亡，凋零；***morimur*** pres. ind., 1 pers. pl. （我們）死亡，凋零

mortales (mortalis, is, e) *adj.*, masc./ fem., nom./ acc. pl. 死亡的，人世的

muliercula, ae *n.*, 1 decl., fem. 少女，少婦，女性

mulierem (mulier, eris) *n.*, 3 decl., fem., acc. sing. 女人，婦女，妻子

multi (multus, a, um) *adj.*, masc./ neut., gen. sing.; masc., nom. pl. 許多的，很多的；multa fem., nom./ abl. sing.; neut., nom./ acc. pl. 許多的，很多的

munus, eris *n.*, 3 decl., neut. 義務

nam *conj.* 由於，此外

nascor, eris, natus sum, nasci *dep. v., intr.*, 3. 誕生，出生；nati perf. part., masc./ neut., gen. sing.; masc., nom. pl. 已誕生的，已出生的

necesse *adj.*, indecl., neut., nom./ acc. 必需的，必要的；necesse est *locu.* [＋v. inf.] …是必要的，…是必需的

nil [＝nihil] *indef. pron.*, indecl., neut., nom./ acc. sing. 無，無物，沒有東西

nitor, eris, nisus (/nixus) sum, niti *dep. v., intr.*, 3. 倚靠，支撐，依賴於[＋abl.]；nixus, a, um perf. part. 已倚靠的，已依賴的

nocturna (nocturnus, a, um) *adj.*, fem., nom./ abl. sing.; neut., nom./ acc. pl. 夜晚的

non *neg. adv.* 不，非，否

nos, nostri/ nostrum, nobis *pers. pron.*, irreg., 1 pers. pl. 我們

nostrae (noster, tra, trum) *poss. pron./ adj.*, fem., gen./ dat. sing. ; nom. pl. 我們的

novam (novus, a, um) *adj.*, fem., acc. sing. 新的

nunc *adv.* 現在，當下

nuntiat (nuntio, as, avi, atum, are) *v., tr.*, 1., pres. ind., 3 pers. sing. （他/她/它）通知，宣布，報告

ob *prep.* [＋acc.] 由於，因為

obliviscor, eris, oblitus sum, visci *dep. v., tr./ intr.*, 3., [＋gen.] 失去記憶，遺忘；oblitus, a, um perf. part. 已失去記憶的，被遺忘的；oblitus sum perf. ind., 1 pers. sing. （我已）失去記憶，遺忘

occepi (occipio, is, cepi, ceptum, pere) *v., tr./ intr.*, 3., perf. ind., 1 pers. sing. （我已）開始；occipito fut. imp., 2/ 3 pers. sing. （你

/妳/他/她/它將得）開始

omnia (omnes, es, ia) *adj./ pron.* neut., nom./ acc. pl. 一切，所有，所有事物，所有人

oportet, --, uit, --, ere *impers. v., intr.*, 2. [無人稱] 需要，必須

ordior, iris, orsus sum, iri *dep. v., tr./ intr.*, 4. 開始，著手；ordiris pres. ind., 2 pers. sing. （你/妳）開始，著手

orior, oreris, ortus sum, oriri *dep. v., intr.*, 4. 升起；oriens, entis pres. part. [正在]升起的；oriturus, a, um fut. part. 將升起的；orturus, a, um esse fut. inf. 將升起；oriendi [1.] ger., neut., gen. sing. 升起[的]；[2.] gerundive, masc./ neut., gen. sing.; masc., nom. pl. 該升起的；ortum [1.] perf. part., masc./ neut., acc. sing.; neut., nom. sing. 已升起的；[2.] sup., neut., acc. sing. 升起

pabulum, I *n.*, 2 decl., neut. 食物，糧秣，飼料

par, paris *adj.*, 3 decl. 同樣的，相等的

Parmeno, onis *n.*, 3 decl., masc. [人名] P. Terentius Afer 的劇作 Hecyra 裡的男性奴僕角色

partio, is, ivi, itum, ire *v., tr.*, 4. 分享，分派，分擔；partisset pluperf. subj., 3 per. sing. （若他/她/它已曾）分享，分派，分擔

partior, iris, itus sum, iri *dep. v., tr.*, 4. 分享，分派，分擔

pater, tris *n.*, 3 decl., masc. 父親；patris gen. sing. 父親[的]

patior, eris, passus sum, pati *dep. v., tr.*, 3. 經歷，遭受；pati pres. inf. 經歷，遭受

per *prep.* [＋acc.] 經過，透過（*through..., per...*）

phoenices (phoenix, icis) *n.*, 3 decl., masc., nom./ acc. pl. 鳳凰；[大寫] [族群名] 腓尼基人

polliceor, eris, pollicitus sum, ceri *dep. v., tr.*, 2. 承諾，給予保證；polliceri pres. inf. 承諾，給予保證

populum (populus, i) *n.*, 2 decl., masc., acc. sing. 人民，民眾

portum (portus, us) *n.*, 4 decl., masc., acc. sing. 港口

potestas, atis *n.*, 3 decl., fem. 力量，能力，機會

potuit (possum, potes, potui, --, posse) *aux. v., intr.,* irreg., perf. ind., 3 pers. sing. （他/她/它已）能夠

praetor, oris *n.,* 3 decl., masc. （古代羅馬的）裁判官

pro *prep.* [＋abl.] 為了…；之前，在…前方；根據…；作為…，如同…

proficiscor, eris, fectus sum, ficisci *dep. v., intr.,* 3. 啟程，出發；**profecti** perf. part., masc./ neut., gen. sing.; masc., nom. pl. 已啟程的，已出發的；**sumus profecti** perf. ind., 1 pers. pl., masc. （我們已）啟程，出發

prope *adv./ prep.* [＋acc.] 接近，靠近；幾乎

puellae (puella, ae) *n.,* 1 decl., fem., gen./ dat. sing.; nom./ voc. pl. 女孩，女童

purus, a, um *adj.* 乾淨的，清澈的，純潔的

puto, as, avi, atum, are *v., tr.,* 1. 以為，認為，認定，相信

quam *adv./ conj.* 多少，多麼；[用於比較] 比…，較…

queror, eris, questus sum, queri *dep. v., intr./ tr.,* 3. 抱怨；**querentis** pres. part., masc./ fem./ neut., gen. sing. [正在抱怨的]

qui, quae, quod *rel. ; indef. ; interr. pron./ adj.* 誰，哪個/些；那/些；什麼；**quae** fem., nom. sing./ pl.; neut., nom./ acc. pl. 誰，哪個/些；那/些；什麼；**quam** fem., acc. sing. 誰，哪個；那；什麼；**quod** neut., nom./ acc. sing. 誰，哪個；那；什麼

quia *conj.* 因為

quid (quis, quis, quid) *interr.; indef. pron.,* neut., nom./ acc. sing. 誰，什麼；**quis** masc./ fem., nom. sing. 誰，什麼

quin *interr. adv./ conj.* 為何不？為何沒有？

recta *adv.* 直接地，筆直地

reminiscor, eris, [recordatus sum], sci *dep. v., tr./ intr.,* 3. 記起，想起

remorantur (remoror, aris, ratus sum, ari) *dep. v., intr./ tr.,* 1., pres. ind., 3 pers. pl. （他/她/它們）遲延，耽擱

reor, reris, ratus sum, reri *dep. v., intr.,* 2. 看待，想像，認定；**retur** pres. ind. 3 pers. sing. （他/她/它）看待，想像，認定

respicere (respicio, is, pexi, pectum, cere) *v.,* *tr./ intr.,* 3., [1.] pres. inf. 注視，回顧，反觀；[2.] pass., pres. imp., 2 pers. sing. （你/妳得）被注視，被回顧，被反觀

revertor, eris, versus sum, erti *semidep. v., intr.* 3. 回頭，回來，回去，返回，回歸；**revertamur** pres. subj., 1 pers. pl. （若我們）回頭，回來，回去，返回，回歸

Romanum (Romanus, a, um) *adj.,* masc./ neut., acc. sing.; neut., nom. sing. [地名] 羅馬的，羅馬人的

sapientes (sapiens, entis) *n.,* 3 decl., masc., nom./ acc. voc. pl. 智者[們]，賢者[們]

scire (scio, scis, scivi, scitum, scire) *v., tr.,* 4., [1.] pres. inf. 知道，瞭解；[2.] pass., pres. imp., 2 pers. sing. （你/妳得）被知道，被瞭解

sed *conj.* 但是，然而

senex, is *n.,* 3 decl., masc. 老人

sequor, eris, secutus sum, sequi *dep. v., tr.,* 3. 跟隨；**sequi** pres. inf. 跟隨；**sequere** pres. imp., 2 pers. sing. （你/妳得）跟隨

serenum (serenus, a, um) *adj.,* masc./ neut., acc. sing.; neut., nom. sing. 晴朗的，明亮的

si *conj.* 如果，倘若

singulari (singularis, is, e) *adj.,* masc./ fem./ neut., dat./ abl. sing. 單一的，獨特的，罕見的，驚人的

sive *conj.* 或者

soleo, es, solitus sum, ere *semidep. v., intr.,* 2. 慣習於，習慣於；**soles** pres. ind., 2 pers. sing. （你/妳）慣習於，習慣於；**solent** pres. ind., 3 pers. pl. （他/她/它們）慣習於，習慣於

sol, solis *n.,* 3 decl., masc. 太陽；**solem** acc. sing. 太陽

soleatus, a, um *adj.* 穿著（古羅馬人所用的皮製）涼鞋的

soror, sororis *n.,* 3 decl., fem. 姊妹

stetit (sto, as, steti, statum, are) *v., intr.,* 1., perf. ind., 3 pers. sing. （他/她/它已）站立，佇立，停留，留下

suam (suus, a, um) *poss. pron./ adj.,* fem., acc. sing. 他/她/它的；他/她/它們的

sum, es, fui, futurus, esse *aux. v., intr.,* irreg. 是，有，在；**esse** pres. inf. 是，有，在；

sit pres. subj., 3 pers. sing. （若他/她/它）是，有，在；**sunt** pres. ind., 3 pers. pl. （他/她/它們）是、有、在；**est** pres. ind., 3 pers. sing. （他/她/它）是，有，在；**fuit** perf. ind., 3 pers. sing. （他/她/它已）是，有，在；**sumus** pres. ind., 1 pers. pl. （我們）是，有，在

supplices (supplex, icis) adj., 3 decl., masc./ fem., nom./ acc. pl. 懇求的，哀求的，乞求的

supplicium, ii n., 2 decl., neut. 懇求，哀求；折磨，受難，處罰

tam adv. 如此地，多麼地，那麼多地

te (tu, tui, tibi, te) pers. pron., irreg., 2 pers. sing., acc./ voc./ abl. 你/妳

templa (templum, i) n., 2 decl., neut., nom./ acc./ voc. pl. 廟宇，神殿

testamento (testamentum, i) n., 2 decl., neut., dat./ abl. sing. 遺囑

tranquillos (tranquillus, a, um) adj., masc., acc. pl. 安靜的，平靜的

translata (transfero, fers, tuli, latum, ferre) anomal. v., tr., irreg., perf. part., fem., nom./ abl. sing. ; neut., nom./ acc. pl. 已[/被]攜帶的，已[/被]運送的；**translata sunt** pass., perf. ind., 3 pers. pl., neut. （它們已）被攜帶，被運送

ulciscor, eris, ultus sum, ulcisci dep. v., tr., 3. 報仇；**ulciscar** [1.] pres. subj., 1 pers. sing. （若我）報仇；[2.] fut. ind., 1 pers. sing. （我將）報仇

ut conj. 為了，以致於，如同

utor, eris, usus sum, uti dep. v., intr./ tr., 3. 使用，處理，控制；**utuntur** pres. ind., 3 pers. pl. （他/她/它們）使用，處理，控制

uxores (uxor, oris) n., 3 decl., fem., nom./ acc./ voc. pl. 妻子[們]；**uxorem** acc. sing. 妻子

venisti (venio, is, veni, ventum, ire) v., intr., 4., perf. ind., 2 pers. sing. （你/妳已）來

verba (verbum, i) n., 2 decl., neut., nom./ acc. pl. 字，話語，言論

vereor, eris, veritus sum, vereri dep. v., tr./ intr., 2. 尊崇，敬畏；**vereri** pres. inf. 尊崇，敬畏

vetere (vetus, eris) adj., 3 decl., masc./ fem./ neut., abl. sing. 老的，陳年的

video, es, vidi, visum, ere v., tr., 2. 看

vino (vinum, vini) n., 2 decl., neut., dat./ abl. sing. 酒

vivimus (vivo, is, vixi, victum, ere) v., intr., 3., pres. ind., 1 pers. pl. （我們）活，生活

vix adv. 困難地，艱難地

voce (vox, vocis) n., 3 decl., fem., abl. sing. 聲音

volo, vis, volui, --, velle aux. anomal. v., tr./ intr., irreg. 想要；**vis** pers. ind., 2 pers. sing. （你/妳）想要

vos, vestri/ vestrum, vobis pers. pron., irreg., 2 pers. pl. 你/妳們

1. 異態動詞

　　有一些拉丁文動詞的詞義雖屬主動語態，但其詞尾變化卻呈現為被動語態的外觀形式，這類動詞在拉丁文裡被稱作**異態動詞**（deponent verb）；異態動詞同樣也會依循前揭 4 種規則的動詞變化。有時候異態動詞也會具有反身性的意義。

(1.) 第一種動詞變化的異態動詞

[1] **hortor, hortaris, hortatus sum, hortari**（力勸，鼓舞，催促 | *to exhort, to incite, to urge*）

Qui populum Romanum pro me hortatus sit. (Cicero, *Red. Sen., 11; 29*) = 某人為了我而勸告羅馬人。*The one who exhorted the Roman people for me.*

Senex in culina clamat, hortatur coquos: "quin agitis hodie?" (Plautus, *Cas., 4, 1*) = 老人在廚房裡叫嚷，對廚師們催促著：「為何你們今天還沒準備[餐點]？」*The old man claims from the kitchen, urges the cooks: "Why don't you prepare today?"*

[2] **miror, miraris, miratus sum, mirari**（驚訝 | *to wonder at*）

De eius impudentia singulari, sunt qui mirentur. (Cicero, *Ver., 2.1, 2; 6*) = 關於他的厚顏無恥，有些人感到驚訝。*There are those who wonder at his singular impudence.*

(2.) 第二種動詞變化的異態動詞

[1] **fateor, fateris, fassus sum, fateri**（承認，聲稱 | *to acknowledge, to profess*）

Fatetur facinus, qui iudicium fugit. (Syrus) = 凡躲避審判者，[即]承認了罪行。*The one who avoid judgment (in a trobunal), admits a crime.*

[2] **mereor, mereris, meritus sum, mereri (/mereo, meres, merui, meritum, merere)**（賺，贏，值得 | *to earn, to win, to deserve*）

Uxores, quae vos dote meruerunt. (Plautus, *Mos., 1, 3*) = 妻子們以嫁妝來賺取你們[的一切]。*The women who won (all of) you through the dowry.*

[3] **misereor, misereris, miser(i)tus sum, misereri (/misereo, miseres, miserui, miseritum, miserere)**（同情，憐憫 | *to feel compassion, to have pity of, to pity, to feel sorry*）

Miseremini familiae, iudices, miseremini. (Cicero, *Flac., 42; 106*) = [請]你們憐憫家屬，法官們，[請]你們憐憫。*Have pity of the families, judges, have pity, (please).*

[4] poll*i*ceor, poll*i*ceris, poll*i*citus sum, poll*i*ceri（承諾，給予保證 | *to promise, to give assurance*）

Supplicium volo polliceri. (Plautus, *Cist., 2, 1*) ＝ 我想應允哀求。*I want to promise the supplication.*

[5] reor, reris, r*a*tus sum, reri（看待，想像，認定 | *to hold a belief, to imagine, to think, to suppose*）

…quam pater suam filiam esse retur. (Plautus, *Epid., 3, 2*) ＝ …父親視其為他的女兒。*…whom the father takes to be his daughter.*

[6] vereor, vereris, veritus sum, vereri（尊崇，敬畏 | *to show reverence, to respect, to be afraid of*）

Per Iunonem[64] quam me vereri et metuere est par maxime. (Plautus, *Am., 2, 2*) ＝ 透過那位使我極為尊崇且又同樣[極為]畏懼的 Juno[女神]。*By Juno, whom for me is most especially equal to venerate and to fear.*

(3.) 第三種動詞變化的異態動詞

[1] adip*i*scor, adip*i*sceris, adeptus sum, adip*i*sci（獲得，趕上 | *to obtain, to acquire, to catch up*）

Ut apud portum te conspexi, curriculo occepi sequi: vix adipiscendi potestas modo fuit. (Plautus, *Epid., 1, 1*) ＝ 我一在港口看到你，便開始乘著馬車跟上去：[卻]很難有能追上[你]的辦法。*When I saw you at the port, I began to follow you with the coach: there was hardly any possiblity of catching up (with you).*

[2] aggr*e*dior, aggred*i*eris, aggressus sum, *a*ggredi（接近，靠近，突擊 | *to go toward, to approach, to assault*）

Bacchi[65] templa prope aggreditur. (Varro, *L., 7, 2*) ＝ 他/她貼近 Bacchus 的神廟。*He/ She approaches the temples of Bacchus.*

---

[64] 羅馬神話中的女神，為朱庇特的妻子。
[65] 羅馬神話中的酒神。

[3] complector, complecteris, complexus sum, complecti（擁抱 | *to hold in the arms, to clasp, to embrace*）

Me complexae remorantur verba puellae. (Propertius, *1, 6: 5*) = 受我擁抱的女孩[所說過]的話語牽縈著我。*The words of the embraced girl linger on me.*

[4] fruor, frueris, fructus (/fruitus) sum, frui（享用，受益 | *to enjoy, to profit by, to take advantage from*）

Pabulum frui occipito. (Cato, *Agr., 149*) = 開始享用食物吧！*Start to profit by the food.*

[5] *fungor, fungeris, functus sum, fungi*（履行，執行 | *to perform, to execute*）

Militare munus fungens. (Nepos, *Dat., 1*) = 履行中的兵役義務。*Performing military duty.*

[6] irascor, irasceris, iratus sum, irasci（生氣，憤怒 | *to be angry, to feel resentement*）

Vos mi irasci ob multi locutum non decet. = 你們不應該因為囉唆而讓我生氣。*You should not get me angry by talking too much.*

[7] *labor, laberis, lapsus sum, labi*（滑，跌落，敗壞 | *to glide, to slip, to collapse*）

Medio dum labitur amne. (Ovidius, *Met., 11: 51*) = 當[里拉琴]滑落到河中央時。*While [the lyre] is slipping into the middle of the river.*

[8] *loquor, loqueris, locutus sum, loqui*（說 | *to talk, to speak, to say*）

Magna voce loquuntur equis. (Silius Italicus, *16: 321-322*) = 他們用龐大的聲量對著馬群說話。*They talk to the horses with strong voice.*

Loquere, quid venisti? (Plautus, *Am., 1, 1*) = 說，你來幹嘛？*Say, why did you come?*

[9] *morior, morieris, mortuus sum, mori*（死亡，凋零 | *to die, to languish*）

Si vivimus, sive morimur. (Ennius, *Ann., 14: 379*) = 我們若不是活著，便是死去。*If we live, or we die.*

[10] nascor, nasceris, natus sum, nasci（出生 | *to be born, to come into being, to rise*）

Ei sunt nati filii gemini duo. (Plautus, *Men., prol.*) = 兩名雙生子誕生自他。 *To him two twin sons was born.*

[11] nitor, niteris, nisus (/nixus) sum, niti（倚靠，支撐 | *to lean on, to stand on, to be supported by*）

Stetit soleatus praetor, muliercula nixus. (Cicero, *Ver., 2.5, 33; 86*) = 穿著涼鞋的裁判官站著，倚靠著一名婦女。 *The praetor stood in the slippers, leaning on a woman.*

[12] obliviscor, oblivisceris, oblitus sum, oblivisci（失去記憶，遺忘 | *to loose remembrance, to forget, to put out of one's mind*）

Nil iam me oportet scire, oblitus sum omnia. (Plautus, *Bac., 4, 6*) = 我已無需知道任何事，我已遺忘了一切。 *I already do not need to know anything, I lost remembrance of everything.*

[13] orior, oreris, ortus sum, oriri（升起 | *to rise*）

Sol purus oriens atque nos fervens serenum diem nuntiat. (Plinius, *Nat., 18, 78; 342*) = 未被[雲]遮蔽而升起的太陽，也不熾烈，揭示著晴朗的一天。 *A rising pure and not hot sun announces a serene day.*

[14] patior, patieris, passus sum, pati（經歷，遭受 | *to experience, to be subjected to, to suffer, to undergo*）

Pati necesse est multa mortales mala. (Naevius, *fr.*) = 經受許多人世的苦難是必定的。 *It is necessary to suffer many mortal evils.*

[15] proficiscor, proficisceris, profectus sum, proficisci（啟程，出發 | *to start on a journey, to depart, to set out*）

Recta domum sumus profecti. (Terentius, *Ph., 5, 5*) = 我們直接回家。 *We went directly home.*

[16] queror, quereris, questus sum, queri（抱怨 | *to express discontent, to complain*）

Litteras non supplices, sed in modum querentis composuit. (Tacitus, *Ann., 15, 13*) = 他所寫的並非是些懇求的信，而是以抱怨的口吻[所呈現的信]。 *He did not write suppliant letters, but (wrote them) in complaining mode (/in the mode of someone complaining).*

[17] reminiscor, reminisceris, (recordatus sum), reminisce（記起，想起 | *to recall, to recollect*）

Heu, me miserum, cum haec reminiscor. (Accius, *Eury.*) = 唉呀！可憐的我，當我一想起那些事。 *Alas, poor me, when I recall those things.*

[18] sequor, sequeris, secutus sum, sequi（跟隨 | *to go after, to follow*）

Sequere me intro, Parmeno[66]. (Terentius, *Hec., 5, 4*) = Parmeno，隨我進去。 *Follow me inside, Parmeno*

[19] ulciscor, ulcisceris, ultus sum, ulcisci（報仇 | *to inflict retribution, to take revenge*）

Illum ulciscar hodie. (Plautus, *Am., 4, 3*) = 今天我會向他報仇。 *Today I will inflict retribution on him.*

[20] utor, uteris, usus sum, uti（使用，處理，掌控 | *to use, to manage, to control, to handle*）

Qui utuntur vino vetere sapientes puto. (Plautus, *Cas., prol.*) = 我認定的智者是懂得老酒的人。 *I consider as expert those who use (drink) old wine.*

(4.) 第四種動詞變化的異態動詞

[1] assentior, assentiris, assensus sum, assentiri（同意，贊成 | *to assent, to agree*）

Assentior; fieri non potuit aliter. (Cicero, *Att., 6, 6, 3*) = 我同意；除此以外便不可能做到。 *I agree, it was not possible to do otherwise.*

---

[66] Parmeno 為 P. Terentius Afer 的劇作 Hecyra 裡的男性奴僕角色。

[2] **experior, experiris, expertus sum, experiri**（測試，試驗 | *to put to the test, to try out*）

Hanc mulierem nunc experiamur. (Terentius, *Hec., 5, 2*) ＝ 現在讓我們來測試這個女人吧！*Let's put to test, now, that woman.*

[3] **metior, metiris, mensus sum, metiri**（測量，估算 | *to ascertain, to measure, to estimate, to gauge*）

Solem metiri. ＝ 度量太陽[的尺寸]。*To ascertain (the size of) the sun.*

[4] *ordior*, **ordiris**, *orsus* **sum, ordiri**（開始，著手 | *to begin, to undertake*）

Machinam ordiris novam. (Festus, *11*) ＝ 你開始[著手]新的器械。*You start a new machine.*

[5] **partior, partiris, partitus sum, partiri** (/**partio, partis, partivi, partitum, partire**)（分享，分派，分擔 | *to share, to distribute, to divide out*）

Cum testamento patris partisset bona. (Afranius, *Com.*) ＝ 根據父親的遺囑來分配財產。*According to how the will of the father has divided the properties.*

(5.) 異態動詞變化中的主動語態形式

異態動詞在分詞現在式（現在分詞）、分詞未來式（未來分詞）、不定詞未來式、Gerund 動名詞，以及 Supine 動名詞的語尾變化中，仍將保留有主動語態的形式，例如：

表 VII-1：異態動詞變化中的主動語態形式

	第一種動詞變化 **hortor**	第二種動詞變化 **loquor**	第三種動詞變化 **orior**	第四種動詞變化 **miror**
分詞 現在式	hortans	loquens	oriens[67]	mirans
分詞 未來式	hortaturus, ~a, ~um	locuturus, ~a, ~um	oriturus, ~a, ~um	miraturus, ~a, ~um

---

[67] 英文的「*orient*」一詞的字源便是來自於這個現在分詞。

	第一種動詞變化 **hortor**	第二種動詞變化 **loquor**	第三種動詞變化 **orior**	第四種動詞變化 **miror**
不定詞 **未來式**	hortaturus, ~a, ~um esse	locuturus, ~a, ~um esse	oriturus, ~a, ~um esse	miraturus, ~a, ~um esse
Gerund **動名詞**	hortandi	loquendi	oriendi	mirandi
Supine **動名詞**	hortatum	locutum	ortum	miratum

2. 半異態動詞

有些動詞同時混有主動語態與被動語態的語尾變化形態，此類動詞被稱作**半異態動詞**（*semideponent verbs*）。其中被動語態的語尾變化形態通常會出現在直述語氣的完成式當中。

不過，半異態動詞仍是一種有待商榷的類型，因為就詞義而論，這類動詞有時具有主動語態的意涵、有時卻又帶有被動語態的意思。而其被動意涵也通常用以表達過去時間。

(1.) 第二種動詞變化的半異態動詞

[1] **audeo, audes, ausus sum, audere**（勇於，膽敢 | *to have the courage to do something, to dare to do*）

Si audes. ＝ 若您樂意的話（＝懇請）。*If you please.*

Dic mihi, si audes, quis ea est, quam vis ducere uxorem? (Plautus, *Aul., 2, 1*) ＝ 請告訴我，誰是你屬意作為妻子的人？*Tell me, please, who is the one (woman) whom you want to marry?*

[2] **gaudeo, gaudes, gavisus sum, gaudere**（歡欣，喜悅 | *to be glad, to be pleased, to rejoice*）

Nam quia vos tranquillos video, gaudeo. (Plautus, *Am., 3, 3*) ＝ 由於見到安靜的你們，我很高興。*In fact, since I see all of you quiet, I am glad.*

Gaudent militum animi. (Livius, *2, 60*) ＝ 軍心振奮。*The spirit of the soldiers rejoices.*

[3] **soleo, soles, solitus sum, solera**（慣常於，習慣於 | *to be accustomed to, to use to, to be used to*）

Non soles respicere te, quod dicis iniuste alteri? (Plautus, *Ps., 2, 2*) = 你是否不常以你不當地指稱他人的[事]反省你自己？ *Are you not used to see in you, what you say unjustly for others?*

Omnia quae solent esse in frontibus, translata sunt ad latera. (Vitruvius, *4, 8, 4*) = 本來在前頭的一切[東西]被移到旁邊。*All those things that use to be in front, have been translated to a corner.*

(2.) 第三種動詞變化的半異態動詞

[1] **fido, fidis, fisus sum, fidere**（信任，信賴 | *to trust (in), to have confidence in*）

confido, confidis, confisus sum, confidere（信任，信賴 | *to trust to, to have confidence in*）

diffido, diffidis, diffisus sum, diffidere（失去信賴，失望 | *to lack confidence in, to despair*）

Fidunt duce nocturna Phoenices. (Cicero, *N. D., 2, 41; 106*) = 腓尼基人信賴夜間（星光）的指引」。*The Phoenicians have confidence in the nocturnal (starlight) to guide (their way).*

Non tam nostrae causae fidentes, quam huius humanitati. (Cicero, *Lig., 5; 13*) = 別對我們的案件如此地有信心，就如同[去相信]這[人]的人性那般。*Trusting not so much to our case, as his humanity.*

[2] **revertor, reverteris, reversus sum, reverti**（回頭，回來，回去 | *to turn round, to go back, to return, to come back*）

Revertamur intro, soror. = 姊妹，讓我們回到裡頭吧！*Sister, let'us go back inside.*

VIII 異例動詞的變化

課程字彙

co**nsul, is** *n.,* 3 decl., masc. （古代羅馬的）執政官

dena**rium, ii** *n.,* 2 decl., neut.. （古代羅馬的）一種錢幣

do**mum (d**o**mus, us)** *n.,* 4 decl., fem., acc. sing. 住宅，房屋

eo **(is, e**a**, id)** *demonstr. pron./ adj.,* masc./ neut., abl. sing. 他；此；它；彼；**in e**o **locu.** [*prep.* **in**＋abl. sing.] 在他；在此；在它；在彼；**is** masc., nom. sing. 他；此

eo**, is, i**v**i/ i**i**, i**tum**, i**re *anomal. v., intr.,* 4. 去，往；**I** pres. imp., 2 pers. sing. （你/妳得）去

eque**stre (equ**e**ster, tris, tre)** *adj.,* neut.., nom./ acc. sing. 騎馬的，騎兵的

fero, fers, tu**li, l**a**tum, f**e**rre** *anomal. v., tr.,* irreg. 帶；講；**t**u**lit** *perf. ind.,* 3 pers. sing. （他/她/它已）帶；講；**f**e**rri** *pass., pres. inf.* 被帶；被講；**fer**e**batur** *pass., imperf. ind.,* 3 pers. sing. （他/她/它曾）被帶；被講

fi**o, fis, f**a**ctus sum, f**i**eri** *semidep. anomal. v., intr.,* 4. 變成，被製作，發生；**fit** *pres. ind.,* 3 pers. sing. （他/她/它）變成，被製作，發生

i → **e**o

in *prep.* [＋acc./ abl.] 在…；到…，向…

is → **e**o **(is, e**a**, id)**

lecti**ca, ae** *n.,* 1 decl., fem. 轎輿，擔架；**in lect**i**ca locu.** [*prep.* **in**＋abl. sing.] 在轎輿，在擔架

ma**lo, m**a**lis, m**a**lui, --, m**a**lle** *aux. anomal. v., tr.,* irreg. 偏好於，比較想要

manduca**re (manduc**o**, as, a**v**i, a**t**um, a**r**e)** *v., tr.,* 1., [1.] pres. inf.; [2.] pass., pres. imp., 2 pers. sing. 吃

me**cum** [＝me＋cum] **(ego, mei, m**i**hi, me)** *pers. pron.,* irreg., 1 pers. abl. sing. 和我，與我；**cum** *prep.* [＋abl.] 偕同，與…（*with...*）

mi**lia, ium** *card. num. adj.,* 3 decl. pl. 數千

mo**do** *adv.* 只，只有；立即，馬上

no**lo, n**o**lis, n**o**lui, --, n**o**lle** *aux. anomal. v., intr./ tr.,* irreg. 不想要

proe**lio (pro**e**lium, li(i))** *n.,* 2 decl., neut., dat./ abl. sing. 戰役

se**ptem** *card. num. adj.* 七

trece**nta (trec**e**nti, ae, a)** *card. num. adj.,* neut., nom./ acc. pl. 三百

triu**mpho (tri**u**mphus, i)** *n.,* 2 decl., masc., dat./ abl. sing. 凱旋式

tu**lit** → **fero**

vo**lo, vis, v**o**lui, --, velle** *aux. anomal. v., tr./ intr.,* irreg. 想要

有些動詞會在某些時態及語態上，呈現出截然不同的字根樣態，例如 fero, fers, tuli, latum, ferre（帶| to carry, to bring）便同時具有「**fer-**」、「**tul-**」及「**lat-**」三種字根；由於其語尾仍有依循前揭規則的動詞變化型態，本書在此僅稱之為**異例動詞**（*anomalous verb*），以便與不規則的動詞變化有所區分。

1. 異例動詞：fio

動詞 **fio, fis, factus sum, fieri**（變成，被製作，發生 | *to become, to be made, to happen*）是半缺項動詞，其動詞變化與第四種動詞變化相同，例如其直述語氣的現在式變化即為：f-*io*, f-is, f-it, f-*imus*, f-*itis*, f-*iunt*。

表 VIII-1：動詞 fio 的變化

直述語氣	現在式	f-*io* f-is f-it	f-*imus* f-*I* f-*iunt*	假設語氣	現在式	f-*iam* f-*ias* f-*iat*	f-*iamus* f-*iatis* f-*iant*
	未完成式	f-*iebam* f-*iebas* f-*iebat*	f-*iebamus* f-*iebatis* f-*iebant*		未完成式	f-*ierem* f-*ieres* f-*ieret*	f-*ieremus* f-*ieretis* f-*ierent*
	完成式	fac-tus, a, um + sum es est	fac-ti, ae, a + s*umus* estis sunt		完成式	fac-tus, a, um + sim sis sit	fac-ti, ae, a + s*imus* s*itis* sint
	過去完成式	fac-tus, a, um + *132ntr* eras erat	fac-ti, ae, a + eramus eratis erant		過去完成式	fac-tus, a, um + *essem* esses esset	fac-ti, ae, a + *essemus* essetis essent
	未來完成式	fac-tus, a, um + *ero* eris erit	fac-ti, ae, a + *erimus* eritis erunt	命令語氣	現在式	-- f-i f-*iat*	-- f-*ite* f-*iant*
	未來式	f-*iam*, f-*ies* f-*iet*	f-*iemus* f-*ietis* f-*ient*		未來式	-- f-*ito* f-*ito*	-- -- --
分詞	現在式	fac-*iens*, ~*entis* (3 decl.)		不定詞	現在式	f-*ieri*	
	完成式	fac-**tus**, ~a, ~um			完成式	fac-tus, ~a, ~um esse	
	未來式	--			未來式	fac-**tum** iri	
Gerundive 動名詞		fac-*iendus*, ~a, ~um		Supine 動名詞		fac-tu	

練 習

[01]　　Fit equestre proelio. ＝ 演變成騎兵戰。*It becomes an equestrian battle.*

2. 異例動詞：fero

(1.) 主動語態

動詞 **fero, fers, tuli, latum, ferre**（帶| *to carry, to bring*）的主動語態變化如下表：

表 VIII-2：動詞 fero 的變化

直述語氣				假設語氣			
	現在式	fer-o / fer-s / fer-t	fer-imus / fer-tis / fer-unt		現在式	fer-am / fer-as / fer-at	fer-amus / fer-atis / fer-ant
	未完成式	fer-ebam / fer-ebas / fer-ebat	fer-ebamus / fer-ebatis / fer-ebant		未完成式	fer-rem / fer-res / fer-ret	fer-remus / fer-retis / fer-rent
	完成式	tul-i / tul-isti / tul-it	tul-imus / tul-istis / tul-erunt		完成式	tul-erim / tul-eris / tul-erit	tul-erimus / tul-eritis / tul-erint
	過去完成式	tul-eram / tul-eras / tul-erat	tul-eramus / tul-eratis / tul-erant		過去完成式	tul-issem / tul-isses / tul-isset	tul-issemus / tul-issetis / tul-issent
	未來完成式	tul-ero / tul-eris / tul-erit	tul-erimus / tul-eritis / tul-erint	命令語氣	現在式	-- / fer / fer-at	-- / fer-te / fer-ant
	未來式	fer-am / fer-es / fer-et	fer-emus / fer-etis / fer-ent		未來式	-- / fer-to / fer-to	-- / fer-tote / fer-unto
分詞	現在式	fer-ens, ~entis (3 decl.)		不定詞	現在式	fer-re	
	完成式	lat-us, ~a, ~um			完成式	tul-isse	
	未來式	lat-urus, ~a, ~um			未來式	lat-urus, ~a, ~um esse	
Gerund 動名詞		fer-endi		Supine 動名詞		lat-um	

練 習

[01] Consul tulit in eo triumpho denarium trecenta septem milia. (Livius, *41, 13*)
= 執政官為了凱旋式而帶了 307,000 錢幣。*The consul brought with him for that triumph three hundred and seven thousand denarii.*

(2.) 被動語態

動詞 fero 的被動語態形式：**feror, ferris, latus sum, ferri**（被帶｜*to be carried, to be brought*）的變化如下表：

表 VIII-3：動詞 feror 的變化

直述語氣	現在式	fer-**or** fer-**ris** fer-**tur**	fer-**imur** fer-**imini** fer-**untur**	假設語氣	現在式	fer-**ar** fer-**aris** fer-**atur**	fer-**amur** fer-**amini** fer-**antur**
	未完成式	fer-**ebar** fer-**ebaris** fer-**ebatur**	fer-**ebamur** fer-**ebamini** fer-**ebantur**		未完成式	fer-**rer** fer-**reris** fer-**retur**	fer-**remur** fer-**remini** fer-**rentur**
	完成式	lat-**us, a, um** + **sum** **es** **est**	lat-**i, ae, a** + **sumus** **estis** **sunt**		完成式	lat-**us, a, um** + **sim** **sis** **sit**	lat-**i, ae, a** + **simus** **sitis** **sint**
	過去完成式	lat-**us, a, um** + **eram** **eras** **erat**	lat-**i, ae, a** + **eramus** **eratis** **erant**		過去完成式	lat-**us, a, um** + **essem** **esses** **esset**	lat-**i, ae, a** + **essemus** **essetis** **essent**
	未來完成式	lat-**us, a, um** + **ero** **eris** **erit**	lat-**i, ae, a** + **erimus** **eritis** **erunt**	命令語氣	現在式	-- fer-**re** fer-**atur**	-- fer-**emini** fer-**antur**
	未來式	fer-**ar** fer-**eris** fer-**etur**	fer-**emur** fer-**eremini** fer-**entur**		未來式	-- fer-**tor** fer-**tor**	-- -- fer-**untor**
分詞	現在式	--		不定詞	現在式	fer-**ri**	
	完成式	lat-**us, ~a, ~um**			完成式	lat-**us, ~a, ~um** *esse*	
	未來式	--			未來式	lat-**um** *iri*	
Gerundive 動名詞		fer-**endus, ~a, ~um**		**Supine** 動名詞		lat-**u**	

練 習

[01]　Is in lectica ferebatur. (Gellius, *10, 3, 5*) ＝ 他被以轎子抬過來。*He was transported by litter.*

3. 異例動詞：volo; nolo; malo

v*o*lo, vis, v*o*lui, v*e*lle（想要 | *want*）、**n*o*lo, n*o*lis, n*o*lui, n*o*lle**（不想要 | *do not want*）、**m*a*lo, m*a*lis, m*a*lui, m*a*lle**（偏好於，比較想要 | *prefer, rather want*）這三個動詞有密切的關連性：它們都沒有被動式，並且是一系列副動詞的一部份，其後必須接不定詞。例如：

Volo manducare. = 我想吃。*I want to eat.*

Nolo manducare. = 我不想吃。*I do not want to eat.*

Malo manducare. = 我比較想吃。*I prefer to eat.*

它們的動詞變化有一些特點：volo 和 malo 沒有命令式；malo 沒有現在分詞。

表 VIII-4：動詞 volo 的變化

直述語氣	現在式	vol-**o** v-**is** v-**ult**	v*o*l-**umus** v*u*l-**tis** v*o*l-**unt**	假設語氣	現在式	vel-im vel-is vel-it	vel-*i*mus vel-*i*tis vel-int
	未完成式	vol-*e*bam vol-*e*bas vol-*e*bat	vol-*e*bamus vol-*e*batis vol-*e*bant		未完成式	vel-lem vel-les vel-let	vel-*l*emus vel-*l*etis vel-lent
	完成式	v*o*l-ui vol-u*i*sti vol-uit	vol-*u*imus vol-u*i*stis vol-*u*erunt		完成式	vol-*u*erim vol-*u*eris vol-*u*erit	vol-uer*i*mus vol-uer*i*tis vol-*u*erint
	過去完成式	vol-*u*eram vol-*u*eras vol-*u*erat	vol-*u*eramus vol-*u*eratis vol-*u*erant		過去完成式	vol-u*i*ssem vol-u*i*sses vol-u*i*sset	vol-uissemus vol-uiss*e*tis vol-u*i*ssent
	未來完成式	vol-*u*ero vol-*u*eris vol-*u*erit	vol-*u*erimus vol-*u*eritis vol-*u*erint	命令語氣	現在式	-- -- --	-- -- --
	未來式	vol-am vol-es v*o*l-et	vol-emus vol-*e*tis v*o*l-ent		未來式	-- -- --	-- -- --
分詞	現在式	v*o*l-ens, ~*entis* (3 decl.)		不定詞	現在式	vel-le	
	完成式	--			完成式	vol-u*i*sse	
	未來式	--			未來式	--	
Gerund 動名詞		vol-*endi*		**Supine** 動名詞		--	

表 VIII-5：動詞 nolo 的變化

直述語氣	現在式	nol-o non v-is non vul-ult	nol-umus non vul-tis nol-unt	假設語氣	現在式	nol-im nol-is nol-it	nol-imus nol-i nol-int
	未完成式	nol-ebam nol-ebas nol-ebat	nol-ebamus nol-ebatis nol-ebant		未完成式	nol-lem nol-les nol-let	nol-lemus nol-letis nol-lent
	完成式	nol-ui nol-uisti nol-uit	nol-uimus nol-uistis nol-uerunt		完成式	nol-uerim nol-ueris nol-uerit	nol-uerimus nol-ueritis nol-uerint
	過去完成式	nol-ueram nol-ueras nol-uerat	nol-ueramus nol-ueratis nol-uerant		過去完成式	nol-uissem nol-uisses nol-uisset	nol-uissemus nol-uissetis nol-uissent
	未來完成式	nol-uero nol-ueris nol-uerit	nol-uerimus nol-ueritis nol-uerint	命令語氣	現在式	-- nol-i nol-it	-- nol-ite nol-int
	未來式	nol-am nol-es nol-et	nol-emus nol-etis nol-ent		未來式	-- nol-ito nol-ito	-- nol-itote nol-unto
分詞	現在式	nol-ens, ~entis (3 decl.)		不定詞	現在式	nol-le	
	完成式	--			完成式	nol-uisse	
	未來式	--			未來式	--	
Gerund 動名詞		nol-endi		Supine 動名詞		--	

表 VIII-6：動詞 malo 的變化

直述語氣				假設語氣			
	現在式	mal-o / mav-is / mav-ult	mal-umus / ma-vul-tis / mal-unt		現在式	mal-im / mal-is / mal-it	mal-imus / mal-itis / mal-int
	未完成式	mal-ebam / mal-ebas / mal-ebat	mal-ebamus / mal-ebatis / mal-ebant		未完成式	mal-lem / mal-les / mal-let	mal-lemus / mal-letis / mal-lent
	完成式	mal-ui / mal-uisti / mal-uit	mal-uimus / mal-uistis / mal-uerunt		完成式	mal-uerim / mal-ueris / mal-uerit	mal-uerimus / mal-ueritis / mal-uerint
	過去完成式	mal-ueram / mal-ueras / mal-uerat	mal-ueramus / mal-ueratis / mal-uerant		過去完成式	mal-uissem / mal-uisses / mal-uisset	mal-uissemus / mal-uissetis / mal-uissent
	未來完成式	mal-uero / mal-ueris / mal-uerit	mal-uerimus / mal-ueritis / mal-uerint	命令語氣	現在式	-- / -- / --	-- / -- / --
	未來式	mal-am / mal-es / mal-et	mal-emus / mal-etis / mal-ent		未來式	-- / -- / --	-- / -- / --

分詞	現在式	--	不定詞	現在式	mal-le
	完成式	--		完成式	mal-uisse
	未來式	--		未來式	--

Gerund 動名詞	mal-endi	Supine 動名詞	--

4. 異例動詞：eo

動詞 *eo, is, ivi, itum, ire*（去，往 | *to go*）的變化如下表：

表 VIII-7：動詞 eo 的變化

<table>
<tr><td rowspan="5">直述語氣</td><td>現在式</td><td colspan="2">eo
is
it</td><td colspan="2">imus
itis
eunt</td><td rowspan="4">假設語氣</td><td>現在式</td><td colspan="2">eam
eas
eat</td><td>eamus
eatis
eant</td></tr>
<tr><td>未完成式</td><td colspan="2">i-bam
i-bas
i-bat</td><td colspan="2">i-bamus
i-batis
i-bant</td><td>未完成式</td><td colspan="2">i-rem
i-res
i-ret</td><td>i-remus
i-retis
i-rent</td></tr>
<tr><td>完成式</td><td colspan="2">i(v)-i
i(v)-isti
i(v)-it</td><td colspan="2">i(v)-imus
i(v)-istis
i(v)-erunt (/i-ere)</td><td>完成式</td><td colspan="2">i(v)-erim
i(v)-eris
i(v)-erit</td><td>i(v)-erimus
i(v)-eritis
i(v)-erint</td></tr>
<tr><td>過去完成式</td><td colspan="2">i(v)-eram
i(v)-eras
i(v)-erat</td><td colspan="2">i(v)-eramus
i(v)-eratis
i(v)-erant</td><td>過去完成式</td><td colspan="2">(iv)-issem
(iv)-isses
(iv)-isset</td><td>(iv)-issemus
(iv)-issetis
(iv)-issent</td></tr>
<tr><td>未來完成式</td><td colspan="2">i(v)-ero
i(v)-eris
i(v)-erit</td><td colspan="2">i(v)-erimus
i(v)-eritis
i(v)-erint</td><td rowspan="2">命令語氣</td><td>現在式</td><td colspan="2">--
i
eat</td><td>--
ite
eant</td></tr>
<tr><td></td><td>未來式</td><td colspan="2">i-bo
i-bis
i-bit</td><td colspan="2">i-bimus
i-bitis
i-bunt</td><td>未來式</td><td colspan="2">--
ito
ito</td><td>--
itote
eunto</td></tr>
<tr><td rowspan="3">分詞</td><td>現在式</td><td colspan="4">iens, ientis (/euntis) (3 decl.)</td><td rowspan="3">不定詞</td><td>現在式</td><td colspan="3">ire</td></tr>
<tr><td>完成式</td><td colspan="4">itum</td><td>完成式</td><td colspan="3">(iv)-isse</td></tr>
<tr><td>未來式</td><td colspan="4">iturus, ~a, ~um</td><td>未來式</td><td colspan="3">iturus, ~a, ~um esse</td></tr>
</table>

練 習

[01]   I modo mecum domum. (Plautus, *Cas., 3, 6*) ＝ 走！馬上跟我回家。*Go home with me, now!*

IX　缺項動詞的變化

課程字彙

aio, ais *defect. v., intr./ tr.,* irreg. 說，同意；
ait *pres. ind.,* 3 pers. sing. （他/她/它）說，
同意

aspexi (aspicio, is, pexi, pectum, picere) *v.,
tr.,* 3., *perf. ind.,* 1 pers. sing. （我已）看見

aurum, i *n.,* 2 decl., neut. 金，黃金

ecquid (ecquis, ecquis, ecquid) *interr.; indef.
pron./ adj.,* neut., nom./ acc. sing. 不論是誰？
無論什麼？

ego, mei, mihi, me *pers. pron.,* irreg., 1 pers.
sing. 我

facinus, oris *n.,* 3 decl., neut. 罪行，惡行，
惡徒

id (is, ea, id) *demonstr. pron./ adj.,* neut.,
nom./ acc. sing. 它；彼

indignum (indignus, a um) *adj.,* masc./ neut.,
acc. sing.; neut., nom. sing. 可惡的，可恥
的

inquam, is, inquii *defect. v., intr.,* irreg. 說

mari (mare, is) *n.,* 3 decl., neut., dat./ abl. sing.
海

memini, isti, isse *defect. v., tr.,* irreg. 記得；
meministi *perf. ind.,* 2 pers. sing. （你/妳）
記得

nautisque [＝nautis＋que] (nauta, ae) *n.,* 1
decl., masc., dat./ abl. pl. 水手[們]，海員
[們]

nomina (nomen, nominis) *n.,* 3 decl., neut.,
nom./ acc. pl. 姓名，姓氏，名銜

o *interj.* 喔！噢！

odi, odisti, osurus, odisse *defect. v., tr.,* irreg.
恨，厭惡

parentum (parens, entis) *n.,* 3 decl., masc.,
gen. pl. 父母[的]，雙親[的]

postquam *conj.* 在…之後

quaeso, ere *defect. v., tr./ intr.,* irreg. 要求，
祈求，請；quaesentibus *pres. part.,* masc./
fem./ neut., dat./ abl. pl. [正在]要求的，[正
在]祈求的

quis, quis, quid *interr. ; indef. pron.* 誰，什
麼

tuum (tuus, a, um) *poss. pron./ adj.,* masc./
neut., acc. sing. ; neut., nom. sing. 你/妳的

vidit (video, es, vidi, visum, ere) *v., tr.,* 2., *perf.
ind.,* 3 pers. sing. （他/她/它已）看

vitam (vita, ae) *n.,* 1 decl., fem., acc. sing. 生
命，生活

　　拉丁文中有幾個缺項動詞（*defective verb*）：**aio, ais**（說，同意 | *to say, to say yes*）、**inquam, inquis, inquii**（說 | *to say*）、**memini, meministi, meminisse**（記得 | *to remember*）、**odi, odisti, osurus, odisse**（恨，厭惡 | *to hate, to dislike*）、**quaeso, quaesere**（要求，祈求，請 | *to ask for, to pray, please*）。在早期的拉丁文中，它們有完整的動詞變化，但後期只留下部份形式的動詞變化。

1. 缺項動詞：aio

動詞 *aio*, *ai*s（說，同意 | *to say, to say yes*）的變化如下表：

表 IX-1：動詞 aio 的變化

直述語氣	現在式	*a*-io *a*-is *a*-it	-- -- *a*-iunt	假設語氣	現在式	(*a*-**iam**) *a*-ias *a*-iat	-- -- *a*-iant
	未完成式	a-*ieb*am a-*ieb*as a-*ieb*at	a-*ieb*amus a-*ieb*atis a-*ieb*ant		未完成式	(a-*ie*rem) -- (a-*ie*ret)	-- -- --
	完成式	(*a*-i) (a-*isti*) *a*-it	-- -- (a-*ie*runt)		完成式	-- -- --	
	過去完成式	-- -- --	-- -- --		過去完成式	-- -- --	
	未來完成式	-- -- --	-- -- --	命令語氣	現在式	-- *a*-i --	-- (a-*ite*) --
	未來式	-- -- --	-- -- --		未來式	-- -- --	-- -- --
分詞	現在式	*a*-iens, *a*-ientis (3 decl.)		不定詞	現在式	(a*i*-ere)	
	完成式	--			完成式	--	
	未來式	--			未來式	--	
Gerund 動名詞		--		**Supine** 動名詞		--	

練 習

[01]   Quis id ait? Quis vidit? (Plautus, *Mos., 2, 1*) ＝ 他說什麼？他看到誰？*What does he says? What did he see?*

2. 缺項動詞：inquam

動詞 *inqu*am, *inqu*is, *inqu*ii（說 | *to say*）的變化如下表：

表 IX-2：動詞 inquam 的變化

直述語氣	現在式	*inqu*-**am** *inqu*-**is** *inqu*-**it**	*inqu*-**imus** *inqu*-**i** *inqu*-**iunt**	假設語氣	現在式	-- -- (*inqu*-**iat**)	-- -- --
	未完成式	-- -- *inqu*-**iebat**	-- -- --		未完成式	-- -- --	-- -- --
	完成式	*inqu*-**ii** *inqu*-***isti*** (*inqu*-**it**)	-- -- --		完成式	-- -- --	-- -- --
	過去完成式	-- -- --	-- -- --		過去完成式	-- -- --	-- -- --
	未來完成式	-- -- --	-- -- --	命令語氣	現在式	*inqu*-**e** --	-- --
	未來式	-- *inqu*-**ies** *inqu*-**iet**	-- -- --		未來式	-- *inqu*-**ito** --	-- -- --
分詞	現在式	--		不定詞	現在式	--	
	完成式	--			完成式	--	
	未來式	--			未來式	--	
Gerund 動名詞	--			**Supine** 動名詞	--		

練 習

[01] Postquam aspexi, "o facinus indignum!" inquam. (Terentius, *Hec., 3, 3*) = 在我看到之後，我說：「噢！可惡的混蛋！」 *After I saw this, "oh, fearful rascal!" I say.*

3. 缺項動詞：memini

動詞 **memini, meministi, meminisse**（記得 | *to remember*）的變化如下表：

表 IX-3：動詞 memini 的變化

直述語氣	現在式	-- / -- / --	-- / -- / --	假設語氣	現在式	-- / -- / --	-- / -- / --
	未完成式	-- / -- / --	-- / -- / --		未完成式	-- / -- / --	-- / -- / --
	完成式	memin-i / memin-isti / memin-it	memin-imus / memin-istis / memin-erunt		完成式	memin-erim / memin-eris / memin-erit	memin-erimus / memin-eritis / memin-erint
	過去完成式	memin-eram / memin-eras / memin-erat	memin-eramus / memin-eratis / memin-erant		過去完成式	memin-issem / memin-isses / memin-isset	memin-issemus / memin-issetis / memin-issent
	未來完成式	memin-ero / memin-eris / memin-erit	memin-erimus / memin-eritis / memin-erint	命令語氣	現在式	-- / -- / --	-- / -- / --
	未來式	-- / -- / --	-- / -- / --		未來式	memen-to	memen-tote
分詞	現在式	--		不定詞	現在式	--	
	完成式	--			完成式	memin-isse	
	未來式	--			未來式	--	
Gerund 動名詞		--		Supine 動名詞		--	

練 習

[01] Ecquid meministi tuum parentum nomina? (Plautus, *Poen., 5, 2*) ＝ 無論如何，你還記得你父母的姓名嗎？ *Do you at all remember the names of your parents?*

4. 缺項動詞：odi

動詞 *o*di, od*i*sti, os*u*rus, od*i*sse（恨，厭惡 | *to hate, to dislike*）的變化如下表：

表 IX-4：動詞 odi 的變化

直述語氣	現在式	-- -- --	-- -- --	假設語氣	現在式	-- -- --	-- -- --
	未完成式	-- -- --	-- -- --		未完成式	-- -- --	-- -- --
	完成式	*o*d-i od-*i*sti (*o*d-it)	(od-*i*mus) (od-*i*stis) (od-*e*runt)		完成式	od-er*i*m (*o*d-eris) (*o*d-erit)	(od-er*i*mus) (od-er*i*tis) (od-erint)
	過去完成式	*o*d-eram (*o*d-eras) (*o*d-erat)	(od-er*a*mus) (od-er*a*tis) (od-erant)		過去完成式	od-*i*ssem (od-*i*sses) (od-*i*sset)	(od-*i*ss*e*mus) (od-*i*ss*e*tis) (od-*i*ssent)
	未來完成式	*o*d-ero (*o*d-eris) (*o*d-erit)	(od-*e*rimus) (od-*e*ritis) (od-erint)	命令語氣	現在式	-- -- --	-- --
	未來式	-- -- --	-- -- --		未來式	-- -- --	-- --
分詞	現在式	--		不定詞	現在式	--	
	完成式	(*o*s-us, ~a, ~um)			完成式	od-*i*sse	
	未來式	os-*u*rus, ~a, ~um			未來式	(os-*u*rus, ~a, ~um *e*sse)	
Gerund 動名詞		--		Supine 動名詞		(*o*s-um)	

練 習

[01]　Odi ego aurum. (Plautus, *Cap., 2,2*) ＝ 我討厭黃金。 *I hate gold.*

5. 缺項動詞：quaeso

動詞 **quaeso, quaesere**（要求，祈求，請 | *to ask for, to pray, please*）的變化如下表：

表 IX-5：動詞 quaeso 的變化

直述語氣	現在式	quaes-**o** (quaes-**is**) (quaes-**it**)	quaes-**umus** -- --	假設語氣	現在式	-- -- --	-- -- --
	未完成式	-- -- --	-- -- --		未完成式	-- -- --	-- -- --
	完成式	-- -- --	-- -- --		完成式	-- --	-- --
	過去完成式	-- -- --	-- -- --		過去完成式	-- -- --	-- -- --
	未來完成式	-- --	-- --	命令語氣	現在式	-- --	-- --
	未來式	-- -- --	-- -- --		未來式	-- -- --	-- -- --
分詞	現在式	quaes-**ens, ~entis** (3 decl.)		不定詞	現在式	quaes-**ere**	
	完成式	--			完成式	--	
	未來式	--			未來式	--	
Gerund 動名詞		quaes-**endum**		**Supine** 動名詞		--	

練 習

[01] Nautisque mari quaesentibus vitam. (Ennius, *Ann., 2: 147*) ＝ 水手們討海維生。*For the seamen, asking (their) life with the sea.*

X 動詞變化的構詞改變

課程字彙

a, ab *prep.* [＋abl.] 從…，被…（*from...,* *by...*）

abdo, is, idi, itum, ere *v., tr.,* 3. 躲藏，掩蔽；**abd*i*derat** pluperf. ind., 3 pers. sing. （他/她/它曾已）躲藏，掩蔽

aberint (absum, abes, abfui, --, abesse) *anomal. v., intr.,* irreg., fut. ind., 3 pers. pl. （他/她/它們將）缺席，不在場；遠離，相隔

abiit (abeo, abes, abii, abitum, abire) *v., intr.,* 4., perf. ind., 3 pers. sing. （他/她/它已）離去，走開

absentibus (absens, entis) *adj.,* 3 decl., masc./ fem., neut., dat./ abl. pl. 缺席的，不在的，缺乏的

ac *conj.* 和，及，並且，而且

ad *prep.* [＋acc.] 到…，向…，往…，靠近…

adhuc *adv.* 迄今，至此，到目前為止

aedes (aedis, is) *n.,* 3 decl., fem., nom./ acc. pl. 房屋，宅邸

aeternum (aeternus, a, um) *adj.,* masc./ neut., acc. sing.; neut., nom. sing. 永久的，永恆的

affligo, is, lixi, lictum, ere *v., tr.,* 3. 打擊，擊倒；**afflictus, a, um** perf. part. 已/[被]打擊的，已/[被]擊倒的；**afflictus est** pass., perf. ind., 3 pers. sing., masc. （他已）被打擊，擊倒

ago, is, egi, actum, ere *v., tr.,* 3. 進行，履行，操作，做，帶走；**ageb*a*tur** pass., imperf. ind., 3 pers. sing. （他/她/它曾）被進行，被履行，被操作，被做，被帶走

agris (ager, agri) *n.,* 2 decl., masc., dat./ abl. pl. 田野，田園；**ex agris** *locu.* [*prep.* ex＋abl. pl.] 從田野，從田園

aio, ais *defect. v., intr./ tr.,* irreg. 說，同意

alias (alius, alia, aliud) *indef. adj./ pron.,* fem., acc. pl. 其他的，另一（些）的

aliquis, aliquis, aliquid *indef. pron./ adj.* 某（些）人，某（些）物

aliquo (aliqui, aliqua, aliquod) *indef. adj./ pron.* masc./ fem./ neut., abl. sing. 某些（人，事物）：相當重要的，特別突出的

alo, is, alui, altum, alere *v., tr.,* 3. 哺育，滋養，餵養；**alere** [1.] pres. inf. 哺育，滋養，餵養；[2.] pass., pres. imp., 2 pers. sing. （你/妳得）被哺育，被滋養，被餵養

alter, altera, alterum *indef. adj./ pron.* 另一（個），另外的

amantem (amans, antis) *n.,* 3 decl., masc./ fem., neut., acc. sing. 愛人，情人

amatur (amo, as, avi, atum, are) *v., tr./ intr.,* 1., pass., pres. ind., 3 pers. sing. （他/她/它）被愛

ambo, ae, o *num. adj.,* pl. tant. 兩者的，雙方的

am*i*cam (amica, ae) *n.,* 1 decl., fem., acc. sing. 女性的朋友；**ad am*i*cam** *locu.* [*prep.* ad＋acc. sing.] 到女朋友，往女朋友

amnibusque [＝amnibus＋que] (amnis, is) *n.,* 2 decl., masc., dat./ abl. pl. 河，河川

amp*u*llam (ampulla, ae) *n.,* 1 decl., fem., acc. sing. 瓶，壺

an *interr. conj.* 或者，還是

ancilla, ae *n.,* 1 decl., fem. 女奴，女僕

animam (anima, ae) *n.,* 1 decl., fem., acc. sing. 靈魂，精神，呼吸，氣息

animum (animus, i) *n.,* 2 decl., masc., acc. sing. 心靈，心智，精神，意圖，感覺

aperio, is, aperui, apertum, ire *v., tr.,* 4. 打開，打破，違反；**apertis** perf. part., masc./ fem./ neut., dat./ abl. pl. 已/[被]打開的，已/[被]打破的，已/[被]違反的

apud *prep.* [＋acc.] 靠近（*near..., at...*）

aquam (aqua, ae) *n.,* 1 decl., fem., acc. sing. 水；**aqua** nom/ abl. sing. 水

arator, oris *n.,* 3 decl., masc. 把犁者，耕地

者，農人

arbore (arbor, oris) *n.,* 3 decl., fem., abl. sing. 樹，樹木；**in arbore** *locu.* [*prep.* in + abl. sing.] 在樹木；**arbores** nom./ acc. pl. 樹，樹木

arcesso, is, ivi, itum, ere *v., tr.,* 3. 叫來，召喚，傳喚；**arcessere** [1.] pres. inf. 叫來，召喚，傳喚；[2.] pass., pres. imp., 2 pers. sing. （你/妳得）被叫來，被召喚，被傳喚

ardeo, es, arsi, arsum, ardere *v., intr.,* 2. 燃燒；**arsit** perf. ind., 3 pers. sing. （他/它已）燃燒

argento (argentum, i) *n.,* 2 decl., neut., dat./ abl. sing. 銀，錢

aridissimus, a, um *adj., sup.* [pos.: **aridus, a, um**] 極乾的，極乾燥的

astricta (astringo, is, trinxi, trictum, ere) *v., tr.,* 3., perf. part., fem., nom./ abl. sing.; neut., nom./ acc. pl. 已[/被]綁住的，已[/被]固定的，已[/被]凍結的

atque *conj.* 和、及，並且，而且

audio, is, ivi, itum, ire *v., tr.,* 4. 聽，聽到

augeo, es, auxi, auctum, ere *v., tr.,* 2. 增加，增大；**auxit** perf. ind., 3 pers. sing. （他/她/它已）增加，增大

aurum, i *n.,* 2 decl., neut. 金，黃金

aut *conj.* 或，或是

bibere (bibo, is, bibi, bibitum, ere) *v., tr./ intr.,* 3., [1.] pres. inf. 喝，飲；[2.] pass., pres. imp., 2 pers. sing. （你/妳得）被喝，被飲

bibliothecam (bibliotheca, ae) *n.,* 1 decl., fem., acc. sing. 圖書館

bifurcum (bifurcus, a, um) *adj.,* masc./ neut., acc. sing.; neut., nom. sing. 雙叉尖的，分岔的，分歧的

bonus, a, um *adj.* 美好的，良善的，有益的

Brutus, i *n.,* 2 decl., masc. [人名] 古代羅馬的姓氏，隸屬於 Junia 氏族

cado, is, cecidi, casum, ere *v., intr.,* 3. 落下，墜落，降落；**cades** fut. ind., 2 pers. sing. （你/妳將）落下，墜落，降落；**cadam** [1.] pres. subj., 1 pers. sing. （若我）落下，墜落，降落；[2.] fut. ind., 1 pers. sing. （我將）落下，墜落，降落；**ceciderint**

[1.] perf. subj., 3 pers. pl. （若他/她/它們已）落下，墜落，降落；[2.] futp. ind., 3 pers. pl. （他/她/它們將曾）落下，墜落，降落

caedo, is, cecidi, caesum, ere *v., tr.,* 3. 切開，分解，瓦解，宰殺，謀殺

caeli (caelum, i) *n.,* 2 decl., neut., gen. sing. 天空[的]，天堂[的]

caerula (caerulus, a, um) *adj.,* fem., nom./ abl., sing.; neut., nom./ acc. pl. 天藍色的

candida (candidus, a, um) *adj.,* fem., nom./ abl. sing.; neut., nom./ acc. pl. 純淨的，明亮的，潔白的

canem (canis, is) *n.,* 3 decl., masc./ fem., acc. sing. 狗；**canes** nom./ acc. pl. 狗[群]

cano, is, cecini, [cantum], ere *v., intr./ tr.,* 3. 歌唱，頌唱；**cecinisset** pluperf. subj., 3 pers. sing. （若他/她/它已曾）歌唱，頌場

capio, is, cepi, captum, ere *v., tr.,* 3. 拿，抓取；**cape** pres. imp., 2 pers. sing. （你/妳得）拿，抓取

caput, itis *n.,* 3 decl., neut. 頭；首腦，首領

carmen, minis *n.,* 3 decl., neut. 歌，詩歌，歌曲

caveo, es, cavi, cautum, ere *v., intr./ tr.,* 2. 留意，小心；**cave** pres. imp., 2 pers. sing. （你/妳得）留意，小心

cedo, is, cessi, cessum, ere *v., intr.,* 3. 退讓，離開，取回，容許，進行；**cederet** imperf. subj., 3 pers. sing. （若他/她/它曾）退讓，離開，取回，容許，進行

cerno, is, crevi, cretum, ere *v., tr.,* 3. 篩選，辨識，檢視，區分，分割，決定；**cernit** pres. ind., 3 pers. sing. （他/她/它）篩選，辨識，檢視，區分，分割，決定

cervixque [= cervix + que] **(cervix, cervicis)** *n.,* 3 decl., fem. 頸部，脖子

cingo, is, cinxi, cinctum, ere *v., tr.,* 3. 環繞，圍繞；**cinge** pres. imp., 2 pers. sing. （你/妳得）環繞，圍繞

circumdabat (circumdo, as, edi, atum, are) *v., tr.,* 1., imperf. ind., 3 pers. sing. （他/她/它曾）圍繞

cives (civis, is) *n.,* 3 decl., masc., nom./ acc./ voc. pl. 人民[們]，市民[們]，公民[們]，國民[們]

clarius (clarior, or, us) *adj., comp.* [pos.:**clarus, a, um**] neut., nom./ acc. sing. 較清楚的，較明白的，較顯著的，較著名的

claudo, is, clausi, clausum, ere *v., tr.*, 3. 關，閉；**clausa** perf. part., fem., nom./ abl. sing.; neut., nom./ acc. pl. 已[/被]關閉的

Cliniam (Clinia, ae) *n.*, 1 decl., masc., acc. sing. ［人名］ P. Terentius Afer 的劇作 Heauton Timorumenos 裡的男性青年角色

colo, is, ui, cultum, ere *v., tr.* 3. 住，居住，耕作；照顧，崇敬；**colere** [1.] pres. inf. 住，居住，耕作；照顧，崇敬；[2.] pass., pres. imp., 2 pers. sing. （你/妳得）被照顧，被崇敬

columbinum (columbinus, a, um) *adj.*, masc./ neut., acc. sing.; neut., nom. pl. 鴿子的

comaeque [＝comae＋que] (coma, ae) *n.*, 1 decl., fem., gen./ dat. sing.; nom. pl. 頭髮

comperio, is, peri, pertum, ire *v., tr.*, 4. 得知，證實，找出，發現；**comperito** fut. imp., 2/ 3 pers. sing. （你/妳/他/她/它將得）得知，證實，找出，發現

complexum (complector, eris, lexus sum, cti) *dep. v., tr.*, 3., [1.] perf. part., masc./ neut., acc. sing.; neut., nom. sing. 已[/被]擁抱的；[2.] sup., neut., acc. sing. 擁抱

concorditer *adv.* 協調地，和諧地，一致地

concursu (concurrsus, us) *n.*, 4 decl., masc., abl. sing. 聚集，會合，群集，群眾；衝擊，挑戰

concutio, is, cussi, cussum, tere *v., tr.*, 3. 搖動，振動，揮舞；**concussit** perf. ind., 3 pers. sing. （他/她/它已）搖動，振動，揮舞

condo, is, didi, ditum, ere *v., tr.*, 3. 保持，維持，創造，建立；**condita** perf. part., fem., nom./ abl. sing.; neut., nom./ acc. pl. 已[/被]保持的，已[/被]維持的，已[/被]創造的，已[/被]建立的；**conditum** [1.] perf. part., masc./ neut., acc. sing.; neut., nom. sing. 已[/被]保持的，已[/被]維持的，已[/被]創造的，已[/被]建立的；[2.] sup., neut., acc. sing. 保持，維持，創造，建立

consido, is, sedi, sessum, ere *v., intr.*, 3. 坐下，落腳；**consedisset** pluperf .subj., 3 pers.s ing. （若他/她/它已曾）坐下，落腳

consilio (consilium, ii) *n.*,2 decl., neut., dat./ abl. sing. 建議，意見，計劃，決定，智能

consulo, is, sului, sultum, ere *v., tr./ intr.*, 3. 諮詢，商量；照料[＋dat.]；**consulas** pres. subj., 2 pers. sing. （若你/妳）諮詢，商量；照料[＋dat.]

contrectare (contrecto, as, avi, atum, are) *v., tr.*, 1., [1.] pres. inf. 觸摸，撫摸；[2.] pass., pres. imp., 2 pers. sing. （你/妳得）被觸摸，被撫摸

convivae (conviva, ae) *n.*, 1 decl., masc./ fem., gen./ dat. sing.; nom./ voc. pl. 客人，賓客

corpore (corpus, oris) *n.*, 3 decl., neut., abl. sing. 身體，肉軀；**de corpore** *locu.* [prep. de＋abl. sing.] 從身體，關於身體

credo, is, credidi, creditum, ere *v., tr.*, 3. 相信，信賴，託付；**credidit** perf. ind., 3 pers. sing. （他/她/它已）相信，信賴，託付；**credis** pres. ind., 2 pers. sing. （你/妳）相信，信賴，託付

crepo, as, ui, itum, are *v., intr.*, 1. 發出碰撞聲；**crepuit** perf. ind., 3 pers. sing. （他/她/它已）發出碰撞聲

cresco, is, crevi, cretum, ere *v., intr.*, 3. 生成，增長，茁壯；**creti** perf. part., masc./ neut., gen. sing.; masc., nom. pl. 已生成的，已增長的，已茁壯的

cubo, as, cubui, itum, are *v., intr.*, 1. 睡，躺下；**cubuisset** pluperf. subj., 3 pers. sing. （若他/她/它已曾）睡，躺下

cum [1.] *adv.* 當，在…之時（*when...*, *since...*）；[2.] *prep.* [＋abl.] 偕同，與…（*with...*）

cupio, is, ivi/ ii, itum, pere *v., tr.*, 3. 想要，渴望，企求；**cupiunda** gerundive, fem., nom./ abl. sing.; neut., nom./ acc. pl. 該被想要的，該被渴望的，該被企求的；**cupiunda esse** *locu.* [gerundive＋esse] pres, inf. 應該想要，應該渴望，應該企求

curro, is, cucurri, cursum, ere *v., intr.*, 3. 跑，衝，碰見；**currentes** pres. part., masc./ fem., nom./ acc. pl. [正在]跑的，[正在]衝的，[正]碰見的

custodem (custos, odis) *n.*, 3 decl., masc./

fem., acc. sing. 守護者，保護者，防衛者
de *prep.* [＋abl.] 關於
de*cernit* (de*cerno*, is, c*re*vi, c*re*tum, ere) *v., tr./ intr.*, 3., pres. ind., 3 pers. sing. 決定，評判

defendo, is, *fendi*, *fensum*, ere *v., tr.*, 3. 迴避，防範，保衛，辯護；**de*fende*** pres. imp., 2 pers. sing. （你妳得）迴避，防範，保衛，辯護

deleo, es, *e*vi, *e*tum, ere *v., tr,* 2. 刪除，消去，毀滅；**dele*u*erit** [1.] perf. subj., 3 pers. sing. （若他/她/它已）刪除，消去，毀滅；[2.] futp. ind., 3 pers. sing. （他/她/它將已）刪除，消去，毀滅

del*i*cias (del*i*cia, ae) *n.,* 1 decl., fem., acc. pl. 快樂，喜悅，歡愉，樂趣

Delphica (Delphicus, a, um) *adj.*, fem., nom./ abl. sing.; neut., nom./ acc. pl. [地名] 德爾菲的

d*e*ntes (dens, d*e*ntis) *n.,* 3 decl., masc., nom./ acc. pl. 牙齒

deo (deus, dei) *n.,* 2 decl., masc., dat./ abl. sing. 神；上帝；**di** nom./ voc. pl. 眾神

diad*e*ma, ae [/atis] *n.,* 1 [/3] decl., fem. [/neut.] 王冠

dico, is, d*i*xi, d*i*ctum, ere *v., tr.*, 3., [＋dat.] 說；**dic** pres. imp., 2 pers. sing. （你/妳得）說

dict*a*tor, *o*ris *n.,* 3 decl., masc. 獨裁者，（古代羅馬的）獨裁官

d*i*em (d*i*es, *e*i) *n.,* 5 decl., masc., acc. sing. 日，天

diffic*u*ltas, *a*tis *n.,* 3 decl., fem. 困難，難處，難度

d*i*gitis (d*i*gitus, i) *n.,* 2 decl., masc., dat./ abl. pl. 手指，指頭

dilig*e*nter *adv.* 努力地，勤勉地，小心地

d*i*ligo, is, *le*xi, *le*ctum, ere *v., tr.*, 3. 鍾愛，珍愛，重視，挑選；**d*i*ligant** pres. subj., 3 pers. pl. （若他/她/它們）鍾愛，珍愛，重視，挑選

d*i*sco, is, d*i*dici, --, ere *v., tr.*, 3. 學，學習；**d*i*scitur** pass., pres. ind., 3 pers. sing. （他/她/它）被學，被學習

div*i*tias (div*i*tiae, *a*rum) *n.,* 1 decl., fem., pl. tant., acc. 財富

do, das, d*e*di, d*a*tum, d*a*re *v., tr.*, 1. 給；**dando** [1.] ger., neut., dat./ abl. sing. 給；[2.] gerundive, masc./ neut., dat./ abl. sing. 該被給的；**ded*i*ssem** pluperf. subj., 1 pers. sing. （若我已曾）給；**da** pres. imp., 2 pers. sing. （你/妳得）給

docendo (doceo, es, docui, doctus, ere) *v., tr.*, 2., [1.] ger., neut., dat./ abl. sing. 教，教導；[2.] gerundive, masc./ neut., dat./ abl. sing. 該被教的，該被教導的

dolet (doleo, es, ui, itum, ere) *v., intr.*, 2., pres. ind., 3 pers. sing. （他/她/它）痛苦，受苦

domo, as, ui, itum, *a*re *v., tr.*, 1. 馴服，征服；**d*o*mitos** perf. part., masc., acc. pl. 已[/被]馴服的，已[/被]征服的

domus, us *n.,* 4 decl., fem. 住宅，房屋；**domum** acc. sing. 住宅，房屋

d*o*nicum [＝d*o*nec] *conj.* 直到...之時

dorm*i*tum (dorm*i*o, is, *i*vi, *i*tum, *i*re) *v., intr.*, 4., [1.] perf. part., masc./ neut. acc. sing.; neut., nom. sing. 已睡著的，已在睡覺的；[2.] sup., neut., acc. sing. 睡，睡覺

duco, is, d*u*xi, d*u*ctum, ere *v., tr.*, 3. 指引，指揮，帶領，認為，視為；**d*u*cere** [1.] pres. inf. 指引，指揮，帶領，認為，視為；[2.] pass., pres. imp., 2 pers. sing. （你/妳得）被指引，被指揮，被帶領，被認為，被視為；**d*u*cito** fut. imp., 2/ 3 pers. sing. （你/妳/他/她/它將得）指引，指揮，帶領，認為，視為

duos (duo, ae, o) *card. num. adj.*, masc., acc., pl. 二

e, ex *prep.* [＋abl.] 離開...，從...而出（*out of..., from...*）

ed*a*cem (edax, *a*cis) *adj.*, 3 decl., masc./ fem., acc. sing. 貪吃的，嘴饞的

edo, is, edi (/edidi), esum (/editum), ere *v., tr.*, 3. 排出，放射；**editur** pass., pres. ind., 3 pers. sing. （他/她/它）被排出，被放射

eff*i*gies, ei *n.,* 5 decl., fem. 影像，形象，塑像

ego, mei, m*i*hi, me *pers. pron.*, irreg., 1 pers. sing. 我；**me** acc./ voc. /abl. 我；**m*i*hi** dat. [給]我

eleph*a*ntos (eleph*a*ntus, i) *n.,* 2 decl., masc., acc. pl. 象[群]

emo, is, emi, emptum, ere *v., tr.*, 3. 買，獲取；**ematur** pass., pres. subj., 3 pers. sing. （若他/她/它）被買，被獲取

eo → ire

eorum (is, ea, id) *demonstr. pron./ adj.*, masc./ neut., gen. pl. 他/它們[的]；這/那些[的]；**eam** fem., acc. sing. 她；其；**id** neut., nom./ acc. sing. 它；彼

equitum (eques, equitis) *n.*, 3 decl., masc., gen. pl. 騎士[們的]

est；esse → sunt

et *conj.* 和、及，並且，而且

etiam *conj.* 還有，也，仍（*also...*）

exit (exeo, is, ivi/ ii, itum, ire) *anomal. v., intr./ tr.*, 4., pres. ind., 3 pers. sing. （他/她/它）離開，離去

facinore (facinus, oris) *n.*, 3 decl., neut., abl. sing. 罪行，惡行，惡徒

facio, is, feci, factum, facere *v., tr.*, 3. 做，製作，建造；**faciebatis** imperf. ind., 2 pers. pl. （你妳們曾）做，製作，建造；**faciendi** [1.] ger., neut., gen. sing. 做[的]，製作[的]，建造[的]；[2.] gerundive, masc./ neut., gen. sing.; masc., nom. pl. 該被做的，該被製作的，該被建造的；**facis** pres. ind., 2 pers. sing. （你/妳）做，製作，建造；**faxo** futperf. ind. 1 pers. sing. （我將已）做，製作，建造

fallo, is, fefelli, falsum, ere *v., tr.*, 3. 誤導，欺騙；**fallere** [1.] pres. inf. 誤導，欺騙；[2.] pass., pres. imp., 2 pers. sing. （你/妳得）被誤導，被欺騙

falsa (falsus, a, um) *adj.*, fem., nom./ abl. sing.; neut. nom./ acc. pl. 錯誤的，虛假的，偽造的

fenestra, ae *n.*, 1 decl., fem. 窗，窗戶；**fenestras** acc. pl. 窗，窗戶；**fenestris** dat./ abl. pl. 窗，窗戶

ferramentum, i *n.*, 2 decl., neut. 鐵器，鐵製的器具或工具

ferrum, i *n.*, 2 decl., neut. 鐵，鐵器，武器，劍

fervore (fervor, oris) *n.*, 3 decl., masc., abl. sing. 發酵，沸騰，興奮，熱忱

figo, is, fixi, fixum, ere *v., tr.*, 3. 固定，刺穿；**fixis** perf. part., masc./ fem./ neut., dat./ abl. pl. 已[/被]固定的，已[/被]刺穿的

filias (filia, ae) *n.*, 1 decl., fem., acc. pl. 女兒[們]

filios (filius, ii) *n.*, 2 decl., masc., acc. pl. 兒子[們]；**filium** acc. sing. 兒子

fines, ium *n.*, 3 decl., masc., pl. 領土，領域

fingo, is, finxi, finctum, ere *v., tr.*, 3. 形塑，塑造；**fingantur** pass., pres. subj., 3 pers. pl. （若他/她/它們）被形塑，被塑造

flagella (flagellum, i) *n.*, 2 decl., neut., nom./ acc. pl. 鞭子，鞭打

flammis (flamma, ae) *n.*, 1 decl., fem., dat./ abl. pl. 火焰

flatur (flo, as, avi, atum, flare) *v., intr./ tr.*, 1., pass., pres. ind., 3 pers. sing. （他/她/它）被吹刮，被擊打，被鑄造

flecto, is, flexi, flexum, ere *v., tr.*, 3. 彎曲，扭曲；**flectunt** pres. ind., 3 pers. pl. （他/她/它們）彎曲，扭曲

flumine (flumen, inis) *n.*, 3 decl., neut., abl. sing. 河，溪流

fodio, is, fodi, fossum, dere *v., tr.*, 3. 鑿，戳，刺；**fodere** [1.] pres. inf. 鑿，戳，刺；[2.] pass., pres. imp., 2 pers. sing. （你/妳得）被鑿，被戳，被刺

fonte (fons, fontis) *n.*, 3 decl., masc., abl. sing. 泉水，泉源；**ex fonte** *locu.* [*prep.* **ex**＋abl. sing.] 從泉水，從泉源；**fontibus** dat./ abl. pl. 泉水，泉源；**e fontibus** *locu.* [*prep.* **e**＋abl. pl.] 從泉水，從泉源

foras *adv.* 在外頭，在戶外

formam (forma, ae) *n.*, 1 decl., fem., acc. sing. 面貌，外觀，體態，形態

forte *adv.* 正巧，偶然地；可能，或許

fortes (fortis, is, e) *adj.*, masc./ fem., nom./ acc. pl. 強壯的，有力的，堅強的，堅定的

frango, is, fregi, fractum, ere *v., tr.*, 3. 破壞，摧毀，削弱；**fracta** perf. part., fem., nom./ abl. sing.; neut., nom./ acc. pl. 已[/被]破壞的，已[/被]摧毀的，已[/被]削弱的

fratrem (frater, tris) *n.*, 3 decl., acc. sing. 兄弟

frondem (frons, ondis) *n.*, 3 decl., fem., acc. sing. 樹葉，葉子

frumentum, i *n.*, 2 decl., neut. 穀物；

frumenta nom./ acc. pl. 穀物

fugiebatis (fugio, is, fugi, itum, fugere) *v.,* *intr./ tr.,* 3., imperf.ind.,2 pers.pl. （你/妳們曾）逃跑，避免，迴避；**fugio** pres. ind, 1 pers. sing. （我）逃跑，避免，迴避

fulminis (fulmen, minis) *n.,* 3 decl., neut., gen. sing. 閃電[的]

fundo, is, fudi, fusum, ere *v., tr.,* 3. 傾瀉，流出，澆鑄[金屬]；**fundendo** [1.] ger., neut., dat./ abl. sing. 傾瀉，流出，澆鑄[金屬]；[2.] gerundive, masc./ neut., dat./ abl. sing. 該被傾瀉的，該被流出的，該被澆鑄[金屬]的

Gabinius, i *n.,* 2 decl., masc. [人名] 古代羅馬的氏族名

geminos (gemini, orum) *n.,* 2 decl., masc., pl. tant., acc. 雙胞胎，雙生子

gero, is, gessi, gestum, gerere *v., tr.,* 3. 持有，帶來，管理；**gerens, entis** pres. part. [正在]持有的，[正在]帶來的，[正在]管理的

gigno, is, genui, genitum, ere *v., tr.,* 3., 生育，生產，產出，創造；**genuerunt** perf. ind., 3 pers. pl. （他/她/它們已）生育，生產，產出，創造

glacies, ei *n.,* 5 decl., neut. 冰

gladio (gladius, ii) *n.,* 2 decl., masc., dat./ abl. sing. 刀劍，劍

haberent (habeo, es, habui, itum, ere) *v., tr.,* 2., imperf. subj., 3 pers. pl. （若他/她/它們曾）有，持有，考慮；**habere** [1.] pres. inf. 有，持有，考慮；[2.] pres. imp., 2 pers. sing. （你/妳得）被持有；被考慮

haereo, es, haesi, haesum, ere *v., intr.,* 2. 附著於，依附於；**haerent** pers. ind., 3 pers. pl. （他/她/它們）附著於，依附於

haurio, is, hausi, haustum, ire *v., tr.,* 4. 取出，排出，衍生於；**hausta** perf. part., fem., nom./ abl. sing.; neut., nom./ acc. pl. 已[/被]取出的，已[/被]排出的，已[/被]衍生的

hi (hic, haec, hoc) *demonstr. pron./ adj.,* masc., nom. pl. 這些，這些的；**huic** masc./ fem./ neut., dat. sing. [給]這，[給]此，[給]這個的

hic *adv.* 這裡，在這裡

hinc *adv.* 從這裡，就此

hodie *adv.* 今天

homines (homo, minis) *n.,* 3 decl., masc., nom./ acc. pl. 男士[們]，人[們]；**hominem** acc. sing. 男士，人

horridus, a, um *adj.* 可怕的，粗暴的

hostes (hostis, is) *n.,* 3 decl., masc./ fem., nom./ acc./ voc. pl. 敵人[們]，敵方

humum (humus, i) *n.,* 2 decl., fem., acc. sing. 地面，土地，土壤

iacio, is, ieci, iactum, iacere *v., tr.,* 3. 拋，擲，投；**iacere** [1.] pres. inf. ；[2.] pass., pres. imp., 2 pers. sing. （你/妳得）被拋，被擲，被投

iam *adv.* 已經

ibi *adv.* 那裡，在那裡

id → **eorum**

igitur *adv.* 然後，因而

iligneam (iligneus, a, um) *adj.,* fem., acc. sing. 橡木的，橡樹的

ille, illa, illud *demonstr. pron./ adj.* 那，彼，那個的；**illa** fem., nom./ abl. sing.; neut., nom./ acc. pl. 那，彼，那個的；那些的

imis (imus, a, um) *adj., sup.,* masc./ fem./ neut., dat./ abl. pl. 極低的，極深的

in *prep.* [＋acc./ abl.] 在…；到…，向…

incubuit (incubo, as, cubui, itum, are) *n., intr.,* 1., pref. ind., 3 pers. sing. （他/她/它）躺下，倒臥 [＋dat.]

incumbo, is, ui, itum, ere *v., intr.,* 3. 前屈，倚靠，躺下；**incumbens, entis** pres. part. [正在]前屈的，[正在]倚靠的，[正在]躺下的

intellego, is, lexi, lectum, ere *v., tr.,* 3. 瞭解，理解；**intellexisti** perf. ind., 2 pers. sing. （你/妳已）瞭解，理解

inter *prep.* [＋acc.] 在…之間，在…之中

iram (ira, ae) *n.,* 1 decl., fem., acc. sing. 憤怒，生氣

ire (eo, is, ivi/ ii, itum, ire) *anomal. v., intr.,* 4., pres. inf. 去，往；**eo** pres. ind., 1 pers. sing. （我）去，往

iubeo, es, iussi, iussum, ere *v., tr.,* 2. 命令；**iubet** pres. ind., 3 pers. sing. （他/她/它）命令；**iussit** perf. ind., 3 pers. sing. （他/她/它已）命令；**iussi** [1.] perf. ind., 1 pers. sing. （我已）命令；[2.] perf. part., masc./

neut., gen. sing.; masc., nom. pl. 已[/被]命令的

i*u*ga (*i*ugum, i) *n.*, 2 decl., neut., nom./ acc. pl. 軛，牛軛

i*u*ngo, is, i*u*nxi, i*u*nctum, ere *v., tr.*, 3. 固定，繫縛，附屬，扣握，連結，結合；**i*u*nctis** perf. part., masc./ fem./ neut., dat./ abl. pl. 已[/被]固定的，已[/被]繫縛的，已[/被]附屬的，已[/被]扣握的，已[/被]連結的，已[/被]結合的

i*u*vo, as, i*u*vi, i*u*tum, iuvare *v., tr.*, 1. 幫忙，幫助；**i*u*ves** pres. subj., 2 pers. sing. （若你/妳）幫助，幫忙

lacesso, is, *i*vi, *i*tum, ere *v., tr.*, 3. 挑戰，刺激，激勵；**lacessis** pres. ind., 2 pers. sing. （你/妳）挑戰，刺激，激勵

lacrimans, *a*ntis (lacrimo, as, *a*vi, *a*tum, *a*re) *v., intr./ tr.*, 1., pres. part., 3 decl. [正在]流淚的，[正在]哭泣的

lacr*i*mula, ae *n.*, 1 decl., fem. 小淚滴，小淚珠

lacum (lacus, us) *n.*, 4 decl., masc., acc. sing. 湖，湖泊

la*e*tas (la*e*tus, a, um) *adj.*, fem., acc. pl. 高興的，愉快的，歡喜的；茂盛的，濃密的，豐饒的

lanam (lana, ae) *n.*, 1 decl., fem., acc. sing. 羊毛，獸毛

latr*i*nam (latr*i*na, ae) *n.*, 1 decl., fem., acc. sing. 廁所

lauro (la*u*rus, i) *n.*, 2 decl., fem., dat./ abl. sing. 月桂樹，月桂冠

lavo, as, lavi, l*a*utum, are *v., tr./ intr.*, 1. 洗，清洗；**lavat** pres. ind., 3 pers. sing. （他/她/它）洗，清洗

lecto (lectus, i) *n.*, 2 decl., masc., dat./ abl. sing. 床；**in lecto** *locu.* [*prep.* in＋abl. sing.] 在床上

lego, is, legi, lectum, ere *v., tr.*, 3. 閱讀，收集，聚集；**legito** fut. imp., 2/ 3 pers. sing. （你/妳/他/她/它將得）閱讀，收集，聚集

lepidam (lepidus, a, um) *adj.*, fem, acc. sing. 機伶的，討喜的，令人愉悅的

lepide *adv.* 機伶地，討喜地，令人愉悅地

liceat (l*i*cet, --, l*i*cuit (/l*i*citum est), --, lic*e*re) *impers. v., intr.*, 2., pres. subj. [無人稱] （若）允許，認可，能夠

l*i*ngua, ae *n.*, 1 decl., fem. 舌頭；言談，語言

loco (locus, i) *n.*, 2 decl., masc., dat./ abl. sing. 地方，場所；**locis** dat./ abl. pl. 地方，場所；**loci** masc., gen. sing.; nom. pl. 地方，場所

ludo (l*u*dus, i) *n.*, 2 decl., masc., dat./ abl. sing. 遊戲，娛樂，消遣

lumine (lumen, inis) *n.*, 3 decl., neut., abl. sing. 光，光亮，火炬

luna, ae *n.*, 1 decl., fem. 月，月亮

mag*i*strum (mag*i*ster, tri) *n.*, 2 decl., masc., acc. sing. 老師，教師，主人

m*a*gno (m*a*gnus, a, um) *adj.*, masc./ neut., dat./ abl. sing. 大的，大量的，強大的，偉大的

m*a*nens, *e*ntis (m*a*neo, es, m*a*nsi, m*a*nsum, *e*re) *v., intr./ tr.*, 2., pres. part. [正在]留下的，[正在]停留的，[正在]保持的；**m*a*neo** pres. ind., 1 pers. sing. （我）留下，停留，保持；**m*a*ne** pres. imp., 2 pers. sing. （你/妳得）留下，停留，保持

m*a*nus, us *n.*, 4 decl., fem. 手；**m*a*nu** abl. sing. 手；**m*a*nibus** dat./ abl. pl. 手

m*a*re, is *n.*, 3 decl., neut. 海

m*a*tris (m*a*ter, tris) *n.*, 3 decl., fem., gen. sing. 母親[的]

matr*o*nae (matr*o*na, ae) *n.*, 1 decl., fem., gen./ dat. sing.; nom. pl. 女士，已婚的婦女

me；m*i*hi → ego

m*e*as (m*e*us, a, um) *poss. pron./ adj.*, fem., acc. pl. 我的；**m*e*am** fem., acc. sing. 我的；**meo** masc./ neut., dat./ abl. sing. 我的；**m*e*um** masc./ neut., acc. sing.; neut., nom. sing. 我的

memin*i*sset (m*e*mini, *i*sti, *i*sse) *defect. v., tr.*, irreg., pluperf. subj., 3 pers. sing. （若他/她/它曾已）記得

m*i*les, itis *n.*, 3 decl., masc. 士兵，步兵

m*i*lle *card. num. adj.* 一千

m*i*tto, is, m*i*si, m*i*ssum, ere *v., tr.*, 3. 派遣，遣送，解放，釋放

m*o*do *adv.* 只，只有；立即，馬上

m*o*nstrat (m*o*nstro, as, *a*vi, *a*tum, *a*re) *v., tr./*

intr., 1., pres. ind., 3 pers. sing. （他/她/它）展示，呈現，指出

mul*i*erem (m*u*lier, eris) *n.,* 3 decl., fem., acc. sing. 女人，婦女，妻子

m*u*sti (m*u*stum, i) *n.,* 2 decl.,neut., gen. sing. （未發酵或發酵尚未完的）葡萄汁[的]

nat*u*ra, ae *n.,* 1 decl., fem. 本質，天性，自然

nec *neg. adv./ conj.* 也不

n*e*glego, is, l*e*xi, l*e*ctum, ere *v., tr.,* 3. 不顧，忽視

n*e*que [＝**nec**] *neg. adv./ conj.* 也不

n*e*rvo (n*e*rvus, i) *n.,* 2 decl., masc., dat./ abl. sing. 繩索，縛具

n*i*hil *indef. pron.,* indecl., neut., nom./ acc. sing. 無，無物，沒有東西

N*i*lo (N*i*lus, i) *n.,* 2 decl., masc., dat./ abl. sing. [河川名] 尼羅河

n*i*si *conj.* 若非，除非

nol*e*bam (n*o*lo, n*o*lis, n*o*lui, --, n*o*lle) *aux. anomal. v., intr./ tr.,* irreg., imperf. ind., 1 pers. sing. （我曾）不想要；**n*o*lo** pres. ind., 1 pers. sing. （我）不想要；**n*o*lunt** pres. ind., 3 pers. pl. （他/她/它們）不想要；**n*o*li** pres. imp., 2 pers. sing. （你/妳得）不想要＝（你/妳）別…

non *neg. adv.* 不，非，否

nos, n*o*stri/ n*o*strum, n*o*bis *pers. pron.,* irreg., 1 pers. pl. 我們；**n*o*bis** dat./ abl. 我們

n*o*sco, is, n*o*vi, n*o*tum, ere *v., tr.,* 3. 知道，認識，查明，瞭解；**n*o*scere** [1.] pres. inf. 知道，認識，查明，瞭解；[2.] pass., pres. imp., 2 pers. sing. （你/妳得）被知道，被認識，被查明，被瞭解

n*o*stris (n*o*ster, tra, trum) *poss. pron./ adj.,* masc./ fem./ neut., dat./ abl. pl. 我們的

n*o*vum (n*o*vus, a, um) *adj.,* masc./ neut., acc. sing.; neut., nom. sing. 新的

n*u*mmum (n*u*mmus, i) *n.,* 2 decl., masc., acc. sing.; gen. pl. 錢，錢幣

nunc *adv.* 現在，當下

o *interj.* 喔！噢！

occ*a*sus, us *n.,* 4 decl., masc. 沈落，日落

oc*u*lis (*o*culus, i) *n.,* 2 decl., masc., dat./ abl. pl. 眼睛

od*e*rint (*o*di, od*i*sti, os*u*rus, od*i*sse) *defect. v., tr.,* irreg., [1.] perf. subj., 3 pers. pl. （若他/她/它們已）恨，厭惡；[2.] futperf. ind., 3 pers. pl. （他/她/它們將已）恨，厭惡

odio (*o*dium, ii) *n.,* 2 decl., neut., dat./ abl. sing. 憎恨，厭惡

ole*a*ginas (ole*a*ginus, a, um) *adj.,* fem., acc. pl. 橄欖樹的

omnem (*o*mnis, is, e) *adj./ pron.,* masc./ fem., acc. sing. 每一，任一，每一事物，每一人

omnibus (*o*mnes, es, ia) *adj./ pron.,* masc./ fem./ neut., dat./ abl. pl. 一切，所有，所有事物，所有人；**omnia** neut., nom./ acc. pl. 一切，所有，所有事物，所有人

opere (*o*pus, eris) *n.,* 3 decl., neut., abl. sing. 工作，工事，作品

op*o*rtet, --, uit, --, ere *impers. v., intr.* 2. [無人稱] 需要，必須

oppidum, i *n.,* 2 decl., neut. 城鎮，城市，要塞

or*a*tor, oris *n.,* 3 decl., masc. 演說家，演講者

orcae (*o*rca, ae) *n.,* 1 decl., fem., gen./ dat. sing.; nom. pl. （大開口的）瓶，壺，甕

oris (os, oris) *n.,* 3 decl., neut., gen. sing. 嘴[的]，嘴巴[的]

ortus, us *n.,* 4 decl., masc. 升起，日出

oscula (*o*sculum, i) *n.,* 2 decl., neut., nom./ acc. pl. 吻

ostia (*o*stium, i) *n.,* 2 decl., neut., nom./ acc. pl. 門，門口，出入口

paene *adv.* 幾乎

Pal*a*tium, ii *n.,* 2 decl., neut. [地名] 羅馬七丘之一；皇宮，宮殿

p*a*ngo, is, p*e*pigi (/p*e*gi /p*a*nxi), pa(n)ctum, ere *v., tr.,* 3. 固定，組成，規定，置入；**pang*u*ntur** pass., pres. ind., 3 pers. pl. （他/她/它們）被固定，被組成，被規定，被置入

p*a*nis, is *n.,* 3 decl., masc. 麵包

p*a*rco, is, pep*e*rci, p*a*rsum, ere *v., intr./ tr.,* 3. 節用，省去，寬恕；**p*a*rci** pass., pres. inf. 被節用，被省去，被寬恕

p*a*ribus (par, p*a*ris) *adj.,* 3 decl., masc./ fem./ neut., dat./ abl. pl. 同樣的，相等的

pari*e*tibus (p*a*ries, i*e*tis) *n.,* 3 decl., masc., dat./ abl. pl. 牆，牆壁

p*a*rio, is, p*e*peri, p*a*rtum, p*a*rere *v., tr.*, 3. 生產，產出，產生；**p*a*riet**, fut. ind., 3 pers. sing. （他/她/它將）生產，產出，產生

p*a*rtes (p*a*rs, p*a*rtis) *n.*, 3 decl., fem., nom./ acc. pl. 部份

p*a*rvulum (p*a*rvulus, a, um) *adj.*, masc./ neut., acc. sing.; neut., nom. sing. 非常小的，非常少的，非常細微的

pat*e*rnam (pat*e*rnus, a, um) *adj.*, fem., acc. sing. 父親的

pat*i*nam (pat*i*na, ae) *n*, 1 decl., fem., acc. sing. 盤，碟

patriae (p*a*tria, ae) *n.*, 1 decl., fem., gen./ dat. sing.; nom. pl. 祖國，國家，故鄉

p*e*llo, is, p*e*puli, p*u*lsum, ere *v., tr.*, 3. 推，擊，驅逐，趕走；**p*e*llit** pres. ind., 3 pers. sing. （他/她/它）推，擊，驅逐，趕走

p*e*ndeo, es, pep*e*ndi, --, ere *v., intr.*, 2., 懸掛，懸置；**pep*e*ndit** perf. ind., 3 pers. sing. （他/她/它已）懸掛，懸置

p*e*ndo, is, pep*e*ndi, [p*e*nsum], ere *v., tr.*, 3. 秤重，斟酌，衡量；**p*e*nsam** perf. part., fem., acc. sing. 已[/被]秤重的，已[/被]斟酌的，已[/被]衡量的

per *prep.* [＋acc.] 經過，透過（*through…*, *per…*）

p*e*rdo, is, didi, ditum, ere *v., tr.*, 3. 遺失，毀壞，毀滅；**perdid*i*sti** perf. ind., 2 pers. sing.（你/妳已）遺失，毀壞，毀滅

p*e*to, is, *i*tum, ere *v., tr.*, 3. 要求，請求，尋求，攻擊，追擊，前往；**pet*i*sse** perf. inf. 已要求，已請求，已尋求，已供擊，已追擊，已前往

p*i*lis (p*i*lum, i) *n.*, 2 decl., neut., dat./ abl. pl. 槍矛

p*i*ngo, is, p*i*nxi, p*i*ctum, ere *v., tr.*, 3. 繪，畫，著色，塗漆，裝點；**pinx*e*runt** perf. ind., 3 pers. pl. （他/她/它們已）繪，畫，著色，塗漆，裝點

p*i*nus, us *n.*, 4 decl., fem. 松樹

pl*u*mbum, i *n.*, 2 decl., neut. 鉛

pl*u*ra (pl*u*res, es, a) *adj., comp.* [pos.: m*u*ltus, a, um] pl., tant., neut., nom./ acc. 更多的，較多的

p*o*cula (p*o*culum, i) *n.*, 2 decl., neut., nom./ acc. pl. 酒杯，酒器，酒樽

p*o*lypi (p*o*lypus, i) *n.*, 2 decl., masc., gen. sing.; nom. pl. 章魚；鼻息肉

pom*e*rium, ii *n.*, 2 decl., neut. 用於區分狹義的羅馬城（urbs）及其轄區（ager）的境界線。

p*o*no, is, p*o*sui, p*o*situm, ere *v., tr.*, 3. 擺放，安置；**p*o*nito** fut. imp., 2/ 3 pers. sing. （你/妳/他/她/它得）擺放，安置

p*o*ntis (pons, p*o*ntis) *n.*, 3 decl., masc., gen. sing.; acc. pl. 橋

p*o*puli (p*o*pulus, i) *n.*, 2 decl., masc., gen. sing.; nom./ voc. pl. 人民，民眾；**p*o*pulus** nom. sing. 人民，民眾

p*o*sco, is, pop*o*sci, [postul*a*tum], ere *v., tr.*, 3. 要求，強求；**p*o*scit** pres. ind., 3 pers. sing. （他/她/它）要求，強求

p*o*ssit (p*o*ssum, p*o*tes, p*o*tui, --, p*o*sse) *aux. v., intr.*, irreg., pres. subj., 3 pers. sing. （若他/她/它）能夠；**p*o*sse** pres. inf. 能夠；**p*o*test** pres. ind., 3 pers. sing. （他/她/它）能夠

pr*a*eda, ae *n.*, 1 decl., fem. 獵物，掠奪品，戰利品

pr*a*tum, i *n.*, 2 decl., neut. 曠野，原野，牧草地；**in pr*a*tum** *locu.* [*prep.* in＋acc. sing.] 到曠野，到原野

pr*e*mo, is, pr*e*ssi, pr*e*ssum, ere *v., tr.*, 3. 按壓，抓緊，握緊；**pr*e*mit** pres. ind., 3 pers. sing. （他/她/它）按壓，抓緊，握緊

pr*i*dem *adv.* 先前，之前

pr*o*deunt (pr*o*deo, is, *i*vi/ ii, itum, *i*re) *v., intr.*, 4., pres. ind., 3 pers. pl. （他/她/它們）前行，前進，投射

pr*o*do, is, pr*o*didi, itum, ere *v., tr.*, 3. 推進，投射

pr*o*pe *adv./ prep.* [＋acc.] 接近，靠近；幾乎

pr*o*prio (pr*o*prius, a, um) *adj.*, masc./ neut., dat./ abl. sing. 個別的，專屬的，獨特的，特有的，本質的

prosp*i*cio, is, sp*e*xi, sp*e*ctum, cere *v., tr./ intr.*, 3. 看見，觀察，預見，盤算；**prosp*e*xit** perf. ind., 3 pers. sing. （他/她/它已）看見，觀察，預見，盤算

p*u*lchro (p*u*lcher, p*u*lchra, p*u*lchrum) *adj.*, masc./ neut., dat./ abl. sing. 美麗的，漂亮

的

quaero, is, quaesivi, quaesitum, ere *v., tr.*, 3. 尋找，搜尋，尋求，要求；**quaerebant** imperf. ind., 3 pers. pl. （他/她/它們曾）尋找，搜尋，尋求，要求

quaeso, ere *defect. v., tr./ intr.*, irreg. 要求，祈求，請

qualem (qualis, is, e) *interr.; rel. pron./ adj.*, masc./ fem., acc. sing. 哪一類的，什麼樣的

quare *adv.* 如何，為何，因何

quasi *adv.* 如同，有如

quemquam (quisquam, [ulla], quicquam (/quidquam)) *indef. pron.*, sing. tant., masc., nom./ acc. 無一人不，任何人

qui, quae, quod *rel.; indef.; interr. pron./ adj.* 誰，哪個/些；那/些；什麼；**quo** masc./ neut., abl. sing. 誰，哪個；那；什麼；**quos** masc. acc. pl. 誰，哪些；那些；什麼；**quae** fem., nom. sing./ pl.; neut., nom./ acc. pl. 誰，哪個/些；那/些；什麼；**quod** neut., nom./ acc. sing. 誰，哪個；那；什麼；**quem** masc., acc. sing. 誰，哪個；那；什麼；**qua** fem., abl. sing. 誰，哪個；那；什麼；**de qua** *locu.* [*prep.* de＋abl. sing.] 關於誰，關於哪個；**ex qua** *locu.* [*prep.* ex＋abl. sing.] 從誰，從哪個

quicquid (quisquis, quisquis, quidquid (/quicquid)) *rel. ; indef. pron./ adj.*, neut., nom. sing. 無論是誰，無論什麼

quin *interr. adv./ conj.* 為何不？為何沒有？

quis, quis, quid *interr. ; indef. pron.* 誰，什麼；**quid** neut., nom./ acc. sing. 誰，什麼

quisque, quisque, quidque *indef. pron./ adj.* 每人，每物

quo *adv./ conj.* 何處，在哪裡

quod *adv./ conj.* 關於，至於，因為

ramos (ramus, i) *n.*, 2 decl., masc., acc. pl. 樹枝

rapio, is, rapui, raptum, ere *v., tr.*, 3. 奪取，拿走，攫取，劫掠，掠奪；**rapiant** pres. subj., 3 pers. pl. （若他/她/它們）奪取，拿走，攫取，劫掠，掠奪

rationem (ratio, onis) *n.*, 3 decl., fem., acc. sing. 計算，計畫，方法，理性

regis (rex, regis) *n.,* 3 decl., masc., gen. sing.

國王[的]

rego, is, rexi, rectum, ere *v., tr.*, 3. 指揮，指導，管理，管控；**reguntur** pass., pres. ind., 3 pers. pl. （他/她/它們）被指揮，被指導，被管理，被管控

relinquo, is, liqui, lictum, quere *v., tr.*, 3. 放棄，拋棄，遺棄，留下，剩餘；**relinquit** pres. ind., 3 pers. sing. （他/她/它）放棄，拋棄，遺棄，留下，剩餘

reperio, is, repperi, repertum, ire *v., tr.*, 4. 尋找，發現；**reperiet** fut. ind., 3 pers. sing. （他/她/它將）尋找，發現

resarcire (resarcio, is, sarsi, sartum, ire) *v., tr.*, 4., [1.] pres. inf. 修復，修理；賠償；[2.] pass., pres. imp., 2 pers. sing. （你/妳得）被修復，被修理；被賠償

reticulum, I *n.*, 2 decl., neut. 網子，網袋

revenias (revenio, is, veni, ventum, ire) *v., intr.*, 4., pres subj., 2 pers. sing. （若你/妳）回來

rideo, es, risi, risum, ridere *v., intr./ tr.*, 2. 笑；**rideant** pres. subj., 3 pers. pl. （若他/她/它們）笑

ripam (ripa, ae) *n.*, 1 decl., fem., acc. sing. 河岸，堤防

Romanos (Romanus, i) *n.,* 2 decl., masc., acc. pl. [族群名] 羅馬人

Romule (Romulus, i) *n.,* 2 decl., masc., voc. sing. [人名] 羅馬城的創建者

ruinosae (ruinosus, a, um) *adj.*, fem., gen./ dat. sing.; nom. pl. 毀壞的，崩塌的，荒廢的

rumpo, is, rupi, ruptum, ere *v., tr.*, 3. 破裂，毀壞；**ruptae** perf. part., fem., gen./ dat. sing.; nom. pl. 已[/被]破裂的，已[/被]毀壞的

sacrosanctum (sacrosanctus, a, um) *adj.*, masc./ neut., acc. sing.; neut., nom. sing. 神聖的，不可褻瀆的

saepe *adv.* 時常，常常

sancio, is, sanxi, sanctum, ire *v., tr.*, 4. 承認，認可，批准；**sanxit** perf. ind., 3 pers. sing. （他/她/它已）承認，認可，批准

sanguis, inis *n.,* 3 decl., masc. 血，血液

satis *adv.* 足夠地，充分地

saxa (saxum, i) *n.*, 2 decl., neut., nom./ acc. pl.

岩石，石頭

sc*a*lae (sc*a*la, ae) *n.,* 1 decl., fem., gen./ dat. sing.; nom. pl. 樓梯

sc*i*as (sc*i*o, scis, sc*i*vi, sc*i*tum, sc*i*re) *v., tr.,* 4., pres. subj., 2 pers. sing. （若你/妳）知道，瞭解

scr*i*bo, is, scr*i*psi, scr*i*ptum, ere *v., tr.,* 3. 描繪，書寫，劃分；**scr*i*bas** pres. subj., 2 pers. sing. （若你/妳）描繪，書寫，劃分

s*e*co, as, s*e*cui, s*e*ctum, secare *v., tr.,* 1. 切，切斷；**s*e*ca** pres. imp., 2 pers. sing. （你/妳得）切，切斷

sec*u*ndum *prep.* [＋acc] 根據，符合於

s*e*dent (s*e*deo, es, s*e*di, s*e*ssum, ere) *v., intr.,* 2., pres. ind., 3 pers. pl. （他/她/它們）坐，使置於；**s*e*deo** pres. ind., 1 pers. sing. （我）坐，使置於；**sed*e*to** fut. imp., 2/ 3 pres. sing. （你/妳/他/她/它將得）坐，使置於

s*e*mina (s*e*men, s*e*minis) *n.,* 3 decl., neut., nom./ acc. pl. 種子

sen*a*tus, us *n.,* 4 decl., masc. （古代羅馬的）元老院

s*e*nex, is *n.,* 3 decl., masc. 老人

s*e*ntio, is, s*e*nsi, s*e*nsum, *i*re *v., tr./ intr.,* 4. 察覺，感覺，考量，認知，理解

sep*e*lio, is, *i*vi, sep*u*ltum, *i*re *v., tr.,* 4. 埋，埋葬，抑制，鎮壓；**sep*u*ltus, a, um** perf. part. 已[/被]埋的，已[/被]埋葬的，已[/被]抑制的，已[/被]鎮壓的；**sep*u*ltus est** pass., perf. ind., 3 pers. sing. （他/她/它已）被埋，被埋葬，被抑制，被鎮壓

sep*u*lc(h)rum, i *n.,* 2 decl., neut. 墳墓

s*e*ro, is, s*e*rui, s*e*rtum, serere *v., tr.,* 3. 結合，纏繞，交織；**ser*i*tote** fut. imp., 2 pers. pl. （你/妳們將得）結合，纏繞，交織

s*e*ro, is, s*e*vi, s*a*tum, serere *v., tr.,* 3. 種植，播種；**serit** pres. ind., 3 pers. sing. （他/她/它）種植，播種

s*e*rva (s*e*rvo, as, *a*vi, *a*tum, *a*re) *v., tr.,* 1., pres. imp., 2 pers. sing. （你/妳得）看守，保護，保存，救助

si *conj.* 如果，倘若

s*i*bi (s*u*i, s*i*bi, se, s*e*se) *pers./ refl. pron.,* irreg., 3 pers. sing./ pl., masc./ fem./ neut., dat. [給]他/她/它（自身）；[給]他/她/它們（自身）；**se** acc./ abl. 他/她/它（自身）；他/她/它們

（自身）；**inter se** *locu.* [*prep.* **inter**＋acc. pl.] 在他/她們之間彼此互相…；**secum** [＝**se**＋**cum**] sing./ pl., abl. 和他/她/它（/們）（自身），與他/她/它（/們）（自身）；**cum** *prep.* [＋abl.] 偕同，與…（*with*…）

s*i*no, is, s*i*vi, s*i*tum, ere *v., tr.,* 3. 放任，允許，容許；**s*i*ne** pres. imp., 2 pers. sing. （你/妳得）放任，允許，容許

s*i*nu (s*i*nus, us) *n.,*4 decl., masc., abl. sing. 曲線，彎曲，衣袍在胸襟或膝部的摺層

s*i*sto, is, st*e*ti, st*a*tum, ere *v., tr.,* 3. 安置，豎立；**s*i*steret** imperf. subj., 3 pers. sing. （他/她/它曾）安置，豎立

s*o*le (s*o*l, s*o*lis) *n.,* 3 decl., masc., abl. sing. 太陽

s*o*lvo, is, s*o*lvi, sol*u*tum, ere *v., tr.,* 3., perf. inf. 鬆開，解開，解決；**solvet** fut. ind., 3 pers. sing. （他/她/它將）鬆開，解開，解決

s*o*nitum (s*o*nitus, us) *n.,* 4 decl., masc., acc. sing. 聲響

s*o*no, as, ui, itum, are *v., intr./ tr.,* 1. 發出聲響，回聲；**s*o*nat** pres. ind., 3 pers. sing. （他/她/它）發出聲響，回聲

sp*a*rgo, is, sp*a*rsi, sp*a*rsum, ere *v., tr.,* 3. 拋，撒；**sp*a*rgere** [1.] pres. inf. 拋，撒；[2.] pass., pres. imp., 2 pers. sing. （你/妳得）被拋，被撒

sp*a*tiis (sp*a*tium, ii) *n.,* 2 decl., neut., dat./ abl. pl. 空間

sp*e*ctent (sp*e*cto, as, *a*vi, *a*tum, *a*re) *v., tr.,* 1., pres. subj., 3 pers.pl. （若他/她/它們）觀察，檢視

sp*e*culum, i *n.,* 2 decl., neut. 鏡子

sp*e*rno, is, spr*e*vi, spr*e*tum, ere *v., tr.,* 3. 分離，隔開，排除，拒絕，輕蔑；**sp*e*rnitur** pass., pres. ind., 3 pers. sing. （他/她/它）被分離，被隔開，被排除，被拒絕，被輕蔑

sp*o*ndeo, es, spop*o*ndi, sp*o*nsum, ere *v., intr./ tr.,* 2. 擔保，保證

st*e*rcus, oris *n.,* 3 decl., masc. 糞肥，肥料

st*e*rno, is, str*a*vi, str*a*tum, ere *v., tr.,* 3. 展開，攤開，散播；**str*a*to** perf. part., masc./ neut., dat./ abl. sing. 已[/被]展開的，已[/被]攤開的，已[/被]散播的

sto, stas, st*e*ti, st*a*tum, stare *v., intr.,* 1. 站立，

佇立，停留，留下；**stant** pres. ind., 3 pers. pl. （他/她/它們）站立，佇立，停留，留下

str*i*ngo, is, str*i*nxi, str*i*ctum, ere *v., tr.*, 3. 綁緊，繫牢；**string*e*bat** imperf. ind., 3 pers. sing. （他/她/它曾）綁緊，繫牢

stult*i*tia, ae *n*, 1 decl., fem. 愚笨，愚蠢

s*u*as (s*u*us, a, um) *poss. pron./ adj.*, fem., acc. pl. 他/她/它的；他/她/它們的

sumo, is, s*u*mpsi, s*u*mptum, ere *v., tr.*, 3. 拿取，提取；**s*u*mere** [1.] pres. inf. 拿取，提取；[2.] pass., pres. imp., 2 pers. sing. （你/妳得）被拿取，被提取

sunt (sum, es, f*u*i, fut*u*rus, *e*sse) *aux. v., intr.*, irreg., pres. ind., 3 pers. pl. （他/她/它們）是、有、在；**sum** pres. ind., 1 pers. sing. （我）是，有，在；**est** pres. ind., 3 pers. sing. （他/她/它）是，有，在；**esse** pres. inf. 是，有，在

tabula, ae *n.*, 1 decl., fem. 碑，牌，板，列表，文書

tac*i*tae (tac*i*tus, a, um) *adj.*, fem., gen/ dat. sing.; nom. pl. 寂靜的，無聲的，沈默的

tac*i*te *adv.* 寂靜地，無聲地，沈默地

taleas (talea, ae) *n.*, 1 decl., fem., acc. pl. 木塊，木片

tamen *adv.* 尚且，仍然，但是

tango, is, t*e*tigi, t*a*ctum, ere *v., tr.*, 3. 碰，碰觸；**tetig*e*runt** perf. ind., 3 pers. pl. （他/她/它們已）碰，碰觸

tantum *adv.* 只，僅，幾乎不，如此多地

tauris (t*a*urus, i) *n.*, 2 decl., masc., dat./ abl. pl. 公牛[群]

templa (t*e*mplum, i) *n.*, 2 decl., neut., nom./ acc. pl. 廟宇，神殿

tendo, is, tetendi, t*e*ntum, ere *v., tr./ intr.*, 3. 伸出，延展，擴張；**tend*e*bam** imperf. ind., 1 pers. sing. （我曾）伸出，延展，擴張

tenent (teneo, es, t*e*nui, t*e*ntum, *e*re) *v., tr.*, 2., pres. ind., 3 pers. pl. （他/她/它們）擁有，抓住，持續，維持

teneros (t*e*ner, era, erum) *adj.*, masc., acc. pl. 柔嫩的，柔軟的，柔弱的

tero, is, tr*i*vi, tr*i*tum, ere *v., tr.*, 3. 摩擦，擦拭；**ter*e*ndo** [1.] ger., neut., dat./ abl. sing.

摩擦，擦拭；[2.] gerundive, masc./ neut., dat./ abl. sing. 該被摩擦的，該被擦拭的

terram (terra, ae) *n.*, 1 decl., fem., acc. sing. 土地，陸地，地面；**in terram** *locu.* [*prep.* **in**＋acc. sing.] 到陸地，到地面；**per terram** *locu.* [*prep.* **per**＋acc. sing.] 經過地面

testamenti (testam*e*ntum, i) *n.*, 2 decl., neut., gen. sing. 遺囑[的]

t*i*bi (tu, t*u*i, t*i*bi, te) *pers. pron.*, irreg., 2 pers. sing., dat. [給]你/妳；**te** abl. sing. 你；**tecum** [＝**te**＋**cum**] 和你/妳，與你/妳；**cum** *prep.* [＋abl.] 偕同，與…（*with*…）；**t*u*i** gen. 你/妳[的]；**tu** nom. 你/妳

tollo, is, s*u*bstuli, sublatum, t*o*llere *anmal. v., tr.*, 3. 舉，舉起，拿走；**t*o*llere** [1.] pres. inf. 舉，舉起，拿走；[2.] pass., pres. imp., 2 pers. sing. （你/妳得）被舉，被舉起，被拿走

trad*u*cerent (trad*u*co, is, d*u*xi, d*u*ctum, ere) *v., tr.*, 3., imperf. subj., 3 pers. pl. （若他/她/它們曾）遷移，調動

tradunt (trado, is, tradidi, traditum, ere) *v., tr.*, 3., pres. ind., 3 pers. pl. （他/她/它們）交付，遞交；述說

tr*a*ho, is, tr*a*xi, tr*a*ctum, ere *v., tr.*, 3. 拖，拉；**trah*u*ntur** pass., pres. ind., 3 pers. pl. （他/她/它們）被拖，被拉

tua (t*u*us, a, um) *poss. pron./ adj.*, fem., nom./ abl. sing.; neut., nom./ acc. pl. 你/妳的

tum *adv.* 那時，當時；此外，接著，然後

ubi *adv. /conj.* 哪裡，在哪處，在哪時

umbras (umbra, ae) *n.*, 1 decl., fem., acc. pl. 陰影，影子

umero (*u*merus, i) *n.*, 2 decl., masc., dat./ abl. sing. 肩膀，上臂

univ*e*rsi (univ*e*rsus, a, um) *adj.*, masc./ neut., gen. sing.; masc., nom. pl. 全部的，全體的，共同的

urbis (urbs, *u*rbis) *n.*, 3 decl., fem., gen. sing.; acc. pl. 城市；羅馬城；**u*rbe** abl. sing. 城市；羅馬城；**u*rbem** acc. sing. 城市；羅馬城

ur*i*nam (ur*i*na, ae) *n.*, 1 decl., fem., acc. sing. 尿，小便

uro, is, *u*ssi, *u*stum, *u*rere *v., tr.*, 3. 燒毀，燃

燒；**urit** pres. ind., 3 pers. sing. （他/她/它）燒毀，燃燒

ut *conj.* 為了，以致於，如同

utramque (uterque, utraque, utrumque) *indef. adj./ pron.*, fem., acc. sing. 兩者皆，兩者的每一

uxor, oris *n.*, 3 decl., fem. 妻子

vallibus (vallis, is) *n.*, 3 decl., fem., dat./ abl. pl. 山谷

veho, is, vexi, vectum, ere *v., tr.*, 3. 承載，負載，運送，傳送；**vehas** pres. subj., 2 pers. sing. （若你/妳）承載，負載，運送，傳送

venio, is, veni, ventum, ire *v., intr.*, 4. 來；**veniet** fut. ind., 3 pers. sing. （他/她/它將）來；**venias** pres. subj., 2 pers. sing. （若你/妳）來

ventis (ventus, i) *n.*, 2 decl., masc., dat../ abl. pl. 風

veto, as, vetui, vetitum, vetare *v., tr.*, 1. 禁止；**vetueram** pluperf. ind., 1 pers. sing. （我已曾）禁止

vexilla (vexillum, i) *n.*, 2 decl., neut., nom./ acc. pl. 旗子，旗幟

vicini (vicinus, i) *n.*, masc., gen. sing.; nom./ voc. pl. 鄰居，鄰人

video, es, vidi, visum, ere *v., tr.*, 2. 看；**videbis** fut. ind., 2 pers. sing. （你/妳將）看；**vides** pres. ind., 2 pers. sing. （你/妳）看

vincio, is, vinxi, vinctum, ire *v., tr.*, 4. 綁，捆，束縛；**vincito** fut. imp., 2/ 3 pers. sing. （你/妳/他/她/它得）綁，捆，束縛

vinco, is, vici, victum, vincere *v., tr.*, 3. 征服，擊敗，獲勝；**vincere** [1.] pres. inf. 征服，擊敗，獲勝；[2.] pass., pres. imp., 2 pers. sing. （你/妳得）被征服，被擊敗，被獲勝

vinum, vini *n.*, neut. 酒

vis, vis/ roboris *n.*, 3 decl., fem. 力氣，武力，暴力

vitam (vita, ae) *n.*, 1 decl., fem., acc. sing. 生命，生活

vivo, is, vixi, victum, ere *v., intr.*, 3. 活，生活；**vivebant** imperf. ind., 3 pers. pl. （他/她/它們曾）活，生活

vobisque [＝**vobis**＋**que**] **(vos, vestri/ vestrum, vobis)** *pers. pron.*, irreg., 2 pers. pl., dat./ abl. 你/妳們

volueram (volo, vis, volui, --, velle) *aux. anomal. v., tr./ intr.*, irreg., pluperf. ind., 1 pers. sing. （我已曾）想要；**voluit** perf. ind., 3 pers. sing. （他/她/它已）想要；**vis** pres. ind., 2 pers. sing. （你/妳）想要；**volo** pres. ind., 1 pers. sing. （我）想要

voluntatem (voluntas, voluntatis) *n.*, 3 decl., fem., acc. sing. 意志，意願，意圖，意旨

volvo, is, volvi, volutum, ere *v., tr.*, 3. 滾動，旋轉，[循圓周]繞行；**volvier** pass., pres. inf. 被滾動，被旋轉，被[循圓周]繞行

儘管規則的動詞變化具有前揭4種模組，但其中仍有一些動詞的變化型態中，會具有子音重複（*duplication*）或縮略（*contraction*）等改變構詞的情況，這些構詞改變的現象通常發生在**完成式**與**過去分詞**（即分詞的完成式）中。

1. 第一種動詞變化的構詞改變

(1.) 完成式語尾的子音重複

第一種動詞變化的完成式語尾原為「*-avi*」，但在遭遇子音重複的情況下，語尾會包含有構成字根的某一子音。如：

[1] do, das, d**edi**, datum, dare（給 | *to give*）。例如：

Non ego divitias dando tibi plura dedissem. (Ovidius, *Tr., 5, 14: 11*) ＝ 我不會給多過你/妳應得[份量]的財產。*I would not give more riches to you than should be given.*

[2] sto, stas, st**eti**, statum, stare（停留，站立 | *to stay, to stand*）。例如：

Hi stant ambo, non sedent. (Plautus, *Cap., prol.*) ＝ 這兩位都站著，沒有坐下。*They both stand, do not sit.*

(2.) 完成式語尾的縮略

在遭遇縮略現象時，完成式的語尾的會由原先的「*-avi*」改作「*-vi (/-ui)*」，甚至只剩下「*-i*」；在這種情況下，原先的過去分詞語尾「*-atum*」通常也會有所改變。如：

[1] crepo, creas, crep**ui**, crep**itum**, crepare（發出碰撞聲 | *to clatter*）

Qui crepuit quasi ferrum modo? (Plautus, *Aul., 2, 2*) ＝ 當下是有什麼東西在碰撞而發出有如武器[交擊]般的聲音？*What was that sound of weapon just now?*

[2] c*u*bo, c*u*bas, c*u*b**ui**, c*u*b**itum**, cub*a*re（躺下，小睡 | *to lie down, to lie asleep*）

Quod meminisset quo eorum loco quisque cubuisset. (Cicero, *de Orat., 2, 86; 353*) ＝ 由於他記得每樣[東西]各自放在何處。*Because he could remember in what place each of them was lying down.*

[3] d*o*mo, d*o*mas, d*o*m**ui**, d*o*m**itum**, dom*a*re（馴服，征服 | *to tame, to conquer*）

Ut traducerent elephantos quos haberent domitos. (Livius, *30, 37*) ＝ 從而他們能夠運來他們擁有的已被馴服的象群。*So that they could bring the elephants that they have tamed.*

[4] i*u*vo, i*u*vas, i*u***vi**, i*u***tum**, iuv*a*re（幫忙，幫助 | *to help*）

Nunc ego te quaeso ut me opere et consilio iuves. (Plautus, *Trin., 1, 2*) ＝ 現在我請求你透過行動及建議來幫助我。*Now I entreat you to aid me with action and advice.*

[5] l*a*vo, l*a*vas, l*a***vi**, l*a***utum**, lav*a*re（洗，清洗 | *to wash*）

Ancilla, quae latrinam lavat. (Plautus, *Curc., 4, 4*) ＝ 清洗廁所的那位女僕。*The maid servant, who is washing the cesspool.*

[6] s*e*co, s*e*cas, s*e*c**ui**, s*e*c**tum**, sec*a*re（切，切斷 | *to cut, to cut off*）

Taleas oleaginas seca diligenter. ＝ 要小心地裁切橄欖樹的木塊。*Cut carefully the pieces of wood (that are) from olive-trees.*

[7] s*o*no, s*o*nas, s*o*n**ui**, s*o*n**itum**, son*a*re（發出聲響，回聲 | *to sound, to resound*）

Hic saxa sunt, hic mare sonat. (Plautus, *Rud., 1, 3*) ＝ 在這裡有岩石，海水在這裡發出聲響。*Here there are rocks, here the sea resounds.*

[8] v*e*to, v*e*tas, v*e*t**ui**, v*e*t**itum**, vet*a*re（禁止 | *to prohibit*）

Quod volueram faciebatis, quod nolebam ac vetueram fugiebatis. (Plautus, *As., 1, 3*) ＝ 你/妳們做了那些我曾期盼[你/妳們去做]的[事]，你/妳們避免了那些我並不想要且已禁止[你/妳們去做]的[事]。*You did what I wanted, you avoided what I didn't want and I had forbidden.*

2. 第二種動詞變化的構詞改變

(1.) 完成式語尾的子音重複

第二種動詞變化的完成式語尾原為「**-ui**」，但在遭遇子音重複的情況下，語尾也會改由字根子音來構成；原先的過去分詞語尾「**-itum**」通常也會有所改變。如：

[1] pendeo, pendes, pe**pendi**, --, pendere（懸掛，懸置 | *to hang down, to be suspended*）

Ventis glacies astricta pependit. (Ovidius, *Met., 1: 120*) ＝ 因[寒]風而凝固的冰柱垂下。*The icicle compressed by thw wind hangs down.*

[2] spondeo, spondes, spo**pondi**, spon**sum**, spondere（擔保，保證 | *to give a pledge, to guarantee*）

Spondeo deo.＝ 我以神之名發誓。*I guarantee on god. (= I swear on god.)*

(2.) 完成式語尾的縮略

在遭遇縮略現象時，完成式的語尾的會由原先的「**-ui**」改作「**-i**」；原先的過去分詞語尾「**-itum**」通常也會有所改變。如：

[1] sedeo, sedes, sed**i**, se**ssum**, sedere（坐，使置於 | *to sit, to be seated*）

Ibi manens sedeto donicum videbis me. (Andronicus, *Od., 6: 295*) ＝ 在那裡坐下待著，直到你/妳見到我。*There remaining seated, until you will see me.*

[2] video, vides, vid**i**, vi**sum**, videre（看 | *to see*）

Vides Cliniam[68] an non? (Terentius, *Heau., 2, 4*) ＝ 妳有沒有看到 Clinia？*Do you see Clinia or not?*

---

[68] Clinia 為 P. Terentius Afer 的劇作 Heauton Timorumenos 裡的男性青年角色。

(3.) 特定的完成式的語尾：-si、-xi 及-vi

　　除了前揭的子音重複及縮略，完成式的構詞改變也可能是以特定語尾來替換原先的語尾。在第二種動詞變化中，常見的特定語尾包括有：「-xi」、「-si」與「-vi」；在此情況下，原先的過去分詞語尾「-itum」也會隨之改變。如：

[1] augeo, auges, au**xi**, au**ctum**, augere（增加，增大 | to increase, to augment）

Pomerium [69] urbis auxit. (Tacitus, *Ann., 12, 23*) ＝ 他擴大了羅馬城的 Pomerium 範圍。*He increased the pomerium of the Rome.*

[2] ardeo, ardes, ar**si**, ar**sum**, ardere（燃燒 | to burn, to blaze）

Flammis absentibus arsit. (Ovidius, *Fast., 5: 305*) ＝ 在沒有火苗[的情況下]燃燒了起來。*It burned without burning flames.*

[3] haereo, haeres, hae**si**, hae**sum**, haerere（附著於，依附於 | to stick,to cling, to adhere）

Haerent parietibus scalae. (Vergilius, *A., 2: 442*) ＝ 梯子附在牆上。*Staircases cling to the walls.*

[4] iubeo, iubes, iu**ssi**, iu**ssum**, iubere（命令 | to order）

Dormitum iubet me ire. (Plautus, *Mos., 3, 2*) ＝ 他命令我去睡覺。*He orders me to go sleeping.*

---

[69] 古代羅馬人在城鎮空間的配置上承襲了 Etruscan 人的習俗，以涉及宗教意涵的 Pomerium（或作 Pomoerium）概念，作為區分狹義的羅馬城（urbs）及其轄區（ager）的境界線。同時，在此 Pomerium 所圈定的範圍內，也設置有各種涉及政治與宗教的禁止事項。最早的 Pomerium 界限係準據於羅馬城創建者 Romulus 所建的城牆位置，而異於後來為禦敵而增擴建的羅馬城牆。在紀元前 80 年時，獨裁官 Lucius Cornelius Sulla（ca. 138 - 78 B.C.）曾為展示其權威而擴張了 Pomerium 的範圍；到了帝國時期，皇帝 Tiberius Claudius Drusus Germanicus（10 B.C. - 54 A.D.，在位期間：41 - 54 A.D.）亦曾再度擴大 Pomerium 的空間，並立有界石。此一摘引自塔西佗（Tacitus）的例句便是在描述皇帝 Tiberius Claudius 對於 Pomerium 範圍的擴張一事。

[5] maneo, manes, man**si**, man**sum**, manere（留下，停留，保持 | *to remain, to stay*）

"Tollo ampullam atque hinc eo." "Mane, mane." (Plautus, *Merc., 5, 2*) ＝ 「我拿著小壺從這裡離開。」「留下，你留下。」*"I take the the small flask and I get out of here." "you stay, stay."*

[6] rideo, rides, r**isi**, r**isum**, ridere（笑 | *to laugh*）

Matronae tacitae spectent, tacite rideant. (Plautus, *Poen, prol.*) ＝ 讓沈默的女士們看，讓她們無聲地笑。*Let the silent matrons to look, let them to laugh silently.*

[7] caveo, caves, ca**vi**, c**autum**, cavere（留意，小心 | *to be on one's guard, to guard, to take care*）

Cave canem! ＝ 小心狗！*Beware of the dog!*

[8] deleo, deles, del**evi**, del**etum**, delere（刪除，消去，毀滅 | *to delete, to efface, to destroy*）

Si deleuerit tabula testamenti. ＝ 若他/她已刪去了遺囑。*If he/she effaced the record of the testament.*

3. 第三種動詞變化的構詞改變

第三種動詞變化的構詞改變情形最多，其完成式語尾的種類包括：

(1.) 完成式語尾的子音重複

[1] *a*bdo, *a*bdis, abd**idi**, abd**itum**, *a*bdere（躲藏，掩蔽 | *to hide, to conceal*）

Gladio, quem sinu abdiderat, incubuit. (Tacitus, *Ann., 5(6), 7*) ＝ 他倒臥在那把他掩藏在懷中的劍。*He fell on a sword which he had concealed in his robe.*

[2] cado, cadis, **cecidi**, casum, cadere（落下，降落，墜落 | *to fall*）；
caedo, caeis, **cecidi**, caesum, caedere（宰殺，謀殺 | *to slaughter, to murder*）

Si cades, non cades quin cadam tecum. (Plautus, *Mos., 1, 4*) ＝ 如果你跌倒的話，你將不會在我未與你一起跌倒[的情況]下跌倒。*If you fall, you shall not fall without me falling with you.*

Si vicini aedes ruinosae in meas aedes ceciderint[70]. (Iustinianus I, *Dig., 39, 2, 6*) ＝ 若鄰人的頹圮家屋墜於我自身的宅邸之上。*If the ruinous houses of the neighbor fall upon my buildings.*

[3] cano, canis, **cecini**, (cantum), canere（歌唱，頌唱 | *to sing*）

Cum ille cecinisset carmen. ＝ 當他頌唱詩歌時。*While he was singing a poem.*

[4] condo, condis, cond**idi**, cond**itum**, condere（創造，建立 | *to build, to found*）

Ab urbe condita. (Livius) ＝ 自羅馬城奠基[以來]。*From the foundation of Rome.*

[5] credo, credis, cred**idi**, cred**itum**, credere（相信，信賴，託付 | *to believe, to entrust, to commit*）

Mihi suum animum atque omnem vitam credidit. (Terentius, *An., 1, 5*) ＝ 她已把她的心神及終生託付給我。*She has commited her spirit and the whole life to me.*

[6] curro, curris, cu***curri***, cursum, currere（跑 | *to run*）

Canes currentes bibere in Nilo flumine. (Phaedrus, *1, 25*) ＝ 狗群奔跑著以便在尼羅河飲水。[71]*The dogs (which are) running to drink at the Nile river.*

[7] disco, discis, d***idici***, --, discere（學，學習 | *to learn*）

Docendo discitur. (Seneca, *Ep., 1; 7, 8*) ＝ 藉由教人而學習。*By teaching one learns.*

---

[70] ceciderint 同時可作為 cado（落下，降落，墜落 | *to fall*）與 caedo（宰殺，謀殺 | *to slaughter, to murder*）的 [1.] 假設語氣現在式第三人稱複數，以及 [2.] 直述語氣未來完成式第三人稱複數的變化形態。在本例句中應解作 cado。

[71] 為了防範被河中的鱷魚吞噬，因此一邊跑動一邊飲水。

[8] fallo, fallis, **fe_fe_lli**, falsum, fallere（誤導，欺騙 | *to lead into error, to deceive*）

Quis fallere possit amantem? (Vergilius, *A., 4: 296*) ＝ 有誰能欺矇情人呢？ *Who can deceive the lover?*

[9] pango, pangis, **pe_pigi_** (/**pe**gi /pan**xi**), pa(n)ctum, pangere（固定，組成，規定，置入 | *to fix, to compose, to stipulate for, to drive in*）

Ferramentum bifurcum, quo semina panguntur. (Isidorus, *Ety., 20, 14, 5*) ＝ 種子藉由一種[帶有]雙叉尖的鐵器而被植入[土中]。 *The two-forked tool, by which the seeds are planted.*

[10] parco, parcis, **pe_perci_**, parsum, parcere（節用，省去，寬恕 | *to spare, to pardon*）

Argento parci nolo. (Plautus, *Cas., 2, 8*) ＝ 我不想省錢。 *I don't want to spare the money.*

[11] pario, paris, **pe_peri_**, partum, parere（生產，產出，產生 | *to bring forth, to bear, to produce*）

Hodie illa pariet filios geminos duos. (Plautus, *Am., 1, 2*) ＝ 今天她將產下兩名雙胞胎的兒子。 *Today she will deliver two twin sons.*

[12] pello, pellis, pe**puli**, **pu**lsum, pellere（推，擊 | *to push, to strike*）

Cum lingua et dentes et alias partes pellit oris. (Cicero, *N. D., 2, 59; 149*) ＝ 當舌對牙齒及嘴巴的其他部位施力。 *When the tongue push the teeth and the other parts of the mouth.*

[13] pendo, pendis, pe**pendi**, (pensum), pendere（秤重，斟酌，衡量 | *to weigh*）

Da pensam lanam. ＝ 給[我]已秤過的羊毛。 *Give (me) the weighed wool.*

[14] perdo, perdis, perd**idi**, perd**itum**, perdere（遺失，毀壞，毀滅 | *to lose, to ruin, to destroy*）

Stultitia tua nos paene perdidisti. (Plautus, *Mil., 2, 4*) = 由於你的愚蠢，你幾乎毀了我們。*Because of your stupidity, you almost destroyed us.*

[15] p*o*sco, p*o*scis, po**posci**, (pos**tul*a*tum**), p*o*scere（要求，強求 | *to demand, to ask for insistently*）

Mille nummum poscit. (Terentius, *Heau., 3, 3*) = 她要求一千塊錢。*She asks insistently for a thousand pieces of money.*

[16] pr*o*do, pr*o*dis, prod**idi**, pro**ditum**, pr*o*dere（推進，投射 | *to thrust forward, to project*）

Vexilla regis prodeunt[72]. (Venantius Fortunatus, *H., 1*) = 國王的旗幟向前推進。*The banners of the king advance forward.*｛此句中的國王意指上帝｝

[17] s*i*sto, s*i*stis, **st*e*ti**, **st*a*tum**, s*i*stere（安置，豎立 | *to set up, to erect, to plant*）

Apud Palatium[73] effigies eorum sisteret. (Tacitus, *Ann., 15, 72*) = 他在皇宮附近豎立他們的塑像。*He set up their statues nearby the Palace.*

[18] t*a*ngo, t*a*ngis, **t*e*tigi**, t*a*ctum, t*a*ngere（碰，碰觸 | *to touch*）

Polypi qui ubi quicquid tetigerunt tenent. (Plautus, *Aul., 2, 2*) = 章魚會抓住牠們在任何時候所碰觸到任何事物。*The octopus who hold anything whenever they had touched.*

[19] t*e*ndo, t*e*ndis, te**tendi**, t*e*ntum, t*e*ndere（伸出，延展，擴張 | *to stretch out, to extend*）

Manus ad caeli caerula templa tendebam lacrimans. (Ennius, *Ann., 1: 46-47*) = 我曾哭著向天上的湛藍色神殿伸出雙手。*I stretched out the hands with crying towards the cerulean temples of the sky.*

---

[72] prodeunt 的詞形變化組為 prodeo, prodis, prodivi, proditum, prodire，其部份變化與動詞 prodo 相同，且兩者皆有前行、推進、投射之意。

[73] Palatium 為羅馬七丘之一，因歷代羅馬君主多將宮殿設置於此，而又成為皇宮、宮殿的代稱。

[20] 動詞 tollo 的構詞改變也屬於這一類，但其詞形變化稍有不同：

tollo, tollis, **sustuli**, **sublatum**, tollere（舉，舉起，拿走 | *to lift, to raise*）

Aurum tollere ac sibi habere iussit. (Livius, *26, 50*) ＝ 他下令拾起黃金，並為其自身所持有。*He has ordered to pick up the gold, and to keep for himself.*

(2.) 完成式語尾的縮略

當第三種動詞變化的完成式語尾縮略為「**-i**」時，通常會伴隨有字根的母音改變、或是字根語尾子音的縮略等現象。例如：

[1] *a*go, *a*gis, ***e*gi**, *a*ctum, *a*gere（做，進行，帶走 | *to do, to drive off, to carry off*）

Praeda ex omnibus locis agebatur. (Caesar, *Gal., 6, 43*) ＝ 戰利品被取自於所有地方。*Booty was carried off from all places.*

[2] c*a*pio, is, c***e*pi**, c*a*ptum, c*a*pere（拿，抓取 | *to take, to catch*）

Cape igitur speculum. (Plautus, *Mos., 1, 3*) ＝ 把鏡子拿來。*Then take the mirror.*

[3] cons*i*do, cons*i*ds, cons***e*di**, consessum, cons*i*dere（坐下，落腳 | *to sit down, to settle*）

Cum dictator consedisset. (Livius, *6, 38*) ＝ 在獨裁官就座（＝就任）的同時。*As soon as the dictator had sat down.*

[4] f*a*cio, is, f***e*ci**, f*a*ctum, f*a*cere（做，製作，建造 | *to make, to build, to do*）

Difficultas faciendi pontis. (Caesar, *Gal., 4, 17*) ＝ 建造一座橋梁的困難。*The difficulty of building a bridge.*

[5] fr*a*ngo, fr*a*ngis, fr***e*gi**, fr*a*ctum, fr*a*ngere（破壞，摧毀，削弱 | *to break, to crush, to weaken*）

Fracta resarcire. ＝ 修復[/賠償]遭損壞的[事物]。*To restore the broken (things).*

[6] fundo, fundis, fudi, fusum, fundere（傾瀉，流出，澆鑄[金屬] | to pour out, to shed, to cast (metals)）

Cum fundendo plumbum flatur. (Vitruvius, *8, 6, 11*) ＝ 當鉛被澆鑄鍛造成形時。*When the lead is moulded by casting.*

[7] iacio, is, ieci, iactum, iacere（拋，擲，投 | to throw, to cast, to hurl）

Iacere oscula. (Tacitus, *Hist., 1, 36*) ＝ 拋出飛吻。*To throw the kisses.*

[8] relinquo, relinquis, reliqui, relictum, relinquere（留下 | to leave）

Relinquit me tantum ad paternam domum. (Seneca Maior, *Contr., 3, 3*) ＝ 他僅留我在父親的家裡。*He only leaves me in father's house.*

[9] rumpo, rumpis, rupi, ruptum, rumpere（破裂，毀壞 | to burst, to break down）

Saepe ubi conditum novum vinum, orcae fervore musti ruptae. (Varro, *R., 1, 13*) ＝ 經常地，在製造新酒時，酒甕會因葡萄汁的發酵作用而破裂。*Often, when the new wine (is) produced, the pots (are) burst by the fermentation of the must.*

[10] vinco, vincis, vici, victum, vincere（獲勝，擊敗 | to win, to defeat）

Aio te Romanos vincere posse. (Ennius, *Ann., 6: 174*) ＝ 我說你能夠贏過羅馬人。*I say you can defeat the Romans.*

(3.) 特定的完成式語尾：-xi

「-xi」屬於第三種動詞變化的完成式規則語尾，此時完成式字根結尾既有的子音會由此種語尾的「-x-」所取代，與此相應的過去分詞結尾通常為「-ctum」。如：

[1] affligo, affligis, afflixi, afflictum, affligere（打擊，擊倒 | to strike, to knock）

Gabinus[74] concursu magno et odio universi populi paene afflictus est. (Cicero, *Q. Fr., 3, 1, 24*) ＝ Gabinus 幾乎已被廣大的群眾及全體人民的厭惡所擊倒。*Gabinus was almost overwhelmed by the great concourse and the odium of all*

---

[74] 此指 Aulus Gabinius，羅馬共和末期的政治家。

people.

[2] c*i*ngo, c*i*ngis, c*i***nxi**, c*i*nctum, c*i*ngere（環繞，圍繞 | *to surround, to encircle*）

Mihi Delphica lauro cinge. (Horatius, *Carm., 3, 30: 15-16*) ＝ 你/妳以阿波羅的桂冠為我加冕。[75] *Crown me with the Delphic laurel.*

[3] d*i*co, d*i*cis, d*i***xi**, d*i*ctum, d*i*cere（說 | *to say, to talk, to speak*）

Dic, quaeso, clarius! (Cicero, *Ver., 2.1, 55; 143*) ＝ 說吧！我請求你，更坦率點！*Speak, please, more plainly.*

[4] d*i*ligo, d*i*ligis, dil*e***xi**, dil*e***ctum**, d*i*ligere（珍愛，鍾愛 | *to love, to hold dear*）

Ut aut oderint aut diligant. (Cicero, *de Orat., 2, 44; 185*) ＝ 以致於他們或是厭惡、或是喜愛。*So that they might hate or love.*

[5] d*u*co, d*u*cis, d*u***xi**, d*u*ctum, d*u*cere（指引，指揮，帶領 | *to lead, to conduct, to take*）

Abiit ad amicam, neque me voluit ducere. (Plautus, *Men., 3, 1*) ＝ 他已動身前往女友處，而不想帶我走。*He departed for the girlfriend, and didn't want to take me.*

[6] f*i*go, f*i*gis, f*i***xi**, f*i***xum**, f*i*gere（固定，刺穿 | *to fix in, to pierce*）

Fixis in terram pilis. (Livius, *2, 65*) ＝ 藉由固定在地上的槍矛。*By the spears fixed in the ground.*

[7] f*i*ngo, f*i*ngis, f*i***nxi**, f*i*nctum, f*i*ngere（形塑，塑造 | *to form, to shape*）

Alter humum, de qua fingantur pocula, monstrat. (Ovidius, *Tr., 2, 1: 489*) ＝ 另一人展示用來製作酒器的黏土。*Another one shows the clay from which the drinking-vessels are fashioned.*

---

[75] 希臘神話中的太陽神阿波羅同時也是主掌藝術的神祇，月桂樹則被用以象徵其榮耀，而以月桂冠加冕詩人則意指對於最佳詩人的禮讚。

[8] flecto, flectis, fle**xi**, flectum, flectere（彎曲，扭曲 | *to bend, to curve*）

Teneros adhuc ramos manu flectunt. (Curtius Rufus, *6, 5, 14*) = 他們至今仍以手來弄彎柔嫩的樹枝。*Hitherto, they bend the tender twigs with the hand.*

[9] intellego, intellegis, intelle**xi**, intellectum, intellegere（瞭解，理解 | *to understand, to realize*）

Iam pridem intellexisti voluntatem meam. (Cicero, *Att., 11, 13, 4*) = 你之前就已經明瞭我的意志。*You have previously already understood my will.*

[10] iungo, iungis, iun**xi**, iunctum, iungere（固定，繫縛，附屬 | *to fasten, to attach*）

Digitis inter se iunctis. (Ovidius, *Met., 9: 299*) = 以相互扣連的手指。*With interlocked fingers.*

[11] neglego, neglegis, negle**xi**, neglectum, neglegere（不顧，忽視 | *to disregard, to ignore*）

Matris iam iram neglego. (Plautus, *Merc., 5, 2*) = 我已不顧母親的憤怒。*I already ignore the anger of the mother.*

[12] pingo, pingis, pin**xi**, p**ictum**, pingere（塗漆，著色 | *to paint, to tint*）

Bibliothecam mihi tui pinxerunt. (Cicero, *Att., 4, 5*) = 你的人已為我裝點了圖書室。*Your (men) have beautified the library for me.*

[13] prospicio, prospicis, prosp**exi**, prosp**ectum**, prospicere（預見，盤算 | *to see (in front), to have a view*）

Forte lacum prospexit in imis vallibus. (Ovidius, *Met., 6: 343-344*) = 或許她已在極深的山谷之間看見一處湖泊。*Perhaps she has seen a lake in the deepest valleys.*

[14] rego, regis, re**xi**, rectum, regere（指揮，指導，管理，管控 | *to direct, to guide, to conduct, to control*）

Si in urbe fines non reguntur. (Cicero, *Top., 4; 23*) = 如果在一座城市裡，領土沒有被管控的話。*If in a city the territories are not regulate.*

[15] stringo, stringis, strin**xi**, stri**ctum**, stringere（綁緊，繫牢 | *to bind tight, to secure, to fasten*）

Caput stringebat diadema candida. (Apuleius, *Met., 10, 30*) ＝ 頭上緊繫一頂無瑕的皇冠。 *The head bound tight a spotless diadem.*

[16] traho, trahis, tra**xi**, tractum, trahere（拖，拉 | *to pull, to drag, to haul*）

Huic cervixque comaeque trahuntur per terram. (Vergilius, *A., 1: 477-478*) ＝ 他的後頸與頭髮被拉扯拖過地面。 *The neck and hair of him are dragged through the soil.*

[17] veho, vehis, ve**xi**, vectum, vehere（承載，運送 | *to carry*）

Si reticulum panis vehas umero. (Horatius, *S., 1, 1: 46-47*) ＝ 若你在肩上扛著麵包的籃子。 *If you carry the basket of bread on the shoulder.*

[18] vivo, vivis, vi**xi**, victum, vivere（活，生活 | *to be alive, to live*）

Qui tum vivebant homines. (Ennius, *Ann., 9: 302*) ＝ 活在那時的人們。 *People who had lived at that time.*

(4.) 特定的完成式語尾：-si、-ssi 及-psi

除了前項的「**-x-**」，第三種動詞變化完成式的字根結尾子音也可能會由其他子音所取代，而產生諸如「**-si**」、「**-ssi**」或「**-psi**」等特定的完成式語尾。如：

[1] claudo, claudis, clau**si**, clausum, claudere（關，閉 | *to close, to shut*）

Clausa habere ostia ac fenestras. (Varro, *R., 2, 7*) ＝ 門窗保持關閉。 *To keep the doors and windows shut.*

[2] mitto, mittis, mi**si**, missum, mittere（解放，釋放，遣送 | *to release, to let go, to send*）

Animam de corpore mitto. (Ennius, *Ann., 6: 202*) ＝ 我自身體釋出靈魂。 *I release the soul from the body.*

[3] spargo, spargis, spar**si**, sparsum, spargere（拋，撒 | *to scatter*）

Stercus columbinum spargere oportet in pratum. (Cato, *Agr., 36*) = 必須要把
鴿子的糞便撒在牧草地上。*It is necessary to scatter the pigeon's dung on the meadow.*

[4] cedo, cedis, ce**ssi**, cessum, cedere（離開，進行，取回 | *to go away, to proceed, to withdraw*）

In eam urbem, ex qua Brutus[76] cederet. (Cicero, *Phil., 1, 4; 9*) = 到那座 Brutus
自該處離去的城市。*Into that city, from which Brutus withdrew.*

[5] concutio, concutis, concu**ssi**, concussum, concutere（搖動，振動，揮舞 | *to shake, to agitate*）

Manibus flagella concussit. (Quintilianus, *Decl., 18, 13*) = 他以手揮舞著鞭子。
He has agitated the whips with the hands.

[6] gero, geris, ge**ssi**, gestum, gerere（持有，帶來 | *to bear, to carry*）

Uxor, parvulum sinu filium gerens. (Tacitus, *Ann., 1, 40*) = 妻子在懷裡帶著
幼小的兒子。*The wife, carrying the very little son in the bosom.*

[7] premo, premis, pre**ssi**, pressum, premere（按壓，抓緊，握緊 | *to press, to grip tight*）

Natura premit. = 生理所迫。*Nature presses on.*｛即必須去上廁所之意｝

[8] *uro, uris, u**ssi**, ustum, urere*（燒毀，燃燒 | *to distroy by fire, to burn*）

Fulminis vis, in arbore quod aridissimum est urit. (Seneca, *Nat., 2, 52, 2*) = 就
樹木而言，閃電的力量會燒毀極乾燥的[任一部位]。*In the tree, the strength of the lightning burns (any portion) that is the driest.*

---

[76] 此指 Marcus Junius Brutus（85 - 42 B.C.），羅馬共和末期的政治家，共謀刺殺凱撒的人
之一，為西塞羅的摯友。

[9] scr*i*bo, scr*i*bis, scr**psi**, scr*i*ptum, scriber（描繪，書寫，劃分 | *to draw, to mark out, to assign, to inscribe, to write*）

Nisi tamen ut formam secundum rationem loci scribas. (Plinius Minor, *Ep., 9, 39*) ＝ 除非你仍[將]繪製符合在地情狀的圖樣。*Unless you still sketch out the form suitable to the situation of the place.*

[10] s*u*mo, s*u*mis, s*u*m**psi**, s*u*mptum, s*u*mere（拿取，提取 | *to take up, to take, to put on*）

Aquam sumere ex fonte. ＝ 從泉源取水。*To fetch water from the source.*

(5.) 特定的完成式語尾：-vi 及-ivi

[1] arc*e*sso, arc*e*ssis, arcess***ivi***, arcess***itum***, arc*e*ssere（叫來，召喚，傳喚 | *to send for, to fetch, to summon*）

Dictator iubet magistrum equitum arcessi. (Gellius, *2, 19, 9*) ＝ 獨裁官下令騎士們的主人要被傳喚。*The dictator orders the master of the horsemen to be summoned.*

[2] c*e*rno, c*e*rnis, cr***evi***, cr***etum***, c*e*rnere（篩選，分割，決定 | *to sift, to separate, to decide*）

Et paribus spatiis occasus cernit et ortus. (Manilius, *Astr., 1: 636*) ＝ 祂以相等的[時間]間隔來劃分日落與日出。*He (=The God) separates sunset and sunrise with equal spaces.*

[3] cr*e*sco, cr*e*scis, cr***evi***, cr***etum***, cr*e*scere（生成，增長，茁壯 | *to be born, to arise, to increase, to grow*）

Fortes et pulchro corpore creti. (Lucretius, *5: 1116*) ＝ 生得強壯且[伴隨著]優美的身軀。*Born strong and with a beautiful body.*

[4] c*u*pio, c*u*pis, cup***ivi*** (/c*u*p***ii***), cup***itum***, c*u*pere（想要，渴望，企求 | *to wish, to desire, to want*）

Non omnia omnibus cupiunda esse. (Sallustius, *Iug., 64*) ＝ 並非一切的事物都應該被任何人所渴望。*Not all things have to be desired by everyone.*

[5] lacesso, lacessis, lacess***ivi***, lacess***itum***, lacessere（挑戰，刺激，激勵 | *to challenge, to stimulate*）

Meo me lacessis ludo et delicias facis. (Plautus, *Poen., 1, 2*) ＝ 你向我挑戰我的遊戲，並且[為我]帶來樂趣。*You challenge me at my game and make (me) fun.*

[6] nosco, noscis, **n*ovi***, **n*otum***, noscere（知道，查明 | *to get to know, to ascertain*）

Quid vis? Id volo noscere. (Plautus, *Aul., 4, 10*) ＝ 你想要什麼？我想知道那[事]。*What do you want? I want to know that.*

[7] peto, petis, pet***ivi***, pet***itum***, petere（要求，請求，尋求，攻擊，追擊，前往 | *to ask, to seek, to attack, to chase, to pursue, to make for*）

Hic tu credis quemquam latrinam petisse? (Lucilius, *6; 253*) ＝ 在此，你/妳認為會有任何人要去廁所嗎？*Here, do you believe that anyone made for the latrine?*

[8] quaero, quaeris, quaes***ivi***, quaes***itum***, quaerere（尋找，搜尋，尋求，要求 | *to try to find out, to search for, to look for, to ask*）

Fratrem meum oculis quaerebant. (Cicero, *Sest., 35; 76*) ＝ 他們用眼睛來搜尋我的兄弟。*They searched for my brother with the eyes.*

[9] tero, teris, **tr*ivi***, **tr*itum***, terere（摩擦，擦拭 | *to rub, to chafe*）

Falsa lacrimula terendo. (Terentius, *Eu., 1, 1*) ＝ 藉由擦拭一滴虛偽的小淚珠。*By rubbing a false tiny tear.*

[10] sero, seris, **s*evi***, **s*atum***, serere（種植，播種 | *to plant, to sow*）

Serit arbores. (Cicero, *Tusc., 1, 14; 31*) ＝ [某人]種植樹木。*One plants the trees.*

[11] sino, sinis, **s*ivi***, **s*itum***, sinere（放任，允許，容許 | *to leave alone, to let be, to allow, to permit*）

Sine, revenias modo domum, faxo ut scias. (Plautus, *As., 5, 2*) ＝ 算了，只要你回家，我便會讓你瞭解。*Let it be, only you come home, (then) I will let you know.*

[12] s*o*lvo, s*o*lvis, sol**vi**, sol***utum***, s*o*lvere（鬆開，解開 | *to loosen, to untie, to unfasten*）

Tauris iuga solvet arator. (Vergilius, *Ecl., 4: 41*) ＝ 耕地者將解開公牛群的軛。 *The ploughman will unfasten the yoke to the bulls.*

[13] sp*e*rno, sp*e*rnis, **spr*e*vi**, **spr*e*tum**, sp*e*rnere（分離，隔開，排除，拒絕，輕蔑 | *to dissociate, to separate, to reject, to despise*）

Spernitur orator bonus, horridus miles amatur. (Cicero, *Mur., 14; 30*) ＝ 良善的演說家被輕蔑，可怕的軍人被愛戴。*The good orator is despised, the horible soldier is loved.*

[14] st*e*rno, st*e*rnis, **str*a*vi**, **str*a*tum**, st*e*rnere（展開，攤開，散播 | *to spread, to scatter over*）

In lecto lepide strato lepidam mulierem complexum contrectare. (Plautus, *Poen., 3, 3*) ＝ 在鋪好的宜人床上，一名迷人的女性[與你]撫觸相擁。*On a bed charmingly spread, a charming woman touch (you) for embrace.*

[15] v*o*lvo, v*o*lvis, vol**vi**, vol***utum***, v*o*lvere（滾動，旋轉，[循圓周]繞行 | *to roll, to orbit, to travel in a circular course, to bring around*）

Est etiam quare proprio cum lumine possit volvier luna. (Lucretius, *5: 715*) ＝ 這也是為何月亮能憑自身的光而被轉動。*It is also why the moon could be rolled by the very own light.*

(6.) 特定的完成式語尾：-ui

[1] *a*lo, *a*lis, *a*l**ui**, *a*ltum, *a*lere（哺育，滋養，餵養 | *to suckle, to nurse, to feed (offspring or people)*）

Alere nolunt hominem edacem. (Terentius, *Ph., 2, 2*) ＝ 他們不想供養一名貪吃的人。*They don't want to feed a voracious man.*

[2] c*o*lo, c*o*lis, col**ui**, c***ultum***, c*o*lere（住，居住，耕作 | *to live in, to inhabit, to cultivate*）

Liceat nobis vobisque utramque ripam colere. (Tacitus, *Hist., 4, 64*) = 讓我們和你們能被允許住在[萊茵河的]兩岸。*Let it be permitted for us and for you to inhabit both the banks (of the Rhine river).*

[3] consulo, consulis, cons*u***lui**, cons*u*ltum, cons*u*lere（諮詢，商量，照料 | *to consult*）

Si me consulas. = 若你向我諮詢的話。*If you consult me.*

[4] gigno, gignis, g*e***nui**, g*e***nitum**, gignere（生育，創造 | *to bring into being, to create*）

O Romule[77], qualem te patriae custodem di genuerunt! (Ennius, *Ann., 2: 117-118*) = 喔！Romulus 啊！正是要作為祖國的守護者，[從而]諸神創造了你！*Oh! Romulus, what a guardian of the country have the gods begot you!*

[5] incumbo, inc*u*mbis, inc*u***bui**, inc*u***bitum**, inc*u*bere（前屈，倚靠，躺下 | *to bend forward, to lean over/ on, to lie down*）

Pinus et incumbens laetas circumdabat umbras. (Propertius, *3, 13: 37*) = 一株向前彎曲的松樹環繞著茂盛的陰影。*A pine, bending foreard, surrounded (with) the luxuriant shadows.*

[6] pono, ponis, **p*o*sui**, po*s***itum**, ponere（擺放，安置 | *to place, to set up*）

Patinam in sole ponito. (Cato, *Agr., 87*) = 你/妳要將盤子放在太陽下。*You shall place the dish under the sun.*

[7] rapio, rapis, rap**ui**, raptum, rapere（奪取，拿走，攫取，劫掠，掠奪 | *to carry off, to take away, to seize, to sack, to plunder*）

Rapiant frumenta ex agris nostris. (Livius, *2, 34*) = 他們會從我們的田裡搶奪穀物。*They should seize the corn from our fields.*

[8] sero, seris, se**rui**, sertum, serere（結合，纏繞，交織 | *to link together, to entwine, to interlace*）

---

[77] Romulus 為羅馬城的創建者。

Aeternum seritote diem concorditer ambo. (Ennius, *Ann., 1: 110*) = 你們二者都將與永恆的時日結合一致。*Both of you should concordantly entwine an eternal day.*

(7.) 特定的完成式語尾：-i

第三種動詞變化的完成式也可能會在未改變字根母音的情況下，直接接續語尾「-i」。如：

[1] defendo, defendis, defend**i**, defensum, defendere（迴避，防範，保衛，辯護 | *to ward off, to fend off, to take care of, to protect*）

Serva cives, defende hostes. (Ennius, *Trag., 8*) = 保護市民，避開敵人。*Defend the citizens, fend off the enemy.*

[2] edo, edis, edi (/ed**idi**), esum (/editum), edere（排出，放射 | *to emit, to jet*）

Si sanguis per urinam editur. (Celsus, *Med., 2, 7, 13*) = 若血經由尿液被排出。*If blood is emitted with urine.*

[3] emo, emis, em**i**, emptum, emere（買，獲取 | *to buy, to gain*）

Senatus decernit ut ematur frumentum. (Cicero, *Ver., 2.3, 74; 172*) = 元老院決議穀物應被購入。*The senate decrees that corn shall be bought.*

[4] fodio, fodis, fod**i**, fossum, fodere（鑿，戳，刺 | *to pierce, to stab*）

Noli fodere; iussi. (Terentius, *Hec., 3, 5*) = 你不要刺（/你別暗箭傷人）；我已下令。*Don't stab, I has ordered.*

[5] fugio, fugis, fug**i**, fug**itum**, fugere（逃跑 | *to run away*）

Senex exit foras; ego fugio. (Terentius, *Heau., 5, 3*) = 老人出門在外；我逃離。*The old man comes out of door; I flee.*

[6] lego, legis, leg**i**, lectum, legere（收集，聚集 | *to gather, to collect*）

Frondem iligneam legito. (Cato, *Agr., 5*) = 你/妳得收集橡樹的葉子。*You have to gather the oak leaves.*

4. 第四種動詞變化的構詞改變

(1.) 完成式語尾的子音重複

[1] reperio, reperis, rep**peri**, reper**tum**, reperire（尋找，發現 | *to find out, to discover*）

Hic qui hodie veniet, reperiet suas filias. (Plautus, *Poen., prol.*) = 在今日要前來的這人，將會找到他的女兒們。*This one who will come today, will find his daughters.*

(2.) 完成式語尾的縮略

[1] comperio, comperis, comper**i**, comper**tum**, comperire（找出，發現 | *to find out, to discover*）

Aliquo facinore comperito. = 去追查某些罪行。*To find out any crime.*

[2] venio, venis, ven**i**, ven**tum**, venire（來 | *to come, to approach*）

Ubi convivae aberint, tum venias. = 在客人們離開之後，你/妳便可以前來。*When the guests will be away, then you can come.*

(3.) 特定的完成式語尾：-si 及 -xi

[1] haurio, hauris, hau**si**, hau**stum**, haurire（取出，排出，衍生於 | *to draw (out), to shed, to derive*）

Aqua e fontibus amnibusque hausta. (Tacitus, *Hist., 4, 53*) = 引自泉源及河川的水。*The water derived from sources and rivers.*

[2] sentio, sentis, sen**si**, sen**sum**, sentire（察覺，感覺，認知 | *to perceive, to discern, to recognize, to feel*）

Sentio sonitum. (Plautus, *Curc., 1, 2*) = 我聽見一個聲響。*I perceive a noise.*

[3] sancio, sancis, san**xi**, sanc**tum**, sancire（承認，認可，批准 | *to ratify, to confirm*）

Sacrosanctum esse nihil potest nisi quod populus sanxit. (Cicero, *Balb., 14; 33*) = 沒有事情會是神聖的，除非人民已批准了那事。*Nothing can be sacred except what the people have ratified.*

[4] vincio, vincis, vin**xi**, vin**ctum**, vincire（綁，捆，束縛 | *to fasten, to bind, to wrap*）

Secum ducito, vincito nervo. (*Lex XII, 3*) ＝ 以縛具加以束縛，使他隨身帶著。*Take with himself, bind with a fetter.*

(4.) 特定的完成式語尾：-ivi 及-ui

「*-ivi*」雖為第四種動詞變化的完成式規則語尾，但在完成式以「*-ivi*」結尾的情況下，過去分詞的語尾仍未必會是規則的「*-itum*」。如：

[1] audio, audis, audivi, auditum, audire（聽，聽到 | *to hear, to be able to hear*）

Caput dolet, neque audio, nec oculis prospicio satis. (Plautus, *Am., 5, 1*) ＝ 我頭痛、聽不見，也沒法好好地用眼睛來看。*My head feel pain, and I can't hear, nor do I see well with the eyes.*

[2] sepelio, sepelis, sepelivi, sep**ultum**, sepelire（埋，埋葬，抑制，鎮壓 | *to bury, to suppress*）

Sepulcrum prope oppidum, in quo est sepultus. (Nepos, *Them., 10*) ＝ 靠近城鎮的墓地，他被埋葬在那裡。*The sepulcher near the town, in which he is buried.*

[3] aperio, aperis, aper**ui**, aper**tum**, aperire（打開，打破，違反 | *to open, to make a breach, to break into*）

Fenestris aliquis apertis. (Celsus, *Med., 4, 14, 4*) ＝ [藉由]某些開著的窗戶。*(With/ By) some opened windows.*

第四編

動詞的文法

XI 動詞的構詞法

課程字彙

a, ab *prep.* [＋abl.] 從…，被…（*from..., by...*）

abdo, is, idi, itum, ere *v., tr.,* 3. 躲藏，掩蔽； **abdidi** perf. ind, 1 pers. sing.（我已）躲藏，掩蔽

absolvo, is, solvi, solutum, ere *v., tr.,* 3. 寬恕； **absolvi** pass., pres. inf. 被寬恕

abstineo, es, stinui, stentum, ere *v., tr./ intr.,* 2. 避免，避開，防範；**abstinuit** perf. ind., 3 pers. sing.（他/她/它已）避免，避開，防範

absum, abes, abfui, --, abesse *anomal. v., intr.,* irreg. 缺席，不在場；遠離，相隔； **absitue** [＝**absit**] pres. subj., 3 pers. sing.（若他/她/它）缺席，不在場

abundo, as, avi, atum, are *v., intr.,* 1. 富於，充滿；**abundare** pres. inf. 富於，充滿

abutor, eris, usus sum, uti *dep. v., intr.,* 3. 耗盡，用完；**abusus, a, um** perf. part. 已耗盡的，已用完的；**abusus eris** futp. ind., 3 pers. sing.（他/她/它將曾）耗盡，用完

accido, is, cidi, --, ere *v., intr.,* 3. 墜落，下降；發生 [＋dat.]；**acciderat** pluperf. ind., 3 pers. sing.（他/她/它已曾）墜落，下降；發生

accipio, is, cepi, ceptum, cipere *v., tr.,* 3. 接納，接受；**accipite** pres. imp., 2 pers. pl.（你/妳們得）接納，接受

accusatus, a, um (accuso, as, avi, atum, are) *v., tr.,* 1., perf. part. 已[/被]指控的，已[/被]責難的；**accusatus sit** pass. pres. subj., 3 pers. sing.（若他/她/它）被指控，被責難

aciem (acies, ei) *n.,* 5 decl., fem., acc. sing. 邊鋒，戰線；視線

ad *prep.* [＋acc.] 到…，向….，往…，靠近…

adduco, is, duxi, ductum, ere *v., tr.,* 3. 引導，帶領；**adducit** pres. ind., 3 pers. sing.（他/她/它）引導，帶領

adeo *adv.* 如此地，這般地

adhibeo, es, ui, itum, ere *v., tr.,* 2. 引進，帶進，使用，維持；**adhibeam** pres. subj., 1 pers. sing.（若我）引進，帶進，使用，維持

adorior, iris, adortus sum, iri *dep. v., tr.,* 4. 攻擊；**adoriamur** pres. subj., 1 pers. pl.（我們）攻擊

adsum, es, fui, --, esse *anomal. v., intr.,* irreg. 在場；**adest** pres. ind., 3 pers. sing.（他/她/它）在場

adulescentem (adulescens, entis) *n./ adj.,* 3 decl., masc./ fem., acc. sing. 青年，青少年；年少的，年輕的

adversum *adv.* 相對地，相反地，反方向地

aere (aer, aeris) *n.,* 3 decl., masc./ fem., abl. sing 氣，空氣；**ab aere locu.** [*prep.* **ab＋** abl. sing.] 從空氣

afficio, is, feci, fectum, ficere *v., tr.,* 3. 影響，到達；**afficit** pres. ind., 3 pers.sing.（他/她/它）影響，到達

alii (alius, alia, aliud) *indef. adj./ pron.,* masc./ neut., gen. sing.; masc., nom. pl. 其他的，另一（個/些）的；**alios** masc., acc. pl. 其他的，另一（些）的

aliquid (aliquis, aliquis, aliquid) *indef. pron./ adj.,* neut., nom./ acc. sing. 某（些）人，某（些）物

aliquo (aliqui, aliqua, aliquod) *indef. adj./ pron.* masc./ fem./ neut., abl. sing. 某些（人，事物）；相當重要的，特別突出的

alter, altera, alterum *indef. adj./ pron.* 另一（個），另外的

amantes (amans, antis) *n.,* 3 decl., masc./ fem., nom./ acc./ voc. pl. 愛人[們]，情人[們]

ambio, is, ivi, itum, ire *v., tr./ intr.,* 4. 繞行；**ambire** [1.] pres. inf. 繞行；[2.] pass., pres.

imp., 2 pers. sing. （你/妳得）被繞行

amitto, is, amisi, amissum, ere *v., tr.,* 3. 送走，遣走，失去；**amisi** perf. ind., 1 per.sing. （我已）送走，遣走，失去

amo, as, avi, atum, are *v., tr./ intr.,* 1. 愛

animalia (animal, alis) *n.,* 3 decl., neut., nom./ acc. pl. 動物[們]

animus, I *n.,* 2 decl., masc. 心靈，心智，精神，意圖，感覺

annos (annus, i) *n.,* 2 decl., masc., acc. pl. 年，歲

antecedo, is, cessi, cessum, ere *v., intr./ tr.,* 3. 前行，前導；**antecedebant** imperf. ind., 3 pers. pl. （他/她/它們曾）前行，前導

antepono, is, posui, positum, ere *v., tr.,* 3. 置於前，前移；**anteponam** [1.] pres. subj., 1 pers. sing. （若我）置於前，前移；[2.] fut. ind., 1 pers. sing. （我將）置於前，前移

antiquam (antiquus, a, um) *adj.,* fem., acc. sing. 老的，古老的，舊的

appellemus (appello, as, avi, atum, are) *v., tr.,* 1., pres. subj., 1 pers. pl. （若我們）呼喚

aquae (aqua, ae) *n.,* 1 decl., fem., gen./ dat. sing.; nom. pl. 水；**aquam** acc. sing. 水

aras (ara, ae) *n.,* 1 decl., fem., acc. pl. 祭壇

arma, orum *n.,* 2 decl., neut., pl. tant. 武器，軍械

asporto, as, avi, atum, are *v., tr.,* 1. 移開，運走；**asportarier** pass., pres. inf. 被移開，被運走

at *conj.* 然而，不過

audire (audio, is, ivi, itum, ire) *v., tr.,* 4., [1.] pres. inf. 聽，聽到；[2.] pass., pres. imp. 2 pers. sing. （你/妳應）被聽，被聽到

aufero, aufers, abstuli, ablatum, auferre *anormal. v., tr.,* irreg. 取走，帶走；**auferre** [1.] pres. inf. 取走，帶走；[2.] pass., pres. imp., 2 pers. sing. （你/妳得）被帶走

aufugio, is, fugi, --, fugere *v., intr./ tr.,* 3. 逃走，脫逃；**aufugero** futp. ind., 1 pers. sing. （我將已）逃走，脫逃

auscultare (ausculto, as, avi, atum, are) *v., tr./ intr.,* 1., [1.] pres. inf. 聽，聽從；[2.] pass., imp., 2 pers. sing. （你/妳得）聽，聽從

bene *adv.* 好、佳，良善地

bonum (bonus, a, um) *adj.,* masc./ neut., acc. sing.; neut., nom. sing. 美好的，良善的，有益的

Brutum (Brutus, i) *n.,* 2 decl., masc., acc. sing. [人名] 古代羅馬的姓氏

caedes, is *n.,* 3 decl., fem. 屠殺，殺戮

caelum, i *n.,* 2 decl., masc. 天空，天堂

camposque [＝campos＋que] **(campus, i)** *n.,* 2 decl., masc., acc. pl. 田野

capite (caput, itis) *n.,* 3 decl., neut., abl. sing. 頭；首腦，首領

carcere (carcer, eris) *n.,* 3 decl., masc., abl. sing. 牢籠，監牢

Cariam (Caria, ae) *n.,* 1 decl., fem., acc. sing. [地名] 位於古代小亞細亞地區；**in Cariam** *locu.* [*prep.* in＋acc. sing.] 到 Caria

carmen, minis *n.,* 3 decl., neut. 歌，詩歌，歌曲

caseum (caseus (/caseum), i) *n.,* 2 decl., masc., acc. sing. (/neut., nom./ acc. sing.) 乳酪

castellis (castellum, i) *n.,* 2 decl., neut., dat./ abl. pl. 堡壘，城鎮；**de castellis** *locu.* [*prep.* de＋ abl. pl.] 從堡壘，從城鎮

castra, orum *n.,* 2 decl., neut., pl. tant. 要塞，營寨，軍營；**ad castra** *locu.* [*prep.* ad＋acc. pl.] 往要塞，往營寨，往軍營；**castris** dat./ abl. pl. 要塞，營寨，軍營；**in castris** *locu.* [*prep.* in＋abl. pl.] 在要塞，在營寨，在軍營

cena, ae *n.,* 1 decl., fem. 晚餐

cette (cedo, cette) *v., tr.,* 3., pres. imp., 2 pers. pl. （你/妳們得）給我，告訴我

circumdo, as, edi, atum, are *v., tr.,* 1. 圍繞；**circumdatur** pass., pres. ind., 3 pers. sing. （他/她/它）被圍繞

circumsisto, is, stiti, statum, ere *v., tr.,* 3. 環繞，圍繞；**circumsistamus** pres. subj., 1 pers. pl. （若我們）環繞，圍繞

cives (civis, is) *n.,* 3 decl., masc., nom./ acc./ voc. pl. 人民[們]，市民[們]，公民[們]，國民[們]；**civium** gen. pl. 人民[們的]，市民[們的]，公民[們的]，國民[們的]

clamor, oris *n.,* 3 decl., masc. 吶喊，哭嚎

classi (classis, is) *n.,* 3 decl. fem., dat./ abl.

sing. 艦隊

coarguo, es, gui, --, gu*ere *v., tr.,* 3. 呈現，展現；**coarguit** [1.] pres. ind., 3 pers. sing. （他/她/它）呈現，展現；[2.] perf. ind., 3 pers. sing. （他/她/它已）呈現，展現

coerceo, es, cui, citum, c*ere* *v., tr.,* 2. 拘束，約束；**coercere** [1.] pres. inf. 拘束，約束；[2.] pass., pres. imp., 2 pers. sing. （你/妳得）被拘束，被約束

cogn*osco, is, gn*ovi, gnitum, ere *v., tr.,* 3. 明瞭，認識，承認

c*ogo, is, co*egi, co*actum, ere* *v., tr.,* 3. 聚集，集結；強迫，迫使；**coge** pres. imp., 2 pers. sing. （你/妳得）聚集，集結；強迫，迫使

colligo, is, legi, lectum, ere *v., tr.,* 3. 收集，聚集；**collegit** perf. ind., 3 pers. sing. （他/她/它已）收集，聚集

colo, is, ui, cultum, ere *v., tr.,* 3. 住，居住，耕作；照顧，崇敬

comas (coma, ae) *n.,* 1 decl., fem., acc. pl. 頭髮

comitatum (comitatus, us) *n.,* 4 decl., masc., acc. sing. 組，隊，群，集合

committo, is, misi, missum, ere *v., tr.,* 3. 連結，集中；**commisit** perf. ind., 3 pers. sing. （他/她/它已）連結，集中

commoveo, es, movi, motum, ere *v, tr.,* 2. 感動，動搖；**commovit** perf. ind., 3 pers. sing. （他/她/它已）感動，動搖

compello, is, puli, pulsum, ere *v., tr.,* 3. 趕攏，圍捕[獸群]，驅使；**compulsa** perf. part., fem., nom./ abl. sing.;.neut., nom./ acc. pl. 已[/被]趕攏的，已[/被]圍捕的，已[/被]驅使的；**compulsa est** pass., perf. ind., 3 pers. sing. （他/她/它/已）被趕攏，被圍捕，被驅使

compleo, es, evi, etum, ere *v., tr.,* 2. 填滿，裝滿；**compleatur** pass., pres. subj., 3 pers. sing. （若他/她/它）被填滿，裝滿

conaretur (conor, aris, atus sum, ari) *dep. v., tr./ intr.,* 1., imperf. subj., 3 pers. sing. （若他/她/它曾）嘗試，盡力於

concedo, is, cessi, cessum, ere *v., intr./ tr.,* 3. 移開，撤走，寬恕，允許；**concedite** pres. imp., 2 pers. pl. （你/妳們得）移開，撤走，寬恕，允許

condo, is, didi, ditum, ere *v., tr.,* 3. 保持，維持，創造，建立；**conduntur** pass., pres. ind., 3 pers. pl. （他她它們）被保持，被維持，被創造，被建立

conduco, is, duxi, ductum, ere *v., tr./ intr.,* 3. 集合，聯合；**conducit** pres. ind., 3 pers. sing. （他/她/它）集合，聯合

conficio, is, feci, fectum, ficere *v., tr.,* 3. 做，執行，完成；**confecit** perf. ind., 3 pers. sing. （他/她/它已）做，執行，完成；**confectae** perf. part., fem., gen./ dat. sing.; nom. pl. 已[/被]做的，已[/被]執行的，已[/被]完成的

conscribo, is, scripsi, scriptum, ere *v., tr.,* 3. 登錄，募集[軍隊]；**conscribendos** gerundive., masc., acc. pl. 該被登錄的，[軍隊]該被募集的

consisto, is, stiti, stitum, ere *v., intr.,* 3. 中止，停止；**consistite** pres. imp., 2 pers. pl. （你/妳們得）中止，停止

constituo, is, ui, utum, uere *v., tr.,* 3. 設置，建立；**constitue** pres. imp., 2 pers. sing. （你/妳得）設置，建立

consto, as, stiti, atum, are *v., intr.,* 1. 擔任，從事，投入；**constant** pres. ind., 3 pers. pl. （他/她/它們）擔任，從事，投入

consumo, is, sumpsi, sumptum, ere *v., tr.,* 3. 摧毀；**consumptus, a, um** perf. part. 已[/被]摧毀的；**consumptus est** pass., perf. ind., 3 pers. sing., masc. （他已）被摧毀

contendo, is, tendi, tentum, ere *v., tr./ intr.,* 3. 伸展，延伸，趕往，突進，競爭，爭鬥；**contento** perf. part., masc./ neut., dat./ abl. sing. 已[/被]伸展的，已[/被]延伸的，已[/被]趕往的，已[/被]突進的，已[/被]競爭的，已[/被]爭鬥的

continuo *adv.* 持續地

convinco, is, vici, victum, ere *v., tr.,* 3. 定罪，宣告有罪；**convinci** pass., pres. inf. 被定罪，被宣告有罪

copia, ae *n.,* 1 decl., fem., sing. 數量

corpora (corpus, oris) *n.,* 3 decl., neut. nom./ acc. pl. 身體，肉軀

corrumpo, is, rupui, ruptum, ere *v., tr.,* 3. 毀壞，腐敗；**corrumpitur** pass., pres. ind., 3 pers. sing. （他/她/它）被毀壞，被腐敗

cr*i*men, inis *n.,* 3 decl., neut. 罪，犯罪

cuic*u*mque (quic*u*mque, quaec*u*mque, quodc*u*mque) *rel. ; indef. pron./ adj.,* masc./ fem./ neut., dat. sing. 無論誰，無論什麼

c*u*ius → qui, quae, quod

c*u*lpa, ae *n.,* 1 decl., fem. 罪行，過錯；**a c*u*lpa** *locu.* [*prep.* **a**＋abl. sing.] 從罪行，從過錯

cum [1.] *adv.* 當，在…之時（*when…, since…*）；[2.] *prep.* [＋abl.] 偕同，與…（*with…*）

c*u*pio, is, *i*vi/ ii, *i*tum, pere *v., tr.,* 3. 想要，渴望，企求

d*a*bo (do, das, d*e*di, d*a*tum, d*a*re) *v., tr,* 1., fut. ind., 1 pers.sing. （我將）給

de *prep.* [＋abl.] 關於

d*e*bitum, i *n.,* 2 decl., neut. 債務

dec*e*dite (dec*e*do, is, c*e*ssi, c*e*ssum, ere) *v., intr.,* 3., pres. imp., 2 pers.pl. （你/妳們得）離開，撤退

dec*e*rno, is, cr*e*vi, cr*e*tum, ere *v., tr./ intr.,* 3. 決定，評判；**decern*i*ssemus** pluperf. subj.,1 pers. pl. （若我們已曾）決定，評判

def*e*ndo, is, f*e*nsi, f*e*nsum, ere *v., tr.,* 3. 迴避，防範，保衛，辯護；**def*e*nde** pres. imp., 2 pers. sing. （你/妳得）迴避，防範，保衛，辯護

def*i*cio, is, f*e*ci, f*e*ctum, f*i*cere *v., tr./ intr.,* 3. 缺乏；**def*e*cit** perf. ind., 3 pers. sing. （他/她/它已）缺乏

d*e*mens, entis *adj.,* 3 decl. 發瘋的，瘋狂的

d*e*sero, is, s*e*rui, s*e*rtum, ere *v., tr.,* 3. 遺棄，背離

des*i*no, is, sii, situm, ere *v., intr./ tr.,* 3. 終止，放棄；**des*i*nam** [1.] pres. subj., 1 pers. sing. （若我）終止，放棄；[2.] fut. ind., 1 pers. sing. （我將）終止，放棄

des*i*sto, is, stiti, stitum, ere *v., intr./ tr.,* 3. 終止，放棄；**desist*e*runt** perf. ind., 3 pers. pl. （他/她/它們已）中止，放棄

desp*i*cio, is, p*e*xi, p*e*ctum, p*i*cere *v., intr./ tr.,* 3. 俯瞰，藐視；**despex*e*runt** perf. ind., 3 pers. pl. （他/她/它們已）俯瞰，藐視

d*e*us, d*e*i *n.,* 2 decl., masc. 神；上帝

d*i*cam (d*i*co, is, d*i*xi, d*i*ctum, ere) *v., tr.,* 3., [＋dat.] [1.] pres. subj., 1 pers. sing. （若我）說；[2.] fut. ind., 1 pers. sing. （我將）說

d*o*minam (d*o*mina, ae) *n.,* 1 decl., fem., acc. sing. 女主人

d*o*minus, I *n.,* 2 decl., masc. 主人

d*o*mum (d*o*mus, us) *n.,* 4 decl., fem., acc. sing. 住宅，房屋；**d*o*mo** dat./ abl. sing. 住宅，房屋

don*a*sset (d*o*no, as, *a*vi, *a*tum, *a*re) *v., tr.,* 1., pluperf. subj., 3 pers. sing. （若他/她/它們）贈送，給予；寬恕，免除

d*o*nec *conj.* 直到…之時；**d*o*neque** [＝**d*o*nec** ＋**que**] 直到…之時

d*u*ctus, us *n.,* 4 decl. masc. 領導，統率；**aquae d*u*ctus** *n.,* 1 decl.＋4 decl., masc. [古代羅馬的]輸水道

dum *conj.* 當，在…之時（*while…, when…, as…*）

d*u*o, ae, o *card. num. adj.* 二

e, ex *prep.* [＋abl.] 離開…，從…而出（*out of…, from…*）

eg*e*ntem (*e*gens, *e*ntis) *adj.,* 3 decl., masc./ fem., acc. sing. 貧困的，窮苦的

ego, mei, m*i*hi, me *pers. pron.,* irreg., 1 pers. sing. 我；**m*i*hi** dat. [給]我；**mi** [＝**m*i*hi**] dat. [給]我；**me** acc./ abl. 我；**ad me** *locu.* [*prep.* **ad**＋abl. sing.] 向我，對我

eius (is, *e*a, id) *demonstr. pron./ adj.,* masc./ fem./ neut., gen. sing. 他[的]，她[的]，它[的]；這個[的]，那個[的]；**id** neut., nom./ acc. sing. 它；彼；**eum** masc., acc. sing. 他；此；**eorum** masc./ neut., gen. pl. 他/它們[的]；這/那些[的]；**is** masc., nom. sing. 他；此

eloqu*e*ntiam (eloqu*e*ntia, ae) *n.,* 1 decl., fem., acc. sing. 雄辯，辯才，口才

em*i*ttere (em*i*tto, is, em*i*si, em*i*ssum, ere) *v., tr.,* 3., [1.] pres. inf. 排除，疏通；[2.] pass., pres. imp., 2 pers. sing. （你/妳得）被排除，疏通

equo (equus, equi) *n.,* 2 decl., masc., dat./ abl. sing. 馬；**equos** acc. pl. 馬[群]；**in equos** *locu.* [*prep.* **in**＋acc. pl.] 到馬群，在騎馬時

eris ; erat ; est ; esse → sit

errorem (error, oris) *n.*, 3 decl., masc., acc. sing. 錯誤

eruditus (eruditus, a, um) *adj.*, masc., acc. pl. 有知識的，有技藝的

erus, i *n.*, 2 decl., masc. 所有權人，業主

et *conj.* 和、及，並且，而且

etiam *conj.* 還有，也，仍（*also...*）

exanimare (exanimo, as, avi, atum, are) *v., tr.*, 1., [1.] pres. inf. 殺；[2.] pass., pres. imp., 2 pers. sing. （你/妳得）被殺

excludor (excludo, is, clusi, clusum, ere) *v., tr.*, 3., pass., pres. ind., 1 pers. sing. （我）被拒絕

facerent (facio, is, feci, factum, facere) *v., tr.*, 3., imperf. subj., 3 pers. pl. （若他/她/它曾）做，製作，建造；**fac** pres. imp., 2 pers. sing. （你/妳得）做，製作，建造；**facturum** fut. part., masc., acc. sing.; neut., nom./ acc. sing. 將[/被]做的，將[/被]製作的，將[/被]建造的

faenum, i *n.*, 2 decl., neut. 乾草；**in faenum** *locu.* [*prep.* **in**＋acc. sing.] 到乾草

falcibus (falx, falcis) *n.*, 3 decl., fem., dat./ abl. pl. 鐮刀

fames, is *n.*, 3 decl., fem. 飢餓

fenestra, ae *n.*, 1 decl., fem. 窗，窗戶

ferre (fero, fers, tuli, latum, ferre) *anomal. v., tr.*, irreg., [1.] pres. inf. 帶；講；[2.] pass., pres. imp., 2 pers. sing. （你/妳得）被帶；被講

fistula, ae *n.*, 1 decl., fem. 管，導管

flumina (flumen, inis) *n.*, 3 decl., neut., nom./ acc. pl. 河，溪流

fonte (fons, fontis) *n.*, 3 decl., masc., abl. sing. 泉水，泉源；**ex fonte** *locu.* [*prep.* **ex**＋abl. sing.] 從泉水，從泉源；**fons** nom. sing. 泉水，泉源

forma, ae *n.*, 1 decl., fem. 面貌，外觀，體態，形態；**de forma** *locu.* [*prep.* **de**＋abl. sing.] 從外觀，從面貌

fuit → sit

fulmina (fulmen, minis) *n.*, 3 decl., neut., nom./ acc. pl. 閃電

fundo (fundus, i) *n.*, 2 decl., masc., dat./ abl. sing. 地產；**de fundo** *locu.* [*prep.* **de**＋abl. sing.] 關於地產

fune (funis, is) *n.*, 3 decl., masc., abl. sing. 繩

索

Gallicum (Gallicus, a, um) *adj.*, masc./ neut., acc. sing.; neut., nom. sing. [地名] 高盧的，高盧人的

generis (genus, eris) *n.*, 3 decl., neut., gen. sing. 物種[的]，類屬[的]；出身[的]，世系[的]

gladium (gladius, ii) *n.*, 2 decl., masc., acc. sing. 刀劍，劍；**gladio** dat./ abl. sing. 刀劍，劍

Graecis (Graecus, a, um) *adj.*, masc./ fem./ neut., dat./ abl. pl. [地名] 希臘的，希臘人的

gregem (grex, gregis) *n.*, 3 decl., masc., acc. sing. 群；**in gregem** *locu.* [*prep.* **in**＋acc. sing.] 成一群

harena, ae *n.*, 1 decl., fem. 沙

haud *adv.* 不，無，沒有

hedera, ae *n.*, 1 decl., fem. 常春藤

Helvetiorum (Helvetii, orum) *n.*, 2 decl., masc., pl., gen. [族群名] Helvetii 人[的]，古代瑞士民族之一

hercule *interj.* [口語] 他媽的！該死的！

hereditatem (hereditas, atis) *n.*, 3 decl., fem., acc. sing. 遺產，繼承

hinc *adv.* 從這裡，就此

hoc (hic, haec, hoc) *demonstr. pron./ adj.*, masc., abl. sing.; neut., nom./ acc./ abl. sing. 這，此，這個的；**haec** fem., nom. sing.; neut., nom./ acc. pl. 這，此，這個的；這些的；**hunc** masc., acc. sing. 這，此，這個的；**hanc** fem., acc. sing. 這，此，這個的；**hic** masc., nom. sing. 這，此，這個的

hodie *adv.* 今天

homo, minis *n.*, 3 decl., masc. 男士，人；**homines** nom./ acc./ voc. pl. 男士[們]，人[們]；**hominem** acc. sing. 男士，人

hortor, aris, atus sum, ari *dep. v., tr.*, 1. 力勸，鼓舞，催促；**hortari** pres. inf. 力勸，鼓舞，催促

hostes (hostis, is) *n.*, 3 decl., masc./ fem., nom./ acc./ voc. pl. 敵人[們]，敵方；**hostibus** dat./ abl. pl. 敵人[們]，敵方

huc *adv.* 這裡，到這裡

humo (humus, i) *n.*, 2 decl., fem., dat./ abl.

sing. 地面，土地，土壤

iam *adv.* 已經

id ; is → *eius*

ignis, is *n.*, 3 decl., masc. 火，火災

ille, illa, illud *demonstr. pron./ adj.* 那，彼，那個的；**illum** masc., acc. sing. 那，彼，那個的；**illi** masc./ fem./ neut., dat. sing.; masc., nom. pl. [給]那，[給]彼，[給]那個的；那些，那些的；**illa** fem., nom./ abl. sing.; neut., nom./ acc. pl. 那，彼，那個的；那些的

illuc *adv.* 那裡，到那裡

improbi (improbus, a, um) *adj.*, masc./ neut., gen. sing.; masc., nom. pl. 惡劣的，不道德的，無恥的

impudentia, ae *n.*, 1 decl., fem. 厚顏無恥，傲慢無禮

in *prep.* [＋acc./ abl.] 在…；到…，向…

inceptum (incipio, is, cepi, ceptum, pere) *v., tr./ intr.*, 3., [1.] perf. part., masc./ neut., acc. sing.; neut., nom. sing. 已[/被]開始的；[2.] sup., neut., acc. sing. 開始

incitato (incito, as, avi, atum, are) *v., tr.*, 1., [1.] fut. imp., 2/ 3 pers. sing. （你/妳/他/她/它將得）驅策，激起，喚起；[2.] perf. part., masc./ neut., dat./ abl. sing. 已[/被]驅策的，已[/被]激起的，已[/被]喚起的

indecenti (indecens, entis) *adj.*, 3 decl., masc./ fem./ neut., dat./ abl. sing. 不雅觀的，不得體的，無禮的

indicare (indico, as, avi, atum, are) *v., tr.*, 1., [1.] pres. inf. 指出，呈現；[2.] pass., pres. imp., 2 pers. sing. （你/妳得）被指出，被呈現

ingenium, ii *n.*, 2 decl., neut. 才能，才智，秉性

innocens, entis *adj.*, 3 decl. 無辜的，無罪的

intellego, is, lexi, lectum, ere *v., tr.*, 3. 瞭解，理解；**intellegere** [1.] pres.inf. 瞭解，理解；[2.] pass., pres. imp., 2 pers. sing. （你/妳得）被瞭解，被理解；**intellexisti** perf. ind., 2 pers. sing. （你/妳已）瞭解，理解

inter *prep.* [＋acc.] 在…之間，在…之中

interficio, ficis, feci, fectum, ficere *v., tr.*, 3. 殲滅，殺死；**interfecit** perf. ind., 3 pers. sing. （他/她/它已）殲滅，殺死

intestina (intestinum, i) *n.*, 2 decl., neut., nom./ acc./ voc. pl. 腸，腸子

introeo, is, ivi/ ii, itum, ire *anomal. v., intr.*, 4. 進入；**introeundi** [1.] ger., neut., gen. sing. 進入[的]；[2.] gerundive, masc./ neut., gen. sing.; masc., nom. pl. 該進入的

ipsum (ipse, ipsa, ipsum) *demonstr. pron./ adj.*, masc., acc. sing.; neut., nom./ acc. sing. 他/它本身；**ipsam** fem., acc. sing. 她本身

iram (ira, ae) *n.*, 1 decl., fem., acc. sing. 憤怒，生氣

ire (eo, is, ivi/ ii, itum, ire) *anomal. v., intr.*, 4., pres. inf. 去，往

iste, ista, istud *demonstr. pron./ adj.* 那，其，那個的

istuc *adv.* 在那邊，到那頭

Italia, ae *n.*, 1 decl., fem. [地名] 義大利；**in Italia** *locu.* [prep. **in**＋abl. sing.] 在義大利

itiner, itineris *n.*, 3 decl., neut. 路，途徑，旅程

iugulo (iugulum, i) *n.*, 2 decl., neut., dat./ abl. sing. 咽喉，頸部，鎖骨

iuvenis, is *n.*, 3 decl., masc./ fem. 年青人

labente (labor, eris, lapsus sum, labi) *dep. v., intr.*, 3., pres. part., masc./ fem./ neut., abl. sing. [正在]滑的，[正在]跌落的，[正在]敗壞的

licebit (licet, --, licuit (/licitum est), --, licere) *impers. v., intr.*, 2., fut. ind. [無人稱]（將）允許，認可，能夠；**licuit** perf. ind. [無人稱]（已）允許，認可，能夠

lictores (lictor, oris) *n.*, 3 decl., masc., nom./ acc./voc. pl. 差役[們]，衙役[們]

liquidum (liquidus, a, um) *adj.*, masc./ neut., acc. sing.; neut. nom. sing. 液態的，流動的

litteris (litterae, arum) *n.*, 1 decl., fem., dat. pl. 文學，書信，記錄

loquitur (loquor, eris, locutum sum, loqui) *dep. v., intr./ tr.*, 3., pres. ind., 3 pers. sing. 說話，言談

luna, ae *n.*, 1 decl., fem. 月，月亮

magna (magnus, a, um) *adj.*, fem., nom./ abl. sing.; neut., nom./ acc. pl. 大的，大量的，強大的，偉大的；**magnae** fem., gen./ dat. sing.; nom. pl. 大的，大量的，強大的，偉大的

mali (malum, i) *n.*, 2 decl., neut., gen. sing.;

nom. pl. 惡，壞，災厄，苦難

Manlius, ii *n.*, 2 decl., masc. [人名] 古代羅馬的氏族名

manus, us *n.*, 4 decl., fem. 手；**manum** acc. sing. 手

matris (mater, tris) *n.*, 3 decl., fem., gen. sing. 母親[的]；**matrem** acc. sing. 母親

measque [＝meas＋que] **(meus, a, um)** *poss. pron./ adj.*, fem., acc. pl. 我的；**meam** fem., acc. sing. 我的

melle (mel, mellis) *n.*, 3 decl., neut., abl. sing. 蜂蜜

memento (memini, isti, isse) *defect. v., tr.,* irreg., pres. imp., 2 pers. sing. （你/妳得）記得

meruit (mereo, es, ui, itum, ere) *v., tr.,* 2., pres. ind., 3 pers. sing. （他/她/它）賺，贏，值，值得；**merenti** pres. part., masc./ fem./ neut., dat. sing. [正在]賺的，[正在]贏的，[正]值的，[正]值得的

metus, us *n.*, 4 decl., masc. 害怕，恐懼，焦慮

mihi ; mi ; me → ego

modo *adv.* 只，只有；立即，馬上

morbo (morbus, i) *n.*, 2 decl., masc., dat./ abl. sing. 疾病

mox *adv.* 立即，即刻，馬上

multitudinem (multitudo, inis) *n.*, 3 decl., fem., acc. sing. 眾人，群眾

multos (multus, a, um) *adj.*, masc., acc. pl. 許多的，很多的

nam *conj.* 由於，此外

natare (nato, as, avi, atum, are) *v., intr.,* 1., pres. inf. 漂流，浮游

naves (navis, is) *n.*, 3 decl., fem., nom./ acc. pl. 船

ne *neg. adv./ conj.* 不，否，非；為了不，以免

nec *neg. adv./ conj.* 也不

necabam (neco, as, avi, atum, are) *v., tr.,* 1., imperf. ind., 1 pers. sing. （我曾）殺

neglego, is, lexi, lectum, ere *v., tr.,* 3. 不顧，忽視

nego, as, avi, atum, are *v., tr.,* 1. 否認，反對；**negat** pres. ind., 3 pers. sing. （他/她/它）否認，反對

negoti (negotium, i/ ii) *n.*, 2 decl., neut., gen. sing. 工作[的]，事業[的]，生意[的]；**negotii** gen. sing. 工作[的]，事業[的]，生意[的]

nequiquam *adv.* 徒勞地，無益地

nescio, is, ivi, itum, ire *v., tr.,* 4. 不知道，不瞭解

nisi *conj.* 若非，除非

noctu (nox, noctis) *n.*, 3 decl., fem., abl. sing. 夜晚

nolo, nolis, nolui, --, nolle *aux. anomal. v., intr./ tr.,* irreg. 不想要

non *neg. adv.* 不，非，否

nos, nostri/ nostrum, nobis *pers. pron.,* irreg., 1 pers. pl. 我們

nostra (noster, tra, trum) *poss. pron./ adj.,* fem., nom./ abl. sing. ; neut., nom./ acc. pl. 我們的

noxium (noxius, a, um) *adj.*, masc./ neut., acc. sing. ; neut., nom. sing. 有害的，不健全的，不愉快的

nunc *adv.* 現在，當下

obsequor, queris, cutus sum, qui *dep. v., intr.,* 3. [＋dat.] 聽從，順從；**obsequar** [1.] pres. subj., 1 pers. sing. （若我）聽從，順從；[2.] fut. ind., 1 pers. sing. （我將）聽從，順從

obsido, is, sedi, sessum, ere *v., tr.,* 3. 侵佔，佔據；**obsideremus** imperf. subj., 1 pers. pl. （若我們曾）侵佔，佔據

obsisto, is, stiti, stitum, stitere *v., intr.,* 3. 阻礙，對立；**obsistat** pres. subj., 3 pers. sing. （若他/她/它）阻礙，對立

obsto, as, stiti, --, are *v., intr.,* 1. [＋dat.] 面對，對抗；**obstiterit** [1.] perf. subj., 3 pers. sing. （若他/她/它已）面對，對抗；[2.] futperf. ind., 3 pers. sing. （他/她/它將已）面對，對抗；**obstat** pres. ind., 3 pers. sing. （他/她/它）面對，對抗

obsum, es, fui, futurus, esse *v., intr.,* irreg. [＋dat.] 損害，妨礙；**obsit** pres. subj., 3 pers. sing. （若他/她/它）損害，妨礙

obtineo, es, tinui, tentum, ere *v., tr.,* 2. 維持，保持；**obtines** pres. ind., 2 pers. sing. （你/妳）維持，保持

obviam *adv.* 阻礙，對立，對抗

occasum (occasus, us) *n.*, 4 decl., masc., acc. sing. 沈落，日落；**occasum solis** *locu.* [masc., acc. sing.＋gen. sing.] 日落

occido, is, cidi, cisum, ere *v., tr.*, 3. 殺，殺死，殺害；**occiderit** [1.] perf. subj., 3 pers. sing. （若他/她/它已）殺，殺死，殺害；[2.] futp. ind., 3 pers. sing. （他/她/它將已）殺，殺死，殺害

oculorum (oculus, i) *n.*, 2 decl., masc., gen. pl. 眼睛[的]

offendo, es, fendi, fensum, ere *v., tr./ intr.,* 3. 冒犯，襲擊；**offendam** [1.] pres. subj., 1 pers. sing. （若我）冒犯，襲擊；[2.] fut. ind., 1 pers. sing. （我將）冒犯，襲擊

offero, ers, obtuli, oblatum, ferre *anomal. v., tr.*, irreg. 前移，呈現，提供；**obtulit** perf. ind., 3 pers. sing. （他/她/它已）前移，呈現，提供

omne (omnis, is, e) *adj./ pron.*, neut., nom./ acc. sing. 每一，任一，每一事物，每一人

omnia (omnes, es, ia) *adj./ pron.*, neut., nom./ acc. pl. 一切，所有，所有事物，所有人；**omnes** masc./ fem., nom./ acc. pl. 一切，所有，所有事物，所有人；**omnibus** masc./ fem./ neut., dat./ abl. pl. 一切，所有，所有事物，所有人

onus, eris *n.*, 3 decl., neut. 負荷，負擔

oportet, --, uit, --, ere *impers. v., intr.,* 2. [無人稱] 需要，必須

opprimo, is, pressi, pressum, ere *v., tr.*, 3. 壓，壓制，壓迫；**opprimito** fut. imp., 2/ 3 pers. sing. （你/妳/他/她/它將得）壓，壓制，壓迫

orbem (orbis, is) *n.*, 3 decl., fem., acc. sing. 圓週，[天體的]軌道；**sub orbem** *locu.* [*prep.* sub＋acc. sing.] 在軌道下

paene *adv.* 幾乎

parasitum (parasitus, i) *n.*, 2 decl., masc., acc. sing. 食客，寄生蟲

patris (pater, tris) *n.*, 3 decl., masc., gen. sing. 父親[的]；**patrem** acc. sing. 父親

pectora (pectus, oris) *n.*, 3 decl., neut., nom./ acc. pl. 胸，胸襟；**pectus** nom./ acc. sing. 胸，胸襟

pecudes (pecus, cudis) *n.*, 3 decl., fem., nom./ acc. pl. 牲畜[們]

peculium, ii *n.*, 2 decl., neut. 私產

pecus, oris *n.*, 3 decl., neut. 牲畜

pede (pes, pedis) *n.*, 3 decl., masc., abl. sing. 腳；**pedi** dat. sing. 腳

pedites (pedes, itis) *n.*, 3 decl., masc., nom./ acc./ voc. pl. 步兵[們]

per *prep.* [＋acc.] 經過，透過（*through...*, *per...*）

percipio, is, cepi, ceptum, cipere *v., tr.*, 3. 取得，占有，領會；**percipere** [1.] pres. inf. 取得，占有，領會；[2.] pass., pres. imp., 2 pers. sing. （你/妳得）被取得，被占有，被領會

perdo, is, didi, ditum, ere *v., tr.*, 3. 遺失，毀壞，毀滅；**perdidisti** perf. ind., 2 pers. sing. （你/妳已）遺失，毀壞，毀滅

pereo, es, perii, peritum, perire *v., intr.*, 4. 死亡；**pereat** pres. subj., 3 pers. sing. （若他/她/它）死亡

perficio, is, feci, fectum, ficere *v., tr.*, 3. 完成，執行；**perfecero** futperf. ind., 1 pers. sing. （我將已）完成，執行；**perficere** [1.] pres. inf. 完成，執行；[2.] pass., pres. imp., 2 pers. sing. （你/妳得）被完成，被執行

perforatur (perforo, as, avi, atum, are) *v., tr.*, 1., pass., pres. ind., 3 pers. sing. （他/她/它）被穿洞，被鑿孔

perfringo, is, fregi, franctum, ere *v., tr.*, 3. 破壞；**perfregerant** pluperf. ind., 3 pers. pl. （他/她/它們已曾）破壞

pergo, is, perrexi, perrectum, ere *v., intr.*, 3. 前進，前往；**pergit** pres. ind., 3 pers. sing. （他/她/它）前進，前往

permitto, is, misi, missum, ere *v., tr.*, 3. 使通過；**permittere** [1.] pres. inf. 使通過；[2.] pass., pres. imp., 2 pers. sing. （你/妳得）被通過

perpetuo (perpetuus, a, um) *adj.*, masc./ neut., dat./ abl. sing. 連續的，持續的，長久的

persuadeo, es, suasi, suasum, ere *v., tr.*, 2. 勸服，強迫；**persuadere** [1.] pres. inf. 勸服，強迫；[2.] pass., pres. imp., 2 pers. sing. （你/妳得）被勸服，被強迫

perterreo, es, ui, itum, ere *v., tr.,* 2. 恐嚇，使驚嚇；**perterrebo** fut. ind., 1 pers. sing. （我將）恐嚇，使驚嚇

pertineo, es, tinui, tentum, ere *v., intr.,* 2. 延伸，到達；**pertinent** pres. ind., 3 pers. pl. （他/她/它們）延伸，到達

perturbatam (perturbo, as, avi, atum, are) *v., tr.,* 1., perf. part., fem., acc. sing. 已[/被]混亂的，已[/被]攪亂的

pervenio, is, veni, ventum, ire *v., intr.,* 4. 抵達，到達；**perveni** [1.] pres. imp., 2 pers. sing. （你/妳得）抵達，到達；[2.] perf. ind., 1 pers. sing. （我已）抵達，到達

philosophi (philosophus, i) *n.,* 2 decl., masc., gen. sing.; nom./ voc. pl. 哲學家

piget, --, piguit (/pigitum est), --, pigere *impers. v., tr.,* 2., pers. ind. [無人稱] 厭煩，厭惡，反感

pilam (pila, ae) *n.,* 1 decl., fem., acc. sing. 柱子，樁

porrigo, is, rexi, rectum, ere *v., tr.,* 3. 伸展，延長；**porrigi** pass., pres. inf. 被伸展，被延長

portu (portus, us) *n.,* 4 decl., masc., abl. sing. 港口；**a portu** *locu.* [*prep.* **a**+abl. sing.] 從港口

possideo, es, sedi, sessum, ere *v., tr.,* 2. 持有，擁有

possido, is, sedi, sessum, ere *v., tr.,* 3. 抓住，掌握；**possidit** pres. ind., 3 pers. sing. （他/她/它）抓住，掌握

postulas (postulo, as, avi, atum, are) *v., tr.,* 1., pres. ind., 2 pers. sing. （你/妳）要求，請求，乞求

potest (possum, potes, potui, --, posse) *aux. v., intr.,* irreg., pers. ind., 3 pers. sing. （他/她/它）能夠；**possent** imperf. subj., 3 pers. pl. （若他/她/它們曾）能夠；**posse** pres. inf. 能夠；**posset** imperf. subj., 3 pers. sing. （若他/她/它曾）能夠；**possum** pres. ind., 1 pers. sing. （我）能夠；**potesne** [= **potes**+*interr. adv.* **ne**] pres. ind., 2 pers. sing. （你/妳）[不]能夠…嗎？；**possunt** pres. ind., 3 pers. pl. （他/她/它們）能夠；**possint** pres. subj., 3 pers. pl. （若他/她/它們）能夠

praecipio, is, cepi, ceptum, cipere *v., tr.,* 3. 先於，優先於；**praecipit** pres. ind., 3 pers. sing. （他/她/它）先於，優先於

praeficio, is, feci, fectum, ficere *v., tr.,* 3. [＋dat.＋acc.] 使擔當，掌管；**praeficit** pres. ind., 3 pers. sing. （他/她/它）使擔當，掌管

praemitto, is, misi, missum, ere *v., tr.,* 3. 先發，先遣；**praemisit** perf. ind., 3 pers. sing. （他/她/它已）先發，先遣

praesto, as, stiti, atum, are *v., intr./ tr.,* 1. 優於，勝於；履行，執行，落實；**praestarent** imperf. subj., 3 pers. pl. （若他/她/它們曾）優於，勝於；履行，執行，落實

praetermitto, is, misi, missum, ere *v., tr.,* 3. 省略，忽略，錯過；**praetermittes** fut. ind., 2 pers. sing. （你/妳將）省略，忽略，錯過

praetor, oris *n.,* 3 decl., masc. （古代羅馬的）裁判官

prandium, ii *n.,* 2 decl., neut. 午餐

prata (pratum, i) *n.,* 2 decl., neut., nom./ acc. pl. 曠野，原野，牧草地

primo *adv.* 起初，首先

prius *adv.* 之前，早先，首先，較早地

procubuit (procumbo, es, cubui, cubitum, ere) *v., intr.,* 3., perf. ind., 3 pers. sing. （他/她/它已）沈沒，倒下

proficiscor, eris, fectus sum, ficisci *dep. v., intr.,* 3. 啟程，出發；**profectus, a, um** perf. part. 已啟程的，已出發的；**profectus sum** perf. ind., 1 pers. sing., masc. （我已）啟程，出發

profunda (profundus, a, um) *adj.,* fem., nom./ abl. sing.; neut., nom./ acc. pl. 深的，無底的，無止境的

prohibeo, es, hibui, hibitum, ere *v., tr.,* 2. 隔離，使遠離；**prohibere** [1.] pres. inf. 隔離，使遠離；[2.] pass., pres. imp., 2 pers. sing. （你/妳得）被隔離，被遠離

promitto, is, misi, missum, ere *v., tr.,* 3. 允諾，答應；**promisisti** perf. ind., 2 pers. sing. （你/妳已）允諾，答應

proras (prora, ae) *n.,* 1 decl., fem., acc. pl. 船頭，船首

proscribo, is, scripsi, scriptum, ere *v., tr.*, 3. 公告，拍賣；**proscripsi** *perf. ind.*, 1 pers. sing.（我已）公告，拍賣

prospicio, is, spexi, spectum, cere *v., tr./ intr.*, 3. 看見，觀察，預見，盤算；**prospicere** [1.] pres. inf. 看見，觀察，預見，盤算；[2.] pass., pres. imp., 2 pers. sing.（你/妳得）被看見，被觀察，被預見，被盤算

prosterno, is, stravi, stratum, ere *v., tr.*, 3. 擊倒，傾覆，耗盡；**prosternere** [1.] pres. inf. 擊倒，傾覆，耗盡；[2.] pass., pres. imp., 2 pers. sing.（你/妳得）被擊倒，被傾覆，被耗盡

prosum, prodes, profui, profuturus, prodesse *v., intr.*, irreg. [+dat.] 有效用，有益於，有助於；**profuerit** [1.] perf. subj., 3 pers. sing.（若他/她/它）有效用，有益於，有助於；[2.] futperf. ind., 3 pers. sing.（他/她/它將已）有效用，有益於，有助於

protego, is, texi, tectum, ere *v., tr.*, 3. 遮蔽，保護；**protecta** perf. part., fem., nom./ abl. sing.; neut., nom./ acc. pl. 已[/被]遮蔽的，已[/被]保護的

provideo, es, vidi, visum, ere *v., tr./ intr.*, 2. 預見，預料；**providere** [1.] pres. inf. 預見，預料；[2.] pass., pres. imp., 2 pers. sing.（你/妳得）被預見，被預料

publicae (publicus, a, um) *adj.*, fem., gen./ dat. sing.; nom. pl. 公共的，公眾的

puer, i *n.*, 2 decl., masc. 男孩，男童

pugnam (pugna, ae) *n.*, 1 decl., fem., acc. sing. 戰鬥，打鬥

pulmonem (pulmo, onis) *n.*, 3 decl., masc., acc. sing. 肺；**ad pulmonem** *locu.* [*prep.* **ad**＋acc. sing.] 到肺部，往肺部

pulvis, eris *n.*, 3 decl., masc. 塵埃，灰塵；**pulverem** acc. sing 塵埃，灰塵；**in pulverem** *locu.* [*prep.* **in**＋acc. sing.] 到塵埃

pupillum (pupillus, i) *n.*, 2 decl., masc., acc. sing. 孤兒，受監護人

quam *adv./ conj.* 多少，多麼；[用於比較] 比…，較…

quasi *adv.* 如同，有如

quattuor *card. num. adj.* 四

qui, quae, quod *rel. ; indef. ; interr. pron./ adj.* 誰，哪個/些；那/些；什麼；**quae** fem., nom. sing./ pl.; neut., nom./ acc. pl. 誰，哪個/些；那/些；什麼；**cuius** masc./ fem./ neut., gen. sing. 誰[的]，哪個[的]；那[的]；什麼[的]；**quod** neut., nom./ acc. sing. 誰，哪個；那；什麼；**quem** masc., acc. sing. 誰，哪個；那；什麼；**quam** fem., acc. sing. 誰，哪個；那；什麼

quia *conj.* 因為

quicquam (quisquam, [ulla], quicquam (/quidquam)) *indef. pron.*, sing. tant., neut., nom./ acc. 無一人不，任何人

quid (quis, quis, quid) *interr.; indef. pron.*, neut., nom./ acc. sing. 誰，什麼；**quis** masc./ fem. nom. sing. 誰，什麼

quin *interr. adv./ conj.* 為何不？為何沒有？

quisque, quisque, quidque *indef. pron./ adj.* 每人，每物

quo *adv./ conj.* 何處，在哪裡

quoniam *conj.* 因為

recipio, is, recepi, receptum, pere *v., tr.*, 3. 歡迎，迎接，接受，接回；**recipitur** pass., pres. ind., 3 pers. sing.（他/她/它）被歡迎，迎接，接受，接回

redarguo, is, gui, gutum, ere *v., tr.*, 3. 反駁；**redarguam** [1.] pres. subj., 1 pers. sing.（若我）反駁；[2.] fut. ind., 1 pers. sing.（我將）反駁

redigo, is, degi, dactum, ere *v., tr.*, 3. 擊退，趕回，回復

redimo, is, demi, demptum, ere *v., tr.*, 3. 回購，贖回；**redimendo** [1.] ger., neut., dat./ abl. sing. 回購，贖回；[2.] gerundive, masc./ neut., dat./ abl. sing. 該被回購的，該被贖回的

refero, fers, rettuli, latum, ferre *anomal. v., tr.*, irreg. 帶回，回歸；**referetur** pass., fut. ind., 3 pers. sing.（他/她/它將）被帶回，被回歸

rei (res, rei) *n.*, 5 decl., fem., gen./ dat. sing. 物，事物，東西；**rem** acc. sing. 物，事物，東西

rei publicae (res publica, rei publicae) *n.*, 5 decl.＋1 decl., fem., gen./ dat. sing. 政事，公眾事務，國家

relinquo, is, liqui, lictum, quere *v., tr.*, 3. 放棄，拋棄，遺棄，留下，剩餘；**relinque** pres. imp., 2 pers. sing. （你/妳得）放棄，拋棄，遺棄，留下，剩餘

removeo, es, movi, motum, ere *v., tr.*, 2. 移動，排除；**removeri** pass., pres. inf. 被移動，被排除

reperio, is, repperi, repertum, ire *v., tr.*, 4. 尋找，發現；**repertae** perf. part., fem., gen./ dat. sing.; nom. pl. 已[/被]尋找的，已[/被]發現的；**repertae sunt** pass., perf. ind., 3 pers. pl., fem. （她們）被尋找，被發現

repeto, is, petivi, petitum, ere *v., tr.*, 3. 返回，恢復；**repeterent** imperf. subj., 3 pers. pl. （若他/她/它們）返回，恢復

reprehendo, is, hendi, hensum, ere *v., tr.*, 3. 抓住，奪取；譴責；**reprehende** pres. imp., 2 pers. sing. （你/妳得）抓住，奪取；譴責

rescindo, is, scidi, scissum, ere *v., tr.*, 3. 移除，破壞，廢除；**rescindunt** pres. ind., 3 pers. pl. （他/她/它們）移除，破壞，廢除

resisto, is, stiti, --, ere *v., intr.*, 3. 反對，拒絕；**resistis** pres. ind., 2 pers. sing. （你/妳）反對，拒絕

respice (respicio, is, pexi, pectum, cere) *v., tr./ intr.*, 3., pres. imp., 2 pers. sing. （你/妳得）注視，回顧，反觀

respondeo, es, spondi, sponsum, ere *v., intr.*, 2. 回應，答覆；**respondes** pres. ind., 2 pers. sing. （你/妳）答應，回覆

restituo, is, stitui, stitutum, uere *v., tr.*, 3. 修復，復原；**restituit** [1.] pres. ind., 3 pers. sing. （他/她/它）修復，復原；[2.] perf. ind., 3 pers. sing. （他/她/它已）修復，復原

resto, as, stiti, atum, are *v., intr.*, 1. 逗留，徘徊；**restas** pres. ind., 2 pers. sing. （你/妳）逗留，徘徊

revertor, eris, versus sum, erti *semidep. v., intr.*, 3. 回頭，回來，回去，返回，回歸；**reverteris** pres. ind., 2 pers. sing. （你/妳）回頭，回來，回去，返回，回歸

risu (risus, us) *n.*, 4 decl., masc., abl. sing. 笑，笑聲

rogo, as, avi, atum, are *v., tr.*, 1. 詢問，尋求

ruere (ruo, is, rui, rutum, ruere) *v., intr./ tr.*, 3., pres. inf. [1.] 毀滅，毀壞；跑，衝；[2.] pass., pres. imp., 2 pers. sing. （你/妳得）被毀滅，被毀壞

sacrilegum (sacrilegus, a, um) *adj.*, masc./ neut., acc. sing.; neut., nom. sing. 褻瀆的，瀆神的，不敬的

saepe *adv.* 時常，常常

saltu (saltus, us) *n.*, 4 decl., masc., abl. sing. 彈，跳

salute (salus, utis) *n.*, 3 decl., fem., abl. sing. 安全，健康

scholam (schola, ae) *n.*, 1 decl., fem., acc. sing. 學校

secedo, is, cessi, cessum, ere *v., intr.*, 3. 退開，移走；**secedant** pres. subj., 3 pers. pl. （若他/她/它們）退開，移走

secerno, is, crevi, cretum, ere *v., tr.*, 3. 分離，隔開；**secrevit** perf. ind., 3 pers. sing. （他/她/它已）分離，隔開

sed *conj.* 但是，然而

sensum (sensus, us) *n.*, 4 decl., masc., acc. sing. 感覺，認知

sepulchro (sepulc(h)rum, i) *n.*, 2 decl., neut., dat./ abl. sing. 墳墓

sermones (sermo, onis) *n.*, 3 decl., masc., nom./ acc. pl. 談話，對話，話語，演說

serva (servo, as, avi, atum, are) *v., tr.*, 1., pres. imp., 2 pers. sing. （你/妳得）看守，保護，保存，救助

servo (servus, i) *n.*, 2 decl., masc., dat./ abl. sing. 奴隸，僕人

sese [＝se] (sui, sibi, se, sese) *pers./ refl. pron.*, irreg., 3 pers. sing./ pl., masc./ dem./ neut., acc./ abl. 他/她/它（自身）；他/她/它們（自身）

si *conj.* 如果，倘若

sicubi *adv.* 若在任何地方

simul *adv.* 同時，同樣地

sinas (sino, is, sivi, situm, ere) *v., tr.*, 3., pres. subj., 2 pers. sing. （若你/妳）放任，允許，容許；**sinunt** pres. ind., 3 pers. pl. （他/她/它們）放任，允許，容許

sit (sum, es, fui, futurus, esse) *aux. v., intr.*, irreg., pres. subj., 3 pers. sing. （若他/她/它）是，有，在；**eris** fut. ind., 2 pers. sing.

（你/妳將）是，有，在；**e**r**a**t imperf.
ind., 3 pers. sing. （他/她/它曾）是，有，
在；**est** pres. ind., 3 pers. sing. （他/她/它）
是，有，在；**f**u**it** perf. ind., 3 pers. sing.
（他/她/它已）是，有，在；**esse** pres. inf.
是，有，在；**sum** pres. ind., 1 pers. sing.
（我）是，有，在；**sunt** pres. ind., 3 pers.
pl. （他/她/它們）是，有，在；**sis** pres.
subj., 2 pers. sing. （若你/妳）是，有，在

so**lis (sol, s**o**lis)** *n.,* 3 decl., masc., gen. sing.
太陽[的]

so**nus, i** *n.,* 2 decl., masc. 聲音

spa**tium, ii** *n.,* 2 decl., neut. 空間

spi**rant (sp**i**ro, as,** *a**vi,* a**tum,* a**re)** v., intr./ tr.,
1., pres. ind., 3 pers. pl. （他/她/它們）呼
吸

spi**sso (sp**i**ssus, a, um)** *adj.,* masc./ neut., dat./
abl. sing. 濃密的，厚實的，固態的

structu**rae (struct**u**ra, ae)** *n.,* 1 decl., fem.,
gen./ dat. sing.; nom. pl. 建築物

stulti**tia, ae** *n,* 1 decl., fem. 愚笨，愚蠢

su**am (s**u**us, a, um)** *poss. pron./ adj.,* fem., acc.
sing. 他/她/它的；他/她/它們的；**s**u**is**
masc./ fem./ neut., dat./ abl. pl. 他/她/它的；
他/她/它們的

sub *prep.* [＋acc./ abl.] 在…下面；有關，
關於

su**beo, es, s**u**bii, s**u**bitum, sub**i**re** *anmal. v.,*
intr./ tr., 4. 行至…之下；**sub**i**sset** pluperf.
subj., 3 pers. sing. （若他她它）行至…之
下

subi**cio, is, sub**i**eci, sub**i**ectum, cere** v., tr., 3.
上拋而下；**sub**i**ciunt** pres. ind., 3 pers. pl.
（他/她/它們）上拋而下

su**bigo, is, sub**e**gi, sub**a**ctum, ere** v., tr., 3. 壓
制，抑制；**s**u**bigunt** pres. ind., 3 pers. pl.
（他/她/它們）壓制，抑制

sublu**stri (subl**u**stris, is, e)** *adj.,* masc./ fem./
neut., dat./ abl. sing. 昏暗的，幽暗的

submi**tto, is, m**i**si, m**i**ssum, ere** v., tr., 3. 提
升，降低，容許；**submitt**u**ntur** pass.,
pres. ind., 3 pers. pl. （他/她/它們）被提升，
被降低，被容許

su**btraho, is, tr**a**xi, tr**a**ctum, ere** v., tr., 3. 帶
走，除去；**s**u**btrahitur** pass., pres. ind., 3
pers. s ing. （他/她/它）被帶走，被除走

subve**nio, is, v**e**ni, v**e**ntum,** i**re** v., intr., 4. [＋
dat.] 協助，幫忙；**subv**e**niet** fut. ind., 3
pers. sing. （他/她/它將）協助，幫忙

succe**do, is, c**e**ssi, c**e**ssum, ere** v., intr., 3. 進
入，推進，繼續，繼承；**succ**e**ssit** perf.
ind., 3 pers. sing. （他/她/它已）進入，推
進，繼續，繼承

su**mo, is, s**u**mpsi, s**u**mptum, ere** v., tr., 3. 拿
取，提取；**s**u**mere** [1.] pres. inf. 拿取，
提取；[2.] pass., pres. imp., 2 pers. sing.
（你/妳得）被拿取，被提取

superflu**o, is, fl**u**xi, fl**u**xum, fl**u**ere** v., intr., 3.
溢出；**superfl**u**it** pres. ind.,3 pers. sing.
（他/她/它）溢出

supersum, es, fui, --, esse v., intr., irreg. 照料，
管理；**super**e**sse** pres. inf. 照料，管理

supple**o, es,** e**vi,** e**tum, ere** v., tr., 2. 補足，
補充；**suppl**e**tur** pass., pres. ind., 3 pers.
sing. （他/她/它）被補足，補充

surgo, is, surre**xi, surr**e**ctum, ere** v., intr., 3.
起身，起立；**s**u**rgit** pres. ind., 3 pers. sing.
（他/她/它）起身，起立

susci**pio, is, c**e**pi, c**e**ptum, c**i**pere** v., tr., 3. 撐
起，托住；接受；**s**u**scipe** pres. imp., 2
pers. sing. （你/妳得）撐起，托住；接受

suspe**ndo, is, p**e**ndi, p**e**nsum, ere** v., tr., 3. 懸
掛；**susp**e**ndit** [1.] pres. ind., 3 pers. sing.
（他/她/它）懸掛；[2.] perf. ind., 3 pers.
sing. （他/她/它已）懸掛

susti**neo, es, t**i**nui, t**e**ntum, t**i**nere** v., tr., 2. 支
援，負擔；**sust**i**nere** [1.] pres. inf. 支援，
負擔；[2.] pass., pres. imp., 2 pers. sing.
（你/妳得）被支援，被負擔

taberna**cula (tabern**a**culum, i)** *n.,* 2 decl.,
neut., nom./ acc. pl. 帳篷

ta**bulae (tabula, ae)** *n.,* 1 decl., fem., gen./ dat.
sing.; nom. pl. 碑，牌，板，列表，文書

ta**leam (t**a**lea, ae)** *n.,* 1 decl., fem., acc. sing.
木塊，木片

tantum (ta**ntus, a, um)** *adj.,* masc./ neut., acc.
sing.; neut., nom. sing. 如此大的，如此多
的

tarde *adv.* 緩慢地，遲晚地

ta**uros (t**a**urus, i)** *n.,* 2 decl. masc., acc. pl. 公
牛[群]

telo (telum, i) *n.,* 2 decl., neut., dat./ abl. sing.

標槍，矛槍

tempus, oris *n.*, 3 decl., neut. 時間，光陰

terrarum (terra, ae) *n.*, 1 decl., fem., gen. pl. 土地[的]，陸地[的]，地面[的]

terrore (terror, oris) *n.*, 3 decl., masc., abl. sing. 恐怖，恐懼，恐慌

testis, is *n.*, 3 decl., masc./ fem. 證人

tibi (tu, tui, tibi, te) *pers. pron.*, irreg., 2 pers. sing., dat. [給]你/妳；**te** acc./ voc./ abl. 你/妳；**tu** nom. 你/妳

Tityre (Tityrus, i) *n.*, 2 decl.. masc., voc. sing. [人名] 維吉爾作品《牧歌集》中的牧羊人

trado, is, tradidi, traditum, ere *v., tr.*, 3. 交付，遞交；述說；**trade** pres. imp., 2 pers. sing. （你/妳得）交付，遞交；敘說

trahunt (traho, is, traxi, tractum, ere) *v., tr.*, 3., pres. ind., 3 pers. pl. （他/她/它們）拖，拉

traicio, is, traieci, traiectum, cere *v., tr.*, 3. 穿過，越過；**traiectus, a, um** perf. part. 已[/被]穿過的，已[/被]越過的；**traiectus erat** pass., pluperf. ind., 3 pers. sing., masc. （他已曾）被穿過，被越過

transfero, fers, tuli, latum, ferre *anomal. v., tr.*, irreg. 攜帶，運送；**transferentur** pass., fut. ind., 3 pers. pl. （他/她/它們將）被攜帶，被運送

transfigo, is, fixi, fixum, ere *v., tr.*, 3. 穿透，刺穿；**transfixum** [1.] perf. part., masc./ neut., acc. sing.; neut. nom. sing. 已[/被]穿透的，已[/被]刺穿的；[2.] sup., neut., acc. sing. 穿透，刺穿

tuam (tuus, a, um) *poss. pron./ adj.*, fem., acc. sing. 你/妳的；**tua** fem., nom./ abl. sing.; neut., nom./ acc. pl. 你/妳的

tumor, oris *n.*, 3 decl., masc. 腫瘤

tumultus, us *n.*, 4 decl., masc. 騷亂，暴動

turbatas (turbo, as, avi, atum, are) *v., tr./ intr.*, 1., perf. part., fem., acc. pl. 已[/被]擾亂的，

已[/被]打擾的

Tusculanum (Tusculanus, a, um) *adj.*, masc./ neut., acc. sing.; neut., nom. sing. [地名] Tusculum 城的

tutorem (tutor, oris) *n.*, 3 decl., masc., acc. sing. 教師，導師，監護人

Tyndarum (Tyndarus, i) *n.*, 2 decl., masc., acc. sing. [人名] Titus Maccius Plautus 的劇作 Captivi 裡的男性奴僕角色

ubi *adv. /conj.* 哪裡，在哪處，在哪時

umero (umerus, i) *n.*, 2 decl., masc., dat./ abl. sing. 肩膀，上臂

unda, ae *n.*, 1 decl., fem. 波浪

ut *conj.* 為了，以致於，如同

utrum *interr. adv.* 是否（*whether*）

vallum, i *n.*, 2 decl., neut. 圍籬，圍牆

venter, tris *n.*, 3 decl., masc. 肚子，腹部，胃

venustatem (venustas, atis) *n.*, 3 decl., fem., acc. sing. 可愛，迷人，優雅

vestras (vester, tra, trum) *poss. pron./ adj.*, fem., acc. pl. 你/妳們的

via, ae *n.*, 1 decl., fem. 路，路徑；**de via locu.** [prep. **de**＋abl. sing.] 從路上

vicatim *adv.* 沿街，滿街

video, es, vidi, visum, ere *v., tr.*, 2. 看；**videre** [1.] pres. inf. 看；[2.] pass., pres. imp., 2 pers. sing. （你得）被看

virginem (virgo, ginis) *n.*, 3 decl., fem., acc. sing. 少女，處女；**virgo** nom./ voc., sing. 少女，處女

virtute (virtus, utis) *n.*, 3 decl., fem., abl. sing. 美德，德性；勇氣，膽識

volo, vis, volui, --, velle *aux. anomal. v., tr./ intr.*, irreg. 想要

voluntatem (voluntas, voluntatis) *n.*, 3 decl., fem., acc. sing. 意志，意願，意圖，意旨

Zephyre (Zephyrus, Zephyri) *n.*, 2 decl., masc., voc. sing. 西風，微風（通常在詩歌或神話中會被擬人化）

拉丁文動詞的特性之一，在於它可以透過動詞字根（*root*）與各種不同前綴字首（*prefix*）的結合，進而形成一個具有全新意涵的衍生動詞。因此，在學習拉丁文動詞的過程中，也應對此構詞邏輯有所認識。

在本單元中，我們將呈現一些常見的字首，以及衍生自這些字首的重要動詞，來作為認識動詞構詞的基礎。這些字首大多指向特定的拉丁文介係詞，在拉丁文中，介係詞不僅具有獨立的意涵與作用，同時也可作為構詞字首的重要來源。認識這些作為字首的介係詞所具備的意涵，並藉以對照比較字根與衍生動詞於意義上的差異，將是本單元的學習重點所在。

為了使學習者能夠更加方便地在字典中查詢這些單字，下列的動詞將以直述語氣第一人稱單數的形式呈現。此外，由於檢附的字義僅在呈現衍生動詞所具有的基本意涵，為了清楚起見，將略去人稱代名詞的使用，英文部分則直接以不定詞的形式呈現。

1. 前綴字首：a-, ab-, abs-（來自 | *from*）

a*b*do [ab＋do]
掩蔽 | *to hide*

Nequiquam abdidi. (Plautus, *Merc., 2, 3*) = 我沒白躲一場。*I didn't hide in vain.*

ab*s*olvo [ab＋solvo]
寬恕 | *to absolve*

Innocens, si accusatus sit, absolvi potest. (Cicero, *Rosc. Am., 20; 56*) = 無辜的人若遭控告，也能被釋放。*The innocent, if accused, can be absolved.*

abst*i*neo [abs＋teneo]
避免，避開 | *to keep away*

Tutorem, qui pupillum hereditatem patris abstinuit. (Iustinianus I, *Dig., 26, 7, 39, 4*) = 讓受監護者遠離父親遺產的監護人。*The guardian who kept the ward away from the heritage of the father.*

a*b*sum [ab＋sum]
缺席，不在場 | *to be absent*

Eius qui in Italia non sit absit ue rei publicae. (Cicero, *Caec., 20; 57*) = 不在義大利的人不該插手政事。*The one who is not in Italy should be absent from politics.*

ab*u*ndo [ab＋undo]
富於，充滿 | *to abound*

Flumina abundare ut facerent camposque natare. (Lucretius, *6: 267*) = 以致於他們使河水氾濫且流過田野。*So that they make the rivers to flood and to fload the fields.*

ab*u*tor [ab＋utor]
耗盡，用完 | *to use up*

Donec omne caseum cum melle abusus eris. (Cato, *Agr., 76*) = 直到你吃完所有沾著蜂蜜的乳酪。*Till when you will use up all the cheese with honey.*

am*i*tto [ab＋m*i*tto] 送走，遣走 | *to dismiss*	Ad patrem hinc amisi Tyndarum[78]. (Plautus, *Cap., 3, 4*) ＝ 我 把 Tyndarus 從 這 裡 送 到[他 的]父 親 那 裡。*I dismissed Tyndarus to go back to his father.*
asp*o*rto [abs＋p*o*rto] 移開，運走 | *to take away*	Ego quoniam video virginem asportarier. (Plautus, *Rud., prol.*) ＝ 因為我推測女孩將被送走。*Because I see that the girl will be carried away.*
a*u*fero [ab＋f*e*ro] 取走，帶走 | *to carry away*	Id auferre licebit. (Cicero, *Quinct., 27; 84*) ＝ 他將能（/有權利）取走東西。*He will have the faculty to take (things) away.*
auf*u*gio [ab＋f*u*gio] 逃走 | *to run away*	Aufugero, hercule! (Plautus, *Bac., 2, 3*) ＝ 他媽的！我一定要逃走。*By god! I will escape.*

2. 前綴字首：ad-（向，朝著 \| *to, towards*）

acc*i*do [ad＋c*a*do] 墜落，下降 | *to come down*	Ut quisque acciderat, eum necabam. (Plautus, *Poen., 2, 1*) ＝ 無論誰曾下來過，我都殺了他。*Whoever came down, I killed him.*
acc*i*pio [ad＋c*a*pio] 接納，接受 | *to receive, to accept*	Cette manus vestras measque accipite. (Ennius, *Trag., 242*) ＝ 給我你們的手並且接受我的手。（＝ 請和我握手/＝ 請與我締約結盟）*Give me your hands and accept mine.*
add*u*co [ad＋d*u*co] 引導，帶領 | *to lead*	Adducit iste. (Cicero, *Tul., 8; 18*) ＝ 這個人來領導。*This (man) leads.*
adh*i*beo [ad＋h*a*beo] 引進，帶進 | *to bring into*	Quin mihi testis adhibeam. (Terentius, *Ph., 4, 5*) ＝ 若我未帶來我的證人。*If I don't bring in my witness.*
ad*o*rior [ad＋*o*rior] 攻擊 | *to attack*	Hoc ipsum continuo adoriamur. (Cicero, *Att., 13, 22, 4*) ＝ 讓我們持續地攻擊他。*Let attack him continuously.*
adsum [ad＋sum] 在場 | *to be present*	Nunc amo, ille non adest. (Plautus, *As., 5, 2*) ＝ 現在我愛[他]，[因為]他不在這裡。*Now I love him because he is not here.*
aff*i*cio [ad＋f*a*cio] 影響，到達 | *to affect, to reach*	Sonus, qui tarde afficit. ＝ 稍晚傳來的聲音。*The sound that reaches us late.*

---

[78] 此指 Titus Maccius Plautus 的劇作 Captivi 裡的男性奴僕角色。

3. 前綴字首：amb-（和，一起 | *with, together*）

ambio [ambi＋eo]
繞行 | *to go round*

Ille demens ruere, vicatim ambire. (Cicero, *Att., 4, 3, 2*) ＝ 他像個瘋子似地奔跑，滿街亂繞。 *He was running like a fool, going round street by street.*

4. 前綴字首：ante-（之前，前面 | *before, in front of*）

antecedo [ante＋cedo]
前行，前導 | *to go before*

Lictores antecedebant. (Cicero, *Phil., 2, 24; 58*) ＝ 衙役們曾在前方引導（走）著。 *The lictors were preceding.*

antepono [ante＋pono]
置於前，前移 | *to put before, to advance*

Bonum anteponam prandium. (Plautus, *Men., 2, 2*) ＝ 我最好把午餐提前。 *It is opportune that I advance the lunch.*

5. 前綴字首：circum-（圍 | *around*）

circumdo [circum＋do]
圍繞 | *to put round*

Noxium sepulchro circumdatur Carmen. (Quintilianus, *Decl., 10, 7*) ＝ 悲傷的歌被繚繞在墳墓四周。 *A noxious carmen is surround the sepulcher.*

circumsisto [circum＋sisto]
環繞，圍繞 | *to surround*

Circumsistamus alter hinc, hinc alter appellemus. (Plautus, *As., 3, 3*) ＝ 讓我們在此繞著一人，[並]在此呼喚另一人。 *Let us surround one from here, call the other from here.*

6. 前綴字首：co-, com-, con-（[cum] 一起 | *with*）

coarguo [com＋arguo]
呈現，展現 | *to make manifest*

Errorem eorum coarguit. ＝ 他顯示了他們的錯誤。 *He makes manifest their error.*

coerceo [com＋arceo]
拘束，約束 | *to restrain*

Carcere animalia coercere. (Plinius, *Nat., 10, 72; 141*) ＝ 把動物關進籠子。 *To restrain animals into a cage.*

cognosco [com＋gnosco]
明瞭，認識，承認 | to get
to know

Haec quae loquitur cognosco? (Terentius, *Ph.*, *5, 1*) ＝
我知道他在說什麼嗎？ *Do I know what is he talking
about (the things he talk)?*

cogo [com＋ago]
聚集，集結 | to drive
together

Tityre[79] coge pecus. (Vergilius, *Ecl.*, *3: 20*) ＝ Tityrus！
把牲畜聚攏。 *Tityrus round up the cattle.*

colligo [co＋lego]
收集，聚集 | to gather
together

Collegit omnia. ＝ 他收集一切。 *He collected all things
(everything).*

committo [com＋mitto]
連結，集中 | to bring
together

Iugulo manum commisit. (Seneca, *Thy.*, *723*) ＝ 他把
手放在咽喉處。 *He raised the hand to the throat.*

commoveo [com＋moveo]
感動，動搖 | to shake

Non indecenti risu commovit. (Petronius, *S.*, *20*) ＝ 他
未因無禮的訕笑而動搖。 *He didn't shake by a
indecent laugh.*

compello [com＋pello]
趕攏，圍捕（獸群） | to
round up (herd)

Pecus, cuius magna erat copia, compulsa (est / fuit).
(Caesar, *Gal.*, *7, 71*) ＝ 有龐大數量的牲口被聚攏。
*The cattle, of which there was a great abundance, was
rounded up.*

compleo [com＋ple-]
填滿，裝滿 | to fill up

Doneque compleatur structurae spatium. (Vitruvius, *5,
12, 3*) ＝ 直到建物內的空間被填滿。 *Till when the
space of the structure is filled up.*

concedo [con＋cedo]
移開，撤走 | to withdraw

Concedite omnes, de via decedite. (Plautus, *Am.*, *3, 2*)
＝ 你們所有人都退下，都從道路上離開。 *You all
get out, withdraw you from the road (/let the road empty).*

condo [com＋do]
保持，維持 | to preserve

Venter saepe telo perforatur, intestina conduntur.
(Celsus, *Med.*, *7, 4, 3*) ＝ 腹部時常會遭受矛槍穿
孔，腸子則被保持完整。 *The belly is often pieced by
arrow, (but) the bowels are preserved.*

conduco [con＋duco]
集合，聯合 | to bring
together

Praetor de castellis ad castra pedites conducit.
(Sisenna, *His.*, *4*) ＝ 裁判官把步兵從要塞帶往軍營
集結。 *The praetor brings the foot-soldiers from the
defense-line to the camp.*

conficio [com＋facio]
做，執行，完成 | to
perform

Quid hodie negoti confecit mali. ＝ 今天他做了些壞
了生意的事。 *Today he did something about the bad*

---

[79] Tityrus 為維吉爾作品《牧歌集》中的牧羊人姓名。

business.

conscribo [con+scribe]
登錄，募集[軍隊] | *to enroll*

Ad conscribendos omnes qui arma ferre possent. (Livius, *3, 4*) = 為了徵集一切能提起武器的人。 *To enroll all those who can carry arms (=who can fight).*

consisto [con+sisto]
中止，停止 | *to stop moving*

Nisi piget, consistite. = 若未有冒犯的話，你們就停止吧！（＝請你們停止！）*Stop moving, if you are not displeased. (=please stop moving.)*

constituo [com+statuo]
設置，建立 | *to set up*

Quattor aras constitue. = [去]築四座祭壇。*You set up four altars.*

consto [con+sto]
擔任，從事，投入 | *to take up a position*

Constant omnes sermones inter sese. (Plautus, *Curc., 2, 3*) = 他們所有人[都]投入在彼此之間的閒聊。 *They all engage in gossipping among themselves.*

consumo [con+sumo]
摧毀 | *to destroy*

Ubi consumptus est tumor. (Celsus, *Med., 6, 18, 8*) = 腫瘤被摧毀之處。*Where the tumor is destroyed.*

contendo [con+tendo]
伸展，延伸 | *to stretch out*

Contento fune trahunt. (Ovidius, *Ars., 1: 764*) = 牠們（＝魚群）扯著延伸的釣線。*They (=the fishes) pull with the stretched cable.*

convinco [con+vinco]
定罪，宣告有罪 | *to convict*

Se convinci non posse, quod absit a culpa. (Cicero, *Inv., 2, 101*) = 沒有罪行的人無法被定罪。*One cannot be convicted, because he is not guilty (/because he lacks guilt).*

corrumpo [con+rumpo]
毀壞，腐敗 | *to ruin*

Corrumpitur iam cena. (Plautus, *Ps., 3, 2*) = 晚餐已經腐壞了。*The dinner has already decayed.*

7. 前綴字首：**de-**（來自，關於 | *from, about*）

decerno [de+cerno]
決定，評判 | *to decide*

Quasi quicquam de nostra salute decernissemus. = 如同我們會決定一些關於我們安全的事。*Like we were deciding something about our salvation.*

defendo [de+fendo]
迴避，防範 | *to fend off, to fail*

Serva cives, defende hostes. (Ennius, *Trag., 8*) = 保護市民，避開敵人。*Defend the citizens, fend off the enemy.*

deficio [de+facio]
缺乏 | *to fail*

Eum non modo ingenium sed etiam impudentia defecit. (Cicero, *Catil., 3, 5; 11*) = 他不僅缺乏了才智，也沒有

羞恥心。*He failed not only in wisdom, but also in impudence.*

desero [de+sero]
遺棄 | *to depart*

Si illum comitatum civium desero. (Cicero, *Att., 8, 3, 2*) = 若我背棄了那市民會議。*If I abandon that civic committee.*

desino [de+sino]
終止，放棄 | *to desist*

Haud desinam donec perfecero hoc. (Terentius, *Ph., 2, 3*) = 我將不會放棄直到我完成這[事]為止。*I will not desist till when I will had accomplised this.*

desisto [de+sisto]
終止，放棄 | *to desist*

Sub occasum solis desisterunt. = 大約在日落時他們便放棄了。*At about sunset they desisted.*

despicio [de+specio]
俯瞰，藐視 | *to disdain*

Philosophi eloquentiam despexerunt. (Cicero, *de Orat., 3, 19; 72*) = 哲學家們鄙視雄辯術。*The philosophers disdained eloquence.*

8. 前綴字首：*inter-*（在之間，在裡面 | *between, in*）

intellego [inter+lego]
瞭解，理解 | *to understand*

Qui rem ipsam posset intellegere. (Plautus, *Trin, 5, 2*) = 某個能理解這件事的人。*Someone who can understand this matter.*

interficio [inter+facio]
殲滅，殺死 | *to put to death*

Sublustri noctu interfecit. (Naevius, *fr.*) = 他在幽暗的夜裡殺[人]。*He killed by the faintly lit night.*

9. 前綴字首：*intro-*（在之間，在裡面 | *in, inside*）

introeo [intro+eo]
進入 | *to go inside*

Tempus non est introeundi. (Plautus, *Merc., 5, 2*) = 不是進去的時候。*It is not the (right) time to go inside.*

10. 前綴字首：ne-, nec-（不 | *not, in-, im-, un-, um-*）

neglego [nec+lego]
不顧，忽視 | *to disregard*

Matris iam iram neglego. (Plautus, *Merc., 5, 2*) = 我已不顧母親的憤怒。*I already ignore the anger of the mother.*

nego [ne+*a*io]
否認，反對 | to deny

Haec negat se tuam esse matrem. (Plautus, *Epid., 4, 2*) = 她否認她是你/妳母親。*She denies to be your mother.*

nescio [ne+*s*cio]
不瞭解，不認識 | to ignore

Quid dicam nescio. = 我不知道我在（/我將）說什麼。*I don't know what I am saying. (/what I will say.)*

11. 前綴字首：**ob-, obs-**（對抗 | against）

obsequor [ob+sequor]
聽從，順從 | to comply

Dum illi obsequar[80]. (Plautus, *Merc., 1, 1*) = 當我將順從於他。*While I will comply with him.*

obs*i*do [ob+*s*ido]
侵佔，佔據 | to occupy

Cum scholam eius obsideremus. (Seneca, *Ep., 17-18; 108, 3*) = 當我們佔領他的學校。*While we will occupy his school.*

obs*i*sto [ob+*s*isto]
阻礙，對立 | to stand against

Homo qui obviam obsistat mihi. (Plautus, *Am., 3, 4*) = 阻礙我的那個人。*The one who would stand in my way.*

obsto [ob+sto]
面對，對抗 | to face

Cuicumque obstiterit[81] primo. (Lucilius, *1; 51-52*) = 無論他首先將對抗的是誰。*Whoever he will be facing firstly.*

obsum [ob+sum]
損害，妨礙 | to opposite

Quod ille meruit, tibi id obsit[82] volo. (Plautus, *Per., 5, 2*) = 凡是他所應得的，我希望那會成為對你的妨礙。*What he deserved, I want that it becames an nuisance to you.*

obt*i*neo [ob+*t*eneo]
維持，保持 | to keep

Antiquam adeo tuam venustatem obtines. (Terentius, *Hec., 5, 4*) = 保持你/妳如此舊有的優雅。*Keep your ancient grace.*

occ*i*do [ob+*c*ado]
殺害 | to kill

Nam hunc fames iam occiderit. (Plautus, *Ps., 1, 3*) = 飢餓已經殺死了這[人]。*In fact, hunger had already killed this (man).*

offend [ob+fendo]
冒犯，襲擊 | to strike

Ne quem capite offendam. (Plautus, *Curc., 2, 3*) = 別用頭去撞某人。*In order not to strike someone on the head.*

offero [ob+fero]

Incitato equo se hostibus obtulit. (Caesar, *Gal., 4, 12*) =

---

[80] 異態動詞 obsequi（聽從，順從 | to comply）需接與格的受詞。

[81] 動詞 obstare（面對，對抗 | to oppose）需接與格的受詞。

[82] 動詞 obesse（損害，妨礙 | to hurt, to be a ruisance）需接與格的受詞。

前移，呈現 | *to move forward*	策馬疾馳下，他朝敵人前進。*At full gallop he moved forward the enemy.*
o*pp* rimo [ob＋premo] 壓，壓制 | *to squeeze*	Pede taleam opprimito. (Plinius, *Nat., 17, 29; 125*) ＝ 用腳壓住木塊。*Squeeze that piece of wood with (your) foot.*

12. 前綴字首：**per-**（經 \| *through*）

perc*i*pio [per＋capio] 取得，占有，領會 | *to catch hold*	Cum pilam percipere conaretur. (Iustinianus I, *Dig., 9, 2, 52, 4*) ＝ 當他試著抓住椿柱時。*While he tried to catch hold of the pile.*
p*er*do [per＋do] 毀壞，毀滅 | *to destroy*	Stultitia tua nos paene perdidisti. (Plautus, *Mil., 2, 4*) ＝ 由於你的愚蠢，你幾乎毀了我們。*Because of your stupidity, you almost destroyed us.*
perf*i*cio [per＋facio] 完成，執行 | *to complete*	Inceptum itiner perficere. (Plautus, *Merc., 5, 2*) ＝ 完成已開展的旅程。*To complete the started journey.*
perfr*i*ngo [per＋frango] 破壞 | *to break*	Naves quae non perfregerant proras. (Livius, *22, 20*) ＝ 不會破壞船首的船隻。*The ships that had not broken the prow.*
p*er*go [per＋rego] 前進，前往 | *to advance*	Illa ad nos pergit. (Plautus, *Mil., 4, 6*) ＝ 她朝向我們走來。*She advances toward us.*
p*er*eo [per＋eo] 死亡 | *to die*	Virgo pereat innocens? (Ennius, *Trag., 205*) ＝ 一個無辜的少女應該死嗎？*Should an innocent girl die?*
perm*i*tto [per＋mitto] 使通過 | *let go through*	In profunda terrarum permittere aciem. (Seneca, *Marc., 25, 2*) ＝ 讓視線通過大地的深處。*To let an edge through the depth of the earth.*
persu*a*deo [per＋suadeo] 勸服，強迫 | *to persuade, to force*	Cupio non persuadere quod hortor. (Ovidius, *Her., 19: 187*) ＝ 我不想去勸說我所告誡的那些[事]。*I don't want to persuade what I exhort.*
pert*er*reo [per＋terreo] 恐嚇，使驚嚇 | *to frighten*	Hunc perterrebo sacrilegum. (Terentius, *Eu., 5, 3*) ＝ 我將恐嚇那褻瀆洗劫神廟之人。*I will frighten greatly that temple-robber.*
pert*i*neo [per＋teneo] 延伸，到至 | *to extend to*	Haec duo generis fistula spirant, quae ad pulmonem pertinent. (Plinius, *Nat., 9, 6; 19*) ＝ 這兩種物種以通

達肺部的氣管呼吸。*These two genera (whales and dolphins) breathe through the tube, that are connected to the lung.*

pervenio [per＋venio]
抵達 | *to reach*

Profectus sum, perveni in Cariam[83]. (Plautus, *Curc., 2, 3*) ＝ 我啓程離開，抵達了 Caria。*I left, I reached the Caria.*

13. 前綴字首：**pot-**（能夠，可以 | *can, possible*）

possum [potis＋sum]
能夠 | *can, to be able to*

Potesne mi auscultare? (Plautus, *Poen., 1, 2*) ＝ 你/妳能否聽我說？*Can you listen to me?*

14. 前綴字首：**prae-**（先，前 | *before*）

praecipio [prae＋capio]
先於，優先於 | *to precede*

Amantes de forma indicare non possunt, quia sensum oculorum praecipit animus. (Quintilianus, *Inst., 6, 2, 6*) ＝ 他/她們無法以外貌來指出情人，因為[內心的]感覺先於視覺。*They cannot judge the lovers by shape, because the spirit precedes the sight of the eyes.*

praeficio [prae＋facio]
使擔當，掌管 | *to put someone before, in charge*

Brutum[84] adulescentem classi praeficit[85]. (Caesar, *Gal., 3, 11*) ＝ 他讓年輕的 Brutus 來掌管艦隊。*He put in charge of the fleet the youngster Brutus.*

praemitto [prae＋mitto]
先發，先遣 | *to send first*

Me a portu praemisit domum. (Plautus, *Am., 1, 1*) ＝ 他先從港口送我到家。*He sent me firstly from the port to the house.*

praesto [prae＋sto]
優於，勝於 | *to be superior to*

Cum virtute omnibus praestarent. (Caesar, *Gal., 1, 2*) ＝ 由於他們在勇氣膽識[方面]勝過所有人。*Since they were superior to everyone in courage.*

---

[83]　Caria 為位於古代小亞細亞西側的地區。

[84]　此指 Decimus Junius Brutus Albinus （ca. 85/ 81 - 43 B.C.），羅馬共和末期的政治家、軍事家。

[85]　動詞 praeficere（使擔當，掌管| *put in charge*）需同時連接與格及受格的受詞。

15. 前綴字首：**praeter-**（超越 | *beyond*）

praetermitto [praeter+mitto]
省略，忽略 | *to pass over*

Utrum hoc tantum crimen praetermittes? (Cicero, *Div. Caec., 10; 31*) = 是否你/妳將忽視這般如此可惡的罪行？*Whether you will pass over this horrible crimes?*

16. 前綴字首：**pro-, prod-, por-**（為了，前面 | *for, fore*）

porrigo [por+rego]
伸展，延長 | *to stretch*

Cum umero porrigi non potest. (Celsus, *Med., 8, 15, 1*) = 因為上臂無法被伸展。*Because the upper arm cannot be stretched out.*

possideo [por+sedeo]
持有，擁有 | *to owe*

Hanc domum iam multos annos est quem possideo et colo. (Plautus, *Aul., prol.*) = 我持有並居住在那間屋子已經有許多年了。*That house is already many years that I owe it and inhabit.*

possido [por+sido]
抓住，掌握 | *to seize*

Magnae metus tumultus pectora possidit. (Naevius, *fr.*) = 暴動騷亂透過巨大的恐懼揪住了胸臆。*The tumult seizes the chest with a great fear.*

prosum [pro+sum]
有效用，有益於，有助於 | *to be beneficial to*

Is bene merenti bene profuerit. (Plautus, *Cap., 2, 2*) = 他善待值得善待的人。*He was beneficial to whom deserved well.*

proficiscor [pro+facio+scor]
啟程，動身 | *to depart to*

Ut me ire quo profectus sum sinas. (Plautus, *Trin., 3, 2*) = 為了使你允許我去我要啟程前往之處。*So that you let me go where I am departing to.*

prohibeo [pro+habeo]
隔離，使遠離 | *to keep off*

Tua domo prohibere me postulas? (Plautus, *Am., 1, 1*) = 你是在要求我遠離你家嗎？*Do you demand me to keep off your house?*

promitto [pro+mitto]
允諾，答應 | *to promise*

Fac quod facturum te esse promisisti mihi. (Plautus, *Poen., 1, 3*) = 去做你對我承諾要做的（事情）。*Do what you promised me you will do.*

proscribo [pro+scribe]
公告，拍賣 | *to put on sale*

Tusculanum proscripsi. (Cicero, *Att., 4, 2, 7*) = 我

已拍賣了[位於] Tusculum[86] 的[房子]。*I put on sale (the house) at Tusculum.*

prospicio [pro+specio]
看見，觀察 | *to see, to observe*

Ut ille domum suam prospicere posset. (Cicero, *Ver.*, *2.5, 66; 169*) ＝ 為了使他能看見他的房子。*So that he can see his house.*

prosterno [pro+sterno]
擊倒，傾覆，耗盡 | *to exhaust*

Ut fulmina possint exanimare homines, pecudes prosternere. (Lucretius, *6: 243*) ＝ 如同閃電能殺死人、擊斃牲畜。*So that the lightnings could kill men, and exhaust cattle.*

protego [pro+tego]
遮蔽，保護 | *to cover, to protect*

Videre licuit tabernacula protecta hedera. (Caesar, *Civ., 3, 96*) ＝ 可以看到被常春藤所遮蔽的帳篷。*It was possible to see the tents covered by ivy.*

provideo [pro+video]
預見，預料 | *to see in advance*

Hostes simul ignis, clamor, caedes nec audire nec providere sinunt. (Livius, *25, 39*) ＝ 同時[發生]的火災、騷亂與屠殺，既使人無從聽聞、也不容預見敵人。*Fire, noise, and slaughter at the same time, it do not allow to hear nor to see in advance the enemy.*

17. 前綴字首：re-, red-（再，復 | *again, newly*）

recipio [re+capio]
接受，歡迎 | *to welcome*

Ego excludor; ille recipitur. (Terentius, *Eu., 1, 2*) ＝ 我被拒絕；他被歡迎。*I am excluded; he is welcomed.*

redarguo [red+arguo]
反駁 | *to prove wrong*

Ut homines eruditos redarguam. (Cicero, *de Orat., 2, 32; 138*) ＝ 儘管我得以反駁知識份子們。*Although I could refute the learned men.*

redigo [red+ago]
擊退，趕回 | *to drive back*

Tauros in gregem redigo. (Varro, *R., 2, 5*) ＝ 我驅趕公牛們回來成群。*I drive back the bulls in group.*

redimo [red+emo]
回購，贖回 | *to buy back*

De fundo redimendo intellexisti voluntatem meam. (Cicero, *Att., 11, 13, 4*) ＝ 關於買回地產[一事]，你已瞭解我的善意。*About buying back the property, you have understood my good will (/meaning).*

---

[86] Tusculum 為古代羅馬的一處城鎮，其遺址位於現今義大利中部的 Frascati 城附近。

refero [re+fero]
帶回，回歸 | *to bring back*

Referetur mox hic puer. (Terentius, *An., 3, 2*) ＝ 那男孩將立刻被帶回來。*That boy should be brough back immediately.*

relinquo [re+linquo]
放棄，拋棄，遺棄 | *to forsake*

Respice ad me, et relinque egentem parasitum. (Plautus, *St., 2, 2*) ＝ 看著我，拋下[那]貧窮的寄生蟲。*Look at me, and forsake (that) very poor parasite.*

removeo [re+moveo]
移動，排除 | *to remove*

Sicubi aliquid aquae obstat, id emittere, et removeri oportet. (Cato, *Agr., 155*) ＝ 若有任何東西在任何地方擋住水流的話，必須加以疏通，並使其被排除。*If anything stands in the way of the water, it is necessary to drain it off and that it is removed.*

reperio [re+pario]
尋找，發現 | *to find*

In castris Helvetiorum[87] tabulae repertae sunt litteris Graecis confectae. (Caesar, *Gal., 1, 29*) ＝ 在 Helvetii 人的軍營裡，以希臘文句製成的石碑已被發現。*In the camp of the Helvetii were found tablets covered with Greek sentences.*

repeto [re+peto]
返回，恢復 | *to return, to get back*

Alii alios hortari ut repeterent pugnam. (Livius, *10, 36*) ＝ 有些人為了要再回去作戰而力勸著其他人。*In order to return to fight, some exhorted the others.*

reprehendo [re+prehendo]
抓住，奪取；譴責 | *to catch and hold*

Reprehende hominem. (Plautus, *Ps., 1, 3*) ＝ 抓住[那]人！*Catch and hold (that) man.*

rescindo [re+scindo]
移除，破壞，廢除 | *to remove*

Falcibus vallum rescindunt. (Caesar, *Gal., 7, 86*) ＝ 他們用鐮刀砍除籬笆。*They cut down the fence with sickles.*

resisto [re+sisto]
反對，拒絕 | *to object*

Dabo tibi, nisi resistis. (Plautus, *Cas., 3, 6*) ＝ 我會給你，如果你不拒絕的話。*I will give you, if you don't resist.*

respondeo [re+spondee]
回應，答覆 | *to answer*

Prius respondes quam rogo. (Plautus, *Merc., 2, 3*) ＝ 你先回答我所問的。*You answer first what I ask.*

resto [re+sto]
逗留，徘徊 | *to linger*

At etiam restas? (Plautus, *Mos., 3, 2*) ＝ 然而你還逗留不去？*You even linger (there)?*

restituo [re+statuo]
修復，復原 | *to put back in order*

Turbatas restituit comas. (Ovidius, *Fast., 3: 16*) ＝ 她梳理被弄亂的頭髮。*She combed back the messy hair.*

---

[87] Helvetii 為古代瑞士的民族。

revertor [re+verto]
返回，回歸 | *to return to*

Memento, homo, quia pulvis es, et in pulverem reverteris. (*Gen., 3: 19*) ＝ 記住，人啊！因為你是塵土，而你也將回歸塵土。*Remember, human, because you are dust, and you will return to dust.*

18. 前綴字首：se-（離，分 | *from*）

secedo [se+cedo]
退去，離開 | *to withdraw*

Secedant improbi. (Cicero, *Catil., 1, 13; 32*) ＝ 惡徒應退下。
　Bad people have to withdraw.

secerno [se+cerno]
分離，隔開 | *to separate*

Deus liquidum spisso secrevit ab aere caelum. (Ovidius, *Met., 1: 23*) ＝ 神把液態的天空從固態的（/濃密的）大氣層分離出來。*God separated the liquid sky from the solid atmosphere.*

19. 前綴字首：sub-, subs-（下 | *under, about*）

subeo [sub+eo]
行至...之下 | *to go under*

Cum luna sub orbem solis subisset. (Livius, *37, 4*) ＝ 當月亮已行至太陽的軌道下。*When the moon had went under the orbit of the sun.*

subicio [sub+iacio]
上拋而下 | *to shoot upwards*

Corpora saltu subiciunt in equos. (Vergilius, *A., 12: 287-288*) ＝ 身體在騎馬時彈跳著。*The bodies are shoot jumping upwards when riding.*

subigo [sub+ago]
壓制，抑制 | *to subdue*

Terrore perturbatam multitudinem subigunt. (Sisenna, *His., 4*) ＝ 他們以恐懼來鎮壓混亂的群眾。*They subdue the confused crowd by terror.*

submitto [sub+mitto]
提升，降低，容許 | *to allow*

Prata in faenum submittuntur. (Columella, *11, 2, 15*) ＝ 曠野被容許種植乾草。*The fields are allowed to grow hay.*

subtraho [sub+traho]
帶走，除去 | *to take away*

Unda labente subtrahitur harena pedi. (Ovidius, *Ib., 421-422*) ＝ 沙被滑落的浪從腳邊帶走。*The sand is washed away from the foot by the slipping wave.*

subvenio [sub+venio]
協助，幫忙 | to help

Quis mihi subveniet[88]? (Plautus, *Cas., 2, 5*) ＝ 誰將會幫我？ *Who will help me?*

succedo [sub+cedo]
進入，推進，繼續，繼承 | to come under, to follow, to succeed

Manlius[89] sub Gallicum gladium successit. (Gellius, *9, 13, 17*) ＝ Manlius 潛身至高盧人的劍下。 *Manlius came under the sword of the Gauls.*

sumo [sub+emo]
拿取，提取 | to fetch, to take

Aquam sumere ex fonte. ＝ 從泉源處取水。 *To fetch water from the source.*

suppleo [sub+pleo]
補足，補充 | to supply

Si servo donasset debitum dominus peculium suppletur. (Iustinianus I, *Dig., 15, 1, 4, 5*) ＝ 若主人免除了奴隸的債務，則[此項免除]會被視為是[奴隸的]私產。 *If a master condoned a debt to a slave, it would be considered as a peculium (private property).*

surgo [sub+rego]
起立，起身 | to get up

Surgit humo iuvenis. (Ovidius, *Fast., 6: 735*) ＝ 年青人從地上起身。 *The young man gets up from the ground.*

suscipio [subs+capio]
撐起，托住 | to catch from below

"Tu, Zephyre, suscipe dominam." (Apuleius, *Met., 5, 27*) ＝ 「你，西風，托住[你的]女主人。」 *"You, Zephyr, catch (from below) the master."*

uspend [subs+pendo]
懸掛 | to hang from

Suspendit se fenestra. (Apuleius, *Met., 4, 12*) ＝ 他/她懸在窗戶邊。 *He/ She hangs from the window.*

sustineo [subs+teneo]
支援，負擔 | to support

Nolo ego te, qui erus sis, mihi onus istuc sustinere. (Plautus, *As., 3, 3*) ＝ 我不想讓應該身為主人的你在那裡為我承受[這項]負擔。 *I don't want you, who would be the master, support this load to me in there.*

20. 前綴字首：**super-**（上，多於 | *super, hyper*）

superfluo [super+fluo]
溢出 | to overflow

Fons superfluit. (Plinius, *Nat., 31, 18*) ＝ 噴泉溢出。 *The source overflows.*

---

[88] 動詞 subvenire（協助，幫忙 | *to help*）須接與格受詞。

[89] 此指 Titus Manlius Torquatus，古代羅馬的政治家、軍事家，曾分別於西元前 347、344、及 340 年時，三度出任執政官。

supersum [super + sum]
照料，管理 | *to supervise, to take care of*

Qui negotiis suis aliquo perpetuo morbo superesse non possunt. (Gratianus, *D., 2, 3, 7, C.2*) ＝ 那些因為某些長期疾病而無法照料其事業的人們。 *Those who cannot take care of their business because of some chronic disease.*

21. 前綴字首：tra-, trans-（通，過 | *trans, across*）

trado [trans + do]
交付，遞交 | *to hand to*

Mi trade istuc. (Plautus, *As., 3, 3*) ＝ 把那[東西]給我！ *Hand me that.*

traicio [trans + iacio]
穿過，越過 | *to place across*

Per cuius domum traiectus erat aquae ductus. (Iustinianus I, *Dig., 9, 2, 29, 1*) ＝ 水道橫越了某人的房屋。 *Across whose house the aqueduct was placed.*

transfero [trans + fero]
攜帶，運送 | *to carry*

Haec, quae modo huc, modo illuc transferentur. ＝ 那些一下被帶到這裡、一下被送到那裡的東西。 *Those things that are carried now here now there.*

transfigo [trans + figo]
穿透，刺穿 | *to pierce*

Gladio per adversum pectus transfixum procubuit. (Livius, *26, 15*) ＝ 他因被劍反向地刺穿胸膛而殞命。 *He, pierced by a sword through the chest, bent forward.*

XII 動詞與主詞的一致性

課程字彙

a, ab *prep.* [＋abl.] 從…，被…（*from...*, *by...*）

acc*i*dere (*acci*do, is, cidi, --, *ere*) *v., intr.,* 3., pres. inf. 墜落，下降；發生 [＋dat.]；*accidit* [1.] pres. ind., 3 pers. sing.（他/她/它）墜落，下降；發生 [＋dat.]；[2.] perf. ind., 3 pers. sing.（他/她/它已）墜落，下降；發生 [＋dat.]；*accidit ut* locu. [無人稱＋subj.] 正好[/已]，剛好[/已]

Ach*i*lles, is *n.,* 3 decl., masc. [人名] 阿基里斯，希臘神話中的英雄

ad *prep.* [＋acc.] 到…，向….，往…，靠近…

adh*i*biti (adh*i*beo, es, ui, itum, *ere*) *v., tr.,* 2., perf. part., masc./ neut., gen. sing.; masc., nom. pl. 已[/被]引進的，已[/被]帶進的，已[/被]使用的，已[/被]維持的；*adhibiti sunt* pass., perf. ind., 3 pers. pl., masc.（他/她/它們）被引進，帶進，使用，維持

aio, a*i*s *defect. v., intr./ tr.,* irreg. 說，同意；*ait* pres. ind., 3 pers. sing.（他/她/它）說，同意；*aiebat* imperf. ind., 3 pers. sing.（他/她/它曾）說，同意

Alex*a*ndrum (Alex*a*nder, dri) *n.,* 2 decl., masc., acc. sing. [人名] 亞歷山大，通常指馬其頓帝國的亞歷山大大帝（356 - 323 B.C.）

aliquis, aliquis, aliquid *indef. pron./ adj.* 某（些）人，某（些）物

ar*i*ete (ar*i*es, etis) *n.,* 3 decl., masc., abl. sing. 公羊，牡羊；*cum ar*i*ete* locu. [*prep.* cum ＋abl. sing.] 與公羊

arm*a*ti (armo, as, *a*vi, *a*tum, *a*re) *v., tr.,* 1., perf. part., masc./ neut., gen. sing.; masc., nom. pl. 已[/被]武裝的；*armati sunt* pass., perf. ind., 3 pers. pl., masc.（他們已）被武裝

at *conj.* 然而，不過

aut *conj.* 或，或是；*aut...aut...* locu. 或…

或…（*or...or...*）

ave, avete, aveto *interj.* [問候用語] 嗨；你/妳們好；你/妳好

avus, i *n.,* 2 decl., masc. 祖父

caelum, i *n.,* 2 decl., neut. 天空，天堂；*caelo* dat./ abl. sing. 天空，天堂；*de caelo* locu. [*prep.* de＋abl. sing.] 從天空，關於天空

Caesar, aris *n.,* 3 decl., masc. [人名/稱號] 凱撒，即 Gaius Julius Caesar（100 - 44 B.C.），羅馬共和末期的軍事家，政治家，其名號於羅馬帝國時期成為對皇帝的稱謂

caesi (caedo, is, cec*i*di, c*ae*sum, ere) *v., tr.,* 3., perf. part., masc./ neut., gen. sing.; masc., nom. pl. 已[/被]切開的，已[/被]分解的，已[/被]瓦解的，已[/被]宰殺的，已[/被]謀殺的；*caesi sunt* pass., perf. ind., 3 pers. pl., masc.（他們）被切開，被分解，被瓦解，被宰殺，被謀殺

capita (c*a*put, itis) *n.,* 3 decl., neut., nom./ acc. pl. 頭；首腦，首領

cedo, cette *v., tr.,* 3., pres. imp., 2 pers. sing.（你/妳得）給我，告訴我；*cette* pres. imp., 2 pers. pl.（你/妳們得）給我，告訴我

celeriter *adv.* 很快地

C*i*cero, onis *n.,* 3 decl., masc. [人名] 西塞羅（106 - 43 B.C.，古羅馬政治家）

C*i*mon, onis *n.,* 3 decl., masc. [人名] 古代雅典的政治家，軍事家（510 - 450 B.C.）

classis, is *n.,* 3 decl., fem. 艦隊

colloqu*e*ntem (colloquor, eris, loc*u*tus sum, loqui) *dep. v., intr./ tr.,* 3., pres. part., masc./ fem., acc. sing. [正在]對話的，[正在]對談的

coniurati*o*nis (coniur*a*tio, *o*nis) *n.,* 3 decl., fem., gen. sing. 共謀[的]，陰謀[的]，謀叛[的]

consecr*a*tam (consecr*a*tus, a, um) *adj.,* fem.,

acc. sing. 神聖的

cum [1.] *adv.* 當，在…之時（*when...,
since...*）；[2.] *prep.* [+abl.] 偕同，與…
（*with...*）

cupid*it*ates (cupi*ditas, *atis*) *n.*, 3 decl., fem.,
nom./ acc. pl. 野心，熱忱

de *prep.* [+abl.] 關於

decem *card. num. adj.* 十

decem et sex *card. num. adj.* 十六

del*e*ti (de*l*eo, es, *e*vi, *e*tum, *e*re) *v., tr*, 2., perf.
part., masc./ neut., gen. sing.; masc., nom. pl.
已[/被]刪除的，已[/被]消去的，已[/被]毀
滅的；**del*e*ti sunt** pass., perf. ind., 3 pers.
pl., masc. （他們）被刪除，被消去，被
毀滅

deo (d*eus, *dei*) *n.,* 2 decl., masc., dat./ abl. sing.
神；上帝

d*i*cunt (d*i*co, is, d*i*xi, d*i*ctum, ere) *v., tr.,* 3.,
[+dat.] pres. ind., 3 pers. pl. （他/她/它們）
說；**d*i*cit** pres. ind., 3 pers. sing. （他/她/
它）說；**aliquis d*i*cit** *locu.* 有人說，據說；
d*i*co pres. ind., 1 pers. sing. （我）說

dil*i*gitur (d*i*ligo, is, *l*exi, *l*ectum, ere) *v., tr.,* 3.,
pass., pres. ind., 3 pers. sing. （他/她/它）
被鍾愛，被珍愛，被重視，被挑選

d*i*ves, d*i*vitis *adj.*, 3 decl. 富有的，富裕的

dux, d*u*cis *n.,* 3 decl., masc. 將領，指揮官，
指引

effic*e*re (eff*i*cio, is, *f*eci, *f*ectum, cere) *v., tr.,*
3., [1.] pres. inf. 作用，做；[2.] pass., pres.
imp., 2 pers. sing. （你/妳得）被作用，被
做

ego, m*e*i, m*i*hi, me *pers. pron.,* irreg., 1 pers.
sing. 我；**me** acc./ voc. /abl. 我；**a me**
locu. [*prep.* **a** + abl.] 被我；**m*i*hi** dat. [給]
我

eloqu*e*ntiae (eloqu*e*ntia, ae) *n.,* 1 decl., fem.,
gen./ dat. sing.; nom. pl. 雄辯，辯才，口才

enim *adv.* 其實，實際上

equi (*e*quus, *e*qui) *n.*, 2 decl., masc., gen. sing.;
nom. pl. 馬

erant；est；*e*sse；*e*rit；*e*sset → f*u*it

et *conj.* 和、及，並且，而且；**et...et...**
locu. ...和...都...（*both...and...*）

exerc*e*bant (ex*e*rceo, es, *e*rcui, *e*rcitum, *e*re)
v., tr., 2., imperf. ind., 3 pers. pl. （他/她/它

們曾）練習，訓練，施行

exerc*i*tu (ex*e*rcitus, us) *n.,* 4 decl., masc., abl.
sing. 軍隊；**cum ex*e*rcitu** *locu.* [*prep.* **cum**
+abl. sing.] 與軍隊

fac (f*a*cio, is, *f*eci, *f*actum, f*a*cere) *v., tr.,* 3.,
pres. imp., 2 pers. sing. （你/妳得）做，製
作，建造；**fact*u*rum** fut. part., masc., acc.
sing.; neut., nom./ acc. sing. 將[/被]做的，
將[/被]製作的，將[/被]建造的；**f*a*cere** [1.]
pres. inf. 做，製作，建造；[2.] pass., pres.
imp., 2 pers. sing. （你/妳得）被做，被製
作，被建造；**fac ut** *locu.* [+subj.] 若...則
（你）要讓我/使我...；**f*a*cit** pres. ind., 3
pers. sing. （他/她/它）做，製作，建造；
fact*u*rum *e*sse fut. inf., masc., acc. sing.;
neut., nom./ acc. sing. 將做，將製作，將
建造

fa*l*lit (f*a*llo, is, fef*e*lli, f*a*lsum, ere) *v., tr.,* 3.,
pres. ind., 3 pers. sing. （他/她/它）誤導，
欺騙

ferunt (fero, fers, t*u*li, *l*atum, ferre) *anomal.*
v., tr., irreg., pres. ind., 3 pers. pl. （他/她/它
們）帶；講；**fero** pres. ind., 1 pers. sing.
（我）帶；講

fiat (fio, fis, f*a*ctus sum, f*i*eri) *semidep.*
anomal. v., intr., 4., pres. subj., 3 pers. sing.
（若他/她/它）變成，被製作，發生

fides, ei *n.*, 5 decl., fem. 忠誠，虔誠，信任

fuit (sum, es, f*u*i, fut*u*rus, *e*sse) *aux. v., intr.*,
irreg., perf. ind., 3 pers. sing. （他/她/它已）
是，有，在；**sunt** pres. ind., 3 pers. pl.
（他/她/它們）是、有、在；**erant** imperf.
ind., 3 pers. pl. （他/她/它們曾）是，有，
在；**est** pres. ind., 3 pers. sing. （他/她/它）
是，有，在；**esse** pres. inf. 是，有，在；
erit fut. ind., 3 pers. sing. （他/她/它將）
是，有，在；**esset** imperf. subj., 3 pers.
sing. （若他/她/它曾）是，有，在

f*u*lget (f*u*lgeo, es, f*u*lsi, --, ere) *v., intr.,* 2., pres.
ind., 3 pers. sing. （他/她/它）閃爍，閃耀；
[無人稱]閃電

graves (gr*a*vis, is, e) *adj.,* masc./ fem., nom./
acc. pl. 重大的，要緊的，嚴重的，嚴肅
的，嚴峻的

hab*e*bat (h*a*beo, es, h*a*bui, itum, ere) *v., tr.,*
2., imperf. ind., 3 pers. sing. （他/她/它曾）

有，持有；考慮

hic *adv.* 這裡，在這裡

h*i*cine, h*ae*cine, h*o*cine [＝**hic, haec, hoc**＋**ne**] *interr. demonstr. pron./ adj.* [表疑問] 這？此？這個？

H*o*merus, i *n.*, 2 decl., masc. [人名] 荷馬，古代希臘的詩人

h*o*stibus (h*o*stis, is) *n.*, 3 decl., masc./ fem. dat./ abl. pl. 敵人[們]，敵方；**ab h*o*stibus** *locu.* [*prep.* **ab**＋abl. pl.] 被敵人們；**h*o*stium** gen. pl. 敵人[們的]，敵方[的]

id (is, *ea*, id) *demonstr. pron./ adj.*, neut., nom./ acc. sing. 它；彼

***i*lle, *i*lla, *i*llud** *demonstr. pron./ adj.* 那，彼，那個的

imped*i*menta, *o*rum *n.*, 2 decl., neut., pl. 行李

in *prep.* [＋acc./ abl.] 在…；到…，向…

inf*a*miae (inf*a*mia, ae) *n.*, 1 decl., fem., gen./ dat. sing.; nom. pl. 惡名，醜名，不名譽

ing*e*nui (ing*e*nuus, a, um) *adj.*, masc./ neut., gen.; masc., nom. pl. 高貴的，貴族的；當地出身的

inimic*i*tias (inimic*i*tia, ae) *n.*, 1 decl., fem., acc. pl. 敵意

i*nquam, is, *i*nquii** *defect. v., intr.,* irreg. 說；i*nquit** pres. ind., 3 pers. sing. （他/她/它）說

laud*a*tae (laudo, as, *a*vi, *a*tum, *a*re) *v., tr.,* 1., perf. part., fem., gen./ dat. sing.; nom. pl. 已[/被]稱讚的，已[/被]頌揚的；**laud*a*ta** perf. part., fem., nom./ abl. sing.; neut., nom./ acc. pl. 已[/被]稱讚的，已[/被]頌揚的；**laud*a*tae sunt** pass., perf. ind., 3 per. pl., fem. （她們被）稱讚，頌揚；**laud*a*ta sunt** pass., perf. ind., 3 per. pl., neut. （它們被）稱讚，頌揚

l*i*bet, --, l*i*buit (/l*i*bitum est), --, *e*re *impers. v., intr.,* 2. [無人稱] 贊同

l*i*cet, --, l*i*cuit (/l*i*citum est), --, lic*e*re *impers. v., intr.,* 2. [無人稱] 允許，認可，能夠

L*u*ci (L*u*cius, i) *n.*, 2 decl., masc., gen./ voc. sing. [人名] 男子名

lug*e*bat (l*u*geo, es, l*u*xi, l*u*ctum, *e*re) *v., intr./ tr.,* 2., imperf. ind., 3 pers. sing. （他/她/它曾）哭，哭泣；**lug*e*bant** imperf. ind., 3 pers. pl. （他/她/它們曾）哭，哭泣

l*u*na, ae *n.*, 1 decl., fem. 月，月亮

manc*i*pia (manc*i*pium, ii) *n.*, 2 decl., neut., nom./ acc. pl. 財產

m*a*ter, tris *n.*, 3 decl., fem. 母親

me ; m*i*hi → **ego**

m*i*ae (m*i*us, a, um) [＝**m*e*ae (m*e*us, a, um)**] *poss. pron./ adj.*, fem., gen./ dat. sing.; nom. pl. 我的；**mi** masc., voc. sing. 我的

m*i*lia, ium *card. num. adj.*, 3 decl. pl. 數千

miser*e*scite (miser*e*sco, is, --, --, *e*re) *v., intr.,* 3., pres. imp., 2 pers. pl. （你妳/們得）同情，憐憫

Mur*e*nae (Mur*e*na, ae) *n.*, 1 decl., fem., gen./ dat. sing.; nom./ voc. pl. [人名] 古代羅馬的姓氏，隸屬於 Licinia 氏族

m*u*rus, i *n.*, 2 decl., masc. 牆，牆壁

n*a*rro, as, *a*vi, *a*tum, *a*re *v., tr./ intr.,* 1. 敘述，講述

n*a*scitur (n*a*scor, eris, n*a*tus sum, n*a*sci) *dep. v., intr.,* 3., pres. ind., 3 pers. sing. （他/她/它）誕生，出生

n*e*mo, n*e*mini [dat.], n*e*minem [acc.] *pron./ adj.*, 3 decl., masc./ fem., sing. tant. 沒有人，無人（*no one*）

n*e*uter, tra, trum *indef. adj./ pron.* 兩者皆非

non *neg. adv.* 不，非，否

n*o*vi (n*o*vus, a, um) *adj.*, masc./ neut., gen. sing.; masc., nom. pl. 新的

o*mnes, es, ia** *adj./ pron.*, pl. 一切，所有，所有事物，所有人；o*mnibus** masc./ fem./ neut., dat./ abl. pl. 一切，所有，所有事物，所有人

p*ae*nitet, --, paen*i*tuit, --, *e*re *impers. v., tr./ intr.,* 2. [無人稱] 後悔

p*a*rtibus (pars, p*a*rtis) *n.*, 3 decl., fem., dat./ abl. pl. 部份；**in p*a*rtibus** *locu.* [*prep.* **in**＋abl. pl.] 在各個部份，到處

p*e*ditum (p*e*des, itis) *n.*, 3 decl., masc., gen. pl. 步兵[們的]

perv*e*nit (perv*e*nio, is, v*e*ni, v*e*ntum, *i*re) *v., intr.,* 4. [1.] pres. ind., 3 pers. sing. （他/她/它）抵達，到達；[2.] perf. ind., 3 pers. sing. （他/她/它已）抵達，到達

Pl*a*to, *o*nis *n.*, 3 decl., masc. [人名] 柏拉圖（428-427/ 424-423 - 348/ 347 B.C.）古代

希臘的哲學家

plena (**ple**nus, a, um) *adj.*, fem., nom./ abl. sing.; neut., nom./ acc. pl. 充滿的，豐富的，滿足的

pluit, --, **plu**it (/**plu**vit), --, **ere** *impers. v., intr.,* 3. [無人稱] 下雨

Polyphemum (**Polyph**emus, i) *n.*, 2 decl., masc., acc. sing. [人名] 希臘神話中的獨眼巨人

porta, ae *n.*, 1 decl., fem. 門

praetor, **o**ris *n.*, 3 decl., masc. （古代羅馬的）裁判官

principatum (**princip**atus, us) *n.*, 4 decl., masc., acc. sing. 領導階層，上位者；**ad princip**atum *locu.* [*prep.*, **ad**＋acc. sing.] 到領導階層

proavus, i *n.*, 2 decl., masc. 曾祖父

profecti (**profic**iscor, eris, **f**ectus sum, fic**i**sci) *dep. v., intr.*, 3., perf. part., masc./ neut.,gen. sing.; masc., nom. pl. 已啟程的，已出發的；**prof**ecti sunt perf. ind., 3 pers. pl., masc. （他們已）啟程，出發；**prof**ectae perf. part., fem., gen./ dat. sing.; nom. pl. 已啟程的，已出發的；**prof**ectae sunt perf. ind., 3 pers. pl., fem. （她們已）啟程，出發

promitto, is, m**i**si, m**i**ssum, ere *v., tr.*, 3. 允諾，答應；**prom**is**i**sti perf. ind., 2 pers. sing. （你/妳已）允諾，答應

puella, ae *n.*, 1 decl., fem. 女孩，女童

pueri (**pu**er, i) *n.*, 2 decl., masc., gen. sing.; nom./ voc. pl. 男孩，男童

pugnatur (**pugn**o, as, **a**vi, **a**tum, **a**re) *v., intr.*, 1., pass., pres. ind., 3 pers. sing. （他/她/它）被戰鬥，被打仗

quaeso, ere *defect. v., tr./ intr.*, irreg. 要求，祈求，請；**qu**aesumus pres. ind., 1 per. pl. （我們）要求，祈求，請

quid (quis, quis, quid) *interr.; indef. pron.*, neut., nom./ acc. sing. 誰，什麼

quod *adv./ conj.* 關於，至於，因為

relicta (**rel**inquo, is, l**i**qui, l**i**ctum, **qu**ere) *v., tr.*, 3., perf. part., fem., nom./ abl. sing.; neut., nom./ acc. pl. 已[/被]放棄的，已[/被]拋棄的，已[/被]遺棄的，已[/被]留下的，已[/被]剩餘的；**rel**icta sunt pass., perf. ind., 3 pers. pl., neut. （它們）被放棄，被拋棄，

被遺棄，被留下，被剩餘

rex, **r**egis *n.*, 3 decl., masc. 國王；**r**egis gen. sing. 國王[的]

Romae (**R**oma, ae) *n.*, 1 decl., fem., gen./ dat. sing. [地名] 羅馬

sacrificium, ii *n.*, 2 decl., neut. 犧牲，祭品

satis *adv.* 足夠地，充分地

salve (**salv**eo, --, --, [**salv**us], **e**re) *defect. v., intr.*, 2. pres. imp., 2 pers. sing. （你/妳得）健康、安在；[書信問候語] 保重、平安、再會

sciam (**sc**io, scis, sc**i**vi, sc**i**tum, sc**i**re) *v., tr.*, 4., [1.] pres. subj., 1 pers. sing. （若我）知道，瞭解；[2.] fut. ind., 1 pers. sing. （我將）知道，瞭解

sedem (**s**edes, is) *n.*, 3 decl., fem., acc. sing. 座椅，座位，位置，處所；**ad s**edem *locu.* [*prep.* **ad**＋acc. sing.] 到…座位，位置

sex *card. num. adj.* 六

si *conj.* 如果，倘若

solvisse (**solv**o, is, **s**olvi, sol**u**tum, **ere**) *v., tr.*, 3., perf. inf. 已鬆開，已解開，已解決

soror, sor**o**ris *n.*, 3 decl., fem. 姊妹

suas (**su**us, a, um) *poss. pron./ adj.*, fem., acc. pl. 他/她/它的；他/她/它們的

sunt → **fu**it

tacta (**t**ango, is, t**e**tigi, t**a**ctum, ere) *v., tr.*, 3., perf. part., fem., nom./ abl. sing.; neut., nom./ acc. pl. 已[/被]碰的，已[/被]碰觸的；**t**acta sunt pass., perf. ind., 3 pers. pl., neut. （它們已）被碰，碰觸

tandem *adv.* 終於，最後

telum, i *n.*, 2 decl., neut. 標槍，矛槍

Tiro, **o**nis *n.*, 3 decl., masc. [人名] 男子名。此指 Marcus Tullius Tiro（? - ca. 4 B.C.），原為西塞羅所屬的奴隸，嗣後奴隸身分獲得解放而成為自由人

trado, is, tr**a**didi, tr**a**ditum, ere *v., tr.*, 3. 交付，遞交，述說；**tr**aditur pass., pres. ind., 3 pers. sing. （他/她/它）被交付，被遞交，被述說；**tr**adunt pres. ind., 3 pers. pl. （他/她/它們）交付，遞交，述說

tu, t**u**i, t**i**bi, te *pers. pron.*, irreg., 2 pers. sing. 你/妳；**te** acc./ voc./ abl. 你/妳

Tullia, ae *n.*, 1 decl., fem. [人名] 女子名

ut *conj.* 為了，以致於，如同

uter, utra, utrum *indef. adj./ pron.* sing. tant. 兩者之一

uterque, utraque, utrumque *indef. adj./ pron.* 兩者皆，兩者中的每一

valetis (valeo, es, ui, itum, ere) *v., intr.,* 2., pres. ind., 2 pers. pl. （你/妳們）安好；**valemus** pres. ind., 1 pers. pl. （我們）安好；**vale** pres. imp., 2 pers. sing. （你/妳得）安好；[書信問候語] 再會，保重；**valete** pers. imp., 2 pers. pl. （你/妳們得）安好：[書信問候語] 再會，保重；**valeto** fut. imp., 2/ 3 pers. sing. （你/妳/他/她/它將得）安好；[書信問候語] 再會，保重

vel *adv./ conj.* 或，或者，或是；**vel...vel... locu.** 不是...就是...（*either...or...*）

ventum (venio, is, veni, ventum, ire) *v., intr.,* 4., [1.] perf. part., masc./ neut., acc. sing.; neut., nom. sing. 已來的；[2.] sup., neut., acc. sing. 來

vero *adv.* 確實，的確，然而（*certainly, truly, however*）

virgines (virgo, ginis) *n.,* 3 decl., fem., nom./ acc./ voc. pl. 少女[們]，處女[們]

virtus, utis *n.,* 3 decl., fem. 美德，德性；勇氣，膽識

vos, vestri/ vestrum, vobis *pers. pron.,* irreg., 2 pers. pl. 你/妳們

1. 一般情況下的一致性

「動詞與主詞的一致性」意指動詞要與主詞的**人稱**和**單、複數**一致：單數名詞為主詞要搭配第三人稱單數動詞，複數名詞為主詞則搭配第三人稱複數動詞。例如：

Puella **lugebat**. = 女孩在哭泣。*The girl was crying.*

Omnes **lugebant**. = 所有人都在哭。*All persons were crying.*

在拉丁文中，除非要特別強調，否則作為主詞的人稱代名詞，即 ego（我 | *I*）、tu（你/妳 | *you*）...等，通常會被省略。例如：

Cimon [90] celeriter ad principatum pervenit. (Ille) **habebat** enim satis eloquentiae. (Nepos, *Cim., 2*) = Cimon 很快便到達領導階層，事實上，他有充分的辯才。*Cimon reached leadership very quickly, he had in fact enough eloquence.*

在拉丁文的敘事裡，若主詞不明確、無法特定，或者是要概稱一種普遍的情況時，則會使用**無人稱結構**的表現方法。無人稱結構下的動詞，通常會採用**第三人稱複數**的呈現型態。例如：

ferunt. = 人們說。*they say.*；dicunt. = 他/她們說。*they say.*

---

[90] 古代雅典的政治家，軍事家（510 - 450 B.C.）。

如果一個句子有一個以上的主詞，通常它的動詞為複數。例如：

Si **tu** et **Tullia** valetis, **ego** et **Cicero** valemus. (Cicero, *Fam., 14, 5*) ＝如果你和 Tullia 都安好，我和西塞羅也都安好。*If you and Tullia are well, I and Cicero are well.*

但在有多個主詞的情況下，動詞也可以是單數。特別是當句中使用「**et... et...**（...和... 都... | *both... and...*）」，「**aut... aut...**（或... 或... | *or... or...*）」，「**vel... vel...**（不是... 就是... | *either...or...*）」等結構時，例如：

Mater et **soror** a me **diligitur**. (Cicero, *Att., 1, 8*) ＝母親和姊妹都為我所鍾愛。*The mother and the sister are loved by me.*

Et **proavus** Luci Murenae[91] et **avus** praetor **fuit**. (Cicero, *Mur., 7; 15*) ＝ Lucius Morena 的曾祖父及祖父曾任裁判官。*The great-grandfather and the grandfather of Lucius Murena were praetors.*

當動詞以分詞狀態出現時，它的作用相當於形容詞，須與主詞的**性**和**數**一致。同時要注意下列幾點：

① 如果句中同時有陰性和陽性主詞，需以陽性為主。例如：

Decem ingenui **pueri**, decem **virgines** ad id sacrificium **adhibiti** sunt. (Livius, *37, 3*) ＝ 十名當地出身的男孩和十名處女被挑選作為祭品。*Ten indigenous boys, (and) ten young girls are invited to the sacrifice.*

② 如果主詞是無生命體，可用陰性或中性的過去分詞；若這些物體的性別不同，需用中性分詞。例如：

Virtus et **fides laudatae** (/**laudata**) sunt. ＝ 德行和忠誠是受讚美的。*Virtue and faithfulness are praised.*

Murus et **porta tacta** erant de caelo. (Livius, *32, 29*) ＝ 牆壁和門被閃電擊中。*The wall and the gate had been hit from the sky (= hit by lightnung).*

---

[91] 此指 Lucius Licinius Murena，古代羅馬的政治家。

③ 若主詞包括人和物，則以人的性別為主；若主詞為動物和物體，則使用中性的分詞。例如：

Rex et **classis profecti** sunt. ＝ 國王和艦隊離去了。*The king and the fleet left.*

Equi et **impedimenta** ab hostibus **relicta** sunt. ＝ 馬匹和行李被敵人遺棄。*Horses and baggaes are left by the enemy.*

有時動詞並不符合文法上的主詞，而是要符合邏輯上的主詞。例如在以下的情況中，儘管主詞在文法上為單數，但動詞都要使用複數：

① 當主詞是集合名詞（如：艦隊、軍隊、大眾或大軍等...）時。例如：

Classis profectae sunt. ＝ 艦隊啟程了。*Tle flett left.*

② 當主詞使用具有複數概念的代名詞，如：**uter, utra, utrum**（兩者之一 | *either one of the two*）；**uterque, utraque, utrumque**（兩者皆 | *both*）；**neuter, neutra, neutrum**（兩者皆非 | *neither (of the two)*）時。例如：

Uterque graves inimicitias **exercebant**. (Sallustius, *Cat., 49*) ＝ 雙方都在運作一股深刻的敵意。*Both practiced heavy enmity.*

③ 當主詞本身為單數，但加上了伴隨的補語。例如：

Dux hostium **cum exercitu deleti** sunt. (Sallustius, *Pomp., 6*) ＝ 敵方的指揮官和軍隊覆滅了。*The commander of the enemy with the army had been destroyed.*

除此之外，當主詞為可以轉注表達「人」之概念的中性名詞，例如複數的 **milia**（數千→數千人 | *more than one thousand*）、**mancipia**（財產→奴隸 | *properties*）和 **capita**（頭→首領 | *chiefs*），則以分詞樣態出現的動詞也須與邏輯上的主詞一致，而非與文法上的主詞一致。例如：

Decem et sex **milia** peditum **armati** sunt. (Livius, *37, 40*) ＝ 一萬六千名步兵獲得武裝配備。*Sixteen thousand foot-soldiers are armed.*

Capita coniurationis **caesi** sunt. (Livius, *10, 1*) ＝ 謀叛的首腦被殺了。*The chiefs of the conspiracy have been killed.*

2. 主詞不明確或無法確定時的一致性

在文句內沒有敘明、或無法確定主詞為何的情況下，主要動詞除了可以使用前面提過的**第三人稱複數**，也可以採用**第三人稱單數的被動語態**形式來表現無人稱結構

這種運用第三人稱單數被動語態形式所呈現的無人稱結構並不涉及被動的意涵，因此也可適用於不及物動詞。換言之，若不及物動詞以第三人稱單數的被動語態形式出現時，則會是用於表現主詞不特定的無人稱結構。例如：

Pugnatur omnibus in partibus. (Caesar, *Gal., 7, 67*) ＝ 四處征戰。*It is fought from everywhere.*

Tandem ad sedem consecratam deo **ventum est**. (Curtius Rufus, *4, 7, 16*) ＝ 終於抵達了祭獻神明之處。*Finally, it came to the consecrated seat for the god.*

主詞不明確的情形也可以使用不定代名詞 **aliquis, aliquis, aliquid**（有人，某人 | *someone*）和 **nemo**（沒有人 | *no one, nobody*）來表示，此時動詞便應與不定代名詞一致。例如：

Aliquis dicit. ＝ 有人說/ 據說。*Someone says.*

Nemo nascitur dives. (Seneca, *Ep., 2; 20, 9*) ＝ 沒有人生來富裕。*No one is born rich.*

諸如 **dico**（說 | *to say*）、**narro**（敘述 | *to narrate*）、**fero**（講 | *to say*）、**trado**（述說 | *to say*）和其他意含「講、說」之類的動詞，在表現無人稱的狀態時，可以使用第三人稱的單數或複數、主動或被動。例如：

Hic vero cupiditates suas Alexandrum solvisse **tradetur (/tradunt)**. ＝ 據說，亞歷山大的確在此卸下了他的野心。*It is said (/People say) that Alexander certainly released his enthusiasm in this place.*

當動詞 **promitto**（承諾 | *to promise*）後接「受格＋不定詞」，則該不定詞須使用未來不定式。例如：

Fac quod **facturum** te esse promisisti mihi. (Plautus, *Poen., 1, 3*) ＝ 去做你對我承諾要做的（事情）。*Do what you promised me you will do.*

當以動詞 **facere**（做 | *to do*）、**efficere**（作用，做 | *to effect, to make*）表達「讓其...」、「使其...」的意思時，則必須加上「連接詞 **ut** ＋假設語氣」。例如：

Si quid erit novi, **fac ut sciam**. (Cicero, *Fam., 14, 8*) ＝ 如果有新消息，要讓我知道。*If there will be something new, do that I know (/let me know.)*

當以動詞 **facere** 來表達「描述（*to narrate*）」、「表現（*to make*）」之意時，後面要加上現在分詞。例如：

Polyphemum[92] Homerus[93] cum ariete **colloquentem facit**. (Cicero, *Tusc., 5, 39; 115*) ＝ 荷馬描寫 Polyphemus 和公羊說話。*Homer invents Polyphemus talking with a ram.*

3. 無人稱動詞的一致性

無人稱動詞係指只會以無人稱結構來表現使用的動詞。在拉丁文中，有些無人稱動詞會以**第三人稱單數**呈現，包括：

[1] 表示天氣現象的動詞

如：**fulget**（閃電 | *it shines, it lightens*）、**pluit**（下雨 | *it rains*）...等。

[2] 表現情感的動詞

如：**paenitet**（後悔 | *it repents, it regrets*）...等。有此情感的感受者以**受格**表示，而造成此感受的原因則以**屬格**表示。例如：

Me paenitet infamiae miae [/meae]. ＝ 我為我的惡名感到後悔。*It regrets me of my infamity.*

---

[92] Polyphemus 為希臘神話中的獨眼巨人。
[93] 荷馬，古代希臘的詩人。

[3] 半無人稱動詞

　　有些動詞的無人稱結構會準用前揭無人稱動詞的表現方式，即以第三人稱單數的形態呈現，並搭配受格來表示行為或動作的承受者。例如：

　　Me fallit. = 我受騙了。*It deceived me.*

　　當這類動詞加上了 **licet**（允許 | *it is permitted*）和 **libet**（贊同 | *it is agreeable*）時，人稱需變成與格，例如：

　　Mihi non licet. = 我未獲允許。（/我不能。）*To me is not permitted. (/I cannot.)*

[4] 動詞 accidere（發生 | *to happen*）

　　當 **accidere** 要以無人稱結構搭配「連接詞 **ut**＋假設語氣子句」來表達「正好」、「剛好」的意思時，則須使用第三人稱單數的形態。例如：

　　Accidit ut esset luna plena. (Caesar, *Gal., 4, 29*) = 正好已是滿月。*It happened that there was full moon.*

4. 缺項動詞的一致性

　　缺項動詞顧名思義即是缺少了某些語態或時態的動詞。諸如：

[1] 動詞 aio（說 | *to say*）

　　通常為第三人稱單數，也就是 **ait, aiebat**，有時出現在間接引語中。例如：

　　ut ait Plato. = 如柏拉圖所說。*as Plato says.*

[2] 動詞 inquam, inquit（說 | *to say*）

　　藉由婉曲地表達第一人稱或第三人稱，以報導直接引語。例如：

　　"Hicine Achilles est?" -- inquit mihi. (Plautus, *Mil., 1, 1*) = 「這是阿基里斯嗎？」他對我說。*"Is this Achilles?" -- he told me.*

[3] 動詞 quaeso, quaesumus（要求、祈求 | to ask for, to pray）

使用作為副詞的「請（please）」之意。例如：

At vos, quaeso, miserescite regis. (Vergilius, *A., 8: 572-573*) ＝ （眾神啊！）
請祢們憐憫國王吧！*And you (gods), please pity the king.*

[4] 動詞 ave, avete, aveto

是古老的祈使語氣，轉變成問候語，例如：

Ave Caesar[94]! (Suetonius, *Cl., 21*) ＝ 嗨，凱撒！*Hi, Caesar!*

[5] 動詞 vale, valete, valeto

只出現在信件中的問候語，意為：「再會（so long）」、「好好照顧自己
（take care）」、或「放輕鬆（take it easy）」…等。例如：

Vale, mi Tiro[95], vale, vale et salve. (Cicero, *Fam., 16, 4*) ＝ 保重，我的 Tiro，
好好照顧自己，珍重且再會。*Be well, my Tiro, be well and so long.*

[6] 動詞 cedo, cette

同時有「給我（give me）」和「告訴我（tell me）」兩種意思。例如：

Cette telum. ＝ 給我標槍。*Give me that weapon.*

Cedo quid Romae fiat. ＝ 告訴我羅馬有發生什麼事。*Tell me what happened in Rome.*

---

94 此處的「凱撒」為對羅馬帝國皇帝的稱謂，此處係指羅馬帝國皇帝 Tiberius Claudius
Caesar Augustus Germanicus（10 B.C. - 54 A.D.，在位期間：41 - 54 A.D.）
95 此指 Marcus Tullius Tiro（? - ca. 4 B.C.），原為西塞羅所屬的奴隸，嗣後奴隸身分獲得解
放而成為自由人。

XIII　直述語氣

課程字彙

a, ab *prep.* [＋abl.]　從…，被…（*from...*, *by...*）

ac *conj.* 和，及，並且，而且

acerbis (acerbus, a, um) *adj.*, masc./fem./neut., dat./ abl., pl. 尖酸的，苦澀的，刻薄的

ad *prep.* [＋acc.]　到…，向….，往…，靠近…

affirmat (affirmo, as, avi, atum, are) *v.*, *tr.*, 1., pres. ind., 3 pers. sing. （他/她/它）肯定，斷言

agnus, i *n.*, 2 decl., masc. 小羊，羔羊；**agnum** acc. sing. 小羊，羔羊；**ad agnum locu.** [*prep.* **ad**＋acc. sing.]　往小羊處；**agno** dat./ abl. sing. 小羊，羔羊

aliquando *adv.* 有時，某時

amant (amo, as, avi, atum, are) *v.*, *tr./ intr.*, 1., pres. ind., 3 pers. pl. （他/她/它們）愛；**amat** pres. ind., 3 pers. sing. （他/她/它）愛

amici (amicus, ci) *n.*, 2 decl., masc., gen. sing.; nom./ voc. pl. 朋友

anhelum (anhelus, a, um) *adj.*, masc./ neut., acc. sing.; neut., nom. sing. 氣喘的，喘息的

ante *adv./ prep.* [＋acc.] 之前，以前；在…前方

apud *prep.* [＋acc.] 靠近（*near...*, *at...*）

aqua, ae *n.*, 1 decl., fem. 水；**aquam** acc. sing. 水

asinus, i *n.*, 2 decl., masc. 驢子；**asinum** acc. sing. 驢子

atque *conj.* 和、及，並且，而且

avidus, a, um *adj.* 渴望的，渴求的，貪心的，貪婪的

avorum (avus, i) *n.*, 2 decl., masc., gen. pl. 祖父[們的]，祖父母[的]

bene *adv.* 好、佳，良善地

benevolentiam (benevolentia, ae) *n.*, 1 decl., fem., acc. sing. 善意，好意，仁慈

bestiolas (bestiola, ae) *n.*, 1 decl., fem., acc. pl. 小生物，小動物

Caesari (Caesar, aris) *n.*, 3 decl., masc., dat. sing. [人名/稱號] 凱撒，即 Gaius Julius Caesar（100 - 44 B.C.），羅馬共和末期的軍事家，政治家，其名號於羅馬帝國時期成為對皇帝的稱謂

catellum (catellus, i) *n.*, 2 decl., masc., acc. sing. 小狗，幼犬

causam (causa, ae) *n.*, 1 decl., fem., acc. sing. 原因，理由，事情，[法律]案件

certe *adv.* 一定、必定，當然，確實地

Claudia, ae *n.*, 1 decl., fem. [人名] 女子名；**Claudiam** acc. sing.

cognovit (cognosco, is, gnovi, gnitum, ere) *v.*, *tr.*, 3., perf. ind., 3 pers. sing. （他/她/它已）明瞭，認識，承認

comam (coma, ae) *n.*, 1 decl., fem., acc. sing. 頭髮

comparat (comparo, as, avi, atum, are) *v.. tr.*, 1., pres. ind., 3 pers. sing. （他/她/它）獲得，取得；準備，提供，比較

comprehenderunt (comprehendo, is, hendi, hensum, ere) *v.*, *tr.*, 3., perf. ind., 3 pers. pl. （他/她/它們）抓取，理解，包含

conari (conor, aris, atus sum, ari) *dep. v.*, *tr./ intr.*, 1., pres. inf. 嘗試，盡力於

contendit (contendo, is, tendi, tentum, ere *v.*, *tr./ intr.*, 3., [1.] pres. ind., 3 pers. sing. （他/她/它）伸展，延伸，趕往，突進；[2.] perf. ind., 3 pers. sing. （他/她/它已）伸展，延伸，趕往，突進

cotidie *adv.* 每天

cui → **quod**

cum [1.] *adv.*　當，在…之時（*when...*, *since...*）；[2.] *prep.* [＋abl.]　偕同，與…（*with...*）

currit (curro, is, cucurri, cursum, ere) *v.,*

intr., 3., pres. ind., 3 pers. sing. （他/她/它）跑，衝，碰見

cursu (cursus, us) *n.*, 4 decl., masc., abl. sing. 跑，速度，行程

debilitatum (debilito, as, avi, atum, are) *v., tr.*, 1., [1.] perf. part., masc./ neut., acc. sing.; neut., nom. sing. 已虛弱的，已疲累的，已殘廢的；[2.] sup., neut., acc. sing. 虛弱，疲累，殘廢

decurrebat (decurro, is, curri, cursum, ere) *v., intr./ tr.*, 3., imperf. ind., 3 pers. sing. （他/她/它曾）往下跑動，向下滑動，順流而下

degis (dego, is, degi, --, ere) *v., tr./ intr.*, 3., pres. ind., 2 pers. sing. （你/妳）以...度日，繼續過活

deliciae (delicia, ae) *n.*, 1 decl., fem., gen./ dat. sing.; nom. pl. 快樂，喜悅，歡愉，樂趣

deum (deus, dei) *n.*, 2 decl., masc., acc. sing. 神；上帝；**deus** nom./ voc. sing. 神；上帝；**a Deo** *locu.* [*prep.* **a**＋abl. sing.] 從上帝；**deos** acc. pl. 眾神

devorare (devoro, as, avi, atum, are) *v., tr.*, 1., [1.] pres. inf. 吞食，吞噬；[2.] pass., pres. imp., 2 pers. sing. （你/妳得）被吞食，被吞噬

dicit (dico, is, dixi, dictum, ere) *v., tr.*, 3., [＋dat.] pres. ind., 3 pers. sing. （他/她/它）說；**dicis** pres. ind., 2 pers. sing. （你/妳）說；**dixisti** perf. ind., 2 pers. sing. （你/妳已）說；**dixit** perf. ind., 3 pers. sing. （他/她/它已）說

diligentia, ae *n.*, 1 decl., fem. 勤勉，努力，細心

discipulorum (discipulus, i) *n.*, 2 decl., masc., gen. pl. 學生[們的]

docta (doctus, a, um) *adj.*, fem., nom./ abl. sing.; neut., nom./ acc. pl. 有知識的，智慧的，博學的

domi (domus, us) *n.*, 4 decl., fem., gen./ abl. sing.; nom. pl. 住宅，房屋

dominus, i *n.*, 2 decl., masc. 主人

eam (is, ea, id) *demonstr. pron./ adj.*, fem., acc. sing. 她；其；**eum** masc., acc. sing. 他；此

ego, mei, mihi, me *pers. pron.*, irreg., 1 pers. sing. 我；**mihi** dat. [給]我

enim *adv.* 其實，實際上

equus, equi *n.*, 2 decl., masc. 馬；**equum** acc. sing. 馬

esset (sum, es, fui, futurus, esse) *aux. v., intr.*, irreg., imperf. subj., 3 pers. sing. （若他/她/它曾）是，有，在；**erat** imperf. ind., 3 pers. sing. （他/她/它曾）是，有，在；**sunt** pres. ind., 3 pers. pl. （他/她/它們）是、有、在；**est** pres. ind., 3 pers. sing. （他/她/它）是，有，在；**fuit** perf. ind., 3 pers. sing. （他/她/它已）是，有，在；**sum** pres. ind., 1 pers. sing. （我）是，有，在；**eram** imperf. ind, 1 pers. sing. （我曾）是，有，在

et *conj.* 和、及、並且，而且

exclamat (exclamo, as, avi, atum, are) *v., intr./ tr.*, 1., pres. ind., 3 pers. sing. （他/她/它）咆哮，呼喊，大聲疾呼

fabri (faber, fabri) *n.*, 2 decl., masc., gen. sing.; nom./ voc. pl. 鐵匠

facere (facio, is, feci, factum, facere) *v., tr.*, 3., [1.] pres. inf. 做，製作，建造；[2.] pass., pres. imp., 2 pers. sing. （你/妳得）被做，被製作，被建造；**facta** perf. part., fem., nom./ abl. sing.; neut., nom./ acc. pl. 已[/被]做的，已[/被]製作的，已[/被]建造的；**facta sunt** pass., perf. ind., 3 pers. pl., neut. （它們）被做，被製作，被建造；**factum** [1.] perf. part., masc., acc. sing.; neut., nom./ acc. sing. 已[/被]做的，已[/被]製作的，已[/被]建造的；[2.] sup., neut., acc. sing. 做，製作，建造；**factum est** pass., perf. ind., 3 pers. sing., neut. （它）被做，被製作，被建造；**factus** perf. part., masc., nom. sing. 已[/被]做的，已[/被]製作的，已[/被]建造的；**factus est** pass., perf. ind., 3 pers. sing., masc. （它）被做，被製作，被建造

fessum (fessus, a, um) *adj.*, masc./ neut., acc. sing.; neut., nom. sing. 疲累的，疲乏的，疲倦的

filia, ae *n.*, 1 decl., fem. 女兒

fimo (fimum, i) *n.*, 2 decl., neut., dat./ abl. sing. 糞便，水肥

flavamque [＝**flavam**＋**que**] **(flavus, a, um)** *adj.*, fem., acc. sing. 黃（色）的，金（色）

的，金髮的

flet (fleo, es, flevi, fletum, flere) *v., intr./ tr.,* 2., pres. ind., 3 pers. sing. （他/她/它）哭泣

flumen, inis *n.,* 3 decl., neut. 河，溪流

fuit → esset

Galliam (Gallia, ae) *n.,* 1 decl., fem., acc. sing. [地名] 高盧；**in Galliam** *locu.* [*prep.* **in** + acc. sing.] 到高盧

Genavam (Genava, ae) *n.,* 1 decl., fem., acc. sing. [地名] 日內瓦；**ad Genavam** *locu.* [*prep.* **ad** + acc. sing.] 到日內瓦

generosus, a, um *adj.* 高尚的，高貴的

gloriosus, a, um *adj.* 光榮的，榮耀的，誇耀的，自傲的

habet (habeo, es, habui, itum, ere) *v., tr.,* 2., pres. ind., 3 pers. sing. （他/她/它）有，持有；考慮

Helvetios (Helvetii, orum) *n.,* 2 decl., masc., pl., acc. [族群名] Helvetii 人，古代瑞士民族之一；**Helvetii** nom. pl. [族群名] Helvetii 人

hercule *interj.* [口語] 他媽的！該死的！

hoc (hic, haec, hoc) *demonstr. pron./ adj.,* masc., abl. sing.; neut., nom./ acc./ abl. sing. 這，此，這個的

hominum (homo, minis) *n.,* 3 decl., masc., gen. pl. 男士[們的]，人[們的]；**homo** nom. sing. 男士，人；**hominem** acc. sing. 男士，人

illuminat (illumino, as, avi, atum, are) *v., tr.,* 1., pres. ind., 3 pers. sing. （他/她/它）照明，照亮，照射

impudentia, ae *n.,* 1 decl., fem. 厚顏無恥，傲慢無禮

in *prep.* [+acc./ abl.] 在…；到…，向…

infirmum (infirmus, a, um) *adj.,* masc./ neut., acc. sing.; neut., nom. sing. 虛弱的，病弱的，無力的

inquinabat (inquino, as, avi, atum, are) *v., tr.,* 1., imperf. ind., 3 pers. sing. （他/她/它曾）弄髒，污染；**inquinas** pres.ind., 2 pers. sing. （你/妳）弄髒，污染

inquit (inquam, is, inquii) *defect. v., intr.,* irreg., pres. ind., 3 pers. sing. （他/她/它）說

Ioannes, is *n.,* 3 decl., masc. [人名] 約翰

ipsum (ipse, ipsa, ipsum) *demonstr. pron./ adj.,* masc., acc. sing.; neut., nom./ acc. sing. 他/它本身；**per ipsum** *locu.* [*prep.* **per** + acc. sing.] （透過，經過）他/它本身；**ipso** masc./ neut., abl. sing. 他/它本身；**in ipso** *locu.* [*prep.* **in** + abl. sing.] 在他/它本身

irridet (irrideo, es, risi, risum, ere) *v., tr.,* 2., pres. ind., 3 pers. sing. （他/她/它）取笑，嘲笑，譏笑

ita *adv.* 因此，因而；**itaque** [= **ita** + **que**] 因此，因而

iter, itineris *n.,* 3 decl., neut. 路，途徑，旅程

iunctis (iungo, is, iunxi, iunctum, ere) *v., tr.,* 3., perf. part., masc./ fem./ neut., dat./ abl. pl. 已[/被]固定的，已[/被]繫縛的，已[/被]附屬的，已[/被]扣握的，已[/被]連結的，已[/被]結合的

labris (labrum, i) *n.,* 2 decl., neut., dat./ abl. pl. 嘴，嘴唇；**a labris** *locu.* [*prep.* **a** + abl. pl.] 從嘴，從嘴唇

lacerat (lacero, as, avi, atum, are) *v., tr.,* 1., pres. ind., 3 pers. sing. （他/她/它）絞碎，撕裂

laeta (laetus, a, um) *adj.,* fem., nom./ abl. sing.; neut., nom./ acc. pl. 高興的，愉快的，歡喜的；茂盛的，濃密的，豐饒的

languidus, a, um *adj.* 虛弱的，疲倦的，無力的

lepidum (lepidus, a, um) *adj.,* masc./ neut., acc. sing.; neut., nom. sing. 機伶的，討喜的，令人愉悅的

lintribus (linter, tris) *n.,* 3 decl., masc./ fem., dat./ abl. pl. 小船，小艇，小筏

longam (longus, a, um) *adj.,* fem., acc. sing. 長的

lucet (luceo, es, luxi, --, ere) *v., intr.,* 2., pres. ind., 3 pers. sing. （他/她/它）發光，發亮

lupus, i *n.,* 2 decl., masc. 狼；**lupo** dat./ abl. sing. 狼；**a lupo** *locu.* [*prep.* **a** + abl. sing.] 從狼；**lupe** voc. sing. 狼！

lux, lucis *n.,* 3 decl., fem. 光

maestus, a, um *adj.* 悲哀的，哀傷的

magistri (magister, tri) *n.,* 2 decl., masc., gen. sing.; nom./ voc. pl. 老師，教師，主人

magna (magnus, a, um) *adj.,* fem., nom./ abl.

sing.; neut., nom./ acc. pl. 大的，大量的，強大的，偉大的

male *adv.* 不好的，壞的，惡地

maturat (maturo, as, avi, atum, are) *v., tr./ intr.,* 1., pres. ind., 3 pers. sing. （他/她/它）趕緊，趕快

mea (meus, a, um) *poss. pron./ adj.,* fem., nom./ abl. sing.; neut., nom./ acc. pl. 我的

menses (mensis, is) *n.,* 3 decl., masc., nom./ acc. pl. 月，月份

mihi → *ego*

miser, a, um *adj.* 不幸的，悲慘的，可憐的

missus, a, um (mitto, is, misi, missum, ere) *v., tr.,* 3., perf. part. 已[/被]派遣的，已[/被]遣送的，已[/被]解放的，已[/被]釋放的；**mittit** pres. ind., 3 pers. sing. （他/她/它）派遣，遣送，解放，釋放

morata (moratus, a, um) *adj.,* fem., nom. /abl. sing.; neut., nom./ acc. pl. 溫和的，文雅的，有禮的，有教養的

multis (multus, a, um) *adj.,* masc./ fem./ neut., dat./ abl. pl. 許多的，很多的

mundum (mundus, i) *n.,* 2 decl., masc., acc. sing. 世界，宇宙；**mundo** dat./ abl. sing. 世界，宇宙；**in mundo** *locu.* [*prep.* **in**+ abl. sing.] 在世界，在宇宙；**mundus** nom. sing. 世界，宇宙

nam *conj.* 由於，此外

natus, a, um (nascor, eris, natus sum, nasci) *dep. v., intr.,* 3., perf. part., 已誕生的，已出生的

nihil *indef. pron.,* indecl., neut., nom./ acc. sing. 無，無物，沒有東西

nomen, nominis *n.,* 3 decl., neut. 姓名，姓氏，名銜

non *neg. adv.* 不，非，否

nunc *adv.* 現在，當下

nuntiatum (nuntio, as, avi, atum, are) *v., tr.,* 1., [1.] pref. part., masc., acc. sing.; neut., nom./ acc. sing. 已[/被]通知的，已[/被]宣布的，已[/被]報告的；[2.] sup., neut., acc. sing. 通知，宣布，報告；**nuntiatum esset** pass., pluperf. subj., 3 pers. sing., neut. （若他/她/它）被通知，被宣布，被報告

omnia (omnes, es, ia) *adj./ pron.,* neut., nom./ acc. pl. 一切，所有，所有事物，所有人

omnem (omnis, is, e) *adj./ pron.,* masc./ fem.,

acc. sing. 每一，任一，每一事物，每一人

onustum (onustus, a, um) *adj.,* masc./ neut., acc. sing.; neut., nom. sing. 滿載的，負載的

optat (opto, as, avi, atum, are) *v., tr.,* 1., pres. ind., 3 pers. sing. （他/她/它）意欲，希望，想要

orat (oro, as, avi, atum, are) *v., tr./ intr.,* 1., pres. ind., 3 pers. sing. （他/她/它）祈禱，祈求

parva (parvus, a, um) *adj.,* fem., nom./ abl. sing.; neut., nom./ acc. pl. 小的，少的，細微的；**parvi** masc./ neut., gen. sing.; masc., nom. pl. 小的，少的，細微的

pater, tris *n.,* 3 decl., masc. 父親

per *prep.* [＋acc.] 經過，透過（*through...*, *per...*）

pervenit (pervenio, is, veni, ventum, ire) *v., intr.,* 4. [1.] pres. ind., 3 pers. sing. （他/她/它）抵達，到達；[2.] perf. ind., 3 pers. sing. （他/她/它已）抵達，到達

phaleris (phalera, ae) *n.,* 1 decl., fem., dat./ abl. pl. 馬具；**phalerae** gen./ dat. sing.; nom. pl. 馬具

postea *adv.* 然後，以後，後來

praeterea *adv.* 此外，另外，再者，此後

principio (principium, ii) *n.,* 2 decl., neut., dat./ abl. sing. 開始；**in principio** *locu.* [*prep.* **in**+abl. sing.] 在一開始

proba (probus, a, um) *adj.,* fem., nom./ abl. sing.; neut., nom./ acc. pl. 良善的，誠實的，率直的

procedit (procedo, is, cessi, cessum, ere) *v., intr.,* 3., pres. ind., 3 pers. sing. （他/她/它）前進，前行，進行

proficisci (proficiscor, eris, fectus sum, ficisci) *dep. v., intr.,* 3., pres. inf. 啟程，出發

provinciam (provincia, ae) *n.,* 1 decl., fem., acc. sing. 省區，轄區；**per provinciam** *locu.* [*prep.* **per**+acc. sing.] 經過省區，經過轄區

puella, ae *n.,* 1 decl., fem. 女孩，女童

puellula, ae *n.,* 1 decl., fem. 小女孩，小女童

p*u*lchra (p*u*lcher, p*u*lchra, p*u*lchrum) *adj.,* fem., nom./ abl. sing.; neut., nom./ acc. pl. 美麗的，漂亮的

quaer*e*bat (qu*a*ero, is, quaes*i*vi, quaes*i*tum, ere) *v., tr.,* 3., imperf. ind., 3 pers. sing. （他/她/它曾）尋找，搜尋，尋求，要求

qu*i*a *conj.* 因為

quod (qui, quae, quod) *rel.; indef.; interr. pron./ adj.,* neut., nom./ acc. sing. 誰，哪個/些；那些；什麼；**c*u*i** masc./ fem./ neut., dat. sing. [給]誰，[給]哪個；[給]那；[給]什麼；**quae** fem., nom. sing./ pl.; neut., nom./ acc. pl. 誰，哪個/些；那些；什麼；**qui** masc., nom. sing./ pl. 誰，哪個/些；那些；什麼；**qu*i*bus** masc./ fem./ neut., dat./ abl. pl. 誰，哪些；那些；什麼

rec*e*de (rec*e*do, is, c*e*ssi, c*e*ssum, ere) *v., intr.,* 3., pres. imp., 2 pers. sing. （你/妳得）後退，退下；**rec*e*dit** pres. ind., 3 pers. sing. （他/她/它）後退，退下

resp*o*ndet (resp*o*ndeo, es, sp*o*ndi, sp*o*nsum, ere) *v., intr.,* 2., pres. ind., 3 pers.sing. （他/她/它）回應，答覆

r*i*det (r*i*deo, es, r*i*si, r*i*sum, rid*e*re) *v., intr./ tr.,* 2., pres. ind., 3 pers. sing. （他/她/它）笑

ripa, ae *n.,* 1 decl., fem. 河岸，堤防；**in ripa** *locu.* [*prep.* **in**＋abl. sing.] 在河岸

r*i*vi (r*i*vus, r*i*vi) *n.,* 2 decl., masc., gen. sing.; nom. pl. 小河，溪流

r*i*xae (r*i*xa, ae) *n.,* 1 decl., fem., gen./ dat. sing.; nom. pl. 爭論，爭吵，吵架，口角

sa*e*pe *adv.* 時常，常常

sarc*i*nis (sarc*i*na, ae) *n.,* 1 decl., fem., dat./ abl. pl. 駄包，捆包，包裹，載荷物

sch*o*lam (sch*o*la, ae) *n.,* 1 decl., fem., acc. sing. 學校；**in sch*o*lam** *locu.* [*prep.* **in**＋acc. sing.] 到學校

sed *conj.* 但是，然而

sex *card. num. adj.* 六

s*i*ne *prep.* [＋abl.] 沒有（*without*）

sord*i*dum (sord*i*dus, a, um) *adj.,* masc./ neut., acc. sing.; neut., nom. sing. 骯髒的，污穢的

squ*a*lidam (squ*a*lidus, a, um) *adj.,* fem., acc. sing. 悲慘的，卑賤的，污穢的

st*a*bant (sto, as, st*e*ti, st*a*tum, *a*re) *v., intr.,* 1., imperf. ind., 3 pers. pl. （他/她/它們曾）站立，佇立，停留，留下

sunt；sum → *e*sset

su*o*rum (s*u*us, a, um) *poss. pron./ adj.,* masc./ neut., gen. pl. 他/她/它的；他/她/它們的；**sua** fem., nom./ abl. sing.; neut., nom./ acc. pl. 他/她/它的；他/她/它們的；**s*u*is** masc./ fem./ neut., dat./ abl. pl. 他/她/它的；他/她/它們的

sup*e*rbus, a, um *adj.* 自豪的，驕傲的，傲慢的

tacet (taceo, es, tacui, tacitum, ere) *v., intr./ tr.,* 2., pres. ind., 3 pers. sing. （他/她/它）沈默

tarde *adv.* 緩慢地，遲晚地

t*e*nebris (t*e*nebrae, arum) *n.,* 2 decl., fem., pl. tant., dat./ abl. 黑暗；**in t*e*nebris** *locu.* [*prep.* **in**＋abl. pl.] 在黑暗中；**t*e*nebrae** pl. tant., nom./ voc. 黑暗

t*i*midus, a, um *adj.* 害羞的

trans*i*bant (tr*a*nseo, is, *i*vi/ ii, itum, *i*re) *anomal. v., intr./ tr.,* 4., imperf. ind., 3 pers. pl. （他/她/它們曾）穿過，越過，渡過

tu, t*u*i, t*i*bi, te *pers. pron.,* irreg., 2 pers. sing. 你/妳

t*u*ae (t*u*us, a, um) *poss. pron./ adj.,* fem., gen./ dat. sing.; nom. pl. 你/妳的；**t*u*is** masc./ fem./ neut., dat./ abl. pl. 你/妳的；**t*u*us** masc., nom. sing. 你/妳的

tunc *adv.* 那時，當時，然後，隨即

ubi *adv. /conj.* 哪裡，在哪處，在哪時

ulteri*o*rem (ulterior, ior, ius) *adj., comp.,* masc./ fem., acc. sing. 較遠的，更進一步的

urbe (urbs, *u*rbis) *n.,* 3 decl., fem., abl. sing. 城市；羅馬城；**ab *u*rbe** *locu.* [*prep.* **ab**＋abl. sing.] 自從羅馬城

venit (venio, is, v*e*ni, v*e*ntum, *i*re) *v., intr.,* 4., [1.] pres. ind., 3 pers. sing. （他/她/它）來；[2.] perf. ind., 3 pers. sing. （他/她/它已）來

ven*u*sta (ven*u*stus, a, um) *adj.,* fem., nom./ abl. sing.; neut., nom./ acc. pl. 可愛的，迷人的，優雅的

vera (verus, a, um) *adj.,* fem., nom./ abl. sing.; neut., nom./ acc. pl. 真的，真實的；**verum** masc., acc. sing.; neut., nom./ acc. sing. 真

的，真實的

verbum, i *n.*, 2 decl., neut. 字，話語，言論；
verbis dat./ abl. pl. 字，話語，言論

via, ae *n.*, 1 decl., fem. 路，路徑；**in via**
locu. [*prep.* **in**＋abl. sing.] 在路上

videt (video, es, vidi, visum, ere) *v., tr.,* 2.,
pres. ind., 3 pers. sing. （他/她/它）看

villam (villa, ae) *n.,* 1 decl., fem., acc. sing.
農場，農莊；**ad villam** *locu.* [*prep.* **ad**＋
acc. sing.] 到農場

vita, ae *n.*, 1 decl., fem. 生命，生活；**vitam**
acc. sing. 生命，生活

vorat (voro, as, avi, atum, are) *v., tr.*, 1., pres.
ind., 3 pers. sing. （他/她/它）吞食，吞噬

我們在前面對於動詞的介紹中曾提過直述語氣，本單元在此要再補充的是，直述語氣是一種**客觀表達**的語氣，用以表現實際的行動。

在直述語氣的現在式時態中，有一種名為**歷史的現在式**（*Historical Present*）的特殊形式。史學家經常會運用這種形式來講述過去的事，使其內容呈現得栩栩如生，給予讀者當下強烈的感受，就像在看影片一樣。在拉丁文的作家當中，凱撒最善於使用這種現在式。例如：

Caesari cum nuntiatum esset Helvetios[96] iter per provinciam[97] facere conari, **maturat** ab urbe proficisci, in Galliam ulteriorem **contendit** et ad Genavam **pervenit**. (Caesar, *Gal., 1, 7*) ＝ 當凱撒他獲知 Helvetii 人正嘗試著行經省區的路徑，遂決定儘速離開羅馬城，趕往外高盧，而抵達日內瓦。
When it was informed to Caesar that the Helvetii were attempting to make the route through the province (the Provence), he hastens to set out from Rome, proceeds to the ulterior Gallia, and arrives at Geneva.

另外，在未完成式的時態中，則有所謂的**意圖的未完成式**（*Conative Imperfect*），意指「試著去...」，用來表示過去曾嘗試過的行動，但不知其成功與否；這種意圖的未完成式須從上下文的脈絡來理解。例如：

Helvetii lintribus iunctis flumen **transibant**. (Caesar, *Gal., 1, 12*) ＝ Helvetii 人嘗試以相連的木筏來渡河。*The Helvetii were crossing the river with united rafts.*

---

[96] Helvetii 為古代瑞士的民族。

[97] 這裡的省區（provincia）指的就是現在法國南部的普羅旺斯（*Provence*）。

以下讓我們來看看幾則使用直述語氣的範例。首先是在拉丁文版本的《新約聖經》裡〈約翰福音〉第一章第 1-6、9-10 節。

In principio erat Verbum, et Verbum erat apud Deum, et Deus erat Verbum. Hoc erat in principio apud Deum. Omnia, per ipsum facta sunt, et sine ipso factum est nihil, quod factum est; in ipso vita erat, et vita erat lux hominum; et lux in tenebris lucet, et tenebrae eam non comprehenderunt. (*Io., 1: 1-5*)

＝ 在起初已有聖言，聖言與天主同在，聖言就是天主。這在起初就與天主同在。萬物是藉著祂而造成的，凡受造的，沒有一樣不是由祂而造成的；在祂內有生命，這生命是人的光；光在黑暗中照耀，黑暗絕不能了解光。*In the beginning was the Word, and the Word was with God, and the Word was God. This was in the beginning with God. All things were made through Him, and without Him nothing was made that was made; in Him was life, and the life was the light of men; and the light shines in the darkness, and the darkness did not comprehend it.*

Fuit homo missus a Deo, cui nomen erat Ioannes. (*Io., 1: 6*)… Erat lux vera, quae illuminat omnem hominem venientem in hunc mundum; in mundo erat, et mundus per ipsum factus est et mundus eum non cognovit. (*Io., 1: 9-10*)

＝ 曾有一人是由天主派遣來的，名為約翰…。那光普照著進入這個世界的每個人；他已在世界上，世界原是藉祂造成的，而世界卻不認識祂。*There was a man sent from God, whose name was John.... That was the real light which gives light to every man coming into the world; he was in the world, an the world was made through Him, and the world did not know Him.*

另外再看看幾則拉丁文故事：

① **Claudia**

Claudia parva ac venusta puella est et longam flavamque comam habet; saepe ridet, sed aliquando flet; est fabri filia et avorum suorum deliciae.

＝ Claudia 是個年紀小、有著一頭飄逸金髮的小女孩；她笑口常開，但時而啼哭；她是鐵匠的女兒，也是她祖父們的開心果。*Claudia is a small and beautiful girl, and she has long hair; she smiles often, but sometimes she cries; she is the daughter of a blacksmith and is the delight of her grandfathers.*

Amici Claudiam amant quia est proba, pulchra et bene morata. In scholam puellula cotidie laeta venit atque diligentia sua benevolentiam magistri et discipulorum comparat: Claudia enim docta puella est. Praeterea parva fabri filia bestiolas amat: domi lepidum catellum habet.

= 朋友們都喜歡 Claudia，因為她誠實、美麗且有禮。這小女孩每天開心地上學，她的勤學贏得師生喜愛：事實上，Claudia 是個博學的女孩。不僅如此，這鐵匠的小女兒珍愛小動物：她在家養了隻活潑的小狗。*The friends love Claudia because she is good, beautiful and well mannered. The small girl goes everyday to school very happy, and with her diligence she acquires the benevolence of the teacher and of tth students: Claudia, in fact, is a learned girl. Furthermore, the small daughter of the blacksmith loves small animals: at home she has a witty small dog.*

② Equus et Asinus（馬和驢 | *The Horse and the Ass*）

Equus phaleris suis[98] superbus currit in via et videt asinum, multis sarcinis[99] anhelum et fessum qui tarde procedit. "Recede - inquit - ego sum generosus equus, tu miser asinus". Recedit asinus, tacet et deos orat. Postea dominus ad villam mittit equum cursu debilitatum et infirmum; videt equum, fimo onustum et sordidum, asinus et acerbis verbis[100] irridet: "Ubi sunt phalerae tuae quibus[101] gloriosus erat? Nunc maestus et languidus vitam degis squalidam." ([Phaedrus], *app., 17*)

= 一匹以牠的馬具自豪的馬在街上跑，牠看見一頭驢子，被滿身袋子壓得氣喘吁吁、蹣跚而行。「讓開！」牠說道，「我是匹高貴的駿馬，而你是頭賤驢。」驢子讓了路，牠保持沉默，也向上蒼祈禱。後來，主人把跑得又累又虛弱的馬送到農場去；驢子看到馬滿載著水肥且骯髒不堪，就用刻薄的話譏笑牠：「你所自豪的馬具到哪兒去啦？現在悲哀且虛弱的你過著慘淡的生活。」*A horse with his ornaments proudly runs along the road and sees an ass, panting and tired by its many packs, who goes slowly. "Recede - says (the horse) - I am a noble horse, you a miserable ass." The ass recedes, keeps silent and prays. After that, the master sends the horse, (which was) debilitated and sick by running, to the farm; the ass sees the horse, burdened with dung and dirty, and mocks him with sourd words. "Where are your ornaments about which you were so proud? Now you, sad and languid, live on a squalid life."*

③ Lupus et Agnus（狼與羊 | *The Wolf and the Lamb*）

Avidus lupus et timidus agnus in ripa parvi rivi stabant: aqua a lupo ad agnum decurrebat; itaque agnus aquam lupo certe non inquinabat. Sed lupus rixae causam quaerebat; ita agno dicit: "Tu mihi aquam inquinas." Agnus

---

[98] 由形容詞 superbus 可知 suis 在此亦為奪格。
[99] 表示原因的奪格。
[100] 表示方法的奪格。
[101] 表示態度的奪格。

respondet: "Non verum, lupe, dicis: nam aqua a labris tuis ad mea venit."
Sed lupus agnum devorare optat et impudentia[102] magna affirmat: "Tu ante
sex menses mihi male[103] dixisti." "Tunc non eram natus," respondet miser
agnus. "Pater tuus, hercule, mihi male dixit" exclamat lupus atque agnum
lacerat et vorat. ([Phaedrus], *1, 1*)

＝ 一匹貪婪的狼和一隻害羞的小綿羊在小溪岸邊：溪水從狼所在的上
游處，流往下游的小羊；因此小羊絕不可能污染了狼的溪水。但野狼
要找個吵架的理由；就對羊說：「你把我要喝的水弄髒了！」小羊回
答：「您所說的並非事實：其實是您唇邊的水流到了我這邊來。」但
狼急欲吞吃小羊，便極無恥地斷言：「你在6個月前說過我的壞話！」
「那時我還沒出生啊！」可憐的小羊答道。「那一定是你那該死的老
爸有說過我的壞話！」野狼咆哮，然後撕裂吞吃了小羊。 *An avid wolf
and a shy lamb were on the bank of a small stream: the water was flowing down from
the wolf to the lamb, and so the lamb for sure did not pollute the water to the wolf. But
the wolf was looking for a reason of quarrel, and so he says to the lamb: "You pollute
the water to me." The lamb answers: "You don't say the truth, oh wolf: in fact, the
water comes from your lips to mine." But the wolf hopes to devour the lamb, and with
great impudcence affirms: "You, six months before, talked ill about me." "Then I was
not born," answers the poor lamb: "You father, shit, talked ill about me," exclaims the
wolf and mangles and devour the lamb.*

---

[102] 表示方法的奪格。
[103] 副詞。

XIV　假設語氣

課程字彙

a, ab *prep.* [＋abl.] 從⋯，被⋯（*from..., by...*）

abs*ti*neat (abst*i*neo, es, st*i*nui, st*e*ntum, *e*re) *v., tr.,/ intr.*, 2., pres. subj., 3 pers. sing. （若他/她/它）避免，避開，防範

ad *prep.* [＋acc.] 到⋯，向⋯，往⋯，靠近⋯

adh*i*beat (adh*i*beo, es, ui, itum, *e*re) *v., tr.*, 2., pres. subj., 3 pers. sing. （若他/她/它）引進，帶進，使用，維持

adsit (adsum, es, fui, --, esse) *anomal. v., intr.,* irreg., pres. subj., 3 pers. sing. （若他/她/它）在場

adsu*e*scat (adsu*e*sco, is, su*e*vi, su*e*tum, *e*re) *v., tr./ intr.*, 3., pres. subj., 3 pers. sing. （若他/她/它）習慣於，熟悉於

agere (ago, is, egi, actum, ere) *v., tr.*, 3., [1.] pres. inf. 進行，履行，操作，做，帶走；[2.] pass., pres. imp., 2 pers. sing. （你/妳得）被進行，被履行，被操作，被做，被帶走；**agunt** pres. ind.,3 pers. pl. （他/她/它們）進行，履行，操作，做，帶走；**agam** [1.] pres. subj., 1 pers. sing. （若我）進行，履行，操作，做；[2.] fut. ind., 1 pers. sing. （我將）進行，履行，操作，做

Alex*a*nder, dri *n.,* 2 decl., masc. [人名] 亞歷山大，通常指馬其頓帝國的亞歷山大大帝（356 - 323 B.C.）

ali*e*no (ali*e*num, i) *n.,* 2 decl., neut., dat./ abl. sing. 陌生人的財物，所屬於其他的事物

aliquis, aliquis, aliquid *indef. pron./ adj.* 某（些）人，某（些）物

aliquam (aliqui, aliqua, aliquod) *indef. adj./ pron.,* fem., acc. sing. 某些（人，事物）；相當重要的，特別突出的

ambul*a*tor, *o*ris *n.,* 3 decl., masc. 步行者，漫步者，行進者

am*i*cos (am*i*cus, ci) *n.,* 2 decl., masc., acc. pl. 朋友[們]

animum (animus, i) *n.,* 2 decl., masc., acc. sing. 心靈，心智，精神，意圖，感覺

arb*i*trium, ii *n.,* 2 decl., neut. 調停，選擇，裁判，判斷，意志

audi*a*tis (a*u*dio, is, *i*vi, *i*tum, *i*re) *v., tr.,* 4., pres. subj., 2 pers. pl. （若你/妳們）聽，聽到

aut *conj.* 或，或是

av*e*rtere (av*e*rto, is, av*e*rti, av*e*rsum, *e*re) *v., tr.*, 3., [1.] pres. inf. 轉移，避開；[2.] pass., pres. imp., 2 pers. sing. （你/妳得）被轉移，被避開

bella (bellum, i) *n.,* 2 decl., neut., nom./ acc. pl. 戰爭

bonam (bonus, a, um) *adj.,* fem., acc. sing. 美好的，良善的，有益的

bonis (bonus, i) *n.,* 2 decl., masc., dat./ abl. pl. 好人[們]，善良的人[們]；**a bonis** *locu.* [*prep.* a＋abl. pl.] 從好人[們]

cap*i*tibus (c*a*put, itis) *n.,* 3 decl., neut., dat. /abl. pl. 頭；首腦，首領

cave (caveo, es, cavi, cautum, ere) *v., intr./ tr.,* 2., pres. imp., 2 pers. sing. （你/妳得）留意，小心

cenam (cena, ae) *n.,*1 decl., fem., acc. sing. 晚餐

certe *adv.* 一定、必定，當然，確實地

c*i*vium (c*i*vis, is) *n.,* 3 decl., masc., gen. pl. 人民[們的]，市民[們的]，公民[們的]，國民[們的]；**civis** nom./ gen./ voc. sing. 人民，市民，公民，國民

clausa (claudo, is, clausi, clausum, ere) *v., tr.*, 3., perf. part., fem., nom./ abl. sing.; neut., nom./ acc. pl. 已[/被]關閉的；**clausa sit** pass., perf. subj., 3 pers. sing., fem. （若她已）被關閉

coeg*i*sti (c*o*go, is, coegi, co*a*ctum, *e*re) *v., tr.*, 3., perf. ind., 2 pers. sing. （你/妳已）聚集，

集結；強迫，迫使

co*e*nam (c*oe*na, ae) *n.*, 1 decl., fem., acc. sing. 晚餐；**ad co*e*nam** *locu.* [*prep.* **ad**＋acc. sing.] 到晚餐

cogn*o*mina (cogn*o*men, inis) *n.*, 3 decl., neut., nom./ acc. pl. 姓氏，家族名

commod*o*rum (c*o*mmodum, i) *n.*, 2 decl., neut., gen. pl. 便利[的]，利益[的]

conc*o*rdet (conc*o*rdo, as, *a*vi, *a*tum, *a*re) *v.*, *intr.*, 1., pres. subj., 3 pers. sing. （若他/她/它）協調，一致，同意

congreg*e*ntur (c*o*ngrego, as, *a*vi, *a*tum, *a*re) *v., tr.*, 1., pass., pres. subj., 3 pers. pl. （若他/她/它們）被收集，被匯集、被聚集[人群]

contig*i*sset (cont*i*ngo, is, tigi, t*a*ctum, ere) *v., tr./ intr.*, 3., pluperf. subj., 3 pers/ sing. （若他/她/它已曾）接觸，到達；發生

c*o*rpus, oris *n.*, 3 decl., neut. 身體，肉軀

cr*e*dat (cr*e*do, is, cr*e*didi, cr*e*ditum, ere) *v., tr./ intr.*, 3., pres. subj., 3 pers. sing. （若他/她/它）相信，信賴，托付

cum [1.] *adv.* 當，在...之時（*when...*, *since...*）；[2.] *prep.* [＋abl.] 偕同，與...（*with...*）

c*u*ret (c*u*ro, as, *a*vi, *a*tum, *a*re) *v., tr.*, 1., pres. subj., 3 pers. sing. （若他/她/它）處理，照顧，治療

c*u*rrent (c*u*rro, is, cuc*u*rri, c*u*rsum, ere) *v., intr.*, 3., fut. ind., 3 pers. pl. （他/她/它們將）跑，衝，碰見

d*a*bis (do, das, d*e*di, d*a*tum, d*a*re) *v., tr.*, 1., fut. ind., 2 pers. sing. （你/妳將）給；**d*e*deris** [1.] perf. subj., 2 pers. sing. （若你/妳已）給；[2.] futperf. ind., 2 pers/ sing. （你/妳將已）給

de *prep.* [＋abl.] 關於

demov*e*bor (dem*o*veo, es, m*o*vi, m*o*tum, *e*re) *v., tr.*, 2., pass., fut. ind., 1 pers. sing. （我將）轉移，移走

den*i*que *adv.* 最後，終於

de*o*rum (d*e*us, dei) *n.*, 2 decl., masc., gen. pl. 眾神[的]；**Deus** nom. sing. 上帝；**d*i*i** nom. pl. 眾神

des*e*rant (des*e*ro, is, s*e*rui, s*e*rtum, ere) *v., tr.*, 3., pres. subj., 3 pers. pl. （若他/她/它們）遺棄，背離；**des*e*rat** pres. subj., 3 pers.

sing. （若他/她/它）遺棄，背離

dic*a*mus (d*i*co, is, d*i*xi, d*i*ctum, ere) *v., tr.*, 3., [＋dat.] pres. subj., 1 pers. pl. （若我們）說；**d*i*cam** [1.] pres. subj., 1 pers. sing. （若我）說；[2.] fut. ind., 1 pers. sing. （我將）說；**d*i*cerem** imperf. subj., 1 pers. sing. （若我曾）說；**d*i*cite** pres. imp., 2 pers. pl. （你/妳們得）說；**d*i*cat** pres. subj., 3 pers. sing. （若他/她/它）說；**d*i*xerit** [1.] perf. subj., 3 pers. sing. （若他/她/它已）說；[2.] futp. ind., 3 pers. sing. （他/她/它將已）說；**d*i*ceret** imperf. subj., 3 pers. sing. （若他/她/它曾）說；**d*i*xi** perf. ind., 1 pers. sing. （我已）說

d*i*em (d*i*es, *e*i) *n.*, 5 decl., masc., acc. sing. 日，天

d*i*gnus, a, um *adj.* 適當地，值得的；**d*i*gna** fem., nom./ abl. sing.; neut., nom./ acc. pl. 適當地，值得的

dilig*e*nter *adv.* 努力地，勤勉地，小心地

Di*o*genes, is *n.*, 3 decl., masc. [人名] 古希臘哲學家（ca. 412 - 323 B.C.）

discipl*i*nam (discipl*i*na, ae) *n.*, 1 decl., fem., acc. sing. 紀律，訓練，教導，教訓

div*i*num (div*i*nus, a, um) *adj.*, fem., masc./ neut., acc. sing.; neut., nom. sing. 神的，神聖的，如神般的

dol*e*ntem (d*o*leo, es, ui, itum, *e*re) *v., intr.*, 2., pres. part., masc./ fem., acc. sing. [正在]痛苦的，[正在]受苦的

d*o*lor, *o*ris *n.*, 3 decl., masc. 痛苦，憂傷

d*o*mini (d*o*minus, i) *n.*, 2 decl., masc., gen. sing.; nom./ voc. pl. 主人

d*o*nent (d*o*no, as, *a*vi, *a*tum, *a*re) *v., tr.*, 1., pres. subj., 3 pers. pl. （若他/她/它們）贈送，給與；寬恕，免除

dum *conj.* 當...，在...之時（*while...*, *when...*, *as...*）

e, ex *prep.* [＋abl.] 離開...，從...而出（*out of...*, *from...*）

eam (is, *e*a, id) *demonstr. pron./ adj.*, fem., acc. sing. 她；其

ego → m*i*hi

enim *adv.* 其實，實際上

esse (sum, es, f*u*i, fut*u*rus, *e*sse) *aux. v., intr.*, irreg., pres. inf. 是，有，在；**essem** imperf.

subj., 1 pers. sing. （若我曾）是，有，在；
sum pres. ind., 1 pers. sing. （我）是，有，
在；**sit** pres. subj., 3 pers. sing. （若他/她/
它）是，有，在；**sunt** pres. ind., 3 pers. pl.
（他/她/它們）是、有、在；**esset** imperf.
subj., 3 pers. sing. （若他/她/它曾）是，
有，在；**sim** pres. subj., 1 pers. sing. （若
我）是，有，在；**est** pres. ind., 3 pers.
sing. （他/她/它）是，有，在

et *conj.* 和、及，並且，而且

etiam *conj.* 還有，也，仍（*also...*）；**etiam
si** *conj., locu.* 儘管，雖然

exemplum, i *n.*, 2 decl., neut. 範例，楷模，
樣本

facere (**facio, is, feci, factum, facere**) *v., tr.,*
3., [1.] pres. inf. 做，製作，建造；[2.]
pass., pres. imp., 2 pers. sing. （你/妳得）
被做，被製作，被建造

falsus, a, um *adj.* 錯誤的，虛假的，偽造的

ferias (**feria, ae**) *n.*, 1 decl., fem., acc. pl. 節
日，假日

fiat (**fio, fis, factus sum, fieri**) *semidep.
anomal. v., intr.,* 4., pres. subj., 3 pers. sing.
（若他/她/它）變成，被製作，發生

fines, ium *n.*, 3 decl., masc., pl. 領土，領域；
intra fines *locu.* [*prep.* **intra**＋acc. pl.] 在
領土內

fingatur (**fingo, is, finxi, finctum, ere**) *v., tr.,*
3., pass., pres. subj., 3 pers. sing. （若他/她
/它）被形塑，被塑造

fortasse *adv.* 也許，或許，可能

fortis, is, e *adj.* 強壯的，有力的，堅強的，
堅定的

fremant (**fremo, is, ui, itum, ere**) *v., intr.,* 3.,
pres. subj., 3 pers. pl. （若他/她/它們）憤
怒，抱怨，咆哮，怒吼

fronte (**frons, frontis**) *n.*, 3 decl., fem., abl.
sing. 前方，額頭；**in fronte** *locu.* [*prep.* **in**
＋abl. sing.] 在前方，在額頭

fugiat (**fugio, is, fugi, itum, fugere**) *v., intr./
tr.,* 3., pres. subj., 3 pers. sing. （若他/她/它）
逃跑，避免，迴避

gratias (**gratia, ae**) *n.,* 1 decl., fem., acc. pl.
感謝，感激

gravis, is, e *adj.* 重大的，要緊的，嚴重的，
嚴肅的，嚴峻的

habeant (**habeo, es, habui, itum, ere**) *v., tr.,*
2., pres. subj., 3 pers. pl. （若他/她/它們）
有，持有；考慮；**habeat** pres. subj., 3
pers. sing. （若他/她/它）有，持有；考慮

hoc (**hic, haec, hoc**) *demonstr. pron./ adj.,*
masc., abl. sing.; neut., nom./ acc./ abl. sing.
這，此，這個的；**haec** fem., nom. sing.;
neut., nom./ acc. pl. 這，此，這個的；這
些的；**hac** fem., abl. sing. 這，此，這個
的

honesta (**honestus, a um**) *adj.*, fem., nom./
abl. sing.; neut., nom./ acc. pl. 尊貴的，可
敬的，榮耀的，誠實的

Idibus (*Idus, Iduum*) *n.*, 4 decl., fem., pl. tant.,
dat./ abl. 古羅馬曆中三月、五月、七月、
十月的十五日或其他月份的十三日；
Idibus Martiis *locu.* 三月十五日

illi (**ille, illa, illud**) *demonstr. pron./ adj.,*
masc./ fem./ neut., dat. sing.; masc., nom. pl.
[給]那，[給]彼，[給]那個的；那些，那
些的；**illum** masc., acc. sing. 那，彼，那
個的

immortales (**immortalis, is, e**) *adj.*, masc./
fem., nom./ acc. pl. 不朽的，永恆的

improbi (**improbus, a, um**) *adj.*, masc./ neut.,
gen. sing.; masc., nom. pl. 惡劣的，不道德
的，無恥的

in *prep.* [＋acc./ abl.] 在…；到…，向…

incident (**incido, is, cidi, casum, ere**) *v., intr.,*
3., fut. ind., 3 pers. pl. （他/她/它將）發生，
陷入，降臨，遭遇

iniussu (**iniussus, us**) *n.*, 4 decl., masc., abl.
sing. 未受指使，未奉命令

inscriptum (**inscribo, is, scripsi, scriptum,
ere**) *v., tr.,* 3., [1.] perf. part., masc./ neut.,
acc. sing.; neut. nom. sing. 已[/被]銘記的，
已[/被]題寫的，已[/被]題名的；[2.] sup.,
neut., acc. sing. 銘記，題寫，題名

intra *adv./ prep.* [＋acc.] 在…之內

invitasses (**invito, as, avi, atum, are**) *v., tr.,* 1.,
pluperf. subj., 2 pers. sing. （若你/妳已曾）
邀請

istam (**iste, ista, istud**) *demonstr. pron./ adj.,*
fem., acc. sing. 那，其，那個的

lecto (**lectus, i**) *n.*, 2 decl., masc., dat./ abl. sing.
床；**e lecto** *locu.* [*prep.* **e**＋abl. sing.] 從床
上；**lectum** acc. sing. 床

licet *conj.* 儘管，雖然，就算

locum (locus, i) *n.*, 2 decl., masc., acc. sing. 地方，場所；**in locum** *locu.* [*prep.* **in**＋acc. sing.] 到...地方

loquamur (loquor, eris, locutum sum, loqui) *dep. v.*, *intr./ tr.*, 3., pres. subj., 1 pers. pl. （若我們）說話，言談

mala (malum, i) *n.*, 2 decl., neut., nom./ acc. pl. 惡，壞，災厄，苦難；**malum** nom./ acc. sing. 惡，壞，災厄，苦難

malo, malis, malui, --, malle *aux. anomal. v.*, *tr.*, irreg. 偏好於，比較想要

mane *adv./ n.* indecl. 早上

manum (manus, us) *n.*, 4 decl., fem., acc. sing. 手

Martiis (Martius, a, um) *adj.*, masc./ fem./ neut., dat./ abl. pl. 三月，三月的

mea (meus, a, um) *poss. pron./ adj.*, fem., nom./ abl. sing.; neut., nom./ acc. pl. 我的

mentem (mens, mentis) *n.*, 3 decl., fem., acc. sing. 精神，心力，心智

mihi (ego, mei, mihi, me) *pers. pron.*, irreg., 1 pers. sing., dat. [給]我；**me** acc./ voc. /abl. 我；**ego** nom. 我

modo (modus, i) *n.*, 2 decl., masc., dat./ abl. sing. 方式，方法

mortem (mors, mortis) *n.*, 3 decl., fem., acc. sing. 死亡，死屍

mulier, eris *n.*, 3 decl., fem. 女人，婦女，妻子

multum (multus, a, um) *adj.*, masc., acc. sing.; neut., nom./ acc. sing. 許多的，很多的

natalium (natalis, is, e) *adj.*, masc./ fem./ neut., gen. pl. 出生的，誕生的

naturam (natura, ae) *n.*, 1 decl., fem., acc. sing. 本質，天性，自然

ne *neg. adv./ conj.* 不，否，非；為了不，以免

nemini (nemo, nemini [dat.], neminem [acc.]) *pron./ adj.*, 3 decl., masc./ fem., sing. tant., dat. [給]沒有人，[給]無人（*to no one*）

nec *neg. adv./ conj.* 也不

neque [＝nec] *neg. adv./ conj.* 也不

neve *neg. conj.* 而不，也不

nihil *indef. pron.*, indecl., neut., nom./ acc. sing. 無，無物，沒有東西

nisi *conj.* 若非，除非

nolo, nolis, nolui, --, nolle *aux. anomal. v.*, *intr./ tr.*, irreg. 不想要

non *neg. adv.* 不，非，否

nostroque [＝nostro＋que] (noster, tra, trum) *poss. pron./ adj.*, masc./ neut., dat./ abl. sing. 我們的；**nostris** masc./ fem./ neut., dat./ abl. pl. 我們的；**noster** masc., nom. sing. 我們的

nunquam *adv.* 絕不，從不

obliti (obliviscor, eris, oblitus sum, visci) *dep. v., tr./ intr.*, 3., [＋gen.] perf. part., masc./ neut. sing.; masc., nom. pl. 已[/被]失去記憶的，已[/被]遺忘的

occupatio, onis *n.*, 3 decl., fem. 職業，工作，天職

officium, ii *n.*, 2 decl., neut. 責任，義務

omnia (omnes, es, ia) *adj./ pron.*, neut., nom./ acc. pl. 一切，所有，所有事物，所有人；**omnes** masc./ fem., nom./ acc. pl. 一切，所有，所有事物，所有人

omne (omnis, is, e) *adj./ pron.*, neut., nom./ acc. sing. 每一，任一，每一事物，每一人

opinione (opinio, onis) *n.*, 3 decl., fem., abl. sing. 意見，評價，觀點，看法

oppetat (oppeto, is, petivi, petitum, ere) *v., tr.*, 3., pres. subj., 3 pers. sing. （若他/她/它）相遇，遭遇，面臨

opus, eris *n.*, 3 decl., neut. 工作，工事，作品

partem (pars, partis) *n.*, 3 decl., fem., acc. sing. 部份

petat (peto, is, ivi, itum, ere) *v., tr.*, 3., pres. subj., 3 pers. sing. （若他/她/它）要求，請求，尋求，攻擊，追擊，前往

pium (pius, a, um) *adj.*, masc./ neut., acc. sing.; neut., nom. sing. 虔誠的，虔敬的，忠誠的

Platonis (Plato, onis) *n.*, 3 decl., masc., gen. sing. [人名]柏拉圖[的]（428-427/ 424-423 - 348/ 347 B.C.）古代希臘的哲學家

populus, i *n.*, 2 decl., masc. 人民，民眾

possim (possum, potes, potui, --, posse) *aux. v., intr.*, irreg., pres. subj., 1 pers. sing. （若

我）能夠；**potes** pres. ind., 2 pers. sing.
（你/妳）能夠；**potest** pres. ind., 3 pers.
sing. （他/她/它）能夠

post adv./ prep. [＋acc.] 後面，後方，之後

postremus, a, um adj., sup. [pos.: **posterus, a,
um**] 最後的

potius adv. 寧可，寧願；**potius quam** locu.
寧願，偏好於（rather than）

praecepta (praeceptum, i) n., 2 decl., neut.,
nom./ acc. pl. 教導，教誨，教訓

**praefuturi (praesum, es, fui, futurum,
praeesse)** anomal. v., intr., irreg., [＋dat.] fut.
part., masc./ neut., gen. sing.; neut., nom. pl.
將負責的，將領導的，將帶頭的；
praefuturi sunt fut. inf., 3 pers. pl., neut.
（它們將）負責，領導，帶頭

praeter prep. [＋acc.] 在…前面，之前；此
外，除外

praeterea adv. 此外，另外，再者，此後

primus, a, um ord. num. adj. 第一

prius adv. 之前，早先，首先，較早地

pro prep. [＋abl.] 為了…；之前，在…前方；
根據…；作為…，如同…

publica (publicus, a, um) adj., fem., nom./
voc./ abl. sing.; neut., nom./ acc./ voc. pl. 公
共的，公眾的；**publicae** gen./ dat. sing.;
nom./ voc. pl. 公共的，公眾的

puer, i n., 2 decl., masc. 男孩，男童

**quaecumque (quicumque, quaecumque,
quodcumque)** rel.; indef. pron./ adj., fem.,
nom. sing./ pl.; neut., nom./ acc. pl. 無論誰，
無論什麼

qualem (qualis, is, e) interr.; rel. pron./ adj.,
masc./ fem., acc. sing. 哪一類的，什麼樣
的

quando adv./ conj. 在…時候，何時；因為，
由於

quid (quis, quis, quid) interr.; indef. pron.,
neut., nom./ acc. sing. 誰，什麼

quis (queo, is, ivi/ ii, itum, ire) v., intr., 4., pres.
ind., 2 pers. sing. （你/妳）能夠

quisque, quisque, quidque indef. pron./ adj.
每人，每物

quod (qui, quae, quod) rel.; indef.; interr.
pron./ adj., neut., nom./ acc. sing. 誰，哪個
/些；那/些；什麼；**quo** masc./ neut., abl.
sing. 誰，哪個；那；什麼；**qui** masc.,

nom. sing./ pl. 誰，哪個/些；那/些；什麼；
quam fem., acc. sing. 誰，哪個；那；什
麼；**quae** fem., nom. sing./ pl.; neut., nom./
acc. pl. 誰，哪個/些；那/些；什麼

quod adv./ conj. 關於，至於，因為

ratio, onis n., 3 decl., fem. 計算，計畫，方
法，理性

re publica (res publica, rei publicae) n., 5
decl.＋1 decl., fem., abl. sing. 政事，公眾
事務，國家；**de re publica** locu. [prep. **de**
＋abl. sing.] 關於政事；**rei publicae** gen./
dat. sing. 政事，公眾事務，國家；**in re
publica** locu. [prep. **in**＋abl. sing.] 在政事

re (res, rei) n., 5 decl., fem., abl. sing. 物，
事物，東西；**rem** acc. sing. 物，事物，
東西；**rei** gen./ dat. sing. 物，事物，東西

referent (refero, fers, rettuli, latum, ferre)
anomal. v., tr., irreg., fut. ind., 3 pers. pl.
（他/她/它們將）帶回，回歸，彙報，報
告

reliquas (reliquus, a, um) adj., fem., acc. pl.
其他的，其餘的，剩下的

remedio (remedium, ii) n., 2 decl., neut., dat./
abl. sing. 治療，醫療，補救；**pro
remedio** locu. [prep. **pro**＋abl. sing.] 作為
治療，作為醫療，作為補救

**respondeam (respondeo, es, spondi,
sponsum, ere)** v., intr., 2., pres. subj., 1 pers.
sing. （若我）回應，答覆；**responderim**
perf. subj., 1 pers. sing. （若我已）回應，
答覆

roges (rogo, as, avi, atum, are) v., tr., 1., pres.
subj., 2 pers. sing. （若你/妳）詢問，尋求；
rogaveris [1.] perf. subj., 2 pers. sing. （若
你/妳已）詢問，尋求；[2.] futp. ind., 2
pers. sing. （你/妳將已）詢問，尋求

ruinae (ruina, ae) n., 1 decl., fem., gen./ dat.
sing.; nom. pl. 崩塌，毀滅，災厄

rusticum (rusticus, a, um) adj., masc./ neut.,
acc. sing.; neut., nom. sing. 鄉村的，農村
的，農務的

Sagunti (Saguntum, i) n., 2 decl., neut., gen.
sing. [地名] Saguntum 城[的]，位於伊比
利半島東側沿海的城鎮，曾被漢尼拔所
攻陷

sane adv. 必定，一定，確實無疑地

sapientia, ae *n.*, 1 decl., fem. 智慧，知性

sciat (scio, scis, scivi, scitum, scire) *v., tr.,* 4., pres. subj., 3 pers. sing. （若他/她/它）知道，瞭解

secedant (secedo, is, cessi, cessum, ere) *v., intr.,* 3., pres. subj., 3 pers. pl. （若他她它們）退開，移走

secernant (secerno, is, crevi, cretum, ere) *v., tr.,* 3., pres. subj., 3 pers. pl. （若他/她/它們）分離，隔開

sed *conj.* 但是，然而

semper *adv.* 永遠，一直，總是

senescere (senesco, is, senui, --, ere) *v., intr.,* 3., pres. inf. 變老

sententia, ae *n.,* 1 decl., fem. 意見，看法，想法

sentimus (sentio, is, sensi, sensum, ire) *v., tr./ intr.,* 4., pres. ind., 1 pers. pl. （我們）察覺，感覺，考量，認知，理解；**sentiat** pres. subj., 3 pers. sing. （若他/她/它）察覺，感覺，考量，認知，理解；**sentio** pres. ind., 1 pers. sing. （我）察覺，感覺，考量，認知，理解

sermo, onis *n.,* 3 decl., masc. 談話，對話，話語，演說；**sermonibus** dat./ abl. pl. 談話，對話，話語，演說

servet (servo, as, avi, atum, are) *v., tr.,* 1., pres. subj., 3 pers. sing. （若他/她/它）看守，保護，保存，救助

si *conj.* 如果，倘若

sibi (sui, sibi, se, sese) *pers./ refl. pron.,* irreg., 3 pers. sing./ pl., masc./ dem./ neut., dat. [給]他/她/它（自身）；[給]他/她/它們（自身）；**se** acc./ abl. 他/她/它（自身）；他/她/它們（自身）

sobrius, a, um *adj.* 清醒的，未醉的

sollicitudine (sollicitudo, inis) *n.*, 3 decl., fem., abl. sing. 焦慮，不安，煩惱；**a sollicitudine** locu. [*prep.* a＋abl. sing.] 從焦慮，從不安，從煩惱

sollemne (sollemnis, is, e) *adj.*, neut., nom./ acc. sing. 莊嚴的，隆重的

sum ; sit ; sunt ; sim → esse

suo (suus, a, um) *poss. pron./ adj.*, masc./ neut., dat./ abl. sing. 他/她/它的；他/她/它們的；**sua** fem., nom./ abl. sing.; neut., nom./ acc. pl. 他/她/它的；他/她/它們的；**sui** masc./ neut., gen. sing.; neut., nom. pl. 他/她/它的；他/她/它們的；**suorum** masc./ neut., gen. pl. 他/她/它的；他/她/它們的

surgat (surgo, is, surrexi, surrectum, ere) *v., intr.,* 3., pres. subj., 3 pers. sing. （若他/她/它）起身，起立

tam *adv.* 如此地，多麼地，那麼多地

teneant (teneo, es, tenui, tentum, ere) *v., tr.,* 2., pres. subj., 3 pers. pl. （若他/她/它們）擁有，抓住，持續，維持

totum (totus, a, um) *adj.*, masc., acc. sing.; neut., nom. acc. sing. 全部，所有

tu, tui, tibi, te *pers. pron.*, irreg., 2 pers. sing. 你/妳；**tibi** dat. [給]你/妳

tueantur (tueor, eris, tuitus sum, tueri) *dep. v., tr.,* 2., pres. subj., 3 pers. pl. （若他/她/它們）看顧，保護，維護；**tuentur** pres. ind., 3 pers. pl. （他/她/它們）看顧，保護，維護

tuis (tuus, a, um) *poss. pron./ adj.*, masc./ fem./ neut., dat./ abl. pl. 你/妳的；**tuum** masc., acc. sing.; neut., nom./ acc. sing. 你/妳的；**ad tuum** locu. [*prep.* ad＋acc. sing.] （向、到、照）你/妳的；**tuorum** masc./ neut., gen. pl. 你/妳的

uniuscuiusque (unusquisque, unumquidque) *indef. pron.*, masc./ fem./ neut., gen. sing. （...之中的）每一

unum (unus, a, um) *card. num. adj.*, masc., acc. sing.; neut., nom./ acc. sing. 一

ut *conj.* 為了，以致於，如同

utilitatem (utilitas, atis) *n.*, 3 decl., fem., acc. sing. 效用，功效，利益

utinam *adv.* 但願

vates, is *n.*, 3 decl., masc./ fem. 預言者

veniat (venio, is, veni, ventum, ire) *v., intr.,* 4. pres. subj., 3 pers. sing. （若他/她/它）來；**veniret** imperf. subj., 3 pers. sing. （若他/她/它曾）來；**venerit** [1.] perf. subj., 3 pers. sing. （若他/她/它已）來；[2.] futp. ind., 3 pers. sing. （他/她/它將已）來；**venisset** pluperf. subj., 3 pers. sing. （若他/她/它已曾）來；**venias** pres. subj., 2 pers. sing. （若你/妳）來；**venires** imperf.

subj., 2 pers. sing.　（若你/妳曾）來；
ven*ire* pres. inf. 來

verit*atem* (**verit*as, a*tis**) *n.,* 3 decl., fem., acc.
sing. 真理

vero *adv.*　確實，的確，然而（*certainly,
truly, however*）

vestra (**vester, tra, trum**) *poss. pron./ adj.,*
fem., nom./ abl. sing.; neut., nom./ acc. pl. 你
/妳們的

vid*eat* (**vid*eo, es, vi*di, vi*sum, e*re**) *v., tr.,* 2.,
pres. subj., 3 pers. sing. （若他/她/它）看；
vid*eam* pres. subj., 1 pers. sing. （若我）
看

vil*icus, i* *n.,* 2 decl., masc. 農場管理人

vill*a, ae* *n.,* 1 decl., fem. 農場，農莊

vit*a, ae* *n.,* 1 decl., fem. 生命，生活

vit*entur* (**vit*o, as, a*vi, a*tum, a*re**) *v., tr.,* 1.,
pass., pres. subj., 3 pers. pl. （若他/她/它們）
避免

viv*as* (**vivo, is, vixi, victum, ere**) *v., intr.,* 3.,
pres. subj., 2 pers. sing. （若你/妳）活，生
活；**viv*ere*** pres. inf. 活，生活

volo, vis, vo*lui, --, ve*lle *aux. anomal. v., tr./
intr.,* irreg. 想要；**velim** pres. subj., 1 pers.
sing. （若我）想要；**vellem** imperf. subj.,
1 pers. sing. （若我曾）想要；**velis** pres.
subj., 2 pers. sing. （若你/妳）想要；**vult**
pres. ind., 3 pers. sing. （他/她/它）想要

　　假設語氣用來表示**主觀性**和**可能性**。其所要強調的並不是一個已經發生的動作，而是一個「想要做」或是「提議去做」的事情。

　　假設語氣最常用在附屬子句中，而在這個附屬子句所屬的主要子句中，通常會有一個表達感覺的動詞。例如：設想、想、感覺上…等。但我們也可以看到一個使用假設語氣的獨立句子，亦即以主要子句的形態來表達一個完整的意思。

1. 表示命令或勸告的假設語氣

　　這種假設語氣用來表現一種**強烈的建議**（如激勵、勸告等），我們會用現在式來表示。若要提議「**不要**」做什麼，則會使用否定副詞 **ne**。這種假設語氣相當於英文的「*let* + 動詞」。例如：

Dicamus veritatem! = 我們說出真相吧！*Let's say the truth!*

Audiatis hoc! = 聽這個！*You listen to this!*

Tu, puer, cave ut omnia **vitentur** mala. = 你，[我的]孩子，要小心避免任
何不好的事。*You, (my) child, take care to avoid everything evil.*

2. 表示懷疑的假設語氣

表示懷疑的假設句使用於問句，用來表達**疑慮**，並以否定副詞 **non** 來表現否定。如果指的是現在的疑慮，要用現在式的假設語氣；如果指的是過去的疑慮，則用未完成式的假設語氣。

在直接問句裡，這種表示懷疑的假設語氣可以翻譯成「應該是…」或「可能是…」，而在間接問句「**quid**＋假設語氣」的句型裡，作為受詞的 quid 可以翻譯成「什麼」。例如：

Quid **dicam**? ＝ 我該說（/能說）什麼呢？*What should (/could) I say?*

Quid **dicerem**? ＝ 我[當時]該說（/能說）什麼呢？*What should (/could) I have said?*

Dicite mihi facere **quid possim**. (Seneca, *Ira, 3, 23, 2*) ＝ （請你/妳們）告訴我，我能做什麼。*Tell me what could I do.*

3. 表示願望的假設語氣

表示願望的假設語氣用來表達一個**心願、渴望**。在句子的前面會使用語氣詞 **utinam**。如果是一個現在就可以完成的願望，則用現在式的假設語氣；如果是一個不能達成的願望，則用未完成式的假設語氣；如果是在過去沒有達成的願望，則分別用完成式或過去完成式的假設語氣。

這種假設語氣以 **ne** 來表現否定，但也可以使用其他的否定副詞。要翻譯這種語氣應該要在句子前面加上「但願…」、「我（非常）希望…」。例如：

Utinam **veniat**. ＝ 但願他/她來。*Hope that he/she comes.*｛現在式的假設語氣：表示他/她可以來、有來的可能性｝

Utinam **veniret**. ＝ 但願他/她有來。*Hope that he/she had come.*｛未完成式的假設語氣：表示他/她實際上沒有來的可能性｝

Utinam **venerit**. ＝ 但願他/她當時能來。*Hope that he/she could come.*｛完成式的假設語氣：表示他/她當時雖有來的可能性，但卻沒有來｝

Utinam **venisset**. ＝ 但願他/她當時有來。*Hope that he/she could have come.*｛過去完成式的假設語氣：表示他/她當時已不可能來，實際上也沒有來｝

有時候也會用副動詞 **volo**、**nolo**、**malo** 的現在式假設語氣來表示可以達成的願望；並用其未完成式的假設語氣來表現無法達成的願望。例如：

Velim venias. ＝ 我希望你/妳能來。*I would like you to come.*｛現在式的假設語氣：表示你/妳有來的可能性｝

Vellem venires. ＝ 我當時希望你/妳能來。*I would have liked you to come.*｛未完成式的假設語氣：表示在當時已不可能來｝

前揭兩個例句的表達方式是由主要子句（velim; vellem）與附屬子句（venias; venires）所組成。由於附屬子句與主要子句的主詞不一樣，因此在附屬子句也要使用假設語氣。但若主要子句和附屬子句的主詞相同的話，附屬子句的動詞要使用動詞原型。例如：

Velim venire. ＝ 我希望我能去。*I would like to come.*｛現在式的假設語氣：表示我有去的可能性、實際上我可以去｝

Vellem venire. ＝ 我當時希望我能去。*I would have liked to come.*｛未完成式的假設語氣：表示我在當時就已經去不了｝

4. 表示可能性的假設語氣

表示可能性的假設語氣用來表現某事發生的**可能性**。如果要表示現在或未來的可能性，則用完成式或現在式的假設語氣；如果要表示過去的可能性，則用未完成式的假設語氣。例如：

Aliquis **dicat**. ＝ 有人可能[將]會說。*Someone **could say**.*｛但還沒說｝

Aliquis **dixerit**. ＝ 有人可能會說。*Someone **could say**.*

Aliquis **diceret**. ＝ 有人原先可能會說。*Someone **could have said**.*

5. 表示推測的假設語氣

表示推測的假設語氣用來陳述一個**推測**，並以否定副詞 **ne** 來表示否定的語氣。在某些現代語言中（例如法語、義大利語或西班牙語），這種假設語氣則另行發展成拉丁文動詞所沒有的「條件語氣」。如果是現在有可能會發生的推測，則使用現在式的假設語氣來表現；如果是在過去就有可能發

生的推測，則使用完成式的假設語氣來表現。例如：

Roges me qualem naturam deorum esse, dicam: nihil fortasse **respondeam**. (Cicero, *N. D., 1, 21; 57*) ＝ 如果你問我，神的本質是什麼，我應該會說：我可能無所回答。*If you ask me what is the nature of the gods, I could say: probably I would answer nothing.*

如果上面這個句子是發生在過去，則動詞會變成：

Rogaveris me qualem......: nihil fortasse **responderim**. ＝ 如果你曾問我......：我[當時]可能無所回答。*If you had asked me what...... probably I would have answered nothing.*

如果這個推測跟現在的情況不符，會使用未完成式的假設語氣；如果是跟過去的情況不符，則用過去完成式的假設語氣。例如：

Si **essem** Deus. ＝ 如果我是上帝。*If I could be God.*｛未完成式的假設語氣：表示實際上當下的我並不是上帝｝

Ego vero **vellem** esse Diogenes[104], sed Alexander sum. ＝ 我真的很想身為Diogenes，但我是亞歷山大。*I really would like to be Diogenes, but I am Alexander.*｛未完成式的假設語氣｝

練　習

[01]　Vilicus e lecto mane primus surgat, postremus post cenam lectum petat; prius[105] videat ut[106] villa clausa sit et ut suo quisque loco cubet et ut iumenta pabula habeant.

　　＝ 農場的管理人在早上必須第一個起床，晚餐後，他應該是最後一個上床的；他必須檢查農場的門有否關閉，及一切是否都定位、牲畜都有飼料。*Let the farmer to be the first to leave the bed in the morning, and after dinner, be the last to go to sleep; (but) first let him check that the farm is closed, that each (animal and people) is in his/its place, and that the beasts of burden have forage.*

---

[104] 古希臘哲學家（ca. 412 - 323 B.C.）。
[105] 時間副詞。
[106] ut＋假設語氣。

Praeterea vilicus disciplinam bonam adhibeat, ferias servet, alieno [107] manum abstineat, sua diligenter[108] servet; ne sit ambulator, sobrius semper sit. Amicos domini sui habeat sibi amicos; iniussu[109] domini credat nemini. Curet ut sciat omne opus rusticum agere.

＝ 此外，農場的管理人必須維持好的教養，留心節日，不碰其他人的東西，勤勉地照護他的主人；不要四處遊蕩，總是別喝醉。他要把主人的朋友當自己的朋友；沒有主人的命令，別去相信任何人。確定他能做一切的農務。 *Furthermore, let the farmer keep a good discipline, observe the holidays, keep his hands off other people's things, preserve his (master) diligently; he must not be a wanderer, let him be always sober. Let him consider the master's friends as his friends; he must not believe anyone without the order of the master. Let him take care to know how to do all the farmer's work.*

[02] Quod sentimus, loquamur, quod loquamur, sentimus; concordet sermo cum vita. (Seneca, *Ep., 9; 75, 4*) ＝ 我們應表達出我們所感知到的[事物]，[且]應認知到我們所表述的[事物]；使言行一致。（/言其所知，知其所言；言行一致。） *Let's say what we feel, and feel what we say; speech should agree with life.*

[03] Secedant improbi, secernant se a bonis, unum in locum congregentur, sit denique inscriptum in fronte uniuscuiusque quid sentiat de re publica. (Cicero, *Catil., 1, 13; 32*) ＝ 惡徒應退下，使其自身與好人區隔開來，他們應集結於一處，然後在每一個人的額頭上寫下他們對國家的看法。 *Let bad people withdraw, separate themselves from good people, amass in one place, and then on the forehead of each one should be engraved what they feel about the country.*

[04] Mulier ad rem divinam ne adsit neve videat quo modo fiat. (Cato, *Agr., 83*) ＝ 女人不應該參與祭典，也不應該看到典禮如何進行。 *The woman must not present to the divine rites, nor see how they are celebrated.*

[05] Vivas ut potes, quando nec quis ut velis. (Statius, *Plo., 11*) ＝ 盡你/妳所能而活，在你/妳也無法[活得]如你/妳所願之時。 *Live as you can, when you also cannot (live) as you wish.*

[06] Qui rei publicae praefuturi sunt, haec Platonis praecepta teneant; utilitatem civium semper tueantur et, quaecumque agunt, ad eam referent obliti commodorum suorum; totum corpus rei publicae current neque, dum partem aliquam tuentur, reliquas deserant……bella gravis et fortis civis et in re publica dignus fugiat…mortem oppetat potius quam deserat quae dixi.

---

[107] 表示分離的奪格。
[108] 副詞。
[109] 表示方法的奪格。

(Cicero, *Off.*, 1, 25; 85-86)

= 那些要負責政事的人們，就應該要謹記柏拉圖的這些教誨；持續維護人民的利益，無論他們做什麼，都要回歸那些教誨，並且忘記他們[自身]的利益；瞭解整體政治體制，也別在顧及某方面時，忽略了其餘......一個莊重而堅強的公民應避免戰爭且應確保國家...他寧可面臨死亡，也不願違背我上述所言。*Those who are chosen for politics must keep in mind these Plato's precepts; let them to take care of the welfare of the citizens, and, whatever they do, always refer to it, in oblivion of their own benefits, they have to understand the entitle corpus of politics, when they protect a part, should never desert the other part......a serious and strong citizen must avoid wars, and must take care of the state...let him prefer to meet the death rather than desert what I said.*

[07]　Tuis adsuescat sermonibus, ad tuum fingatur arbitrium; multum illi dabis, etiam si nihil dederis praeter exemplum. Hoc tibi tam sollemne officium pro remedio sit: non potest enim animum pium dolentem a sollicitudine avertere nisi ratio aut honesta occupatio. (Seneca, *Helv.*, 18, 8)

　　= 讓她習慣你的語調，讓她依照你的判斷而被塑造；你將給予她許多，儘管你所給的除了楷模之外就沒了。讓這件事，[亦即]如此崇高的責任，作為對你的慰藉：[這]若不是件理性或榮耀的天職，你無法讓虔敬而煎熬的心靈遠離焦慮。*Let her to accustom to your speeches, to be shaped according to your decisions; you will give a lot, even though you gave nothing else but the example. Let this sollemn duty as the consolation to you: in fact, only reason and a honest occupation can avoid a pious and suffering soul.*

[08]　Utinam tibi istam mentem dii immortales donent. (Cicero, *Catil.*, 1, 9; 22) = 但願不朽的神有給你這份心智。*I wish that the immortal gods give you this mind.*

[09]　Sapientia mea utinam digna esset opinione vestra nostroque cognomina. (Cicero, *Sen.*, 2; 5) = 希望我的智慧值得（/經得起）你們的評價與我們家族之名。*Wish my wisdom be worthy of your opinion and of our name.*

[10]　Sagunti[110] ruinae -- falsus utinam vates sim -- nostris capitibus incident. (Livius, *21, 10*) = Saguntum 的毀滅－我希望我是個失敗的預言者－將會降臨在我們頭上。*The ruins of Saguntum -- I hope to be a false prophet -- will fall on our heads.*

[11]　Utinam tibi senescere contigisset intra fines natalium tuorum. (Seneca, *Ep.*, 2; 19, 5) = 但願你會在你出生處的領土內終老。*I wish it happens to you to get old within the borders of your birthplace.*

[12]　Utinam illum diem videam, cum tibi agam gratias, quod me vivere coegisti!

---

110 Saguntum 為位於伊比利半島東側沿海的城鎮，曾被漢尼拔所攻陷。

(Cicero, *Att., 13, 3*) ＝ 但願我能見到感謝你的那天，因為你逼我活下去！ *I wish I could see the day, when I can thank you, because you obliged me to live!*

[13] Utinam nunquam illum diem populus noster videat. (Livius, *5, fr.*) ＝ 但願我們的人民永遠見不到那一天。 *Wish that our people would never see that day.*

[14] Vellem Idibus Martiis me ad coenam invitasses. (Cicero, *Fam., 12, 4*) ＝ 我本來希望你會在三月十五日邀請我去吃晚餐。 *I would have liked that you had invited me to dinner on the Ides of March.*

[15] Dicat quod quisque vult, ego de hac sententia non demovebor. (Plautus, *Per., 3, 1*) ＝ 誰想說什麼就隨他吧，我是不會改變這個想法的。 *Let everyone say what he wants, I will not move from this opinion.*

[16] Ne sit sane summum malum dolor, malum certe est. (Cicero, *Tusc., 2, 5; 14*) ＝ 悲慟或許不是極致的不幸，但肯定是種不幸。 *Although pain is not the worst evil, it is for sure evil.*

[17] Fremant omnes, licet dicam quod sentio. (Cicero, *de Orat., 1, 44; 195*) ＝ 就算眾人憤怒，我也要說出我所想的。 *Let everyone rage, I will say what I feel.*

XV　命令語氣

課程字彙

agedum *interj.* 快來！快做！[＝**age**＋**dum**] (**ago, is, egi, actum, ere**) *v., tr.*, 3., pres. imp., 2 pers. sing. （你/妳得）進行，履行，操作，做，帶走

aliter *adv.* 此外，不同地，在其他方式或層面上（*otherwise, in any other way*）

ames (**amo, as, avi, atum, are**) *v., tr./ intr.*, 1., pres. subj., 2pers. sing. （若你/妳）愛；**si me ames** *locu.* 若你/妳愛我

attendite (**attendo, is, tendi, tentum, ere**) *v., tr./ intr.*, 3., pres. imp., 2 pers. pl. （你/妳們得）注意

cave (**caveo, es, cavi, cautum, ere**) *v., intr./ tr.*, 2., pres. imp., 2 pers. sing. （你/妳得）留意，小心；**cavete** pres. imp., 2 pers. pl. （你/妳們得）留意，小心

deorum (**deus, dei**) *n.*, 2 decl., masc., gen. pl. 眾神[的]

despexeris (**despicio, is, pexi, pectum, picere**) *v., intr./ tr.*, 3., [1.] perf. subj., 2 pers. sing. （若你/妳已）俯瞰，藐視；[2.] futp. ind., 2 pers. sing. （你/妳將已）俯瞰，藐視

erimus (**sum, es, fui, futurus, esse**) *aux. v., intr.*, irreg., fut. ind., 1 pers. pl. （我們將）是，有，在；**sunto** fut. imp., 3 pers. pl. （他/她/它們將應）是，有，在；**sis** pres. subj., 2 pers. sing. （若你/妳）是，有，在

excide (**excido, is, cidi, excisum, ere**) *v., tr.*, 3., pres. imp., 2 pers. sing. （你/妳得）翦除，刪除，毀去

facias (**facio, is, feci, factum, facere**) *v., tr.*, 3., pres. subj., 2 pers. sing. （若你/妳）做，製作，建造；**fac** pres. imp., 2 pers. sing. （你/妳得）做，製作，建造；**facite** pres. imp., 2 pers. pl. （你/妳們得）做，製作，建造

Formiano (**Formianus, a, um**) *adj.*, masc./ neut., dat./ abl. sing. [地名] Formiae 城的；**in Formiano** *locu.* [*prep.* **in**＋abl. sing.] 在 Formiae 城

hanc (**hic, haec, hoc**) *demonstr. pron./ adj.*, fem., acc. sing. 這，此，這個的；**hoc** masc., abl. sing.; neut., nom./ acc./ abl. sing. 這，此，這個的

hominem (**homo, minis**) *n.*, 3 decl., masc., acc. sing. 男士，人

in *prep.* [＋acc./ abl.] 在…；到…，向…

iura (**ius, iuris**) *n.*, 3 decl., neut., nom./acc. pl. 法，法律，法則

me (**ego, mei, mihi, me**) *pers. pron.*, irreg., 1 pers. sing., acc./ voc. /abl. 我

mortuum (**mortuus, a, um**) *adj.*, masc., acc. sing.; neut., nom./ acc. sing. 死的，死亡的

ne *neg. adv./ conj.* 不，否，非；為了不，以免

neminem (**nemo, nemini [dat.], neminem [acc.]**) *pron./ adj.*, 3 decl., masc./ fem., sing. tant., acc. 沒有人，無人（*no one*）

noli (**nolo, nolis, nolui, --, nolle**) *aux. anomal. v., intr./ tr.*, irreg., pres. imp., 2 pers. sing. （你/妳得）不想要＝（你/妳）別…；**nolite** pres. imp., 2 pers. pl. （你/妳們得）不想要＝（你/妳們）別…

non *neg. adv.* 不，非，否

oro, as, avi, atum, are *v., tr./ intr.*, 1. 祈禱，祈求；**oro te** *locu.* 我祈求你/妳＝請（你/妳）

Pompeianum (**Pompeianus, a, um**) *adj.*, masc., acc. sing.; neut., nom./ acc. sing. [地名]龐貝城的；**in Pompeianum** *locu.* [*prep.* **in**＋acc. sing.] 到龐貝城

quaeso, ere *defect. v., tr./ intr.*, irreg. 要求，祈求，請

radicem (**radix, icis**) *n.*, 3 decl., fem., acc. sing. 根

sancta (**sanctus, a, um**) *adj.*, fem., nom./ abl. sing.; neut., nom./ acc. pl. 神聖的，不可褻瀆的，不可侵犯的，不可違背的

Formiae 城

sciant (**scio, scis, sci**vi, **sci**tum, **sci**re) v., tr., 4., pres. subj., 3 pers. pl. （若他/她/它們）知道，瞭解

sepelito (**sep**elio, is, ivi, sep**ul**tum, ire) v., tr., 4., [1.] fut. imp., 2/ 3 pers. sing. （你/妳/他/她/它將得）埋，埋葬，抑制，鎮壓；[2.] perf. part., masc./ neut., dat./ abl. sing. 已[/被]埋的，已[/被]埋葬的，已[/被]抑制的，已[/被]鎮壓的

si *conj.* 如果，倘若

sunto；**sis → erimus**

tangere (**tango, is, te**tigi, **tactum, ere**) v., tr., 3., [1.] pres. inf. 碰，碰觸；[2.] pass., pres. imp., 2 pers. sing. （你/妳得）被碰，碰觸

te (**tu, tui, tibi, te**) *pers. pron.*, irreg., 2 pers. sing., acc./ voc./ abl. 你/妳

urbe (**urbs, urbis**) n., 3 decl., fem., abl. sing. 城市；羅馬城

veni (**venio, is, veni, ven**tum, ire) v., intr., 4., [1.] pres. imp., 2 pers. sing. （你/妳得）來；[2.] perf. ind., 1 pers. sing. （我已）來；**ven**ite pers. imp., 2 pers. pl. （你/妳們得）來；**ven**ito fut. imp., 2/ 3 pers. sing. （你/妳/他/她/它將得）來

vide (**vid**eo, **es, vid**i, **vi**sum, ere) v., tr., 2., pres. imp., 2 pers. sing. （你/妳得）看；**vid**ete pres. imp., 2 pers. pl. （你/妳們得）看

vis (**volo, vis, vo**lui, --, **vel**le) aux. anomal. v., tr./ intr., irreg., pres. ind., 2 pers. sing. （你/妳）想要；**si vis/ si sis** *locu.* 如你/妳所願＝請

1. 命令語氣的基本概念

基本上，命令語氣是以單數和複數的**第二人稱**來表現一個命令。命令語氣只有在主要子句裡面看的到，不會出現在附屬子句裡。例如：

Veni! ＝ （你/妳）來！*Come!*

Venite! ＝ （你/妳們）來！*Come!*

我們在介紹動詞變化時，曾提過單數和複數的第三人稱是屬於表現激勵或勸告的命令語氣，這種命令語氣是從表示命令或勸告的假設語氣而來。

在翻譯上可能會遭遇困難的是命令語氣的未來式，因為在現代語言中並沒有這種用法。例如：

Si in Formiano[111] non erimus, in Pompeianum **venito**. (Cicero, *Att., 2, 4, 6*) ＝ 如果我們[之後]沒有在 Formiae 城的話，你就[應該]來龐貝城。*If we will not be in Formiae, please come to Pompei.*

Deorum iura sancta **sunto**. (Cicero, *Leg., 2, 9; 22*) ＝ 神的法則[應]是神聖的。*Let the rights of the gods be sacred.*

---

[111] Formiae 為位於義大利中部的城鎮。

在命令語氣中，我們也可以加上一些禮貌用語，如 **oro te**（請｜*please*）、**quaeso**（請｜*please*）、**si me ames**（若你/妳愛我＝請｜*please*）、**si vis /si sis**（如你/妳所願＝請｜*please*），以使命令語氣聽起來柔和一點。例如：

> **Quaeso**, attendite! (Cicero, *Ver., 2.3, 42; 100*) ＝ 請注意！*Please, pay attention!*

> **Agedum**, excide radicem hanc. (Livius, *9, 16*) ＝ 快來！剷除這個根。*Come quickly, extirpate this root.*

2. 否定的命令語氣

拉丁文裡沒有真正的否定命令語氣，而是用委婉語氣來表示否定。例如：

① **noli/ nolite**＋動詞不定式（不要…；別…｜*Do not...*）；例如：

Noli me **tangere**! (*Io., 20: 17*) ＝ 不要碰我！*Do not touch me!*

② **cave/ cavete**＋假設語氣現在式（小心[別]…；留意[別]…｜*Be careful (not)...*）；例如：

Cave aliter **facias**. (Cicero, *Att., 2, 2, 3*) ＝ 絕對別用其他方式來做。*Pay attention not to do in another way.*

③ **fac/ facite ne**＋假設語氣現在式（設法別…｜*Find a way so that not...*）；例如：

Fac ne **sciant** hoc. ＝ （你/妳設法）不要讓他/她們知道這個。*Find a way so that they would not know this.*

④ **vide/ videte ne**＋假設語氣現在式（留意別…；小心別…｜*Watch! Not..., Be careful not...*）；例如：

Vide ne **facias** hoc. ＝ （你/妳）小心，別這樣做。*Watch! Don't do this.*

命令語氣未來式的否定是直接在肯定的命令句前加上否定副詞 **ne**。例如：

Hominem mortuum in urbe*112* **ne sepelito**. (*Lex XII, 10*) ＝ 別把屍體埋在羅馬城。*A dead man must not be buried inside Rome.*

有時，命令語氣的否定也會用假設語氣的完成式來表示。例如：

Neminem **despexeris**. (Seneca, *Ben., 3, 28*) ＝ 不要輕視任何人。*Do not despise anyone.*

---

112 此指在 Pomerium 界線內的狹義羅馬城（urbs）範圍。按此一摘自《十二表法》的例句所揭示的「不能埋葬死者」即屬 Pomerium 範圍內的禁止事項之一，參見前註 69。

XVI 不定詞

課程字彙

a, ab *prep.* [＋abl.] 從...，被...（*from...*, *by...*）

abreptamque [＝**abreptam**＋**que**] (**abripio, is, ripui, reptum, pere**) *v., tr.,* 3., perf. part., fem., acc. sing. 已[/被]劫持的，已[/被]誘拐的，已[/被]綁架的

ad *prep.* [＋acc.] 到...，向....，往...，靠近...

adaequarent (**adaequo, as, avi, atum, are**) *v., tr.,* 1., imperf. subj., 3 pers. pl. （他/她/它們曾）使相等，相比較

aerumnas (**aerumna, ae**) *n.,* 1 decl., fem., acc. pl. 辛勞，苦難，災厄，困境

aetatem (*aetas, aetatis*) *n.,* 3 decl., fem., acc. sing. 年紀，年代，時期

ager, agri *n.,* 2 decl., masc. 田野，田園

agunt (**ago, is, egi, actum, ere**) *v., tr.,* 3., pres. ind., 3 pers. pl. （他/她/它們）進行，履行，操作，做，帶走

Alexandri (**Alexander, dri**) *n.,* 2 decl., masc., gen. sing. [人名] 亞歷山大[的]，通常指馬其頓帝國的亞歷山大大帝（356 - 323 B.C.）

Alexandri Magni (**Alexander Magnus**) *n.,* 2 decl., masc., gen. sing. [稱謂] 亞歷山大大帝[的]

aliis (**alius, alia, aliud**) *indef. adj./ pron.,* masc./ fem./ neut., dat./ abl. pl. 其他的，另一（些）的；*aliud* neut., nom./ acc. sing. 其他的，另一（個）的

altercari (**altercor, aris, atus sum, ari**) *dep. v., intr.,* 1., pres. inf. 爭論，爭辯，爭吵

annis (**annus, i**) *n.,* 2 decl., masc., dat./ abl. pl. 年，歲；*annos* acc. pl. 年，歲

anniversarios (**anniversarius, a, um**) *adj.,* masc., acc. pl. 年度的，每年的，週年的

Antonius, ii *n.,* 2 decl., masc. [人名] 安東尼，古代羅馬的氏族名

aquilonem (**aquilo, onis**) *n.,* 3 decl., masc., acc. sing. 北風；**ad aquilonem** *locu.* [*prep.* **ad**＋acc. sing.] 到北風，往北風

asportasse (**asporto, as, avi, atum, are**) *v., tr.,* 1., perf. inf. 已移開，已運走

atque *conj.* 和、及，並且，而且

Augusto (**Augustus, i**) *n.,* 2 decl., masc., dat./ abl. sing. [人名/稱號] 奧古斯都

ave, avete, aveto *interj.* [問候用語] 嗨；你/妳們好；你/妳好

beate *adv.* 快樂地，幸福地

beatus, a, um *adj.* 快樂的，幸福的

bene *adv.* 好、佳，良善地

benevolentiam (**benevolentia, ae**) *n.,* 1 decl., fem., acc. sing. 善意，好意，仁慈

blanditiis (**blanditia, ae**) *n.,* 1 decl., fem., dat./ abl. pl. 恭維，奉承

Caesar, aris *n.,* 3 decl., masc. [人名/稱號] 凱撒，即 Gaius Julius Caesar（100 - 44 B.C.），羅馬共和末期的軍事家，政治家，其名號於羅馬帝國時期成為對皇帝的稱謂；**Caesari** dat. sing. [人名/稱號] [給]凱撒

celeberrimo (**celeberrimus, a, um**) *adj., sup.* [pos.: **celeber, bris, bre**] masc./ neut., dat./ abl. sing. 極為知名的，非常著名的

centum *card. num. adj.* 一百

civium (**civis, is**) *n.,* 3 decl., masc., gen. pl. 人民[們的]，市民[們的]，公民[們的]，國民[們的]

cogitare (**cogito, as, avi, atum, are**) *v., tr./ intr.,* 1., [1.] pres. inf. 想，思考；[2.] pass., pres. imp., 2 pers. sing. （你/妳得）被想，被思考

colligere (**colligo, is, legi, lectum, ere**) *v., tr.,* 3., [1.] pres. inf. 收集，聚集；求得，獲得；[2.] pass., pres. imp., 2 pers. sing. （你/妳得）被收集，被聚集；被求得，被獲得

comperit (**comperio, is, peri, pertum, ire**) *v., tr.,* 4., [1.] pres. ind., 3 pers. sing. （他/她/它）得知，證實，找出，發現；[2.] perf. ind., 3 pers. sing. （他/她/它已）得知，證

實，找出，發現

confidere (confido, is, fisus sum, ere) *semidep. v., intr.,* 3., pres. inf. 信任，信賴

conventu (conventus, us) *n.,* 4 decl., masc., abl. sing. 聚集，集會

conversa (converto, is, verti, versum, ere) *v., tr.,* 3., perf. part., fem., nom./ abl. sing.; neut., nom./ acc. pl. 已[/被]翻轉的，已[/被]翻動的，已[/被]震撼的

corpore (corpus, oris) *n.,* 3 decl., neut., abl. sing. 身體，肉軀

credo, is, credidi, creditum, ere *v., tr./ intr.,* 3. 相信，信賴，託付；**credebant** imperf. ind., 3 pers. pl. （他/她/它們曾）相信，信賴，託付

crudelitas, atis *n.,* 3 decl., fem. 殘忍，殘酷

cuiusvis (quivis, quaevis, quodvis) *indef. adj./ pron.,* masc./ fem./ neut., gen. sing. 無論誰[的]，無論什麼[的]；**quamvis** fem., acc. sing. 無論誰，無論什麼

cultura, ae *n.,* 1 decl., fem. 耕作，耕耘，栽培；**sine cultura** *locu.* [*prep.* **sine**＋abl. sing.] 沒有耕作，沒有耕耘，沒有栽培

cum [1.] *adv.* 當，在…之時（*when…, since…*）；[2.] *prep.* [＋abl.] 偕同，與…（*with…*）

curru (currus, us) *n.,* 4 decl., masc., abl. sing. 馬車，車輿；**cum curru** *locu.* [*prep.* **cum**＋abl. sing.] 與馬車

de *prep.* [＋abl.] 關於

decet, --, uit, --, ere *impers. v., intr./ tr.,* 2. [無人稱] 應當，應該

decoro (decorus, a, um) *adj.,* masc./ neut., dat./ abl. sing. 美麗的，英俊的，體面的，適宜的

deos (deus, dei) *n.,* 2 decl., masc., acc. pl. 眾神

dies, ei *n.,* 5 decl., masc. 日，天

discere (disco, is, didici, --, ere) *v., tr.,* 3., [1.] pres. inf. 學，學習；[2.] pass., pres. imp., 2 pers. sing. （你/妳得）被學，被學習

ditem (dis, ditis) *n.,* 3 decl., masc., acc. sing. 神；**ditem patrem (dis pater)** *n.,* 3 decl., masc., acc. sing. [稱謂] 羅馬神話中的冥王 Pluto

Divitiacus, i *n.,* 2 decl., masc. [人名] 此指古代高盧 Haedui 族的祭司，生卒年不詳

dixit (dico, is, dixi, dictum, ere) *v., tr.,* 3., [＋dat.] pref. ind., 3 pers. sing. （他/她/它已）說

docto (doctus, a, um) *adj.,* masc./ neut., dat./ abl. sing. 有知識的，智慧的，博學的

doctorem (doctor, oris) *n.,* 3 decl., masc., acc. sing. 醫生，教師

e, ex *prep.* [＋abl.] 離開…，從…而出（*out of…, from…*）

eandem (idem, eadem, idem) *demonstr. pron./ adj.,* fem., acc. sing. 相同的，同樣的；同時的；**eadem** fem., nom./ abl. sing.; neut., nom. /acc. pl. 相同的，同樣的；同時的；**in eadem** *locu.* [*prep.* **in**＋abl. sing.] （在）相同的，同樣的；同時的

egressum (egredior, eris, egressus sum, egredi) *dep. v., intr./ tr.,* 3., [1.] perf. part., masc./ neut., acc. sing.; neut., nom. sing. 已[/被]出來的，已[/被]超過的；[2.] sup., neut. acc. sing. 出來，超過

eo (is, ea, id) *demonstr. pron./ adj.,* masc./ neut., abl. sing. 他；此；它；彼

errare (erro, as, avi, atum, are) *v., intr.,* 1., pres. inf. 徘徊，游移，猶豫，迷路，犯錯

errore (error, oris) *n.,* 3 decl., masc., abl. sing. 錯誤；**in errore** *locu.* [*prep.* **in**＋abl. sing.] 在錯誤

esse (sum, es, fui, futurus, esse) *aux. v., intr.,* irreg., pres. inf. 是，有，在；**futurum** fut. part., masc., acc. sing.; neut., nom./ acc. sing. 將是的，將有的，將在的；**futurum esse** fut. inf., masc., acc. sing.; neut., nom./ acc. sing. 將是，將有，將在；**futurumque** [＝**futurum**＋**que**] fut. part., masc., acc. sing.; neut., nom./ acc. sing. 將是的，將有的，將在的；**sit** pres. subj., 3 pers. sing. （若他/她/它）是，有，在；**sum** pres. ind., 1 pers. sing. （我）是，有，在；**est** pres. ind., 3 pers. sing. （他/她/它）是，有，在；**erant** imperf. ind., 3 pers. pl. （他/她/它們曾）是，有，在

et *conj.* 和、及，並且，而且

exploratores (explorator, oris) *n.,* 3 decl., masc., nom./ acc./ voc. pl. 斥侯，偵察兵，探子；**per exploratores** *locu.* [*prep.* **per**＋

acc. pl.] 透過斥侯

ext*e*rnas (ext*e*rnus, a, um) *adj.*, fem., acc. pl. 外面的，外部的，外邦的

extit*i*sse (*ex*[s]to, as, *ex*[s]titi, --, *a*re) *v., intr.*, 1., perf. inf. 已存在

f*a*tis (f*a*tum, i) *n.*, 2 decl., neut., dat./ abl. pl. 命運，宿命

fertilis, is, e *adj.* 豐饒的，肥沃的

f*e*runt (f*e*ro, fers, t*u*li, l*a*tum, f*e*rre) *anomal. v., tr.*, irreg., pres. ind., 3 pers. pl. （他/她/它們）帶；講

f*e*stos (f*e*stus, a, um) *adj.*, masc., acc. pl. 節日的，節慶的

f*i*nibus (f*i*nes, ium) *n.*, 3 decl., masc., dat./ abl. pl. 領土，領域

fl*u*men, inis *n.*, 3 decl., neut. 河，溪流

f*o*rmam (f*o*rma, ae) *n.*, 1 decl., fem., acc. sing. 面貌，外觀，體態，形態

fructu*o*sus, a, um *adj.* 多產的，多果實的

fut*u*rum ; fut*u*rumque → *e*sse

G*a*lliae (G*a*llia, ae) *n.*, 1 decl., fem., gen./ dat. sing.; nom./ voc. pl. [地名] 高盧

G*a*llos (G*a*llus, i) *n.*, 2 decl., masc., acc. pl. [族群名] 高盧人；**G*a*lli** gen. sing.; nom. pl. 高盧人

g*e*ntes (gens, g*e*ntis) *n.*, 3 decl., fem., nom./ acc. pl. 人民，民族，種族，氏族；*inter* **g*e*ntes ext*e*rnas** *locu.* [*prep. inter* + acc. pl] 在外族之間，在外族之中

g*e*nus, eris *n.*, 3 decl., neut. 物種，類屬；出身，世系；**g*e*nere** abl. sing. 物種，類屬；出身，世系

Germ*a*ni, *o*rum *n.*, 2 decl., masc., pl. [族群] 日耳曼人

Germ*a*nici (Germ*a*nicus, a, um) *adj.*, masc./ neut., gen. sing.; masc., nom. pl. [地名] 日耳曼的，日耳曼人的

haud *adv.* 不，無，沒有

hoc (hic, haec, hoc) *demonstr. pron./ adj.*, masc., abl. sing.; neut., nom./ acc./ abl. sing. 這，此，這個的

h*o*mines (h*o*mo, minis) *n.*, 3 decl., masc., nom./ acc. pl. 男士[們]，人[們]；**h*o*mini** dat. sing. 男士，人；**h*o*minis** gen. sing. 男士[的]，人[的]

hon*e*ste *adv.* 尊貴地，可敬地，榮耀地，誠實地

in *prep.* [+ acc./ abl.] 在…；到…，向…

inc*i*pit (inc*i*pio, is, c*e*pi, c*e*ptum, pere) *v., tr./ intr.*, 3., pres. ind., 3 pers. sing. （他/她/它）開始

incid*i*sse (*i*ncido, is, cidi, c*a*sum, ere) *v., intr.*, 3., perf. inf. 發生，陷入，降臨，遭遇

infin*i*ta (infin*i*tus, a, um) *adj.*, fem., nom./ abl. sing.; neut., nom./ acc. pl. 無盡的，無限的，無邊際的

ins*i*diis (ins*i*dia, ae) *n.*, 1 decl., fem., dat./ abl. pl. 埋伏，陰謀

ins*i*gni (ins*i*gnis, is, e) *adj.*, masc./ fem./ neut., dat./ abl. sing. 顯眼的，顯著的，顯赫的

insipi*e*ntis (insip*i*ens, *e*ntis) *adj.*, 3 decl., masc./ fem./ neut., gen. sing.; masc./ fem., acc. pl. 愚蠢的，愚笨的

intellect*u*ros (int*e*llego, is, l*e*xi, l*e*ctum, ere) *v., tr.*, 3., fut. part., masc., acc. pl. 將[/被]瞭解的，將[/被]理解的

inter *prep.* [+ acc.] 在…之間，在…之中

invent*u*ros (inv*e*nio, is, veni, v*e*ntum, *i*re) *v., tr.*, 4., fut. part., masc., acc. pl. 將[/被]發現的，將[/被]尋獲的；**invent*u*ros *e*sse** fut. inf., masc., acc. pl. 將發現，將尋獲

i*u*dicem (i*u*dex, icis) *n.*, 3 decl., masc., acc. sing. 法官，審判者

i*u*stum (i*u*stus, a, um) *adj.*, masc./ neut., acc. sing.; neut., nom. sing. 公平的，公正的，正確的，正當的

Labi*e*nus, i *n.*, 2 decl., masc. [人名] 男子名

lacum (lacus, us) *n.*, 4 decl., masc., acc. sing. 湖，湖泊

licet, --, l*i*cuit (/l*i*citum est), --, lic*e*re *impers. v., intr.*, 2. [無人稱] 允許，認可，能夠

loco (locus, i) *n.*, 2 decl., masc., dat./ abl. sing. 地方，場所

longe *adv.* 長遠，長久；**non longe** *locu.* 不遠，不久

loqui (loquor, eris, loc*u*tum sum, loqui) *dep. v., intr./ tr.*, 3., pres. inf. 說話，言談

m*a*gni (m*a*gnus, a, um) *adj.*, masc./ neut., gen. sing.; masc., nom. pl. 大的，大量的，強大的，偉大的

magnit*u*dine (magnit*u*do, inis) *n.*, 3 decl., fem., abl. sing. 巨大，廣大，宏大，重大，強烈，猛烈

me (ego, mei, m*i*hi, me) *pers. pron.*, irreg., 1

pers. sing., acc./ voc. /abl. 我；**propter me** *locu.* [*prep.* **propter**＋acc.] 因為我；**mihi** dat. [給]我

mentiri (mentior, iris, itus sum, iri) *dep. v., intr./ tr.,* 4., pres. inf. 撒謊，欺騙

morituri (morior, eris, mortuus sum, mori) *dep. v., intr.,* 3., fut. part., masc./ neut., gen. sing.; masc., nom./ voc. pl. 將死亡的，將凋零的

mortis (mors, mortis) *n.,* 3 decl., fem., gen. sing.; acc. pl. 死亡，死屍

mulierumque ［＝**mulierum**＋**que**] **(mulier, eris)** *n.,* 3 decl., fem., gen. pl. 女人[們的]，婦女[們的]，妻子[們的]

multum *adv.* 許多地，很多地

necesse *adj.,* indecl., neut., nom./ acc. 必需的，必要的；**necesse est** *locu.* [＋*v.* inf.] ...是必要的，...是必需的

nefas *n.,* indecl, neut. 忌，惡，壞；**nefas est** *locu.* [＋*v.,* inf.] 做...是不宜的/犯忌的

negaturum (nego, as, avi, atum, are) *v., tr.,* 1., fut. part., masc./ neut., acc. sing.; neut., nom. sing. 將[/被]否認的，將[/被]反對的；**negaturum esse** fut. inf., masc./ neut., acc. sing.; neut., nom. sing. 將否認，將反對

negligenti (negligo, is, lixi, lictum, ere) *v., tr.,* 3., pres. part., masc./ fem./ neut., dat. sing. [正在]漠視的，[正在]疏忽的，[正在]怠慢的

nemo, nemini [dat.], neminem [acc.] *pron./ adj.,* 3 decl., masc./ fem., sing. tant. 沒有人，無人（*no one*）

nihil *indef. pron.,* indecl., neut., nom./ acc. sing. 無，無物，沒有東西

nisi *conj.* 若非，除非

non *neg. adv.* 不，非，否

nullus, a, um, *adj.* 無，沒有

occidisse (occido, is, cidi, cisum, ere) *v., tr.,* 3., perf. inf. 已殺，已殺死，已殺害

odio (odium, ii) *n.,* 2 decl., neut., dat./ abl. sing. 憎恨，厭惡

omissa (omitto, is, omisi, omissum, ere) *v., tr.,* 3., perf. part., fem., nom./ abl. sing.; neut., nom./ acc. pl. 已[/被]忽視的，已[/被]省略的，已[/被]擱置的

omnes, es, ia *adj./ pron.,* pl. 一切，所有，所有事物，所有人；**omnibus** masc./ fem./

neut., dat./ abl. pl. 一切，所有，所有事物，所有人

oportet, --, uit, --, ere *impers. v., intr.,* 2. [無人稱] 需要，必須

oratione (oratio, onis) *n.,* 3 decl., fem., abl. sing. 演說，演講，致詞

pace (pax, pacis) *n.,* 3 decl., fem., abl. sing. 和平；**de pace** *locu.* [*prep.* **de**＋abl. sing.] 關於和平

patrem (pater, tris) *n.,* 3 decl., masc., acc. sing. 父親

patricii (patricius, a, um) *adj.,* masc./ neut., gen. sing.; masc., nom./ voc. pl. 貴族的

paucis (paucus, a, um) *adj.,* masc./ fem./ neut., dat./ abl. pl. 很少的，少量的

pellerentur (pello, is, pepuli, pulsum, ere) *v., tr.,* 3., pass., imperf. subj., 3 pers. pl. （若他/她/它們）被推，被擊，被驅逐，被趕走

penetrasse (penetro, as, avi, atum, are) *v., tr./ intr.,* 1., perf. inf. 已進入，已通過

per *prep.* [＋acc.] 經過，透過（*through..., per...*）

permanere (permaneo, es, mansi, mansum, ere) *v., intr.,* 2., pres. inf. 持續，繼續，維持

perseverare (persevero, as, avi, atum, are) *v., intr.,* 1., pres. inf. 堅持，持續

petimus (peto, is, ivi, itum, ere) *v., tr.,* 3., pres. ind., 1 pers. pl. （我們）要求，請求，尋求，攻擊，追擊，前往

possunt (possum, potes, potui, --, posse) *aux. v., intr.,* irreg., pres. ind., 3 pers. pl. （他/她/它們）能夠；**potest** pres. ind., 3 pers. sing. （他/她/它）能夠

profecturus, a, um (proficiscor, eris, fectus sum, ficisci) *dep. v., intr.,* 3., fut. part. 將啟程的，將出發的

prope *adv./ prep.* [＋acc.] 接近，靠近；幾乎

propter *prep.* [＋acc.] 接近，靠近；因為

provincia, ae *n.,* 1 decl., fem. 省區，轄區；**ex provincia** *locu.* [*prep.* **ex**＋abl. sing.] 從省區，從轄區

qua (qui, quae, quod) *rel.; indef.; interr. pron./ adj.,* fem., abl. sing. 誰，哪個；那；什麼；**qui** masc., nom. sing./ pl. 誰，哪個/些；那/些；什麼

quaedam (quidam, quaedam, quoddam) *indef. adj./ pron.*, fem., nom. sing./ pl.; neut., nom./ acc. pl. 某事

quamvis → cuiusvis

quanto *adv.* 在如何大的程度下

recordari (recordor, aris, atus sum, ari) *dep. v., tr.*, 1., pres. inf. 記住，記得

recte *adv.* 正直地，正當地，正確地

referretur (refero, fers, rettuli, latum, ferre) *anomal. v., tr.*, irreg., pass., imperf. subj., 3 pers. sing. （若他/她/它曾）被帶回，被回歸，被彙報，被報告

repente *adv.* 突然地

responsum (respondeo, es, spondi, sponsum, ere) *v., intr.*, 2., [1.] perf. part., masc./ neut., acc. sing.; neut., nom. sing. 已答應的，已回覆的；[2.] sup., neut., acc. sing. 答應，回覆；**respondere** pres. inf. 答應，回覆

Rhenum (Rhenus, i) *n.*, 2 decl., masc., acc. sing. [河川名] 萊茵河

salutant (saluto, as, avi, atum, are) *v., tr.*, 1., pres. ind., 3 pers. pl. （他/她/它們）問候，致意，打招呼

se (sui, sibi, se, sese) *pers./ refl. pron.*, irreg., 3 pers. sing./ pl., masc./ dem./ neut., acc./ abl. 他/她/它（自身）；他/她/它們（自身）；**secum** [＝se＋cum] sing./ pl., abl. 和他/她/它（/們）（自身），與他/她/它（/們）（自身）；**cum** *prep.* [＋abl.] 偕同，與…（with…）

Sequani, orum *n.*, masc., pl. [族群名] 古代高盧民族之一

sine *prep.* [＋abl.] 沒有（without）

sit；sum → esse

solitudinem (solitudo, inis) *n.*, 3 decl., fem., acc. sing. 單獨，孤獨，寂寞

solos (solus, a, um) *adj.* masc., acc. pl. 唯一的，單獨的

spelunca, ae *n.*, 1 decl., fem. 洞穴，洞窟

sub *prep.* [＋acc./ abl.] 在…下面；有關，關於

subito *adv.* 突然地

suorum (suus, a, um) *poss. pron./ adj.*, masc./ neut., gen. pl. 他/她/它的；他/她/它們的

Syracusani (Syracusanus, a, um) *adj.*, masc./ neut., gen. sing.; masc., nom./ voc. pl. [地名] Syracusae 的，Syracusae 人的

Syracusis (Syracusae, arum) *n.*, 1 decl., fem., pl. tant., dat./ abl. [地名] 西西里島上的一處城鎮名；**a Syracusis** *locu.* [prep. **a**＋abl. pl.] 從 Syracusae

tantas (tantus, a, um) *adj.*, fem., acc. pl. 如此大的，如此多的

te (tu, tui, tibi, te) *pers. pron.*, irreg., 2 pers. sing., acc./ voc./ abl. 你/妳

tempus, oris *n.*, 3 decl., neut. 時間，光陰

terras (terra, ae) *n.*, 1 decl., fem., acc. pl. 土地，陸地，地面；**sub terras** *locu.* [prep. **sub**＋acc. pl.] 到地底下

timere (timeo, es, timui, --, ere) *v., intr./ tr.*, 2., [1.] pres. inf. 害怕，恐懼；[2.] pass., pres. imp., 2 pers. sing. （你/妳得）被害怕，被恐懼

transisse (transeo, is, ivi/ ii, itum, ire) *anomal. v., intr./ tr.*, 4., perf. inf. 已穿過，已越過，已渡過；**transirent** imperf. subj., 3 pers. pl. （若他/她/它們曾）穿過，越過，渡過

triginta *card. num. adj.* 三十

tristitia, ae *n.*, 1 decl., fem. 悲傷，哀戚

turpe (turpis, is, e) *adj.*, masc./fem./ neut., abl. sing.; neut., nom./ acc. sing. 醜的，醜惡的，可恥的

ubi *adv./ conj.* 哪裡，在哪處，在哪時

urbibus (urbs, urbis) *n.*, 3 decl., fem., dat./abl. pl. 城市；羅馬城；**urbem** acc. sing. 城市；羅馬城；**ad urbem** *locu.* [prep. **ad**＋acc. sing.] 往羅馬城

usque *adv./ prep.* [＋acc.] 一直，一直到

ut *conj.* 為了，以致於，如同

utrumque (uterque, utraque, utrumque) *indef. adj./ pron.*, masc., acc. sing.; neut., nom./ acc. sing. 兩者皆，兩者中的每一

Vatinio (Vatinius, ii) *n.*, 2 decl., masc., dat./ abl. sing. [人名] 古代羅馬氏族名

venturum (venio, is, veni, ventum, ire) *v., intr.*, 4., fut. part., masc./ neut., acc. sing.; neut., nom. sing. 將會來的；**venturum esse** fut. inf., masc./ neut., acc. sing.; neut., nom. sing. （將）會來

virginem (virgo, ginis) *n.*, 3 decl., fem., acc. sing. 少女，處女

virorum (vir, viri) *n.*, 2 decl., masc., gen. pl. 男人[們的]，人[們的]

virtute (virtus, utis) n., 3 decl., fem., abl. sing. 美德，德性；勇氣，膽識；**sine virtute** *locu.* 沒有道德，沒有德性；沒有勇氣， 沒有膽識

victurum (vivo, is, vixi, victum, ere) v., intr., 3., fut. part., masc./ neut. acc. sing.; neut., mnom. sing. 將存活的；**vivere** pres. inf. 活，生活

volo, vis, volui, --, velle aux. anomal. v., tr./ intr., irreg. 想要

　　就句子的整體意義而言，在不定詞之前通常會有一個賦予不定詞完整意義的主要動詞（不過，若就形式上的字詞排列順序來看，這個主要動詞的位置很有可能會位於不定詞之後）。當不定詞在句中開始了另一個子句，這個附屬子句的主詞會以受格的形態呈現。例如：

Gallos flumen **transisse** Caesar per exploratores **comperit**. (Caesar, *Gal., 1, 12*) ＝ 凱撒透過斥侯得知高盧人已經渡河了。*Caesar though the scouts came to know that the Gauls had crossed the river.*

　　若不定詞所要表現的是發生在過去、且與主要動詞相關的動作，則要使用過去時態（即完成式）的不定詞；若相對於主要動詞的動作，不定詞所要指示的是未來會發生的動作，則要使用未來式的不定詞。例如：

Credo te negaturum esse. (Cicero, *Ver., 2.3, 71; 165*) ＝ 我相信你會拒絕。*I believe that you will deny.*

Credebant eandem in aliis urbibus solitudinem inventuros esse. (Livius, *10, 34*) ＝ 他們曾認為他們會在其他的城市裡找到同樣的孤獨。*They believed that in other cities they will find the same solitude.*

Dixit Caesari Divitiacus[113] futurum esse paucis annis ut omnes Galli ex Galliae finibus pellerentur atque omnes Germani Rhenum transirent. (Caesar, *Gal., 1, 31*) ＝ Divitiacus 曾對凱撒說，在未來幾年間，所有的高盧人會被驅趕出高盧的領土，而所有的日耳曼人則會越過萊茵河。*Divitiacus told Caesar that within a few years all the Gauls would be pushed out of the borders of Gallia, and that all the Germans would cross the Rhine.*

Responsum est Augusto[114] centum solos dies victurum futurumque (esse) ut inter deos referetur. (Suetonius, *Aug., 97*) ＝ 給奧古斯都的報告[指出]：他將僅[能]再存活一百天，之後便會回到眾神之間。*The reponse to Augustus*

---

[113] Divitianus 為 Haedui 人（古代高盧的民族）的祭司，為 Dumnorix（Haedui 人的領袖）的兄弟，生卒年不詳。

[114] 此指羅馬帝國的首位皇帝屋大維（Gaius Octavius Thurinus，63 - 14 B.C.，在位期間：27 - 14 B.C.）。

was that he will be alive for only one hundred days, and then he would present himself before the gods.

Antonius[115] ex provincia se ad urbem venturum esse minatur. (Cicero, *Phil., 3, 1; 1*) = 安東尼威脅說，他本人將從省區來到羅馬。 *Antonius threatened to come from the province to Rome.*

Spero homines intellecturos, quanto sit omnibus odio crudelitas. (Cicero, *Fam., 15, 19*) = 我希望人們將了解，殘酷是多麼地讓所有人[感到]厭惡。 *I hope men will understand (that) cruelty would be how much hated by everyone.*

Profecturus sum. = 我將要離開。 *I will leave (I am about to leave).*

Ave Caesar[116], morituri te salutant! (Suetonius, *Cl., 21*) = 嗨，凱撒，將死之人向你問候！ *Hi Caesar, people about to die salute you!*

Prope est spelunca quaedam, conversa ad aquilonem infinita magnitudine, qua ditem patrem[117] ferunt repente cum curru extitisse abreptamque ex eo loco virginem secum asportasse et subito non longe a Syracusis penetrasse sub terras, lacum in eo loco repente extitisse, ubi usque ad hoc tempus Suracusani festos dies anniversarios agunt celeberrimo virorum mulierumque conventu. (Cicero, *Ver., 2.4, 48; 107*)

= 附近有一個洞穴，暴露在無盡強大的北風中，據說冥府的主宰曾乘著車駕，突然地出現在那裡，並且從當地擄走一名年輕女子，隨即在 Syracusae 不遠處潛入地底，該處遂突然出現一座湖泊，直到現在，Syracusae 人在那裡慶祝年度的節慶，並以男女集會而極富盛名。 *Nearby there is a cave turned toward the north wind of infinite strength, from which they said the father of hell sudenly came out with a coach, and abducted a young girl from that place, he took her away and not far from Syracuse penetrated under the earth, and that in that place a lake suddenly came out, where till nowadays Syracusan spent their holiday anniversary days with a very famous assembly of men and women.*

---

[115] 此指 Marcus Antonius（83 - 30 B.C.），羅馬共和晚期的政治家及軍事家，為凱撒的忠實擁護者，後來成為西塞羅的政敵，更促成了西塞羅的死亡。

[116] 此處的「凱撒」為對羅馬帝國皇帝的稱謂，此處係指羅馬帝國皇帝 Tiberius Claudius Caesar Augustus Germanicus（10 B.C. - 54 A.D.，在位期間：41 - 54 A.D.）

[117] 名詞 dis（神 | god）與 deus 同義。惟若與 pater 連用時，則專指羅馬神話中的冥王 Pluto。

不定詞也可以用來表現諸如輕蔑、憤慨或懊悔等涉及感歎意味的感受，我們稱具有此種作用的不定詞為**感歎性不定詞**。由此種不定詞所構成的句子通常會以感歎號做結尾，句子的主詞也會以受格的形態來呈現。例如：

Te in tantas aerumnas propter me **incidisse**! (Cicero, *Fam., 14, 1*) ＝ 因為我的緣故，你身陷如此多的災厄之中！*You fell in so many calamities because of me!*

帶有獨立語氣的不定詞大多出現在歷史敘事當中，我們稱此種作用在歷史敘事的不定詞為**歷史性不定詞**。這種歷史性不定詞會帶有完成式時態的性質。例如：

Erant qui Germanici[118] formam, aetatem, genus mortis Alexandri Magni fatis adaequarent: utrumque corpore decoro, genere insigni[119], haud multum triginta annos egressum, suorum insidiis[120] inter gentes externas **occidisse**. (Tacitus, *Ann., 2, 73*)

＝ 有些人曾以 Germanicus 的體態、年齡及死亡類型來和亞歷山大大帝的命運做比較：兩者都有英挺的身軀、顯赫的出身、沒有活超過三十來歲、[且都是]因自己人的陰謀而遭受外族殺害。*There were those who equated the shape (of the body), the age, the kind of death of Germanicus to the destiny of Alexander Magnus: both of beautiful shape, of noble birth, not long beyond thirty years of age, out of his country, because of the conspiracy of his own people, were killed among foeign people.*

Nihil Sequani[121] **respondere**, in eadem tristitia **permanere**. (Caesar, *Gal., 1, 32*) ＝ Sequani 人沒有做出任何回應，他們持續在同樣的哀淒中。*The Sequani have answered nothing, (they have) remained in the same misery.*

不定詞也可以具有名詞的性質，並且在語句中作為主詞、或與無人稱動詞（如 **oportet**（需要 | *it is necessary*）、**licet**（允許 | *it is permitted*）…等）搭配使用。例如：

nefas est＋不定詞 ＝ [該不定詞的行動] 是不宜的/是犯忌的。*It is not good to...*

---

[118] 形容詞 Germanicus, ~a, ~um 意指「日耳曼的，日耳曼人的」。在此作為人名，指 Germanicus Julius Caesar（16 B.C. - 19 A.D.），此 Germanicus 之名的由來，即在於紀念其父於日耳曼地區的戰功。

[119] 表示方法的奪格。

[120] 表示原因的奪格。

[121] 古代高盧民族之一。

necesse est＋不定詞 ＝ [該不定詞的行動] 是必要的。*It is necessary to...*

iustum est＋不定詞 ＝ [該不定詞的行動] 是正確的。*It is right to...*

Confidere decet, **timere** non decet. (Cicero, *Tusc., 4, 31; 66*) ＝ 應當信任，不應恐懼。*It is proper to trust, improper to be afraid.*

Turpe est **mentiri**. ＝撒謊是可恥的。*To lie is disgraceful.*

當主詞是代名詞或其他不定詞時，不定詞也可以搭配助動詞 **sum** 構成名詞述語。例如：

Docto homini vivere est cogitare. (Cicero, *Tusc., 5, 38; 111*) ＝對於有學問的人而言，生活就是思考。*To a learned man, to live is to think.*

Non possunt omnes **esse** patricii. (Cicero, *Sul., 7; 23*) ＝ 不是所有人都可以是貴族。*Not everyone can be patrician.*

Petimus bene **vivere**. (Horatius, *Epis., 1, 11: 29*) ＝ 我們渴望活得好。*We want to live well.*

練　習

[01] Benevolentiam civium blanditiis colligere, turpe est. (Cicero, *Amic., 17; 61*) ＝ 以奉承來搏取市民的善意是可恥的。*To acquire the benevolence of the citizens through flattering is disgraceful.*

[02] Bene et beate vivere, est honeste et recte vivere. (Cicero, *Parad., 1; 15*) ＝ 良善而喜樂地過活，係[指]活得誠實且正直。*To live well and happily is (means) to live honestly and rightly.*

[03] Cuiusvis hominis est errare; nullus, nisi insipientis, in errore perseverare. (Cicero, *Phil., 12, 2; 5*) ＝ 任何人都會犯錯；除了笨蛋以外，沒有人會持續犯錯。*Of any man is possible to err, no man, unless stupid, has to persevere in error.*

[04] Discere nihil aliud est nisi recordari. (Cicero, *Tusc., 1, 24; 57*) ＝ 為學 [之道] 無他，即是背誦。*To learn is nothing else but to remember.*

[05] Mihi negligenti esse non licet. (Cicero, *Att., 1, 17*) ＝ 我不應疏忽。*I must not be negligent.*

[06]　Labienus[122], omissa oratione de pace, loqui et altercari cum Vatinio[123] incipit. (Caesar, *Civ., 3, 19*) ＝ Labienus 擱置了（他的）和平演說，開始與 Vatinius 辯論爭吵。*Labienus disregarding (his) speech of peace, started to talk and argue with Vatinius.*

[07]　Iudicem esse me, non doctorem volo. (Cicero, *Orat., 33; 117*) ＝ 我想身為法官，而非醫生。*I want to be a judge, not a doctor.*

[08]　Ager, quamvis fertilis, sine cultura fructuosus esse non potest. (Cicero, *Tusc., 2, 5; 13*) ＝ 一塊土地無論有多肥沃，沒有耕耘，就不可能會有收穫。*A field, although fertile, it cannot be fruitful without cultivation.*

[09]　Beatus esse sine virtute nemo potest. (Cicero, *N. D., 1, 18; 48*) ＝ 沒人能[在]沒有膽識[的情況下]獲得快樂。*No one can be happy without courage.*

---

[122] 此指 Titus Labienus（ca. 100 - 45 B.C.），羅馬共和時期的政治家、軍事家。
[123] 此指 Publius Vatinius，羅馬共和時期的政治家，生卒年不詳。

XVII 分詞

課程字彙

add*u*xit (add*u*co, is, d*u*xi, d*u*ctum, ere) *v., tr.,* 3., perf. ind., 3 pers. sing. （他/她/它已）引導，帶領

am*a*tus, a, um (amo, as, *a*vi, *a*tum, *a*re) *v., tr./ intr.,* 1., perf. part. 已[/被]愛的；**am*a*tus sum** pass., perf. ind., 1 pers. sing., masc. （我已）被愛

am*i*sit (am*i*tto, is, am*i*si, am*i*ssum, ere) *v., tr.,* 3., perf. ind., 3 pers. sing. （他/她/它已）送走，遣走，失去

animal, *a*lis *n.,* 3 decl., neut. 動物

aperuit (ap*e*rio, is, ap*e*rui, ap*e*rtum, *i*re) *v., tr.,* 4., perf. ind., 3 pers. sing. （他/她/它已）打開，打破，違反

appetens, *e*ntis (app*e*to, is, *i*vi, *i*tum, ere) *v., tr.,* 3., pres. part., 3 decl. [正]想要的，[正在]渴望的

appropinqu*a*ntes (approp*i*nquo, as, *a*vi, *a*tum, *a*re) *v., intr.,* 1., pres. part., masc./ fem., nom./ acc. pl. [正在]靠近的，[正在]逼近的

arbitr*a*tus, a, um (arbitror, *a*ris, *a*tus sum, *a*ri) *dep. v., tr./ intr.,* 1., perf. part., 已[/被]認為的，已[/被]認定的，已[/被]裁斷的

bellum, i *n.,* 2 decl., neut. 戰爭

blanda (bl*a*ndus, a, um) *adj.,* fem., nom./ abl. sing.; neut., nom./ acc. pl. 奉承的，阿諛的，諂媚的

Caesar, *a*ris *n.,* 3 decl., masc. [人名/稱號] 凱撒，即 Gaius Julius Caesar（100 - 44 B.C.），羅馬共和末期的軍事家，政治家，其名號於羅馬帝國時期成為對皇帝的稱謂

caseum (caseus (/caseum), i) *n.,* 2 decl., masc., acc. sing. (/neut., nom./ acc. sing.) 乳酪

celeriter *adv.* 很快地

conf*i*ci (conf*i*cio, is, f*e*ci, f*e*ctum, f*i*cere) *v., tr.,* 3., pass., pres. inf. 被做，被執行，被完成

Corn*e*lius, i *n.,* 2 decl., masc. [人名] 古代羅馬的氏族名

c*o*rvo (c*o*rvus, i) *n.,* 2 decl., masc., dat./ abl. sing. 烏鴉；**c*o*rvus** nom. sing. 烏鴉

c*u*piens, *e*ntis (cupio, is, *i*vi/ ii, *i*tum, pere) *v., tr.,* 3., pers. part., 3 decl. [正]想要的，[正在]渴望的，[正在]企求的

dec*i*dit (dec*i*do, is, c*i*di, c*i*sum, ere) *v., tr./ intr.,* 3., [1.] pres. ind., 3 pers. sing. （他/她/它）脫離，卸下，掉落；[2.] perf. ind., 3 pers. sing. （他/她/它已）脫離，卸下，掉落

dem*i*sit (dem*i*tto, is, m*i*si, m*i*ssum, ere) *v., tr.,* 3., perf. ind., 3 pers. sing. （他/她/它已）墜落，下沈

d*e*vorat (d*e*voro, as, *a*vi, *a*tum, *a*re) *v., tr.,* 1., pres. ind., 3 pers. sing. （他/她/它）吞食，吞噬

d*i*cit (d*i*co, is, d*i*xi, d*i*ctum, ere) *v., tr.,* 3., [+ dat.] pres. ind., 3 pers. sing. （他/她/它）說

dol*o*re (d*o*lor, *o*ris) *n.,* 3 decl., masc., abl. sing. 痛苦，憂傷

d*o*rmiens, *e*ntis (d*o*rmio, is, *i*vi, *i*tum, *i*re) *v., intr.,* 4., pres. part., 3 decl. [正在]睡的，[正在]睡覺的

ex*e*rcitum (ex*e*rcitus, us) *n.,* 4 decl., masc., acc. sing. 軍隊

erat (sum, es, f*u*i, fut*u*rus, esse) *aux. v., intr.,* irreg., imperf. ind., 3 pers. sing. （他/她/它曾）是，有，在；**est** pres. ind., 3 pers. sing. （他/她/它）是，有，在

et *conj.* 和、及，並且，而且

facile (f*a*cilis, is, e) *adj.,* masc./ fem./ neut., abl. sing.; neut., nom./ acc. sing. 簡單的，容易的

f*o*veam (f*o*vea, ae) *n.,* 1 decl., fem., acc. sing. 陷阱，圈套；**in f*o*veam** *locu.,* [*prep.* in + acc. sing.] 到陷阱

h*o*stes (h*o*stis, is) *n.,* 3 decl., masc./ fem., nom./ acc./ voc. pl. 敵人[們]，敵方

imper*a*tor, *o*ris *n.,* 3 decl., masc. 指揮，首領；皇帝

improviso (improvisus, a, um) *adj.*, masc./ neut., dat./ abl. sing. 意外的，無預期的，突然的

impudens, entis *adj.*, 3 decl. 無恥的，放肆的

in *prep.* [＋acc./ abl.] 在…；到…，向…

ingemiscunt (ingemisco (/ingemesco), is, ingemui, ere) *v., intr.,* 3., pres. ind., 3 pers. pl. （他/她/它們）呻吟，嗚咽

insolens, entis *adj.*, 3 decl. 無禮的，傲慢的

iucunda (iucundus, a, um) *adj.*, fem., nom. /abl. sing.; neut., nom./ acc. pl. 快樂的，愉悅的，舒適的，美味的

laniati (lanio, as, avi, atus, are) *v., tr.,* 1., perf. part., masc./ neut., gen. sing.; masc., nom. pl. 已[/被]撕裂的

lupus, i *n.,* 2 decl., masc. 狼

malorum (malum, i) *n.,* 2 decl., neut., gen. pl. 惡[的]，壞[的]，災厄[的]，苦難[的]

memoria, ae *n.,* 1 decl., fem. 記憶，回憶

monstrare (monstro, as, avi, atum, are) *v., tr./ intr.,* 1., [1.] pres. inf. 展示，呈現，指出；[2.] pass., pres. imp., 2 pers. sing. （你/妳得）被展示，被呈現，被指出

Morinos (Morini, orum) *n.,* 2 decl., masc., acc. pl. [族群名] 古代高盧民族之一

non *neg. adv.* 不，非，否

oboediens, entis (oboedio, is, ivi, itum, ire) *v., intr.,* 4., pres. part., 3 decl. [正在]服從的，[正在]聽從的

oculorum (oculus, i) *n.,* 2 decl., masc., gen. pl. 眼睛[的]

philosophia, ae *n.,* 1 decl., fem. 哲學

posse (possum, potes, potui, --, posse) *aux. v., intr.,* irreg., pres., inf. 能夠

praeteritorum (praetereo, is, ivi/ ii, itum, ire) *anomal. v., intr./ tr.,* 4., perf. part., masc./ neut. gen. pl. 已過去的，已經過的

pueri (puer, i) *n.,* 2 decl., masc., gen. sing.; nom./ voc. pl. 男孩，男童

pulchram (pulcher, pulchra, pulchrum) *adj.*, fem., acc. sing. 美麗的，漂亮的

repugnantes (repugno, as, avi, atum, are) *v., intr.,* 1., pres. part., masc./ fem., nom./ acc. pl. [正在]抵抗的，[正在]對抗的

rostrum, i *n.,* 2 decl., neut. 啄，鳥嘴

Rufus, i *n.,* 2 decl., masc. [人名] 男子名

Spartiatae (Spartiates, ae) *n.,* 1 decl., masc., gen./ dat. sing.; nom./ voc. pl. [族群名] 斯巴達人

suam (suus, a, um) *poss. pron./ adj.,* fem., acc. sing. 他/她/它的；他/她/它們的

sum → *erat*

theologiae (theologia, ae) *n.,* 1 decl., fem., gen./ dat.. sing.; nom./ voc. pl. 神學

tum *adv.* 那時，當時；此外，接著，然後

venit (venio, is, veni, ventum, ire) *v., intr.,* 4., [1.] pres. ind., 3 pers. sing. （他/她/它）來；[2.] perf. ind., 3 pers. sing. （他/她/它已）來

verba (verbum, i) *n.,* 2 decl., neut., nom./ acc. pl. 字，話語，言論

verberum (verber, eris) *n.* 3 decl., neut., gen. pl. 鞭打[的]

vidit (video, es, vidi, visum, ere) *v., tr.,* 2., perf. ind., 3 pers. sing. （他/她/它已）看

vincere (vinco, is, vici, victum, vincere) *v., tr.,* 3., [1.] pres. inf. 征服，擊敗，獲勝；[2.] pass., pres. imp., 2 pers. sing. （你/妳得）被征服，被擊敗，被獲勝

visus, us *n.,* 3 decl., masc. 視覺，視力

vocem (vox, vocis) *n.,* 3 decl., fem., acc. sing. 聲音

vulpes, is *n.,* 3 decl., fem. 狐狸

1. 拉丁文分詞的基本概念

在前面的單元中，我們已經提及拉丁文的分詞是一種具有動詞作用的形容詞，它帶有形容詞和動詞的特點，並須與相對應名詞的性、數、格一致。過去分詞本身屬於被動語態，並能搭配助動詞 **sum**，在形式上構成被動語態的典型結構。

2. 拉丁文分詞的型態

拉丁文的分詞依其在句中的作用，可以有下列幾種型態：

(1.) 名詞化的分詞

這種分詞具有形容詞的功用，並可進一步轉化成名詞的意涵，可被翻譯為「（那/那些）…的人」、「～者」，如同英文的 *he/she who, those who*。例如：

Erat facile vincere non **repugnantes**. (Cicero, *Tusc., 1, 1; 3*) ＝ 要征服不抵抗的人是輕而易舉的。*It was easy to win those who were not fighting back.*

(2.) 表示屬性的分詞

表示屬性的分詞具有形容詞的功能，其性、數、格也須與其所指涉修飾的名詞一致，可被翻譯為一個形容詞、或是一個相對應的句子。例如：

Iucunda est memoria **praeteritorum** malorum. (Cicero, *Fin., 2, 32; 105*) ＝ 已經過去的災厄回憶是[令人]慶幸的。*The memory of past evil things is pleasant.*

(3.) 表示動作的分詞

表示動作的分詞用來表達在發生某些事物的同時，另一個動作也正在發生中，它相當於英文中 *-ing* 型態，並且取代了附屬子句。這種分詞的性、數、格經常會和句子中的主詞或直接受詞一致，但不與間接受詞一致；它可用來表示時間、原因、讓步、條件或目的等意涵。例如：

Cornelius Rufus[124] **dormiens** oculorum visus amisit. (Plinius, *Nat., 7, 166*) = Cornelius Rufus 在睡著的同時[也]失去了視覺。*Cornelius Rufus, while sleeping, lost the sight of the eyes.*

Pueri Spartiatae non ingemiscunt verberum dolore **laniati**. (Cicero, *Tusc., 5, 27; 77*) = 斯巴達的男孩們[儘管]被鞭打的痛楚所撕裂，他們[仍]不吭一聲。*The boys of Sparta do not groaned even when teared apart by the pain of the blows.*

(4.) 作為述語的分詞

這類分詞可搭配助動詞 **sum** 構成名詞述語，但須注意不要和被動語態的「sum＋過去分詞」（例如：amatus sum（我被愛 | *I am loved*））混淆。另外也可作為感官知覺動詞（如：看、聽、聞…等）的述語補語來使用。

Philosophia theologiae **oboediens est**. = 哲學服從於神學。*Philosophy is obeying theology.*

Imperator vidit hostes **appropinquantes**. = 指揮官看到敵人逐漸逼近。*The general saw the enemy approaching.*

(5.) 關於異態及半異態動詞的分詞運用

有些異態及半異態動詞沒有分詞現在式，從而其分詞完成式會帶有分詞現在式的功能。例如：

Caesar **arbitratus** bellum celeriter confici posse, exercitum in Morinos[125] adduxit. (Caesar, *Gal., 3, 28*) = [由於]認為戰爭很便能結束，凱撒率領軍隊到 Morini 人那裡。*Caesar, thinking that the war could be waged more quickly, took the army in Morini.*

---

[124] 此指 Publius Cornelius Rufinus，羅馬共和時期的政治家，曾在西元前 290 年時與 Manius Curius Dentatus 同時擔任執政官。

[125] Morini 為古代高盧的民族。

練 習

[01] Vulpes venit et caseum appetens corvo blanda verba dicit. Tum corvus, pulchram vocem suam monstrare cupiens, rostrum aperuit et caseum demisit. ([Phaedrus], *1, 13*) ＝ 狐狸來到，因為想得到乳酪而對烏鴉說些奉承的話。之後，烏鴉為了想表現其美妙的聲音，便張開鳥喙，乳酪便掉了下來。 *The fox came and, eager for cheese, told flattering words to the raven. Then the raven, wanting to show (off) his beautiful voice, opened the beak and let the cheese fall.*

[02] Improviso vulpes in foveam decidit et lupus celeriter impudens et insolens animal devorat.＝ 突然，狐狸跌進陷阱裡，野狼隨即迅速地吞食了這隻放肆且無禮的動物。 *Suddenly the fox fell into the ditch and the wolf devours the impudent and insolent animal quickly.*

XVIII GERUND 與 GERUNDIVE 動名詞

課程字彙

a, ab *prep.* [＋abl.] 從…，被…（*from…, by…*）

abic*i*endi (ab*i*cio, is, i*e*ci, i*e*ctum, ere) *v., tr.,* 3., [1.] ger., neut., gen. sing. 拋棄[的]，捨棄[的]；[2.] gerundive, masc./ neut., gen. sing.; masc., nom. pl. 該被拋棄的，該被捨棄的

ac *conj.* 和，及，並且，而且

ad *prep.* [＋acc.] 到…，向….，往…，靠近…

adfl*u*xit (adfluo, is, fl*u*xi, fl*u*xum, ere) *v., intr.,* 3., perf. ind., 3 pers. sing. （他/她/它已）群集，湧至

adhib*e*nda (adh*i*beo, es, ui, itum, ere) *v., tr.,* 2., gerundive, fem., nom./ abl. sing.; neut., nom./ acc. pl. 該被引進的，該被帶進的，該被使用的，該被維持的；**adhib*e*nda est** *locu.* [gerundive＋*esse*] pres. ind., 3 pers. sing., fem. （她）應該引進，應該帶進，應該使用，應該維持

adquir*e*ndi (adqu*i*ro, is, quis*i*vi, quis*i*tum, ere) *v., tr.,* 3., [1.] ger., neut., gen. sing. 獲得[的]，取得[的]；[2.] gerundive, masc./ neut., gen. sing.; masc., nom. pl. 該被獲得的，該被取得的

aedific*a*ndi (aed*i*fico, as, *a*vi, *a*tum, *a*re) *v., intr./ tr.,* 1., [1.] ger., neut., gen. sing. 建築[的]，建造[的]；[2.] gerundive, masc./ neut., gen. sing.; masc., nom. pl. 該被建築的，該被建造的

ag*e*ndum (ago, is, egi, *a*ctum, ere) *v., tr.,* 3., [1.] ger., neut., acc. sing. 進行，履行，操作，做，帶走；[2.] gerundive, masc., acc. sing.; neut., nom./ acc. sing. 該被進行的，該被履行的，該被操作的，該被做的，該被帶走的；**ag*e*ndum (est)** *locu.* [gerundive＋*esse*] pres. ind., 3 pers. sing., neut. （它）應該進行，應該履行，應該操作，應該做，應該帶走

Alex*a*nder, dri *n.,* 2 decl., masc. [人名] 亞歷山大，通常指馬其頓帝國的亞歷山大大帝（356 - 323 B.C.）

aliquis, aliquis, aliquid *indef. pron./ adj.* 某（些）人，某（些）物

alitur (alo, is, alui, altum, alere) *v., tr.,* 3., pass., pres. ind., 3 pers. sing. （他/她/它）被哺育，被滋養，被餵養

amplex*a*ndi (amplexor, *a*ris, *a*tus sum, *a*ri) *dep. v., tr.,* 1., [1.] ger., neut., gen. sing. 擁抱[的]；[2.] gerundive, masc./ neut., gen. sing.; masc., nom. pl. 該被擁抱的

ampl*e*xibus (ampl*e*xus, us) *n.,* 4 decl., masc., dat./ abl. pl. 擁抱；**ab ampl*e*xibus** *locu.* [*prep.* **ab**＋abl. pl.] 從擁抱

anno (annus, i) *n.,* 2 decl., masc., dat./ abl. sing. 年，歲

ante *adv./ prep.* [＋acc.] 之前，以前；在…前方

apt*i*ssima (apt*i*ssimus, a, um) *adj., sup.* [pos.: *a*ptus, a, um] fem., nom./ abl. sing.; neut., nom./ acc. pl. 極適合的，極恰當的

arma, *o*rum *n.,* 2 decl., neut., pl. tant. 武器，軍械

ars, artis *n.,* 3 decl., fem. 技巧，技藝，藝術，方法，途徑，特徵

At*i*nius, ii *n.,* 2 decl., masc. [人名] 古代羅馬的氏族名此指 Gaius Athinius（? - 186 B.C.），古羅馬執政官

aut *conj.* 或，或是

belli (bellum, i) *n.,* 2 decl., neut., gen. sing. 戰爭[的]；**bellum** nom./ acc. sing. 戰爭；**ad bellum** *locu.* [*prep.* **ad**＋acc. sing] 對於戰爭；**bello** dat./ abl. sing. 戰爭

bona (bonum, i) *n.,* 2 decl., neut., nom./ acc. pl. 善，佳，好處，利益

bonus, a, um *adj.* 美好的，良善的，有益的

caede (caedes, is) *n.,* 3 decl., fem., abl. sing.

屠殺，殺戮

caelo (caelum, i) *n.*, 2 decl., neut., dat./ abl. sing. 天空，天堂；**sub caelo** *locu.* [*prep.* **sub** + abl. sing.] 在天底下

Caesar, aris *n.*, 3 decl., masc. [人名/稱號] 凱撒，即 Gaius Julius Caesar（100 - 44 B.C.），羅馬共和末期的軍事家，政治家，其名號於羅馬帝國時期成為對皇帝的稱謂

Callisthenes, is *n.*, 3 decl., masc. [人名] 古希臘歷史學家（360 - 328 B.C.）

castra, orum *n.*, 2 decl., neut., pl. tant. 要塞，營寨，軍營

Catilina, ae *n.*, 1 decl., masc. [人名] 即 Lucius Sergius Catilina（ca. 108 - 62 B.C.），古羅馬政治家，後來多次密謀推翻政府

causa, ae *n.*, 1 decl., fem., acc. sing. 原因，理由，事情，[法律]案件；**causis** dat./ abl. pl. 原因，理由，事情，[法律]案件；**de causis** *locu.* [*prep.* **de** + abl. pl.] 基於...原因，理由

celeritas, atis *n.*, 3 decl., fem. 迅速，快速

civibus (civis, is) *n.*, 3 decl., masc., dat./ abl. pl. 人民[們]，市民[們]，公民[們]，國民[們]

civitates (civitas, atis) *n.*, 3 decl., fem., nom./ acc. pl. 城市，社群，社會

cogitando (cogito, as, avi, atum, are) *v., tr./ intr.*, 1., [1.] ger., dat./ abl. sing. 想，思考；[2.] gerundive, masc./ neut., dat./ abl. sing. 該被想的，該被思考的

cognoscenda (cognosco, is, gnovi, gnitum, ere) *v., tr.*, 3., gerundive, fem., nom./ abl. sing.; neut., nom./ acc. pl. 該被明瞭的，該被認識的，該被承認的；**cognoscenda est** *locu.* [gerundive + **esse**] pres. ind., 3 pers. sing. （她）應該明瞭，應該認識，應該承認

colligendi (colligo, is, legi, lectum, ere) *v., tr.*, 3., [1.] ger., neut., gen. sing. 收集[的]，聚集[的]；[2.] gerundive, masc./ neut., gen. sing.; masc., nom. pl. 該被收集的，該被聚集的

compulit (compello, is, puli, pulsum, ere) *v., tr.*, 3., perf. ind., 3 pers. sing. （他/她/它已）趕攏，圍捕[獸群]，驅使

confecto (conficio, is, feci, fectum, ficere) *v.,* tr., 3., perf. part., masc./ neut., dat./ abl sing. 已[/被]做的，已[/被]執行的，已[/被]完成的

confirmandorum (confirmo, as, avi, atum, are) *v., tr.*, 1., gerundive, masc./ neut., gen. pl. 該被增強的，該被鞏固的，該被確保的

consequeris (consequor, eris, secutus sum, sequi) *dep. v., tr./ intr.*, 3., pres. ind., 2 pers. sing. （你/妳）趕上，到達，得到

consilia (consilium, ii) *n.*, 2 decl., neut., nom./ acc. pl. 建議，意見，計劃，決定，智能

consuendi (consuo, is, sui, sutum, uere) *v., tr.*, 3., [1.] ger., neut., gen. sing. 縫[的]，縫合[的]；[2.] gerundive, masc./ neut., gen. sing.; masc., nom. pl. 該被縫的，該被縫合的

contraria (contrarium, ii) *n.*, 2 decl., neut., nom./ acc. pl. 相反，相對，對面

corporis (corpus, oris) *n.*, 3 decl., neut., gen. sing. 身體[的]，肉軀[的]

criminosa (criminosus, a, um) *adj.*, fem., nom./ abl. sing.; neut., nom./ acc. pl. 可非難的，可恥的，犯罪的

crudeliter *adv.* 殘忍地，殘酷地

cui → quod (qui, quae, quod)

cuique (quisque, quisque, quidque) *indef. pron./ adj.*, masc./ fem./ neut., dat. sing. [給]每人，[給]每物

cum [1.] *adv.* 當，在...之時（*when...*, *since...*）；[2.] *prep.* [+ abl.] 偕同，與...（*with...*）

cupidus, a, um *adj.* 渴望的，熱切的

custodiendi (custodio, is, ivi, itum, ire) *v., tr.*, 4., [1.] ger., neut., gen. sing. 保護[的]，保衛[的]，保存[的]；[2.] gerundive, masc./ neut., gen. sing.; masc., nom. pl. 該被保護的，該被保衛的，該被保存的

de *prep.* [+ abl.] 關於

debere (debeo, es, ui, itum, ere) *v., tr.*, 2., [1.] pres. inf. 必須，應當；[2.] pass., pres. imp., 2 pers. sing. （你/妳得）被課以義務

defendenda (defendo, is, fendi, fensum, ere) *v., tr.*, 3., gerundive, fem., nom./ abl. sing.; neut., nom./ acc. pl. 該被迴避的，該被防範的，該被保衛的，該被辯護的；**defendenda (fuit)** *locu.* [gerundive + **esse**] （她已）應該迴避，應該防範，應該保

衛，應該辯護

deliberandum (del*i*bero, as, *a*vi, *a*tum, are) *v., intr./ tr.,* 1., [1.] ger., neut., acc. sing. 斟酌，決定；[2.] gerundive, masc., acc. sing.; neut., nom./ acc. sing. 該被斟酌的，該被決定的；**deliberandum est** *locu.* [gerundive＋*e*sse] pres. ind., 3 pers. sing., masc./ neut. （他/它）應該斟酌，應該決定

deligendus, a, um (d*e*ligo, is, l*e*gi, lectum, ere) *v., tr.,* 3., gerundive, 該被挑選的，該被選擇；**deligendus est** *locu.* [gerundive＋*e*sse] pres. ind., 3 pers. sing., masc. （他）應該挑選，應該選擇

destringendam (destr*i*ngo, is, str*i*nxi, str*i*ctum, ere) *v., tr.,* 3., gerundive, fem., acc. sing. 該被剝除的，該被卸下的

destruendi (destruo, is, str*u*xi, str*u*ctum, ere) *v., tr.,* 3., [1.] ger., neut., gen. sing. 拆毀[的]，粉碎[的]；[2.] gerundive, masc./ neut., gen. sing.; masc., nom. pl. 該被拆毀的，該被粉碎的

dilectionis (dilectio, *o*nis) *n.,* 3 decl., fem., gen. sing. 喜愛[的]，愛慕[的]

diligenti (d*i*ligens, *e*ntis) *adj.,* 3 decl., masc./ fem./ neut., dat./ abl. sing. 努力的，勤勉的，細心的

diligentia, ae *n.,* 1 decl., fem. 勤勉，努力，細心

Dionysius, ii *n.,* 3 decl., masc. [人名] 此指 Dionysius I（ca. 432 - 367 B.C.），在古希臘時期曾經統治西西里島 Syracusae 地區的暴君

diripiendas (dir*i*pio, is, r*i*pui, r*e*ptum, pere) *v., tr.,* 3., gerundive, fem., acc. pl. 該被侵奪的，該被掠奪的

discendo (d*i*sco, is, d*i*dici, --, ere) *v., tr.,* 3., [1.] ger., neut., dat./ abl. sing. 學，學習；[2.] gerundive, masc./ neut., dat./ abl. sing. 該被學的，該被學習的；**d*i*scitur** pass., pres. ind., 3 pers. sing. （他/她/它）被學，被學習

do, das, d*e*di, d*a*tum, d*a*re *v., tr.,* 1. 給；**dedit** perf. ind., 3 pers. sing. （他/她/它已）給

docendo (d*o*ceo, es, d*o*cui, d*o*ctus, ere) *v., tr.,* 2., [1.] ger., neut., dat./ abl. sing. 教，教導；[2.] gerundive, masc./ neut., dat./ abl. sing. 該被教的，該被教導的

ducendum (d*u*co, is, d*u*xi, d*u*ctum, ere) *v., tr.,* 3., [1.] ger., neut., acc. sing. 指引，指揮，帶領，認為，視為；[2.] gerundive, masc., acc. sing.; neut., nom./ acc. sing. 該被指引的，該被指揮的，該被帶領的，該被認為的，該被視為的；**d*u*cit** pres. ind., 3 pers. sing. （他/她/它）指引，指揮，帶領，認為，視為

e, ex *prep.* [＋abl.] 離開…，從…而出（*out of…, from…*）

eius (is, *e*a, id) *demonstr. pron./ adj.,* masc./ fem./ neut., gen. sing. 他[的]，她[的]，它[的]；這個[的]，那個[的]

eripuit (er*i*pio, is, er*i*pui, er*e*ptum, pere) *v., tr.,* 3., perf. ind., 3 pers. sing. （他/她/它已）搶奪，奪走

est (sum, es, f*u*i, fut*u*rus, esse) *aux. v., intr.,* irreg., pres. ind., 3 pers. sing. （他/她/它）是，有，在；**sum** pres. ind., 1 pers. sing. （我）是，有，在；**erant** imperf. ind., 3 pers. pl. （他/她/它們曾）是，有，在；**erat** imperf. ind., 3 pers. sing. （他/她/它曾）是，有，在；**esse** pres. inf. 是，有，在；**f*u*it** perf. ind., 3 pers. sing. （他/她/它已）是，有，在；**sunt** pres. ind., 3 pers. pl. （他/她/它們）是、有、在

et *conj.* 和、及，並且，而且

etiam *conj.* 還有，也，仍（*also…*）；**sed etiam** *conj., locu.* 但也…，而且也…；**verum etiam** *conj., locu.* 其實也…，當然也…

evellendi (ev*e*llo, is, ev*e*lli, ev*u*lsum, ere) *v., tr.,* 3., [1.] ger., neut., gen. sing. 拔除[的]；[2.] gerundive, masc./ neut., gen. sing.; masc., nom. pl. 該被拔除的

expedire (exp*e*dio, is, *i*vi, *i*tum, *i*re) *v., tr./ intr.,* 4., [1.] pres. inf. 解開，解放，取得，準備；[2.] pass., pres. imp., 2 pers. sing. （你/妳）被解開，被解放，被取得，被準備

extremum, i *n.,* 2 decl., neut. 極限，終了，結束；**ad extremum** *locu.* [*prep.* ad＋acc. sing.] 到極限，到終了，到結束

fandus, a, um (for, faris, fatus sum, fari) *dep. v., intr.,* 1., gerundive. 該說的，該頌讚的

fecit (facio, is, feci, factum, facere) *v., tr.,* 3., perf. ind., 3 pers. sing. （他/她/它已）做，製作，建造；**faciamus** pres. subj., 1 pers. pl. （若我們）做，製作，建造

fieri (fio, fis, factus sum, fieri) *semidep. anomal. v., intr.,* 4., pres. inf. 變成，被製作，發生

flendi (fleo, es, flevi, fletum, flere) *v., intr./ tr.,* 2., [1.] ger., neut., gen. sing. 哭泣[的]；[2.] gerundive, masc./ neut., gen. sing.; masc., nom. pl. 該哭泣的

fuit → **est**

Germanico (Germanicus, a, um) *adj.,* masc./ neut., dat./ abl. sing. [地名] 日耳曼的，日耳曼人的

gratandum (grator, aris, atus sum, ari) *dep. v., intr.,* 1., [1.] ger., neut., acc. sing. 祝賀，道賀，慶賀；[2.] gerundive, masc., acc. sing.; neut., nom./ acc. sing. 該被祝賀的，該被道賀的，該被慶賀的；**ad gratandum** *locu.* [*prep.* **ad**+acc. sing.] 向...祝賀，道賀，慶賀

habent (habeo, es, habui, itum, ere) *v., tr.,* 2., pres. ind., 3 pers. pl. （他/她/它們）有，持有；考慮；**habendus, a, um** gerundive 該被有的，該被持有的；該被考慮的；**habendus est** *locu.* [gerundive+**esse**] pres. ind., 3 pers. sing. （他）應該有，應該持有；應該考慮

Hastam (Hasta, ae) *n.,* 1 decl., fem., acc. sing. [地名] 位於義大利北部的城鎮

hominis (homo, minis) *n.,* 3 decl., masc., gen. sing. 男士[的]，人[的]；**hominibus** dat./ abl. pl. 男士[們]，人[們]

hortandi (hortor, aris, atus sum, ari) *dep. v., tr.,* 1., [1.] ger., neut., gen. sing. 力勸[的]，鼓舞[的]，催促[的]；[2.] gerundive, masc./ neut., gen. sing.; masc., nom. pl. 該被力勸的，該被鼓舞的，該被催促的；**hortandi sunt** *locu.* [gerundive+**esse**] pres. ind., 3 pers. pl., masc. （他們）應該勸告，應該鼓舞，應該催促

huic (hic, haec, hoc) *demonstr. pron./ adj.* masc./ fem./ neut., dat. sing. [給]這，[給]此，[給]這個的

illo (ille, illa, illud) *demonstr. pron./ adj.,* masc., abl. sing. 那，彼，那個的

imputari (imputo, as, avi, atum, are) *v., tr.,* 1., pass., pres. inf. 被歸因，被歸咎

in *prep.* [+acc./ abl.] 在...；到...，向...

ingens, entis *adj.* 大量的，過度的，龐大的

intelligitur (intellego, is, lexi, lectum, ere) *v., tr.,* 3., pass., pres. ind., 3 pers. sing. （他/她/它）被瞭解，被理解

iratus, a, um *adj.* 憤怒的，火大的，震怒的

ista (iste, ista, istud) *demonstr. pron./ adj.,* fem., nom./ abl. sing.; neut., nom./ acc. pl. 那，其，那個的；那些的

iudicio (iudicium, ii) *n.,* 2 decl., neut., dat./ abl. sing. 法庭，審判，判決，判斷力

iudicando (iudico, as, avi, atum, are) *v., tr./ intr.,* 1., [1.] ger., neut., dat./ abl. sing. 審判，裁判，判斷；[2.] gerundive, masc./ neut., dat./ abl. sing. 該被審判的，該被裁判的，該被判斷的；**in iudicando** *locu.* [*prep.* **in**+abl. sing.] 在審判中，在裁判中，在判斷時

lapides (lapis, idis) *n.,* 3 decl., masc., nom./ acc. pl. 石頭

largitiones (largitio, onis) *n.,* 3 decl., fem., nom./ acc. pl. 慷慨，大方

legendi (lego, is, legi, lectum, ere) *v., tr.,* 3., [1.] ger., neut., gen. sing. 閱讀[的]，收集[的]，聚集[的]；[2.] gerundive, masc./ neut., gen. sing.; masc., nom. pl. 該被閱讀的，該被收集的，該被聚集的

legiones (legio, onis) *n.,* 3 decl., fem., nom./ acc. pl. 軍隊，軍團

libertatem (libertas, atis) *n.,* 3 decl., fem., acc. sing. 自由，率直；**ad libertatem** *locu.* [*prep.* **ad**+acc. sing.] 到自由，到率直

libri (liber, libri) *n.,* 2 decl., masc., gen. sing.; nom. pl. 書，書本，書籍

licentiam (licentia, ae) *n.,* 1 decl., fem., acc. sing. 許可，認可，自由；放縱，放肆，失序

licet, --, licuit (/licitum est), --, licere *impers. v., intr.,* 2. [無人稱] 允許，認可，能夠

longe *adv.* 長遠，長久

loqui (loquor, eris, locutum sum, loqui) *dep. v., intr./ tr.,* 3., pres. inf. 說話，言談；**loquendi** [1.] ger., neut., gen. sing. 說話[的]，

言談[的]；[2.] gerundive, masc./ neut., gen. sing.; masc., nom. pl. 該被談論的；**loquendo** [1.] ger., neut., dat./ abl. sing 說話，言談；[2.] gerundive, masc./ neut., dat./ abl. sing. 該被談論的；**loquendum** [1.] ger., neut., acc. sing. 說話，言談；[2.] gerundive, masc., acc. sing.; neut., nom./ acc. sing. 該被談論的；**ad loquendum** *locu.* [*prep.* **ad**＋acc. sing.] 為了說話，言談

luminibus (lumen, inis) *n.*, 3 decl., neut., dat./ abl. pl. 光，光亮；**cum luminibus** *locu.* [*prep.* **cum**＋abl. pl] 帶著光，帶著燈

maximas (maximus, a, um) *adj., sup.* [pos.: **magnus, a, um**] fem., acc. pl. 極大的，極大量的，極強大的，極偉大的

me (ego, mei, mihi, me) *pers. pron.,* irreg., 1 pers. sing., acc./ voc. /abl. 我；**a me** *locu.* [*prep.* **a** ＋ abl.] 被我；**mihi** dat. [給]我

mederi (medeor, eris, --, eri) *dep. v., tr./ intr.,* 2., pres. inf. 治療

medico (medicus, i) *n.*, 2 decl., masc., dat./ abl. sing. 醫生，醫師

membris (membrum, i) *n.*, 2 decl., neut., dat./ abl. pl. 肢體，器官；成員

mens, mentis *n.*, 3 decl., fem. 精神，心力，心智

militum (miles, itis) *n.,* 3 decl., masc., gen. pl. 士兵[們的]，步兵[們的]；**milites** nom./ acc./ voc. pl. 士兵[們]，步兵[們]

miserandum (miseror, aris, atus sum, ari) *dep. v., tr.,* 1., [1.] ger., neut., acc. sing. 同情，可憐，憐憫；[2.] gerundive, masc., acc. sing.; neut., nom./ acc. sing. 該被同情的，該被可憐的，該被憐憫的

modo *adv.* 只，只有；立即，馬上；**non modo** *locu.* 不只

moliendo (molior, iris, itus sum, iri) *dep. v., tr.,* 4., [1.] ger., neut., dat./ abl. sing. 努力，致力；[2.] gerundive, masc./ neut., dat./ abl. sing. 該被努力的，該被致力的

morbus, i *n.*, 2 decl., masc. 疾病

moriendi (morior, eris, mortuus sum, mori) *dep. v., intr.,* 3., [1.] ger., neut., gen. sing. 死亡[的]，凋零[的]；[2.] gerundive, masc./ neut., gen. sing.; masc., nom. pl. 該死亡的，該凋零的；**moriendum** [1.] ger., neut., acc.

sing. 死亡，凋零；[2.] gerundive, masc., acc. sing.; neut., nom./ acc. sing. 該死亡的，該凋零的；**moriendum est** *locu.* [gerundive＋*esse*] pres. ind., 3 pers. sing., masc./ neut. （他/它）應該會死的，必定會死的

multa (multus, a, um) *adj.*, fem., nom./ abl. sing.; neut., nom./ acc. pl. 許多的，很多的；**multis** masc./ fem./ neut., dat./ abl. pl. 許多的，很多的

multitudo, inis *n.*, 3 decl., fem. 眾人，群眾

natura, ae *n.*, 1 decl., fem. 本質，天性，自然

natus, a, um (nascor, eris, natus sum, nasci) *dep. v., intr.,* 3., perf. part., 已誕生的，已出生的；**natus sum** perf. ind., 1 pers. sing., masc. （我已）誕生，出生；**nascendi** [1.] ger., neut., gen. sing. 誕生[的]，出生[的]；[2.] gerundive, masc./ neut., gen. sing.; masc., nom. pl. 該誕生的，該出生的

necesse *adj.,* indecl., neut., nom./ acc. 必需的，必要的；**necesse est** *locu.* [＋*v.* inf.] ... 是必要的，...是必需的

necessitas, atis *n.*, 3 decl., fem. 需要，必要，必要性

nefanda (nefandus, a, um) *adj.*, fem., nom. /abl. sing.; neut., nom./ acc. pl. 犯忌的，極惡的，惡毒的

nefaria (nefarius, a, um) *adj.*, fem., nom. /abl. sing.; neut., nom./ acc. pl. 惡劣的，犯忌的

nobis (nos, nostri/ nostrum, nobis) *pers. pron.,* irreg., 1 pers. pl., dat./ abl. 我們

non *neg. adv.* 不，非，否

ob *prep.* [＋acc.] 由於，因為

oboediendum (oboedio, is, ivi, itum, ire) *v., intr.,* 4., [1.] ger., neut., acc. sing. 服從，聽從；[2.] gerundive, masc., acc. sing.; neut., nom./ acc. sing. 該聽從的，該服從的；**oboediendum est** *locu.* [gerundive＋*esse*] pres. ind., 3 pers. sing., masc./ neut. （他/它）應該聽從，應該服從

occidendi (occido, is, cidi, cisum, ere) *v., tr.,* 3., [1.] ger., neut., gen. sing. 殺[的]，殺死[的]，殺害[的]；[2.] gerundive, masc./ neut., gen. sing.; masc., nom. pl. 該被殺死的，該被殺害的

oculos (*oculus, i*) *n.*, 2 decl., masc., acc. pl. 眼睛；*ante oculos locu.* [*prep.* **ante**＋acc. pl.] 眼前

odii (*odium, odii*) *n.*, 2 decl., neut., gen. sing. 憎恨[的]，厭惡[的]

omnia (*omnes, es, ia*) *adj./ pron.*, neut., nom./ acc. pl. 一切，所有，所有事物，所有人；*omnibus* masc./ fem./ neut., dat./ abl. pl. 一切，所有，所有事物，所有人

operam (*opera, ae*) *n.*, 1 decl. fem., acc. sing. 嘗試，努力，工作；**do operam** *locu.*, pres. ind., 1 pers. sing. （我）盡力於，致力於，效力於

oppidum, i *n.*, 2 decl., neut. 城鎮，城市，要塞

opprimendae (*opprimo, is, pressi, pressum, ere*) *v., tr.*, 3., gerundive, fem., gen./ dat. sing.; neut., nom. pl. 壓，壓制，壓迫

oppugnandum (*oppugno, as, avi, atum, are*) *v., tr.*, 1., [1.] ger., neut., acc. sing. 攻擊，襲擊，圍攻；[2.] gerundive, masc., acc. sing.; neut., nom./ acc. sing. 該被攻擊的，該被襲擊的，該被圍攻的

pacis (*pax, pacis*) *n.*, 3 decl., fem., gen. sing. 和平[的]

patriae (*patria, ae*) *n.*, 1 decl., fem., gen./ dat. sing.; nom. pl. 祖國，國家，故鄉

perdendi (*perdo, is, didi, ditum, ere*) *v., tr.*, 3., [1.] ger., neut., gen. sing. 遺失[的]，毀壞[的]，毀滅[的]；[2.] gerundive, masc./ neut., gen. sing.; masc., nom. pl. 該被毀壞的，該被毀滅的

pervenire (*pervenio, is, veni, ventum, ire*) *v., intr.*, 4., pres. inf. 抵達，到達

plangendi (*plango, is, planxi, planctum, ere*) *v., tr.*, 3., [1.] ger., neut., gen. sing. 哀悼[的]，悲歎[的]；[2.] [2.] gerundive, masc./ neut., gen. sing.; masc., nom. pl. 該被哀悼的，該被悲歎的

plantandi (*planto, as, avi, atum, are*) *v., tr.*, 1., [1.] ger., neut., gen. sing. 移植[的]，接枝[的]；[2.] gerundive, masc./ neut., gen. sing.; masc., nom. pl. 該被移植的，該被接枝的；**plantatum** [1.] perf. part., masc./ neut., acc. sing.; neut., nom. sing. 已[/被]移植的，已[/被]接枝的；[2.] sup., neut., acc.

sing. 移植，接枝；**plantatum est** pass., perf. ind., 3 pers. sing., neut. （它已）被移植，被接枝

poterat (*possum, potes, potui, --, posse*) *aux. v., intr.*, irreg., imperf. ind., 3 pers. sing. （他/她/它曾）能夠

prudens, entis *adj.*, 3 decl. 審慎的，謹慎的，有遠見的，有經驗的

prudentia, ae *n.*, 1 decl., fem. 審慎，謹慎，睿智，洞見

punivit (*punio, is, punivi, itum, ire*) *v., tr.*, 4., perf. ind., 3 pers. sing. （他/她/它已）懲罰，處罰

quod (*qui, quae, quod*) *rel.; indef.; interr. pron./ adj.*, neut., nom./ acc. sing. 誰，哪個；那；什麼；**quae** fem., nom. sing./ pl.; neut., nom./ acc. pl. 誰，哪個/些；那/些；什麼；**cui** masc./ fem./ neut., dat. sing. [給]誰，[給]哪個；[給]那；[給]什麼

rebus (*res, rei*) *n.*, 5 decl., fem., dat./ abl. pl. 物，事物，東西

reddidit (*reddo, is, didi, ditum, ere*) *v., tr.*, 3., perf. ind., 3 pers. sing. （他/她/它）交還，回歸，回報，報復；呈現，表示

reicienda (*reicio, is, ieci, iectum, cere*) *v., tr.*, 3., gerundive, fem., nom./ abl. sing.; neut., nom./ acc. pl. 該被驅除的，該被擊退的，該被拒絕的

Rhenum (*Rhenus, i*) *n.*, 2 decl., masc., acc. sing. [河川名] 萊茵河

ridendi (*rideo, es, risi, risum, ridere*) *v., intr./ tr.*, 2., [1.] ger., neut., gen. sing. 笑[的]；[2.] gerundive, masc./ neut., gen. sing.; masc., nom. pl. 該被笑的

Romana (*Romanus, a, um*) *adj.*, fem., nom./ abl. sing.; neut., nom./ acc. pl. [地名] 羅馬的，羅馬人的

saltandi (*salto, as, avi, atum, are*) *v., intr./ tr.*, 1., [1.] ger., neut., gen. sing. 跳舞[的]，舞蹈[的]；[2.] gerundive, masc./ neut., gen. sing.; masc., nom. pl. 該跳舞的

sanandi (*sano, as, avi, atum, are*) *v., tr.*, 1., [1.] ger., neut., gen. sing. 治療[的]；[2.] gerundive, masc./ neut., gen. sing.; masc., nom. pl. 該被治療的

scindendi (*scindo, is, scidi, scissum, ere*) *v., tr.*, 3., [1.] ger., neut., gen. sing. 撕裂[的]；

[2.] gerundive, masc./ neut., gen. sing.; masc., nom. pl. 該被撕裂的

Scipio, onis *n.,* 3 decl., masc. [人名] 古代羅馬的姓氏，隸屬於 Cornelia 氏族

sed *conj.* 但是，然而

seligenda (seligo, is, legi, lectum, ere) *v., tr.,* 3., gerundive, fem., nom./ abl. sing.; neut., nom./ acc. pl. 該被選擇的

semper *adv.* 永遠，一直，總是

sese [=se] (sui, sibi, se, sese) *pers./ refl. pron.,* irreg., 3 pers. sing./ pl., masc./ dem./ neut., acc./ abl. 他/她/它（自身）；他/她/它們（自身）；**sibi** dat. [給]他/她/它（自身）；[給]他/她/它們（自身）

solis (sol, solis) *n.,* 3 decl., masc., gen. sing. 太陽[的]

solum *adv.* 僅，只；**non solum** *locu.* 不僅，不只

spargendi (spargo, is, sparsi, sparsum, ere) *v., tr.,* 3., [1.] ger., neut., gen. sing. 拋[的]，撒[的]；[2.] gerundive, masc./ neut., gen. sing.; masc., nom. pl. 該被拋灑的

spatiis (spatium, ii) *n.,* 2 decl., neut., dat./ abl. pl. 空間

spectaculum, i *n.,* 2 decl., neut. 景象，場面，展示

statuit (statuo, is, ui, tutum, uere) *v., tr.,* 3., [1.] pres. ind., 3 pers. sing. （他/她/它）決定；建立；[2.] perf. ind., 3 pers. sing. （他/她/它已）決定；建立

studiosus, a, um *adj.* 熱衷的，熱切的

sub *prep.* [+acc./ abl.] 在...下面；有關，關於

suis (suus, a, um) *poss. pron./ adj.,* masc./ fem./ neut., dat./ abl. pl. 他/她/它的；他/她/它們的；**suae** fem., gen./ dat. sing.; nom. pl. 他/她/它的；他/她/它們的；**suo** masc./ neut., dat./ abl. sing. 他/她/它的；他/她/它們的

sum；sunt → est

suscipienda (suscipio, is, cepi, ceptum, cipere) *v., tr.,* 3., gerundive, fem., nom./ abl. sing.; neut., nom./ acc. pl. 該被撐起的，該被托住的；該被接受的；**suscipienda fuit** *locu.* [gerundive+esse] perf. ind., 3 pers. sing. （她已）應該撐起，應該托住；應

該接受；**suscepisses** pluperf. subj., 2 pers. sing. （若你/妳已曾）撐起，托住；接受

tacendi (taceo, es, tacui, tacitum, ere) *v., intr./ tr.* 2., [1.] ger., neut., gen. sing. 沈默[的] [2.] gerundive, masc./ neut., gen. sing.; masc., nom. pl. 該沈默的

tamquam *conj.* 如...般，像...一樣

temperando (tempero, as, avi, atum, are) *v., intr./ tr.,* 1., [1.] ger., neut., dat./ abl. sing. 調節，調和，調整；[2.] gerundive, masc./ neut., dat./ abl. sing 該被調節的，胎被調和的，該被調整的

tempus, oris *n.,* 3 decl., neut. 時間，光陰

tibi (tu, tui, tibi, te) *pers. pron.,* irreg., 2 pers. sing., dat. [給]你/妳

transeunt (transeo, is, ivi/ ii, itum, ire) *anomal. v., intr./ tr.,* 4., pres. ind., 3 pers. pl. （他/她/它們）穿過，越過，渡過；**transeundum** [1.] ger., neut., acc. sing. 穿過，越過，渡過；[2.] gerundive, masc., acc. sing.; neut., nom./ acc. sing. 該被穿過的，該被越過的，該被渡過的；**transeundum esse** *locu.* [gerundive+esse] pres. inf. 應該穿過，應該越過，應該渡過

truncatis (trunco, as, avi, atum, are) *v., tr.,* 1., [1.] pres. ind., 2 pers. pl. （你/妳們）切斷肢體，殘毀身體；[2.] perf. part., masc./ fem./ neut., dat./ abl. pl. 已[/被]切斷肢體的，已[/被]殘毀身體的

universa (universus, a, um) *adj.,* fem., nom./ abl. sing.; neut., nom./ acc. pl. 全部的，全體的，共同的

usque *adv./ prep.* [+acc.] 一直，一直到

ut *conj.* 為了，以致於，如同

utendum (utor, eris, usus sum, uti) *dep. v., intr./ tr.,* 3., [1.] ger., neut., acc. sing. 使用，處理，控制；[2.] gerundive, masc., acc. sing.; neut., nom./ acc. sing. 該被使用的，該被處理的，該被控制的；**utendum est** *locu.* [gerundive+esse] pres. ind., 3 pers. sing., masc./ neut. （他/它）應該使用，應該處理，應該控制

verborum (verbum, i) *n.,* 2 decl., neut., gen. pl. 字[的]，話語[的]，言論[的]

verum *adv.* 確實，的確，然而（*certainly, truly, however*）

vidente (video, es, vidi, visum, ere) *v., tr.,* 2., pres. part., masc./fem./ neut., abl. sing. [正在]看的

vino (vinum, vini) *n.,* 2 decl., neut., dat./ abl. sing. 酒

vir, viri *n.,* 2 decl., masc. 男人，人

vivendi (vivo, is, vixi, victum, ere) *v., intr.,* 3., [1.] ger., neut., gen. sing. 生活[的]；[2.] gerundive, masc./ neut., gen. sing.; masc., nom. pl. 該活著的

volet (volo, vis, volui, --, velle) *aux. anomal. v., tr./ intr.,* irreg., fut. ind., 3 pers. sing. （他 /她/它將）想要

1. 基本概念

　　Gerund 動名詞與 Gerundive 動名詞皆屬名詞化的動詞（*substantive verb*），並在字尾變化中具有相同的字根 **-nd-**。其中，Gerund 動名詞的詞類為名詞，採第二變格，且僅有屬格、與格、受格與奪格的單數變格形態。Gerundive 動名詞則歸屬於形容詞，並依循形容詞「~us, ~a, ~um」的變格形式，與其所相對應名詞的「性」、「數」、「格」一致。此外，Gerundive 動名詞也隸屬於被動語態，而在字義上具有「被動、當為（應被...）」的意涵。

　　Gerund 動名詞具有取代不定詞的作用，但在使用無人稱結構的句子中、或在以動詞作為主詞的情況下，則仍需使用不定詞。例如：

Necesse est loqui. ＝必須要說。*It is necessary to talk.* ｛主格，無人稱｝

Loquendi necessitas. ＝談話的必要。*The necessity of talking.* ｛屬格｝

Loquendo do operam[126]. ＝我致力於言談。*I take pains to talk.* ｛與格｝

Ad loquendum natus sum. ＝我乃為言談而生。*I am born to talk.* ｛受格｝

Loquendo multa consequeris. ＝藉由談話，你/妳[將]收穫良多。*By talking, you (will) obtain a lot.* ｛奪格｝

---

[126] **dare operam** *locu.* 盡力於，致力於，效力於

2. Gerund 動名詞的使用

(1.) 屬格的 Gerund 動名詞

屬格的 Gerund 動名詞經常會連結一些需要搭配屬格的形容詞，如 **cupidus, cupida, cupidum**（渴望的 | *eager*）、**prudens, prudentis**（[3 decl.] 謹慎的 | *prudent*）、**studiosus, studiosa, studiosum**（熱衷的 | *zealous*）等。例如：

> **Vivendi** ars est prudentia. (Cicero, *Fin., 5, 6; 16*) ＝ 生活的藝術在於審慎節儉。*The art of living is prudence.*

除了與前述需搭配屬格的形容詞進行連結外，Gerund 動名詞的屬格本身也可直接與另一個屬格名詞或形容詞進行搭配，例如：

> Cupidus **libri legendi** sum. ＝ 我渴望讀一本書。*I am eager to read a book.*

以下摘引自拉丁文版本《舊約聖經》〈傳道書〉第三章第 1-8 節的段落，能為我們在學習 Gerund 動名詞的屬格用法上，提供極佳的練習機會。

> Omnia tempus habent, et suis spatiis transeunt universa sub caelo. Tempus nascendi et tempus moriendi, tempus plantandi et tempus evellendi quod plantatum est, tempus occidendi et tempus sanandi, tempus destruendi et tempus aedificandi, tempus flendi et tempus ridendi, tempus plangendi et tempus saltandi, tempus spargendi lapides et tempus colligendi, tempus amplexandi et tempus longe fieri[127] ab amplexibus, tempus adquirendi et tempus perdendi, tempus custodiendi et tempus abiciendi, tempus scindendi et tempus consuendi, tempus tacendi et tempus loquendi, tempus dilectionis et tempus odii, tempus belli et tempus pacis. (*Ec., 3: 1-8*)
>
> ＝ 事事有時節，天下任何事皆有定時。生有時，死有時，栽種有時，拔除栽種的亦有時；殺戮有時，治療有時，拆毀有時，建築有時；哭有時，笑有時，哀悼有時，舞蹈有時；拋石有時，堆石有時；擁抱有時，戒避擁抱亦有時；尋找有時，遺失有時；保存有時，捨棄有時；撕裂有時，縫綴有時；緘默有時，言談有時；愛慕有時，憎恨有時，作戰有時，和睦有時。*For everything there is a reason, and all the things have their own space under heaven. A time to be born, and a time to die; a time to plant, and a time to pluck what is planted; a time to kill, and a time to heal; a time to destroy, and a time to build up; a time to weep, and a time to laugh; a time to cry, and a time to dance; a time to cast away stones, and a time to gather them together; a time to embrace, and a time to refrain from embracing; a time to seek, and a time to lose; a time to keep,*

---

[127] **longe fieri** *locu.* 遠離

and a time to cast away; a time to tear, and a time to sew; a time to keep silence, and a time to speak; a time to love, and a time to hate; a time for war, and a time for peace.

(2.) 受格的 Gerund 動名詞

受格的 Gerund 動名詞會與 **ad**、**ob**、**in** 等需連接受格的介係詞一起出現。例如：

Castra erant ad bellum ducendum aptissima. (Caesar, *Civ., 2, 37*) ＝ 營寨極適於指揮作戰。*The camp was very apt to wage war.*

練　習

[01]　Ingens multitudo adfluxit cum luminibus ut ad gratandum sese expedire. ＝ 廣大的群眾提著燈前來聚集，以準備相互向彼此道賀。*An huge multitude assembles with lumps, in order to be ready to rejoice.*

[02]　Atinius[128] ad oppidum Hastam[129] oppugnandum legiones ducit. (Livius, *39, 21*) ＝ Atinius 率領軍隊圍攻 Hasta 城。*Atinius led the legions to assault the fort of Hasta.*

(3.) 奪格的 Gerund 動名詞

一般而言，奪格的 Gerund 動名詞在單獨使用時，會作為表示動作方法的補語。當它與 **in**、**a (/ab)**、**e (/ex)** 等介係詞連用時，其所表達的意涵將取決於各該介係詞的作用。例如：

Hominis mens **discendo** alitur et **cogitando**. (Cicero, *Off., 1, 30; 105*) ＝ 人的心智滋養於學習與思考。*Man's mind is nurtured by learning and thinking.*

Docendo discitur. (Seneca, *Ep., 1; 7, 8*) ＝ 藉由教人而學習。*By teaching one learns.*

In iudicando est criminosa celeritas. (Syrus) ＝ 在裁判當中，求快是可非難的。*In judging, speed is reproachful.*

---

[128] 此指 Gaius Athinius（? - 186 B.C.），曾任羅馬的執政官。
[129] 位於義大利北部城鎮。

練　習

[01]　Dionysius[130], omnia moliendo, eripuit civibus suis libertatem. (Cicero, *Rep.,* *1, 17; 28*) ＝ Dionysius 盡一切努力來奪走其人民的自由。*Dionysius, by exerting everyhing, took away from his citizens' freedom.*

[02]　Solis natura intelligitur temperando anno. (Plinius, *Nat., 2, 105*) ＝ 太陽的本質能以年度的季節更迭來理解。*The nature of the sun is understood by tempering the year (= by the season of the year).*

3. Gerundive 動名詞的使用

(1.) 作為形容詞的 Gerundive 動名詞

　　Gerundive 動名詞的使用與形容詞無異，且經常會以受格的形態搭配其他名詞的受格。

練　習

[01]　Ad bona seligenda et reicienda contraria. (Cicero, *Leg., 1, 23; 60*) ＝ 為了擇善拒惡。*To choose the good and to reject the contrary (= the evil).*

[02]　Scipio[131] maximas largitiones fecit et, confirmandorum militum causa, diripiendas his civitates dedit. (Caesar, *Civ., 3, 31*) ＝ Scipio 大力行賞，為了確保士兵，給了他們這些可供掠奪的城市。*Scipio made large donations and, in order to confirm the soldiers, gave them cities to loot.*

[03]　Alexander iratus erat quod Callisthenes[132], truncatis crudeliter omnibus membris, miserandum spectaculum reddidit. (Iustinus, *15, 3*) ＝ 亞歷山大震怒於 Calisthenes 遭殘酷地切斷四肢，呈顯出淒慘的光景。*Alexander was furious that Calisthenes, with all the limbs cruelly mutilate, had rendered a miserable spectacle.*

---

[130] 此指 Dionysius I（ca. 432 - 367 B.C.），在古希臘時期曾經統治西西里島 Syracusae 地區的暴君。

[131] 此指 Quintus Caecilius Metellus Pius Scipio Nasica（ca. 100/98 - 46 B.C.），羅馬共和晚期的政治家、軍事家。

[132] 古希臘歷史學家（360 - 328 B.C.）。

[04]   Catilina[133] compulit arma Romana in nefaria consilia opprimendae patriae suae. (Florus, *Epit., 2, 12*) ＝ Catilina 唆使羅馬的軍隊做出犯忌的決定而去壓迫他們自己的祖國。*Catilina pushed the Roman armies into the nefarious decision to oppress their own country.*

[05]   Alexander punivit nefanda[134] caede verborum licentiam, quae vino poterat imputari. (Curtius Rufus, *8, 2, 2*) ＝ 亞歷山大以奇酷的殘殺來懲罰可被歸咎於酒的失言。*Alexander punished, with a nefarious slaughter, the verbal disorderliness that could be imputed to wine.*

[06]   Huic pervenire usque ad libertatem destringendam licet? (Seneca, *Ben., 6, 34*) ＝ 能允許剝奪自由直到這般[地步]嗎？*Is it permitted to remove the freedom up to reach this point?*

(2.) 被動委婉句

當 Gerundive 動名詞和助動詞 **esse** 搭配使用時，會表達一種絕無妥協餘地、絕對必須如此的意味，意指「必定要、非得要、一定要」的意思。此與動詞 **debere**（必須｜*must*）予人選擇的餘地不同，而在意義上較傾向於「應該（*ought to*）」。相對於直接的命令，這種表達形式更像是間接的勸告，因而被稱做**被動委婉句**（*passive periphrastic sentence*），相關用例可參見後揭練習例題。

由於被動委婉句所要指稱的強制對象通常會以與格型態呈現，但若構成被動委婉句的動詞本身也需要搭配與格的受詞時，則必須以介係詞片語「**a (/ab)＋奪格**」來呈現被動委婉句所要指稱的強制對象，以避免同時並存的兩個與格造成語意上的混淆。例如：

A me oboediendum est **tibi**. ＝ 我必須服從你/妳。*I have to obey you.*

但若將上述例句寫成：「**Mihi** oboediendum est **tibi**」時，則同時可能包含有「我必須服從你」或是「你必須服從我」這兩種意思。

---

[133] 即 Lucius Sergius Catilina（ca. 108 - 62 B.C.），古羅馬政治家，後來多次密謀推翻政府。

[134] nefandus, ~a, ~um 的字源雖為 ne＋fandus, ~a, ~um (**for, faris, fatus sum, fari** *dep. v., intr.,* 1., gerundive. 該說的，該頌讚的)，但僅屬純粹的形容詞，而非任何動詞的 Gerundive 動名詞。

[01] Medico diligenti non solum morbus eius, cui mederi volet, sed etiam natura corporis **cognoscenda est**. (Cicero, *de Orat., 2, 44; 186*) = 一位勤勉的醫生應該要知悉的不僅有他想要治療的疾病本身，同時還有身體的本質。 *A diligent doctor must not only understand the disease of which he want to heal, but also the natue of the body.*

[02] Aliquis vir bonus nobis **deligendus est** ac semper ante oculos **habendus**, ut omnia tamquam illo vidente faciamus. (Seneca, *Ep., 1; 11, 8*) = 我們應該選擇某位好人，並[應]總是[將其]置於眼前，如此一來，我們所從事的一切作為就彷如他在監督著。 *It must choose by us some good man, and (it must) always keep (him) in front of the eyes, so that we do everything as if he were watching us.*

[03] Germanico bello confecto, multis de causis Caesar statuit sibi Rhenum **esse transeundum**. (Caesar, *Gal., 4, 16*) = 結束日耳曼的戰爭之後，基於許多原因，凱撒認為他應渡過萊茵河。 *After the finished Germanic war, due to multiple reasons, Caesar thought that he had to cross the Rhine.*

[04] Aut tibi non **suscipienda fuit** ista causa aut, cum suscepisses, **defendenda** usque ad extremum. (Cicero, *Phil., 2, 30; 75*) = 此一案件，或是你不應接受；或是當你接受後，便應辯護到底。 *(Or) this case ought not to have taken with you, or, since you took it, it should have to defend up to end.*

[05] Diligentia in omnibus rebus **est** nobis **adhibenda**. (Cicero, *de Orat., 2, 35; 148*) = 我們應用心勤勉於一切事情。 *We must use diligence in all things.*

[06] Milites **hortandi sunt**. = 士兵們應被鼓勵。 *Soldiers must be exhorted.*

[07] Tibi non modo **deliberandum est**, verum etiam **agendum**. = 你/妳不僅應該慎重規畫，也應該要有行動。 *You must not only deliberate, but also act.*

[08] Omnibus hominibus **moriendum est**. = 所有人都必定死去。 *All men have to die.*

[09] Suo cuique iudicio **utendum est**. (Cicero, *N. D., 3, 1; 1*) = 每個人[都]應該運用他自己的判斷力。 *Each one must use his own judgment.*

XIX SUPINE 動名詞

課程字彙

cubitum (cubo, as, cubui, itum, are) v., intr., 1., sup., neut., acc. sing. 睡，躺下

dictu (dico, is, dixi, dictum, ere) v., 3., [+ dat.] sup., neut., abl. sing. 被說

difficile (difficilis, is, e) adj., masc./ fem./ neut., abl. sing.; neut., nom./ acc. sing. 困難的

discessimus (discedo, is, cessi, cessum, ere) v., intr., 3., perf. ind., 1 pers. pl. （我們已）走、去，離開

facile (facilis, is, e) adj., masc./ fem./ neut., abl. sing.; neut., nom./ acc. sing. 簡單的，容易的

horribile (horribilis, is, e) adj., masc./ fem./ neut., abl. sing.; neut., nom./ acc. sing. 可怕的

incredibile (incredibilis, is, e) adj., masc./ fem./ neut., abl. sing.; neut., nom./ acc. sing. 難以置信的，不可信的

visu (video, es, vidi, visum, ere) v., tr., 2., sup., neut., abl. sing. 被看

Supine 動名詞是名詞化的動詞。理論上它是依照名詞的第四變格來進行語尾變化，但實際上只會呈現出兩種語尾變化形式，亦即以主動形式出現的受格，或是以被動形式出現的奪格。這兩種形式皆不會隨著其他的名詞變格而有變化，它們是獨立的。

主動（受格）的 Supine 動名詞以 **-um** 作結尾。它與有進行活動的動詞同時使用，並意指活動本身的目的。例如：

Cubitum discessimus. (Cicero, *Rep., 6, 10; 10*) ＝ 我們去睡覺。*We went to sleep.*

被動（奪格）的 Supine 動名詞以 **-u** 結尾，翻譯時要給予一種限制的意思。它和一些中性形容詞如：**facile**（簡單的、容易的 | *easy*）、**difficile**（困難的 | *difficult*）、**horribile**（可怕的 | *horrible*）、**incredibile**（不可相信的、難以置信的 | *unbelievable*）同時使用。只有及物動詞與異態動詞可以有這種被動動名詞的形式。例如：

Incredibile **dictu**. ＝ 難以置信的言語。*Unbelievable to say.*

Horribile **visu**. ＝ 所見可怖。*Horrible to see. (Horrible to be seen.)*

第五編

名詞類實詞的文法

XX 數詞

課程字彙

alter, altera, alterum *indef. adj./ pron.* 另一（個），另外的

atque *conj.* 和、及，並且，而且

biduum, i *n.*, 2 decl., neut. 兩天的期間，兩天之間

biennium, ii *n.*, 2 decl., neut. 兩年的期間，兩年間

bini, ae, a *distr. num. adj.* 每兩個；**bina** *fem.*, nom./ abl. sing.; neut., nom./ acc. pl. 每兩個

bis *num. adv.* 兩次

bis millies *num. adv.* 兩千次

castra, orum *n.*, 2 decl., neut., pl. tant. 要塞，營寨，軍營

centeni singuli, ~ae ~ae, ~a ~a *distr. num. adj.* 每一百零一

centeni, ~ae, ~a *distr. num. adj.* 每一百

centesimae (centesima, ae) *n.*, 1 decl., fem., gen./ dat. sing.; nom. pl. 百分之一；**centesimae binae/ ternae** *locu.* 百分之二/ 三

centesimus primus, ~a ~a, ~um ~um *ord. num. adj.* 第一百零一

centesimus, a, um *ord. num. adj.* 第一百

centies *num. adv.* 一百次

centum *card. num. adj.* 一百

centum unus, a, um *card. num. adj.* 一百零一

decem *card. num. adj.* 十

decem et novem *card. num. adj.* 十九

decem et tres, tres, tria *card. num. adj.* 十三

decie(n)s *num. adv.* 十次

decimus, a, um *ord. num. adj.* 第十

deni, ae, a *distr. num. adj.* 每十

duceni, ae, a *distr. num. adj.* 每兩百

ducentesimus, a, um *ord. num. adj.* 第兩百

ducenti, ae, a *card. num. adj.* 兩百

ducenties *num. adv.* 兩百次

duo milia, duorum milium *card. num. adj.* 兩千

duo, ae, o *card. num. adj.* 二

duodecie(n)s *num. adv.* 十二次

duodecim *card. num. adj.* 十二

duodecimus, a, um *ord. num. adj.* 第十二

duodeni, ae, a *distr. num. adj.* 每十二

duodevicesimus, a, um *ord. num. adj.* 第十八

duodevicie(n)s *num. adv.* 十八次

duodeviginti *card. num. adj.* 十八

duomilleni, ae, a *distr. num. adj.* 每兩千

duomillesimus, a, um *ord. num. adj.* 第兩千

et *conj.* 和、及，並且，而且

infans, antis *n.*, 3 decl., masc. 兒童

iterum *adv.* 再一次，再度

legionem (legio, onis) *n.*, 3 decl., fem., acc. sing. 軍隊，軍團

milia, ium *card. num. adj.*, 3 decl. pl. 數千

mille *card. num. adj.* 一千

mille unus, a, um *card. num. adj.* 一千零一

milleni singuli, ~ae ~ae, ~a ~a *distr. num. adj.* 每一千零一

milleni, ae, a *distr. num. adj.* 每一千

millesimus primus, ~a ~a, ~um ~um *ord. num. adj.* 第一千零一

millesimus, a, um *ord. num. adj.* 第一千

millies *num. adv.* 一千次

nonageni, ae, a *distr. num. adj.* 每九十

nonagesimus, a, um *ord. num. adj.* 第九十

nonagies *num. adv.* 九十次

nonaginta *card. num. adj.* 九十

nongeni, ae, a *distr. num. adj.* 每九百

nongentesimus, a, um *ord. num. adj.* 第九百

nongenti, ae, a *card. num. adj.* 九百

noningenties *num. adv.* 九百次

nonus, a, um *ord. num. adj.* 第九

novem *card. num. adj.* 九

noveni deni, ~ae ~ae, ~a ~a *distr. num. adj.*

每十九

noveni, ae, a *distr. num. adj.* 每九

novie(n)s *num. adv.* 九次

octavus, a, um *ord. num. adj.* 第八；
octavum masc., acc. sing.; neut., nom./ acc.
sing. 第八

octie(n)s *num. adv.* 八次

octingeni, ae, a *distr. num. adj.* 每八百

octingentesimus, a, um *ord. num. adj.* 第八
百

octingenti, ae, a *card. num. adj.* 八百

octingenties *num. adv.* 八百次

octo *card. num. adj.* 八

octogeni, ae, a *distr. num. adj.* 每八十

octogesimus, a, um *ord. num. adj.* 第八十

octogies *num. adv.* 八十次

octoginta *card. num. adj.* 八十

octoni deni, ~ae ~ae, ~a ~a *distr. num. adj.* 每
十八

octoni, ae, a *distr. num. adj.* 每八

primus, a, um *ord. num. adj.* 第一

quadrageni, ae, a *distr. num. adj.* 每四十

quadragesimus, a, um *ord. num. adj.* 第四十

quadragies *num. adv.* 四十次

quadraginta *card. num. adj.* 四十

quadrim(ul)us, a, um *adj.* 四年的、四歲的

quadringeni, ae, a *distr. num. adj.* 每四百

quadringentesimus, a, um *ord. num. adj.* 第
四百

quadringenti, ae, a *card. num. adj.* 四百

quadringenties *num. adv.* 四百次

quartanorum (quartanus, a, um) *adj.,*
masc./ neut., gen. pl. 第四的

quartus decimus, ~a ~a, ~um ~um *ord. num.
adj.* 第十四

quartus, a, um *ord. num. adj.* 第四

quater *num. adv.* 四次

quater decie(n)s *num. adv.* 十四次

quaterni deni, ~ae ~ae,~a ~a *distr. num. adj.*
每十四

quaterni, ae, a *distr. num. adj.* 每四

quattuor *card. num. adj.* 四

quattuordecim *card. num. adj.* 十四

quindecim *card. num. adj.* 十五

quingeni, ae, a *distr. num. adj.* 每五百

quingentesimus, a, um *ord. num. adj.* 第五

百

quingenti, ae, a *card. num. adj.* 五百

quingenties *num. adv.* 五百次

quini deni, ~ae ~ae, ~a ~a *distr. num. adj.* 每
十五

quini, ae, a *distr. num. adj.* 每五

quinquageni, ae, a *distr. num. adj.* 每五十

quinquagesimus, a, um *ord. num. adj.* 第五
十

quinquagies *num. adv.* 五十次

quinquaginta *card. num. adj.* 五十

quinque *card. num. adj.* 五

quinquie(n)s *num. adv.* 五次

quinquie(n)s decie(n)s *num. adv.* 十五次

quintus decimus, ~a ~a, ~um ~um *ord. num.
adj.* 第十五

quintus, a, um *ord. num. adj.* 第五

secundus, a, um *ord. num. adj.* 第二

sedecim *card. num. adj.* 十六

semel *num. adv.* 一次；**semel atque iterum**
locu. 兩次（一次再一次）

semel et centies *num. adv.* 一百零一次

semel et millies *num. adv.* 一千零一次

semel et tricie(n)s *num. adv.* 三十一次

seni deni, ~ae ~ae, ~a ~a *distr. num. adj.* 每
十六

seni, ae, a *distr. num. adj.* 每六

septem *card. num. adj.* 七

septendecim *card. num. adj.* 十七

septeni deni, ~ae ~ae, ~a ~a *distr. num. adj.*
每十七

septeni, ae, a *distr. num. adj.* 每七

septie(n)s decie(n)s *num. adv.* 十七次

septie(n)s *num. adv.* 七次

septimus decimus, ~a ~a, ~um ~um *ord. num.
adj.* 第十七

septimus, a, um *ord. num. adj.* 第七

septingeni, ae, a *distr. num. adj.* 每七百

septingentesimus, a, um *ord. num. adj.* 第七
百

septingenti, ae, a *card. num. adj.* 七百

septingenties *num. adv.* 七百次

septuageni, ae, a *distr. num. adj.* 每七十

septuagesimus, a, um *ord. num. adj.* 第七十

septuagies *num. adv.* 七十次

septuaginta *card. num. adj.* 七十

sesceni, ae, a *distr. num. adj.* 每六百

sescentesimus, a, um *ord. num. adj.* 第六百

sescenti, ae, a *card. num. adj.* 六百

sescenties *num. adv.* 六百次

sex *card. num. adj.* 六

sexageni, ae, a *distr. num. adj.* 每六十

sexagesimus, a, um *ord. num. adj.* 第六十

sexagies *num. adv.* 六十次

sexaginta *card. num. adj.* 六十

sexie(n)s *num. adv.* 六次

sexie(n)s decie(n)s *num. adv.* 十六次

sextus decimus, ~a ~a, ~um ~um *ord. num. adj.* 第十六

sextus, a, um *ord. num. adj.* 第六

singuli, ae, a *distr. num. adj.* 每一

sunt (sum, es, fui, futurus, esse) *aux. v., intr., irreg., pres. ind., 3 pers. pl.* （他/她/它們）是，有，在

ter *num. adv.* 三次

terdecie(n)s *num. adv.* 十三次

terni deni, ~ae ~ae, ~a ~a *distr. num. adj.* 每十三

terni, ae, a *distr. num. adj.* 每三

tertius decimus, ~a ~a, ~um ~um *ord. num. adj.* 第十三

tertius, a, um *ord. num. adj.* 第三 ; **tertio** masc./ neut., dat./ abl. sing. 第三

treceni, ae, a *distr. num. adj.* 每三百

trecentesimus, a, um *ord. num. adj.* 第三百

trecenti, ae, a *card. num. adj.* 三百

trecenties *num. adv.* 三百次

tredecim *card. num. adj.* 十三

tres, tres, tria *card. num. adj.* 三

trice(n)simus primus, ~a ~a, ~um ~um *ord. num. adj.* 第三十一

trice(n)simus, a, um *ord. num. adj.* 第三十

triceni singuli, ~ae ~ae, ~a ~a *distr. num. adj.* 每三十一

triceni, ae, a *distr. num. adj.* 每三十

tricie(n)s *num. adv.* 三十次

triginta *card. num. adj.* 三十

triginta unus, a, um *card. num. adj.* 三十一

trini, ae, a *distr. num. adj.* 每三 ; **trina** neut., nom./ acc. pl. 每三

undecie(n)s *num. adv.* 十一次

undecim *card. num. adj.* 十一

undecimus, a, um *ord. num. adj.* 第十一

undeni, ae, a *distr. num. adj.* 每十一

undevicesimus, a, um *ord. num. adj.* 第十九

undevicie(n)s *num. adv.* 十九次

undeviginti *card. num. adj.* 十九

unus, a, um *card. num. adj.* 一 ; 一些 ; **una** fem., nom./ abl. sing.; neut., nom./ acc. pl. 一 ; 一些

vice(n)simus primus, ~a ~a, ~um ~um *ord. num. adj.* 第二十一

vice(n)simus, a, um *ord. num. adj.* 第二十

viceni singuli, ~ae ~ae, ~a ~a *distr. num. adj.* 每二十一

viceni, ae, a *distr. num. adj.* 每二十

vicie(n)s *num. adv.* 二十次

vicie(n)s semel *num. adv.* 二十一次

viginti *card. num. adj.* 二十

viginti et duo, ae, o *card. num. adj.* 二十二

viginti et tres, tres, tria *card. num. adj.* 二十三

viginti et unus, a, um *card. num. adj.* 二十一

viginti unus, a, um *card. num. adj.* 二十一

1. 羅馬數字的表現方式

羅馬數字是由 I（1）、V（5）、X（10）、L（50）、C（100）、D（500）、M（1,000）等數字符號所構成；藉由重複一個數字，可以將一個數乘以兩到三倍。例如：XX＝20，XXX＝30，CC＝200，CCC＝300。

將一個小的數字放在較大的數字之前（即左邊）表示減法。例如：IV（4）＝V（5）－I（1）；IX（9）＝X（10）－I（1）；CM（900）＝M（1,000）－C（100）。

相反地，將一個較小的數字放在一個較大的數字之後（即右邊）則表示加法。例如：VI（6）＝V（5）＋I（1）；XII（12）＝X（10）＋II（2）；CX（110）＝C（100）＋X（10）；MC（1,100）＝M（1,000）＋C（100）。

決定採用這個系統是為了計數的方便，較早期的羅馬人亦曾採用過疊計至四倍的系統，即以 IIII 來表示 4、以 DCCCC 來表示 900，依此類推。因此，當你想解開教堂或古代遺址裡所記載的數字時，請記得這些規則。

表 XX-1：羅馬數字一覽表

	羅馬數字	基數	序數（第～）	分配的數（每～）	副詞的數（～次）
1	I	unus, ~a, ~um	primus, ~a, ~um	singuli, ~ae, ~a	semel
2	II	duo, ~ae, ~o	secundus, ~a, ~um	bini, ~ae, ~a	bis
3	III	tres, tres, tria	tertius, ~a, ~um	terni, ~ae, ~a	ter
4	IV	quattuor	quartus, ~a, ~um	quaterni, ~ae, ~a	quater
5	V	quinque	quintus, ~a, ~um	quini, ~ae, ~a	quinquie(n)s
6	VI	sex	sextus, ~a, ~um	seni, ~ae, ~a	sexie(n)s
7	VII	septem	septimus, ~a, ~um	septeni, ~ae, ~a	septie(n)s
8	VIII	octo	octavus, ~a ,~um	octoni, ~ae, ~a	octie(n)s
9	IX	novem	nonus, ~a, ~um	noveni, ~ae, ~a	novie(n)s
10	X	decem	decimus, ~a, ~um	deni, ~ae, ~a	decie(n)s
11	XI	undecim	undecimus, ~a, ~um	undeni, ~ae, ~a	undecie(n)s
12	XII	duodecim	duodecimus, ~a, ~um	duodeni, ~ae, ~a	duodecie(n)s
13	XIII	tredecim	tertius decimus, ~a ~a, ~um ~um	terni deni, ~ae ~ae, ~a ~a	terdecie(n)s
14	XIV	quattuordecim	quartus decimus, ~a ~a, ~um ~um	quaterni deni, ~ae ~ae, ~a ~a	quater decie(n)s
15	XV	quindecim	quintus decimus, ~a ~a, ~um ~um	quini deni, ~ae ~ae, ~a ~a	quinquie(n)s decie(n)s
16	XVI	sedecim	sextus decimus, ~a ~a, ~um ~um	seni deni, ~ae ~ae, ~a ~a	sexie(n)s decie(n)s
17	XVII	septendecim	septimus decimus, ~a ~a, ~um ~um	septeni deni, ~ae ~ae, ~a ~a	septie(n)s decie(n)s

18	XVIII	duodeviginti	duodevicesimus, ~a, ~um	octoni deni, ~ae ~ae, ~a ~a	duodevicie(n)s
19	XIX	undeviginti	undevicesimus, ~a, ~um	noveni deni, ~ae ~ae, ~a ~a	undevicie(n)s
20	XX	viginti	vice(n)simus, ~a, ~um	viceni, ~ae, ~a	vicie(n)s
21	XXI	viginti unus, ~a, ~um	vice(n)simus primus, ~a ~a, ~um ~um	viceni singuli, ~ae ~ae, ~a ~a	vicie(n)s semel
30	XXX	triginta	trice(n)simus, ~a, ~um	triceni, ~ae, ~a	tricie(n)s
31	XXXI	triginta unus, ~a, ~um	trice(n)simus primus, ~a ~a, ~um ~um	triceni singuli, ~ae ~ae, ~a ~a	semel et tricie(n)s
40	XL	quadraginta	quadragesimus, ~a, ~um	quadrageni, ~ae, ~a	quadragies
50	L	quinquaginta	quinquagesimus, ~a, ~um	quinquageni, ~ae, ~a	quinquagies
60	LX	sexaginta	sexagesimus, ~a, ~um	sexageni, ~ae, ~a	sexagies
70	LXX	septuaginta	septuagesimus, ~a, ~um	septuageni, ~ae, ~a	septuagies
80	LXXX	octoginta	octogesimus, ~a, ~um	octogeni ,~ae, ~a	octogies
90	XC	nonaginta	nonagesimus, ~a, ~um	nonageni, ~ae, ~a	nonagies
100	C	centum	centesimus, ~a, ~um	centeni, ~ae, ~a	centies
101	CI	centum unus, ~a, ~um	centesimus primus, ~a ~a, ~um ~um	centeni singuli, ~ae ~ae, ~a ~a	semel et centies
200	CC	ducenti, ~ae, ~a	ducentesimus, ~a, ~um	duceni, ~ae, ~a	ducenties
300	CCC	trecenti, ~ae, ~a	trecentesimus, ~a, ~um	treceni, ~ae, ~a	trecenties
400	CD	quadringenti, ~ae, ~a	quadringentesimus, ~a, ~um	quadringeni, ~ae, ~a	quadringenties
500	D	quingenti, ~ae, ~a	quingentesimus, ~a, ~um	quingeni, ~ae, ~a	quingenties
600	DC	sescenti, ~ae, ~a	sescentesimus, ~a, ~um	sesceni, ~ae, ~a	sescenties
700	DCC	septingenti, ~ae, ~a	septingentesimus, ~a, ~um	septingeni, ~ae, ~a	septingenties
800	DCCC	octingenti, ~ae, ~a	octingentesimus, ~a, ~um	octingeni, ~ae, ~a	octingenties
900	CM	nongenti, ~ae, ~a	nongentesimus, ~a, ~um	nongeni, ~ae, ~a	noningenties
1,000	M	mille	millesimus, ~a, ~um	milleni, ~ae, ~a	millies
1,001	MI	mille unus, ~a, ~um	millesimus primus, ~a ~a, ~um ~um	milleni singuli, ~ae ~ae, ~a ~a	semel et millies
2,000	MM	duo milia, duorum milium	duomillesimus, ~a, ~um	duomilleni, ~ae, ~a	bis millies

2. 基數

在書寫形式上，**tredecim**（十三 | *thirteen*）可以寫成 **decem et tres**；而 **undeviginti**（十九 | *nineteen*）則可以寫成 **decem et novem** 的形式；連接詞 **et** 也可使用在其他結合個位數字的合成數中。例如：**viginti et unus, ~a, ~um**（二十一 | *twenty-one*）、**viginti et duo, ~ae, ~o**（二十二 | *twenty-two*）、**viginti et tres, tres, tria**（二十三 | *twenty-three*）。

前面的表格已附上 **unus**、**duo**、**tres** 在陽、陰、中性時的主格語尾。我們也曾在「形容詞的變格」單元中，分別介紹過它們的變格，在此僅再補充說明其變格的使用。

作為數詞的 **unus**（一 | *one*）就定義上來說是單數，但若和只有複數形式（pluralia tantum）的名詞在一起時，則須作複數的語尾變化。例如：

Una[135] castra. = 一座軍營。*One camp.*

而當 **tres** 與上文提及的 **castra** 在一起時，亦可採用 **trini, trinae, trina** 的語尾變化形式。例如：

Trina castra. = 三座軍營。*Three camps.*

需要強調的是，只有符合下列三種情況的基數才會有語尾變化，除此之外的基數並沒有語尾變化。有語尾變化的基數包括：

① **unns**、**duo**、**tres**，以及它們和別的數字所分別構成的合成數。例如：**viginti unus, ~a, ~um**（二十一 | *twenty one*）等。

② 百的倍數。例如：**ducenti, ~ae, ~a**（二百 | *two hundred*）、**trecenti, ~ae, ~a**（三百 | *three hundred*）等。但 **centum**（一百 | *hundred*）本身沒有語尾變化。

③ 千的倍數。例如：**duo milia, ~ium**（[3 decl.] 二千 | *two thousand*）。但 **mille**（一千 | *one thousand*）本身沒有語尾變化。

---

[135] 此處的數詞 una 在變格的形式上屬於中性複數，而非陰性單數。

3. 序數

序數就像形容詞，字尾也同形容詞一般變化。其中，**secundus, ~a, ~um**（第二 | *the second*）可以被不定代名詞（/不定形容詞）**alter, ~a, ~um**（另外的，另一 | *another*）所取代。

序數的中性受格或奪格可以用來表達一個行為被做了幾次。例如：

octavum = [第]八次。*for the eighth time.*

tertio {neut., abl. sing.} / tertium {neut., acc. sing.} = [第]三次。*the third time.*

奪格也被用來表達副詞的意思。例如：

tertio = 第三。*thirdly.*

序數可以用來表示一個人的年齡。例如：

infans quadrimus (/quadrimulus). = 四歲兒童。*a four years old infant.*

在表現某一個軍團的數字時，也會使用序數的形式。例如：

legionem quartanorum. = 第四軍團。*the fourth legion.*

4. 分配的數

分配的數（*distributive number*）也和形容詞一樣要做語尾變化，其在於表現以這個數目為單位所區分出的每一個部分。因此 **singuli, ~ae, ~a** 就如同英文的 *one by one*，是「一個（接著）一個」的意思；而 **bini, ~ae, ~a** 則是「兩個（接著）兩個（*two by two*）」、**terni, ~ae, ~a** 則是「三個（接著）三個（*three by three*）」，以此類推。

從而，分配的數也具有「每…（個）」、如同英文 *each* 的意思。例如：**singuli, ~ae, ~a**（每一（個）| *one each*）、**bini, ~ae, ~a**（每兩（個）| *two each*）等，依此類推。

bini, ~ae, ~a 的字根 **bi-** 也可用來表示「間隔」之意。例如：**biduum** 意指「兩天的期間、兩天之間（*period of two days*）」；**biennium** 則是「兩年的期間、兩年間（*period of two years*）」。

5. 副詞的數

　　副詞的數表示某事發生的次數、頻率。例如：**semel**（一次 | *once*）、**bis**（兩次 | *twice*）、**ter**（三次 | *thrice*）…等。其中「兩次」也可以用 **semel atque iterum**（一次再一次 | *once and again*）來表示。

　　副詞的數可跟分配的數一起使用，用以表現「乘法」用。例如：

Bis bina sunt quattuor. ＝ 兩個二為四。*Twice two makes four.*

centesimae binae, ternae... ＝ 百分之二、三…。*two, three... per cent.*

XXI 指示代名詞與指示形容詞

課程字彙

a, ab *prep.* [＋abl.] 從…，被…（*from...,by...*）

ac *conj.* 和，及，並且，而且

accusant (accuso, as, avi, atum, are) *v., tr.,* 1., pres. ind., 3 pers. pl. （他/她/它們）指控，責難

addiscentem (addisco, is, didici, --, ere) *v., tr.,* 3., pres. part., masc./ fem., acc. sing. [正在]學習的，[正在]進修的

adeptam (adipiscor, eris, adeptus sum, sci) *dep. v., tr.,* 3., perf. part., fem., acc. sing. 已[/被]獲得的，已[/被]趕上的

aetas, aetatis *n.,* 3 decl., fem. 年紀，年代，時期

ait (aio, ais) *defect. v., intr./ tr.,* irreg., pres. ind., 3 pers. sing. （他/她/它）說，同意

Alexander, dri *n.,* 2 decl., masc. [人名] 亞歷山大，通常指馬其頓帝國的亞歷山大大帝（356 - 323 B.C.）

amicorum (amicus, ci) *n.,* 2 decl., masc., gen. pl. 朋友[們的]；**amicis** dat./ abl. pl. 朋友[們]；**ab amicis** *locu.* [*prep.* ab＋abl. pl.] 從朋友，被朋友

angusta (angustus, a, um) *adj.,* fem., nom./ abl. sing.; neut., nom./ acc. pl. 窄的，小的

animo (animus, i) *n.,* 2 decl., masc., dat./ abl. sing. 心靈，心智，精神，意圖，感覺

aperte *adv.* 公然地，公開地

Aristoxenus, i *n.,* 2 decl., masc. [人名] 古希臘哲學家、音樂家，為亞里士多德的學生之一

arma, orum *n.,* 2 decl., neut., pl. tant. 武器，軍械

artibus (ars, artis) *n.,* 3 decl., fem., dat./ abl., pl. 技巧，技藝，藝術，方法，途徑，特徵

atque *conj.* 和、及，並且，而且

aufugit (aufugio, is, fugi, --, fugere) *v., intr./ tr.,* 3., [1.] pres. ind., 3 pers. sing. （他/她/它）逃走，脫逃；[2.] perf. ind., 3 pers. sing. （他/她/它已）逃走，脫逃

bella (bellum, i) *n.,* 2 decl., neut., nom./ acc. pl. 戰爭

Cato, onis *n.,* 3 decl., masc. [人名] 古代羅馬的姓氏，隸屬於 Porcia 氏族

causa, ae *n.,* 1 decl., fem. 原因，理由，事情，[法律]案件

ceciderunt (caedo, is, cecidi, caesum, ere) *v., tr.,* 3., perf. ind., 3 pers. pl. （他/她/它們已）切開，分解，瓦解，宰殺，謀殺

celeriter *adv.* 很快地

censor, oris *n.,* 3 decl., masc. （古代羅馬的）監察官

civium (civis, is) *n.,* 3 decl., masc., gen. pl. 人民[們的]，市民[們的]，公民[們的]，國民[們的]

conferunt (confero, fers, tuli, latum, ferre) *anomal. v., tr.,* irreg., pres. ind., 3 pers. pl. （他/她/它們）帶，送

confectis (conficio, is, feci, fectum, ficere) *v., tr.,* 3., perf. part., masc./ fem./ neut., dat./ abl. pl. 已[/被]做的，已[/被]執行的，已[/被]完成的

consilio (consilium, ii) *n.,* 2 decl., neut., dat./ abl. sing. 建議，意見，計劃，決定，智能

consolor, aris, atus sum, ari *dep. v., tr.,* 1. 安慰，慰藉

consulit (consulo, is, sului, sultum, ere) *v., tr./ intr.,* 3., pres. ind., 3 pers. sing. 諮詢，商量；照料[＋dat.]

cum [1.] *adv.* 當，在…之時（*when..., since...*）；[2.] *prep.* [＋abl.] 偕同，與…（*with...*）

cupit (cupio, is, ivi/ ii, itum, pere) *v., tr.,* 3., pres. ind., 3 pers. sing. （他/她/它）想要，渴望，企求

cur *adv.* 為何，為什麼

curo, as, avi, atum, are *v., tr.,* 1. 處理，照

顧，治療

dicitur (dico, is, dixi, dictum, ere) *v., tr.,* 3., [＋dat.] pass., pres. ind., 3 pers. sing. （他/她/它）被說

die (dies, ei) *n.,* 5 decl., masc., abl. sing. 日，天；**dies** nom./ voc. sing.; nom./ acc./ voc. pl. 日，天；**in dies** *locu.* [*prep.* **in**＋acc. pl.] 到...之日，日復一日

difficiles (difficilis, is, e) *adj.,* masc./ fem., nom./ acc. pl. 困難的

Dionysius, ii *n.,* 3 decl., masc. [人名] 此指西塞羅轄下一名負責管理書庫的奴隸

domo (domus, us) *n.,* 4 decl., fem., dat./ abl. sing. 住宅，房屋；**in domo** *locu.* [*prep.* **in**＋abl. sing.] 在家裡，在屋裡

eademque；eandem；eadem；easdemque → *idem, eadem, idem*

ea；eo → *is, ea, id*

effugit (effugio, is, fugi, itum, fugere) *v., tr./ intr.,* 3., [1.] pres. ind., 3 pers. sing. （他/她/它）逃走，脫逃；[2.] perf. ind., 3 pers. sing. （他/她/它已）逃走，脫逃

Epicurus, i *n.,* 3 decl., masc. [人名] 伊比鳩魯（341 - 270 B.C.），古希臘哲學家，伊比鳩魯學派創始者

equitem (eques, equitis) *n.,* 3 decl., masc., acc. sing. 騎士；**eques** nom./ voc. sing. 騎士

equuum (equus, equi) *n.,* 2 decl., masc., acc. sing. 馬；**equo** dat./ abl. sing. 馬

est (sum, es, fui, futurus, esse) *aux. v., intr.,* irreg., pres. ind., 3 pers. sing. （他/她/它）是，有，在；**fuit** perf. ind., 3 pers. sing. （他/她/它已）是，有，在；**es** [1.] pres. ind., 2 pers. sing. （你/妳）是，有，在；[2.] pres. imp., 2 pers. sing. （你/妳得）是，有，在；**esset** imperf. subj., 3 pers. sing. （若他/她/它曾）是，有，在；**sum** pres. ind., 1 pers. sing. （我）是，有，在

et *conj.* 和、及，並且，而且

fecerim (facio, is, feci, factum, facere) *v., tr.,* 3., perf. subj., 1 pers. sing. （若我已）做，製作，建造；**facit** pres. ind., 3 pers. sing. （他/她/它）做，製作，建造

fieri (fio, fis, factus sum, fieri) *semidep. anomal. v., intr.,* 4., pres. inf. 變成，被製作，發生

filius, ii *n.,* 2 decl., masc. 兒子

fuit → **est**

greges (grex, gregis) *n.,* 3 decl., masc., nom./ acc. pl. 群

habet (habeo, es, habui, itum, ere) *v., tr.,* 2., pres. ind., 3 pers. sing. （他/她/它）有，持有；考慮

hic, haec, hoc *demonstr. pron./ adj.* 這，此，這個的；**hi** masc., nom. pl. 這些，這些的；**hac** fem., abl. sing. 這，此，這個的；**haec** fem., nom. sing.; neut., nom./ acc. pl. 這，此，這個的；這些的

honestum (honestus, a um) *adj.,* masc./ neut., acc. sing.; neut., nom. sing. 尊貴的，可敬的，榮耀的，誠實的

idem, eadem, idem *demonstr. pron./ adj.* 相同的，同樣的；同時的；**idemque** [＝**idem**＋**que**] masc., nom. sing./ pl.; neut., nom./ acc. sing. 相同的，同樣的；同時的；**eademque** [＝**eadem**＋**que**] fem., nom./ abl. sing.; neut., nom. /acc. pl. 相同的，同樣的；同時的；**eandem** fem., acc. sing. 相同的，同樣的；同時的；**easdemque** [＝**easdem**＋**que**] fem., acc. pl. 相同的，同樣的；同時的

ille, illa, illud *demonstr. pron./ adj.* 那，彼，那個的；**illa** fem., nom./ abl. sing.; neut., nom./ acc. pl. 那，彼，那個的；那些的；**illi** masc./ fem./ neut., dat. sing.; masc., nom. pl. [給]那，[給]彼，[給]那個的；那些，那些的；**illud** neut., nom./ acc. sing. 那，彼，那個的

in *prep.* [＋acc./ abl.] 在...，到...，向...

inquit (inquam, is, inquii) *defect. v., intr.,* irreg., pres. ind., 3 pers. sing. （他/她/它）說

ipse, ipsa, ipsum *demonstr. pron./ adj.* 他/她/它本身；**ipsa** fem., nom./ abl. sing.; neut., nom. /acc. pl. 她本身；它們本身；**ipsi** masc./ fem./ neut., dat. sing.; masc., nom. pl. [給]他/她/它本身；他們本身

is, ea, id *demonstr. pron./ adj.* 他，她，它；此，其，彼；**ea** fem., nom./ abl. sing.; neut., nom. /acc. pl. 她；其；它們；那些；**eo** masc./ neut., abl. sing. 他；此；它；彼；**iisque** [＝**iis**＋**que**] masc./ fem./ neut., dat./

abl. pl. 他們，她們，它們；這些，那些

iste, ista, istud *demonstr. pron./ adj.* 那，其，那個的；**ista** fem., nom./ abl. sing.; neut., nom./ acc. pl. 那，其，那個的；那些的

iuvenis, is, e *adj.* 年輕的

labore (labor, oris) *n.*, 3 decl., masc., abl. sing. 勞動，辛勞，勞苦，艱難

libri (liber, libri) *n.*, 2 decl., masc., gen. sing.; nom. pl. 書本，書籍

lineamenta (lineamentum, i) *n.*, 2 decl., neut., nom./ acc. pl. 線條，輪廓，外型

macilentum (macilentus, a, um) *adj.*, masc., acc. sing.; neut., nom./ acc. sing. 瘦的

magnificentior, or, us *adj., comp.* [pos.: **magnificus, a, um**] 較偉大的，較宏偉的

magnos (magnus, a, um) *adj.*, masc., acc. pl. 大的，大量的，強大的，偉大的；**magnum** masc., acc. sing.; neut., nom./ acc. sing. 大的，大量的，強大的，偉大的

me (ego, mei, mihi, me) *pers. pron.*, irreg., 1 pers. sing., acc./ voc. /abl. 我；**ego** nom. 我

Medea, ae *n.*, 1 decl., fem. [人名] 希臘神話中的巫女公主

meus, a, um *poss. pron./ adj.* 我的；**mea** fem., nom./ abl. sing.; neut., nom./ acc. pl. 我的；**meorum** masc./ neut., gen. pl. 我的

militibus (miles, itis) *n.*, 3 decl., masc., dat./ abl. pl. 士兵[們]，步兵[們]

multa (multus, a, um) *adj.*, fem., nom./ abl. sing.; neut., nom./ acc. pl. 許多的，很多的；**multamque** [＝**multam**＋**que**] fem., acc. sing. 許多的，很多的

musicus, i *n.*, 2 decl., masc. 音樂家

Nasica, ae *n.*, 1 decl., masc. [人名] 古代羅馬的姓氏，隸屬於 Scipio 家族

nec *neg. adv./ conj.* 也不

necessarias (necessarius, a, um) *adj.*, fem., acc. pl. 必需的，必要的

nemo, nemini [dat.], neminem [acc.] *pron./ adj.*, 3 decl., masc./ fem., sing. tant. 沒有人，無人（*no one*）

neque [＝**nec**] *neg. adv./ conj.* 也不

nescias (nescio, is, ivi, itum, ire) *v., tr.*, 4., pres. subj., 2 pers. sing. （若你/妳）不知道，不瞭解

nihil *indef. pron.*, indecl., neut., nom./ acc. sing. 無，無物，沒有東西

non *neg. adv.* 不，非，否

nostrum (noster, tra, trum) *poss. pron./ adj.*, masc., acc. sing.; neut., nom./ acc. sing. 我們的

obscuras (obscurus, a, um) *adj.*, fem., acc. pl. 陰暗的，晦澀的，祕密的，難解的

omnes, es, ia *adj./ pron.*, pl. 一切，所有，所有事物，所有人

operam (opera, ae) *n.*, 1 decl. fem., acc. sing. 嘗試，努力，工作

optant (opto, as, avi, atum, are) *v., tr.*, 1., pres. ind., 3 pers. pl. （他/她/它們）意欲，希望，想要

pater, tris *n.*, 3 decl., masc. 父親

paucis (paucus, a, um) *adj.*, masc./ fem./ neut., dat./ abl. pl. 很少的，少量的

Philippo (Philippus, i) *n.*, 2 decl., masc., dat./ abl. sing. [人名] 菲利浦，此指馬其頓王國的國王菲利浦二世（382 - 336 B.C.），為亞歷山大大帝之父

philosophus, i *n.*, 2 decl., masc. 哲學家

pinguem (pinguis, is, e) *adj.*, masc./ fem./ neut., acc. sing. 胖的

pinguior, or, us *adj., comp.* [pos.: **pinguis, is, e**] 較胖的

Ponto (Pontus, i) *n.*, 2 decl., masc., dat./ abl. sing. [地名] 位於小亞細亞面向黑海一帶的地區

potius *adv.* 寧可，寧願；**potius quam** *locu.* 寧願，偏好於（*rather than*）

profugisse (profugio, is, fugi, itum, gere) *v., intr./ tr.*, 3., perf. inf. 逃走，脫逃

provincia, ae *n.*, 1 decl., fem. 省區，轄區；**in provincia** *locu.* [prep. **in**＋abl. sing.] 在省區內，在轄區內

prudentior, or, us *adj., comp.* [pos.: **prudens, entis**] 較審慎的，較謹慎的，較有遠見的，較有經驗的

quam *adv./ conj.* 多少，多麼；[用於比較] 比…，較…

quanti (quantus, a, um) *adj.*, masc./ neut., gen. sing.; neut., nom. pl. 多麼多的，多麼大的

qui, quae, quod *rel.; indef.; interr. pron./ adj.* 誰，哪個/些；那；些什麼；**quod** neut., nom./ acc. sing. 誰，哪個；那；什麼

quidem *adv.* 甚至，而且，確定地

quisque, quisque, quidque *indef. pron./ adj.* 每人,每物

quicquid (quisquis, quisquis, quidquid (/quicquid)) *rel.; indef. pron./ adj.,* neut., nom./ acc. sing. 無論是誰,無論什麼

quondam *adv.* 先前,曾經,一度

quoniam *conj.* 因為

recensione (recensio, onis) *n.,* 3 decl., fem., abl. sing. 清查,簿列,調查;**in recensione** *locu.* [*prep.* **in** + abl. sing.] 在清查,在調查

res, rei *n.,* 5 decl., fem. 物,事物,東西;**in res** *locu.* [*prep.* **in** + acc. pl.] 到...事物

rex, regis *n.,* 3 decl., masc. 國王

rogavit (rogo, as, avi, atum, are) *v., tr.,* 1., perf. ind., 3 pers. sing. (他/她/它已)詢問,尋求

Scipio, onis *n.,* 3 decl., masc. [人名] 古代羅馬的姓氏,隸屬於 Cornelia 氏族

sed *conj.* 但是,然而

senectute (senectus, senectutis) *n.,* 3 decl., fem., abl. sing. 長者,老人,老年;**in senectute** *locu.* [*prep.* **in** + abl.] 在年老時;**senectutem** acc. sing. 長者,老人,老年

senescere (senesco, is, senui, --, ere) *v., intr.,* 3., pres. inf. 變老

servus, i *n.,* 2 decl., masc. 奴隸,僕人

sibi (sui, sibi, se, sese) *pers./ refl. pron.,* irreg., 3 pers. sing./ pl., masc./ dem./ neut., dat. [給] 他/她/它(自身);[給]他/她/它們(自身);**se** acc./ abl. 他/她/它(自身);他/她/它們(自身);**se ipse** *locu.* [se + ipse, ipsa, ipsum:強調用法] 他/她/它自身

Solonis (Solon, onis) *n.,* 3 decl., masc., gen. sing. [人名] 梭倫[的](ca. 638 - 559 B.C.),古代雅典的政治家、詩人,為古希臘七賢之一;**illud Solonis** *locu.* [**illud** + 人名 gen.] 梭倫的那句名言

studium, ii *n.,* 2 decl., neut. 研究,熱忱

successit (succedo, is, cessi, cessum, ere) *v., intr.,* 3., perf. ind., 3 pers. sing. (他/她/它已)進入,推進,繼續,繼承

sum → **est**

tanti (tantus, a, um) *adj.,* masc./ neut., gen. sing.; masc., nom. pl. 如此大的,如此多的

tenuit (teneo, es, tenui, tentum, ere) *v., tr.,* 2., pref. ind., 3 pers. sing. (他/她/它)擁有,抓住,持續,維持

tractabat (tracto, as, avi, atum, are) *v., tr.,* 1., imperf. ind., 3 pers. sing. (他/她/它曾)拉扯,操弄,管控

tua (tuus, a, um) *poss. pron./ adj.,* fem., nom./ abl. sing.; neut., nom./ acc. pl. 你/妳的

umquam *adv.* 曾經,隨時(*ever, at any time*)

una (unus, a, um) *card. num. adj.,* fem., nom./ abl. sing.; neut., nom./ acc. pl. 一;一些

urbe (urbs, urbis) *n.,* 3 decl., fem., abl. sing. 城市;羅馬城

utile (utilis, is, e) *adj.,* neut., nom./ acc. sing.; masc./ fem./ neut., abl. sing. 有用的,實用的,有益的

versiculo (versiculus, i) *n.,* 2 decl., masc., dat. /abl. sing. 韻文,詩篇,詩歌

vidisset (video, es, vidi, visum, ere) *v., tr.,* 2., pluperf. subj., 3 pers. sing. (若他/她/它已曾)看

vis, vis/ roboris *n.,* 3 decl., fem. 力氣,武力,暴力

vix *adv.* 困難地,艱難地

1. 指示形容詞

指示形容詞有 **hic, haec, hoc** 表示「這，此，這個的（*this, these*）」，用以強調被指示的事物靠近發話者或作者，也可用來表現第一人稱的己方。例如：

Hi libri. = 這些書。*These books.*

in hac urbe. = 在這羅馬城。*in this Rome.*

Haec aetas. = 這個時代。*This period.*

指示形容詞 **iste, ista, istud** 則表示「那，其，那個的（*that, those*）」，用以強調被指示的事物靠近聽者或讀者，也可用來表現第二人稱的對方。例如：

in ista urbe. = 在那羅馬城。（在你/你們羅馬城。）*in that Rome. (in your Rome.)*

Ista quidem vis est. = 那真是暴力。（你/你們真是暴力。）*That is certainly violence. (You are certainly violent.)*

有時候 **iste, ista, istud** 也會表達帶有輕蔑意味的貶義。

指示形容詞 **ille, illa, illud** 也表示「那，彼，那個的（*that, those*）」，但其強調所指示的事物同時遠離發話者（/作者）與聽者（/讀者），譬如 **illa aetas** 所表示的「在那個時期（*in that period*）」，係指某段已經完全過去、而與發話者（/作者）跟聽者（/讀者）所身處的時代沒有關連的時間。此外，**ille, illa, illud** 也可用來表現他方的第三者。例如：

Illi libri. = 那些書。*Those books.*

in illa urbe. = 在那羅馬城。（在他/他們羅馬城。）*in that Rome. (in their Rome.)*

指示形容詞 hic, haec, hoc 和 ille, illa, illud 有時候也會組合連用，分別用來表示出現在前方敘事中的兩個對象：hic, haec, hoc 意指離敘事立場較近的一方，ille, illa, illud 則指較遠的一方。例如：

Philippo[136] Alexander filius successit: hic aperte, ille artibus bella tractabat;

---

[136] 此指馬其頓王國的國王菲利浦二世（382 - 336 B.C.），為亞歷山大大帝之父。

prudentior ille consilio, hic animo magnificentior fuit. (Iustinus, *9, 8*) ＝ 兒子亞歷山大繼承了菲利浦：這位（指菲利浦）是開明的，那位（指亞歷山大）[則]熱衷於戰爭的技巧；那位（指菲利浦）在裁斷上較為明智，而這位（指亞歷山大）則在精神上更加偉大。*The son Alexander succeeded to (his father) Philippus: this one [=Philippus] was open minded, (and) that one [=Alexander] was engaged in the art of war; that [=Philippus] was more prudent in judgment; (and) this [=Alexander] was more magnificent in spirit.*

　　當 **ille, illa, illud** 緊跟在一專有名詞之後時，其功能在於加重強調該專有名詞的重要性。譬如 **Cato ille** 指「那位有名的 Cato[137]」。而當中性的 **illud** 後面接有某一人名的屬格時，則表示「某人的那句名言」。譬如 **illud Solonis**[138] 意指「梭倫的那句名言」。

練　習

[01]　　Ponto[139] Medea[140] illa quondam profugisse dicitur. (Cicero, *Man., 9; 22*) ＝ 據說那位[知名的] Medea 曾一度逃往 Pontus。*It is said that (the famous) Medea had once escaped to Pontus.*

2. 指示代名詞

　　指示代名詞有 **is, ea, id**（他，她，它 | *he, she, it*），**idem, eadem, idem**（相同的 | *same*）和 **ipse, ipsa, ipsum**（他本身，她本身，它本身 | *himself, herself, itself*）。其作用分述如下：

---

[137] Cato 為古代羅馬的姓氏，通常用以指稱 Marcus Porcius Cato（234 - 149 B.C.），羅馬共和時期的政治家，或其曾孫 Marcus Porcius Cato Uticensis（95 - 46 B.C.），羅馬共和末期的政治家，為凱撒的政敵。

[138] 梭倫（ca. 638 - 559 B.C.），古代雅典的政治家、詩人，為古希臘七賢之一。

[139] Pontus 為位於小亞細亞面向黑海一帶的地區。

[140] 希臘神話中的巫女公主，曾以法力協助希臘英雄 Easun 奪取金羊毛並恢復其王位。婚後遭遇 Easun 的外遇背叛，遂設計毒殺情敵、拋棄 Easun，並親手終結自己與 Easun 所生的孩子。

(1.) is, ea, id

指示代名詞 **is, ea, id** 意指之前曾提到的人、事或物。例如：

Dionysius[141], servus meus, aufugit; **is** est in provincia tua. (Cicero, *Fam., 13, 77*) ＝ 我的奴隸 Dionysius 逃走了；他[逃]到你的轄區裡。*Dionysius, my slave, has escaped; he is in your province.*

有時它們會表示與關係代名詞的對等，並帶有「例如、比如」的意思。例如：

Neque **is** es, **qui** nescias. (Cicero, *Fam., 5, 12*) ＝ 而你/妳也不是那種你/妳不瞭解的人。*Nor you are one who you does not know.*

它們也可用來強調之前所說過的東西。在這種情形下，**is, ea, id** 通常接在並列聯繫的連接詞 **et**、**atque**、**neque**、**nec**，或並列對反的連接詞 **sed** 之後，而形成 **et is (/ea /id) (quidem)**、**atque is (/ea /id)** [＝**isque (/eaque /idque)**]、**neque is (/ea /id)**、**nec is (/ea /id)**、**sed is (/ea /id)**等結構。其中，**et** 和 **atque** 用於肯定句中，而 **neque** 和 **nec** 則帶有否定意涵。我們可將這些組合譯成「而且」、「此外」、「再者」、「但是」。需要切記的是，這些代名詞總是要與它們指涉的名詞在性、數、格上一致。例如：

Epicurus una in **domo**, et **ea** quidem angusta, quam magnos tenuit amicorum greges. (Cicero, *Fin., 1, 20; 65*) ＝ 伊比鳩魯在唯一且狹窄的屋子裡維繫多麼龐大的朋友群。*Epicurus in a single house, and that a small one too, maintained the large companies of friends.*

(2.) idem, eadem, idem

指示代名詞 **idem, eadem, idem** 具有「相同」的意思，它們都用來表示和句子前方所提到之事物的同一性。例如：

Nemo nostrum **idem** est in senectute qui fuit iuvenis. (Seneca, *Ep., 6; 58, 22*) ＝ 我們之中沒有人在年老時會與其年輕時相同。*None of us is the same man in old age that he was in young.*

---

[141] 此指西塞羅轄下一名負責管理書庫的奴隸，因盜取圖書而逃逸。

當它們和連接詞一起連用時，則會變成 **et idem, et eadem, et idem**，或可作 **idemque, eademque, idemque**，並且具有「也」、「同時」的意思。例如：

Aristoxenus[142] fuit musicus **idemque** philosophus. (Cicero, *Tusc., 1, 10; 19*) = Aristoxenus 是音樂家，同時也是哲學家。*Aristoxenus was a musician and also a philosopher.*

但有時也會帶有「然而」、「但是」、「相反地」的意思。例如：

Senectutem omnes optant, [et] **eandem** accusant adeptam. (Cicero, *Sen., 2; 4*) = 人人渴望高壽，卻又責難既得者。*All men wish for longevity, and blame (those who were) obtained.*

當 **idem, eadem, idem** 與連接詞 **ac**、**atque**，或與關係代名詞 **qui, quae, quod** 組合使用時，則帶有「比較」的意思。例如：

Filius **eadem** habet lineamenta **ac** pater. = 兒子具有與父親相同的輪廓。*The son has the same features as the father.*

Filius **eadem** habet lineamenta **quae** pater. =兒子同樣具有那父親[所具有]的輪廓。*The son has the same features that the father (has.)*

(3.) ipse, ipsa, ipsum

指示代名詞 **ipse, ipsa, ipsum** 用以強調在和別的事情進行比較時，對於自己的突顯，譬如 **rex ipse** 意指「國王本人」、**eo ipse die** 意指「正是在這（/那）一天」。例如：

Celeriter, arma **ipsa** ceciderunt. (Cicero, *Off., 1, 22; 77*) = 很快地，軍隊本身便（遭）殲滅了。*Quickly, the armies fell themselves.*

這個代名詞若和人稱代名詞結合，則其性、數、格須要一致。例如：

Me ipse consolor. (Cicero, *Amic., 3; 10*) = 我安慰我自己。*I console myself.*

---

[142] 古希臘哲學家、音樂家，為亞里士多德的學生之一。

但這種一致性也容易搞混，例如：

Filius sibi **ipse** consulit. ＝ 兒子自己照顧自己。*The son himself takes care of himself.*〔意指沒有其他人可以照顧他〕

Filius **sibi ipsi** consulit. ＝ 兒子照顧他自己。*The son takes care of himself.*〔意指他只顧自己而不關心別人〕

練 習

[01] Scipio Nasica[143] censor, cum in recensione equitem pinguem, equum macilentum vidisset, rogavit cur esset eques equo pinguior: "Quoniam, inquit, eques, me ipse curo; equum servus." (Gellius, *4, 20, 11*) ＝ 監察官 Scipio Nasica 在清查時看見胖騎士與瘦馬，便詢問為何騎士比馬胖。[人]說：「因為騎士我自己照顧自己；[而]僕人[照顧]馬。」*The censor Scipio Nasica, while in enrollment he had seen the fat horseman and thin horse, (then) he have asked (someone) why the horseman was fatter than the horse. That man said: "Because the horseman, I myself take care of me; the sevant (takes care of) horse."*

[02] Honestum illud Solonis est, quod ait versiculo quodam, senescere se multa in dies addiscentem. (Cicero, *Sen., 14; 50*) ＝ 梭倫的那句名言是可敬的，他以某種韻文表述：「活到老，學到老」。*That (word) of Solon is honorable, which he says in a certain verse: "To grow old (is to get) many learning days."*

[03] Ego is sum qui nihil umquam mea potius quam meorum civium causa fecerim. (Cicero, *Fam., 5, 21*) ＝ 我是那種不曾為自己，而毋寧是為我的市民做事的人。*I am a man who never has done anything for myself rather for my people.*

[04] Quanti quisque se ipse facit, tanti cupit fieri ab amicis. (Cicero, *Amic, 16; 56*) ＝ 人自己付出有多少，就會希望從朋友們[身上]獲得同樣多的對待。*How many things man do by himself, of such size he wish to be done from the friends.*

[05] Quidam magnum studium multamque operam in res obscuras atque difficiles conferunt easdemque non necessarias. (Cicero, *Off., 1, 6; 19*) ＝ 有些人付出大量的精神及許多的努力在晦澀且困難，同時又沒有必要的事情上。*Someone put great enthusiasms and many efforts in obscure and difficult things, and those are also not necessary.*

[06] Quicquid honestum est, idem est utile. (Cicero, *Off., 3, 4; 20*) ＝ 凡可貴者，同樣也會是有用的。*No metter what is honorable, which is also useful.*

---

[143] 此指 Publius Cornelius Scipio Nasica Corculum（? - 141 B.C.），羅馬共和時期的政治家。

[07]   Rex cum paucis militibus, iisque labore confectis, vix effugit. = 國王帶
著少數疲於激戰的士兵們，艱困地逃脫。 *The king escaped difficultly with*
a few soldies, they also fatigued by hard work.

XXII 所有格形容詞與所有格代名詞

課程字彙

a, ab *prep.* [＋abl.] 從…，被…（*from...*,
by...）

ad *prep.* [＋acc.] 到…，向….，往…，靠
近…

admisit (admitto, is, misi, missum, ere) *v., tr.*,
3., perf. ind., 3 pers. sing. （他/她/它已）接
受，接納，容許進入

Aemilius, i *n.*, 2 decl., masc. [人名] 古代羅
馬的氏族名

Aequis (Aequi, orum) *n.*, 2 decl., masc., pl.,
dat./ abl. [族群名] 古代義大利的民族之一

agere (ago, is, egi, actum, ere) *v., tr.*, 3., [1.]
pres. inf. 進行，履行，操作，做，帶走；
[2.] pass., pres. imp., 2 pers. sing. （你/妳
得）被進行，被履行，被操作，被做，
被帶走；**egit** perf. ind., 3 pers. sing. （他/
她/它已）進行，履行，操作，做，帶走

agnoscis (agnosco, is, agnovi, agnitum, ere)
v., tr., 3., pres. ind., 2 pers. sing. （你/妳）
理解，瞭解

aiebat (aio, ais) *defect. v., intr./ tr.*, irreg.,
imperf. ind., 3 pers. sing. （他/她/它曾）說，
同意

Alexandrum (Alexander, dri) *n.*, 2 decl.,
masc., acc. sing. [人名] 亞歷山大

alius, alia, aliud *indef. adj./ pron.* 其他的，
另一（個/些）的；**alium** masc., acc. sing.
其他的，另一（個）的；**alii** masc./ neut.,
gen. sing.; masc., nom. pl. 其他的，另一
（個/些）的；**alios** masc., acc. pl. 其他的，
另一些的；**aliud** neut., nom./ acc. sing. 其
他的，另一（個）的

alter, altera, alterum *indef. adj./ pron.* 另一
（個），另外的

amavi (amo, as, avi, atum, are) *v., tr./ intr.*, 1.,
perf. ind., 1 pers. sing. （我已）愛

amicos (amicus, ci) *n.*, 2 decl., masc., acc. pl.
朋友[們]

animo (animus, i) *n.*, 2 decl., masc., dat./ abl.

sing. 心靈，心智，精神，意圖，感覺；
in animo *locu.* [*prep.* **in**＋abl. sing.] 在心
靈，在心智，在精神，在意圖，在感覺

apud *prep.* [＋acc.] 靠近（*near...*, *at...*）

arbitrium, ii *n.*, 2 decl., neut. 調停，選擇，
裁判，判斷，意志

arborum (arbor, oris) *n.*, 3 decl., fem., gen.
pl. 樹[的]，樹木[的]

Ariovistus, i *n.*, 2 decl., masc. [人名] 古代日
耳曼 Suebi 族的首領（? - 54 B.C.）

atque *conj.* 和、及，並且，而且

Atticus, i *n.*, 2 decl., masc. [人名] 此指 Titus
Pomponius Atticus（112/ 109 - 35/ 32 B.C.），
羅馬共和晚期的貴族，為西塞羅的摯友

**attributus, a, um (attribuo, is, tribui,
tributum, uere)** *v., tr.*, 3., perf. part. 已[/被]
指派的，已[/被]分配的；**attributus erat**
pass., plusperf. ind., 3 pers. sing. （他/她/它
已曾）被指派，被分配

aut *conj.* 或，或是

auxilium, ii *n.*, 2 decl., neut., sing. 協助，幫
忙，輔助

bellum, i *n.*, 2 decl., neut. 戰爭

Brutum (Brutus, i) *n.*, 2 decl., masc., acc.
sing. [人名] 古代羅馬的姓氏，隸屬於
Junia 氏族

Caesare (Caesar, aris) *n.*, 3 decl., masc., abl.
sing. [人名/稱號] 凱撒[的]，即 Gaius
Julius Caesar（100 - 44 B.C.），羅馬共和
末期的軍事家，政治家，其名號於羅馬
帝國時期成為對皇帝的稱謂；**a Caesare**
locu. [*prep.* **a**＋abl. sing.] 從凱撒，被凱撒；
Caesarem acc. sing. [人名/稱號] 凱撒；**ad
Caesarem** [*prep.* **ad**＋acc. sing.] 往凱撒，
到凱撒；**Caesar** nom./ voc. sing. [人名/稱
號] 凱撒；**Caesari** dat. sing. [人名/稱號]
[給]凱撒

canis, is *n.*, 3 decl., masc./ fem. 狗

castra, orum *n.,* 2 decl., neut., pl. tant. 要塞，
營寨，軍營

Catilina, ae *n.* 1 decl., masc. [人名] 即
Lucius Sergius Catilina （ca. 108 - 62 B.C.），
古羅馬政治家，後來多次密謀推翻政府

cenam (cena, ae) *n.,* 1 decl., fem., acc. sing.
晚餐；**ad cenam** *locu.* [*prep.* **ad**＋acc. sing.]
到晚餐

Ciceroni (Cicero, onis) *n.,* 3 decl., masc., dat.
sing. [人名] [給]西塞羅（106 - 43 B.C.，
古羅馬政治家）

Cincinnatus, i *n.,* 2 decl., masc. [人名]
Lucius Quinctius Cincinnatus（519 - 430
B.C.），羅馬共和時期的政治家

civem (civis, is) *n.,* 3 decl., masc., acc. sing.
人民，市民，公民，國民；**cives** nom./
acc./ voc. pl. 人民[們]，市民[們]，公民
[們]，國民[們]；**civium** gen. pl. 人民[們
的]，市民[們的]，公民[們的]，國民[們
的]

civitate (civitas, atis) *n.,* 3 decl., fem., abl.
sing. 城市，社群，社會；**civitatum** gen.
pl. 城市[的]，社群[的]，社會[的]；**e
civitate** *locu.* [*prep.* **e**＋abl. sing.] 從城市，
從社群，從社會

Clodium (Clodius, ii) *n.,* 2 decl., masc., acc.
sing. [人名] 古代羅馬的氏族名；**Clodii**
gen. sing. [人名] Clodius[的]

coegit (cogo, is, coegi, coactum, ere) *v., tr.,* 3.,
perf. ind., 3 pers. sing. （他/她/它已）聚集，
集結；強迫，迫使

coepit (coepio, is, coepi, coeptum, coepere)
v., intr./ tr., 3., [1.] pres. ind., 3 pers. sing.
（他/她/它）開始；[2.] perf. ind., 3 pers.
sing. （他/她/它已）開始

cogitabat (cogito, as, avi, atum, are) *v., tr./
intr.,* 1., imperf. ind., 3 pers. sing. （他/她/
它曾）想，思考

**cognoscerent (cognosco, is, gnovi, gnitum,
ere)** *v., tr.,* 3., imperf. subj., 3 pers. pl. （若
他/她/它們曾）明瞭，認識，承認

collega, ae *n.,* 1 decl., neut. 同事，同僚

Colophonii (Colophonius, ii) *n.,* 2 decl.,
masc., gen. sing.; nom./ voc. pl. [族群名]
Colophon 城的住民，Colophon 人

conclamavit (conclamo, as, avi, atum, are) *v.,*
tr./ intr., 1., perf. ind., 3 pers. sing. （他/她/
它）吼叫，咆哮，大聲喊叫

Condrusique [＝**Condrusi**＋**que**] (Condrusi,
orum) *n.,* 2 decl., masc., pl. [族群名] 古代
比利時民族之一

consul, is *n.,* 3 decl., masc. （古代羅馬的）
執政官；**consulem** acc. sing. （古代羅馬
的）執政官；**ad consulem** *locu.* [*prep.* **ad**
＋acc. sing.] 往執政官，向執政官

consulatum (consulatus, us) *n.,* 4 decl., masc.,
acc. sing. （古代羅馬的）執政官的職位
或權限

consuleret (consulo, is, sului, sultum, ere) *v.,*
tr./ intr., 3., imperf. subj., 3 pers. sing. （若
他/她/它曾）諮詢，商量；照料[＋dat.]

contendunt (contendo, is, tendi, tentum, ere)
v., tr./ intr., 3., pres. ind., 3 pers. pl. （他/她
/它們）伸展，延伸，趕往，突進，競爭，
爭鬥

contra *adv./ prep.* [＋acc.] 對抗，反對；
contra se *locu.* [*prep.* **contra**＋acc. sing./ pl.]
對抗他/她/它（們），反對他/她/它（們）

cotidianis (cotidianus, a, um) *adj.,* masc./
fem./ neut., dat./ abl. pl. 每天的，日常的

crederent (credo, is, credidi, creditum, ere)
v., tr., 3., imperf. subj., 3 pers. pl. （若他/她
/它們曾）相信，信賴，託付

**cuiquam (quisquam, [ulla], quicquam
(/quidquam))** *indef. pron.,* sing. tant., masc./
fem./ neut., dat. sing. 無一人不，任何人

cuique → **quisque, quisque, quidque**

cum [1.] *adv.* 當，在…之時（*when...,*
since...）；[2.] *prep.* [＋abl.] 偕同，與…
（*with...*）

cur *adv.* 為何，為什麼

Curius, i *n.,* 2 decl., masc. [人名] 古代羅馬
的氏族名，此指 Manius Curius Dentatus（?
- 270 B.C.），羅馬共和時期的政治家

de *prep.* [＋abl.] 關於

decima (decimus, a, um) *ord. num. adj.,* fem.,
nom./ abl. sing.; neut., nom./ acc. pl. 第十

decretum (decerno, is, crevi, cretum, ere) *v.,*
tr./ intr., 3., [1.] perf. part., masc./ neut., acc.
sing.; neut., nom. sing. 已[/被]決定的，已
[/被]評判的；[2.] sup., neut., acc. sing. 決
定，評判

def*endere* (def*endo*, is, f*endi*, f*ensum*, ere) *v.,* *tr.,* 3., [1.] pres. inf. 迴避，防範，保衛，辯護；[2.] pass., pres. imp., 2 pers. sing. （你/妳得）被迴避，被防範，被保衛，被辯護

dep*onere* (dep*ono*, is, p*osui*, p*ositum*, ere) *v.,* *tr.,* 3., [1.] pres. inf. 放下，放棄；[2.] pass., pres. imp., 2 pers. sing. （你/妳得）被放下，被放棄

desper*arent* (desp*ero*, as, *avi*, *atum*, are) *v.,* *tr./ intr.,* 1., imperf. subj., 3 pers. pl. （若他/她/它們曾）失望，絕望於

det*erruit* (det*erreo*, es, ui, itum, ere) *v., tr.,* 2., perf. ind., 3 pers. sing. （他/她/它已）制止，嚇跑，使膽怯

d*eum* (d*eus*, dei) *n.,* 2 decl., masc., acc. sing. 神；上帝；**d*ii*** nom. pl. 眾神

dev*ictis* (dev*inco*, is, v*ici*, v*ictum*, ere) *v., tr.,* 3., perf. part., masc./ fem./ neut., dat./ abl. pl. 已[/被]擊敗的，已[/被]征服的

dict*ator*, *oris* *n.,* 3 decl., masc. 獨裁者，（古代羅馬的）獨裁官

d*icunt* (d*ico*, is, d*ixi*, d*ictum*, ere) *v., tr.,* 3., [+dat.] pres. ind., 3 pers. pl. （他/她/它們）說；**d*icerent*** imperf. subj., 3 pers. pl. （若他/她/它們曾）說；**d*iceret*** imperf. subj., 3 pers. sing. （若他/她/它曾）說

dilig*entia*, ae *n.,* 1 decl., fem. 勤勉，努力，細心

d*iligo*, is, l*exi*, l*ectum*, ere *v., tr.,* 3. 鍾愛，珍愛，重視，挑選；**d*iligunt*** pres. ind., 3 pers. pl. （他/她/它們）鍾愛，珍愛，重視，挑選

dis*ertus*, a, um *adj.* 雄辯的，善辯的，健談的，能言善道的

d*omum* (d*omus*, us) *n.,* 4 decl., fem., acc. sing. 住宅，房屋；**d*omo*** dat./ abl. sing. 住宅，房屋

don*avit* (d*ono*, as, *avi*, *atum*, are) *v., tr.,* 1., perf. ind., 3 pers. sing. （他/她/它已）贈送，給予；寬恕，免除

d*onis* (d*onum*, i) *n.,* 2 decl., neut., dat./ abl. pl. 禮物；**cum d*onis** locu.* [*prep.* **cum**+abl. pl.] 偕同禮物

d*uceret* (d*uco*, is, d*uxi*, d*uctum*, ere) *v., tr.,* 3., imperf. subj., 3 pers. sing. （若他/她/它曾）指引，指揮，帶領，認為，視為

d*ulcius*, a, um *adj., comp.* [pos.: **d*ulcis*, is, e**] 較迷人的，較美好的，較甜美的

e, ex *prep.* [+abl.] 離開...，從...而出（*out of..., from...*）

e*git* → *a*gere

eiec*erunt* (e*icio*, is, e*ieci*, e*iectum*, e*icere*) *v., tr.,* 3., perf. ind., 3 pers. pl. （他/她/它們已）驅趕，逐出，驅逐

e*ius*；e*orum*；e*arum*；e*iusque*；ei；e*o*；ea；e*os* → is, ea, id

eloqu*entia*, ae *n.,* 1 decl., fem. 雄辯，辯才，口才

E*nnium* (E*nnius*, ii) *n.,* 2 decl., masc., acc. sing. [人名] Quintus Ennius（ca. 239 - ca. 169 B.C.），羅馬共和時期的詩人、作家

Epamin*ondas*, ae *n.,* 1 decl., masc. [人名] 古代希臘城邦底比斯的軍事家、政治家（ca. 418 - 362 B.C.）

ess*et*；ess*e*；est；er*at* → sunt

et *conj.* 和、及，並且，而且

exped*iret* (exped*io*, is, *ivi*, *itum*, ire) *v., tr./ intr.,* 4., imperf. subj., 3 pers. sing. （他/她/它）解開，解放，取的，準備

ex*uli* (ex*ul*, is) *n.,* 3 decl., masc./ fem., dat. sing. 流放者，流亡者，被放逐者

F*abium* (F*abius*, i) *n.,* 2 decl., masc., acc. sing. [人名] 古代羅馬的氏族名

f*acere* (f*acio*, is, f*eci*, f*actum*, f*acere*) *v., tr.,* 3., [1.] pres. inf. 做，製作，建造；[2.] pass., pres. imp., 2 pers. sing. （你/妳得）被做，被製作，被建造；**fec*isset*** pluperf. subj., 3 pers. sing. （若他/她/它已曾）做，製作，建造；**fec*erat*** pluperf. ind., 3 pers. sing. （他/她/它已曾）做，製作，建造

famili*arem* (famili*aris*, is) *n.,* 3 decl., masc., acc. sing. 親族，親屬

fere *adv.* 幾乎，將近，差不多

f*idem* (f*ides*, ei) *n.,* 5 decl., fem., acc. sing. 忠誠，虔誠，信任

f*ilium* (f*ilius*, ii) *n.,* 2 decl., masc., acc. sing. 兒子

f*inibus* (f*ines*, ium) *n.,* 3 decl., masc., dat./ abl. pl. 領土，領域

Fl*accus*, i *n.,* 2 decl., masc. [人名] 古代羅馬的姓氏

fuit → **sunt**

Fulvius, i *n.,* 3 decl., masc. [人名] 古代羅馬的氏族名

Galliam (Gallia, ae) *n.,* 1 decl., fem., acc. sing. [地名] 高盧；**in Galliam** *locu.* [*prep.* **in**＋acc. sing.] 到高盧

Gallis (Gallus, i) *n.,* 2 decl., masc., dat./ abl. pl. [族群名] 高盧人；**Gallos** acc. pl. [族群名] 高盧人

gaudeo, es, gavisus sum, dere *semidep. v., intr.,* 2. 歡欣，喜悅

Germanis (Germani, orum) *n.,* 2 decl., masc., dat./ abl. pl. [族群名] 日耳曼人

gessit (gero, is, gessi, gestum, gerere) *v., tr.,* 3., perf. ind., 3 pers. sing. （他/她/它已）持有，帶來，管理；**se gessit** *refl. pron*＋perf. ind., 3 pers. sing. （他/她/它已）持身，舉止；**gerunt** pres. ind., 3 pers. pl. （他/她/它們）持有，帶來，管理

gratias (gratia, ae) *n.,* 1 decl., fem., acc. pl. 感謝，感激

Haedui, orum *n.,* 2 decl., masc., pl. [族群名] 古代高盧民族之一，與羅馬人交好

Hannibalis (Hannibal, alis) *n.,* 3 decl., masc., gen. sing. [人名] 漢尼拔[的]，此指迦太基軍事家 Hannibal Barca（247 - 183 B.C.）

Helvetiis (Helvetii, orum) *n.,* 2 decl., masc., pl., dat./ abl. [族群名] Helvetii 人，古代瑞士民族之一；**ab Helvetiis** *locu.* [*prep.* **ab**＋abl. pl.] 從 Helvetii 人，被 Helvetii 人；**Helvetii** nom. pl. [族群名] Helvetii 人

hiberna (hibernum, i) *n.,* 2 decl., neut., nom./ acc. pl. 冬營；**in hiberna** *locu.* [*prep.* **in**＋acc. pl.] 到冬營

Homerum (Homerus, i) *n.,* 2 decl., masc., acc. sing. [人名] 荷馬，古代希臘的詩人

honorem (honor, oris) *n.,* 3 decl., masc., acc. sing. 榮譽，榮耀，尊敬

hostium (hostis, is) *n.,* 3 decl., gen. pl. 敵人[們的]，敵方[的]；**hostes** nom./ acc./ voc. pl. 敵人[們]，敵方

hunc (hic, haec, hoc) *demonstr. pron./ adj.,* masc., acc. sing. 這，此，這個的；**his** masc./ fem./ neut., dat./ abl. pl. 這些，這些的

idem, eadem, idem *demonstr. pron./ adj.* 相同的，同樣的；同時的

ille, illa, illud *demonstr. pron./ adj.* 那，彼，那個的；**illius** masc./ fem./ neut., gen. sing. 那，彼，那個的

in *prep.* [＋acc./ abl.] 在…；到…，向…

incendit (incendo, is, cendi, censum, ere) *v., tr.,* 3., [1.] pres. ind., 3 pers. sing. （他/她/它）焚燒，燃燒；[2.] perf. ind., 3 pers. sing. （他/她/它已）焚燒，燃燒

incolumitatem (incolumitas, atis) *n,* 3 decl., fem., acc. sing. 安全，無損傷

inconsultus, a, um *adj.* 輕率的，魯莽的，欠缺考慮的

indicium, i *n.,* 2 decl., neut. 通告，通知，證明，證據

ingenium, ii *n.,* 2 decl., neut. 才能，才智，秉性

iniuriae (iniuria, ae) *n.,* 1 decl., fem., gen./ dat. sing.; nom. pl. 侵犯，冒犯

inter *prep.* [＋acc.] 在…之間，在…之中

interesse (intersum, es, fui, futurum, esse) *v., intr.,* irreg., pres. inf. 置中，介入；[無人稱] 涉及，關於，關心；**interesset** imperf. subj., 3 pers. sing. （若他/她/它曾）置中，介入；[無人稱]（若曾）涉及，關於，關心

interfecti (interficio, ficis, feci, fectum, ficere) *v., tr.,* 3., perf. part., masc./ neut., gen. sing.; masc., nom. pl. 已[/被]殲滅的，已[/被]殺死的；**interfecti sunt** pass., perf. ind., 3 pers. pl., masc. （他們）被殲滅，被殺死

interrogabat (interrogo, as, avi, atum, are) *v., tr.,* 1., imperf. ind., 3 pers. sing. （他/她/它曾）問，詢問，質問

intueri (intueor, eris, tuitus sum, eri) *dep. v., tr.,* 2., pres. inf. 看，注視

intulisse (infero, fers, tuli, latum, ferre) *anomal. v., tr.,* irreg., perf. inf. 已引進，已引入，已施加；**bellum intulisse (bellum infero)** *locu.* [＋dat.] 已開戰

invitavi (invito, as, avi, atum, are) *v., tr.,* 1., perf. ind., 1 pers. sing. （我已）邀請

ipse, ipsa, ipsum *demonstr. pron./ adj.* 他/她/它本身；**ipsius** masc./ fem./ neut., gen. pl. 他/她/它們本身[的]；**ipsi** masc./ fem./ neut., dat. sing.; masc., nom. pl. 他/她/它本身；他們本身；**ipsorum** masc./ neut., gen.

pl. 他/它們本身[的]；*ipsos* masc., acc. pl.
他們本身；*ipsas* fem., acc. pl. 她們本身；
ipsa fem., nom./ abl. sing.; neut., nom. /acc.
pl. 她本身；它們本身

is, ea, id *demonstr. pron./ adj.* 他，她，它；
此，其，彼；*eius* masc./ fem./ neut., gen.
sing. 他[的]，她[的]，它[的]；這個[的]，
那個[的]；*eorum* masc./ neut., gen. pl. 他/
它們[的]；這/那些[的]；*earum* fem., gen.
pl. 她們[的]；那些[的]；*eiusque* [＝*eius*
＋*que*] masc./ fem./ neut., gen. sing. 他[的]，
她[的]，它[的]；這個[的]，那個[的]；*ei*
masc./ fem./ neut., dat. sing.; masc., nom. pl.
[給]他，她，它；[予]此，其，彼；他們；
這些；*eo* masc./ neut., abl. sing. 他，它；
此，彼；*ii* masc., nom. pl. 他們；這些；
ea fem., nom./ abl. sing.; neut., nom. /acc. pl.
她；其；它們；那些；*id* neut., nom./ acc.
sing. 它；彼；*eos* masc., acc. pl. 他們；
這些

istarum (iste, ista, istud) *demonstr. pron./ adj.*,
fem., gen. pl. 那些的

ita *adv.* 因此，因而

iter, itineris *n.,* 3 decl., neut. 路，途徑，旅
程

Iugurtha, ae *n.*, 1 decl., masc. [人名] 古代北
非 Numidia 王國的國王（ca. 160 - 104 B.C.）

legati (legatus, i) *n.,* 2 decl., masc., gen. sing.;
nom./ voc. pl. 使者，使節；*legatos* acc. pl.
使者[們]，使節[們]

legio, onis *n.,* 3 decl., fem. 軍隊，軍團；
legione abl. sing. 軍隊，軍團

liberisque [＝*liberis*＋*que*] **(liberi, orum)** *n.,*
2 decl., masc., pl. tant., dat./ abl. 小孩，孩
子

liceret (licet, --, licuit (/licitum est), --, licere)
impers. v., intr., 2., imperf. subj. [無人稱]
（若曾）允許，認可，能夠

Ligarius, ii *n.,* 2 decl., masc. [人名] 古代羅
馬的氏族名

locus, i *n.,* 2 decl., masc. 地方，場所

magna (magnus, a, um) *adj.*, fem., nom./ abl.
sing.; neut., nom./ acc. pl. 大的，大量的，
強大的，偉大的

mandavit (mando, as, avi, atum, are) *v., tr.,*
1., perf. ind., 3 pers. sing. （他/她/它已）命

令，交託

manu (manus, us) *n.,* 4 decl., fem., abl. sing.
手；**manus** nom./ gen. sing.; nom./ acc. pl.
手

Marcellum (Marcellus, i) *n.,* 2 decl., masc.,
acc. sing. [人名] 古代羅馬的姓氏，隸屬於
Claudia 氏族；**ad Marcellum** *locu.* [*prep.*
ad＋acc. sing.] 往 Marcellus，到 Marcellus
處

Marius, i *n.,* 2 decl., masc. [人名] 古代羅馬
的氏族名

matrem (mater, tris) *n.,* 3 decl., fem., acc.
sing. 母親；**mater** nom. sing. 母親

meus, a, um *poss. pron./ adj.* 我的；**mea**
fem., nom./ abl. sing.; neut., nom./ acc. pl. 我
的

militaverat (milito, as, avi, atum, are) *v., intr.,*
1., pluperf. ind., 3 pers. sing. （他/她/它已
曾）從軍，參軍，當兵

milites (miles, itis) *n.,* 3 decl., masc., nom./
acc./ voc. pl. 士兵[們]，步兵[們]

Milo, onis *n.*, 3 decl., masc. [人名] 此指 Titus
Annius Milo（? - 48 B.C.），羅馬共和末期
的政治家

Minucius, i *n.,* 2 decl., masc. [人名] 古代羅
馬氏族名；**Minucium** acc. sing.

mittat (mitto, is, misi, missum, ere) *v., tr.,* 3.,
pres. subj., 3 pers. sing. （若他/她/它）派
遣，遣送，解放，釋放；**mittunt** pres.
ind., 3 pers. pl. （他/她/它們）派遣，遣送，
解放，釋放；**miserunt** perf. ind., 3 pers. pl.
（他/她/它們已）派遣，遣送，解放，釋
放；**missum** [1.] perf. part., masc./ neut.,
acc. sing.; neut., nom. sing. 已[/被]派遣的，
已[/被]遣送的，已[/被]解放的，已[/被]釋
放的；[2.] sup., neut., acc. sing. 派遣，遣
送，解放，釋放；**mittit** pres. ind., 3 pers.
sing. （他/她/它）派遣，遣送，解放，釋
放

mortalium (mortalis, is, e) *adj.*, masc./ fem./
neut., gen. pl. 死亡的，人世的

multae (multus, a, um) *adj.*, fem., gen./ dat.
sing.; nom. pl. 許多的，很多的

ne *neg. adv./ conj.* 不，否，非；為了不，
以免

nec *neg. adv./ conj.* 也不

nemo, nemini [dat.], neminem [acc.] *pron./ adj.*, 3 decl., masc./ fem., sing. tant. 沒有人，無人（*no one*）

nihil *indef. pron.*, indecl., neut., nom./ acc. sing. 無，無物，沒有東西

Nobilior, oris *n.*, 3 decl., masc. [人名] 古代羅馬的姓氏，隸屬於 Fulvia 氏族

non *neg. adv.* 不，非，否

nos, nostri/ nostrum, nobis *pers. pron.*, irreg., 1 pers. pl. 我們；**inter nos** *locu.* [*prep.* **inter**+acc.] 在我們之間彼此互相...

noster, tra, trum *poss. pron./ adj.* 我們的

numero (numerus, i) *n.*, 2 decl., masc., dat./ abl. sing. 數，數量，數列，範疇

obsederant (obsido, is, sedi, sessum, ere) *v., tr.*, 3., pluperf. ind., 3 pers. sing. （他/她/它已曾）侵佔，佔據

occidit (occido, is, cidi, cisum, ere) *v., tr.*, 3., [1.] pres. ind., 3 pers. sing. （他/她/它）殺，殺死，殺害；[2.] perf. ind., 3 pers. sing. （他/她/它已）殺，殺死，殺害

omnia (omnes, es, ia) *adj./ pron.*, neut., nom./ acc. pl. 一切，所有，所有事物，所有人；**omnibus** masc./ fem./ neut., dat./ abl. pl. 一切，所有，所有事物，所有人

opera, ae *n.*, 1 decl., fem. 嘗試，努力，工作

operibus (opus, eris) *n.*, 3 decl., neut., dat./ abl. pl. 工作，工事，作品；**ex operibus** *locu.* [*prep.* **ex**+abl. pl.] 從工作，從工事，從作品

optimum (optimus, a, um) *adj.*, sup. [pos.: **bonus, a, um**] masc./ neut., acc. sing.; neut., nom. sing. 極美好的，極良善的，極有益的

oratores (orator, oris) *n.*, 3 decl., masc., nom./ acc./ voc. pl. 演說家[們]，演講者[們]

oratum (oro, as, avi, atum, are) *v., tr./ intr.*, 1., perf. part., masc./ neut., acc. sing.; neut., nom. sing. 已[/被]祈禱的，已[/被]祈求的

pacem (pax, pacis) *n.*, 3 decl., fem., acc. sing. 和平

par, paris *adj.*, 3 decl. 同樣的，相等的

parvae (parvus, a, um) *adj.*, fem., gen./ dat. sing.; nom. pl. 小的，少的，細微的

patre (pater, tris) *n.*, 3 decl., masc., acbl. sing. 父親

Paulus, i *n.*, 2 decl., masc. [人名]

per *prep.* [+acc.] 經過，透過（*through...*, *per...*）

percontamur (percontor, aris, atus sum, ari) *dep. v., tr.*, 1., pres. ind., 1 pers. pl. （我們）問，詢問

percussorem (percussor, oris) *n.*, 3 decl., masc., acc. sing. 兇手，謀殺者，暗殺者，刺客

periculis (periculum, i) *n.*, 2 decl., neut., dat./ abl. pl. 危險，風險

perire (pereo, es, perii, peritum, perire) *v., intr.*, 4., pres. inf. 死亡

petunt (peto, is, ivi, itum, ere) *v., tr.*, 3., pres. ind., 3 pers. pl. （他/她/它們）要求，請求，尋求，攻擊，追擊，前往；**petentes** pres. part., masc./ fem., nom./ acc. pl. [正在]要求的，[正在]請求的，[正在]尋求的，[正在]攻擊的，[正在]追擊的，[正在]前往的；**peterent** imperf. subj., 3 pers. pl. （若他/她/它們曾）要求，請求，尋求，攻擊，追擊，前往

Pheraeos (Pherae, arum) *n.*, 1 decl., fem., pl. tant., acc. [地名] 古代希臘的一座城鎮

Pompeius, ii *n.*, 2 decl., masc. [人名] 龐培，即 Gnaeus Pompeius Magnus（106 - 48 B.C.），羅馬共和末期政治家，軍事家

populum (populus, i) *n.*, 2 decl., masc., acc. sing. 人民，民眾

possent (possum, potes, potui, --, posse) *aux. v., intr.*, irreg., imperf. subj., 3 pers. pl. （若他/她/它們曾）能夠

postulare (postulo, as, avi, atum, are) *v., tr.*, 1., [1.] pres. inf. 要求，請求，乞求；[2.] pass., pres. imp., 2 pers. sing. （你/妳得）被要求，被請求，被乞求

praebuit (praebeo, es, ui, itum, ere) *v., tr.*, 2., perf. ind., 3 pers. sing. （他/她/它已）供應，提供，呈現

principes (princeps, is) *n.*, 3 decl., masc., nom./ acc./ voc. pl. 領導者[們]

prius *adv.* 之前，早先，首先，較早地

pro *prep.* [+abl.] 為了...；之前，在...前方；根據...；作為...，如同...

proeliis (proelium, li(i)) *n.*, 2 decl., neut., dat./ abl. pl. 戰役

prohibent (prohibeo, es, hibui, hibitum, ere)

v., tr., 2., pres. ind., 3 pers. pl. （他/她/它們）
隔離，使遠離

propter *prep.* [＋acc.] 接近，靠近；因為

provinciam (provincia, ae) *n.*, 1 decl., fem.,
acc. sing. 省區，轄區；**per provinciam**
locu. [*prep.* **per**＋acc. sing.] 經過省區，經
過轄區

prudens, entis *adj.*, 3 decl. 審慎的，謹慎的，
有遠見的，有經驗的

quam *adv./ conj.* 多少，多麼；[用於比較]
比…，較…

quantum *adv.* 多少，到什麼程度

qui, quae, quod *rel.; indef.; interr. pron./ adj.*
誰，哪個/些；那/些；什麼；**quod** neut.,
nom./ acc. sing. 誰，哪個；那；什麼；
quae fem., nom. sing./ pl.; neut., nom./ acc.
pl. 誰，哪個/些；那/些；什麼

quid (quis, quis, quid) *interr.; indef. pron.*,
neut., nom./ acc. sing. 誰，什麼

quisque, quisque, quidque *indef. pron./ adj.*
每人，每物；**cuique** masc./ fem./ neut., dat.
sing. [給]每人，[給]每物

quod *adv./ conj.* 關於，至於，因為

redditum (reddo, is, didi, ditum, ere) *v., tr.*,
3., [1.] perf. part., masc./ neut., acc. sing.;
neut., nom. sing. 已[/被]交還的，已[/被]回
歸的，已[/被]回報的，已[/被]報復的；已
[/被]呈現的，已[/被]表示的；[2.] sup.,
neut., acc. sing. 交還，回歸，回報，報復；
呈現，表示

referre (refero, fers, rettuli, latum, ferre)
anomal. v., tr., irreg., [1.] pres. inf. 帶回，
回歸；[2.] pass., pres. imp., 2 pers. sing.
（你/妳得）被帶回，被回歸；**referent**
fut. ind., 3 pers. pl. （他/她/它們將）帶回，
回歸

remittit (remitto, is, misi, missum, ere) *v., tr.*,
3., pres. ind., 3 pers. sing. （他/她/它）送
回，遣回

**respondit (respondeo, es, spondi, sponsum,
ere)** *v., intr.*, 2., perf. ind., 3 pers. sing. （他
/她/它已）回應，答覆

reverterunt (revertor, eris, versus sum, erti)
semidep. v., intr., 3., perf. ind., 3 pers. pl.
（他/她/它們已）回頭，回來，回去，返
回，回歸

rogatum (rogo, as, avi, atum, are) *v., tr.*, 1.,

[1.] perf. part., masc./ neut., acc. sing.; neut.,
nom. sing. 已[/被]詢問的，已[/被]尋求的；
[2.] sup., neut., acc. sing. 詢問，尋求；
rogavit perf. ind., 3 pers. sing. （他/她/它
已）詢問，尋求

Romanum (Romanus, a, um) *adj.*, masc./
neut., acc. sing; neut., nom. sing. [地名] 羅
馬的，羅馬人的

sancta (sanctus, a, um) *adj.*, fem., nom./ abl,
sing,; neut., nom./ acc. pl. 神聖的，不可褻
瀆的，不可侵犯的，不可違背的

sapientis (sapiens, entis) *n.*, 3 decl., masc.,
gen. sing.; acc. pl. 智者，賢者

satae (sero, is, sevi, satum, serere) *v., tr.*, 3.,
perf. part., fem., gen./ dat. sing.; nom. pl. 已
[/被]種植的，已[/被]播種的；**satae sunt**
pass., perf. ind., 3 pers. pl. （她們已）被種
植，被播種

Scipionem (Scipio, onis) *n.*, 3 decl., masc.,
acc. sing. [人名] 古代羅馬的姓氏，隸屬於
Cornelia 氏族；**ad Scipionem** *locu.* [*prep.*
ad＋acc. sing] 到 Scipio 處

sed *conj.* 但是，然而

Segni, orum *n.*, 2 decl., masc., pl. [族群名]
古代比利時民族之一

semper *adv.* 永遠，一直，總是

senatu (senatus, us) *n.*, 4 decl., masc., abl.
sing. （古代羅馬的）元老院；**a senatu**
locu. [*prep.* **a, ab**＋abl. sing] 從元老院，被
元老院

sententia, ae *n.*, 1 decl., fem. 意見，看法，
想法

simulacrum, i *n.*, 2 decl., neut. 肖像，雕像，
影像，身影

singularem (singularis, is, e) *adj.*, masc./
fem., acc. sing. 單一的，獨特的，罕見的，
驚人的

societas, atis *n.*, 3 decl., fem. 社會，社群，
聯盟，同盟

speculo (speculum, i) *n.*, 2 decl., neut.,
dat./abl. sing. 鏡子；**in speculo** *locu.* [*prep.*
in＋abl. sing.] 在鏡中

sprevit (sperno, is, sprevi, spretum, ere) *v.,
tr.*, 3., perf. ind., 3 pers/ sing. （他/她/它已）
分離，隔開，排除，拒絕，輕蔑

sui, sibi, se, sese *pers./ refl. pron.*, irreg., 3 pers.

sing./ pl. [無 nom.] 他/她/它（自身）；他/她/它們（自身）；*si*bi dat. [給]他/她/它（自身）；[給]他/她/它們（自身）；*se*se [＝se] masc./ dem./ neut., acc./ abl. 他/她/它（自身）；他/她/它們（自身）；*se* masc./ fem./ neut., acc./ abl. 他/她/它（自身）；他/她/它們（自身）；*ad se* *locu*. [*prep*. *ad*＋acc. sing./ pl.] 到他/他/它（自身）；到他/她/它們（自身）；*de se* *locu*. [*prep*. *de*＋abl. sing./ pl.] 從他/他/它（自身），關於他/她/它（自身）；從他/她/它們（自身），關於他/她/它們（自身）；**pro se** *locu*. [*prep*. **pro**＋abl. sing./ pl.] 在他/她/它之前，為了他/她/它（自身）；在他/她/它們之前，為了他/她/它們（自身）；*inter se* *locu*. [*prep*. *inter*＋acc. pl.] 在他/她們之間彼此互相...

su**mmum (s**u**mmus, a, um)** *adj*., *sup*., masc./ neut., acc. sing.; neut., nom. sing. 極高的，極致的

sunt (sum, es, fu**i, fut**u**rus, esse)** *aux. v., intr.*, irreg., pres. ind., 3 pers. pl. （他/她/它們）是，有，在；*f*u**it** perf. ind., 3 pers. sing. （他/她/它已）是，有，在；*esset* imperf. subj., 3 pers. sing. （若他/她/它曾）是，有，在；*esse* pres. inf. 是，有，在；*est* pres. ind., 3 pers. sing. （他/她/它）是，有，在；*erat* imperf. ind., 3 pers. sing. （他/她/它曾）是，有，在

su**pplici (s**u**pplex, icis)** *adj*., 3 decl., dat./ abl. sing. 懇求的，哀求的，乞求的

suus, a, um *poss. pron./ adj.* 他/她/它的；他/她/它們的；*s*u**a** fem., nom./ abl. sing.; neut., nom./ acc. pl. 他/她/它的；他/她/它們的；*s*u**aque** [＝*s*u**a**＋**que**] fem., nom./ abl. sing.; neut., nom./ acc. pl. 他/她/它的；他/她/它們的；*s*u**um** masc./ neut., acc. sing.; neut., nom. sing. 他/她/它的；他/她/它們的；*s*u**os** masc., acc. pl. 他/她/它的；他/她/它們的；*s*u**ae** fem., gen./ dat. sing.; nom. pl. 他/她/它的；他/她/它們的；*s*u**us** masc., nom. sing. 他/她/它的；他/她/它們的；*su*o**rum** masc./ neut., gen. pl. 他/她/它的；他/她/它們的；*s*u**is** masc./ fem./ neut.,

dat./ abl. pl. 他/她/它的；他/她/它們的

Syracusa**ni (Syracus**a**nus, a, um)** *adj*., masc./ neut., gen. sing.; masc., nom./ voc. pl. [地名] Syracusae 的，Syracusae 人的

tam *adv.* 如此地，多麼地，那麼多地

temere *adv.* 輕率地，冒然地，魯莽地，盲目地

Theba**nus, a, um** *adj.* [地名] 底比斯（古代希臘的一座城邦）的，底比斯人的

triu**mphi (tri**u**mphus, i)** *n.*, 2 decl., masc., gen. sing.; nom. pl. 凱旋式

tu**us, a, um** *poss. pron./ adj.* 你/妳的；*t*u**a** fem., nom./ abl. sing.; neut., nom./ acc. pl. 你/妳的

unus, a, um *card. num. adj.* 一；一些；**un**i**us** masc./ fem./ neut., gen. sing. 一[的]，一己[的]

ut *conj.* 為了，以致於，如同

uxor, **oris** *n.*, 3 decl., fem. 妻子

veni**rent (v**e**nio, is, v**e**ni, v**e**ntum, ire)** *v., intr.*, 4., imperf. subj., 3 pers. pl. （若他/她/它們曾）來；**ven**i**ssent** pluperf. subj., 3 pers. pl. （若他/她/它們已曾）來；**ven**i**sse** perf. inf. 已來

ve**rba (v**e**rbum, i)** *n.*, 2 decl., neut., nom./ acc. pl. 字，話語，言論

vester, tra, trum *poss. pron./ adj.* 你/妳們的；**vestra** fem., nom./ abl. sing.; neut., nom./ acc. pl. 你/妳們的

victo**ria, ae** *n*, 1 decl., fem. 勝利，凱旋

vi**dit (v**i**deo, es, v**i**di, v**i**sum, ere)** *v., tr.*, 2., perf. ind., 3 pers. sing. （他/她/它已）看；**v**i**dentur** pass., pres. ind., 3 pers. pl. （他/她/它們）被看

virtu**te (virtus, **u**tis)** *n.*, 3 decl., fem., abl. sing. 美德，德性；勇氣，膽識

vi**tam (v**i**ta, ae)** *n.*, 1 decl., fem., acc. sing. 生命，生活

vi**tia (v**i**tium, ii)** *n.*, 2 decl., neut., nom./ acc. pl. 缺陷，缺點

vo**ce (vox, v**o**cis)** *n.*, 3 decl., fem., abl. sing. 聲音

vos, vestri/ vestrum, vo**bis** *pers. pron.*, irreg., 2 pers. pl. 你/妳們；*inter vos* *locu.* [*prep.* *inter*＋acc.] 在你/妳們之間彼此互相...

1. 所有格的使用原則

　　拉丁文的所有格形容詞和所有格代名詞皆為 **meus, ~a, ~um**（我的 | *mine*）、**tuus, ~a, ~um**（你/妳的 | *yours*）、**suus, ~a, ~um**（他的，她的，它的 | *his own, her own, its own*）、**noster, ~tra, ~trum**（我們的 | *ours*）、**vester, ~tra, ~trum**（你/妳們的 | *yours*）、**suus, ~a, ~um**（他們的，她們的，它們的 | *their own*）。除非為了需要標明清楚或是特別強調，所有格形容詞 **meus, ~a, ~um**、**tuus, ~a, ~um**、**suus, ~a, ~um** 在句中通常會被省略。例如：

Amicos ad cenam invitavi. ＝ 我已邀請（我的）朋友們來晚餐。*I have invited (my) friends to dinner.*

Matrem diligo. ＝ 我愛（我的）母親。*I love (my) mother.*

相對地，在下例中我們應該這麼說：

Multae istarum arborum **mea** manu sunt satae. (Cicero, *Sen., 27; 59*) ＝ 這些樹[當中]的許多[棵]是由**我**親手所栽植的。*Many of those trees are planted by **my own** hands.*

　　在拉丁文中，除了所有格形容詞（/所有格代名詞）**suus, ~a, ~um** 以外，人稱代名詞的第三人稱屬格 **sui**（他/她/它的，他/她/它們的 | *his/ her/ its, their*），以及指示代名詞 **is, ea, id**（他，她，它 | *he, she, it*）的屬格 **eius**（他/她/它的 | *his/ her/ its*）及 **eorum, earum, eorum**（他們的，她們的，它們的 | *their*），同樣可以用來表示各種第三人稱的所有格。其使用的規則如下：

[1] 在由單一子句所構成的句子中，所有格形容詞（/所有格代名詞）**suus, ~a, ~um** 與人稱代名詞 **sui** 所指的是句中的主詞。例如：

Pompeius[144] castra **sua** incendit. ([Caesar], *His., 10*) ＝ 龐培燒了他自己的軍營。*Pompeius has burned his own camp.*

　　指示代名詞 **eius** 及 **eorum, earum, eorum** 則是指句中其他非主詞的人、事、物。例如：

Semper amavi **Brutum**[145] propter **eius** summum ingenium. (Cicero, *Att., 14, 17a, 5*) ＝ 我一直喜愛 Brutus，因為他的高超才智。*I have always loved Brutus*

---

[144] 龐培，即 Gnaeus Pompeius Magnus（106 - 48 B.C.），羅馬共和末期政治家，軍事家。

[145] 此指 Marcus Junius Brutus（85 - 42 B.C.），羅馬共和末期的政治家，共謀刺殺凱撒的人之一，為西塞羅的摯友。

because his great talent.

[2] 當一個句子的主詞不止一個，且若要以主要主詞的第三人稱所有格來指稱其他主詞時，則須以指示代名詞 **eius** 及 **eorum, earum, eorum** 來取代所有格形容詞（/所有格代名詞）**suus, ~a, ~um**。例如：

Consul **eiusque milites** interfecti sunt. ＝ 執政官和他的兵士們[都]已被殺。
The consul and his soldiers have be killed.

Aemilius Paulus[146] prudens fuit, **eius collega** inconsultus. ＝ Paulus Arvilius 是謹慎的，他的同僚[則]是輕率的。*Aemilius Paulus was prudent, (and) his colleague was thoughtless.*

[3] 當句子裡包含有主要子句與附屬子句時，則必須特別留心所有格形容詞（/所有格代名詞）、人稱代名詞與指示代名詞的使用。一般而言，附屬子句中的所有格形容詞（/所有格代名詞）**suus, ~a, ~um** 與人稱代名詞 **sui, sibi, se, sese** 所要指稱的對象是主要子句中的主詞。例如：

Legati petunt a Caesare, ut ille **sibi** auxilium mittat. ＝ 大使們請求來自凱撒所能施予他們的援助。*The ambassadors entreat Caesar, for sending help to them from him.*

Ariovistus[147] respondit, non sese Gallis, sed Gallos **sibi** bellum intulisse. (Caesar, *Gal., 1, 44*) ＝ Ariovistus 答稱，並非是他向高盧人，而是高盧人向他挑起戰事。*Ariovistus replied (that) he had not made war upon the Gauls, but the Gauls upon him.*

Haedui[148], cum **se suaque** ab Helvetiis[149] defendere non possent, legatos ad Caesarem mittunt, rogatum auxilium. (Caesar, *Gal., 1, 11*) ＝ Haedui 人，由於他們無法從 Helvetii 人[手中]保衛他們自身與他們的[財富/家人/族群]，遂派遣使者向凱撒尋求援助。*The Haedui, since they could not defend themselves and theirs (possession, families or people) from the Helvetii, send ambassadors to Caesar to ask for assistance.*

---

[146] 此指 Lucius Aemilius Paullus（? - 216 B.C.），羅馬共和時期的政治家、軍事家，或與其同名的兒子 Lucius Aemilius Paullus Macedonicus（229 - 160 B.C.），羅馬共和時期的政治家、軍事家。

[147] Ariovistus 為 Suebi 人（古代日耳曼的民族）的首領（? - 54 B.C.）。

[148] Haedui（或作 Aedui）為古代高盧的民族，與羅馬交好。

[149] Helvetii 為古代瑞士的民族。

至於指示代名詞 **is, ea, id** 則用來而指稱句子中所出現的其他人、事、物。例如：

Epaminondas [150] fuit tam disertus, ut nemo **ei** Thebanus [151] par esset eloquentia. (Nepos, *Ep., 5*) ＝ Epaminondas 是如此地能言善道，以致於底比斯無人能在辯才上與他相提並論。*Epaminondas was so skillfully expressed, so that no one of Theban was equal to him in eloquence.*

[4] 若附屬子句的類型為：① 由不定詞所構成的附屬子句、② 表示目的的附屬子句，以及③ 間接問句；在這三類附屬子句中，無論所指稱的對象是否為主要子句的主詞，都一定要使用所有格形容詞（/所有格代名詞）**suus, ~a, ~um** 或人稱代名詞 **sui, sibi, se, sese**。例如：

Homerum[152] Colophonii[153] **civem** esse dicunt **suum**. (Cicero, *Arch., 8; 19*) ＝ Colophon 城的住民說荷馬是他們的市民。*The Colophonian say that Homer was their citizen.*

Segni Condrusique[154] legatos ad Caesarem miserunt oratum, ne **se** in hostium numero duceret. (Caesar, *Gal., 6, 32*) ＝ Segni 人和 Condrusi 人遣派使者們向凱撒懇求，為了別讓他把他們視為敵人之數。*The Segui and Condrusi sent ambassadors to Caesar to entreat that he would not regard them in the number of enemies.*

Ariovistus conclamavit quid **ad se** venirent. (Caesar, *Gal., 1, 47*) ＝ Ariovistus 大聲喊叫著為何他們來到他這裡。*Ariovistus cried out why were they come to him.*

相對地，在以下的情形中，則一定要使用指示代名詞或指示形容詞。包括：

① 表示結果的附屬子句。例如：

Ita se gessit Ligarius[155], ut **ei** pacem expediret. (Cicero, *Lig, 2; 4*) ＝ Ligarius 這般地持身，以致於他得以為其自身維繫著和平。*Ligarius behaved himself*

---

[150] Epaminondas（ca. 418 - 362 B.C.）為古代希臘城邦底比斯的軍事家、政治家。

[151] 底比斯，古代希臘的一座城邦。

[152] 荷馬，古代希臘的詩人。

[153] Colophon 為位於古代小亞細亞西側的城市。

[154] Segni 與 Condrusi 皆為古代比利時的民族。

[155] 此指 Quintus Ligarius，羅馬共和末期的軍人，曾因在非洲的戰事中與凱撒作對而被控叛國，經西塞羅的辯護而獲赦免。

in such way, so that he might procure the peace for himself.

② 表示時間的 **cum** 所接續的附屬子句,即:「一...,就...」、「當/
在...之時」。例如:

Curius[156], cum **ad eius** domum legati venissent cum donis, non admisit. = 當
使者們帶著禮物前往他家的時候,Curius 並沒有接見。*While the
ambassadors had came to his house with gifts, Curius did not admitted.*

③ 附屬子句為直述語氣,用以表達一個既定的事實或作者的意見。
例如:

Fulvius Nobilior[157] Ennium[158], qui cum patre **eius** militaverat, civitate donavit.
(Cicero, *Brut., 20; 79*) = Fulvius Nobilior 把[羅馬的]市民身分贈予曾與其
父親一同參軍的 Ennius。*Fulvius Nobilior gave Ennius, who had enlist in the
army with his father, the citizenship (of Rome).*

④ 當所要指稱的對象(人、事、物),既不是附屬子句的主詞,也
不是主要子句的主詞。例如:

Principes civitatum **ad Caesarem** reverterunt, ut **cum eo** agere liceret. (Caesar,
Gal., 1, 31) = 城市的領導者們回到凱撒那裡,為了要能與他進行協商。
The chiefs of states returned to Caesar, for it might be allowed to treat with him.

2. 反身格的使用原則

在拉丁文中,除了會透過帶有反身意味的詞類,如指示代名詞 **ipse,
ipsa, ipsum**(他本身,她本身,它本身 | *himself, herself, itself*),或其他具有指示
性的詞類來表現反身格,另外,也可以使用人稱代名詞 **sui, sibi, se, sese**,
以及所有格形容詞(/ 所有格代名詞)**suus, ~a, ~um** 來表現反身格。其使用
原則如下:

---

[156] 此指 Manius Curius Dentatus(? - 270 B.C.),羅馬共和時期的政治家。
[157] 此指 Quintus Fulvius Nobilior,古代羅馬的政治家。
[158] Quintus Ennius(ca. 239 - ca. 169 B.C.),羅馬共和時期的詩人、作家。

[1] 在由單一子句所構成的句子中，若反身格所要指稱的是句中的主詞，則使用所有格形容詞（/所有格代名詞）**suus, ~a, ~um**，或人稱代名詞 **sui, sibi, se, sese**。例如：

Marius[159] percussorem contra **se** missum deterruit. ＝ Marius 嚇退派來對付他的刺客。*Marius has deterred the assassin (who was) sent against him.*

而若反身格所要指稱的並非句中的主詞，則會使用指示形容詞 **ille, illa, illud**，或指示代名詞 is, ea, id 的屬格：**eius, ~us, ~us** {sing.} 及 **eorum, earum, eorum** {pl.}。例如：

Deum agnoscis ex operibus **eius**. (Cicero, *Tusc., 1, 28; 70*) ＝ 你/妳從祂的作為中瞭解到神。*You recognize god from his works.*

需要格外留意的是，在會出現混淆的情況下，儘管所要指稱的不是句中的主詞，也仍會例外地使用所有格形容詞（/所有格代名詞）**suus, ~a, ~um** 或人稱代名詞 **sui, sibi, se, sese**。

[2] 在由主要子句與附屬子句所構成的句子中，若第三人稱的反身格（他/她/它自身，他/她/它們自身）同時可以用來指稱主要子句及附屬子句的主詞時，為了避免混淆，需用指示代名詞 **ipse, ipsa, ipsum** 來指稱主要子句的主詞，並以所有格形容詞（/所有格代名詞）**suus, ~a, ~um** 或人稱代名詞 **sui, sibi, se, sese** 來指稱附屬子句的主詞。例如：

Mater filium rogavit, ut **ipsi** consuleret. ＝ 母親要求兒子照料她本身。
Mother has asked the son to consult herself.

Mater **filium** rogavit ut **sibi** consuleret. ＝ 母親要求兒子照料他自身。
Mother has asked the son to consult himself.

Caesar milites suos interrogabat cur ii de **sua** virtute aut de **ipsius** diligentia desperarent. ＝ 凱撒質問他的士兵們為何他們要失望於他們自身的勇氣或[失望於]他本身的努力。*Caesar interrogated his soldiers why they should despair of their own courage or (despair) of his own diligence.*

---

[159] 此指 Gaius Marius（157 - 86 B.C.），羅馬共和時期的軍事家、政治家。

[3] 在使用關係子句的結構中，若是關係子句的動詞為假設語氣，則以所有格形容詞（/所有格代名詞）**suus, ~a, ~um** 或人稱代名詞 **sui, sibi, se, sese** 來表示反身格；若關係字句的動詞為直述語氣，則以指示代名詞 **is, ea, id** 表示反身格。例如：

Helvetii legatos ad Caesarem mittunt, **qui dicerent sibi** esse in animo per provinciam iter facere. (Caesar, *Gal., 1, 7*) ＝ Helvetii 人派遣使者們到凱撒那裡，表達他們有行經省區路徑的打算。*Helvetii send ambassadors to Caesar, to say that they had intention to cross the route through the province.*

Decima legio Caesari gratias egit, **quod de se** optimum indicium **fecisset.** (Caesar, *Gal., 1, 41*) ＝ 第十軍團向凱撒致謝，因為他給了他們極佳的評價。*The tenth legion has expressed gratitude to Caesar, because he would have given the most favorable opinion of them.*

我們若將前一句中的關係子句動詞改為直述語氣，則會變成：

Decima legio Caesari gratias egit, **quod de ea** optimum iudicium **fecerat.** ＝ 第十軍團向凱撒致謝，因為他給了他們極佳的評價。*The tenth legion has expressed gratitude to Caesar, because he had given the most favorable opinion of them.*

[4] 在下列幾種情形中，必須以所有格形容詞（/所有格代名詞）**suus, ~a, ~um** 來表示反身格：

① 並非指稱句子在文法上的主詞，而是用以指稱句子在邏輯或語意上的主詞時。例如：

Nihil est **exuli** domo **sua** dulcius. ＝ 對於流亡者而言，並不存在有比他的家園還要更美好的事物。*To an exile, nothing is sweeter than his home.*

Sapientis est omnia ad **suum** arbitrium referre. (Cicero, *Tusc., 5, 28; 81*) ＝ 智者是[能]依其裁斷來回歸一切的人。*It is typical of a wise man to decide everything by himself.*

② 與代名詞 **quisque, quisque, quidque**（每人，每物 | *each one, everyone*）一起使用時。例如：

Sua cuique sunt vitia. (Quintilianus, *Inst., 11, 3, 121*) ＝ 每個人都有他/她自己的缺點。*Everyone has his/her own vices.*

Nec **cuiquam** mortalium iniuriae **suae** parvae videntur. (Sallustius, *Cat., 51*) ＝ 也不會有人把對他自身的冒犯視為小事。*Nor mortal person look at his* *offenses as trivial matters.*

Suus cuique erat locus attributus. (Caesar, *Gal., 7, 81*) ＝ 每個人都已被指派到他自己的崗位。*A post had been assigned to each one.*

Pro se quisque. (Cicero, *de Orat., 1, 18; 82*) ＝ 每個人都有自己的[考量]。*Each for himself.*

③ 表示「他/她自己」，且同時涉及其自身的家人、下屬或所屬的族群、民族時。例如：

Hunc **sui cives** e civitate eiecerunt. (Cicero, *Sest., 68; 142*) ＝ 他自己的市民把他逐出了城市。*His own citizens banished him from the city.*

Magna fuit victoria Hannibalis et **suorum**. ＝ 漢尼拔和他的士兵們大獲全勝。*The victory of Hannibal and his soldiers was great.*

④ 與介係詞 **cum**（＋奪格）一起使用時。例如：

Caesar **Fabium cum sua legione** remittit in hiberna. (Caesar, *Gal., 5, 53*) ＝ 凱撒遣 Fabius 偕同他自己的軍團回到冬營去。*Caesar sends back Fabius with his legion to the winter-quarters.*

[5] 如果要特別強調反身格時，可以使用所有格形容詞（/所有格代名詞）加上同位語 **ipse, ipsa, ipsum** 或 **unns, una, unnm**（一 | one），此時這個同位語須以屬格來表示。例如：

Sua ipsius manus. ＝ 他/她自己的手。*His/ Her own hand.*

Vestra ipsorum verba. ＝ 你/妳們自己的話語。*Your own words.*

Mea unius opera. (Cicero, *Pis., 3; 6*) ＝ 我一己的工作。*My single work.*

Ex **tua ipsius** sententia. ＝ 根據你/妳本身的看法。*According to your own opinion.*

Caesar aiebat **id sua unius** interesse. ＝ 凱撒說那只關乎其自身。*Caesar said that concerns (only) himself.*

當要表達「彼此、互相」的情況下，除了可以使用介係詞片語「**inter**＋指示代名詞 **ipse, ipsa, ipsum** 的受格複數」，即以「**inter ipsos (/ipsas / ipsa)**」來表示「在他（/她/它）們之間彼此互相...」之意，也可以使用「**inter**＋複數的人稱代名詞受格」，即以「**inter nos**」、「**inter vos**」、「**inter se**」來分別表示「在我們之間彼此互相...」、「在你/妳們之間彼此互相...」、與「在他/她/它們之間彼此互相...」之意。例如：

Sancta est societas civium **inter ipsos**. (Cicero, *Leg., 2, 7; 16*) ＝ 存在於市民彼此之間的結盟關係是神聖的。*The alliance among each of the citizen is sacred.*

另外，在拉丁文中，也可以透過重複兩次不定形容詞（/不定代名詞）**alius, alia, aliud**（其他，另一 | *another*）或重複兩次 **alter, altera, alterum**（另一 | *the other*），來表達「彼此、互相」之意：其中一個作為句子的主詞，另一個則作為句子的受詞；**alter, altera, alterum** 用於兩者之間的相互關係，至於 **alius, alia, aliud** 則是用來表達三者或三者以上的個人或團體彼此之間的相互關係。例如：

Alius alium percontamur. (Plautus, *St., 2, 2*) ＝ 我們互相詢問著彼此。*We inquire one another.*

Milites **alii alios** intueri. (Livius, *9, 5*) ＝ 士兵們互相看著彼此。（/士兵們面面相覷。）*The soldiers look at one another.*

練　習

[01]　Canis in speculo vidit simulacrum suum. (Phaedrus, *1, 4*) ＝ 一隻狗看著牠在[水上]鏡面中的倒影。*A dog saw his image in the mirror (of water).*

[02]　Syracusani oratores ad Marcellum[160] mittunt, nihil petentes aliud quam incolumitatem sibi liberisque suis. (Livius, *25, 31*) ＝ Syracusae 的人們派遣說客們到 Marcellus 處，不為別的，而是懇求給予他們及其子嗣們安全。*The Syracusans send orators to Marcellus, asking nothing else than the safety for themselves and their children.*

[03]　Ariovistus Caesar respondit, se prius in Galliam venisse quam populum Romanum. (Caesar, *Gal., 1, 44*) ＝ Ariovistus 回覆凱撒，他比羅馬人更早來到高盧。*Ariovistus replied to Caesar, that he had come into Gallia before*

---

[160] 此指 Marcus Claudius Marcellus（ca. 268 - 208 B.C.），羅馬共和時期的政治家，軍事家。

Roman people.

[04] His Caesar mandavit, quae diceret Ariovistus cognoscerent et ad se referent. (Caesar, *Gal., 1, 47*) = 凱撒命令這些人去瞭解 Ariovistus 說了什麼，並且向他回報。*Caesar commissioned these (men) to learn what Ariovistus had to say, and report to him.*

[05] Catilina[161] voce supplici postulare a patribus coepit, ne quid de se temere crederent. (Sallustius, *Cat., 31*) = Catilina 以懇求的語調開始乞求父老們別輕率地相信關於他的任何[謠言]。*Catilina, with suppliant voice, began to pray for the fathers (of the country) that they would not to entrust anything blindly about him.*

[06] Atticus[162] Ciceroni in omnibus eius periculis singularem fidem praebuit. (Nepos, *Att., 4*) = Atticus 在[西塞羅]他的一切危難之中，對西塞羅展現了非凡的忠誠。*Atticus showed a singular fidelity to Cicero in all his perils.*

[07] Caesar mittit ad Scipionem[163] A. Clodium, suum atque illius familiarem. (Caesar, *Civ., 3, 57*) = 凱撒派 Aulus Clodius 到 Scipio 那裡，[Clodius 是]他與那位（即 Scipio）[共同]的親屬。*Caesar sent Aulus Clodius to Scipio, (Clodius is) a relative of (both) himself (=Caesar) and that one (=Scipio).*

[08] Helvetii fere cotidianis proeliis cum Germanis contendunt, cum aut suis finibus eos prohibent, aut ipsi in eorum finibus bellum gerunt. (Caesar, *Gal., 1, 1*) = Helvetii 人幾乎每天都在與日耳曼人對戰，或是他們（Helvetii 人）把他們（日耳曼人）逐出他們（Helvetii 人）的領土，或是他們（Helvetii 人）本身在他們（日耳曼人）的領土內交戰。*The Helvetii contend with the Germans in almost daily battles, when, or they (= Helvetii) repel them (= Germans) from their (= Helvetii's) territory, or they themselves (= Helvetii) wage war in their (= Germans') territories.*

[09] Suum cuique honorem redditum esse gaudeo. (Cicero, *Rosc. Am., 47; 136*) = 我欣喜於每個人的榮耀已獲回歸於其自身。*I enojoy that everyon's honor has been given back to himself.*

[10] Alexandrum[164], qui apud Pheraeos, uxor sua occidit. (Cicero, *Inv., 2, 144*) = 亞歷山大，他的妻子在 Pherae 城殺了他。*Alexander, his wife killed him at Pherae.*

---

[161] 即 Lucius Sergius Catilina（ca. 108 - 62 B.C.），古羅馬政治家，後來多次密謀推翻政府。

[162] 此指 Titus Pomponius Atticus（112/ 109 - 35/ 32 B.C.），羅馬共和晚期的貴族，為西塞羅的摯友。

[163] 此指 Quintus Caecilius Metellus Pius Scipio Nasica（ca. 100/ 98 - 46 B.C.），羅馬共和晚期的政治家、軍事家。

[164] 此指 Pherae 城（古代希臘的一座城鎮）的亞歷山大，為曾經統治古代希臘城邦 Thessalia 的暴君（在位期間：369 - 358 B.C.）

[11]　Dii inter se diligunt. (Cicero, *N. D., 1, 44; 122*) ＝ 諸神彼此間相互敬重。
　　　　The gods prefer one another.

[12]　Fulvius Flaccus[165] triumphi honorem decretum sibi a senatu sprevit. (V.
　　　　Maximus, *2, 8, 3*) ＝ Fulvius Flaccus 拒絕了經元老院所決定要給予他的
　　　　凱旋式榮耀。*Fulvius Flaccus has refused the honor of triumph (which was)
　　　　decided by the senate for him.*

[13]　Semper Milo[166], quantum interesset P. Clodii[167] se perire, cogitabat. (Cicero,
　　　　Mil., 21; 56) ＝ Milo 總是在想，P. Clodius 自己到底有多麼想死。*Milo
　　　　always considered that how much it interested to P. Clodius himself to die.*

[14]　Iugurtha[168] legatos ad consulem mittit, qui ipsi liberisque vitam peterent.
　　　　(Sallustius, *Iug., 46*) ＝ Iugurtha 派使者們到執政官那裡，為了替自己與
　　　　孩子們乞命。*Iugurtha send ambassadors to the consul, in order to beg for the life
　　　　to himself and the children.*

[15]　Cincinnatus [169] dictator, devictis Aequis, Minucium [170] consulatum
　　　　deponere coegit, quod castra eius idem hostes obsederant. (V. Maximus, *2, 7,
　　　　7*) ＝ 獨裁官 Cincinnatus 在擊敗 Aequi 人之後[171]，迫使 Minucius 放棄
　　　　執政官的職位，因為同樣的敵方（Aequi 人）曾圍攻其（Minucius）軍
　　　　營。*The dictator Cincinnatus, after defeated the Aequi, has compeled Minucius to
　　　　give up the consulship, because the same enemies (= the Aequi) had besieged his (=
　　　　Minucius) camp.*

---

[165] 此指 Gnaeus Fulvius Flaccus，古代羅馬的軍事家；後因由於對漢尼拔的作戰失利，使他
在 210 B.C.時遭受控訴，並被流放至外地。

[166] 此指 Titus Annius Milo（? - 48 B.C.），羅馬共和末期的政治家。

[167] 此指 Publius Clodius Pulcher（ca. 93 - 52 B.C.），羅馬共和晚期的政治家，為西塞羅的政
敵。

[168] 古代北非 Numidia 王國的國王（ca. 160 - 104 B.C.）。

[169] Lucius Quinctius Cincinnatus（519 - 430 B.C.），羅馬共和時期的政治家，曾於歸隱務農
後應邀率兵解救遭 Aequi 人圍困的 Lucius Minucius Esquilinus Augurinus 軍團。

[170] 此指 Lucius Minucius Esquilinus Augurinus（? - ca. 439 B.C.），羅馬共和時期的政治家，
曾在執政官任內領軍對抗 Aequi 人時遭到圍困，直到 Cincinnatus 率軍擊退 Aequi 人後才
解圍。

[171] Aequi 為古代義大利的民族之一。

XXIII 關係代名詞

課程字彙

a, ab *prep.* [＋abl.] 從…，被…（*from...*, *by...*）

absunt (absum, abes, abfui, --, abesse) *anomal. v., intr.,* irreg., pres. ind., 3 pers. pl. （他/她/它們）缺席，不在場；遠離，相隔

ad *prep.* [＋acc.] 到…，向….，往…，靠近…

agitabatur (agito, as, avi, atum, are) *v., tr.,* 1., pass., imperf. ind., 3 pers. sing. （他/她/它曾）被攪拌，被搖動，被支配

agro (ager, agri) *n.,* 2 decl., masc., abl. sing. 田野，田園；**in agro** *locu.* [*prep.* **in**＋abl. sing] 在田裡

aliis (alius, alia, aliud) *indef. adj./ pron.,* masc./ fem./ neut., dat./ abl. pl. 其他的，另一（些）的；**in aliis** *locu.* [*prep.* **in**＋abl. pl.] 在其他的，在另一（些）的

animus, i *n.,* 2 decl., masc. 心靈，心智，精神，意圖，感覺

artibus (ars, artis) *n.,* 3 decl., fem., dat./ abl. pl. 技巧，技藝，藝術，方法，途徑，特徵

audiunt (audio, is, ivi, itum, ire) *v., tr.,* 4., pres. ind., 3 pers. pl. （他/她/它們）聽，聽到；**(ei/ ii) qui audiunt** *locu.* 聽眾們

auxerat (augeo, es, auxi, auctum, ere) *v., tr.,* 2., pluperf. ind., 3 pers. sing. （他/她/它已曾）增加，增大

bello (bellum, i) *n.,* 2 decl., neut., dat./ abl. sing. 戰爭

Caesar, aris *n.,* 3 decl., masc. [人名/稱號] 凱撒，即 Gaius Julius Caesar（100 - 44 B.C.），羅馬共和末期的軍事家，政治家，其名號於羅馬帝國時期成為對皇帝的稱謂

captivos (captivus, i) *n.,* 2 decl., masc./ fem., acc. pl. 俘虜，戰俘

Catilinae (Catilina, ae) *n.,* 1 decl., masc., gen./ dat. sing.; nom./ voc. pl. [人名] 即 Lucius Sergius Catilina（ca. 108 - 62 B.C.），古羅馬政治家，後來多次密謀推翻政府

cena, ae *n.,*1 decl., fem. 晚餐

civitas, atis *n.,* 3 decl., fem. 城市，社群，社會

Colonas (Colonae, arum) *n.,* 1 decl., fem., pl. tant., acc. [地名] 古希臘時代位於特洛伊地區的城鎮

commodavi (commodo, as, avi, atum, are) *v., tr./ intr.,* 1., perf. ind., 1 pers. sing. （我已）借，借出

commodissime *adv., sup.* [pos.: **commode**] 極合宜地，極合適地

concedo, is, cessi, cessum, ere *v., intr./ tr.,* 3. 移開，撤走，寬恕，允許

conscientia, ae *n.,* 1 decl., fem. 認知，良心，共謀

contulerat (confero, fers, tuli, latum, ferre) *anomal. v., tr.,* irreg., pluperf. ind., 3 pers. sing. （他/她/它已曾）帶，送；**se contulerat** *refl. pron*＋pluperf. ind., 3 pers. sing. （他/她/它已曾）使前往，求助，依靠

coquebatur (coquo, is, coxi, coctum, ere) *v., tr.,* 3., pass., imperf. ind., 3 pers. sing. （他/她/它曾）被烹煮，被料理

cotidie *adv.* 每天

cum *adv.* 當，在…之時（*when..., since...*）

de *prep.* [＋abl.] 關於

dicitur (dico, is, dixi, dictum, ere) *v., tr.,* 3., [＋dat.] pass., pres. ind., 3 pers. sing. （他/她/它）被說；**qui (/quae /quod) dicitur** *locu.* 所謂的

dies, ei *n.,* 5 decl., masc. 日，天；**in dies** *locu.* [*prep.* **in**＋acc. pl.] 到...之日，日復一日

Dumnorigem (Dumnorix, igis) *n.,* 3 decl., masc., acc. sing. [人名] 古代高盧民族 Haedui 人的領袖

easdem (*idem, eadem, idem*) *demonstr. pron./ adj.,* fem., acc. pl. 相同的，同樣的；同時的

eo (is, ea, id) *demonstr. pron./ adj.,* masc./ neut., abl. sing. 他；此；它；彼；**ei** masc./ fem./ neut., dat. sing.; masc., nom. pl. [給]他，她，它，[予]此，其，彼；他們，這些；**eos** masc., acc. pl. 他們；這些；**eam** fem., acc. sing. 她；其；**eiusque** [= **eius**＋**que**] masc./ fem./ neut., gen. sing. 他[的]，她[的]，它[的]；這個[的]，那個[的]；**eis** masc./ fem./ neut., dat./ abl. pl. 他們，她們，它們；這些，那些

equitatus, us *n.,* 4 decl., masc. 騎兵

est (sum, es, fui, futurus, esse) *aux. v., intr.,* irreg., pres. ind., 3 pers. sing. （他/她/它）是，有，在；**es** [1.] pres. ind., 2 pers. sing. （你/妳）是，有，在；[2.] pres. imp., 2 pers. sing. （你/妳得）是，有，在；**sit** pres. subj., 3 pers. sing. （若他/她/它）是，有，在

et *conj.* 和、及，並且，而且

eventus, us *n.,* 4 decl., masc. 事件，結果

Fabius, i *n.,* 2 decl., masc. [人名] 古代羅馬的氏族名

familiaris, is, e *adj.* 家庭的，家族的，親族的

ferox, ocis *adj.,* 3 decl. 狂野的，好鬥的，殘暴的

fidelissimum (fidelissimus, a, um) *adj., sup.* [pos.: **fidelis, is, e**] masc./ neut., acc. sing.; neut., nom. sing. 極忠誠的，極忠實的

fieri (fio, fis, factus sum, fieri) *semidep. anomal. v., intr.,* 4., pres. inf. 變成，被製作，發生；**quod fieri volo** *locu.* 我所想做的

finibus (fines, ium) *n.,* 3 decl., masc., dat./ abl. pl. 領土，領域

flumen, inis *n.,* 3 decl., neut. 河，溪流

foro (forum, i) *n.* 2 decl., neut., dat./ abl. sing. 集會的公共場所；法庭；**in foro** [*prep.* **in**＋abl. sing.] 在集會場；在法庭

fortissimum (fortissimus, a, um) *adj., sup.* [pos.: **fortis, is, e**] masc./ neut., acc. sing.; neut., nom. sing. 極強壯的，極有力的，極堅強的，極堅定的

fundum (fundus, i) *n.,* 2 decl., masc., acc. sing. 地產

Gallus, i *n.,* 2 decl., masc. [族群名] 高盧人

gens, gentis *n.,* 3 decl., fem. 人民，民族，種族，氏族；**utra gens** *locu.* 兩族之一

gignit (gigno, is, genui, genitum, ere) *v., tr.,* 3., pres. ind., 3 pers. sing. 生育，生產，產出，創造；**(ea) quae terra gignit** *locu.* 土壤的作物

gloriemini (glorior, aris, atus sum, ari) *dep. v., intr.,* 1., pres. subj., 2 pers. pl. （若你/妳們）自誇，自豪，得意，感到光榮

habuit (habeo, es, habui, itum, ere) *v., tr.,* 2., perf. ind., 3 pers. sing. （他/她/它已）有，持有，考慮；**habet** pres. ind., 3 pers. sing. （他/她/它）有，持有；考慮

Hannibale (Hannibal, alis) *n.,* 3 decl., masc., abl. sing. [人名] 漢尼拔，即迦太基軍事家 Hannibal Barca（247 - 183 B.C.）；**ab Hannibale** *locu.* [*prep.* **ab**＋abl. sing.] 從漢尼拔，被漢尼拔；**Hannibali** dat. sing. 漢尼拔

hoc (hic, haec, hoc) *demonstr. pron./ adj.,* masc., abl. sing.; neut., nom./ acc./ abl. sing. 這，此，這個的；**has** fem., acc. pl. 這些，這些的

hostium (hostis, is) *n.,* 3 decl., masc./ fem., gen. pl. 敵人[們的]，敵方[的]

in *prep.* [＋acc./ abl.] 在…；到…，向…

inopia, ae *n.,* 1 decl., fem. 缺乏，匱乏，貧困，貧窮

inquit (inquam, is, inquii) *defect. v., intr.,* irreg., pres. ind., 3 pers. sing. （他/她/它）說

inscribitur (inscribo, is, scripsi, scriptum, ere) *v., tr.,* 3., pass., pres. ind., 3 pers. sing. （他/她/它）被銘記，被題寫，被題名；**qui (/quae /quod) inscribitur** *locu.* 書名/篇名是…

insequendum (insequor, eris, insecutus sum, sequi) *dep. v., tr./ intr.,* 3., [1.] ger., neut., acc. sing. 追趕，追擊；[2.] gerundive, masc., acc. sing.; neut., nom./ acc. sing. 該被追趕的，該被追擊的

interposita (interpono, is, posui, positum, ere) *v., tr.,* 3., perf. part., fem., nom./ abl. sing.; neut., nom./ acc. pl. 已[/被]插入的，已[/被]介入的，已[/被]調停的，已[/被]干

涉的，已[/被]引介的

invocatos (invocatus, a, um) *adj.*, masc., acc. pl. 未召喚的，未受邀請的

librum (liber, libri) *n.*, 2 decl., masc., acc. sing. 書，書本，書籍；**libro** dat./ abl. sing. 書，書本，書籍

locus, i *n.*, 2 decl., masc. 地方，場所

longe *adv.* 長遠，長久；**non longe** *locu.* 不遠，不久

magis *adv., comp.* 較多地（*more…*）；**magisque** [＝**magis**＋**que**] 較多地（*and more…*）；**magis magisque** *locu.* [**magis et magis**] 愈來愈多（*more and more*）

magnam (magnus, a, um) *adj.*, fem., acc. sing. 大的，大量的，強大的，偉大的

maximus, a, um *adj., sup.* [pos.: **magnus, a, um**] 極大的，極大量的，極強大的，極偉大的；**maxima** fem., nom./ abl. sing.; neut., nom./ acc. pl. 極大的，極大量的，極強大的，極偉大的

melior, or, us *adj., comp.* [pos.: **bonus, a, um**] 較美好的，較良善的，較有益的

memoravi (memoro, as, avi, atum, are) *v., tr.*, 1., perf. ind., 1 pers. sing. （我已）記憶，留意，論及，提及；**quem (/quam /quod) supra memoravi** *locu.* [我]上述的

mihi (ego, mei, mihi, me) *pers. pron.*, irreg., 1 pers. sing., dat. [給]我

misit (mitto, is, misi, missum, ere) *v., tr.*, 3., perf. ind., 3 pers. sing. （他/她/它已）派遣，遣送，解放，釋放；**mittit** pres. ind., 3 pers. sing. （他/她/它）派遣，遣送，解放，釋放

non *neg. adv.* 不，非，否

nondum *adv.* 尚未，未曾

noster, tra, trum *poss. pron./ adj.* 我們的

numeravit (numero, as, avi, atum, are) *v., tr.*, 1., perf. ind., 3 pers. sing. （他/她/它已）計算，盤算，支付

nunc *adv.* 現在，當下

nuntiata (nuntio, as, avi, atum, are) *v., tr.*, 1., pref. part., fem., nom./ abl. sing.; neut., nom./ acc. pl. 已[/被]通知的，已[/被]宣布的，已[/被]報告的；**qua re nuntiata** *locu.* [absolute ablative] （因為）宣布了那件事，那件事被告知（以後）

oeconomicus, a, um *adj.* 經濟的，有秩序的

Oeconomicus, i *n.*, 2 decl., masc. [書名]《經濟論》（色諾芬的著作）

omnes, es, ia *adj./ pron.*, pl. 一切，所有，所有事物，所有人

opus, eris *n.*, 3 decl., neut. 工作，工事，作品；**opus est** *locu.* [**opus**＋**esse**] 有效用，有必要，有需要

ostendat (ostendo, is, tendi, tentum, ere) *v., tr.*, 3., pres. subj., 3 pers. sing. （若他/她/它）揭示，呈現，指出

pactione (pactio, onis) *n.*, 3 decl., fem., abl. sing. 協議，協定

partem (pars, partis) *n.*, 3 decl., fem., acc. sing. 部份

Pausanias, ae *n.*, 1 decl., masc. [人名] 斯巴達的將領（(?) - 470 B.C.）

persecutus, a, um (persequor, eris, secutus sum, sequi) *dep. v., tr.*, 3., perf. part. 已[/被]追求的，已[/被]探究的；**persecutus est** perf. ind., 3 pers. sing., masc. （他已）追求，探究

pervenit (pervenio, is, veni, ventum, ire) *v., intr.*, 4. [1.] pres. ind., 3 pers. sing. （他/她/它）抵達，到達；[2.] perf. ind., 3 pers. sing. （他/她/它已）抵達，到達

pontem (pons, pontis) *n.*, 3 decl., masc., acc. sing. 橋

possidebat (possideo, es, sedi, sessum, ere) *v., tr.*, 2., imperf. ind., 3 pers. sing. （他/她/它曾）持有，擁有

potuit (possum, potes, potui, --, posse) *aux. v., intr.*, irreg., perf. ind., 3 pers. sing. （他/她/它已）能夠

praestarentur (praesto, as, stiti, atum, are) *v., intr./ tr.*, 1., pass., imperf. subj., 3 pers. pl. （若他/她/它們曾）被優於，被勝於；被履行，被執行，被落實

praesunt (praesum, es, fui, futurum, praeesse) *anomal. v., intr.*, irreg., [＋dat.] pres. ind., 3 pers. pl. （他/她/它們）負責，領導，帶頭；**(ei/ ii) qui rei publicae praesunt** *locu.* 國家的領導者們

pretium, ii *n.*, 2 decl., neut. 價金，報酬

pro *prep.* [＋abl.] 為了…；之前，在…前方；根據…；作為…，如同…

processit (procedo, is, cessi, cessum, ere) *v., intr.,* 3., perf. ind., 3 pers. sing. （他/她/它已）前進，前行，進行；**procedat** pres. subj., 3 pers. sing. （若他/她/它）前進，前行，進行

proposui (propono, is, posui, positum, ere) *v., tr.,* 3., perf. ind., 1 pers. sing. （我已）展現，提議，提出；**quod mihi proposui** *locu.* 我的提議

provincia, ae *n.,* 1 decl., fem. 省區，轄區；**in provincia** *locu.* [*prep.* **in**＋abl. sing.] 在省區內，在轄區內

prudentia, ae *n.,* 1 decl., fem. 審慎，謹慎，睿智，洞見；**qua prudentia es** [＝**quae tua est prudentia /pro tua prudentia**] *locu.* 鑑於你/妳的謹慎

pugnam (pugna, ae) *n.,* 1 decl., fem., acc. sing. 戰鬥，打鬥；**ad pugnam** *locu.* [*prep.* **ad**＋acc. sing.] 來打鬥

qui, quae, quod *rel.; indef.; interr. pron./ adj.* 誰，哪個/些；那/些；什麼；**quem** masc. acc. sing. 誰，哪個；那；什麼；**quibus** masc./ fem./ neut., dat./ abl. pl. 誰，哪些；那些；什麼；**quos** masc. acc. pl. 誰，哪些；那些；什麼；**quae** fem., nom. sing./ pl.; neut., nom./ acc. pl. 誰，哪個/些；那些；什麼；**quod** neut., nom./ acc. sing. 誰，哪個；那；什麼；**quam** fem., acc. sing. 誰，哪個；那；什麼；**qua** fem., abl. sing. 誰，哪個；那；什麼；**quas** fem., acc. pl. 誰，哪些；那些；什麼

quam *adv./ conj.* 多少，多麼；[用於比較] 比…，較…

rebus (res, rei) *n.,* 5 decl., fem., dat./ abl. pl. 物，事物，東西；**re** abl. sing. 物，事物，東西；**rei** gen./ dat. sing. 物，事物，東西；**res** nom./ voc. sing.; nom./ acc./ voc. pl. 物，事物，東西；**eas res** *locu.* 那些事情，那些東西

receperat (recipio, is, recepi, receptum, pere) *v., tr.,* 3., pluperf. ind., 3 pers. sing. （他/她/它已曾）歡迎，迎接，接受，接回

regem (rex, regis) *n.,* 3 decl., masc., acc. sing. 國王；**ad regem** *locu.* [*prep.* **ad**＋acc. sing.] 往國王（處），到國王（處）

rei publicae (res publica, rei publicae) *n.,* 5 decl.＋1 decl., fem., gen./ dat. sing. 政事，公眾事務，國家

reprehendatis (reprehendo, is, hendi, hensum, ere) *v., tr.,* 3., pres. subj., 2 pers. pl. （若你/妳們）抓住，奪取；譴責

Roma, ae *n.,* 1 decl., fem. [地名] 羅馬

Santones, um *n.,* 3 decl., fem., pl. [族群名] 古代高盧民族之一

scelerum (scelus, eris) *n.,* 3 decl., neut., gen. pl. 罪[的]，犯罪[的]，罪惡[的]

se (sui, sibi, se, sese) *pers./ refl. pron.,* irreg., 3 pers. sing./ pl., masc./ fem./ neut., acc./ abl. 他/她/它（自身）；他/她/它們（自身）

sed *conj.* 但是，然而

senatu (senatus, us) *n.,* 4 decl., masc., abl. sing. （古代羅馬的）元老院；**a senatu** *locu.* [*prep.* **a, ab**＋abl. sing] 從元老院，被元老院

sentio, is, sensi, sensum, ire *v., tr./ intr.,* 4. 察覺，感覺，考量，認知，理解；**(ea) quae sentio** *locu.* 我所考慮的

servis (servus, i) *n.,* 2 decl., masc., dat./ abl. pl. 奴隸[們]，僕人[們]；**de servis** *locu.* [*prep.* **de**＋abl. pl.] 從奴隸中，從僕人中

sic *adv.* 如此地，這般地

sit → est

suis (suus, a, um) *poss. pron./ adj.,* masc./ fem./ neut., dat./ abl. pl. 他/她/它的；他/她/它們的

supra *adv./ prep.* [＋acc.] 在…上面

terra, ae *n.,* 1 decl., fem. 土地，陸地，地面

Themistocles, is *n.,* 3 decl., masc. [人名] 古代雅典的政治家，軍事家（525 - 460 B.C.）

tibi (tu, tui, tibi, te) *pers. pron.,* irreg., 2 pers. sing., dat. [給]你/妳

Tolosatium (Tolosates, tium) *n.,* 3 decl., masc., pl., gen. [族群名] Tolosates 人[的]（古代高盧民族之一）

Troade (Troas, ados/ adis) *adj.,* 3 decl., fem., abl. sing. [地名] 特洛伊的

transierat (transeo, is, ivi/ ii, itum, ire) *anomal. v., intr./ tr.,* 4., pluperf. ind., 3 pers. sing. （他/她/它已曾）穿過，越過，渡過

tua (tuus, a, um) *poss. pron./ adj.,* fem., nom./ abl. sing.; neut., nom./ acc. pl. 你/妳的

unicum (unicus, a, um) *adj.,* masc., acc. sing.; neut., nom./ acc. sing. 唯一的，單一的

ut *conj.* 為了，以致於，如同

***u*tra (*u*ter, *u*tra, *u*trum)** *indef. adj./ pron.* sing. tant., fem., nom./ abl. 兩者之一

***u*traque (*u*terque, *u*traque, *u*trumque)** *indef. adj./ pron.,* fem., nom./ abl. sing.; neut., nom./ acc. pl. 兩者皆，兩者中的每一

v*a*cuum (v*a*cuus, a, um) *adj.,* masc., acc. sing.; neut., nom./ acc. sing. 空的，空無的，空虛的

v*e*ndidit (v*e*ndo, is, didi, ditum, ere) *v., tr.,* 3., pref. ind., 3 pers. sing. （他/她/它已）賣

vid*i*sset (v*i*deo, es, v*i*di, v*i*sum, *e*re) *v., tr.,* 2., pluperf. subj., 3 pers. sing. （若他/她/它已曾）看

v*i*rum (vir, v*i*ri) *n.,* 2 decl., masc., acc. sing. 男人，人

v*o*bis (vos, v*e*stri/ v*e*strum, v*o*bis) *pers. pron.,* irreg., 2 pers. pl., dat./ abl. 你/妳們；**in v*o*bis** *locu.* [*prep.* **in**＋abl.] 在你/妳們[身上]

voc*a*ret (voco, as, *a*vi, *a*tum, *a*re) *v., tr.,* 1., imperf. subj., 3 pers. sing. （若他/她/它）召喚，號召，召集

voce (vox, v*o*cis) *n.,* 3 decl., fem., abl. sing. 聲音

volo, vis, v*o*lui, --, v*e*lle *aux. anomal. v., tr./ intr.,* irreg. 想要

Xen*o*phon, *o*ntis *n.,* 3 decl., masc. [人名] 色諾芬（ca. 430 - 354 B.C.），古希臘哲學家、歷史學家）

關係代名詞及其所代稱的同位語（*apposition*）在文法上的性、數、格須一致。例如：

Pausanias[172] Colonas[173], **qui locus** in agro Troade est, se contulerat. (Nepos, *Pau., 3*) ＝ Pausanias 逃到位於特洛依地區內的 Colonae 城。*Pausanias had betaken himself to Colonae, a place which is in the field of Troas.*

在關係代名詞所構成的關係子句中，與關係代名詞相對應的形容詞須與該關係代名詞的性、數、格一致。例如：

Themistocles[174] de servis suis, **quem** habuit **fidelissimum**, ad regem misit. (Nepos, *Them., 4*) ＝ Themistocles 從他的奴僕中，遣了他有過最忠誠的那位到國王[那裡]。*Themistocles from his slaves, send the most faithful one whom he had, to the king.*

在拉丁文中，當關係代名詞所代稱的對象同時也作為主要子句以指示代名詞所要指稱的對象時，則關係子句會被置於主要子句之前。其中，關係代名詞的性、數、格仍須與其所代稱的同位語一致，卻未必會與主要子

---

[172] 古代斯巴達的將領（(?) - 470 B.C.）。
[173] 古希臘時代位於特洛伊地區的城鎮。
[174] 古代雅典的政治家，軍事家（525 - 460 B.C.）。

句中的指示代名詞一致。例如：

> **Quem librum** tibi commodavi, **eo** mihi opus est.[175] = 我需要那本我已借給你的書。*It is need to me that book which I have lent you.*

> Sed hoc non concedo, ut, **quibus rebus** gloriemini in vobis, **easdem** in aliis reprehendatis. (Cicero, *Lig., 7; 20*) = 但我無法容許這點：你們指責於他人的，正是那些在你們自身會感到得意的事情。*But I cannot allow that you should condemn in others, what you glory in yourselves.*

　　而若主要子句中的指示代名詞與關係代名詞的性、數、格有所一致時，主要子句中的指示代名詞可以被省略。例如：

> Cotidie sic cena ei coquebatur, ut, **quos invocatos** vidisset in foro, **(eos)** omnes ad se vocaret. (Nepos, *Cim., 4*) = 每天晚餐都如此地為他烹調著，這麼一來，他就可以邀請（那些）他在集會場上看到的未受邀請的所有人。*A dinner was such dressed for him daily, so that he could invite all whom he saw in the forum uninvited.*

　　當關係代名詞所指稱的對象是主要子句中的單一人物或事物時，則須在性、數與該被指稱的名詞一致；至於格，則需視該關係代名詞在關係子句中的功用而定，而未必會與出現在主要子句中的被指稱名詞一致。例如：

> Caesar ad eam **partem** hostium pervenit, **quae** nondum flumen transierat. (Caesar, *Gal., 1, 12*) = 凱撒追上那尚未渡河的敵軍部份。*Caesar came up with that division of enemies, which had not yet crossed the river.*

以下為一些由關係代名詞所構成的慣用詞句組合：

qui (/quae /quod) dicitur = 所謂的；

quem (/quam /quod) supra memoravi = [我]上述的；

qui (/quae /quod) inscribitur = 書名/篇名是；

(ei /ii) qui audiunt = 聽眾們；

---

[175] 無人稱的慣用語 opus esse 意指「有效用，有必要，有需要」，其中動詞 esse 會以第三人稱單數的形式呈現（如 est、fuit 等），且表現有命令的語氣。在用法上，則以奪格來表示產生效用、具必要性、被需要的「事物」，並以與格來表示此一效用、必要性、需求所作用的「人」。

(ea) quae terra gignit ＝ 土壤的作物；

(ea) quae sentio ＝ 我所考慮的；

quod fieri volo ＝ 我所想做的；

quod mihi proposui ＝ 我的提議；

(ei /ii) qui rei publicae praesunt ＝ 國家的領導者們；

qua prudentia es [＝quae tua est prudentia /pro tua prudentia] ＝ 鑑於你/妳的謹慎。

練 習

[01] Fabius Maximus[176] captivos ab Hannibale interposita pactione receperat: qui cum a senatu non praestarentur, fundum, quem unicum possidebat, vendidit eiusque pretium Hannibali numeravit. (V. Maximus, *4, 8, 1*) ＝ 根據調停後的協議，Fabius Maximus 從漢尼拔那裡贖回戰俘：由於這不獲元老院的支持，他賣掉他那唯一擁有的地產，並以此支付贖金給漢尼拔。*Fabius Maximus had received the captives from Hannibal by mutual agreement: but since the senate did not support this, he has sold out the only piece of land he possessed, and with this he paid ransom to Hannibal.*

[02] In vacuum pontem Gallus processit et quam maxima voce potuit: "Quem nunc," inquit, "Roma virum fortissimum habet, procedat ad pugnam, ut noster eventus ostendat, utra gens bello sit melior." (Livius, *7, 9*) ＝ 一名高盧人上前走到空無一人的橋上，並以他所能[發出]的最大音量：「現在，」他說，「叫羅馬最勇猛的人出來[和我]打一場，從而[比武的]結果將顯示[我們]兩族中的哪一方較擅長於作戰。」*A Gaul advanced on the unoccupied bridge, and says with as loud a voice as he could (exert), "Now let the bravest man in Rome proceed forward to fight, so that our event may show which nation is superior in war."*

[03] Santones non longe a Tolosatium[177] finibus absunt, quae civitas est in provincia. (Caesar, *Gal., 1, 10*) ＝ Santones 人距離 Tolosates 人的領地不遠，其城鎮在省區之中。*The Santones are not far distant from the boundaries of the Tolosates, which is a city in the province.*

---

[176] 即 Quintus Fabius Maximus Verrucosus Cunctator（ca. 280 - 203 B.C.），古羅馬政治家、軍事家。

[177] Santones 與 Tolosates 皆為古代高盧的民族。

[04] Qua re nuntiata, Caesar magnam partem equitatus ad Dumnorigem[178] insequendum mittit. (Caesar, *Gal., 5, 7*) = 由於被告知了那件事，凱撒就派遣騎兵的大半部份去追擊 Dumnorix。*Caesar, this matter being reported to him, sends a great part of the cavalry to pursue Dumnorix.*

[05] Has res commodissime Xenophon[179] persecutus est in eo libro, qui "Oeconomicus" inscribitur. (Cicero, *Off., 2, 24; 87*) = 色諾芬在他那名為《經濟論》的書中，已經極為合宜地探討過這些事情。*These things Xenophon has set forth most suitably in his book entitled "Oeconomicus."*

[06] Agitabatur magis magisque in dies animus ferox Catilinae[180] inopia rei familiaris et conscientia scelerum: quae utraque eis artibus auxerat, quas supra memoravi. (Sallustius, *Cat., 5*) = 由於家產的欠缺與犯罪的共謀，Catilina 愈趨殘暴的心性日復一日地被操弄：（我）前述兩項中的每一項[皆]已依其特質而被獲強化。*Day by day Catilina's mind became more and more vicious due to the lack of familiar resources and the complicity of the crimes: each of which was magnified by those traits I mentioned earlier.*

---

[178] Dumnorix 為 Haedui 人（古代高盧的民族）的領袖。

[179] 色諾芬，ca. 430 - 354 B.C.，古希臘哲學家、歷史學家。

[180] 即 Lucius Sergius Catilina（ca. 108 - 62 B.C.），古羅馬政治家，後來多次密謀推翻政府。

XXIV 不定代名詞與不定形容詞

課程字彙

a, ab *prep.* [＋abl.] 從…，被…（*from...,
by...*）

ac *conj.* 和，及，並且，而且

**accomodatus, a, um (accomodo, as, avi,
atum, are)** *v., tr.,* 1., perf. part. 已[/被]適應
的，已[/被]適合的；**accomodatus est**
pass., perf. ind., 3 pers. sing., masc.（他/她
/它已）被適應，被適合

accurrit (accurro, is, curri, cursum, ere) *v.,
intr.,* 3., [1.] pres. ind., 3 pers. sing.（他/她
/它）奔走，疾馳；[2.] perf. ind., 3 pers.
sing.（他/她/它已）奔走，疾馳

accusator, oris *n.,* 3 decl., masc. 原告

ad *prep.* [＋acc.] 到…，向….，往…，靠
近…

adulescentes (adulescens, entis) *n./ adj.,* 3
decl., masc./ fem., nom./ acc./ voc. pl. 青年
[們]，青少年[們]；年少的，年輕的

adulescentulum (adulescentulus, i) *n.,* 2
decl., masc., acc. sing. 少年，青少年

africanis (africanus, a, um) *adj.,* masc./ fem./
neut., dat./ abl. pl. [地名] 非洲的

alia *adv.* 以別種方法，另外，此外（*by
another way*）

alias *adv.* 在其他時候，此外，另外（*at
another time*）

alibi *adv.* 在另一處，在別處（*at another
place*）

alio *adv.* 到另一處，到其他方位，到別的
位置（*to another place*）

aliqui, aliqua, aliquod *indef. adj./ pron.* 某些
（人，事物）；相當重要的，特別突出的；
aliquod neut., nom./ acc. sing. 某些（人，
事物）：相當重要的，特別突出的；
aliqua fem., nom./ abl. sing. 某些（人，事
物）：相當重要的，特別突出的；**ne
quam** [＝ **ne aliquam**] fem., acc. sing. 不
是某些（人，事物）；不是相當重要的，

不是特別突出的

aliquis, aliquis, aliquid *indef. pron./ adj.* 某
（些）人，某（些）物；**aliquem** masc.,
acc. sing. 某（些）人，某（些）物；
num quis [＝ **num aliquis**] masc./ fem.,
nom. sing. 也許某（些）人，也許某（些）
物；**alicuius** masc./ fem./ neut., gen. sing.
某（些）人[的]，某（些）物[的]

aliquot *indef. adj./ pron.,* indecl. 一些，少許

aliter *adv.* 此外，不同地，在其他方式或層
面上（*otherwise, in any other way*）

aliunde *adv.* 從別處，由於其他原因、來源
（*from another place*）

alius, alia, aliud *indef. adj./ pron.* 其他的，
另一（個）的；**alium** masc., acc. sing. 其
他的，另一（個）的；**alii** masc./ neut.,
gen. sing.; masc., nom. pl 其他的，另一
（個/些）的；**aliud** neut., nom./ acc. sing.
其他的，另一（個）的；**alio** masc./ neut.,
abl. sing.; masc., dat. sing. 其他的，另一
（個）的；**aliis** masc./ fem./ neut., dat./ abl.
pl. 其他的，另一（些）的；**alia** fem.,
nom./ abl. sing.; neut., nom./ acc. pl. 其他的，
另一（個/些）的；**aliae** fem., gen. sing.;
nom. pl. 其他的，另一（個/些）的；
aliorum masc./ neut., gen. pl. 其他的，另
一（些）的；**cum aliis** *locu.* [*prep.* **cum**＋
abl. pl.] 與其他人，與另一些人

alter, altera, alterum *indef. adj./ pron.* 另一
（個），另外的

alumna, ae *n.,* 1 decl., fem. 幼苗，幼獸，幼
童，弟子，門生

amantissimus, a, um *adj., sup.* [pos.: **amans,
antis** (3 decl.)] 極愛的

animis (animus, i) *n.,* 2 decl., masc., dat./ abl.
pl. 心靈，心智，精神，意圖，感覺；**in
animis** *locu.* [*prep.* **in**＋abl. pl.] 在心中

anno (annus, i) *n.,* 2 decl., masc., dat./ abl.

sing. 年，歲；**quinto quoque anno** *locu.* 每第五年

apprehenderam (apprehendo, is, hendi, hensum, ere) *v., tr.,* 3., pluperf. ind., 1 pers. sing. （我已曾）抓住，獲取，掌握

apud *prep.* [＋acc.] 靠近（*near..., at...*）

armatum (armatus, i) *n.,* 2 decl., masc., acc. sing. 具有武裝的人，兵士

artem (ars, artis) *n.,* 3 decl., fem., acc. sing. 技巧，技藝，藝術，方法，途徑，特徵；**arte** abl. sing. 技巧，技藝，藝術，方法，途徑，特徵

assueti (assuesco, is, suevi, suetum, ere) *v., tr./ intr.,* 3., perf. part., masc./ neut., gen. sing.; nom. pl. 已[/被]習慣於，已[/被]適應於

Atheniensis, is, e *adj.* [地名] 雅典的，雅典人的

atque *conj.* 和、及，並且，而且

audeat (audeo, es, ausus sum, ere) *semdep. v., tr./ intr.,* 2., pres. subj., 3 pers. sing. （若他/她/它）勇於，膽敢

audierat (audio, is, ivi, itum, ire) *v., tr.,* 4., pluperf. ind., 3 pers. sing. （他/她/它已曾）聽，聽到；**audiebam** imperf. ind., 1 pers. sing. （我曾）聽，聽到

bene *adv.* 好、佳，良善地

caedem (caedes, is) *n.,* 3 decl., fem., acc. sing. 屠殺，殺戮；**ad caedem** *locu.* [*prep.* ad＋acc. sing.] （到，向，往）屠殺

Caesar, aris *n.,* 3 decl., masc. [人名/稱號] 凱撒，即 Gaius Julius Caesar（100 - 44 B.C.），羅馬共和末期的軍事家，政治家，其名號於羅馬帝國時期成為對皇帝的稱謂

castris (castra, orum) *n.,* 2 decl., neut., pl. tant., dat./ abl. 要塞，營寨，軍營；**in castris** *locu.* [*prep.* in＋abl. pl.] 在要塞，在營寨，在軍營；**pro castris** *locu.* [*prep.* pro＋abl. pl.] 在軍營前方

Catilina, ae *n.,* 1 decl., masc. [人名] 即 Lucius Sergius Catilina（ca. 108 - 62 B.C.），古羅馬政治家，後來多次密謀推翻政府

censetur (censeo, es, censui, censum, ere) *v., tr.,* 2., pass., pres. ind., 3 pers. sing. （他/她/它）被計算，被核算，被評定，被認定，被裁決

cernere (cerno, is, crevi, cretum, ere) *v., tr.,*

3., [1.] pres. inf. 篩選，辨識，檢視，區分，分割，決定；[2.] pass., pres. imp., 2 pers. sing. （你/妳得）被篩選，被辨識，被檢視，被區分，被分割，被決定

certe *adv.* 一定、必定，當然，確實地

ceteri, ae, a (ceterus, a, um) *adj.,* pl. 其他的，其餘的；**ceteris** masc./ fem./ neut., dat./ abl. pl. 其他的，其餘的

civis, is *n.,* 3 decl., masc. 人民，市民，公民，國民

civitatis (civitas, atis) *n.,* 3 decl., fem., gen. sing. 城市[的]，社群[的]，社會[的]

coegit (cogo, is, coegi, coactum, ere) *v., tr.,* 3., perf. ind., 3 pers. sing. （他/她/它已）聚集，集結；強迫，迫使

cognatum (cognatus, i) *n.,* 2 decl., masc., acc. sing. 親戚，親族

comperta (comperio, is, peri, pertum, ire) *v., tr.,* 4., perf. part., fem., nom./ abl. sing.; neut., nom./ acc. pl. 已[/被]得知的，已[/被]證實的，已[/被]找出的，已[/被]發現的；**comperta sunt** pass., perf. ind., 3 pers. pl., neut. （它們已）被得知，被證實，被找出，被發現

congerat (congero, is, gessi, gestum, ere) *v., tr.,* 3., pres. subj., 3 pers. sing. （若他/她/它）積聚，蓄積

conscius, a, um *adj.* 有意識的，有知覺的，已察覺的

conseruit (consero, is, serui, sertum, ere) *v., tr.,* 3., perf. ind., 3 pers. sing. （他/她/它已）連繫，纏繞，綑綁；**manum conseruit** *locu.* [manus＋consero] acc. sing.＋perf. ind., 3 pers. sing. （他/她/它已）交戰，短兵相接，近身戰，肉搏戰

consilii (consilium, ii) *n.,* 2 decl., neut., gen. sing. 建議[的]，意見[的]，計劃[的]，決定[的]，智能[的]；**consilio** dat./ abl. sing. 建議，意見，計劃，決定，智能；**consilia** nom./ acc. pl. 建議，意見，計劃，決定，智能

constitutae (constituo, is, ui, utum, uere) *v., tr.,* 3., perf. part., fem., gen./ dat. sing.; neut., nom. pl. 已[/被]設置的，已[/被]建立的；**constituit** [1.] pres. ind., 3 pers. sing. （他/她/它）設置，建立；[2.] perf. ind., 3 pers.

sing. （他/她/它已）設置，建立

cons*u*libus (c*o*nsul, is) *n.,* 3 decl., masc., dat./ abl. pl. （古代羅馬的）執政官；**cum cons*u*libus** *locu.* [*prep.* **cum**＋abl. pl.] 與執政官們

corr*i*gendam (c*o*rrigo, is, r*e*xi, r*e*ctum, ere) *v., tr.,* 3., gerundive, fem., acc. sing. 該被糾正的，該被改正的

c*u*iquam → qu*i*squam

c*u*ique → qu*i*sque, qu*ae*que, qu*o*dque

c*u*lpa, ae *n.,* 1 decl., fem. 罪行，過錯

cum *prep.* [＋abl.] 偕同，與…（*with*…）

de *prep.* [＋abl.] 關於

d*e*cusque [＝d*e*cus＋que] **(decus, oris)** *n.,* 3 decl., neut. 榮譽，榮耀

def*e*ndere (def*e*ndo, is, f*e*ndi, f*e*nsum, ere) *v., tr.,* 3., [1.] pres. inf. 迴避，防範，保衛，辯護；[2.] pass., pres. imp., 2 pers. sing. （你/妳得）被迴避，被防範，被保衛，被辯護

des*i*gnat (des*i*gno, as, *a*vi, *a*tum, *a*re) *v., tr.,* 1., pres. ind., 3 pers. sing. （他/她/它）標記，標示，指出

dim*i*sit (dim*i*tto, is, m*i*si, m*i*ssum, ere) *v., tr.,* 3., perf. ind., 3 pers. sing. （他/她/它已）送走，驅散，解散，放棄

disc*e*dere (disc*e*do, is, c*e*ssi, c*e*ssum, ere) *v., intr.,* 3., pres. inf. 走、去，離開

discipl*i*nam (discipl*i*na, ae) *n.,* 1 decl., fem., acc. sing. 紀律，訓練，教導，教訓

div*i*nam (div*i*nus, a, um) *adj.,* fem., acc. sing. 神的，神聖的，如神般的

div*i*tias (div*i*tiae, *a*rum) *n.,* 1 decl., fem., pl. tant., acc. 財富

d*u*as (d*u*o, ae, o) *card. num. adj.,* fem., acc. pl. 二

e, ex *prep.* [＋abl.] 離開…，從…而出（*out of…, from…*）

ego → m*i*hi

eloqu*e*ntia, ae *n.,* 1 decl., fem. 雄辯，辯才，口才

Epic*u*rus, i *n.,* 3 decl., masc. [人名] 伊比鳩魯（341 - 270 B.C.），古希臘哲學家，伊比鳩魯學派創始者

Ep*i*ro (Ep*i*rus, i) *n.,* 2 decl., fem., dat./ abl. sing. [地名] 位於希臘半島北部的省區；**in Ep*i*ro** *locu.* [*prep.* **in**＋abl. sing.] 在

Epirus

est (sum, es, f*u*i, fut*u*rus, *e*sse) *aux. v., intr.,* irreg., pres. ind., 3 pers. sing. （他/她/它）是，有，在；**fu*i*sset** pluperf. subj., 3 pers. sing. （若他/她/它已曾）是，有，在；***estne*** [＝est＋ne] pres. ind., 3 pers. sing. [表疑問]（他/她/它）是，有，在（嗎？）；**es** [1.] pres. ind., 2 pers. sing. （你/妳）是，有，在；[2.] pres. imp., 2 pers. sing. （你/妳得）是，有，在；***erant*** imperf. ind., 3 pers. pl. （他/她/它們曾）是，有，在；**erit** fut. ind., 3 pers. sing. （他/她/它將）是，有，在；**fu*i*sse** perf. inf. 已是，已有，已在；**sunt** pres. ind., 3 pers. pl. （他/她/它們）是、有、在；***esse*** pres. inf. 是，有，在

et *conj.* 和、及，並且，而且

exc*e*llere (exc*e*llo, is, --, c*e*lsum, ere) *v., intr.,* 3., pres. inf. 勝於，優於，突出於，卓越於

exc*e*lsus, a, um *adj.* 高的，高貴的，高尚的，傑出的

ex*e*rceat (ex*e*rceo, es, *e*rcui, *e*rcitum, ere) *v., tr.,* 2., pres. subj., 3 pers. sing. （若他/她/它）練習，訓練，施行

existim*a*batur (ex*i*stimo, as, *a*vi, *a*tum, *a*re) *v., tr.,* 1., pass., imperf. ind. 3 pers. sing. （他/她/它曾）被看作，被評價，被敬重

expect*a*bam (exp*e*cto, as, *a*vi, *a*tum, *a*re) *v., tr./ intr.,* 1., imperf. ind., 1 pers. sing. （我曾）等待，期待

expugn*a*vit (exp*u*gno, as, *a*vi, *a*tum, *a*re) *v., tr.,* 1., perf. ind., 3 pers. sing. （他/她/它已）攻擊，征服，掠奪

extorqu*e*bat (ext*o*rqueo, es, t*o*rsi, t*o*rtum, ere) *v., tr.,* 2., imperf. ind., 3 pers. sing. （他/她/它曾）強奪，勒索

F*a*dius, ii *n.,* 2 decl., masc. [人名] 古代羅馬的氏族名

fecit (facio, is, feci, factum, facere) *v., tr.,* 3., perf. ind., 3 pers. sing. （他/她/它已）做，製作，建造

fertur (fero, fers, t*u*li, latum, ferre) *anomal. v., tr.,* irreg., pass., pres. ind., 3 pers. sing. （他/她/它）被帶；被講

f*i*eri (f*i*o, fis, f*a*ctus sum, f*i*eri) *semidep.*

anomal. v., intr., 4., pres. inf. 變成，被製作，發生

formidat (formido, as, avi, atum, are) *v., tr.*, 1., pres. ind., 3 pers. sing. （他/她/它）畏懼，恐懼，害怕

fragrantem (fragro, as, avi, atum, are) *v., intr.*, 1., pres. part., masc./ fem., acc. sing. [正在]散發氣味的

fuisset ; fuisse → est

gessimus (gero, is, gessi, gestum, gerere) *v., tr.*, 3., perf. ind., 1 pers. pl. （我們已）持有，帶來，管理；**gerebant** imperf. ind., 3 pers. pl. （他/她/它們曾）持有，帶來，管理；**se gerebant** *refl. pron*＋imperf. ind., 3 pers. pl. （他/她/它們曾）持身，舉止

Graecos (Graecus, i) *n.*, 2 decl., masc., acc. pl. [地名] 希臘；希臘人；*apud Graecos locu. [prep.* **apud**＋acc. pl.] 靠近希臘，在希臘人當中

habuit (habeo, es, habui, itum, ere) *v., tr.*, 2., perf. ind., 3 pers. sing. （他/她/它已）有，持有；考慮；**habeo** pres. ind., 1 pers. sing. （我）有，持有；考慮；**habebantur** pass., imperf. ind., 3 pers. pl. （他/她/它們曾）被持有；被考慮

haeret (haereo, es, haesi, haesum, ere) *v., intr.*, 2., pres. ind., 3 pers. sing. （他/她/它）附著於，依附於

Hannibal, alis *n.*, 3 decl., masc. [人名] 漢尼拔，此指迦太基軍事家 Hannibal Barca （247 - 183 B.C.）

hic, haec, hoc *demonstr. pron./ adj.* 這，此，這個的；**hoc** masc., abl. sing.; neut., nom./ acc./ abl. sing. 這，此，這個的；**hac** fem., abl. sing. 這，此，這個的；*in hac locu. [prep.* **in**＋abl. sing.] 在此，就此

honeste *adv.* 尊貴地，可敬地，榮耀地，誠實地

hora, ae *n.*, 1 decl. fem. 小時，時光

ille, illa, illud *demonstr. pron./ adj.* 那，彼，那個的；**illum** masc., acc. sing. 那，彼，那個的

improbis (improbus, a, um) *adj.*, masc./ fem./ neut., dat./ abl. pl. 惡劣的，不道德的，無恥的

in *prep.* [＋acc./ abl.] 在…；到…，向…

incredibilis, is, e *adj.* 難以置信的，不可信的；**incredibili** masc./ fem./ neut., dat./ abl. sing. 難以置信的，不可信的

infinitus, a, um *adj.* 無盡的，無限的，無邊際的

ingenii (ingenium, ii) *n.*, 2 decl., neut., gen. sing. 才能[的]，才智[的]，秉性[的]；**ingenium** nom./ acc. sing. 才能，才智，秉性

iniuriae (iniuria, ae) *n.*, 1 decl., fem., gen./ dat. sing.; nom. pl. 侵犯，冒犯

insulas (insula, ae) *n.*, 1 decl., fem., acc. pl. 島，島嶼

ipsa (ipse, ipsa, ipsum) *demonstr. pron./ adj.*, fem., nom./ abl. sing.; neut., nom. /acc. pl. 她本身；它們本身

ita *adv.* 因此，因而

iter, itineris *n.*, 3 decl., neut. 路，途徑，旅程

iucunde *adv.* 快樂地，愉悅地

Iuppiter, Iovis *n.*, 3 decl., masc. [人名] 朱庇特，羅馬神話中的主神

iussit (iubeo, es, iussi, iussum, ere) *v., tr.*, 2., perf. ind., 3 pers. sing. （他/她/它已）命令

iustitia, ae *n.*, 1 decl., fem. 正義

iuventute (iuventus, utis) *n.*, 3 decl., fem., abl. sing. 青年，年青人

legiones (legio, onis) *n.*, 3 decl., fem., nom./ acc. pl. 軍隊，軍團

loco (locus, i) *n.*, 2 decl., masc., dat./ abl. sing. 地方，場所

locutum (loquor, eris, locutum sum, loqui) *dep. v., intr./ tr.*, 3., [1] perf. part., masc., acc. sing.; neut., nom./ acc. sing. 已[/被]談論的；[2.] sup., neut., acc. sing. 說話，言談

longe *adv.* 長遠，長久

lux, lucis *n.*, 3 decl., fem. 光

lychnorum (lychnus, i) *n.*, 2 decl., masc., gen. pl. 燈[的]，燈火[的]

magnitudine (magnitudo, inis) *n.*, 3 decl., fem., abl. sing. 巨大，廣大，宏大，重大，強烈，猛烈

malum, i *n.*, 2 decl., neut. 惡，壞，災厄，苦難

manum (manus, us) *n.*, 4 decl., fem., acc. sing. 手；**manibus** dat./ abl. pl. 手；**e manibus** *locu. [prep.* **e**＋abl. pl.] 從手中

memoriam (**memoria, ae**) *n.*, 1 decl., fem., acc. sing. 記憶，回憶

mentis (**mens, mentis**) *n.*, 3 decl., fem., gen. sing.; acc. pl. 精神，心力，心智

meorum (**meus, a, um**) *poss. pron./ adj.*, masc./ neut., gen. pl. 我的

mihi (**ego, mei, mihi, me**) *pers. pron.*, irreg., 1 pers. sing., dat. [給]我；**me** acc./ voc. /abl. 我；**ego** nom. 我

Miltiades, is *n.*, 3 decl., masc. [人名] 古代雅典的軍事家（ca. 550 - 489 B.C.）

minus *adv., comp.* [pos.: **parum**] 較少地（*less…*）；**non minus quam** *locu.* 不少於，不亞於（*no less than…*）

mirus, a, um *adj.* 美妙的

mitte (**mitto, is, misi, missum, ere**) *v., tr.*, 3., pres. imp., 2 pers. sing. （你/妳得）派遣，遣送，解放，釋放

more (**mos, moris**) *n.*, masc., abl. sing. 風俗習慣

natura, ae *n.*, 1 decl., fem. 本質，天性，自然

ne *neg. adv./ conj.* 不，否，非；為了不，以免

nec *neg. adv./ conj.* 也不

negat (**nego, as, avi, atum, are**) *v., tr.*, 1., pres. ind., 3 pers. sing. （他/她/它）否認，反對

nemo, nemini [dat.], neminem [acc.] *pron./ adj.*, 3 decl., masc./ fem., sing. tant. 沒有人，無人（*no one*）；**neminem** acc. 沒有人，無人（*no one*）；**nullius** gen. 沒有人[的]，無人[的]（*of no one*）；**nemini** dat. [給]沒有人，[給]無人（*to no one*）；**nullo** abl. 沒有人，無人（*no one*）；**non nemo** *locu.* 不是沒有人＝有些人；**nemo non** *locu.* 沒有人不＝所有人都

neque [＝**nec**] *neg. adv./ conj.* 也不

nihil *indef. pron.*, indecl., neut., nom./ acc. sing. 無，無物，沒有東西；**nullius rei** gen. sing. 無物[的]，沒有東西[的]；**nulli rei** dat. sing. [給]無物，[給]沒有東西；**nulla re** abl. sing. 無物，沒有東西；**nihilo** dat./ abl. sing. 無，無物，沒有東西；**nihilo minus** *locu.* 即使；**non nihil** *locu.* 不是沒有東西＝有些東西；**nihil non** *locu.* 沒有東西不＝所有東西都

nisi *conj.* 若非，除非

nocet (**noceo, es, cui, citum, ere**) *v., intr.*, 2. [＋dat.] pres. ind., 3 pers. sing. （他/她/它）傷害，損害

noli (**nolo, nolis, nolui, --, nolle**) *aux. anomal. v., intr./ tr.,* irreg., pres. imp., 2 pers. sing. （你/妳得）不想要＝（你/妳）別…；**nolite** pres. imp., 2 pers. pl. （你/妳們得）不想要＝（你/妳們）別…；**nolo** pres. ind., 1 pers. sing. （我）不想要

nomenque [＝**nomen**＋**que**] (**nomen, nominis**) *n.*, 3 decl., neut., nom./ acc. sing. 姓名，姓氏，名銜；**nomine** abl. sing. 姓名，姓氏，名銜

non *neg. adv.* 不，非，否

nonnullas [＝**non nullas**] → **nullus**

nos, nostri/ nostrum, nobis *pers. pron.*, irreg., 1 pers. pl. 我們；**ad nos** *locu.* [prep. **ad**＋acc.] 向我們；**nostrum** masc., acc. sing.; neut., nom./ acc. sing. 我們；**nobis** dat./ abl. 我們；**de nobis** *locu.* [prep. **de**＋abl.] 關於我們

nostram (**noster, tra, trum**) *poss. pron./ adj.*, fem., acc. sing. 我們的

notum (**notus, i**) *n.*, 2 decl. masc., acc. sing. 友人，認識的人

notus, a, um (**nosco, is, novi, notum, ere**) *v., tr.*, 3., perf. part. 被知道的，被認識的，已查明的，已瞭解的；**noscat** pres. subj., 3 pers. sing. （若他/她/它）知道，查明，瞭解；**norit** [＝**noverit**] [1.] perf. subj., 3 pers. sing. （若他/她/它已）知道，查明，瞭解；[2.] futperf. ind., 3 pers. sing. （他/她/它將已）知道，查明，瞭解

nullus, a, um, *adj.* 無，沒有；**nullos** masc., acc. pl. 無，沒有；**nullius** masc./ fem./ neut., gen. sing. 無，沒有；**nullo** masc./ neut., abl. sing. 無，沒有；**non nullus** *locu.* 不是沒有，有些；**nullus non** *locu.* 無不，都；**nonnullas** [＝**non nullas**] *locu.*, fem., acc. pl. 不是沒有，有些

num *adv.* 也許

numquam *adv.* 從未，不曾；**non numquam** *locu.* 並非未曾，有時；**numquam non** *locu.* 無時不，時時

nunc *adv.* 現在，當下

nuntiantur (nuntio, as, avi, atum, are) *v., tr.,* 1., pass., pers. ind., 3 pers. pl. （他/她/它們）被通知，被宣布，被報告

nusquam *adv.* 無處（*nowhere*）

oblivisci (obliviscor, eris, oblitus sum, visci) *dep. v., tr./ intr.,* 3., [＋gen.] pres. inf. 失去記憶，遺忘

occasionem (occasio, onis) *n.,* 3 decl., fem., acc. sing. 機會

officium, ii *n.,* 2 decl., neut. 責任，義務；**ad officium** *locu.* [*prep.* ad＋acc. sing.] 對於責任，根據義務

omni (omnis, is, e) *adj./ pron.,* masc./ fem./ neut., dat./ abl. sing. 每一，任一，每一事物，每一人

omnia (omnes, es, ia) *adj./ pron.,* neut., nom./ acc. pl. 一切，所有，所有事物，所有人

optimates (optimas, atis) *n.,* 3 decl., masc., nom./ acc./ voc. pl. 貴族派，為羅馬共和晚期的政治派系

optimum (optimus, a, um) *adj.,* sup. [pos.: bonus, a, um] masc./ neut., acc. sing.; neut., nom. sing. 極美好的，極良善的，極有益的；**optimo** masc./ neut., dat./ abl. sing. 極美好的，極良善的，極有益的

ostendit (ostendo, is, tendi, tentum, ere) *v., tr.,* 3., [1.] pres. ind., 3 pers. sing. （他/她/它）揭示，呈現，指出；[2.] perf. ind., 3 pers. sing. （他/她/它）揭示，呈現，指出

piscium (piscis, is) *n.,* 3 decl., masc., gen. pl. 魚[群的]

plerasque [＝pleras＋que] **(plerus, a, um)** *adj.,* fem., acc. pl. 大多數的，大部份的，非常多的

posse (possum, potes, potui, --, posse) *aux. v., intr.,* irreg., pres. inf. 能夠

praetermitteret (praetermitto, is, misi, missum, ere) *v., tr.,* 3., imperf. subj., 3 pers. sing. （若他/她/它曾）省略，忽略，錯過

pro *prep.* [＋abl.] 為了…；之前，在…前方；根據…；作為…，如同…

probarent (probo, as, avi, atum, are) *v., tr.,* 1., imperf. subj., 3 pers. pl. （若他/她/它們曾）檢證，論證，證明，認可，贊同

profligavit (profligo, as, avi, atum, are) *v., tr.,* 1., perf. ind., 3 pers. sing. （他/她/它已）擊潰，擊敗

proprium (proprius, a, um) *adj.,* masc./ neut., acc. sing.; neut., nom. sing. 個別的，專屬的，獨特的，特有的，本質的

pueros (puer, i) *n.,* 2 decl., masc., acc. pl. 男孩[們]，男童[們]

purior, or, us *adj., comp.* [pos.: purus, a, um] 較乾淨的，較清澈的，較純潔的

putare (puto, as, avi, atum, are) *v., tr.,* 1., [1.] pres. inf. 以為，認為，認定，相信；[2.] pass., pres. imp., 2 pers. sing. （你/妳得）被以為，被認為，被認定，被相信；**pro nihilo putare** *locu.* 視某人或某物如無物，把某人或某事設想為不存在

quam *adv./ conj.* 多少，多麼；[用於比較] 比…，較…

quamdiu *adv./ conj.* 多久；直到何時

quasi *adv.* 如同，有如

qui, qua, quod；quam [*conj.* si, sin, ne, num, nisi, sive＋] → aliqui, aliqua, aliqod

qui, quae, quod *rel.; indef.; interr. pron./ adj.* 誰，哪個/些；那/些；什麼；**quae** fem., nom. sing./ pl.; neut., nom./ acc. pl. 誰，哪個/些；那/些；什麼；**quam** fem., acc. sing. 誰，哪個；那；什麼

quicumque, quaecumque, quodcumque *rel.; indef. pron./ adj.* 無論誰，無論什麼

quidam, quaedam, quiddam *indef. pron./ adj.* 某人，有人

quidam, quaedam, quoddam *indef. adj./ pron.* 某事；**quandam** fem., acc. sing. 某事；**quaedam** fem., nom. sing./ pl.; neut., nom./ acc. pl. 某事；**quadam** fem., abl. sing. 某事

quinta (quintus, a, um) *ord. num. adj.,* fem., nom./ abl. sing.; neut., nom./ cc. pl. 第五；**quinto** masc./ neut., dat./ abl. sing. 第五

quis, quis, quid *interr.; indef. pron.* 誰，什麼；**ne quis** *locu.* 沒有誰，沒有人；**quid** neut., nom./ acc. sing. 誰，什麼；**ne quid** *locu.* 沒有什麼，沒有東西

quis, quis, quid [*conj.* si, sin, ne, num, nisi, sive＋] → aliquis, aliquis, aliquid

quisquam, [ulla], quicquam (/quidquam) *indef. pron.,* sing. tant. 無一人不，任何人；**cuiquam** masc./ fem./ neut., dat. sing. 無一人不，任何人；**quemquam** masc., nom./

acc. sing. 無一人不，任何人；nec
qui*squam *locu.* 並未有任何人；
qui*cquam neut., nom./ acc. 無一人不，任
何人；**nec qui*cquam** *locu.* 並未有任何東
西

qui*sque, qua*eque, quo*dque *indef. adj./ pron.*
每，每一；**qu*aque** fem., abl. sing. 每，每
一

qui*sque, qui*sque, qui*dque *indef. pron./ adj.*
每人，每物；**qu*emque** masc./ fem. acc.
sing. 每人，每物；**c*uique** masc./ fem./
neut., dat. sing. ［給］每人，［給］每物；
qui*dque neut., nom. sing. 每人，每物；
qu*oque masc./ fem./ neut., abl. sing. 每人，
每物

qui*squis, qui*squis, qui*dquid (/qui*cquid]) *rel.;*
indef. pron./ adj. 無論是誰，無論什麼；
qui*cquid neut., nom./ acc. sing. 無論是誰，
無論什麼；**qu*oquo** masc./ fem./ neut., abl.
sing. 無論是誰，無論什麼

qui*vis, qua*evis, quo*dvis *indef. adj./ pron.* 無
論誰，無論什麼；**qu*avis** fem., abl. sing.
無論誰，無論什麼

rari*ssimum (rari*ssimus, a, um) *adj., sup.*
[pos.: **r*arus, a, um**] masc./ neut., acc. sing.;
neut., nom. sing. 極薄的，極稀疏的，極少
的，極罕見的

red*ire (red*eo, is, red*ii, itum, ire) *v., intr.,* 4.,
pres. inf. 返回，恢復，回覆

regio (regius, a, um) *adj.,* masc./ neut., dat./
abl. sing. 王室的，帝王般的

rel*iqui, ae, a (rel*iquus, a, um) *adj.,* pl. 其他
的，其餘的，剩下的；**rel*iquas** fem., acc.
pl. 其他的，其餘的，剩下的

rel*iquit (rel*inquo, is, l*iqui, l*ictum, quere) *v.,*
tr., 3., perf. ind., 3 pers. sing. （他/她/它已）
放棄，拋棄，遺棄，留下，剩餘

rerum (res, rei) *n.,* 5 decl., fem., gen. pl. 物
[的]，事物[的]，東西[的]；**rei** gen./ dat.
sing. 物，事物，東西；**re** abl. sing. 物，
事物，東西；**rebus** dat./ abl. pl. 物，事物，
東西

Roma, ae *n.,* 1 decl., fem. [地名] 羅馬；**in
Roma** *locu.* [*prep.* **in**＋abl. sing.] 在羅馬

scientia, ae *n.,* 1 decl., fem. 知識，學問，技
藝

scri*pseras (scri*bo, is, scri*psi, scri*ptum, ere)
v., tr., 3., pluperf. ind., 2 pers. sing. （你/妳
已曾）描繪，書寫，劃分

scru*pulus, i *n.,* 2 decl., masc. 碎石，顧忌，
疑慮

sermo, onis *n.,* 3 decl., masc. 談話，對話，
話語，演說

severo (severus, a, um) *adj.,* masc./ neut.,
dat./ abl. sing. 嚴肅的，嚴格的，嚴厲的

si *conj.* 如果，倘若

sibi (sui, sibi, se, sese) *pers./ refl. pron.,* irreg.,
3 pers. sing./ pl., masc./ dem./ neut., dat. ［給］
他/她/它（自身）；［給］他/她/它們（自身）；
se acc./ abl. 他/她/它（自身）；他/她/它們
（自身）；**a se** *locu.* [*prep.* **a**＋abl. sing./ pl.]
從他/她/它（/們），被他/她/它（/們）

Sic*ilia, ae *n.,* 1 decl., fem. [地名] 西西里島

sin *conj.* 但若，然而

sine *prep.* [＋abl.] 沒有（*without*）

singularis, is, e *adj.* 單一的，獨特的，罕見
的，驚人的

sive *conj.* 或者

solis (sol, solis) *n.,* 3 decl., masc., gen. sing.
太陽[的]

spe (spes, ei) *n.,* 5 decl., fem., abl. sing. 希望；
sine ulla spe *locu.* 毫無任何希望；**sine
aliqua spe** *locu.* 沒有多大的希望

statim *adv.* 隨即，馬上

studio (studium, ii) *n.,* 2 decl., neut., dat./ abl.
sing. 研究，熱忱

stult*itiae (stult*itia, ae) *n.,* 1 decl., fem., gen./
dat. sing.; nom. pl. 愚笨，愚蠢

subd*ucit (subd*uco, is, d*uxi, d*uctum, ere) *v.,*
tr., 3., pres. ind., 3 pers. sing. （他/她/它）
奪走，撤收，移除

sunt → **est**

suum (suus, a, um) *poss. pron./ adj.,* masc./
neut., acc. sing.; neut., nom. sing. 他/她/它
的；他/她/它們的；**suorum** masc./ neut.,
gen. pl. 他/她/它的；他/她/它們的；**suo**
masc./ neut., dat./ abl. sing. 他/她/它的；他
/她/它們的；**sua** fem., nom./ abl. sing.;
neut., nom./ acc. pl. 他/她/它的；他/她/它
們的

tabellarium (tabellarius, ii) *n.,* 2 decl., masc.,
acc. sing. 信差，信使

tacitus, a, um *adj.* 寂靜的，無聲的，沈默的

tangere (tango, is, tetigi, tactum, ere) *v., tr.*, 3., [1.] pres. inf. 碰，碰觸；[2.] pass., pres. imp., 2 pers. sing. （你/妳得）被碰，碰觸

tantum *adv.* 只，僅，幾乎不，如此多地

Themistocles, is *n.*, 3 decl., masc. [人名] 古代雅典的政治家，軍事家（525 - 460 B.C.）

tibi (tu, tui, tibi, te) *pers. pron.,* irreg., 2 pers. sing., dat. [給]你/妳；**te** acc./ voc./ abl. 你/妳；**tu** nom. 你/妳

timet (timeo, es, timui, --, ere) *v., intr./ tr.,* 2., pres. ind., 3 pers. sing. （他/她/它）害怕，恐懼

tota (totus, a, um) *adj.,* fem., nom./ abl. sing.; neut., nom. acc. pl. 全部，所有

tua (tuus, a, um) *poss. pron./ adj.,* fem., nom./ abl. sing.; neut., nom./ acc. pl. 你/妳的；**tuis** masc./ fem./ neut., dat./ abl. pl. 你/妳的；**de tuis** *locu.* [*prep.* **de** + abl. pl.] 關於你/妳的[家人]

ullus, a, um *adj.* 無一不，任一；**ulla** fem., nom./ abl. sing.; neut., nom./ acc. pl. 無一不，任一；**nec ullus** *locu.* 並未有；**ne ullus** *locu.* 並未有

umquam *adv.* 曾經，隨時（*ever, at any time*）；**nec umquam** *locu.* 未曾，並非隨時；**ne umquam** *locu.* 從未，不曾

unguento (unguentum, i) *n.,* 2 decl., neut., dat./ abl. sing. 香精，油膏

unusquisque, unaquaeque, unumquodque *indef. adj.* （...之中的）每一

unusquisque, unumquidque *indef. pron.* （...之中的）每一；**unumquemque** masc., acc. sing. （...之中的）每一

usquam *adv.* 到處，隨處；**nec usquam** *locu.* 並非到處；**ne usquam** *locu.* 並非到處；**non usquam** *locu.* 不是隨處，某處；**usquam non** *locu.* 無處不，到處

ut *conj.* 為了，以致於，如同

uterque, utraque, utrumque *indef. adj./ pron.* 兩者皆，兩者中的每一；**utriusque** masc./ fem./ neut., gen. sing. 兩者皆，兩者中的每一；**utriusque nostrum** *locu.* 我倆的；**utrosque** masc., acc. pl. 兩者皆，兩者中的每一

vel *adv./ conj.* 或，或者，或是

venerunt (venio, is, veni, ventum, ire) *v., intr.,* 4., perf. ind., 3 pers. pl. （他/她/它們已）來

Vespasianus, i *n.,* 2 decl., masc. [人名] Titus Flavius Vespaianus（9 - 79 A.D.），羅馬帝國皇帝，在位期間：69 - 79 A.D.

vestrum (vester, tra, trum) *poss. pron./ adj.,* masc., acc. sing.; neut., nom./ acc. sing. 你/妳們的

videatur (video, es, vidi, visum, ere) *v., tr.,* 2., pass., pres. subj., 3 pers. sing. （若他/她/它）被看；**tibi videatur** *locu.* 在你/妳看來，對你/妳而言；**video** pres. ind., 1 pers. sing. （我）看；**videtur** pass., pres. ind., 3 pers. sing. （他/她/它）被看

vim (vis, vis/ roboris) *n.,* 3 decl., fem., acc. sing. 力氣，武力，暴力；**ad vim** *locu.* [*prep.* **ad** + acc. sing.] 對暴力；**vi** dat./ abl. sing. 力氣，武力，暴力

virtute (virtus, utis) *n.,* 3 decl., fem., abl. sing. 美德，德性；勇氣，膽識

vitia (vitium, ii) *n.,* 2 decl., neut., nom./ acc. sing. 缺陷，缺點

vivat (vivo, is, vixi, victum, ere) *v., intr.,* 3., pres. subj., 3 pers. sing. （若他/她/它）活，生活；**vivere** pres. inf. 活，生活；**vives** fut. ind., 2 pers. sing. （你/妳將）活，生活；**vivit** pres. ind., 3 pers. sing. （他/她/它）活，生活

volo, vis, volui, --, velle *aux. anomal. v., tr./ intr.,* irreg. 想要

vultus, us *n.,* 4 decl., masc. 臉，面容；**vultu** abl. sing. 臉，面容

Zeuxis, idis *n.,* 3 decl., masc. [人名] 古希臘時期的畫家

1. 指稱不特定對象：「某（個/些）」

在拉丁文中，用以表達「某（些）人、某（些）物（*someone, somewhat, something*）」的不定代名詞是 **aliquis, aliquis, aliquid**，至於形容詞的「某（些）（*some, any*）」則是 **aliqui, aliqua, aliquod**。例如：

Expectabam **aliquem** meorum. (Cicero, *Att., 13, 14-15, 2*) ＝ 我在等我的某些[家]人。*I was waiting for someone of my family.*

Improbis **aliqui scrupulus** in animis haeret. (Cicero, *Rep., 3, 16; 26*) ＝ 有些顧忌附著在惡徒們的心中。*Some anxiety remains in the minds of the wicked.*

在連接詞 **si**（如果｜*if*）、**sin**（但如果｜*but if*）、**ne**（為了不要｜*not*）、**num**（也許｜*surely not*）、**nisi**（若非｜*if not*）或 **sive**（或者｜*or if*）之後，**aliquis** 及 **aliquid** 會分別縮寫成 **quis** 和 **quid**。例如：

Num **quis** vestrum ad vim accomodatus est? ＝ 或許你們[之中]的某些人已對暴力習以為常？*Surely not someone of you have adapted to violence?*

不過，若代名詞 **aliquis, aliquis, aliquid** 所代表的對象不明確時，就算置於上述連接詞之後，仍需以 **aliquis, aliquis, aliquid** 的形式呈現，不可縮寫。例如：

Si **alicuius iniuriae** sibi conscius fuisset. (Caesar, *Gal., 1, 14*) ＝ 若他已曾有意識到某些人的冒犯。*If he had been conscious of someone's injury.*

此外，形容詞 **aliqui, aliqua, aliquod** 也具有「相當重要、特別突出」的意思。例如：

Et nos **aliquod** nomenque decusque gessimus. (Vergilius, *A., 2: 89-90*) ＝ 而我們已擁有相當顯著的名銜與榮譽。*And we have carried on such name and glory.*

當指稱對象的內涵不明確時，則會以不定代名詞 **quidam, quaedam, quiddam** 來代表「某人（*someone, a certain man, a fellow*）」；並以形容詞 **quidam, quaedam, quoddam** 來表示「某件事（*a certain*）」。例如：

Accurrit **quidam**, notus mihi nomine tantum. (Horatius, *S., 1, 9: 3*) ＝ 有個我只知道[他的]名字的人疾馳而來。*A certain person, known to me by name only,* *runs up.*

需要注意的是，當不定形容詞 **quidam, quaedqm, quoddam** 置於名詞之後，會是用來表現一種「就某種程度而言，我會（/我可以）這樣說…」的講話語氣。例如：

Vultus **sermo quidam** tacitus mentis est. (Cicero, *Pis., 1; 1*) ＝ 臉可說是某種內心的無聲語言。*Face is a sort of silent language of the mind.*

若不定形容詞 **quidam, quaedam, quoddam** 置於另一個形容詞之後，則會具有強調前方形容詞的意思。由 **quidam, quaedam, quoddam** 所強調的形容詞通常用於呈現具有某種特色，或是表達崇高、不平凡的意思，譬如：**singularis**（單一的，獨特的 | *singilar, unique*）、**incredibilis**（難以置信的 | *incredible*）、**mirus**（美妙的 | *amazing*）、**excelsus**（崇高的 | *exalted*）、**infinitus**（無限的 | *infinite*）；此時 **quidam, quaedam, quoddam** 會有「非常」、「近乎」的意思。例如：

Habuit **divinam quandam** memoriam rerum. (Cicero, *Luc., 1; 2*) ＝ 他對事情有近乎神般的記憶力。*He had an almost divine memory for facts.*

2. 指稱個別對象：「每一（個/些）」、「其他」

(1.) 表達未特定的「每一（個/些）」

當要表達未特定的「每一個（*each one, everyone*）」意思時，會使用不定代名詞 **quisque, quisque, quidque**，以及不定形容詞 **quisque, quaeque, quodque**。

這組由 **quisque** 及其變格所構成的代名詞與形容詞，本身即具有「個別」或「分配（*distributive*）」的意義，主要用在下列四種情況：

① 搭配「**反身格**」使用。例如：

Suum **quisque** noscat ingenium. (Cicero, *Off., 1, 31; 114*) ＝ 每個人都應該瞭解自己的秉性。*Each one should know his own natural ability.*

② 搭配「**最高級**」使用。例如：

Optimum **quemque** armatum subducit. (Sallustius, *Cat., 59*) ＝ 他調動每種武裝最精良的兵士。*He removed the best of each armed soldier.*

③ 搭配「**序數**」使用。例如：

Quinta **quaque** hora. ＝ 每第五個小時。（＝每四個小時）*Every fifth hour. (= Every four hours.)*

④ 作為「**不定代名詞**」使用：表示「每一個」。

當要表達的是「…[中]的每一個（*each one of...*）」時，則會使用不定代名詞 unusquisque, unusquisque, unumquidque，以及不定形容詞 unusquisque, unaquaeque, unumquodque。有時它們也會表現「每一部分（*each part of...*）」的意思。例如：

Designat ad caedem **unumquemque nostrum**. (Cicero, *Catil., 1, 1; 2*) ＝ 他為了[進行]屠殺而記下我們之中的每一個人。*He marks down each one of us for slaughter.*

(2.) 表達特定範圍內的「每一（個）」與「其他」

當要表達「兩者之中的每一個，兩者皆（*each of two, either*）」的意思時，則會使用不定代名詞 **uterque, utraque, utrumque**。一般來說，它們會以單數形態呈現，但有時也會以複數形態來與只有複數形式（pluralia tantum）的名詞搭配呈現。例如：

Fadius amantissimo **utriusque** nostrum. (Cicero, *Att., 8, 12*) ＝ Fadius 對我倆皆極為親愛。*Fadius with great dear to both of us.*

Hannibal cum consulibus manum conseruit; **utrosque** profligavit. (Nepos, *Han., 4*) ＝ 漢尼拔與[兩位]執政官們短兵相接；並擊敗了兩者。*Hannibal fought hand to hand with the (two) consuls; (and) he overthrew both of them.*

當要表達兩者之中的「另一、其他（*the other*）」時，會使用不定代名詞
（/形容詞）**alter, altera, alterum**；若要表達的是三者或多於三者之中的
「另一、其他」時，則會使用不定代名詞（/形容詞）**alius, alia, aliud**。其
中，不定代名詞 **alius, alia, aliud** 本身具有兩種意思：

① 表達**質**的不同。例如：

Alius nunc fieri volo. (Plautus, *Poen., prol.*) ＝ 我現在想變成另一個人。*I now
intend to become another man.*

② 當所代稱的對象不只一個，則用於表達**量**的不同。例如：

Divitias **alius** sibi congerat. (Tibullus, *1, 1: 1*) ＝ 若其他人為其自身而蓄積財
富。*If the other one amass the riches for himself.*

當要表達個體或團體之間有相互關係的動作時，則重複兩遍不定代名
詞 **alius, alia, aliud**（用於三者或三者以上）或 **alter, altera, alterum**（用於
兩者）。其中一個代名詞 **alius, alia, aliud** 或 **alter, altera, alterum** 作為句子
的主詞，另一個代名詞則作為句子的受詞。例如：

Alius alium timet. (Cicero, *Rep., 3, 13: 23*) ＝ 他們害怕彼此。*They fear for each
other.*

(3.) 表達不特定範圍內的「每一（個/些）」與「其他」

當不定代名詞 **alius, alia, aliud** 與 **alibi**（[在]別處 | *in another place*）、**alio**
（到/往別處 | *toward another place*）、**aliunde**（來自別處 | *from another place*）、以及
aliâ（經過別處 | *through another place*）等表達地點的副詞連用時，則會表達不
同的人在處所地點上的差異。例如：

alii alibi erant. ＝ 有些人曾在某一處，其他人則在別處。*Some existed in
one place, others in another place.*

alii aliunde venerunt. ＝ 有些人來自某一處，其他人則來自別處。*Some
came from one place, others from another place.*

Catilina[181] **alium alio** dimisit. (Sallustius, *Cat., 27*) ＝ Catilina 調派某些人往
某個方向去，另一些人則往另一個方向。*Catilina sent someone away in one*

---

[181] 即 Lucius Sergius Catilina（ca. 108 - 62 B.C.），古羅馬政治家，後來多次密謀推翻政府。

direction, another in another direction.

當不定代名詞 **alius, alia, aliud** 和副詞 **aliter**（此外，就其他層面 | *otherwise, in any other way*）、**alias**（在其他時候 | *at another time*）或另外一個作為不定形容詞但不同格的 **alius, alia, aliud** 連用的時候，則表現意見或動作上的不同。

Alius alio aliter vivit. = 有人以這種方式過活，其他人則以其他方式過活。*One lives with this way, another with another.*

Aliud aliis videtur optimum. (Cicero, *Orat, 11; 36*) = 有的東西被[有些人]認為是最好的，其他的則被[其他人]認為是最好的。*One is considered the best, another others.*

當 **alius, alia, aliud** 之後接有連接詞 **ac**、**et** 或 **atque** 時，則是用來呈現「比較」的意味，意指「相異於（*different from*）」。另外，諸如 T. Livius 或其他羅馬帝國時代作家的作品中，也會以連接詞 **quam** 來替代 **ac**、**et** 或 **atque**。例如：

Lux longe **alia** est solis **ac** lychnorum. (Cicero, *Cael., 28; 67*) = 陽光極異於燈光。*The light of the sun is very different from the light of lamps.*

Longe **alia** omnia comperta sunt **quam** quae audierat. (Livius, *23, 43*) = 一切經證實的事情[皆]十分迥異於他所曾聽聞過的。*Every proved fact was very different from what he had heard.*

複數的不定代名詞 **alii, aliae, alia**、**reliqui, reliquae, reliqua**、以及 **ceteri, ceterae, cetera** 皆可用來表達「其他那些（*the other*）」的意思，其用法分別如下：

① 當要指稱的是模糊而不太確定的對象時，會使用 **alii, aliae, alia**（另一些，其他的 | *others*）來表達的「其他那些」的意思。例如：

Est proprium stultitiae **aliorum** vitia cernere, oblivisci suorum. (Cicero, *Tusc., 3, 30; 73*) = 愚昧的特徵在於檢視他人的缺失，[卻]遺忘自己本身的[缺誤]。*It is characteristic of folly that to discern the vices of others, but to forget its own.*

② 當要比較某一者與同類中的他者時，則會使用 **ceteri, ceterae, cetera**（其餘的，其他的 | *the others, the rest*）。例如：

Zeuxis[182] longe **ceteris** excellere existimabatur. (Cicero, *Inv., 2, 1*) = Zeuxis 曾被認定為極優於其他的[畫家]。*Zeuxis was considered that very excel in others.*

③ 當所指的是「剩餘的那些」時，則使用 **reliqui, reliquae, reliqua**（剩餘的，其餘的，其他的 | *the remaining, the rest*）。例如：

Caesar duas legiones in castris reliquit, **reliquas** pro castris constituit. (Caesar, *Gal., 1, 49*) = 凱撒留兩個軍團在軍營裡，其餘的[軍團]則部署在軍營前方。*Caesar has left two legions in the camp, (and) set the others before the camp.*

練　習

[01] Quicquid ego apprehenderam statim accusator extorquebat e manibus. (Cicero, *Clu., 19; 52*) = 凡是我所曾掌握的，原告隨即便從[我]手中奪去。*Whatever I had grasped, the accuser immediately extorted from (my) hands.*

[02] Quoquo consilio fecit, fecit certe suo. (Cicero, *Rab. Post., 8; 21*) = 無論他做了什麼決定，都確實是由他自己所做的[決定]。*Whatever decision he has made, he has certainly made by himself.*

[03] Iuppiter[183], non minus quam vestrum quivis, formidat malum. (Plautus, *Am., prol.*) = 朱庇特並未比你/妳們[之中]的哪一位更不恐懼於災厄。*Jupiter dreads a mishap not less than any one of you.*

[04] Quam quisque norit[184] artem, in hac se exerceat. (Cicero, *Tusc., 1, 18; 41*) = 每個人都應對其所知悉的技藝加以[反覆]練習。*Let everyone exercise himself in the skill that he has known.*

[05] Qui ita se gerebant, ut sua consilia optimo cuique probarent, optimateshabebantur. (Cicero, *Sest., 45; 96*) = 那些因此而持身的人們，以致於他們得向每位貴族證明他們的提議，則被認為是貴族派[185]。*Those who therefore conducted themselve, so that they proved their counsels to the best of each (= each patrician), were considered the Optimates (= the partisans of the best men, the patricians).*

[06] In omni arte vel studio vel quavis scientia vel in ipsa virtute optimum quidque rarissimum est. (Cicero, *Fin., 2, 25; 81*) = 在各種技藝、或研究、

---

[182] 古希臘時期的畫家。

[183] 羅馬神話中的主神。

[184] norit = noverit

[185] 貴族派（optimates）為羅馬共和晚期的政治派系，屬於主張強化元老院權力的菁英派系。

或任何知識、或在德性本身之中，每一項的極致[都]是非常罕見的。*In every art, or study, or whatever science, or in virtue itself, the bast of each is very rare.*

[07] Quinto quoque anno Sicilia tota censetur. (Cicero, *Ver.*, 2.2, 56; 139) ＝ 每個第五年（即每四年之意）全西西里會被覈算[一回]。*The whole Sicilia is estimated in every fifth year.*

[08] Illum aliter cum aliis de nobis locutum esse audiebam. (Cicero, *Att.*, 7, 8) ＝ 我聽說那個人會對不同的人以不同的方式談論有關我們的事。*I heard that he talked to different (people) about us with different way.*

[09] Aliud alii natura iter ostendit. (Sallustius, *Cat.*, 2) ＝ 自然對不同的人指引不同的路。*Nature points out different paths to different individuals.*

[10] De africanis rebus alia nobis, ac tu scripseras, nuntiantur. (Cicero, *Att.*, 11, 10) ＝ 關於非洲的事情，我們被告知的[內容]有異於你所曾描寫的[內容]。*About the affairs of Africa, they have been reported to us quite differently from what you had written.*

3. 表現數量之有無：「無不」、「無」、「非無」

(1.) 表達全體：「無（一）不」

若要以（雙重）否定的概念來表達不特定的全體時，則會使用不定代名詞 **quisquam, [ulla,] quidquam (/quicquam)** 來表示「無一人不；任何人（*no one not, anyone*）」，並以不定形容詞 **ullus, a, um** 來表示事物的「無一不；任一（*any*）」。例如：

Iustitia numquam nocet **cuiquam**. (Cicero, *Fin.*, 1, 16; 50) ＝ 正義從不傷害任何人。*Justice never hurt anyone.*

Non est tua **ulla** culpa. (Cicero, *Marc.*, 6; 20) ＝ 你沒有任何罪。*It is no any fault of yours.*

Estne **quisquam**, qui tibi purior videatur? (Cicero, *Rosc. Com.*, 6; 18) ＝ 有任何人在你看來是較純潔的嗎？*Is there any man who appears to you more pure?*

需要注意的是，**quisquam** 沒有複數形態、沒有陰性的主格和受格、也沒有陰性和陽性的奪格，這些缺少的部份都以 **ullus** 的變格來取代。

※ **用法比較**：sine ulla spe 表示「完全沒有任何希望」；而 sine aliqua spe 表示「沒有多大的希望」。

這些不定代名詞與不定形容詞尚有相對應的副詞，諸如：

usquam（到處 | *anywhere, in any place*）、nusquam（無處 | *nowhere*）、umquam（隨時 | *ever, at any time*）、numquam（從未 | *never*）

(2.) 表達有無：「無（/沒有）」、「非無（/不是沒有）」

用以表現「沒有人、什麼都沒有（*no one, nothing*）」的不定代名詞是 **nemo**（沒有人 | *no one*）與 **nihil**（沒有東西 | *nothing*）；其所對應的不定形容詞則是 **nullus, nulla, nullum**（無、沒有 | *not any, no*）。例如：

Neminem video. ＝ 我沒有看到任何人。*I see no one.*

Nullos pueros video. ＝ 我沒有看到任何男孩。*I see no boys.*

不定代名詞 **nemo** 有時候也會作為形容詞使用，例如：

nemo civis. ＝ 沒有市民。*no citizen.*

由於 **nemo** 並沒有複數型態，本身也沒有屬格和奪格，在這種情形下，要用 **nullus** 的變格來取代這兩個格。因此 **nemo** 的變格依序分別為 **nemo, nullius, nemini, neminem, nullo**。（參見表 IV-16：不定代名詞 nihil 及 nemo 的變格）

另外，由於 **nihil** 是中性，其主格和受格具有相同的形態，在本身缺少屬格、與格與奪格的情況下，遂等同於**沒有變化**。至於它所缺乏的屬格、與格及奪格，則分別以 **nullius rei, nulli rei, nulla re** 來代替。（參見表 IV-16：不定代名詞 nihil 及 nemo 的變格）

儘管 **nihil** 尚存有一個古典的奪格 **nihilo**，但只用在某些特定的說法，例如：**pro nihilo putare**（視某人或某物如無物、把某人或某事設想為不存在）；或是用來作為表示度量的補語，例如：**nihilo minus**（即使 | *nonrtheless*）。

若一個句子當中具有否定意思的不定代名詞（/不定形容詞/不定副詞），且該句子又是由連接詞 et、ac、atque、或由接續目的子句的連接詞 ut 所引出時，則句中代名詞（/形容詞/副詞）的否定語氣便會轉移到前面的連接詞，從而使該代名詞（/形容詞/副詞）的意義由否定轉為肯定。例如：

et＋nemo（沒有人）→ nec quisquam（並未有任何人...）→ ne quis

et＋nihil（沒有東西）→ nec quicquam（並未有任何東西...）→ ne quid

et＋nullus（沒有）→ nec ullus（並未有）→ ne ullus

et＋nusquam（無處）→ nec usquam（並非到處）→ ne usquam

et＋numquam（從未）→ nec umquam（並非隨時）→ ne umquam

需要提醒的是，學習者切勿將先前曾經介紹過的 **noli, nolite**，與此處所介紹的 **nihil**、**nullus** 混淆：**noli, nolite** 為副動詞 **nolo**（不想要｜*do not want*）的命令語氣，其後須再加上一個動詞的不定式，以表示「不要（做...）」之意，例如：

Noli me tangere! (*Io., 20: 17*) ＝ 不要碰我！*Do not touch me!*

另外，學習者也要特別留意某些具有否定意義字首（如 ne-, nec-）的動詞，尤其是在涉及有代名詞的使用時。例如：

Negat Epicurus **quemquam**, qui honeste non vivat, iucunde posse vivere. (Cicero, *Fin., 2, 22; 70*) ＝ 伊比鳩魯不認為未合宜地過活的任何人能夠快樂地生活著。*Epicurus denies that anyone who does not live morally can live pleasantly.*

當各種具有否定意義的不定代名詞、不定形容詞和不定副詞在搭配否定副詞 **non** 的情況下，其所表達的意思將會隨著 **non** 的擺放位置（前置或後置）而有所差異。例如：

non nemo：不是沒有人＝有些人；nemo non：沒有人不＝所有人都

non nihil：不是沒有東西＝有些東西；nihil non：沒有東西不＝所有東西都

non nullus：不是沒有＝有些；nullus non：無不＝都

non usquam：不是隨處＝某處；usquam non：無處不＝到處

non numquam：不是隨時＝有時；numquam non：無時不＝時時

練 習

[01]   Tu, si es in Epiro[186], mitte ad nos de tuis aliquem tabellarium. (Cicero, *Att., 5, 18*) = 你若是在 Epirus，就派某位信差到我們[這裡]（傳達）有關你家人（的消息）。*If you are in Epirus, send any courier to us about your families.*

[02]   Erant in Romana iuventute adulescentes aliquot, assueti more regio vivere. (Livius, *2, 3*) = 在羅馬青年之中，有少許的青少年們習慣以王族的作風來過活。*There were, among the Roman youth, several young men accustomed to live in princely style.*

[03]   Vespasianus [187], ne quam occasionem corrigendam disciplinam praetermitteret, adulescentulum unguento fragrantem, vultu severo a se discedere iussit. (Suetonius, *Ves., 8*) = Vespasianus 為了不錯失任何應該導正紀律的機會，曾以嚴厲的神情命令一名散發香精氣味的少年遠離他身邊。*Vespasianus, in order not to have omitted any opportunity of reforming the discipline, has commanded a young man, who is fragrant with perfume, depart from himself with serious face.*

[04]   Quamdiu quisquam erit qui te defendere audeat, vives. (Cicero, *Catil., 1, 2; 6*) = 直到有任何人膽敢為你辯護，你就能活下來。*As long as anyone exists who can dare to defend you, (then) you shall live.*

[05]   Miltiades [188] plerasque insulas ad officium redire coegit, nonnullas vi expugnavit. (Nepos, *Mil., 7*) = Miltiades 強迫大多數的島嶼回報[其]義務，有些是他靠武力所掠奪得來的。*Miltiades obliged most islands to return to the(ir) duty, he plundered some (of that) by force.*

[06]   Habeo hic neminem neque notum neque cognatum. (Terentius, *Eu., 1, 2*) = 在這裡我既沒有相識的人，也沒有親戚。*I have no one here, neither acquaintance nor relative.*

[07]   Eloquentia est bene constitutae civitatis quasi alumna quaedam. (Cicero, *Brut., 12; 45*) = 雄辯術可以說就像是社會在良善發展下的某項產物。*Eloquence is as a certain tender offspring of a well-established society.*

[08]   Apud Graecos fertur incredibili quadam magnitudine consilii atque ingenii Atheniensis ille fuisse Themistocles[189]. (Cicero, *de Orat., 2, 74; 299*) = 在希臘人當中，雅典的那位 Themistocles 據說在理解力及才智方面，具有[令人]十分難以置信的[優異]程度。*Amongst the Greeks, Themistocles the*

---

[186] Epirus 為位於希臘半島北部的省區。

[187] 即 Titus Flavius Vespaianus（9 - 79 A.D.），羅馬帝國皇帝，在位期間：69 - 79 A.D.。

[188] 古代雅典的軍事家（ca. 550 - 489 B.C.）。

[189] 古代雅典的政治家，軍事家（525 - 460 B.C.）。

Athenian is reported to have possessed an incredible compass of understanding and genius.

4. 表現讓步意味：「無論（誰/什麼）」

　　我們在「代名詞的變格」中，曾經看過許多派生自關係（/疑問）代名詞 **qui, quae, quod** 或 疑問代名詞 **quis, quis, quid**，用於表示「無論是誰（*whoever, no matter who, everyone*）」、「無論什麼（*whatever, no matter what, everything*）」等讓步（*concessive*）意味的不定代名詞與不定形容詞。儘管這些不定代名詞與不定形容詞都會帶有關係（*relative*）的意思，但其中只有 **quicumque, quaecumque, quodcumque** 及 **quisquis, quisquis, quidquid (/quicquid)** 才能作為關係代名詞使用。例如：

　　Hoc loco est, **quicquid** est piscium. (Cicero, *Off., 3, 14; 59*) ＝ 這裡就是有魚的地方。*This is the place where there is something of the fishes.*

附　　錄

總字彙

a, ab *prep.* [＋abl.] 從…，被…（*from..., by...*） [0, II, III, V, VI, X, XI, XII, XIII, XIV, XVI, XVIII, XXI, XXII, XXIII, XXIV]

abdo*, is, idi, itum, ere** *v., tr.,* 3. 躲藏，掩蔽 [X, XI]；**abd*i*derat** pluperf. ind., 3 pers. sing. [X]；a*bdidi** perf. ind., 1 pers. sing. [XI]

abeo*, *a*bes, *a*bii, abitum, ab*i*re** *v., intr.,* 4. 離去，走開；a*biit** perf. ind., 3 pers. sing. [X]

ab*i*cio, is, ieci, iectum, ere *v., tr.,* 3. 拋棄，捨棄；**abiciendi** [1.] ger., neut., gen. sing. 拋棄[的]，捨棄[的]；[2.] gerundive, masc./ neut., gen. sing.; masc., nom. pl. 該被拋棄的，該被捨棄的 [XVIII]

abr*i*pio, is, *r*ipui, *r*eptum, pere *v., tr.,* 3. 劫持，誘拐，綁架；**abr*e*ptamque** [＝abr*e*ptam＋que] perf. part., fem., acc. sing. 已[/被]劫持的，已[/被]誘拐的，已[/被]綁架的 [XVI]

abs*e*ns, *e*ntis *adj.,* 3 decl. 缺席的，不在的，缺乏的；**abs*e*ntibus** masc./ fem., neut., dat./ abl. pl. [X]

abs*o*lvo, is, s*o*lvi, sol*u*tum, ere *v., tr.,* 3. 寬恕 [XI]；**abs*o*lvi** pass., pres. inf. [XI]

abst*i*neo, es, st*i*nui, st*e*ntum, ere *v., tr./ intr.,* 2. 避免，避開，防範 [XI]；**abst*i*nere** [1.] pres. inf.；[2.] pass., pres. imp., 2 pers. sing. [III]；**abst*i*nuit** perf. ind., 3 pers. sing. [XI]；**abst*i*neat** pres. subj., 3 pers. sing. [XIV]

abs*u*m, *a*bes, *a*bfui, --, ab*e*sse *anomal. v., intr.,* irreg. 缺席，不在場；遠離，相隔 [XI]；***a*berint** fut. ind., 3 pers. pl. [X]；**abs*i*tue** [＝*a*bsit] pres. subj., 3 pers. sing. [XI]；**abs*u*nt** pres. ind., 3 pers. pl. [XXIII]

ab*u*ndo, as, *a*vi, *a*tum, *a*re *v., intr.,* 1. 富於，充滿 [XI]；**ab*u*ndat** pres. ind., 3 pers. sing. [III]；**abund*a*re** pres. inf. [XI]

ab*u*tor, eris, *u*sus sum, *u*ti *dep. v., intr.,* 3. 耗盡，用完 [XI]；**ab*u*sus, a, um** perf. part. 已耗盡的，已用完的 [XI]；**ab*u*sus *e*ris** futp. ind., 3 pers. sing. [XI]

ac *conj.* 和，及，並且，而且 [X, XIII, XVIII, XXI, XXIV]

a*ccido, is, cidi, --, ere** *v., intr.,* 3. 墜落，下降；發生 [＋dat.] [XI]；**acc*i*derat** pluperf. ind., 3 pers. sing. [XI]；**acc*i*dere** pres. inf. [XII]；a*ccidit** [1.] pres. ind., 3 pers. sing.; [2.] perf. ind., 3 pers. sing. [XII]；***a*ccidit ut** *locu.* [無人稱＋subj.] 正好[/已]，剛好[/已] [XII]

acc*i*pio, is, *c*epi, *c*eptum, *c*ipere *v., tr.,* 3. 接納，接受 [XI]；**acc*i*pite** pres. imp., 2 pers. pl. [XI]

acc*o*modo, as, *a*vi, *a*tum, *a*re *v., tr.,* 1. 適應，適合；**accomod*a*tus, a, um** perf. part. 已[/被]適應的，已[/被]適合的 [XXIV]；**accomod*a*tus est** pass., perf. ind., 3 pers. sing., masc. [XXIV]

acc*u*rro, is, *c*urri, *c*ursum, ere *v., intr.,* 3. 奔走，疾馳；**acc*u*rrit** [1.] pres. ind., 3 pers. sing.; [2.] perf. ind., 3 pers. sing. [III, XXIV]

accus*a*tor, *o*ris *n.,* 3 decl., masc. 原告 [XXIV]

acc*u*so, as, *a*vi, *a*tum, *a*re *v., tr.,* 1. 指控，責難；**accus*a*re** [1.] pres. inf.; [2.] pass., pres. imp., 2 pers. sing. [IV]；**accus*a*tus, a, um** perf. part. 已[/被]指控的，已[/被]責難的 [XI]；**accus*a*tus sit** pass. pres. subj., 3 pers. sing. [XI]；**acc*u*sant** pres. ind., 3 pers. pl. [XXI]

acer, *a*cris, *a*cre *adj.,* 3 decl. 尖銳的，酸的，辛辣的 [IV]

ac*e*rbus, a, um *adj.* 尖酸的，苦澀的，刻薄的；**ac*e*rbis** masc./fem./ neut., dat./ abl., pl. [XIII]

ac*e*rrimus, a, um *adj., sup.* [pos.: *a*cer, *a*cris, *a*cre] 極尖銳的，極酸的，極辛辣的 [IV]

Ach*i*lles, is *n.,* 3 decl., masc. [人名] 阿基里斯，希臘神話中的英雄 [XII]

acies, ei *n.,* 5 decl., fem. 邊鋒，戰線；視線 [III]；***aciem*** acc. sing. [XI]

actio, onis *n.,* 3 decl., fem. 行為，動作 [I]

acutior, or, us *adj., comp.* [pos.: **acutus, a, um**] 較鋒利的，較銳利的 [III]

acutus, a, um *adj.* 鋒利的，銳利的；***acutam*** fem., acc. sing. [III]

ad *prep.* [＋acc.] 到…，向….，往…，靠近… [II, III, IV, VI, VII, X, XI, XII, XIII, XIV, XVI, XVIII, XXII, XXIII, XXIV]

adaequo, as, avi, atum, are *v., tr.,* 1. 使相等，相比較；***adaequarent*** imperf. subj., 3 pers. pl. [XVI]

addisco, is, didici, --, ere *v., tr.,* 3. 學習，進修；***addiscentem*** pres. part., masc./ fem., acc. sing. [正在]學習的，[正在]進修的 [XXI]

adduco, is, duxi, ductum, ere *v., tr.,* 3. 引導，帶領 [XI]；***adducit*** pres. ind., 3 pers. sing. [XI]；***adduxit*** perf. ind., 3 pers. sing. [XVII]

adeo *adv.* 如此地，這般地 [XI]

adfectatio, onis *n.,* 3 decl., fem. 企圖，渴望，矯飾；***adfectationem*** acc. sing. [VI]

adfluo, is, fluxi, fluxum, ere *v., intr.,* 3. 群集，湧至；***adfluxit*** perf. ind., 3 pers. sing. [XVIII]

adhibeo, es, ui, itum, ere *v., tr.,* 2. 引進，帶進，使用，維持 [XI]；***adhibeam*** pres. subj., 1 pers. sing. （若我）引進，帶進，使用，維持 [XI]；***adhibiti*** perf. part., masc./ neut., gen. sing.; masc., nom. pl. 已[/被]引進的，已[/被]帶進的，已[/被]使用的，已[/被]維持的 [XII]；***adhibiti sunt*** pass., perf. ind., 3 pers. pl., masc. [XII]；***adhibeat*** pres. subj., 3 pers. sing. [XIV]；**adhibenda** gerundive, fem., nom./ abl. sing.; neut., nom./ acc. pl. 該被引進的，該被帶進的，該被使用的，該被維持的 [XVIII]；**adhibenda est** *locu.* [gerundive＋*esse*] pres. ind., 3 pers. sing., fem. （她）應該引進，應該帶進，應該使用，應該維持 [XVIII]

adhuc *adv.* 迄今，至此，到目前為止 [X]

adipiscor, eris, adeptus sum, sci *dep. v., tr.,* 3. 獲得，趕上 [VII]；***adipiscendi*** [1.] ger., neut., gen. sing. 獲得[的]，趕上[的]；[2.] gerundive, masc./ neut., gen. sing.; masc., nom. pl. 該被獲得的，該被趕上的 [VII]；***adeptam*** perf. part., fem., acc. sing. 已[/被]獲得的，已[/被]趕上的 [XXI]

aditus, us *n.,* 4 decl., masc. 通路，門徑，入口；***aditum*** acc. sing. [III]

administro, as, avi, atum, are *v., intr./ tr.,* 1. 治理，管理，運行；***administrabant*** imperf. ind., 3 pers. pl. [VI]；***administrari*** pass., pres. inf. [VI]

admitto, is, misi, missum, ere *v., tr.,* 3. 接受，接納，容許進入；***admisit*** perf. ind., 3 pers. sing. [XXII]

adorior, iris, adortus sum, iri *dep. v., tr.,* 4. 攻擊 [XI]；***adoriamur*** pres. subj., 1 pers. pl. [XI]

adquiro, is, quisivi, quisitum, ere *v., tr.,* 3. 獲得，取得；***adquirendi*** [1.] ger., neut., gen. sing. 獲得[的]，取得[的]；[2.] gerundive, masc./ neut., gen. sing.; masc., nom. pl. 該被獲得的，該被取得的 [XVIII]

adsuesco, is, suevi, suetum, ere *v., tr./ intr.,* 3. 習慣於，熟悉於；***adsuescat*** pres. subj., 3 pers. sing. [XIV]

adsum, es, fui, --, esse *anomal. v., intr.,* irreg. 在場 [XI]；***adest*** pres. ind., 3 pers. sing. [XI]；***adsit*** pres. subj., 3 pers. sing. [XIV]

adulescens, entis *n./ adj.,* 3 decl. 青年，青少年；年少的，年輕的 [VI]；***adulescentem*** acc. sing. [X]；***adulescentes*** masc./ fem., nom./ acc./ voc. pl. [XXIV]

adulescentulus, i *n.,* 2 decl., masc. 少年，青少年；***adulescentulum*** acc. sing. [XXIV]

adulor, aris, atus sum, ari *dep. v., tr.,* 1. 奉承，討好，諂媚；***adulari*** pres. inf. [VI]

adultus, i *n.,* 2 decl., masc. 成人，成年人；***adultos*** acc. pl. [III]

adversum *adv.* 相對地，相反地，反方向地 [XI]

aed*ifico*, as, *avi*, *atum*, *are v., intr./ tr., 1. 建築，建造；**aedific*avit*** perf. ind., 3 pers. sing. [IV]；**aedific*averat*** pluperf. ind., 3 pers. sing. [VI]；**aedificandi** [1.] ger., neut., gen. sing. 建築[的]，建造[的]；[2.] gerundive, masc./ neut., gen. sing.; masc., nom. pl. 該被建築的，該被建造的 [XVIII]

aed*is*, is n., 3 decl., fem. 房屋，宅邸；***aedes*** nom./ acc. pl. [X]

Aem*ilius*, i n., 2 decl., masc. [人名] 古代羅馬的氏族名 [XXII]

Aen*eas*, ae n., 1 decl., masc. [人名] 特洛伊英雄之一，後來成為羅馬人的始祖 [III]

A*equi*, *orum* n., 2 decl., masc., pl. [族群名] 古代義大利的民族之一；***Aequis*** dat./ abl. pl. [XXII]

aequor, oris n., 3 decl., neut. 海平面 [III]

aer, aeris n., 3 decl., masc./ fem. 氣，空氣 [III]；***aëra*** acc. sing. [III]；***aere*** abl. sing [XI]；**ab *aere*** *locu.* [*prep.* **ab** + abl. sing.] 從空氣 [XI]

aer*umna*, ae n., 1 decl., fem. 辛勞，苦難，災厄，困境；**aer*umnas*** acc. pl. [XVI]

aest*as*, *atis* n., 3 decl., fem. 夏天，夏季 [III]；**aest*ate*** abl. sing. [III]；**aest*atis*** gen. sing. [III]

aet*as*, aetatis n., 3 decl., fem. 年紀，年代，時期 [XXI]；**aet*atem*** acc. sing. [XVI]

aet*ernus*, a, um adj. 永久的，永恆的；**aet*ernum*** masc./ neut., acc. sing.; neut., nom. sing. [X]

aff*icio*, is, *feci*, *fectum*, *ficere* v., tr., 3. 影響，到達 [XI]；***afficit*** pres. ind., 3 pers.sing. [XI]

affirmo, as, *avi*, *atum*, are v., tr., 1. 肯定，斷言；**affirmat** pres. ind., 3 pers. sing. [XIII]

affl*igo*, is, l*ixi*, l*ictum*, ere v., tr., 3. 打擊，擊倒 [X]；**affl*ictus*, a, um** perf. part. 已[/被]打擊的，已[/被]擊倒的 [X]；**affl*ictus* est** pass., perf. ind., 3 pers. sing., masc. [X]

afric*anus*, a, um adj. [地名] 非洲的；**afric*anis*** masc./ fem./ neut., dat./ abl. pl. [XXIV]

agedum interj. 快來！快做！ [XV]

ag*ellus*, i n., 2 decl., masc. 小田地，小田園 [III]

ager, agri n., 2 decl., masc. 田野，田園 [III, XVI]；***agrum*** acc. sing. [III]；***agro*** abl. sing. [III, XXIII]；**in *agro*** *locu.* [*prep.* **in** + abl. sing] 在田裡 [III, XXIII]；***agros*** acc. pl. [III]；***agris*** dat./ abl. pl. [X]；**ex *agris*** *locu.* [*prep.* **ex** + abl. pl.] 從田野，從田園 [X]

aggr*edior*, eris, r*essus* sum, redi dep. v., tr./ intr., 3. 接近，靠近，突擊 [VII]；**aggr*editur*** pres, ind., 3 pers. sing. [VII]

agito, as, *avi*, *atum*, are v., tr., 1. 攪拌，搖動，支配；**agit*abant*** imperf. ind., 3 pers. pl. [III, IV]；**agit*abatur*** pass., imperf. ind., 3 pers. sing. [XXIII]

agn*osco*, is, agn*ovi*, agn*itum*, ere v., tr., 3. 理解，瞭解；**agn*oscis*** pres. ind., 2 pers. sing. [XXII]

agnus, i n., 2 decl., masc. 小羊，羔羊 [XIII]；***agnos*** acc. pl. [VI]；***agnum*** acc. sing. [XIII]；**ad *agnum*** *locu.* [*prep.* **ad** + acc. sing.] 往小羊處 [XIII]；***agno*** dat./ abl. sing. [XIII]

ago, is, *egi*, actum, ere v., tr., 3. 進行，履行，操作，做，帶走 [X]；**ag*ebant*** imperf. ind., 3 pers. pl. [0]；***agere*** [1.] pres. inf.; [2.] pass., pres. imp., 2 pers. sing. [IV, XIV, XXII]；**agendi** [1.] ger., neut., gen. sing. 進行[的]，履行[的]，操作[的]，做[的]，帶走[的]；[2.] gerundive, masc./ neut., gen. sing.; masc., nom. pl. 該被進行的，該被履行的，該被操作的，該被做的，該被帶走的 [VI]；***agitis*** pres. ind., 2 pers. pl. [VII]；**ag*ebatur*** pass., imperf. ind., 3 pers. sing. [X]；***agunt*** pres. ind.,3 pers. pl. [XIV, XVI]；***agam*** [1.] pres. subj., 1 pers. sing.; [2.] fut. ind., 1 pers. sing. [XIV]；***agedum*** [=age + dum] pres. imp., 2 pers. sing. [XV]；**agendum** [1.] ger., neut., acc. sing. 進行，履行，操作，做，帶走；[2.] gerundive, masc., acc. sing.; neut., nom./ acc. sing. 該被進行的，該被履行的，該被操作的，該被做的，該被帶走的 [XVIII]；**agendum (est)** *locu.* [gerundive + *esse*] pres. ind., 3 pers. sing., neut. （它）應該進行，應該履行，應該操作，應該做，應該帶走 [XVIII]；***egit*** perf. ind., 3 pers. sing. [XXII]

agricola, ae n., 1 decl., masc. 農人，農夫 [VI]；**agric*olae*** gen./ dat. sing.; nom./ voc. pl. [III]；**agric*olarum*** gen. pl. [III]；**agricola** nom./ voc./ abl. sing. [III]；**agric*olam*** acc. sing. [III]

aio, ais *defect. v., intr./ tr.,* irreg. 說，同意 [IX, X, XII]；**ait** pres. ind., 3 pers. sing. [IX, XII, XXI]；
  ai*e*bat imperf. ind., 3 pers. sing. [XII, XXII]

ala, ae *n.,* 1 decl., fem. 翅膀，羽翼；**alas** acc. pl. [III]

albus, a, um *adj.* 白的、白色的 [II]；**album** masc., acc. sing; neut., nom./ acc. sing. [IV]

Alexander M*a*gnus *n.,* 2 decl., masc. [稱謂] 亞歷山大大帝；**Alexandri M*a*gni** gen. sing. [XVI]

Alexander, dri *n.,* 2 decl., masc. [人名] 亞歷山大，通常指馬其頓帝國的亞歷山大大帝（356
  - 323 B.C.） [XIV, XVIII, XXI]；**Alex*a*ndrum** acc. sing. [XII, XXII]；**Alex*a*ndri** gen. sing. [XVI]

alia *adv.* 以別種方法，另外，此外（*by another way*） [XXIV]

alias *adv.* 在其他時候，此外，另外（*at another time*） [XXIV]

alibi *adv.* 在另一處，在別處（*at another place*） [XXIV]

alienum, i *n.,* 2 decl., neut. 陌生人的財物，所屬於其他的事物；**alieno** dat./ abl. sing. [XIV]

alio *adv.* 到另一處，到其他方位，到別的位置（*to another place*） [XXIV]

aliqu*a*ndo *adv.* 有時，某時 [XIII]

aliqui, aliqua, aliquod *indef. adj./ pron.* 某些（人，事物）；相當重要的，特別突出的 [IV,
  XXIV]；**aliquo** masc./ fem./ neut., abl. sing. [X, XI]；**aliquam** fem., acc. sing. [XIV]；**aliquod**
  neut., nom./ acc. sing. [XXIV]；**aliqua** fem., nom./ abl. sing. [XXIV]；**ne quam** [＝ne aliquam]
  fem., acc. sing. 不是某些（人，事物）；不是相當重要的，不是特別突出的 [XXIV]

aliquis, aliquis, aliquid *indef. pron./ adj.* 某（些）人，某（些）物 [IV, X, XII, XIV, XVIII, XXIV]；
  aliquid neut., nom./ acc. sing. [XI]；**aliquem** masc., acc. sing. [XXIV]；**num quis** [＝num
  aliquis] masc./ fem., nom. sing. 也許某（些）人，也許某（些）物 [XXIV]；**alic*u*ius** masc./
  fem./ neut., gen. sing. [XXIV]

aliquot *indef. adj./ pron.,* indecl. 一些，少許 [III, XXIV]

aliter *adv.* 此外，不同地，在其他方式或層面上（*otherwise, in any other way*） [VII, XV, XXIV]

ali*u*nde *adv.* 從別處，由於其他原因、來源（*from another place*） [XXIV]

alius, alia, aliud *indef. adj./ pron.* 其他的，另一（個/些）的 [0, IV, XXII, XXIV]；**alias** fem., acc.
  pl. [IV, X]；**ali*o*rum** masc./ neut., gen. pl. [IV, XXIV]；**alium** masc., acc. sing. [IV, VI, XXII, XXIV]；
  aliud neut., nom./ acc. sing. [IV, XVI, XXII, XXIV]；**alio** masc./ neut., abl. sing.; masc., dat. sing. [IV,
  XXIV]；**alia** fem., nom./ abl. sing.; neut., nom./ acc. pl. [IV, XXIV]；**alios** masc., acc. pl. [IV, XI,
  XXII]；**alii** masc./ neut., gen. sing.; masc., nom. pl. [XI, XXII, XXIV]；**aliis** masc./ fem./ neut., dat./
  abl. pl. [XVI, XXIII, XXIV]；**in aliis** *locu.* [*prep.* in＋abl. pl.] [XXIII]；**aliae** fem., gen. sing.; nom.
  pl. [XXIV]；**cum aliis** *locu.* [*prep.* cum＋abl. pl.] 與其他人，與另一些人 [XXIV]

alo, is, alui, altum, alere *v., tr.,* 3. 哺育，滋養，餵養 [X]；**al*e*re** [1.] pres. inf.; [2.] pass., pres.
  imp., 2 pers. sing. [X]；**alitur** pass., pres. ind., 3 pers. sing. [XVIII]

alter, altera, alterum *indef. adj./ pron.* 另一（個），另外的 [IV, X, XI, XX, XXII, XXIV]；**alt*e*rius**
  masc./ fem./ neut., gen. sing. [IV]；**alterum** masc., acc. sing.; neut., nom./ acc. sing. [IV]；**altero**
  masc./ neut., abl. sing. [IV]；**alteri** masc./ fem./ neut., dat. sing.; masc., nom. pl. [VII]

altercor, aris, atus sum, ari *dep. v., intr.,* 1. 爭論，爭辯，爭吵；**altercari** pres. inf. [XVI]

altus, a, um *adj.* 高的 [II, IV]；**alta** fem., nom./ voc./ abl. sing.; neut., nom./ acc./ voc. pl. [IV]

alumna, ae *n.,* 1 decl., fem. 幼苗，幼獸，幼童，弟子，門生 [XXIV]

amans, antis *n.,* 3 decl., masc./ fem. 愛人，情人；**amantem** acc. sing. [X]；**amantes** nom./
  acc./ voc. pl. [XI]

amant*i*ssimus, a, um *adj., sup.* [pos.: **amans, antis** (3 decl.)] 極愛的 [XXIV]

ambio, is, ivi, itum, ire *v., tr./ intr.,* 4. 繞行 [XI]；**amb*i*re** [1.] pres. inf.; [2.] pass., pres. imp., 2
  pers. sing. [XI]

ambo, ae, o *num. adj.,* pl. tant. 兩者的，雙方的 [X]

ambul*a*tor, oris *n.,* 3 decl., masc. 步行者，漫步者，行進者 [XIV]

ambulo, as, *a*vi, *a*tum, *a*re *v., intr.,* 1. 步行，漫步，走動 [III]；**ambul*a*re** pres. inf. [III, VI]；**ambulant** pres. ind., 3 pers. pl. [V]

am*i*ca, ae *n.,* 1 decl., fem. 女性的朋友；**am*i*cam** acc. sing. [X]；**ad am*i*cam** *locu.* [*prep.* **ad +** acc. sing.] 到女朋友，往女朋友 [X]

am*i*cus, ci *n.,* 2 decl., masc. 朋友；**am*i*co** dat./ abl. sing. [III, V]；**cum am*i*co** *locu.* [*prep.* **cum +** abl. sing.] 和朋友 [III]；**am*i*ci** gen. sing.; nom./ voc. pl. [V, XIII]；**am*i*cos** acc. pl. [XIV, XXII]；**am*i*corum** gen. pl. [XXI]；**am*i*cis** dat./ abl. pl. [XXI]；**ab am*i*cis** *locu.* [*prep.* **ab +** abl. pl.] 從朋友，被朋友 [XXI]

am*i*tto, is, am*i*si, am*i*ssum, ere *v., tr.,* 3. 送走，遣走，失去 [XI]；**am*i*si** perf. ind., 1 per.sing. [XI]；**am*i*sit** perf. ind., 3 pers. sing. [XVII]

amnis, is *n.,* 2 decl., masc. 河，河川；**amne** abl. sing. [VII]；**amnibusque** [= **amnibus + que**] dat./ abl. pl. [X]

amo, as, *a*vi, *a*tum, *a*re *v., tr./ intr.,* 1. 愛 [XI]；**am*a*bo** fut. ind., 1 pers. sing. [V]；**amat** pres. ind., 3 pers. sing. [V, XIII]；**am*a*ta** perf. part., fem., nom./ abl. sing.; neut., nom./ acc. pl. 已[/被]愛的 [V, VI]；**am*a*ta est** pass., perf. ind., 3 pers. sing., fem. [V]；**am*a*re** [1.] pres. inf.; [2.] pass., pres. imp., 2 pers. sing. [VI]；**am*a*tus, a, um** perf. part. 已[/被]愛的 [VI, XVII]；**am*a*nda** gerundive, fem., nom./ abl. sing.; neut., nom./ acc. pl. 該被愛的 [VI]；**am*a*ndus, a, um** gerundive 該被愛的 [VI]；**am*a*ndi** [1.] ger., neut., gen. sing. 愛[的]；[2.] gerundive, masc./ neut., gen. sing.; masc., nom. pl. 該被愛的 [VI]；**am*a*ndo** [1.] ger., neut., dat./ abl. sing. 愛；[2.] gerundive, masc./ neut., dat./ abl. sing. 該被愛的 [VI]；**am*a*ndum** [1.] ger., neut., acc. sing. 愛；[2.] gerundive, masc., acc. sing.; neut., nom./ acc. sing. 該被愛的 [VI]；**am*a*tur** pass., pres. ind., 3 pers. sing. [VI, X]；**am*a*ri** pass., pres. inf. [VI]；**ament** pres. subj., 3 pers. pl. [VI]；**amentur** pass., pres. subj., 3 pers. pl. [VI]；**amant** pres. ind., 3 pers. pl. [XIII]；**ames** pres. subj., 2pers. sing. [XV]；**si me *a*mes** *locu.* 若你/妳愛我 [XV]；**am*a*tus sum** pass., perf. ind., 1 pers. sing., masc. [XVIII]；**am*a*vi** perf. ind., 1 pers. sing. [XXII]

amphithe*a*trum, i *n.,* 2 decl., neut. 圓形劇場，競技場 [IV]

amplexor, *a*ris, *a*tus sum, *a*ri *dep. v., tr.,* 1. 擁抱；**amplex*a*ndi** [1.] ger., neut., gen. sing. 擁抱[的]；[2.] gerundive, masc./ neut., gen. sing.; masc., nom. pl. 該被擁抱的 [XVIII]

amplexus, us *n.,* 4 decl., masc. 擁抱；**amplexibus** dat./ abl. pl. [XVIII]；**ab amplexibus** *locu.* [*prep.* **ab +** abl. pl.] 從擁抱 [XVIII]

amp*u*lla, ae *n.,* 1 decl., fem. 瓶，壺；**amp*u*llam** acc. sing. [X]

an *interr. conj.* 或者，還是 [IV, X]

Anch*i*ses, ae *n.,* 1 decl., masc. [人名] Anchises 為 Aeneas 之父 [III]

anc*i*lla, ae *n.,* 1 decl., fem. 女奴，女僕 [X]

angustiae, arum *n.,* 1 decl., fem., pl. tant. 苦難 [III]

angustus, a, um *adj.* 窄的，小的；**angusta** fem., nom./ abl. sing.; neut., nom./ acc. pl. [XXI]

anh*e*lus, a, um *adj.* 氣喘的，喘息；**anh*e*lum** masc./ neut., acc. sing.; neut., nom. sing. [XIII]

anima, ae *n.,* 1 decl., fem. 靈魂，精神，呼吸，氣息；**animam** acc. sing. [X]

animal, *a*lis *n.,* 3 decl., neut. 動物 [XVIII]；**anim*a*lia** nom./ acc. pl. [XI]

animus, i *n.,* 2 decl., masc. 心靈，心智，精神，意圖，感覺 [VI, XI, XXIII]；**animo** dat./ abl. sing. [IV, XXI, XXII]；**animi** gen. sing.; nom. pl. [VII]；**animum** acc. sing. [X, XIV]；**in animo** *locu.* [*prep.* **in +** abl. sing.] 在心靈，在心智，在精神，在意圖，在感覺 [XXII]；**animis** dat./ abl. pl. [XXIV]；**in animis** *locu.* [*prep.* **in +** abl. pl.] 在心中 [XXIV]

anniversarius, a, um *adj.* 年度的，每年的，週年的；**anniversarios** masc., acc. pl. [XVI]

annus, i *n.,* 2 decl., masc. 年，歲；**anni** gen. sing.; nom. pl. [III]；**annis** dat./ abl. pl. [VI, XVI]；

annos acc. pl. [XI, XVI]；**anno** dat./ abl. sing. [XVIII, XXIV]；**quinto quoque anno** *locu.* 每第五年 [XXIV]

ante *adv./ prep.* [＋acc.] 之前，以前；在⋯前方 [XIII, XVIII]

antea *adv.* 先前，以往 [V]

antecedo, is, cessi, cessum, ere *v., intr./ tr.,* 3. 前行，前導 [XI]；**antecedebant** imperf. ind., 3 pers. pl. [XI]

antepono, is, posui, positum, ere *v., tr.,* 3. 置於前，前移 [XI]；**anteponam** [1.] pres. subj., 1 pers. sing.; [2.] fut. ind., 1 pers. sing. [XI]

Antiochus, i *n.,* 2 decl., masc. [人名] 此指一名曾經教導過西塞羅與 Marcus Junius Brutus 等人的哲學教師；**Antiochum** acc. sing. [VI]

antiquus, a, um *adj.* 老的，古老的，舊的；**antiquum** masc./ neut. acc. sing.; neut., nom. sing. [III]；**antiquam** acc. sing. [XI]

antiquus, qui *n.,* 2 decl., masc. 老人，古人；**antiquos** acc. pl. [III]；**apud antiquos** *locu.* [*prep.* **apud**＋acc. pl.] 就古人們而言 [III]

Antonius, ii *n.,* 2 decl., masc. [人名] 安東尼，古代羅馬的氏族名 [XVI]

aperio, is, aperui, apertum, ire *v., tr.,* 4. 打開，打破，違反 [X]；**aperit** pres. ind., 3 pers. sing. [VI]；**apertis** perf. part., masc./ fem./ neut., dat./ abl. pl. 已[/被]打開的，已[/被]打破的，已[/被]違反的 [X]；**aperuit** perf. ind., 3 pers. sing. [XVII]

aperte *adv.* 公然地，公開地 [XXI]

appello, as, avi, atum, are *v., tr.,* 1. 呼喚；**appellemus** pres. subj., 1 pers. pl. [XI]

appeto, is, ivi, itum, ere *v., tr.,* 3. 想要，渴望；**appetens, entis** pres. part., 3 decl. [正]想要的，[正在]渴望的 [XVII]

apprehendo, is, hendi, hensum, ere *v., tr.,* 3. 抓住，獲取，掌握；**apprehenderam** pluperf. ind., 1 pers. sing. [XXIV]

appropinquo, as, avi, atum, are *v., intr.,* 1. 靠近，逼近；**appropinquantes** pres. part., masc./ fem., nom./ acc. pl. [正在]靠近的，[正在]逼近的 [XVII]

aptissimus, a, um *adj., sup.* [pos.: **aptus, a, um**] 極適合的，極恰當的；**aptissima** fem., nom./ abl. sing.; neut., nom./ acc. pl. [XVIII]

apud *prep.* [＋acc.] 靠近（*near..., at...*） [III, IV, VII, X, XIII, XXII, XXIV]

aqua, ae *n.,* 1 decl., fem. 水 [III, X, XIII]；**in aqua** *locu.* [*prep.* **in**＋abl. sing.] 在水中 [III]；**aquam** acc. sing. [III, X, XI, XIII]；**aquae** gen./ dat. sing.; nom. pl. [XI]

aquilo, onis *n.,* 3 decl., masc. 北風；**aquilonem** acc. sing. [XVI]；**ad aquilonem** *locu.* [*prep.* **ad**＋acc. sing.] 到北風，往北風 [XVI]

ara, ae *n.,* 1 decl., fem. 祭壇；**aras** acc. pl. [XI]

Arar, ris *n.,* 1 decl., masc. [河川名] Arar 河，即今流經法國東部的 Saône 河 [VI]

arator, oris *n.,* 3 decl., masc. 把犁者，耕地者，農人 [X]

arbitrium, ii *n.,* 2 decl., neut. 調停，選擇，裁判，判斷，意志 [XIV, XXII]

arbitror, aris, atus sum, ari *dep. v., tr./ intr.,* 1. 認為，認定，裁斷；**arbitratus, a, um** perf. part., 已[/被]認為的，已[/被]認定的，已[/被]裁斷的 [XVII]

arbor, oris *n.,* 3 decl., fem. 樹，樹木 [IV]；**arbore** abl. sing. [X]；**in arbore** *locu.* [*prep.* **in**＋abl. sing.] 在樹木 [X]；**arbores** nom./ acc. pl. [X]；**arborum** gen. pl. [XXII]

arcesso, is, ivi, itum, ere *v., tr.,* 3. 叫來，召喚，傳喚 [X]；**arcessere** [1.] pres. inf.; [2.] pass., pres. imp., 2 pers. sing. [X]

ardeo, es, arsi, arsum, ardere *v., intr.,* 2. 燃燒 [X]；**arsit** perf. ind., 3 pers. sing. [X]

arduus, a, um *adj.* 險峻的，陡峭的 [IV]

arena, ae *n.,* 1 decl., fem. 競技場，運動場；**arenas** acc. pl. [VI]；**in arenas** *locu.* [*prep.* **in**＋

acc. pl.] 到競技場，到運動場 [VI]

argentum, i *n.*, 2 decl., neut. 銀，錢；**argento** dat./ abl. sing. [III, X]

aridissimus, a, um *adj., sup.* [pos.: **aridus, a, um**] 極乾的，極乾燥的 [X]

aries, etis *n.* 3 decl., masc. 公羊，牡羊；**ariete** abl. sing. [XII]；**cum ariete** *locu.* [*prep.* **cum** + abl. sing.] 與公羊 [XII]

Ariovistus, i *n.*, 2 decl., masc. [人名] Suebi 人（古代日耳曼的民族）的首領（? - 54 B.C.） [XXII]

arista, ae *n.* 1 decl., fem. 穀物，作物；**aristas** acc. pl. [III]

Aristoxenus, i *n.*, 2 decl., masc. [人名] 古希臘哲學家、音樂家，為亞里士多德的學生之一 [XXI]

arma, orum *n.*, 2 decl., neut., pl. tant. 武器，軍械 [III, XI, XVIII, XXI]

armatus, i *n.,* 2 decl., masc. 具有武裝的人，兵士；**armatum** acc. sing. [XXIV]

armentarius, ii *n.,* 2 decl., masc. 牧人，牧童 [VI]

armiger, eri *n.,* 2 decl., masc. 侍衛，護衛；**armigerorum** gen. pl. [III]；**armigeri** gen. sing.; nom./ voc. pl. [III]

armo, as, avi, atum, are *v., tr.,* 1. 武裝；**armati** perf. part., masc./ neut., gen. sing.; masc., nom. pl. 已[/被]武裝的 [XII]；**armati sunt** pass., perf. ind., 3 pers. pl., masc. [XII]

aro, as, avi, atum, are *v., tr.,* 1. 犁田，耕種；**arant** pres. ind., 3 pers. pl. [III]

ars, artis *n.,* 3 decl., fem. 技巧，技藝，藝術，方法，途徑，特徵 [VI, XVIII]；**artibus** dat./ abl., pl. [XXI, XXIII]；**artem** acc. sing. [XXIV]；**arte** abl. sing. [XXIV]

asinus, i *n.,* 2 decl., masc. 驢子 [XIII]；**asinum** acc. sing. [XIII]

aspicio, is, pexi, pectum, picere *v., tr.,* 3. 看見；**aspexi** perf. ind., 1 pers. sing. [IX]

asporto, as, avi, atum, are *v., tr.,* 1. 移開，運走 [XI]；**asportarier** pass., pres. inf. [XI]；**asportasse** perf. inf. [XVI]

assentator (/adsentator), oris *n.,* 3 decl., masc. 奉承者，諂媚者，馬屁精；**assentatoribus** dat./ abl. pl. [VI]

assentior, iris, sensus sum, iri *dep. v., intr.,* 4. 同意，贊成 [VII]

assuesco, is, suevi, suetum, ere *v., tr./ intr.,* 3. 習慣於，適應於；**assueti** perf. part., masc./ neut., gen. sing.; nom. pl. 已[/被]習慣於，已[/被]適應於 [XXIV]

astringo, is, trinxi, trictum, ere *v., tr.,* 3. 綁住，固定，凍結；**astricta** perf. part., fem., nom./ abl. sing.; neut., nom./ acc. pl. 已[/被]綁住的，已[/被]固定的，已[/被]凍結的 [X]

astrologus, i *n.,* 2 decl., masc. 占星師，天文學者 [III]；**astrologo** dat./ abl. sing. [III]

astrum, i *n.,* 2 decl., neut. 星體，天體；**astris** dat./ abl. pl. [III]；**in astris** *locu.* [*prep.* **in** + abl. pl.] 在星體 [III]

at *conj.* 然而，不過 [XI, XII]

Athenae, arum *n.,* 1 decl., fem., pl. tant. [地名] 雅典 [III]

Atheniensis, is, e *adj.* [地名] 雅典的，雅典人的 [XXIV]

athleta, ae *n.,* 1 decl., masc. 競技者，運動員；**athletae** gen./ dat. sing.; nom. pl. [VI]；**athletarum** gen. pl. [VI]

Atinius, ii *n.,* 2 decl., masc. [人名] 古代羅馬的氏族名 [XVIII]

atque *conj.* 和、及，並且，而且 [III, IV, VII, X, XIII, XVI, XX, XXI, XXII, XXIV]

attendo, is, tendi, tentum, ere *v., tr./ intr.,* 3. 注意；**attendite** pres. imp., 2 pers. pl. [XV]

Atticus, i *n.,* 2 decl., masc. [人名] 古代羅馬的氏族名 [XXII]

attribuo, is, tribui, tributum, uere *v., tr.,* 3. 指派，分配；**attributus, a, um** perf. part. 已[/被]指派的，已[/被]分配的 [XXII]；**attributus erat** pass., plupperf. ind., 3 pers. sing. [XXII]

audax, acis *adj.,* 3 decl. 勇敢的 [IV]

a*u*deo, es, *a*usus sum, *e*re *semdep. v., tr./ intr.*, 2. 勇於，膽敢 [VII]；**a*u*des** pres. ind., 2 pers. sing. [VII]；**a*u*deat** pres. subj., 3 pers. sing. [XXIV]

a*u*dio, is, *i*vi, *i*tum, *i*re *v., tr.*, 4. 聽，聽到 [VI, X]；**aud*i*vit** perf. ind., 3 pers. sing. [III]；**audiebat** imperf. ind., 3 pers. sing. [III]；**aud*i*vi** perf. ind., 1 pers. sing. [V]；**aud*i*re** [1.] pres. inf.; [2.] pass., pres. imp. 2 pers. sing. [VI, XI]；**aud*i*stis** perf. ind., 2 pers. pl. [VI]；**audiebam** imperf. ind., 1 pers. sing. [VI, XXIV]；**aud*i*ri** pass., pres. inf. [VI]；**audieb*a*tur** pass., imperf. ind., 3 pers. sing. [VI]；**audi*a*tis** pres. subj., 2 pers. pl. [XIV]；**a*u*diunt** pres. ind., 3 pers. pl. [XXIII]；**(ei/ ii) qui a*u*diunt** *locu.* 聽眾們 [XXIII]；**aud*i*erat** pluperf. ind., 3 pers. sing. [XXIV]

a*u*fero, *a*ufers, *a*bstuli, abl*a*tum, auferre *anormal. v., tr.,* irreg. 取走，帶走 [XI]；**auferre** [1.] pres. inf.; [2.] pass., pres. imp., 2 pers. sing. [XI]

auf*u*gio, is, f*u*gi, --, f*u*gere *v., intr./ tr.,* 3. 逃走，脫逃 [XI]；**auf*u*gero** futp. ind., 1 pers. sing. [XI]；**auf*u*git** [1.] pres. ind., 3 pers. sing.; [2.] perf. ind., 3 pers. sing. [XXI]

a*u*geo, es, a*u*xi, a*u*ctum, *e*re *v., tr.,* 2. 增加，增大 [X]；**a*u*xerunt** perf. ind., 3 pers. pl. [IV]；**a*u*xit** perf. ind., 3 pers. sing. [X]；**a*u*xerat** pluperf. ind., 3 pers. sing. [XXIII]

Augustus, a, um *adj.* 八月，八月的；**Aug*u*sto** masc./ neut., dat./ abl. sing. [III]

Augustus, i *n.,* 2 decl., masc. [稱號] 奧古斯都，原用以尊稱羅馬帝國的首位皇帝屋大維（Gaius Octavius Thurinus，63 - 14 B.C.，在位期間：27 - 14 B.C.），嗣後則成為羅馬帝國皇帝的稱謂；**Aug*u*sto** dat./ abl. sing. [XVI]

a*u*ra, ae *n.,* 1 decl., fem. 微風，氣息；**a*u*rae** gen./ dat. sing.; neut., nom. pl. [III]

a*u*ris, is *n.,* 3 decl., fem. 耳朵；**a*u*res** nom./ acc. pl. [VI]

a*u*rum, i *n.,* 2 decl., neut. 金，黃金 [IX, XI]；**a*u*ro** dat./ abl. sing. [III, VI]

ausc*u*lto, as, *a*vi, *a*tum, *a*re *v., tr./ intr.,* 1. 聽，聽從；**auscult*a*re** [1.] pres. inf.; [2.] pass., imp., 2 pers. sing. [XI]

aut *conj.* 或，或是 [III, X, XII, XIV, XVIII, XXII]；**aut...aut...** *locu.* 或…或…（or...or...） [XII]

aut*u*mnus, i *n.,* 2 decl., masc. 秋天，秋季 [III]；**aut*u*mno** dat./abl. sing. [III]

aux*i*lia, i*o*rum *n.,* 2 decl., neut., pl. 援兵 [III]

aux*i*lium, ii *n.,* 2 decl., neut., sing. 協助，幫忙，輔助 [III, XXII]

ave, av*e*te, av*e*to *interj.* [問候用語] 嗨；你/妳們好；你/妳好 [III, XII, XVI]

averto, is, av*e*rti, av*e*rsum, ere *v., tr.,* 3. 轉移，避開；**av*e*rtere** [1.] pres. inf.; [2.] pass., pres. imp., 2 pers. sing. [XIV]

a*v*idus, a, um *adj.* 渴望的，渴求的，貪心的，貪婪的 [XIII]；**a*v*idi** masc./ neut., gen. sing.; masc., nom. pl. [VI]

a*v*us, i *n.,* 2 decl., masc. 祖父 [XII]；**av*o*rum** gen. pl. [XIII]

B*a*cchus, i *n.,* 2 decl, masc. [人名] 羅馬神話中的酒神；**B*a*cchi** gen. sing. [VII]

be*a*te *adv.* 快樂地，幸福地 [XVI]

be*a*tus, a, um *adj.* 快樂的，幸福的 [XVI]

b*e*llum, i *n.,* 2 decl., neut. 戰爭 [IV, XVII, XVIII, XXII]；**in b*e*llum** *locu.* [*prep.* **in**＋acc. sing.] 到戰爭 [IV]；**b*e*lli** gen. sing 戰爭[的] [VI, XVIII]；**b*e*llumque** [＝**bellum**＋**que**] nom./ acc. sing. [VI]；**b*e*lla** nom./ acc. pl. 戰爭 [XIV, XXI]；**ad b*e*llum** *locu.* [*prep.* **ad**＋acc. sing] 對於戰爭 [XVIII]；**b*e*llo** dat./ abl. sing. [XVIII, XXIII]

bene *adv.* 好、佳，良善地 [XI, XIII, XVI, XXIV]

benef*i*cium, ii *n.,* 2 decl., neut. 利益，好處；**benef*i*cia** nom./ acc. pl. [III]

benevol*e*ntia, ae *n.,* 1 decl., fem. 善意，好意，仁慈；**benevol*e*ntiam** acc. sing. [XIII, XVI]

ben*i*gnus, a, um *adj.* 和藹的，溫和的；**ben*i*gnae** fem., gen./ dat. sing.; nom. pl. [III]

best*i*ola, ae *n.,* 1 decl., fem. 小生物，小動物；**best*i*olae** gen./ dat. sing.; nom. pl. [III]；**best*i*olas** acc. pl. [XIII]

bibliotheca, ae *n.*, 1 decl., fem. 圖書館；**bibliothecam** acc. sing. [x]

bibo, is, bibi, bibitum, ere *v., tr./ intr.*, 3. 喝，飲；**bibere** [1.] pres. inf.; [2.] pass., pres. imp., 2 pers. sing. [x]

biduum, i *n.*, 2 decl., neut. 兩天的期間，兩天之間 [xx]

biennium, ii *n.*, 2 decl., neut. 兩年的期間，兩年間 [xx]

bifurcus, a, um *adj.* 雙叉尖的，分岔的，分歧的；**bifurcum** masc./ neut., acc. sing.; neut., nom. sing. [x]

bini, ae, a *distr. num. adj.* 每兩個 [xx]；**bina** fem., nom./ abl. sing.; neut., nom./ acc. pl. [xx]

bis *num. adv.* 兩次 [xx]

bis millies *num. adv.* 兩千次 [xx]

blanditia, ae *n.*, 1 decl., fem. 恭維，奉承；**blanditiis** dat./ abl. pl. [xvi]

blandus, a, um *adj.* 奉承的，阿諛的，諂媚的；**blanda** fem., nom./ abl. sing.; neut., nom./ acc. pl. [xvii]

bonum, i *n.*, 2 decl., neut. 善，佳，好處，利益 [iv]；**bona** nom./ acc. pl. [iii, vii, xviii]

bonus, a, um *adj.* 美好的，良善的，有益的 [vi, x, xviii]；**bonarum** fem., gen. pl. [vi]；**bonum** masc./ neut., acc. sing.; neut., nom. sing. [xi]；**bonam** fem., acc. sing. [xiv]

bonus, i *n.*, 2 decl., masc. 好人，善良的人；**bonis** dat./ abl. pl. [xiv]；**a bonis** *locu.* [*prep.* a ＋abl. pl.] 從好人[們] [xiv]

bos, bovis *n.*, 3 decl., masc. 公牛 [iii]；**boum** gen. pl. [iii]；**bobus** dat./ abl. pl. [iii]；**bubus** dat./ abl. pl. [iii]

brevior, or, us *adj., comp.* [pos.: **brevis, is, e**] 較短的，較短暫的；**breviores** masc./ fem., nom./ acc. pl. [iii]

brevis, is, e *adj.* 短的，短暫的 [i, iv]；**breves** masc./ fem., nom./ acc. pl. [iii]；**minus breves** *locu.* [*adv.* **minus**＋nom./ acc. pl.] 較短的，較短暫的 [iii]

brevissimus, a, um *adj., sup.* [pos.: **brevis, is, e**] 極短的，極短暫的 [iv]

breviter *adv.* 短暫地、簡短地 [i, ii]

Brutus, i *n.*, 2 decl., masc. [人名] 古代羅馬的姓氏，隸屬於 Junia 氏族 [x]；**Brutum** acc. sing. [xi, xxii]

cado, is, cecidi, casum, ere *v., intr.*, 3. 落下，墜落，降落 [x]；**cadit** pres. ind., 3 pers. sing. [iii]；**cades** fut. ind., 2 pers. sing. [x]；**cadam** [1.] pres. subj., 1 pers. sing.; [2.] fut. ind., 1 pers. sing. [x]；**ceciderint** [1.] perf. subj., 3 pers. pl.; [2.] futp. ind., 3 pers. pl. [x]

caecus, a, um *adj.* 盲的，盲目的；**caeca** fem., nom./ abl. sing.; neut., nom./ acc. pl. [iii]

caedes, is *n.*, 3 decl., fem. 屠殺，殺戮 [i, xi]；**caede** abl. sing. [xviii]；**caedem** acc. sing. [xxiv]；**ad caedem** *locu.* [*prep.* **ad**＋acc. sing.] （到，向，往）屠殺 [xxiv]

caedo, is, cecidi, caesum, ere *v., tr.*, 3. 切開，分解，瓦解，宰殺，謀殺 [x]；**caesi** perf. part., masc./ neut., gen. sing.; masc., nom. pl. 已[/被]切開的，已[/被]分解的，已[/被]瓦解的，已[/被]宰殺的，已[/被]謀殺的 [xii]；**caesi sunt** pass., perf. ind., 3 pers. pl., masc. [xii]；**ceciderunt** perf. ind., 3 pers. pl. [xxi]

caelestis, is, e *adj.* 天空的，天上的，天堂的；**caelestium** gen. pl. [iii]

caelum, i *n.*, 2 decl., neut. 天空，天堂 [iii, iv, vi, xi, xii]；**ad caelum** *locu.* [*prep.* **ad**＋acc. sing.] 向天空 [iii]；**caeli** gen. sing. [x]；**caelo** dat./ abl. sing. [xii, xviii]；**de caelo** *locu.* [*prep.* **de**＋abl. sing.] 從天空，關於天空 [xii]；**sub caelo** *locu.* [*prep.* **sub**＋abl. sing.] 在天底下 [xviii]

caerulus, a, um *adj.* 天藍色的；**caerula** fem., nom./ abl., sing.; neut., nom./ acc. pl. [x]

Caesar, aris *n.*, 3 decl., masc. [人名/稱號] 凱撒，即 Gaius Julius Caesar（100 - 44 B.C.），羅馬共和末期的軍事家，政治家，其名號於羅馬帝國時期成為對皇帝的稱謂 [ii, iii, vi, xii, xvi, xvii, xviii, xxii, xxiii, xxiv]；**Caesaris** gen. sing. [vi]；**Caesarem** acc. sing. [vi, xxii]；**Caesari**

dat. sing. [XIII, XVI, XXII]；**Caesare** abl. sing. [XXII]；**a Caesare** *locu.* [*prep.* **a**＋abl. sing.] 從凱撒，被凱撒 [XXII]；**ad Caesarem** [*prep.* **ad**＋acc. sing.] 往凱撒，到凱撒 [XXII]

calco, as, avi, atum, are *v., tr.,* 1. 踩踏，踐踏；**calcavit** perf. ind., 3 pers. sing. [0, III]

Callisthenes, is *n.,* 3 decl., masc. [人名] 古希臘歷史學家（360－328 B.C.） [XVIII]

Camillus, i *n.,* 2 decl., masc. [人名] 古代羅馬的姓氏，隸屬於 Furia 氏族 [VI]

campus, i *n.,* 2 decl., masc. 田野 [VI]；**campo** dat./ abl. sing. [VI]；**in campo** *locu.* [*prep.* **in**＋abl. sing.] 在田野 [VI]；**campum** acc. sing. [VI]；**in campum** *locu.* [*prep.* **in**＋acc. sing.] 到田野 [VI]；**camposque** [＝**campos**＋**que**] acc. pl. [XI]

candidus, a, um *adj.,* fem. 純淨的，明亮的，潔白的；**candidam** fem., acc. sing. [III]；**candida** fem., nom./ abl. sing.; neut., nom./ acc. pl. [X]

candor, oris *n.,* 3 decl., fem. 白，雪白，亮白；**candore** abl. sing. [III]

canis, is *n.,* 3 decl., masc./ fem. 狗 [I, II, XXII]；**canem** acc. sing. [X]；**canes** nom./ acc. pl. [X]

cano, is, cecini, [cantum], ere *v., intr./ tr.,* 3. 歌唱，頌唱 [X]；**cantantem** pres. part., masc./ fem., acc. sing. [正在]歌唱的，[正在]頌唱的 [VI]；**cecinisset** pluperf. subj., 3 pers. sing. [X]

capillus, i *n.,* 2 decl., masc. 頭髮；**capillos** acc. pl. [III]

capio, is, cepi, captum, ere *v., tr.,* 3. 拿，抓取 [VI, X]；**capere** [1.] pres. inf.; [2.] pass., pres. imp., 2 pers. sing. [VI]；**capi** pass., pres. inf. [VI]；**capiebantur** pass., imperf. ind., 3 pers. pl. [VI]；**cape** pres. imp., 2 pers. sing. [X]

captivus, i *n.,* 2 decl., masc./ fem. 俘虜，戰俘；**captivos** acc. pl. [XXIII]

capto, as, avi, atum, are *v., tr.,* 1. 捕捉；**captant** pres. ind., 3 pers. pl. [III]

caput, itis *n.,* 3 decl., neut. 頭；首腦，首領 [VI, X]；**capite** abl. sing. [XI]；**capita** nom./ acc. pl. [XII]；**capitibus** dat. /abl. pl. [XIV]

carcer, eris *n.,* 3 decl., masc. 牢籠，監牢；**carcere** abl. sing. [XI]

Caria, ae *n.,* 1 decl., fem. [地名] 位於古代小亞細亞西側的地區；**Cariam** acc. sing. [XI]；**in Cariam** *locu.* [*prep.* **in**＋acc. sing.] 到 Caria [XI]

caritas, atis *n.,* 3 decl., fem. 仁慈，慈愛 [I, II]

carmen, minis *n.,* 3 decl., neut. 歌，詩歌，歌曲 [X, XI]

caro, carnis *n.,* 3 decl., fem. 肉；**carnem** acc. sing. [II, III]；**caro** nom. sing. [II, III]

carpo, is, carpsi, carptum, ere *v., tr.,* 3. 捉，抓，拿；**carpe** pres. imp., 2 pers. sing. [III]

carus, a, um *adj.* 親愛的，珍愛的，珍貴的；**cara** fem., nom./ abl. sing.; neut., nom./ acc. pl. [III]

casa, ae *n.,* 1 decl., fem. 家，房屋 [III]；**casam** acc. sing. [III]；**in casam** *locu.* [*prep.* **in**＋acc. sing.] 到屋裡 [III]；**a casa** *locu.* [*prep.* **a**＋abl. sing.] 從屋裡 [III]

caseus (/caseum), i *n.,* 2 decl., masc. (/neut.) 乳酪；**caseum** acc. sing. (/neut., nom./ acc. sing.) [XI, XVII]

castellum, i *n.,* 2 decl., neut. 堡壘，城鎮；**castellis** dat./ abl. pl. [XI]；**de castellis** *locu.* [*prep.* **de**＋ abl. pl.] 從堡壘，從城鎮 [XI]

castra, orum *n.,* 2 decl., neut., pl. tant. 要塞，營寨，軍營 [III, XI, XVIII, XX, XXII]；**ad castra** *locu.* [*prep.* **ad**＋acc. pl.] 往要塞，往營寨，往軍營 [XI]；**castris** dat./ abl. pl. [XI, XXIV]；**in castris** *locu.* [*prep.* **in**＋abl. pl.] 在要塞，在營寨，在軍營 [XI, XXIV]；**pro castris** *locu.* [*prep.* **pro**＋abl. pl.] 在軍營前方 [XXIV]

casus, us *n.,* 4 decl., masc. 情況，遭遇 [III]

catellus, i *n.,* 2 decl., masc. 小狗，幼犬；**catellum** acc. sing. [XIII]

Catilina, ae *n.,* 1 decl., masc. [人名] 即 Lucius Sergius Catilina（ca. 108－62 B.C.），古羅馬政治家，後來多次密謀推翻政府 [XVIII, XXII, XXIV]；**Catilinae** gen./ dat. sing.; nom./ voc. pl. [XXIII]

Cato, onis *n.,* 3 decl., masc. [人名] 古代羅馬的姓氏，隸屬於 Porcia 氏族 [VI, XXI]

causa, ae *n.,* 1 decl., fem. 原因，理由，事情，[法律]案件 [IV, XVIII, XXI]；**causae** gen./ dat. sing.; nom. pl. [VII]；**causam** acc. sing. [XIII]；**causis** dat./ abl. pl. [XVIII]；**de causis** *locu.* [*prep.* **de**＋abl. pl.] 基於...原因，理由 [XVIII]

caveo, es, cavi, cautum, ere *v., intr./ tr.,* 2. 留意，小心 [X]；**cavendum** [1.] ger., neut., acc. sing. 留意，小心；[2.] gerundive, masc., acc. sing.; neut., nom./ acc. sing. 該被留意的，該被小心的 [VI]；**cavendum est** *locu.* [gerundive＋**esse**]（它）應該留意，小心 [VI]；**cave** pres. imp., 2 pers. sing. [X, XIV, XV]；**cavete** pres. imp., 2 pers. pl. [XV]

cavus, a, um *adj.* 空的，中空的 [IV]

cedo, cette *v., tr.,* 3., pres. imp., 2 pers. sing. 給我，告訴我 [XII]；**cette** pres. imp., 2 pers. pl. [XI, XII]

cedo, is, cessi, cessum, ere *v., intr.,* 3. 退讓，離開，取回，容許，進行 [X]；**cedere** pres. inf. [I]；**cederet** imperf. subj., 3 pers. sing. [X]

celeber, bris, bre *adj.* 知名的，著名的 [III]

celeberrimus, a, um *adj., sup.* [pos.: **celeber, bris, bre**] 極為知名的，非常著名的；**celeberrimo** masc./ neut., dat./ abl. sing. [XVI]

celebro, as, avi, atum, are *v., tr.,* 1. 慶祝；**celebrant** pres. ind., 3 pers. pl. [VI]

celerior, or, us *adj., comp.* [pos.:**celer, eris, ere**] 較快的，較敏捷的 [IV]

celeritas, atis *n.,* 3 decl., fem. 迅速，快速 [XVIII]

celeriter *adv.* 很快地 [XII, XVII, XXI]

cena, ae *n.,*1 decl., fem. 晚餐 [XI, XXIII]；**cenam** acc. sing. [VI, XIV, XXII]；**post cenam** *locu.* [*prep.* **post**＋acc. sing.] 晚餐後 [VI]；**ad cenam** *locu.* [*prep.* **ad**＋acc. sing.] 到晚餐 [XXII]

censeo, es, censui, censum, ere *v., tr.,* 2. 計算，核算，評定，認定，裁決；**censetur** pass., pres. ind., 3 pers. sing. [XXIV]

censor, oris *n.,* 3 decl., masc. （古代羅馬的）監察官 [VI, XXI]

centeni singuli, ~ae ~ae, ~a ~a *distr. num. adj.* 每一百零一 [XX]

centeni, ~ae, ~a *distr. num. adj.* 每一百 [XX]

centesima, ae *n.,* 1 decl., fem. 百分之一；**centesimae** gen./ dat. sing.; nom. pl. [XX]；**centesimae binae/ ternae** *locu.* 百分之二/三 [XX]

centesimus primus, ~a ~a, ~um ~um *ord. num. adj.* 第一百零一 [XX]

centesimus, a, um *ord. num. adj.* 第一百 [XX]

centies *num. adv.* 一百次 [XX]

centum *card. num. adj.* 一百 [XVI, XX]

centum unus, a, um *card. num. adj.* 一百零一 [XX]

cerno, is, crevi, cretum, ere *v., tr.,* 3. 篩選，辨識，檢視，區分，分割，決定 [X]；**cernit** pres. ind., 3 pers. sing. [X]；**cernere** [1.] pres. inf.; [2.] pass., pres. imp., 2 pers. sing. [XXIV]

certe *adv.* 一定、必定，當然，確實地 [XIII, XIV, XXIV]

certo, as, avi, atum, are *v., intr.,* 1. 競技，競爭，爭鬥；**certant** pres. ind., 3 pers. pl. [VI]

cervix, cervicis *n.,* 3 decl., fem. 頸部，脖子；**cervixque** [＝**cervix**＋**que**] [X]

ceterus, a, um *adj.* 其他的，其餘的；**ceteri, ae, a** *adj.,* pl. [XXIV]；**ceteris** masc./ fem./ neut., dat./ abl. pl. [XXIV]

character, eris *n.,* 3 decl., masc. 字符，個性 [I]

cibus, i *n.,* 2 decl., masc. 食物 [I, VI]；**cibum** acc. sing. [V]

Cicero, onis *n.,* 3 decl., masc. [人名] 西塞羅（106 - 43 B.C.，古羅馬政治家） [III, XII]；**Ciceroni** dat. sing. [XXII]

Cimon, onis *n.,* 3 decl., masc. [人名] 古代雅典的政治家，軍事家（510 - 450 B.C.） [XII]

Cincinnatus, i *n.,* 2 decl., masc. [人名] Lucius Quinctius Cincinnatus（519 - 430 B.C.），羅馬共和時期的政治家 [XXII]

cingo, is, cinxi, cinctum, ere *v., tr.,* 3. 環繞，圍繞 [X]；**cinge** pres. imp., 2 pers. sing. [X]

cinis, eris *n.,* 3 decl., masc. 灰，灰燼；**cinere** abl. sing. [III]

circumdo, as, edi, atum, are *v., tr.,* 1. 圍繞 [XI]；**circumdabat** imperf. ind., 3 pers. sing. [X]；**circumdatur** pass., pres. ind., 3 pers. sing. [XI]

circumsisto, is, stiti, statum, ere *v., tr.,* 3. 環繞，圍繞 [XI]；**circumsistamus** pres. subj., 1 pers. pl. [XI]

citharista, ae *n.,* 1 decl., masc. 里拉琴的演奏者；**citharistae** gen./ dat. sing.; nom./ voc. pl. [VI]

civis, is *n.,* 3 decl., masc. 人民，市民，公民，國民 [III, XIV, XXIV]；**cives** nom./ acc./ voc. pl. [V, X, XI, XXII]；**civium** gen. pl. [VI, XI, XIV, XVI, XXI, XXII]；**civibus** dat./ abl. pl. [XVIII]；**civem** acc. sing. [XXII]

civitas, atis *n.,* 3 decl., fem. 城市，社群，社會 [VI, XXIII]；**civitatem** acc. sing. [IV]；**civitates** nom./ acc. pl. [XVIII]；**civitate** abl. sing. [XXII]；**civitatum** gen. pl. [XXII]；**e civitate** *locu.* [*prep.* e＋abl. sing.] 從城市，從社群，從社會 [XXII]；**civitatis** gen. sing. [XXIV]

clamo, as, avi, atum, are *v., intr.,* 1. 叫，喊；**clamat** pres. ind., 3 pers. sing. [III, VI, VII]

clamor, oris *n.,* 3 decl., masc. 吶喊，哭嚎 [XI]；**clamoribus** dat./ abl. pl. [III]；**clamores** nom./ acc. pl. [III]

clarior, or, us *adj., comp.* [pos.:**clarus, a, um**] 較清楚的，較明白的，較顯著的，較著名的；**clarius** neut., nom./ acc. sing. [X]

clarus, a, um *adj.* 清楚的，明白的，顯著的，著名的 [IV]

classis, is *n.,* 3 decl. fem. 艦隊 [XII]；**classi** dat./ abl. sing. [XI]

Claudia, ae *n.,* 1 decl., fem. [人名] 女子名 [XIII]；**Claudiam** acc. sing. [XIII]

claudo, is, clausi, clausum, ere *v., tr.,* 3. 關，閉 [X]；**clausa** perf. part., fem., nom./ abl. sing.; neut., nom./ acc. pl. 已[/被]關閉的 [X, XIV]；**clausa sit** pass., perf. subj., 3 pers. sing., fem. [XIV]

Clinia, ae *n.,* 1 decl., masc. [人名] P. Terentius Afer 的劇作 Heauton Timorumenos 裡的男性青年角色；**Cliniam** acc. sing. [X]

Clodius, ii *n.,* 2 decl., masc. [人名] 古代羅馬的氏族名；**Clodium** acc. sing. [XXII]；**Clodii** gen. sing. [XXII]

coacto, as, avi, atum, are *v., intr.,* 1. [＋inf.] 強迫 [I]

coarguo, es, gui, --, guere *v., tr.,* 3. 呈現，展現 [XI]；**coarguit** [1.] pres. ind., 3 pers. sing.; [2.] perf. ind., 3 pers. sing. [XI]

coelum, i *n.,* 2 decl., neut. 天空，天堂 [I]

coena, ae *n.,* 1 decl., fem. 晚餐；**coenam** acc. sing. [XIV]；**ad coenam** *locu.* [*prep.* ad＋acc. sing.] 到晚餐 [XIV]

coepio, is, coepi, coeptum, coepere *v., intr./ tr.,* 3. 開始；**coepere** [1.] pres. inf.; [2.] pass., pres. imp., 2 pers. sing. [I]；**coepit** [1.] pres. ind., 3 pers. sing.; [2.] perf. ind., 3 pers. sing. [XXII]

coerceo, es, cui, citum, cere *v., tr.,* 2. 拘束，約束 [XI]；**coercere** [1.] pres. inf.; [2.] pass., pres. imp., 2 pers. sing. [XI]

cogito, as, avi, atum, are *v., tr./ intr.,* 1. 想，思考；**cogitare** [1.] pres. inf.; [2.] pass., pres. imp., 2 pers. sing. [XVI]；**cogitando** [1.] ger., dat./ abl. sing. 想，思考；[2.] gerundive, masc./ neut., dat./ abl. sing. 該被想的，該被思考的 [XVIII]；**cogitabat** imperf. ind., 3 pers. sing. [XXII]

cognatus, i *n.,* 2 decl., masc. 親戚，親族；**cognatum** acc. sing. [XXIV]

cognomen, inis *n.,* 3 decl., neut. 姓氏，家族名；**cognomina** nom./ acc. pl. [XIV]

cognosco, is, gnovi, gnitum, ere *v., tr.,* 3. 明瞭，認識，承認 [XI]；**cognoscit** pres. ind., 3 pers.

sing. [VI]；**cognovit** perf. ind., 3 pers. sing. [XIII]；**cognoscenda** gerundive, fem., nom./ abl. sing.; neut., nom./ acc. pl. 該被明瞭的，該被認識的，該被承認的 [XVIII]；**cognoscenda est** *locu.* [gerundive＋*esse*] pres. ind., 3 pers. sing. [XVIII]；**cognoscerent** imperf. subj., 3 pers. pl. [XXII]

cogo, is, coegi, coactum, ere *v., tr.,* 3. 聚集，集結；強迫，迫使 [XI]；**coge** pres. imp., 2 pers. sing. [XI]；**coegisti** perf. ind., 2 pers. sing. [XIV]；**coegit** perf. ind., 3 pers. sing. [XXII, XXIV]

collega, ae *n.,* 1 decl., neut. 同事，同僚 [XXII]

colligo, is, legi, lectum, ere *v., tr.,* 3. 收集，聚集 [XI]；**collegit** perf. ind., 3 pers. sing. [XI]；**colligere** [1.] pres. inf.; [2.] pass., pres. imp., 2 pers. sing. [XVI]；**colligendi** [1.] ger., neut., gen. sing. 收集[的]，聚集[的]；[2.] gerundive, masc./ neut., gen. sing.; masc., nom. pl. 該被收集的，該被聚集的 [XVIII]

collis, is *n.,* 3 decl., masc. 小山，山丘，山坡 [IV]；**colle** abl. sing. [III]；**collis** nom./ gen. sing. [III]

colloquor, eris, locutus sum, loqui *dep. v., intr./ tr.,* 3. 對話，對談；**colloquentem** pres. part., masc./ fem., acc. sing. [正在]對話的，[正在]對談的 [XII]

colo, is, ui, cultum, ere *v., tr.,* 3. 住，居住，耕作；照顧，崇敬 [X, XI]；**colebant** imperf. ind., 3 pers. pl. [III]；**colere** [1.] pres. inf.; [2.] pass., pres. imp., 2 pers. sing. [X]

Colonae, arum *n.,* 1 decl., fem., pl. tant. [地名] 古希臘時代位於特洛伊地區的城鎮；**Colonas** acc. [XXIII]

Colophonius, ii *n.,* 2 decl., masc. [族群名] Colophon 城的住民，Colophon 人；**Colophonii** gen. sing.; nom./ voc. pl. [XXII]

columba, ae *n.,* 1 decl., fem. 鴿子 [III]；**columbam** *acc. sing.* [III]

columbinus, a, um *adj.* 鴿子的；**columbinum** masc./ neut., acc. sing.; neut., nom. pl. [X]

coma, ae *n.,* 1 decl., fem. 頭髮；**comaeque** [＝*comae*＋*que*] gen./ dat. sing.; nom. pl. [X]；**comas** acc. pl. [XI]；**comam** acc. sing. [XIII]

comitatus, us *n.,* 4 decl., masc. 組，隊，群，集合；**comitatum** acc. sing. [XI]

committo, is, misi, missum, ere *v., tr.,* 3. 連結，集中 [XI]；**commisit** perf. ind., 3 pers. sing. [XI]

commodissime *adv., sup.* [pos.: **commode**] 極合宜地，極合適地 [XXIII]

commodo, as, avi, atum, are *v., tr./ intr.,* 1. 借，借出；**commodavi** perf. ind., 1 pers. sing. [XXIII]

commodum, i *n.,* 2 decl., neut. 便利，利益；**commodorum** gen. pl. [XIV]

commoveo, es, movi, motum, ere *v., tr.,* 2. 感動，動搖 [XI]；**commovit** perf. ind., 3 pers. sing. [XI]

comoedia, ae *n.,* 1 decl., fem. 喜劇；**comoediis** dat./ abl. pl. [VI]

comparo, as, avi, atum, are *v.. tr.,* 1. 獲得，取得；準備，提供，比較；**comparant** pres. ind., 3 pers. pl. [VI]；**comparat** pres. ind., 3 pers. sing. [XIII]

compello, is, puli, pulsum, ere *v., tr.,* 3. 趕攏，圍捕[獸群]，驅使 [XI]；**compulsa** perf. part., fem., nom./ abl. sing.;.neut., nom./ acc. pl. 已[/被]趕攏的，已[/被]圍捕的，已[/被]驅使的 [XI]；**compulsa est** pass., perf. ind., 3 pers. sing. [XI]；**compulit** perf. ind., 3 pers. sing. [XVIII]

comperio, is, peri, pertum, ire *v., tr.,* 4. 得知，證實，找出，發現 [X]；**comperito** fut. imp., 2/ 3 pers. sing. [X]；**comperit** [1.] pres. ind., 3 pers. sing.; [2.] perf. ind., 3 pers. sing. [XVI]；**comperta** perf. part., fem., nom./ abl. sing.; neut., nom./ acc. pl. 已[/被]得知的，已[/被]證實的，已[/被]找出的，已[/被]發現的 [XXIV]；**comperta sunt** pass., perf. ind., 3 pers. pl., neut. [XXIV]

complector, eris, lexus sum, cti *dep. v., tr.,* 3. 擁抱 [VII]；**complexae** perf. part., fem., gen./ dat.

sing.; nom. pl. 已[/被]擁抱的 [VII]；**comple*x*um** [1.] perf. part., masc./ neut., acc. sing.; neut., nom. sing. 已[/被]擁抱的；[2.] sup., neut., acc. sing. 擁抱 [X]

comple*o*, es, *e*vi, *e*tum, *e*re *v., tr.*, 2. 填滿，裝滿 [XI]；**comple*a*tur** pass., pres. subj., 3 pers. sing. [XI]

compon*o*, is, *po*sui, *po*situm, *e*re *v., tr.*, 3. 寫作，創作，組成，構成；**compo*s*uit** perf. ind., 3 pers. sing. [VII]

comprehen*d*o, is, *he*ndi, *he*nsum, ere *v., tr.*, 3. 抓取，理解，包含；**comprehen*de*runt** perf. ind., 3 pers. pl. [XIII]

com*p*tus, a, um *adj.* 優雅的；**com*p*ta** fem., nom./ abl. sing.; neut., nom./ acc. pl. [III]

conce*d*o, is, *ce*ssi, *ce*ssum, ere *v., intr./ tr.*, 3. 移開，撤走，寬恕，允許 [XI, XXIII]；**conce*d*ite** pres. imp., 2 pers. pl. [XI]

conc*i*lio, as, *a*vi, *a*tum, *a*re *v., tr.*, 1. 聚集，聯合，和解，安撫，平息；**concili*a*bant** imperf. ind., 3 pers. pl. [VI]

concla*m*o, as, *a*vi, *a*tum, *a*re *v., tr./ intr.*, 1. 吼叫，咆哮，大聲喊叫；**conclama*v*it** perf. ind., 3 pers. sing. [XXII]

conc*o*rditer *adv.* 協調地，和諧地，一致地 [X]

conco*r*do, as, *a*vi, *a*tum, *a*re *v., intr.*, 1. 協調，一致，同意；**conco*r*det** pres. subj., 3 pers. sing. [XIV]

concu*rr*sus, us *n.*, 4 decl., masc. 聚集，會合，群集，群眾；衝擊，挑戰；**concu*r*su** abl. sing. [X]

concu*t*io, is, *cu*ssi, *cu*ssum, tere *v., tr.*, 3. 搖動，振動，揮舞 [X]；**concu*ss*it** perf. ind., 3 pers. sing. [X]

cond*i*cio, *o*nis *n.*, 3 decl., fem. 情況，條件；**condici*o*num** gen. pl. [IV]

cond*o*, is, *di*di, *di*tum, ere *v., tr.*, 3. 保持，維持，創造，建立 [X, XI]；**cond*i*ta** perf. part., fem., nom./ abl. sing.; neut., nom./ acc. pl. 已[/被]保持的，已[/被]維持的，已[/被]創造的，已[/被]建立的 [III, X]；**cond*i*tum** [1.] perf. part., masc./ neut., acc. sing.; neut., nom. sing. 已[/被]保持的，已[/被]維持的，已[/被]創造的，已[/被]建立的；[2.] sup., neut., acc. sing. 保持，維持，創造，建立 [X]；**cond*u*ntur** pass., pres. ind., 3 pers. pl. [XI]

Condru*si*, *o*rum *n.*, 2 decl., masc., pl. [族群名] 古代比利時民族之一；**Condru*si*que** [= Condr*u*si + que] [XXII]

condu*c*o, is, *du*xi, *du*ctum, ere *v., tr./ intr.*, 3. 集合，聯合 [XI]；**condu*c*it** pres. ind., 3 pers. sing. [XI]

confer*o*, fers, *t*uli, *la*tum, ferre *anomal. v., tr.*, irreg. 帶，送；[+ *refl. pron.* **se**] 使前往，求助，依靠；**con*fe*runt** pres. ind., 3 pers. pl. [XXI]；**contu*le*rat** pluperf. ind., 3 pers. sing. [XXIII]；**se contu*le*rat** *refl. pron* + pluperf. ind., 3 pers. sing. [XXIII]

confic*io*, is, *fe*ci, *fe*ctum, *fi*cere *v., tr.*, 3. 做，執行，完成 [XI]；**confe*c*it** perf. ind., 3 pers. sing. [XI]；**confe*c*tae** perf. part., fem., gen./ dat. sing.; nom. pl. 已[/被]做的，已[/被]執行的，已[/被]完成的 [XI]；**confi*c*i** pass., pres. inf. [XVII]；**confe*c*to** perf. part., masc./ neut., dat./ abl sing. 已[/被]做的，已[/被]執行的，已[/被]完成的 [XVIII]；**confe*c*tis** perf. part., masc./ fem./ neut., dat./ abl. pl. 已[/被]做的，已[/被]執行的，已[/被]完成的 [XXI]

confi*d*o, is, *fi*sus sum, ere *semidep. v., intr.*, 3. 信任，信賴 [VII]；**confi*de*re** pres. inf. [XVI]

confi*r*mo, as, *a*vi, *a*tum, *a*re *v., tr.*, 1. 增強，鞏固，確保；**confirman*do*rum** gerundive, masc./ neut., gen. pl. 該被增強的，該被鞏固的，該被確保的 [XVIII]

conge*r*o, is, *ge*ssi, *ge*stum, ere *v., tr.*, 3. 積聚，蓄積；**conge*r*at** pres. subj., 3 pers. sing. [XXIV]

congreg*o*, as, *a*vi, *a*tum, *a*re *v., tr.*, 1. 收集，匯集、聚集[人群]；**congrega*v*erat** pluperf. ind., 3 pers. sing. [0]；**congre*ge*ntur** pass., pres. subj., 3 pers. pl. [XIV]

coniurati, orum *n.,* 2 decl., masc., pl. 共謀者們，密謀者們，謀叛者們 [VI]

coniuratio, onis *n.,* 3 decl., fem. 共謀，陰謀，謀叛；**coniurationis** gen. sing. [XII]

coniurator, oris *n.,* 3 decl., masc. 共謀者，密謀者，反叛者；**coniuratores** nom./ acc. pl. [V]

coniuro, as, avi, atum, are *v., intr.,* 1. 共謀，密謀，謀叛；**coniuraverunt** perf. ind., 3 pers. pl. [VI]

conor, aris, atus sum, ari *dep. v., tr./ intr.,* 1. 嘗試，盡力於；**conaretur** imperf. subj., 3 pers. sing. [X]；**conari** pres. inf. [XIII]

conscientia, ae *n.,* 1 decl., fem. 認知，良心，共謀 [XXIII]

conscius, a, um *adj.* 有意識的，有知覺的，已察覺的 [XXIV]

conscribo, is, scripsi, scriptum, ere *v., tr.,* 3. 登錄，募集 [軍隊] [XI]；**conscribendos** gerundive., masc., acc. pl. 該被登錄的，[軍隊]該被募集的 [XI]

consecratus, a, um *adj.* 神聖的；**consecratam** fem., acc. sing. [XII]

consequor, eris, secutus sum, sequi *dep. v., tr./ intr.,* 3. 趕上，到達，得到；**consequeris** pres. ind., 2 pers. sing. [XVIII]

consero, is, serui, sertum, ere *v., tr.,* 3. 連繫，纏繞，綑綁；**conseruit** perf. ind., 3 pers. sing. [XXIV]；**manum conseruit** *locu.* [**manus**＋**consero**] acc. sing.＋perf. ind., 3 pers. sing. （他/她/它已）交戰，短兵相接，近身戰，肉搏戰 [XXIV]

consido, is, sedi, sessum, ere *v., intr.,* 3. 坐下，落腳 [X]；**consedisset** pluperf .subj., 3 pers.s ing. [X]

consilium, ii *n.,*2 decl., neut. 建議，意見，計劃，決定，智能；**consilio** dat./ abl. sing. [VI, X, XXI, XXIV]；**consilia** nom./ acc. pl. [XVIII, XXIV]；**consilii** gen. sing. [XXIV]

consisto, is, stiti, stitum, ere *v., intr.,* 3. 中止，停止 [XI]；**consistite** pres. imp., 2 pers. pl. [XI]

consolor, aris, atus sum, ari *dep. v., tr.,* 1. 安慰，慰藉 [XXI]

conspicio, is, spexi, spectum, ere *v., tr.,* 3. 觀察，看見，注視，留意；**conspexi** perf. ind., 1 pers. sing. [VII]

constituo, is, ui, utum, uere *v., tr.,* 3. 設置，建立 [XI]；**constitue** pres. imp., 2 pers. sing. [XI]；**constitutae** perf. part., fem., gen./ dat. sing.; neut., nom. pl. 已[/被]設置的，已[/被]建立的 [XXIV]；**constituit** [1.] pres. ind., 3 pers. sing.; [2.] perf. ind., 3 pers. sing. [XXIV]

consto, as, stiti, atum, are *v., intr.,* 1. 擔任，從事，投入 [XI]；**constant** pres. ind., 3 pers. pl. [XI]

consul, is *n.,* 3 decl., masc. （古代羅馬的）執政官 [V, VIII, XXII]；**consulem** acc. sing. [XXII]；**ad consulem** *locu.* [*prep.* **ad**＋acc. sing.] 往執政官，向執政官 [XXII]；**consulibus** dat./ abl. pl. [XXIV]；**cum consulibus** *locu.* [*prep.* **cum**＋abl. pl.] 與執政官們 [XXIV]

consulatus, us *n.,* 4 decl., masc. （古代羅馬的）執政官的職位或權限；**consulatum** acc. sing. [XXII]

consulo, is, sului, sultum, ere *v., tr./ intr.,* 3. 諮詢，商量；照料[＋dat.] [X]；**consulas** pres. subj., 2 pers. sing. [X]；**consulit** pres. ind., 3 pers. sing. [XXI]；**consuleret** imperf. subj., 3 pers. sing. [XXII]

consumo, is, sumpsi, sumptum, ere *v., tr.,* 3. 摧毀 [XI]；**consumptus, a, um** perf. part. 已[/被]摧毀的 [XI]；**consumptus est** pass., perf. ind., 3 pers. sing., masc. [XI]

consuo, is, sui, sutum, uere *v., tr.,* 3. 縫，縫合；**consuendi** [1.] ger., neut., gen. sing. 縫[的]，縫合[的]；[2.] gerundive, masc./ neut., gen. sing.; masc., nom. pl. 該被縫的，該被縫合的 [XVIII]

contendo, is, tendi, tentum, ere *v., tr./ intr.,* 3. 伸展，延伸，趕往，突進，競爭，爭鬥 [XI]；**contento** perf. part., masc./ neut., dat./ abl. sing. 已[/被]伸展的，已[/被]延伸的，已[/被]趕往的，已[/被]突進的，已[/被]競爭的，已[/被]爭鬥的 [XI]；**contendit** [1.] pres. ind., 3 pers.

sing.; [2.] perf. ind., 3 pers. sing. [XIII]；**contendunt** pres. ind., 3 pers. pl. [XXII]

contentus, a, um *adj.* 滿意的，滿足於 [+abl.] [III]

contingo, is, tigi, tactum, ere *v., tr./ intr.,* 3. 接觸，到達；發生；**contigisset** pluperf. subj., 3 pers/ sing. [XIV]

continuo *adv.* 持續地 [XI]

contra *adv./ prep.* [+acc.] 對抗，反對 [III, IV, VI, XXII]；**contra se** *locu.* [*prep.* **contra** + acc. sing./ pl.] 對抗他/她/它（們），反對他/她/它（們） [XXII]

contrarium, ii *n.,* 2 decl., neut. 相反，相對，對面；**contraria** nom./ acc. pl. [XVIII]

contrecto, as, avi, atum, are *v., tr.,* 1. 觸摸，撫摸；**contrectare** [1.] pres. inf.; [2.] pass., pres. imp., 2 pers. sing. [X]

controversia, ae *n.,* 1 decl., fem. 爭論，爭吵 [IV]

conventus, us *n.,* 4 decl., masc. 聚集，集會；**conventu** abl. sing. [XVI]

converto, is, verti, versum, ere *v., tr.,* 3. 翻轉，翻動，震撼；**conversa** perf. part., fem., nom./ abl. sing.; neut., nom./ acc. pl. 已[/被]翻轉的，已[/被]翻動的，已[/被]震撼的 [XVI]

convinco, is, vici, victum, ere *v., tr.,* 3. 定罪，宣告有罪 [XI]；**convinci** pass., pres. inf. [XI]

conviva, ae *n.,* 1 decl., masc./ fem. 客人，賓客；**convivarum** gen. pl. [VI]；**convivae** gen./ dat. sing.; nom./ voc. pl. [X]

convivium, ii *n.,* 2 decl., neut., 宴會；**ad convivium** *locu.,* [*prep.* **ad** + acc. sing.] 到宴會 [VI]

copia, ae *n.,* 1 decl., fem., sing. 數量 [III, XI]

copiae, arum *n.,* 1 decl., fem., pl. 軍隊 [III]

coquo, is, coxi, coctum, ere *v., tr.,* 3. 烹煮，料理；**coquebatur** pass., imperf. ind., 3 pers. sing. [XXIII]

coquus, coqui *n.,* 2 decl., masc. 廚師，廚子；**coquos** acc. pl. [VII]

cor, cordis *n.,* 3 decl., neut. 心，心胸，心臟 [IV]

corallium, ii *n.,* 2 decl., neut. 珊瑚；**corallis** dat./ abl. pl. [III]

coram *adv.* 當面，面對面 [IV]

Cornelius, i *n.,* 2 decl., masc. [人名] 古代羅馬的氏族名 [XVII]

cornu, us *n.,* 4 decl., neut. 獸角 [III]

corpus, oris *n.,* 3 decl., neut. 身體，肉軀 [III, XIV]；**corpora** nom./ acc. pl. [0, XI]；**corpore** abl. sing. [X, XVI]；**de corpore** *locu.* [*prep.* **de** + abl. sing.] 從身體，關於身體 [X]；**corporis** gen. sing. [XVIII]

corrigo, is, rexi, rectum, ere *v., tr.,* 3. 糾正，改正；**corrigendam** gerundive, fem., acc. sing. 該被糾正的，該被改正的 [XXIV]

corrumpo, is, rupui, ruptum, ere *v., tr.,* 3. 毀壞，腐敗 [XI]；**corrumpitur** pass., pres. ind., 3 pers. sing. [XI]

corvus, i *n.,* 2 decl., masc. 烏鴉 [XVII]；**corvo** dat./ abl. sing. 烏鴉 [XVII]

cotidianus, a, um *adj.* 每天的，日常的；**cotidianis** masc./ fem./ neut., dat./ abl. pl. [XXII]

cotidie *adv.* 每天 [III, V, XIII, XXIII]

credo, is, credidi, creditum, ere *v., tr./ intr.,* 3. 相信，信賴，託付 [X, XVI]；**credere** [1.] pres. inf.; [2.] pass., pres. imp., 2 pers. sing. [I]；**credidit** perf. ind., 3 pers. sing. [X]；**credis** pres. ind., 2 pers. sing. [X]；**credat** pres. subj., 3 pers. sing. [XIV]；**credebant** imperf. ind., 3 pers. pl. [XVI]；**crederent** imperf. subj., 3 pers. pl. [XXII]

crepo, as, ui, itum, are *v., intr.,* 1. 發出碰撞聲 [X]；**crepuit** perf. ind., 3 pers. sing. [X]

cresco, is, crevi, cretum, ere *v., intr.,* 3. 生成，增長，茁壯 [X]；**creti** perf. part., masc./ neut., gen. sing.; masc., nom. pl. 已生成的，已增長的，已茁壯的 [X]

Creta, ae *n.,* 1 decl., fem. [地名] 克里特島 [VI]；**in Creta** *locu.* [*prep.* **in** + abl. sing.] 在克里

特島 [VI]

cr*i*men, inis *n.,* 3 decl., neut. 罪，犯罪 [XI]

crimin*o*sus, a, um *adj.* 可非難的，可恥的，犯罪的；**crimin*o*sa** fem., nom./ abl. sing.; neut., nom./ acc. pl. [XVIII]

crudel*i*ssime *adv., sup.* [pos.: **crud*e*liter**] 很殘忍地，極殘酷地 [VI]

crud*e*litas, *a*tis *n.*, 3 decl., fem. 殘忍，殘酷 [XVI]

crud*e*liter *adv.* 殘忍地，殘酷地 [XVIII]

cub*i*le, is *n.,* 3 decl., neut. 巢穴；**cub*i*li** dat./ abl. sing. [0]；**in cub*i*li** *locu.* [*prep.* **in**＋abl. sing.] 在巢穴裡 [0]

c*u*bo, as, c*u*bui, itum, are *v., intr.,* 1. 睡，躺下 [X]；**cubu*i*sset** pluperf. subj., 3 pers. sing. [X]；**c*u*bitum** sup., neut., acc. sing. 睡，躺下 [XIX]

cul*i*na, ae *n.,* 1 decl., fem. 廚房 [VII]；**in cul*i*na** *locu.* [*prep.* **in**＋abl. sing.] 在廚房 [VII]

c*u*lpa, ae *n.,* 1 decl., fem. 罪行，過錯 [XI, XXIV]；**a c*u*lpa** *locu.* [*prep.* **a**＋abl. sing.] 從罪行，從過錯 [XI]

c*u*ltor, *o*ris *n.,* 3 decl., masc. 支持者，崇拜者，有興趣的人；居住者，栽植者；**cult*o*ribus** dat./ abl. pl. [VI]

cult*u*ra, ae *n.,* 1 decl., fem. 耕作，耕耘，栽培 [XVI]；**sine cult*u*ra** *locu.* [*prep.* **sine**＋abl. sing.] 沒有耕作，沒有耕耘，沒有栽培 [XVI]

cum [1.] *adv.* 當，在…之時（*when…, since…*）[III, IV, VI, VII, X, XI, XII, XIII, XIV, XVI, XVIII, XXI, XXII, XXIII]；[2.] *prep.* [＋abl.] 偕同，與…（*with…*）[I, III, IV, VI, VII, VIII, X, XI, XII, XIII, XIV, XVI, XVIII, XXI, XXII, XXIV]

cunct*a*tor, *o*ris *n.,* 3 decl., masc. 遲延者，延宕者 [VI]

cup*i*ditas, *a*tis *n.,* 3 decl., fem. 野心，熱忱；**cupidit*a*tes** nom./ acc. pl. [XII]

cup*i*dus, a, um *adj.* 渴望的，熱切的 [XVIII]

cupio, is, *i*vi/ ii, *i*tum, pere *v., tr.,* 3. 想要，渴望，企求 [X, XI]；**cupi*u*nda** gerundive, fem., nom./ abl. sing.; neut., nom./ acc. pl. 該被想要的，該被渴望的，該被企求的 [X]；**cupi*u*nda esse** *locu.* [gerundive＋**esse**] pres, inf. 應該想要，應該渴望，應該企求 [X]；**c*u*piens, *e*ntis** pers. part., 3 decl. [正]想要的，[正在]渴望的，[正在]企求的 [XVII]；**c*u*pit** pres. ind., 3 pers. sing. [XXI]

cur *adv.* 為何，為什麼 [III, XXI, XXII]

C*u*rius, i *n.,* 2 decl., masc. [人名] 古代羅馬的氏族名 [XXII]

c*u*ro, as, *a*vi, *a*tum, are *v., tr.,* 1. 處理，照顧，治療 [XXI]；**c*u*ret** pres. subj., 3 pers. sing. [XIV]

curr*i*culum, i *n.,* 2 decl., neut. 馬車；**curr*i*culo** dat./ abl. sing. [VII]

c*u*rro, is, cuc*u*rri, c*u*rsum, ere *v., intr.,* 3. 跑，衝，碰見 [X]；**c*u*rrant** pres. subj., 3 pers. pl. [III]；**c*u*rrens, *e*ntis** pres. part., 3 decl. [正在]跑的，[正在]衝的，[正]碰見的 [III]；**cuc*u*rri** perf. ind., 1 pers. sing. [V]；**c*u*rras** pres. subj., 2 pers. sing. [VI]；**c*u*rrit** pres. ind., 3 pers. sing. [VI, XIII]；**curr*e*ntes** pres. part., masc./ fem., nom./ acc. pl. [正在]跑的，[正在]衝的，[正]碰見的 [X]；**c*u*rrent** fut. ind., 3 pers. pl. [XIV]

c*u*rrus, us *n.,* 4 decl., masc. 馬車，車輿；**c*u*rru** abl. sing. [III, XVI]；**c*u*rrum** acc. sing. [III]；**c*u*rruque** [＝c*u*rru＋que] masc., abl. sing. [III]；**cum c*u*rru** *locu.* [*prep.* **cum**＋abl. sing.] 與馬車 [XVI]

c*u*rsus, us *n.,* 4 decl., masc. 跑，速度，行程；**c*u*rsu** abl. sing. [XIII]

cust*o*dio, is, *i*vi, *i*tum, *i*re *v., tr.,* 4. 保護，保衛，保存；**cust*o*dient** fut. ind., 3 pers. pl. [IV]；**custodi*e*ndi** [1.] ger., neut., gen. sing. 保護[的]，保衛[的]，保存[的]；[2.] gerundive, masc./ neut., gen. sing.; masc., nom. pl. 該被保護的，該被保衛的，該被保存的 [XVIII]

c*u*stos, *o*dis *n.,* 3 decl., masc./ fem. 守護者，保護者，防衛者；**cust*o*dem** acc. sing. [X]

Da*e*dalus, i *n.,* 2 decl., masc. [人名] 希臘神話中的著名工匠 [VI]

de *prep.* [＋abl.] 關於 [III, IV, VII, X, XI, XII, XIV, XVI, XVIII, XXII, XXIII, XXIV]

dea, de*a*e *n.,* 1 decl., fem. 女神 [III]；**de*a*bus** dat./ abl. pl. [III]

debeo, es, ui, itum, *e*re *v., tr.,* 2. 必須，應當；**debent** pres. ind., 3 pers. pl. [III]；**debes** pres. ind., 2 pers. sing. [IV]；**deb*e*tis** pres. ind., 2 pers. pl. [VI]；**deb*e*re** [1.] pres. inf.; [2.] pass., pres. imp., 2 pers. sing. [XVIII]

deb*i*lito, as, *a*vi, *a*tum, *a*re *v., tr.,* 1. 虛弱，疲累，殘廢；**debilit*a*tum** [1.] perf. part., masc./ neut., acc. sing.; neut., nom. sing. 已虛弱的，已疲累的，已殘廢的；[2.] sup., neut., acc. sing. 虛弱，疲累，殘廢 [XIII]

deb*i*tum, i *n.,* 2 decl., neut. 債務 [XI]

decedo, is, cessi, c*e*ssum, ere *v., intr.,* 3. 離開，撤退；**ded*e*dite** pres. imp., 2 pers.pl. [XI]

decem *card. num. adj.* 十 [XII, XX]

decem et n*o*vem *card. num. adj.* 十九 [XX]

decem et sex *card. num. adj.* 十六 [XII]

decem et tres, tres, tr*i*a *card. num. adj.* 十三 [XX]

decerno, is, cr*e*vi, cr*e*tum, ere *v., tr./ intr.,* 3. 決定，評判 [XI]；**decernit** pres. ind., 3 pers. sing. [X]；**decernissemus** pluperf. subj.,1 pers. pl. [XI]；**decr*e*tum** [1.] perf. part., masc./ neut., acc. sing.; neut., nom. sing. 已[/被]決定的，已[/被]評判的；[2.] sup., neut., acc. sing. 決定，評判 [XXII]

decet, --, uit, --, *e*re *impers. v., intr./ tr.,* 2. [無人稱] 應當，應該 [VII, XVI]

dec*i*do, is, c*i*di, c*i*sum, ere *v., tr./ intr.,* 3. 脫離，卸下，掉落；**dec*i*dit** [1.] pres. ind., 3 pers. sing.; [2.] perf. ind., 3 pers. sing. [XVII]

dec*i*e(n)s *num. adv.* 十次 [XX]

dec*i*mus, a, um *ord. num. adj.* 第十 [XX]；**dec*i*ma** fem., nom./ abl. sing.; neut., nom./ acc. pl. [XXII]

dec*o*rus, a, um *adj.* 美麗的，英俊的，體面的，適宜的；**decoro** masc./ neut., dat./ abl. sing. [XVI]

dec*u*rro, is, c*u*rri, c*u*rsum, ere *v., intr./ tr.,* 3. 往下跑動，向下滑動，順流而下；**decurr*e*bat** imperf. ind., 3 pers. sing. [XIII]

decus, oris *n.,* 3 decl., neut. 榮譽，榮耀；**decusque** [＝decus＋que] [XXIV]

defendo, is, f*e*ndi, f*e*nsum, ere *v., tr.,* 3. 迴避，防範，保衛，辯護 [X, XI]；**defend*e*bat** imperf. ind., 3 pers. sing. [VI]；**defend*e*bant** imperf. ind., 3 pers. pl. [VI]；**def*e*nde** pres. imp., 2 pers. sing. [X, XI]；**defend*e*nda** gerundive, fem., nom./ abl. sing.; neut., nom./ acc. pl. 該被迴避的，該被防範的，該被保衛的，該被辯護的 [XVIII]；**defend*e*nda (f*u*it)** *locu.* [gerundive＋esse] （她已）應該迴避，應該防範，應該保衛，應該辯護 [XVIII]；**defend*e*re** [1.] pres. inf.; [2.] pass., pres. imp., 2 pers. sing. [XXII, XXIV]

def*i*cio, is, f*e*ci, f*e*ctum, f*i*cere *v., tr./ intr.,* 3. 缺乏 [XI]；**def*e*cit** perf. ind., 3 pers. sing. [XI]

dego, is, d*e*gi, --, ere *v., tr./ intr.,* 3. 以...度日，繼續過活；**degis** pres. ind., 2 pers. sing. [XIII]

deinde *adv.* 然後，接著，之後 [I]

delecto, as, *a*vi, *a*tum, *a*re *v., tr.,* 1. 歡欣於，滿足於；**del*e*ctant** pres. ind., 3 pers. pl. [III, VI]

deleo, es, *e*vi, *e*tum, ere *v., tr,* 2. 刪除，消去，毀滅 [X]；**dele*u*erit** [1.] perf. subj., 3 pers. sing.; [2.] futp. ind., 3 pers. sing. [X]；**del*e*ti** perf. part., masc./ neut., gen. sing.; masc., nom. pl. 已[/被]刪除的，已[/被]消去的，已[/被]毀滅的 [XII]；**del*e*ti sunt** pass., perf. ind., 3 pers. pl., masc. [XII]

del*i*bero, as, *a*vi, *a*tum, are *v., intr./ tr.,* 1. 斟酌，決定；**deliber*a*ndum** [1.] ger., neut., acc. sing. 斟酌，決定；[2.] gerundive, masc., acc. sing.; neut., nom./ acc. sing. 該被斟酌的，該被決定

的 [XVIII]；**deliber*a*ndum est** *locu.* [gerundive＋*esse*] pres. ind., 3 pers. sing., masc./ neut. （他/它）應該斟酌，應該決定 [XVIII]

del*i*cia, ae *n.,* 1 decl., fem. 快樂，喜悅，歡愉，樂趣；**del*i*cias** acc. pl. [X]；**del*i*ciae** gen./ dat. sing.; nom. pl. [XIII]

del*i*go, is, l*e*gi, l*e*ctum, ere *v., tr.,* 3. 挑選，選擇；**delig*e*ndus, a, um** gerundive, 該被挑選的，該被選擇 [XVIII]；**delig*e*ndus est** *locu.* [gerundive＋*esse*] pres. ind., 3 pers. sing., masc. （他）應該挑選，應該選擇 [XVIII]

D*e*lphi, *o*rum *n.,* 2 decl., masc., pl. tant. [地名] 德爾菲（希臘神話的太陽神阿波羅諭示神諭之處）[III]

D*e*lphicus, a, um *adj.,* fem. [地名] 德爾菲的；**D*e*lphica** nom./ abl. sing.; neut., nom./ acc. pl. [X]

delph*i*nus, i *n.,* 2 decl., masc. 海豚；**delph*i*ni** gen. sing.; nom. pl. [III]

demens, entis *adj.,* 3 decl. 發瘋的，瘋狂的 [XI]

dem*i*tto, is, m*i*si, m*i*ssum, ere *v., tr.,* 3. 墜落，下沈；**dem*i*sit** perf. ind., 3 pers. sing. [XVII]

dem*o*veo, es, m*o*vi, m*o*tum, ere *v., tr.,* 2. 轉移，移走；**demov*e*bor** pass., fut. ind., 1 pers. sing. [XIV]

den*a*rium, ii *n.,* 2 decl., neut.. （古代羅馬的）一種錢幣 [VIII]

deni, ae, a *distr. num. adj.* 每十 [XX]

denique *adv.* 最後，終於 [XIV]

dens, d*e*ntis *n.,* 3 decl., masc. 牙齒 [IV]；**d*e*ntes** nom./ acc. pl. [X]

densus, a, um *adj.* 濃密的，稠密的，厚實的；**d*e*nsa** fem., nom./ abl. sing.; neut., nom./ acc. pl. [IV]；**d*e*nsae** fem., gen./ dat. sing.; nom. pl. [IV]；**d*e*nsam** fem., acc. sing. [IV]；**d*e*nsus** masc., nom. sing. [IV]

dep*o*no, is, p*o*sui, p*o*situm, ere *v., tr.,* 3. 放下，放棄；**dep*o*nere** [1.] pres. inf.; [2.] pass., pres. imp., 2 pers. sing. [XXII]

des*e*ro, is, s*e*rui, s*e*rtum, ere *v., tr.,* 3. 遺棄，背離 [XI]；**d*e*serant** pres. subj., 3 pers. pl. [XIV]；**d*e*serat** pres. subj., 3 pers. sing. [XIV]

des*i*dero, as, *a*vi, *a*tum, *a*re *v., tr.,* 1. 想要，意欲；**des*i*derat** pres. ind., 3 pers. sing. [III]

des*i*gno, as, *a*vi, *a*tum, *a*re *v., tr.,* 1. 標記，標示，指出；**des*i*gnat** pres. ind., 3 pers. sing. [XXIV]

des*i*no, is, sii, situm, ere *v., intr./ tr.,* 3. 終止，放棄 [XI]；**des*i*nam** [1.] pres. subj., 1 pers. sing.; [2.] fut. ind., 1 pers. sing. [XI]

des*i*sto, is, stiti, stitum, ere *v., intr./ tr.,* 3. 終止，放棄 [XI]；**desist*e*runt** perf. ind., 3 pers. pl. [XI]

desp*e*ro, as, *a*vi, *a*tum, *a*re *v., tr./ intr.,* 1. 失望，絕望於；**desper*a*rent** imperf. subj., 3 pers. pl. [XXII]

desp*i*cio, is, p*e*xi, p*e*ctum, p*i*cere *v., intr./ tr.,* 3. 俯瞰，藐視 [XI]；**despex*e*runt** perf. ind., 3 pers. pl. [XI]；**despex*e*ris** [1.] perf. subj., 2 pers. sing.; [2.] futp. ind., 2 pers. sing. [XV]

destr*i*ngo, is, str*i*nxi, str*i*ctum, ere *v., tr.,* 3. 剝除，卸下；**destring*e*ndam** gerundive, fem., acc. sing. 該被剝除的，該被卸下的 [XVIII]

destr*u*o, is, str*u*xi, str*u*ctum, ere *v., tr.,* 3. 拆毀，粉碎；**destru*e*ndi** [1.] ger., neut., gen. sing. 拆毀[的]，粉碎[的]；[2.] gerundive, masc./ neut., gen. sing.; masc., nom. pl. 該被拆毀的，該被粉碎的 [XVIII]

det*e*rreo, es, ui, itum, ere *v., tr.,* 2. 制止，嚇跑，使膽怯；**det*e*rruit** perf. ind., 3 pers. sing. [XXII]

d*e*us, d*e*i *n.,* 2 decl., masc. 神；上帝 [I, III, XI, XIII, XIV]；**d*i*is** dat./ abl. pl. [III]；**d*e*o** dat./ abl. sing. [III, X, XII]；**d*e*i** gen. sing.; nom./ voc. pl. [III]；**d*i*i** nom. pl. [III, XIV, XXII]；**di** nom./ voc. pl. [III, x]；**d***e***is** dat./ abl. pl. [III]；**dis** dat./ abl. pl. [III]；**d***e***um** acc. sing. [III, XIII, XXII]；**d***e***orum** gen. pl. [III, XIV, XV]；**a D***e***o** *locu.* [*prep.* **a**＋abl. sing.] 從上帝 [XIII]；**d***e***os** acc. pl. [XIII, XVI]

dev*i***nco, is, v***i***ci, v***i***ctum, ere** *v., tr.*, 3. 擊敗，征服；**dev***i***ctis** perf. part., masc./ fem./ neut., dat./ abl. pl. 已[/被]擊敗的，已[/被]征服的 [XXII]

dev*o***ro, as, *a*vi, *a*tum, *a*re** *v., tr.*, 1. 吞食，吞噬；**dev***o***rant** pres. ind., 3 pers. pl. [VI]；**dev***o***rare** [1.] pres. inf.；[2.] pass., pres. imp., 2 pers. sing. [XIII]；**dev***o***rat** pres. ind., 3 pers. sing. [XVII]

diad*e***ma, ae [/atis]** *n.*, 1 [/3] decl., fem. [/neut.] 王冠 [X]

d*i***cax, *a*cis** *adj.*, 3 decl. 機伶的，機智的，愛諷刺的 [III]

d*i***cio, *o*nis** *n.*, 3 decl., fem. 權威，統治，支配，領地；**dici*o*nem** acc. sing. [VI]

d*i***co, as, *a*vi, *a*tum, *a*re** *v., tr.*, 1. 獻，奉獻；**dic*a*bant** imperf. ind., 3 pers. pl. [III]

d*i***co, is, d***i***xi, d***i***ctum, ere** *v., tr.*, 3., [＋dat.] 說 [X, XII]；**d***i***cit** pres. ind., 3 pers. sing. [III, XII, XIII, XVII]；**d***i***cere** [1.] pres. ind.；[2.] pass., pres. imp., 2 pers. sing. [IV]；**d***i***cebat** imperf. ind., 3 pers. sing. [IV]；**d***i***xit** perf. sind., 3 pers. sing. [VI, XIII, XVI]；**dic*e*bant** imperf. ind., 3 pers. pl. [VI]；**dic** pres. imp., 2 pers. sing. [VII, X]；**d***i***cis** pres. ind., 2 pers. sing. [VII, XIII]；**d***i***cam** [1.] pres. subj., 1 pers. sing.；[2.] fut. ind., 1 pers. sing. [XI, XIV]；**d***i***cunt** pres. ind., 3 pers. pl. [XII, XXII]；**al***i***quis d***i***cit** *locu.* 有人說，據說 [XII]；**dix***i***sti** perf. ind., 2 pers. sing. [XIII]；**dic*a*mus** pres. subj., 1 pers. pl. [XIV]；**dic*e*rem** imperf. subj., 1 pers. sing. [XIV]；**d***i***cite** pres. imp., 2 pers. pl. [XIV]；**d***i***cat** pres. subj., 3 pers. sing. [XIV]；**d***i***xerit** [1.] perf. subj., 3 pers. sing.；[2.] futp. ind., 3 pers. sing. [XIV]；**dic*e*ret** imperf. subj., 3 pers. sing. [XIV, XXII]；**d***i***xi** perf. ind., 1 pers. sing. [XIV]；**d***i***ctu** sup., neut., abl. sing. 被說 [XIX]；**dic*i*tur** pass., pres. ind., 3 pers. sing. [XXI, XXIII]；**dic*e*rent** imperf. subj., 3 pers. pl. [XXII]；**qui (/quae /quod) dic*i*tur** *locu.* 所謂的 [XXIII]

dict*a*tor, *o*ris *n.*, 3 decl., masc. 獨裁者，（古代羅馬的）獨裁官 [X, XXII]

d*i***es, ei** *n.*, 5 decl., masc. 日，天 [III, XVI, XXI, XXIII]；**d***i***em** acc. sing. [III, VII, X, XIV]；**d***i***e** abl. sing. [VI, XXI]；**eo d***i***e** *locu.* 在這[/那]天 [VI]；**in d***i***es** *locu.* [*prep.* **in**＋acc. pl.] 到...之日，日復一日 [XXI, XXIII]

diff*i***cilis, is, e** *adj.* 困難的 [IV]；**diff***i***cile** masc./ fem./ neut., abl. sing.；neut., nom./ acc. sing. [XIX]；**diff***i***ciles** masc./ fem., nom./ acc. pl. [XXI]

diffic*i***llimus, a, um** *adj., sup.* [pos.: **diff***i***cilis, is, e**] 極困難的 [IV]

diffic*u***ltas, *a*tis** *n.*, 3 decl., fem. 困難，難處，難度 [X]

diff*i***do, is, f***i***sus sum, ere** *semidep. v., intr.*, 3. 失去信賴，失望 [VII]

d*i***gitus, i** *n.*, 2 decl., masc. 手指，指頭；**d***i***gitis** dat./ abl. pl. [X]

d*i***gnus, a, um** *adj.* 適當地，值得的 [XIV]；**d***i***gna** fem., nom./ abl. sing.；neut., nom./ acc. pl. [IV, XIV]

dil*e*ctio, *o*nis *n.*, 3 decl., fem. 喜愛，愛慕；**dilecti*o*nis** gen. sing. [XVIII]

d*i***ligens, *e*ntis** *adj.*, 3 decl. 努力的，勤勉的，細心的；**dilig*e*nti** masc./ fem./ neut., dat./ abl. sing. [XVIII]

dilig*e*nter *adv.* 努力地，勤勉地，小心地 [X, XIV]

dilig*e*ntia, ae *n.*, 1 decl., fem. 勤勉，努力，細心 [III, XIII, XVIII, XXII]

d*i***ligo, is, l*e*xi, l*e*ctum, ere** *v., tr.*, 3. 鍾愛，珍愛，重視，挑選 [X, XXII]；**d***i***ligant** pres. subj., 3 pers. pl. [X]；**dil*i*gitur** pass., pres. ind., 3 pers. sing. [XII]；**d***i***ligunt** pres. ind., 3 pers. pl. [XXII]

dim*i***tto, is, m***i***si, m***i***ssum, ere** *v., tr.*, 3. 送走，驅散，解散，放棄；**dim***i***ttit** pres. ind., 3 pers. sing. [III]；**dim***i***sit** perf. ind., 3 pers. sing. [XXIV]

Di*o*genes, is *n.*, 3 decl., masc. [人名] 古希臘哲學家（ca. 412 - 323 B.C.） [XIV]

Diony*s*ius, ii *n.*, 3 decl., masc. [人名] [1.] Dionysius I（ca. 432 - 367 B.C.），在古希臘時期曾經統治西西里島 Syracusae 地區的暴君 [XVIII]；[2.] 西塞羅轄下一名負責管理書庫的奴隸

dir*i*pio, is, r*i*pui, r*e*ptum, pere *v., tr.,* 3. 侵奪，掠奪；**diripi*e*ndas** gerundive, fem., acc. pl. 該被侵奪的，該被掠奪的 [XVIII]

dis p*a*ter *n.,* 3 decl., masc. [稱謂] 羅馬神話中的冥王 Pluto；**d*i*tem p*a*trem** acc. sing. [XVI]

dis, d*i*tis *n.,* 3 decl., masc. 神；**d*i*tem** acc. sing. [XVI]

disc*e*do, is, c*e*ssi, c*e*ssum, ere *v., intr.,* 3. 走、去，離開；**disc*e*ssimus** perf. ind., 1 pers. pl. [XIX]；**disc*e*dere** pres. inf. [XXIV]

discipl*i*na, ae *n.,* 1 decl., fem. 紀律，訓練，教導，教訓；**discipl*i*nam** acc. sing. [XIV, XXIV]

disc*i*pulus, i *n.,* 2 decl., masc. 學生；**discipul*o*rum** gen. pl. [XIII]

d*i*sco, is, d*i*dici, --, ere *v., tr.,* 3. 學，學習 [X]；**d*i*scitur** pass., pres. ind., 3 pers. sing. [X, XVIII]；**d*i*scere** [1.] pres. inf.; [2.] pass., pres. imp., 2 pers. sing. [XVI]；**disc*e*ndo** [1.] ger., neut., dat./ abl. sing. 學，學習；[2.] gerundive, masc./ neut., dat./ abl. sing. 該被學的，該被學習的 [XVIII]

dis*e*rtus, a, um *adj.* 雄辯的，善辯的，健談的，能言善道的 [XXII]

d*i*sputo, as, *a*vi, *a*tum, *a*re *v., intr./ tr.,* 1. 討論，爭辯，議論；**disput*a*ntem** pres. part., masc./ fem., acc. sing. [正在]討論的，[正在]爭辯的，[正在]議論的 [VI]

diss*i*milis, is, e *adj.* 相異的 [IV]

dissim*i*llimus, a, um *adj., sup.* [pos.: **diss*i*milis, is, e**] 極相異的 [IV]

distr*i*buo, is, bui, b*u*tum, *u*ere *v., tr.,* 3. 分配，分送；**distribu*e*bat** imperf. ind., 3 pers. sing. [III]

d*i*to, as, *a*vi, *a*tum, *a*re *v., tr.,* 1. 充實，使豐足；**d*i*tant** pres. ind., 3 pers. pl. [VI]

d*i*ves, d*i*vitis *adj.,* 3 decl. 富有的，富裕的 [XII]

div*i*nus, a, um *adj.* 神的，神聖的，如神般的；**div*i*num** fem., masc./ neut., acc. sing.; neut., nom. sing. [XIV]；**div*i*nam** fem., acc. sing. [XXIV]

Diviti*a*cus, i *n.,* 2 decl., masc. [人名] 古代高盧 Haedui 族的祭司，生卒年不詳 [XVI]

div*i*tiae, *a*rum *n.,* 1 decl., fem., pl. tant. 財富；**div*i*tias** acc. pl. [III, X, XXIV]；**div*i*tiae** nom./ voc. pl. [III]

do, das, d*e*di, d*a*tum, d*a*re *v., tr,* 1. 給 [X, XVIII]；**d*a*ndo** [1.] ger., neut., dat./ abl. sing. 給；[2.] gerundive, masc./ neut., dat./ abl. sing. 該被給的 [X]；**ded*i*ssem** pluperf. subj., 1 pers. sing. [X]；**da** pres. imp., 2 pers. sing. [X]；**d*a*bo** fut. ind., 1 pers.sing. [XI]；**d*e*dit** perf. ind., 3 pers. sing. [XVIII]；**d*a*bis** fut. ind., 2 pers. sing. [XIV]；**d*e*deris** [1.] perf. subj., 2 pers. sing.; [2.] futperf. ind., 2 pers/ sing. [XIV]

d*o*ceo, es, d*o*cui, d*o*ctus, ere *v., tr.,* 2. 教，教導；**doc*e*ndo** [1.] ger., neut., dat./ abl. sing. 教，教導；[2.] gerundive, masc./ neut., dat./ abl. sing. 該被教的，該被教導的 [X, XVIII]

d*o*ctor, *o*ris *n.,* 3 decl., masc. 醫生，教師；**doct*o*rem** acc. sing. [XVI]

d*o*ctus, a, um *adj.* 有知識的，智慧的，博學的 [IV]；**d*o*ctique** [= **d*o*cti**+**que**] masc./ neut., gen. sing.; masc., nom. pl. [III]；**d*o*ctos** masc., acc. pl. [VI]；**d*o*cta** fem., nom./ abl. sing.; neut., nom./ acc. pl. [XIII]；**d*o*cto** masc./ neut., dat./ abl. sing. [XVI]

d*o*leo, es, ui, itum, ere *v., intr.,* 2. 痛苦，受苦；**d*o*let** pres. ind., 3 pers. sing. [VI, X]；**dol*e*ntem** pres. part., masc./ fem., acc. sing. [正在]痛苦的，[正在]受苦的 [XIV]

d*o*lor, *o*ris *n.,* 3 decl., masc. 痛苦，憂傷 [III, XIV]；**dol*o*re** abl. sing. [XVII]

d*o*mina, ae *n.,* 1 decl., fem. 女主人；**d*o*minam** acc. sing. [XI]

d*o*minus, i *n.,* 2 decl., masc. 主人 [XI, XIII]；**d*o*minum** acc. sing. [VI]；**ad d*o*minum** *locu.* [*prep.* **ad**+acc. sing.] 對主人，向主人 [VI]；**d*o*mine** voc. sing. [VI]；**d*o*mini** gen. sing.; nom./ voc. pl. [XIV]

Domiti*a*nus, i *n.,* 2 decl., masc. [人名] Titus Flavius Domitianus，羅馬帝國皇帝（51 - 96 A.D.，在位期間：81 - 96 A.D.）；**Domiti*a*num** acc. sing. [VI]

domo, as, ui, itum, *are *v., tr.*, 1. 馴服，征服 [X]；**domitos** perf. part., masc., acc. pl. 已[/被]馴服的，已[/被]征服的 [X]

domus, us *n.*, 4 decl., fem. 住宅，房屋 [II, III, X]；**domum** acc. sing. [VII, VIII, X, XI, XXII]；**domo** dat./ abl. sing. [XI, XXI, XXII]；**domi** gen./ abl. sing.; nom. pl. [XIII]；**in domo** *locu.* [*prep.* **in** + abl. sing.] 在家裡，在屋裡 [XXI]

donec *conj.* 直到...之時 [XI]；**doneque** [= **donec** + **que**] 直到...之時 [XI]

donicum [= **donec**] *conj.* 直到...之時 [X]

dono, as, *avi, atum, are *v., tr.*, 1. 贈送，給予；寬恕，免除；**donabant** imperf. ind., 3 pers. pl. [III]；**donabantque** [= **donabant** + **que**] imperf. ind., 3 pers. pl. [III]；**donasset** pluperf. subj., 3 pers. sing. [XI]；**donent** pres. subj., 3 pers. pl. [XIV]；**donavit** perf. ind., 3 pers. sing. [XXII]

donum, i *n.*, 2 decl., neut. 禮物 [I]；**donis** dat./ abl. pl. 禮物 [XXII]；**cum donis** *locu.* [*prep.* **cum** + abl. pl.] 偕同禮物 [XXII]

dormio, is, *ivi, itum, ire *v., intr.*, 4. 睡，睡覺；**dormire** pres. inf. [I, II]；**dormitum** [1.] perf. part., masc./ neut. acc. sing.; neut., nom. sing. 已睡著的，已在睡覺的；[2.] sup., neut., acc. sing. 睡，睡覺 [X]；**dormiens, *entis** pres. part., 3 decl. [正在]睡的，[正在]睡覺的 [XVII]

dormito, as, *avi, atum, are *v., intr.*, 1. 打盹，打瞌睡；**dormitabat** imperf. ind., 3 pers. sing. [VI]

dos, dotis *n.*, 3 decl., fem. 嫁妝；**dote** abl. sing. [VII]

duceni, ae, a *distr. num. adj.* 每兩百 [XX]

ducentesimus, a, um *ord. num. adj.* 第兩百 [XX]

ducenti, ae, a *card. num. adj.* 兩百 [IV, XX]

ducenties *num. adv.* 兩百次 [XX]

duco, is, duxi, ductum, ere *v., tr.*, 3. 指引，指揮，帶領，認為，視為 [X]；**ducere** [1.] pres. inf.; [2.] pass., pres. imp., 2 pers. sing. [VI, VII, X]；**ducebat** imperf. ind., 3 pers. sing. [VI]；**ducam** [1.] pres. subj., 1 pers. sing.; [2.] fut. ind., 1 pers. sing. [VI]；**duci** pass., pres. inf. [VI]；**ductus, a, um** perf. part. 已[/被]指引的，已[/被]指揮的，已[/被]帶領的，已[/被]認為的，已[/被]視為的 [VI]；**ductus sum** pass., perf. ind., 1 pers. sing., masc. [VI]；**ducito** fut. imp., 2/ 3 pers. sing. [X]；**ducendum** [1.] ger., neut., acc. sing. 指引，指揮，帶領，認為，視為；[2.] gerundive, masc., acc. sing.; neut., nom./ acc. sing. 該被指引的，該被指揮的，該被帶領的，該被認為的，該被視為的 [XVIII]；**ducit** pres. ind., 3 pers. sing. [XVIII]；**duceret** imperf. subj., 3 pers. sing. [XXII]

ductus, us *n.*, 4 decl. masc. 領導，統率 [XI]；**aquae ductus** *n.*, 1 decl. + 4 decl., masc. [古代羅馬的]輸水道 [XI]

dulcius, a, um *adj., comp.* [pos.: **dulcis, is, e**] 較迷人的，較美好的，較甜美的 [XXII]

dum *conj.* 當...，在...之時（*while...*, *when...*, *as...*） [VI, VII, XI, XIV]

Dumnorix, igis *n.*, 3 decl., masc. [人名] 古代高盧民族 Haedui 人的領袖 [XXIII]；**Dumnorigem** acc. sing. [XXIII]

duo milia, duorum milium *card. num. adj.* 兩千 [XX]

duo, ae, o *card. num. adj.* 二 [0, IV, VII, XI, XX]；**duobus** masc., dat./ abl., pl.; neut., abl. pl. [IV]；**de duobus** [*prep.* **de** + abl. pl.] 從二者 [IV]；**duarum** fem., gen. pl. [IV]；**duos** masc., acc., pl. [X]；**duas** fem., acc. pl. [XXIV]

duodecie(n)s *num. adv.* 十二次 [XX]

duodecim *card. num. adj.* 十二 [XX]

duodecimus, a, um *ord. num. adj.* 第十二 [XX]

duodeni, ae, a *distr. num. adj.* 每十二 [XX]

duodevicesimus, a, um *ord. num. adj.* 第十八 [XX]

duodevicie(n)s *num. adv.* 十八次 [XX]

duodeviginti *card. num. adj.* 十八 [XX]

duomilleni, ae, a *distr. num. adj.* 每兩千 [XX]

duomillesimus, a, um *ord. num. adj.* 第兩千 [XX]

dux, ducis *n.,* 3 decl., masc. 將領，指揮官，指引 [IV, XII]；**duce** abl. sing. [VII]

e, ex *prep.* [+abl.] 離開…，從…而出（*out of..., from...*） [III, IV, X, XI, XVI, XVIII, XXII, XXIV]

ecqui, ecqua(e), ecquod *interr.; indef. adj./ pron.* 不論是誰？無論什麼？ [IV]

ecquis, ecquis, ecquid *interr.; indef. pron./ adj.* 不論是誰？無論什麼？ [IV]；**ecquid** neut., nom./ acc. sing. [IX]

edax, acis *adj.,* 3 decl. 貪吃的，嘴饞的；**edacem** masc./ fem., acc. sing. [X]

edo, is, edi (/edidi), esum (/editum), ere *v., tr.,* 3. 排出，放射 [X]；**editur** pass., pres. ind., 3 pers. sing. [X]

educo, as, avi, atum, are *v., tr,* 1. 訓練，培育，教養，教育；**educantque** [＝educant＋que] pres. ind., 3 pers. pl. [VI]

efficio, is, feci, fectum, cere *v., tr.,* 3. 作用，做；**efficere** [1.] pres. inf.; [2.] pass., pres. imp., 2 pers. sing. [XII]

effigies, ei *n.,* 5 decl., fem. 影像，形象，塑像 [III, X]

effugio, is, fugi, itum, fugere *v., tr./ intr.,* 3. 逃走，脫逃；**effugit** [1.] pres. ind., 3 pers. sing.; [2.] perf. ind., 3 pers. sing. [XXI]

egens, entis *adj.,* 3 decl. 貧困的，窮苦的；**egentem** masc./ fem., acc. sing. [XI]

ego, mei, mihi, me *pers. pron.,* irreg., 1 pers. sing. 我 [II, III, IV, V, VI, IX, X, XI, XII, XIII, XIV, XXI, XXIV]；**mihi** dat. [I, III, IV, VI, VII, X, XI, XII, XIII, XIV, XVI, XVIII, XXIII, XXIV]；**me** acc./ voc. /abl. [II, III, V, VI, VII, X, XI, XII, XIV, XV, XVI, XVIII, XXI, XXIV]；**a me** *locu.* [*prep.* a＋abl.] 被我 [II, III, V, VI, XII, XVIII]；**mi** [＝mihi] dat. [III, VII, XI]；**pro me** *locu.* [*prep.* pro＋abl.] 為了我 [VII]；**mecum** [＝me＋cum] abl. [VIII]；**ad me** *locu.* [*prep.* ad＋abl. sing.] 向我，對我 [XI]；**propter me** *locu.* [*prep.* propter＋acc.] 因為我 [XVI]

egredior, eris, egressus sum, egredi *dep. v., intr./ tr.,* 3. 出來，超過；**egressum** [1.] perf. part., masc./ neut., acc. sing.; neut., nom. sing. 已[/被]出來的，已[/被]超過的；[2.] sup., neut. acc. sing. 出來，超過 [XVI]

eicio, is, eieci, eiectum, eicere *v., tr.,* 3. 驅趕，逐出，驅逐；**eiecerunt** perf. ind., 3 pers. pl. [XXII]

elephantus, i *n.,* 2 decl., masc. 象；**elephantos** acc. pl. [X]

eloquentia, ae *n.,* 1 decl., fem. 雄辯，辯才，口才 [XXII, XXIV]；**eloquentiam** acc. sing. [XI]；**eloquentiae** gen./ dat. sing.; nom. pl. [XII]

emitto, is, emisi, emissum, ere *v., tr.,* 3. 排除，疏通；**emittere** [1.] pres. inf.; [2.] pass., pres. imp., 2 pers. sing. [XI]

emo, is, emi, emptum, ere *v., tr.,* 3. 買，獲取 [X]；**ematur** pass., pres. subj., 3 pers. sing. [X]

enim *adv.* 其實，實際上 [III, VI, XII, XIII, XIV]

Ennius, ii *n.,* 2 decl., masc. [人名] Quintus Ennius（ca. 239 - ca. 169 B.C.），羅馬共和時期的詩人、作家；**Ennium** acc. sing. [XXII]

enumero, as, avi, atum, are *v., tr.,* 1. 計算，列舉出；**enumeravit** perf. ind., 3 pers. sing. [V]

eo, is, ivi/ ii, itum, ire *anomal. v., intr.,* 4. 去，往 [II, III, V, VIII, X]；**ibimus** fut. ind., 1 pers. pl. [V]；**ite** pres. imp., 2 pers. pl. [V]；**i** pres. imp., 2 pers. sing. [VIII]；**ire** pres. inf. [X, XI]

Epaminondas, ae *n.,* 1 decl., masc. [人名] 古代希臘城邦底比斯的軍事家、政治家（ca. 418 - 362 B.C.） [XXII]

Epic*u*rus, i *n.,* 3 decl., masc. [人名] 伊比鳩魯（341 - 270 B.C.），古希臘哲學家，伊比鳩魯學派創始者 [XXI, XXIV]

Ep*i*rus, i *n.,* 2 decl., fem. [地名] 位於希臘半島北部的省區；**Ep*i*ro** dat./ abl. sing. [XXIV]；**in Ep*i*ro** *locu.* [*prep.* in＋abl. sing.] 在 Epirus [XXIV]

eques, equitis *n.,* 3 decl., masc. 騎士 [XXI]；***equitum*** gen. pl. [X]；***equitem*** acc. sing. [XXI]

equ*ester,* tris, tre *adj.* 騎馬的，騎兵的；**equ*estre*** neut.., nom./ acc. sing. [VIII]

equit*atus,* us *n.,*4 decl., masc. 騎兵 [XXIII]

equus, equi *n.,* 2 decl., masc. 馬 [XIII]；***equis*** dat./ abl. pl. [VII]；***equo*** dat./ abl. sing. [XI, XXI]；***equos*** acc. pl. [XI]；**in equos** *locu.* [*prep.* in＋acc. pl.] 到馬群，在騎馬時 [XI]；***equi*** gen. sing.; nom. pl. [XII]；***equum*** acc. sing. [XIII, XXI]

er*i*pio, is, er*i*pui, er*e*ptum, pere *v., tr.,* 3. 搶奪，奪走；**er*i*puit** perf. ind., 3 pers. sing. [XVIII]

erro, as, *a*vi, *a*tum, *a*re *v., intr.,* 1. 徘徊，游移，猶豫，迷路，犯錯；**errans, *a*ntis** pres. part., 3 decl. [正在]徘徊的，[正在]游移的，[正在]猶豫的，[正在]迷路的，[正在]犯錯的 [0]；**err*a*re** pres. inf. [XVI]

***error, o*ris** *n.,* 3 decl., masc. 錯誤；**err*o*rem** acc. sing. [XI]；**err*o*re** abl. sing. [XVI]；**in err*o*re** *locu.* [*prep.* in＋abl. sing.] 在錯誤 [XVI]

erud*i*tus, a, um *adj.* 有知識的，有技藝的；**erud*i*tos** masc., acc. pl. [XI]

erus, i *n.,* 2 decl., masc. 所有權人，業主 [XI]

et *conj.* 和、及，並且，而且 [0, II, III, IV, VI, VII, X, XI, XII, XIII, XIV, XVI, XVII, XVIII, XX, XXI, XXII, XXIII, XXIV]；**et…et…** *locu.* …和…都…（*both…and…*）[XII]

etiam *conj.* 還有，也，仍（*also…*）[III, X, XI, XIV, XVIII]；**etiam si** *conj., locu.* 儘管，雖然 [XIV]；**sed *etiam*** *conj., locu.* 但也…，而且也… [XVIII]；**verum *etiam*** *conj., locu.* 其實也…，當然也… [XVIII]

evello, is, ev*e*lli, ev*u*lsum, ere *v., tr.,* 3. 拔除；**evell*e*ndi** [1.] ger., neut., gen. sing. 拔除[的]；[2.] gerundive, masc./ neut., gen. sing.; masc., nom. pl. 該被拔除的 [XVIII]

ev*e*ntus, us *n.,* 4 decl., masc. 事件，結果 [XXIII]

evolo, as, *a*vi, *a*tum, *a*re *v., intr.,* 1. 飛走；**evolat** pres. ind., 3 pers. sing. [III]

ex*a*nimo, as, *a*vi, *a*tum, *a*re *v., tr.,* 1. 殺；**exanim*a*re** [1.] pres. inf.; [2.] pass., pres. imp., 2 pers. sing. [XI]

excello, is, --, c*e*lsum, ere *v., intr.,* 3. 勝於，優於，突出於，卓越於；**excell*e*re** pres. inf. [XXIV]

exc*e*lsus, a, um *adj.* 高的，高貴的，高尚的，傑出的 [XXIV]；**exc*e*lsi** masc./ neut., gen. sing.; masc., nom. pl. [IV]

exc*i*do, is, c*i*di, exc*i*sum, ere *v., tr.,* 3. 翦除，剷除，毀去；**exc*i*de** pres. imp., 2 pers. sing. [XV]

excito, as, *a*vi, *a*tum, *a*re *v., tr.,* 1. 喚起，舉起，飼養[動物]，栽培[植物]；**exc*i*tant** pres. ind., 3 pers. pl. [III]

excl*a*mo, as, *a*vi, *a*tum, *a*re *v., intr./ tr.,* 1. 咆哮，呼喊，大聲疾呼；**excl*a*mat** pres. ind., 3 pers. sing. [VI, XIII]

excl*u*do, is, cl*u*si, cl*u*sum, ere *v., tr.,* 3. 拒絕；**excl*u*dor** pass., pres. ind., 1 pers. sing. [XI]

ex*e*mplum, i *n.,* 2 decl., neut. 範例，楷模，樣本 [XIV]

exeo, is, *i*vi/ ii, itum, *i*re *anomal. v., intr./ tr.,* 4. 離開，離去 [III]；**exit** 4., pres. ind., 3 pers. sing. [X]

ex*e*rceo, es, *e*rcui, *e*rcitum, ere *v., tr.,* 2. 練習，訓練，施行；**exerc*e*bant** imperf. ind., 3 pers. pl. [XII]；**ex*e*rceat** pres. subj., 3 pers. sing. [XXIV]

ex*e*rcitus, us *n.,* 4 decl., masc. 軍隊 [VI]；**ex*e*rcitu** abl. sing. [XII]；**cum ex*e*rcitu** *locu.* [*prep.* cum＋abl. sing.] 與軍隊 [XII]；**ex*e*rcitum** acc. sing. [XVII]

ex*i*stimo, as, *a*vi, *a*tum, *a*re *v., tr.,* 1. 看作，評價，敬重；**existimab*a*tur** pass., imperf. ind. 3

pers. sing. [XXIV]

exp*e*cto, as, *a*vi, *a*tum, *a*re *v., tr./ intr.,* 1. 等待，期待；**expect*a*bam** imperf. ind., 1 pers. sing. [XXIV]

exp*e*dio, is, *i*vi, *i*tum, *i*re *v., tr./ intr.,* 4. 解開，解放，取得，準備；**exped*i*re** [1.] pres. inf.; [2.] pass., pres. imp., 2 pers. sing. [XVIII]；**exped*i*ret** imperf. subj., 3 pers. sing. [XXII]

exp*e*rior, *i*ris, p*e*rtus sum, *i*ri *dep. v., tr.,* 4. 測試，測驗 [VII]；**experi*a*mur** pres. subj., 1 pers. pl. [VII]

explor*a*tor, *o*ris *n.,* 3 decl., masc. 斥侯，偵察兵，探子；**explor*a*tores** nom./ acc./ voc. pl. [XVI]；**per exploratores** *locu.* [*prep.* per＋acc. pl.] 透過斥侯 [XVI]

exp*u*gno, as, *a*vi, *a*tum, *a*re *v., tr.,* 1. 攻擊，征服，掠奪；**expugn*a*vit** perf. ind., 3 pers. sing. [XXIV]

ex[s]to, as, *e*x[s]titi, --, *a*re *v., intr.,* 1. 存在；**extit*i*sse** perf. inf. 已存在 [XVI]

ext*e*rnus, a, um *adj.* 外面的，外部的，外邦的；**ext*e*rnas** fem., acc. pl. [XVI]

ext*o*rqueo, es, t*o*rsi, t*o*rtum, *e*re *v., tr.,* 2. 強奪，勒索；**extorqu*e*bat** imperf. ind., 3 pers. sing. [XXIV]

***e*xtra** *adv./ prep.* [＋acc.] 在…之外，此外 [III]

extr*e*mum, i *n.,* 2 decl., neut. 極限，終了，結束 [XVIII]；**ad extremum** *locu.* [*prep.* ad＋acc. sing.] 到極限，到終了，到結束 [XVIII]

e*xul, is** *n.,* 3 decl., masc./ fem. 流放者，流亡者，被放逐者；e*xuli** dat. sing. [XXII]

f*a*ber, f*a*bri *n.,* 2 decl., masc. 鐵匠；**f*a*brum** acc. sing.; gen. pl. [III]；**f*a*bri** sing.; nom./ voc. pl. [XIII]

F*a*bius, i *n.,* 2 decl., masc. [人名] 古代羅馬的氏族名 [VI, XXIII]；**F*a*bium** acc. sing. [XXII]

fac*e*tus, a, um *adj.* 詼諧的，風趣的，幽默的；**fac*e*tos** masc., acc. pl. [VI]

faci*e*s, ei *n.,* 5 decl., fem. 面，臉，外表 [III]

f*a*cilis, is, e *adj.* 簡單的，容易的 [IV]；**f*a*cile** masc./ fem./ neut., abl. sing.; neut., nom./ acc. sing. [VI, XVII, XIX]

fac*i*llimus, a, um *adj., sup.* [pos.: **facilis, is, e**] 極簡單的，極容易的 [IV]

fac*i*nus, oris *n.,* 3 decl., neut. 罪行，惡行，惡徒 [VII, IX]；**fac*i*nore** abl. sing. [X]

f*a*cio, is, f*e*ci, f*a*ctum, f*a*cere *v., tr.,* 3. 做，製作，建造 [X]；**f*e*cit** perf. ind. 3 pers. sing. [II, XVIII, XXIV]；**faci*e*batis** imperf. ind., 2 pers. pl. [X]；**faci*e*ndi** [1.] ger., neut., gen. sing. 做[的]，製作[的]，建造[的]；[2.] gerundive, masc./ neut., gen. sing.; masc., nom. pl. 該被做的，該被製作的，該被建造的 [X]；**f*a*cis** pres. ind., 2 pers. sing. [X]；**f*a*xo** futperf. ind. 1 pers. sing. [X]；**fac*e*rent** imperf. subj., 3 pers. pl. [XI]；**fac** pres. imp., 2 pers. sing. [XI, XII, XV]；**fact*u*rum** fut. part., masc., acc. sing.; neut., nom./ acc. sing. 將[/被]做的，將[/被]製作的，將[/被]建造的 [XI, XII]；**fac*e*re** [1.] pres. inf.; [2.] pass., pres. imp., 2 pers. sing. [XII, XIII, XIV, XXII]；**fac ut** *locu.* [＋subj.] 若...則（你）要讓我/使我... [XII]；**f*a*cit** pres. ind., 3 pers. sing. [XII, XXI]；**fact*u*rum *e*sse** fut. inf., masc., acc. sing.; neut., nom./ acc. sing. [XII]；**f*a*cta** perf. part., fem., nom./ abl. sing.; neut., nom./ acc. pl. 已[/被]做的，已[/被]製作的，已[/被]建造的 [XIII]；**f*a*cta sunt** pass., perf. ind., 3 pers. pl., neut. [XIII]；**f*a*ctum** [1.] perf. part., masc., acc. sing.; neut., nom./ acc. sing. 已[/被]做的，已[/被]製作的，已[/被]建造的；[2.] sup., neut., acc. sing. 做，製作，建造 [XIII]；**f*a*ctum *e*st** pass., perf. ind., 3 pers. sing., neut. [XIII]；**f*a*ctus, a, um** perf. part. 已[/被]做的，已[/被]製作的，已[/被]建造的 [XIII]；**f*a*ctus *e*st** pass., perf. ind., 3 pers. sing., masc. [XIII]；**f*a*cias** pres. subj., 2 pers. sing. [XV]；**fac*i*te** pres. imp., 2 pers. pl. [XV]；**faci*a*mus** pres. subj., 1 pers. pl. [XVIII]；**fec*e*rim** perf. subj., 1 pers. sing. [XXI]；**fec*i*sset** pluperf. subj., 3 pers. sing. [XXII]；**f*e*cerat** pluperf. ind., 3 pers. sing. [XXII]

f*a*ctum, i *n.,* 2 decl., neut. 事實，事蹟；**f*a*cta** nom./ acc. pl. [V]

facultas, atis *n.,* 3 decl., fem. 能力，機會；**facultatem** acc. sing. [VI]

Fadius, ii *n.,* 2 decl., masc. [人名] 古代羅馬的氏族名 [XXIV]

faenum, i *n.,* 2 decl., neut. 乾草 [XI]；**in faenum** *locu.* [*prep.* **in**＋acc. sing.] 到乾草 [XI]

fallax, acis *adj.,* 3 decl. 虛偽的、不誠實的 [0]

fallo, is, fefelli, falsum, ere *v., tr.,* 3. 誤導，欺騙 [X]；**falli** pass., pres. inf. [VI]；**fallere** [1.] pres. inf.; [2.] pass., pres. imp., 2 pers. sing. [X]；**fallit** pres. ind., 3 pers. sing. [XII]

falsus, a, um *adj.* 錯誤的，虛假的，偽造的 [XIV]；**falsa** fem., nom./ abl. sing.; neut. nom./ acc. pl. [X]

falx, falcis *n.,* 3 decl., fem. 鐮刀；**falcibus** dat./ abl. pl. [XI]

fames, is *n.,* 3 decl., fem. 飢餓 [XI]

familia, ae *n.,* 1 decl., fem. 家屬，家族；**familias** [gen./] acc. pl. [當屬格時限與 pater, mater, filius 等字連用] [III]；**familiae** gen./ dat. sing.; nom./ voc. pl. [VII]

familiaris, is *n.,* 3 decl., masc. 親族，親屬；**amiliarem** acc. sing. [XXII]

familiaris, is, e *adj.* 家庭的，家族的，親族的 [XXIII]

fas *n.,* indecl., neut. 宜，善，好 [III]

fateor, eris, fassus sum, eri *dep. v., tr.,* 2. 承認，聲稱 [VII]；**fatetur** pres. ind., 3 pers. sing. [VII]

fatigo, as, avi, atum, are *v., tr.,* 1. 疲累，疲倦；**fatigavit** perf. ind., 3 pers. sing. [VI]

fatum, i *n.,* 2 decl., neut. 命運，宿命；**fatis** dat./ abl. pl. [XVI]

febris, is *n.,* 3 decl., fem. 發燒 [III]

fecundus, a, um *adj.* 肥沃的，豐饒的；**fecunda** fem., nom./ abl. sing.; neut., nom./ acc. pl. [III]

femina, ae *n.,* 1 decl., fem. 女士，女人 [II]；**feminae** gen./ dat. sing.; nom./ voc. pl. [III]；**feminarum** gen. pl. [III]

fenestra, ae *n.,* 1 decl., fem. 窗，窗戶 [X, XI]；**fenestras** acc. pl. [X]；**fenestris** dat./ abl. pl. [X]

fera, ae *n.,* 1 decl., fem. 野獸；**ferae** gen./ dat. sing.; nom. pl. [0]；**feris** dat./ abl. pl. [0]；**a feris** *locu.* [*prep.* **a**＋abl. pl.] 被野獸[們] [0]；**feras** acc. pl. [III]

fere *adv.* 幾乎，將近，差不多 [XXII]

feria, ae *n.,* 1 decl., fem. 節日，假日；**ferias** acc. pl. [XIV]

fero, fers, tuli, latum, ferre *anomal. v., tr.,* irreg. 帶；講 [VIII, XII]；**tulit** perf. ind., 3 pers. sing. [VIII]；**ferri** pass., pres. inf. [VIII]；**ferebatur** pass., imperf. ind., 3 pers. sing. [VIII]；**ferre** [1.] pres. inf.; [2.] pass., pres. imp., 2 pers. sing. [XI]；**ferunt** pres. ind., 3 pers. pl. [XII, XVI]；**fertur** pass., pres. ind., 3 pers. sing. [XXIV]

ferox, ocis *adj.,* 3 decl. 狂野的，好鬥的，殘暴的 [XXIII]

ferramentum, i *n.,* 2 decl., neut. 鐵器，鐵製的器具或工具 [X]

ferrum, i *n.,* 2 decl., neut. 鐵，鐵器，武器，劍 [X]；**ferro** dat./ abl. sing. [VI]

fertilis, is, e *adj.* 豐饒的，肥沃的 [XVI]

ferveo, es, ui, --, ere *v., intr.,* 2. 炎熱，煮沸；**fervens, entis** pres. part., 3 decl. [正]炎熱的，[正在]煮沸的 [VII]

fervidus, a, um *adj.* 灼熱的，炙熱的 [IV]

fervor, oris *n.,* 3 decl., masc. 發酵，沸騰，興奮，熱忱；**fervore** abl. sing. [X]

fessus, a, um *adj.* 疲累的，疲乏的，疲倦的；**fessum** masc./ neut., acc. sing.; neut., nom. sing. [XIII]

festus, a, um *adj.* 節日的，節慶的；**festos** masc., acc. pl. [XVI]

fidelissimus, a, um *adj., sup.* [pos.: **fidelis, is, e**] 極忠誠的，極忠實的；**fidelissimum** masc./ neut., acc. sing.; neut., nom. sing. [XXIII]

fides, ei *n.,* 5 decl., fem. 忠誠，虔誠，信任 [XII]；**fidem** acc. sing. [XXII]

fido, es, fisus sum, ere *semidep. v., intr.,* 3. 信任，信賴 [VII]；**fidunt** pres. ind., 3 pers. pl. （他

/她/它們）信任，信賴 [VII]；**fid*e*ntes** pres. part., masc./ fem./ neut., nom./ acc. pl. [正在]信任的，[正在]信賴的 [VII]

f*i*go, is, f*i*xi, f*i*xum, ere *v., tr.*, 3. 固定，刺穿 [X]；**f*i*xis** perf. part., masc./ fem./ neut., dat./ abl. pl. 已[/被]固定的，已[/被]刺穿的 [X]

f*i*lia, ae *n.*, 1 decl., fem. 女兒 [III, XIII]；**fili*a*bus** dat./ abl. pl. [III]；**f*i*liam** acc. sing. [VII]；**f*i*lias** acc. pl. [X]

f*i*lius, ii *n.*, 2 decl., masc. 兒子 [III, V, XXI]；**f*i*liis** dat./ abl. pl. [III]；**f*i*li** voc. sing. [III]；**f*i*lii** gen. sing.; nom./ voc. pl. [VII]；**f*i*lios** acc. pl. [X]；**f*i*lium** acc. sing. [X, XXII]

f*i*lum, i *n.*, 2 decl., neut. 絲線，纖維 [III]

f*i*mum, i *n.*, 2 decl., neut. 糞便，水肥；**f*i*mo** dat./ abl. sing. [XIII]

f*i*nes, ium *n.*, 3 decl., masc., pl. 領土，領域 [III, X, XIV]；**f*i*nibus** dat./ abl. pl. [III, IV, XVI, XXII, XXIII]；**intra f*i*nes** locu. [prep. **intra**+acc. pl.] 在領土內 [XIV]

f*i*ngo, is, f*i*nxi, f*i*nctum, ere *v., tr.*, 3. 形塑，塑造 [X]；**fing*a*ntur** pass., pres. subj., 3 pers. pl. [X]；**fing*a*tur** pass., pres. subj., 3 pers. sing. [XIV]

f*i*nis, is *n.*, 3 decl., masc., sing. 邊界，邊境 [III]

f*i*o, fis, f*a*ctus sum, f*i*eri *semidep. anomal. v., intr.*, 4. 變成，被製作，發生 [VIII]；**fit** pres. ind., 3 pers. sing. [VIII]；**f*i*eri** pres. inf. [VII, XVIII, XXI, XXIII, XXIV]；**f*i*at** pres. subj., 3 pers. sing. [XII, XIV]；**quod f*i*eri v*o*lo** locu. 我所想做的 [XXIII]

f*i*stula, ae *n.*, 1 decl., fem. 管，導管 [XI]

fl*a*brum, i *n.*, 2 decl., neut. 疾風；**fl*a*bra** nom./ acc. pl. [III]

Fl*a*ccus, i *n.*, 2 decl., masc. [人名] 古代羅馬的姓氏 [XXII]

flag*e*llum, i *n.*, 2 decl., neut. 鞭子，鞭打；**flag*e*lla** nom./ acc. pl. [X]

fl*a*mma, ae *n.*, 1 decl., fem. 火焰；**fl*a*mmis** dat./ abl. pl. [X]

fl*a*vus, a, um *adj.* 黃（色）的，金（色）的，金髮的；**fl*a*vamque** [=flavam+que] fem., acc. sing. [XIII]

fl*e*cto, is, fl*e*xi, fl*e*xum, ere *v., tr.*, 3. 彎曲，扭曲 [X]；**fl*e*ctere** [1.] pres. inf.; [2.] pass., pres. imp., 2 pers. sing. [VI]；**fl*e*ctunt** pres. ind., 3 pers. pl. [X]

fl*e*o, es, fl*e*vi, fl*e*tum, fl*e*re *v., intr./ tr.*, 2. 哭泣；**flet** pres. ind., 3 pers. sing. [III, XIII]；**fl*e*bat** imperf. ind., 3 pers. sing. [III]；**fl*e*ndi** [1.] ger., neut., gen. sing. 哭泣[的]；[2.] gerundive, masc./ neut., gen. sing.; masc., nom. pl. 該哭泣的 [XVIII]

flo, as, *a*vi, *a*tum, fl*a*re *v., intr./ tr.*, 1. 吹刮，擊打，鑄造；**fl*a*tur** pass., pres. ind., 3 pers. sing. [X]

fl*u*ctus, us *n.*, 4 decl., masc. 波浪，洪水 [VI]；**fl*u*ctuum** gen. pl. [III]

fl*u*men, inis *n.*, 3 decl., neut. 河，溪流 [VI, XIII, XVI, XXIII]；**fl*u*minum** gen. pl. [III]；**fl*u*mine** abl. sing. [VI, X]；**fl*u*mina** nom./ acc. pl. [XI]

f*o*dio, is, f*o*di, f*o*ssum, dere *v., tr.*, 3. 鑿，戳，刺 [X]；**f*o*dere** [1.] pres. inf.; [2.] pass., pres. imp., 2 pers. sing. [X]

fons, f*o*ntis *n.*, 3 decl., masc. 泉水，泉源 [IV, XI]；**f*o*nte** abl. sing. [X, XI]；**ex f*o*nte** locu. [prep. **ex**+abl. sing.] 從泉水，從泉源 [X, XI]；**f*o*ntibus** dat./ abl. pl. [X]；**e f*o*ntibus** locu. [prep. **e**+abl. pl.] 從泉水，從泉源 [X]

for, f*a*ris, f*a*tus sum, f*a*ri *dep. v., intr.*, 1. 說，頌讚；**f*a*ndus, a, um** gerundive. 該說的，該頌讚的 [XVIII]

f*o*ras *adv.* 在外頭，在戶外 [X]

f*o*rma, ae *n.*, 1 decl., fem. 面貌，外觀，體態，形態 [III, XI]；**f*o*rmam** acc. sing. [X, XVI]；**de f*o*rma** locu. [prep. **de**+abl. sing.] 從外觀，從面貌 [XI]

Form*i*anus, a, um *adj.* [地名] Formiae 城的；**Form*i*ano** masc./ neut., dat./ abl. sing. [XV]；**in**

Formi*ano* *locu.* [*prep.* **in**＋abl. sing.] 在 Formiae 城 [XV]

formi*ca*, ae *n.,* 1 decl., fem. 螞蟻 [III]；**formi*cam*** acc. sing. [III]

formi*do*, as, *avi*, *atum*, *are* *v., tr.,* 1. 畏懼，恐懼，害怕；**formi*dat*** pres. ind., 3 pers. sing. [XXIV]

form*osus*, a, um *adj.* 美麗的；**form*osae*** fem., gen./ dat. sing.; nom. pl. [III]

fort*asse* *adv.* 也許，或許，可能 [XIV]

fort*e* *adv.* 正巧，偶然地；可能，或許 [III, X]

fort*is*, is, e *adj.* 強壯的，有力的，堅強的，堅定的 [IV, XIV]；**fort*es*** masc./ fem., nom./ acc. pl. [X]

fort*issimus*, a, um *adj., sup.* [pos.: **fort*is*, is, e**] 極強壯的，極有力的，極堅強的，極堅定的 [IV]；**fort*issimum*** masc./ neut., acc. sing.; neut., nom. sing. [XXIII]

fort*una*, ae *n.,* 1 decl., fem. 命運，機運，幸運，財富 [I, III]

fortun*atus*, a, um *adj.* 幸運的，幸福的；**fortun*ate*** masc., voc. sing. [III]；**fortun*atum*** masc./ neut., acc. sing.; neut., nom. sing. [III]

for*um*, i *n.* 2 decl., neut. 集會的公共場所；法庭；**for*o*** dat./ abl. sing. [III, XXIII]；**in for*o*** [*prep.* **in**＋abl. sing.] 在集會場；在法庭 [III, XXIII]

fov*ea*, ae *n.,* 1 decl., fem. 陷阱，圈套；**fov*eam*** acc. sing. [XVII]；**in fov*eam*** *locu.,* [*prep.* **in**＋acc. sing.] 到陷阱 [XVII]

fragr*o*, as, *avi*, *atum*, *are* *v., intr.,* 1. 散發氣味；**fragr*antem*** pres. part., masc./ fem., acc. sing. [正在]散發氣味的 [XXIV]

frang*o*, is, fr*egi*, fr*actum*, *ere* *v., tr.,* 3. 破壞，摧毀，削弱 [X]；**fr*acta*** perf. part., fem., nom./ abl. sing.; neut., nom./ acc. pl. 已[/被]破壞的，已[/被]摧毀的，已[/被]削弱的 [X]

frat*er*, tris *n.,* 3 decl. 兄弟 [V]；**frat*rem*** acc. sing. [X]

frem*o*, is, ui, itum, ere *v., intr.,* 3. 憤怒，抱怨，咆哮，怒吼；**frem*ant*** pres. subj., 3 pers. pl. [XIV]

frequ*entior*, or, us *adj., comp.,* [pos.:**frequ*ens*, *entis***] 較常的，較頻繁的 [III]

fr*igus*, oris *n.,* 3 decl., neut. 寒冷 [III]

frons, fr*ontis* *n.,* 3 decl., fem. 前方；額頭；**fr*ontibus*** dat./ abl. pl. [VII]；**in fr*ontibus*** *locu.* [*prep.* **in**＋abl. pl.] 在前方，在額頭 [VII]；**fr*onte*** abl. sing. [XIV]；**in fr*onte*** *locu.* [*prep.* **in**＋abl. sing.] 在前方，在額頭 [XIV]

frons, *ondis* *n.,* 3 decl., fem. 樹葉，葉子；**fr*ondem*** acc. sing. [X]

fructu*osus*, a, um *adj.* 多產的，多果實的 [XVI]

fr*uctus*, us *n.,* 4 decl., masc. 果實，水果 [III]；**fr*uctibus*** dat./ abl. pl. [III]

frum*entum*, i *n.,* 2 decl., neut. 穀物 [X]；**frum*enta*** nom./ acc. pl. [X]

fru*or*, eris, fr*uctus*/ fr*uitus* sum, fr*ui* *dep. v., intr.,* 3. [＋abl.] 享用，受益 [VII]；**fr*ui*** pres. inf. [VII]

fug*a*, ae *n.,* 1 decl., fem. 逃竄，逃走；**fug*ae*** gen./ dat. sing.; nom. pl. [IV]

fug*io*, is, fugi, itum, fug*ere* *v., intr./ tr.,* 3. 逃跑，避免，迴避 [X]；**fug*it*** [1.] pres. ind., 3 pers. sing.; [2.] perf. ind., 3 pers. sing. [VII]；**fug*iebatis*** imperf.ind.,2 pers.pl. [X]；**fug*iat*** pres. subj., 3 pers. sing. [XIV]

f*ulgens*, *entis* *adj.,* 3 decl. 閃爍的；**f*ulgentia*** neut., nom./ acc. pl. [III]

fulg*eo*, es, f*ulsi*, --, *ere* *v., intr.,* 2. 閃爍，閃耀；[無人稱] 閃電；**f*ulget*** pres. ind., 3 pers. sing. [XII]

f*ulmen*, minis *n.,* 3 decl., neut. 閃電；**f*ulminis*** gen. sing. [X]；**f*ulmina*** nom./ acc. pl. [XI]

F*ulvius*, i *n.,* 3 decl., masc. [人名] 古代羅馬的氏族名 [XXII]

fund*o*, is, f*udi*, f*usum*, *ere* *v., tr.,* 3. 傾瀉，流出，澆鑄[金屬] [X]；**fund*endo*** [1.] ger., neut., dat./ abl. sing. 傾瀉，流出，澆鑄[金屬]；[2.] gerundive, masc./ neut., dat./ abl. sing. 該被傾瀉的，該被流出的，該被澆鑄[金屬]的 [X]

fundus, i *n.*, 2 decl., masc. 地產；**fundo** dat./ abl. sing. [XI]；**de fundo** *locu.* [*prep.* **de**＋abl. sing.] 關於地產 [XI]；**fundum** acc. sing. [XXIII]

fungor, eris, functus sum, fungi *dep. v., tr./ intr.*, 3. 履行，執行 [VII]；**fungens, entis** pres. part. [正在]履行的，[正在]執行的 [VII]

funis, is *n.*, 3 decl., masc. 繩索；**fune** abl. sing. [XI]

futurus, a, um *adj.* 將來的，未來的 [IV]

Gabinius, i *n.*, 2 decl., masc. [人名] 古代羅馬的氏族名 [X]

galea, ae *n,*. 1 decl., fem. 頭盔 [I]

Gallia, ae *n.*, 1 decl., fem. [地名] 高盧；**Galliam** acc. sing. [VI, XIII, XXII]；**in Galliam** *locu.* [*prep.* **in**＋acc. sing.] 到高盧 [XIII, XXII]；**Galliae** gen./ dat. sing.; nom./ voc. pl. [XVI]

Gallicus, a, um *adj.* [地名] 高盧的，高盧人的；**Gallicum** masc./ neut., acc. sing.; neut., nom. sing. [XI]

Gallus, i *n.*, 2 decl., masc. [族群名] 高盧人 [XXIII]；**Gallos** acc. pl. [XVI, XXII]；**Galli** gen. sing.; nom. pl. [XVI]；**Gallis** dat./ abl. pl. [XXII]

gaudeo, es, gavisus sum, dere *semidep. v., intr.,* 2. 歡欣，喜悅 [VII, XXII]；**gaudent** pres. ind., 3 pers. pl. [VII]

gelidus, a, um *adj.* 冰冷的；**gelidi** masc./ neut., gen. sing.; masc., nom. pl. [III]

gemini, orum *n.*, 2 decl., masc., pl. tant. 雙胞胎，雙生子 [VII]；**geminos** acc. [X]

Genava, ae *n.,* 1 decl., fem. [地名] 日內瓦；**Genavam** acc. sing. [XIII]；**ad Genavam** *locu.* [*prep.* **ad**＋acc. sing.] 到日內瓦 [XIII]

generosus, a, um *adj.* 高尚的，高貴的 [IV, XIII]

gens, gentis *n.*, 3 decl., fem. 人民，民族，種族，氏族 [XXIII]；**gentes** nom./ acc. pl. [I, XVI]；**inter gentes externas** *locu.* [*prep.* **inter**＋acc. pl] 在外族之間，在外族之中 [XVI]；**utra gens** *locu.* 兩族之一 [XXIII]

genus, eris *n.*, 3 decl., neut. 物種，類屬；出身，世系 [IV, XVI]；**generis** gen. sing. [XI]；**genere** abl. sing. [XVI]

Germani, orum *n.,* 2 decl., masc., pl. [族群名] 日耳曼人 [XVI]；**Germanis** dat./ abl. pl. [XXII]

Germanicus, a, um *adj.* [地名] 日耳曼的，日耳曼人的；**Germanici** masc./ neut., gen. sing.; masc., nom. pl. [XVI]；**Germanico** masc./ neut., dat./ abl. sing. [XVIII]

gero, is, gessi, gestum, gerere *v., tr.*, 3. 持有，帶來，管理；[＋*refl. pron* se] 持身，舉止 [X]；**gerunt** pres. ind., 3 pers. pl. [III, XXII]；**gerebat** imperf. inf., 3 pers. sing. [III]；**gerens, entis** pres. part. [正在]持有的，[正在]帶來的，[正在]管理的 [X]；**gessit** perf. ind., 3 pers. sing. [XXII]；**se gessit** *refl. pron*＋perf. ind., 3 pers. sing. [XXII]；**gessimus** perf. ind., 1 pers. pl. [XXIV]；**gerebant** imperf. ind., 3 pers. pl. [XXIV]；**se gerebant** *refl. pron*＋imperf. ind., 3 pers. pl. [XXIV]

gigno, is, genui, genitum, ere *v., tr.,* 3., 生育，生產，產出，創造 [X]；**genuerunt** perf. ind., 3 pers. pl. [X]；**gignit** pres. ind., 3 pers. sing. [XXIII]；**(ea) quae terra gignit** *locu.* 土壤的作物 [XXIII]

gingiva, ae *n.,* 1 decl., fem. 牙齦 [I]

glacies, ei *n.,* 5 decl., neut. 冰 [III, X]

gladius, ii *n.,* 2 decl., masc. 刀劍，劍；**gladium** acc. sing. [XI]；**gladio** dat./ abl. sing. [X, XI]

gleba, ae *n.,* 1 decl., fem. 土地；**glebas** acc. pl. [III]

gloria, ae *n.,* 1 decl., fem. 榮耀；**gloriam** acc. sing. [III]

glorior, aris, atus sum, ari *dep. v., intr.,* 1. 自誇，自豪，得意，感到光榮；**gloriemini** pres. subj., 2 pers. pl. [XXIII]

gloriosus, a, um *adj.* 光榮的，榮耀的，誇耀的，自傲的 [XIII]

Gorgon, onis *n.,* 3 decl., fem. [人名] 希臘神話中的蛇髮女妖之名 [I]

gracilis, is, e *adj.* 細薄的 [IV]

gracillimius, a, um *adj., sup.* [pos.: **gracilis, is, e**] 極細薄的 [IV]

Graecus, a, um *adj.* [地名] 希臘的，希臘人的；**Graeca** fem., nom./ voc./ abl. sing.; neut., nom./ acc./ voc. pl. [III]；**Graecis** masc./ fem./ neut., dat./ abl. pl. [V, XI]；**Graecae** fem., gen./ dat. sing.; nom./ voc. pl. [VI]

Graecus, i *n.,* 2 decl., masc. [地名] 希臘；希臘人；**Graecos** acc. pl. [IV, XXIV]；*apud Graecos locu.* [*prep.* **apud**＋acc. pl.] 靠近希臘，在希臘那邊 [IV, XXIV]

gratia, ae *n.,* 1 decl., fem. 感謝，感激；**gratias** acc. pl. [XIV, XXII]

grator, aris, atus sum, ari *dep. v., intr.,* 1. 祝賀，道賀，慶賀；**gratandum** [1.] ger., neut., acc. sing. 祝賀，道賀，慶賀；[2.] gerundive, masc., acc. sing.; neut., nom./ acc. sing. 該被祝賀的，該被道賀的，該被慶賀的 [XVIII]；**ad gratandum** *locu.* [*prep.* **ad**＋acc. sing.] 向...祝賀，道賀，慶賀 [XVIII]

gratus, a, um *adj.* 感激的，感謝的；**grata** fem., nom./ abl. sing.; neut., nom./ acc. pl. [III]

gravis, is, e *adj.* 重大的，要緊的，嚴重的，嚴肅的，嚴峻的 [XIV]；**graves** masc./ fem., nom./ acc. pl. [XII]

grex, gregis *n.,* 3 decl., masc. 群；**gregem** acc. sing. [XI]；**in gregem** *locu.* [*prep.* **in**＋acc. sing.] 成一群 [XI]；**greges** nom./ acc. pl. [XXI]

gula, ae *n.,* 1 decl., fem. 咽喉 [I]

habena, ae *n.,* 1 decl., fem. 韁繩；**habenas** acc. pl. [VI]

habeo, es, habui, itum, ere *v., tr.,* 2. 有，持有；考慮 [VI, XXIV]；**habemus** pers. ind., 1 pers. pl. [III, VI]；**habebat** imperf. ind., 3 pers. sing. [III, XII]；**habere** [1.] pres. inf.; [2.] pres. imp., 2 pers. sing. [VI, X]；**habetis** pres. ind., 2 pers. pl. [VI]；**haberi** pass., pres. inf. [VI]；**habebuntur** pass., fut. ind., 3 pers.pl. [VI]；**haberent** imperf. subj., 3 pers. pl. [X]；**habet** pres. ind., 3 pers. sing. [XIII, XXI, XXIII]；**habeant** pres. subj., 3 pers. pl. [XIV]；**habeat** pres. subj., 3 pers. sing. [XIV]；**habent** pres. ind., 3 pers. pl. [XVIII]；**habendus, a, um** gerundive 該被有的，該被持有的；該被考慮的 [XVIII]；**habendus est** *locu.* [gerundive＋**esse**] pres. ind., 3 pers. sing. （他）應該有，應該持有；應該考慮 [XVIII]；**habuit** perf. ind., 3 pers. sing. [XXIII, XXIV]；**habebantur** pass., imperf. ind., 3 pers. pl. [XXIV]

Haedui, orum *n.,* 2 decl., masc., pl. [族群名] 古代高盧民族之一，與羅馬人交好 [XXII]

haereo, es, haesi, haesum, ere *v., intr.,* 2. 附著於，依附於 [X]；**haerent** pers. ind., 3 pers. pl. [X]；**haeret** pres. ind., 3 pers. sing. [XXIV]

Hannibal, alis *n.,* 3 decl., masc. [人名] 漢尼拔，此指迦太基軍事家 Hannibal Barca（247 - 183 B.C.）[XXIV]；**Hannibalem** acc. sing. [VI]；**Hannibalis** gen. sing. [XXII]；**Hannibale** abl. sing. [XXIII]；**ab Hannibale** *locu.* [*prep.* **ab**＋abl. sing.] 從漢尼拔，被漢尼拔 [XXIII]；**Hannibali** dat. sing. [XXIII]

harena, ae *n.,* 1 decl., fem. 沙 [XI]

Hasta, ae *n.,* 1 decl., fem. [地名] 位於義大利北部的城鎮；**Hastam** acc. sing. [XVIII]

hasta, ae *n.,* 1 decl., fem. 標槍；**hastas** acc. pl. [VI]

haud *adv.* 不，無，沒有 [XI, XVI]

haurio, is, hausi, haustum, ire *v., tr.,* 4. 取出，排出，衍生於 [X]；**hausta** perf. part., fem., nom./ abl. sing.; neut., nom./ acc. pl. 已[/被]取出的，已[/被]排出的，已[/被]衍生的 [X]

hedera, ae *n.,* 1 decl., fem. 常春藤 [XI]

Helvetii, orum *n.,* 2 decl., masc., pl. [族群名] Helvetii 人，古代瑞士民族之一 [XIII, XXII]；**Helvetiorum** gen. pl. [XI]；**Helvetios** acc. pl. [XIII]；**Helvetiis** dat./ abl. pl. [XXII]；**ab Helvetiis**

locu. [prep. **ab**＋abl. pl.] 從 Helvetii 人，被 Helvetii 人 [XXII]

herba, ae *n.,* 1 decl., fem. 草；**herbae** gen./ dat. sing.; nom. pl. [III]；**herbarum** gen. pl. [VI]

hercule *interj.* [口語] 他媽的！該死的！ [XI, XIII]

hereditas, atis *n.,* 3 decl., fem. 遺產，繼承；**hereditatem** acc. sing. [XI]

heri *adv.* 昨天 [V]

heu *interj.* 喔！嗚呼！ [II, VII]

hibernum, i *n.,* 2 decl., neut. 冬營；**hiberna** nom./ acc. pl. [XXII]；**in hiberna** *locu. [prep.* **in** ＋acc. pl.] 到冬營 [XXII]

hic *adv.* 這裡，在這裡 [X, XII]

hic, haec, hoc *demonstr. pron./ adj.* 這，此，這個的 [III, IV, XI, XXI, XXIV]；**haec** fem., nom. sing.; neut., nom./ acc. pl. [I, IV, VII, XI, XIV, XXI]；**huius** masc./ fem./ neut., gen. sing. [I, VII]；**hoc** masc., abl. sing.; neut., nom./ acc./ abl. sing. [II, IV, V, XI, XIII, XIV, XV, XVI, XXIII, XXIV]；**harum** fem., gen. pl. [IV]；**his** masc./ fem./ neut., dat./ abl. pl. [IV, XXII]；**horum** masc./ neut., gen. pl. [IV]；**hanc** fem., acc. sing. [VII, XI, XV]；**hi** masc., nom. pl. [X, XXI]；**hunc** masc., acc. sing. [XI, XXII]；**huic** masc./ fem./ neut., dat. sing. [XI, XVIII]；**hac** fem., abl. sing. [XIV, XXI, XXIV]；**has** fem., acc. pl. [XXIII]；**in hac** *locu. [prep.* **in**＋abl. sing.] 在此，就此 [XXIV]

hicine, haecine, hocine [＝hic, haec, hoc＋ne] *interr. demonstr. pron./ adj.* [表疑問] 這？此？這個？ [XII]

hiems, mis *n.,* 3 decl., fem. 冬天，冬季 [III, V]；**hiemis** gen. sing.; acc. pl. [III]；**hieme** abl. sing. [III]；**ad hiemis** *locu. [prep.* **ad**＋acc. pl.] 到冬天，到冬季 [III]

hinc *adv.* 從這裡，就此 [X, XI]

hodie *adv.* 今天 [VII, X, XI]

Homerus, i *n.,* 2 decl., masc. [人名] 荷馬，古代希臘的詩人 [XII]；**Homerum** acc. sing. [XXII]

homo, minis *n.,* 3 decl., masc. 男士，人 [II, IV, XI, XIII]；**homines** nom./ acc. pl. [0, III, IV, X, XI, XVI]；**hominem** acc. sing. [VI, X, XI, XIII, XV]；**hominum** gen. pl. [XIII]；**homini** dat. sing. [XVI]；**hominis** gen. sing. [XVI, XVIII]；**hominibus** dat./ abl. pl. [XVIII]

honeste *adv.* 尊貴地，可敬地，榮耀地，誠實地 [XVI, XXIV]

honestus, a um *adj.* 尊貴的，可敬的，榮耀的，誠實的；**honesta** fem., nom./ abl. sing.; neut., nom./ acc. pl. [XIV]；**honestum** masc./ neut., acc. sing.; neut., nom. sing. [XXI]

honor, oris *n.,* 3 decl., masc. 榮譽，榮耀，尊敬；**honorumque** [＝honorum＋que] masc., gen. pl. [VI]；**honorem** acc. sing. [XXII]

honoro, as, avi, atum, are *v., tr.,* 1. 尊敬，尊崇；**honorant** pres. ind., 3 pers. pl. [VI]

hora, ae *n.,* 1 decl. fem. 小時，時光 [XXIV]

horribilis, is, e *adj.* 可怕的；**horribile** masc./ fem./ neut., abl. sing.; neut., nom./ acc. sing. [XIX]

horridior, or, us *adj., comp.* [pos.: **horridus, a, um**] 較可怕的，較粗暴的；**horridiora** neut., nom./ acc.pl. [III]

horridus, a, um *adj.* 可怕的，粗暴的 [X]

hortor, aris, atus sum, ari *dep. v., tr.,* 1. 力勸，鼓舞，催促 [VII, XI]；**hortans, antis** pres. part. [正在]力勸的，[正在]鼓舞的，[正在]催促的 [VII]；**hortaturus, a, um** fut. part. 將[/被]力勸的，將[/被]鼓舞的，將[/被]催促的 [VII]；**hortaturus, a, um** *esse* fut. inf. [VII]；**hortandi** [1.] ger., neut., gen. sing. 力勸[的]，鼓舞[的]，催促[的]；[2.] gerundive, masc./ neut., gen. sing.; masc., nom. pl. 該被力勸的，該被鼓舞的，該被催促的 [VII, XVIII]；**hortatum** sup., neut., acc. sing. 力勸，鼓舞，催促 [VII]；**hortatus, a, um** perf. part. 已[/被]力勸的，已[/被]鼓舞的，已[/被]催促的 [VII]；**hortatus sit** pref. subj., 3 pers. sing. [VII]；**hortatur** pres. ind.,

3 pers.sing. [VII] ; **hort*a*ri** pres. inf. [XI] ; **hort*a*ndi sunt** *locu.* [gerundive＋*e*sse] pres. ind., 3 pers. pl., masc. （他們）應該勸告，應該鼓舞，應該催促 [XVIII]

h*o*stis, is *n.,* 3 decl., masc./ fem. 敵人 ; **h*o*stem** acc. sing. [III] ; **h*o*stis** nom./ gen./ voc. sing. [III] ; **h*o*stes** nom./ acc./ voc. pl. [X, XI, XVII, XXII] ; **h*o*stibus** dat./ abl. pl. [XI, XII] ; **ab h*o*stibus** *locu.* [*prep.* **ab**＋abl. pl.] 被敵人們 [XII] ; **h*o*stium** gen. pl. [XII, XXII, XXIII]

huc *adv.* 這裡，到這裡 [XI]

hum*a*nitas, *a*tis *n.,* 3 decl., fem. 人性，人格 ; **hum*a*nitati** dat. sing. [VII]

h*u*milis, is, e *adj.* 低的 [IV]

hum*i*llimius, a, um *adj., sup.* [pos.: **h*u*milis, is, e**] 極低的 [IV]

h*u*mus, i *n.,* 2 decl., fem. 地面，土地，土壤 ; **h*u*mum** acc. sing. [X] ; **h*u*mo** dat./ abl. sing. [XI]

i*a*cio, is, i*e*ci, i*a*ctum, i*a*cere *v., tr.,* 3. 拋，擲，投 [X] ; **i*a*cere** [1.] pres. inf. ; [2.] pass., pres. imp., 2 pers. sing. [X]

i*a*cto, as, *a*vi, *a*tum, *a*re *v., tr.,* 1. 丟，拋，擲 ; **i*a*ctant** pres. ind., 3 pers. pl. [VI]

iam *adv.* 已經 [III, V, VII, X, XI]

Ianu*a*rius, a, um *adj.* 一月，一月的 ; **Ianu*a*rio** masc./ neut., dat./ abl. sing. [III]

ibi *adv.* 那裡，在那裡 [X]

idem, e*a*dem, idem *demonstr. pron./ adj.* 相同的，同樣的 ; 同時的 [0, IV, XXI, XXII] ; **e*a*ndem** fem., acc. sing. [XVI, XXI] ; **e*a*dem** fem., nom./ abl. sing.; neut., nom. /acc. pl. [XVI] ; **in e*a*dem** *locu.* [*prep.* **in**＋abl. sing.] （在）相同的，同樣的 ; 同時的 [XVI] ; **idemque** [＝**idem**＋**que**] masc., nom. sing./ pl.; neut., nom./ acc. sing. [XXI] ; **e*a*demque** [＝**e*a*dem**＋**que**] fem., nom./ abl. sing.; neut., nom. /acc. pl. [XXI] ; **e*a*sdemque** [＝**e*a*sdem**＋**que**] fem., acc. pl. [XXI] ; **e*a*sdem** fem., acc. pl. [XXIII]

id*e*o *adv.* 因此（*thus…, therefore…*） [VI]

id*e*oque [＝**id*e*o**＋**que**] *adv.* 因此（*and thus…, and therefore…*） [III]

id*o*neus, a, um *adj.* 合適的，適宜的 [IV]

***I*dus, *I*duum** *n.,* 4 decl., fem., pl. tant. 古羅馬曆中三月、五月、七月、十月的十五日或其他月份的十三日 ; ***I*dibus** dat./ abl. [XIV] ; ***I*dibus M*a*rtiis** *locu.* 三月十五日 [XIV]

ig*i*tur *adv.* 然後，因而 [X]

ignis, is *n.,* 3 decl., masc. 火，火災 [XI]

ignob*i*liter *adv.* 可恥地，不名譽地，卑賤地 [VI]

ignom*i*nia, ae *n.,* 1 decl., fem. 恥辱 ; **ignom*i*niam** acc. sing. [III]

il*i*gneus, a, um *adj.* 橡木的，橡樹的 ; **il*i*gneam** fem., acc. sing. [X]

ille, illa, illud *demonstr. pron./ adj.* 那，彼，那個的 [II, IV, V, X, XI, XII, XXI, XXII, XXIV] ; **illi** masc./ fem./ neut., dat. sing.; masc., nom. pl. [IV, V, XI, XIV, XXI] ; **illum** masc., acc. sing. [VII, XI, XIV, XXIV] ; **illa** fem., nom./ abl. sing.; neut., nom./ acc. pl. [X, XI, XXI] ; **illo** masc., abl. sing. [XVIII] ; **illud** neut., nom./ acc. sing. [XXI] ; **ill*i*us** masc./ fem./ neut., gen. sing. [XXII]

illuc *adv.* 那裡，到那裡 [XI]

ill*u*mino, as, *a*vi, *a*tum, *a*re *v., tr.,* 1. 照明，照亮，照射 ; **ill*u*minat** pres. ind., 3 pers. sing. [XIII]

imm*e*nsus, a, um *adj.* 無垠的，無邊際的 ; **imm*e*nsum** masc./ neut., acc. sing.; neut., nom. sing. [III, VI]

immort*a*lis, is, e *adj.* 不朽的，永恆的 ; **immort*a*les** masc./ fem., nom./ acc. pl. [XIV]

impedim*e*nta, *o*rum *n.,* 2 decl., neut., pl. 行李 [III, XII]

impedim*e*ntum, i *n.,* 2 decl., neut., sing. 障礙 [III]

imper*a*tor, *o*ris *n.,* 3 decl., masc. 指揮，首領 ; 皇帝 [0, XVII]

imperium, ii *n., 2 decl., neut.* 指揮，統治；**imperio** dat./ abl., sing. [III, VI]；**imperium** nom./ acc. sing. [III]；**in imperio** *locu.* [*prep.* **in**+abl. sing.]在統治下 [VI]

impiger, gra, grum *adj.* 主動的，積極的 [III]

impleo, es, evi, etum, ere *v., tr.,* 2. 遍佈，充滿，滿足；**implebat** imperf. ind., 3 pers. sing. [III]

imploro, as, avi, atum, are *v., tr.,* 1. 懇求，祈求；**implorat** pres. ind., 3 pers. sing. [III]

improbus, a, um *adj.* 惡劣的，不道德的，無恥的；**improbo** masc./ neut., dat./ abl. sing. [III]；**improbi** masc./ neut., gen. sing.; masc., nom. pl. [XI, XIV]；**improbis** masc./ fem./ neut., dat./ abl. pl. [XXIV]

improvisus, a, um *adj.* 意外的，無預期的，突然的；**improviso** masc./ neut., dat./ abl. sing. [XVII]

imprudens, entis *adj.,* 3 decl. 不慎的，失察的；**imprudenti** masc./ fem./ neut., dat./ abl. sing. [III]

impudens, entis *adj.,* 3 decl. 無恥的，放肆的 [XVII]

impudentia, ae *n.,* 1 decl., fem. 厚顏無恥，傲慢無禮 [VII, XI, XIII]

imputo, as, avi, atum, are *v., tr.,* 1. 歸因，歸咎；**imputari** pass., pres. inf. [XVIII]

imus, a, um *adj., sup.* 極低的，極深的；**imam** fem., acc. sing. [III]；**imis** masc./ fem./ neut., dat./ abl. pl. [III, X]；**ima** fem., nom./ abl. sing.; neut., nom./acc. pl. [III]

in *prep.* [+acc./ abl.] 在…；到…，向… [0, II, III, IV, V, VI, VII, VIII, X, XI, XII, XIII, XIV, XV, XVI, XVII, XVIII, XXI, XXII, XXIII, XXIV]

incautus, a, um *adj.* 未注意的，不設防的；**incautum** masc./ neut., acc. sing.; neut., nom. sing. [III]

incendo, is, cendi, censum, ere *v., tr.,* 3. 焚燒，燃燒；**incendit** [1.] pres. ind., 3 pers. sing.; [2.] perf. ind., 3 pers. sing. [XXII]

incido, is, cidi, casum, ere *v., intr.,* 3. 發生，陷入，降臨，遭遇；**incident** fut. ind., 3 pers. pl. [XIV]；**incidisse** perf. inf. [XVI]

incipio, is, cepi, ceptum, pere *v., tr./ intr.,* 3. 開始；**inceptum** [1.] perf. part., masc./ neut., acc. sing.; neut., nom. sing. 已[/被]開始的；[2.] sup., neut., acc. sing. 開始 [XI]；**incipit** pres. ind., 3 pers. sing. [XVI]

incito, as, avi, atum, are *v., tr.,* 1. 驅策，激起，喚起；**incitato** [1.] fut. imp., 2/ 3 pers. sing.; [2.] perf. part., masc./ neut., dat./ abl. sing. 已[/被]驅策的，已[/被]激起的，已[/被]喚起的 [XI]

inclino, as, avi, atum, are *v., tr./ intr.,* 1. 傾向，趨向；**inclinat** pres. ind., 3 pers. sing. [III]

incola, ae *n.,* 1 decl., masc./ fem. 居民；**incolas** acc. pl. [III, VI]

incolumis, is, e *adj.* 未受損的，沒受傷的 [VI]

incolumitas, atis *n,* 3 decl., fem. 安全，無損傷；**incolumitatem** acc. sing. [XXII]

inconstantia, ae *n.,* 1 decl., fem. 任意，恣意 [III]；**cum inconstantia** *locu.* [*prep.* **cum**+abl. sing.] 伴隨著恣意 [III]

inconsultus, a, um *adj.* 輕率的，魯莽的，欠缺考慮的 [XXII]

incredibilis, is, e *adj.* 難以置信的，不可信的 [XXIV]；**incredibile** masc./ fem./ neut., abl. sing.; neut., nom./ acc. sing. [XIX]；**incredibili** masc./ fem./ neut., dat./ abl. sing. [XXIV]

incubo, as, cubui, itum, are *n., intr.,* 1. 躺下，倒臥 [+dat.]；**incubuit** pref. ind., 3 pers. sing. [X]

incumbo, is, ui, itum, ere *v., intr.,* 3. 前屈，倚靠，躺下 [X]；**incumbens, entis** pres. part. [正在]前屈的，[正在]倚靠的，[正在]躺下的 [X]

indecens, entis *adj.,* 3 decl. 不雅觀的，不得體的，無禮的；**indecenti** masc./ fem./ neut., dat./ abl. sing. [XI]

ind*i*cium, i *n.,* 2 decl., neut. 通告，通知，證明，證據 [XXII]

_i_ndico, as, _a_vi, _a_tum, _a_re *v., tr.,* 1. 指出，呈現；**indic*a*re** [1.] pres. inf.; [2.] pass., pres. imp., 2 pers. sing. [XI]

ind*i*gnus, a um *adj.* 可惡的，可恥的；**ind*i*gnum** masc./ neut., acc. sing.; neut., nom. sing. [IX]

_i_ndoles, is *n.,* 3 decl., fem., sing. tant. 本質，天賦 [III]

ind*u*co, is, d*u*xi, d*u*ctum, ere *v., tr.,* 3. 引入，導入，介紹；**induc*e*bant** imperf. ind., 3 pers. pl. [VI]

inf*a*mia, ae *n.,* 1 decl., fem. 惡名，醜名，不名譽；**infam*i*ae** gen./ dat. sing.; nom. pl. [XII]

_i_nfans, _a_ntis *n.,* 3 decl., masc. 兒童 [XX]

_i_nfero, fers, tuli, l*a*tum, ferre *anomal. v., tr.,* irreg. 引進，引入，施加；**intul*i*sse** perf. inf. [XXII]；**bellum intul*i*sse (bellum _i_nfero)** *locu.* [＋dat.] 已開戰 [XXII]

infin*i*tus, a, um *adj.* 無盡的，無限的，無邊際的 [XXIV]；**infin*i*ta** fem., nom./ abl. sing.; neut., nom./ acc. pl. [XVI]

inf*i*rmus, a, um *adj.* 虛弱的，病弱的，無力的；**inf*i*rmum** masc./ neut., acc. sing.; neut., nom. sing. [XIII]

infr*e*no, as, _a_vi, _a_tum, _a_re *v., tr.,* 1. 抑制，約束，控制；**infren*a*bat** imperf. ind., 3 pers. sing. [III]

ingem*i*sco (/ingem*e*sco), is, ingem*u*i, ere *v., intr.,* 3. 呻吟，嗚咽；**ingem*i*scunt** pres. ind., 3 pers. pl. [XVII]

ing*e*nium, ii *n.,* 2 decl., neut. 才能，才智，秉性 [III, XI, XXII, XXIV]；**ing*e*nii** gen. sing. [XXIV]

_i_ngens, _e_ntis *adj.* 大量的，過度的，龐大的 [XVIII]

ing*e*nuus, a, um *adj.* 高貴的，貴族的；當地出身的；**ing*e*nui** masc./ neut., gen.; masc., nom. pl. [XII]

inimic*i*tia, ae *n.,* 1 decl., fem. 敵意；**inimic*i*tias** acc. pl. [XII]

ini*u*ria, ae *n.,* 1 decl., fem. 侵犯，冒犯；**ini*u*riae** gen./ dat. sing.; nom. pl. [XXII, XXIV]

ini*u*ssus, us *n.,* 4 decl., masc. 未受指使，未奉命令；**ini*u*ssu** abl. sing. [XIV]

ini*u*ste *adv.* 不公平地，不公正地，不適當地，不合法地 [VII]

inn*o*cens, _e_ntis *adj.,* 3 decl. 無辜的，無罪的 [XI]

in*o*pia, ae *n.,* 1 decl., fem. 缺乏，匱乏，貧困，貧窮 [XXIII]；**in*o*piam** acc. sing. [III]

_i_nquam, is, _i_nquii *defect. v., intr.,* irreg. 說 [IX, XII]；**_i_nquit** pres. ind., 3 pers. sing. [III, XII, XIII, XXI, XXIII]

inqu*i*no, as, _a_vi, _a_tum, _a_re *v., tr.,* 1. 弄髒，污染；**inquin*a*bat** imperf. ind., 3 pers. sing. [XIII]；**_i_nquinas** pres.ind., 2 pers. sing. [XIII]

inscr*i*bo, is, scr*i*psi, scr*i*ptum, ere *v., tr.,* 3. 銘記，題寫，題名；**inscr*i*ptum** [1.] perf. part., masc./ neut., acc. sing.; neut. nom. sing. 已[/被]銘記的，已[/被]題寫的，已[/被]題名的；[2.] sup., neut., acc. sing. 銘記，題寫，題名 [XIV]；**inscr*i*bitur** pass., pres. ind., 3 pers. sing. [XXIII]；**qui (/quae /quod) inscr*i*bitur** *locu.* 書名/篇名是... [XXIII]

_i_nsequor, eris, insec*u*tus sum, sequi *dep. v., tr./ intr.,* 3. 追趕，追擊；**insequ*e*ndum** [1.] ger., neut., acc. sing. 追趕，追擊；[2.] gerundive, masc., acc. sing.; neut., nom./ acc. sing. 該被追趕的，該被追擊的 [XXIII]

ins*i*dia, ae *n.,* 1 decl., fem. 埋伏，陰謀；**ins*i*diis** dat./ abl. pl. [XVI]

ins*i*gnis, is, e *adj.* 顯眼的，顯著的，顯赫的；**ins*i*gni** masc./ fem./ neut., dat./ abl. sing. [XVI]

ins*i*piens, _e_ntis *adj.,* 3 decl. 愚蠢的，愚笨的；**insipi*e*ntis** masc./ fem./ neut., gen. sing.; masc./ fem., acc. pl. [XVI]

ins*i*sto, is, _i_nstiti, --, ere *v., tr./ intr.,* 3. 堅定，堅決，強化；**ins*i*stit** pres. ind., 3 pers. sing. [IV]

ins*o*lens, _e_ntis *adj.,* 3 decl. 無禮的，傲慢的 [XVII]

i*nsula, ae* *n.,* 1 decl., fem. 島，島嶼；**i***nsulas* acc. pl. [XXIV]

int*egritas, a***tis** *n.,* 1 decl., fem. 純潔，純正，正直，完整性；**i***ntegritatem* acc. sing. [VI]

int*ellego, is, le***xi, le***ctum, e***re** *v., tr.,* 3. 瞭解，理解 [X, XI]；**i***ntellexisti* perf. ind., 2 pers. sing. [X, XI]；**i***ntellegere* [1.] pres.inf.; [2.] pass., pres. imp., 2 pers. sing. [XI]；**i***ntellecturos* fut. part., masc., acc. pl. 將[/被]瞭解的，將[/被]理解的 [XVI]；**i***ntelligitur* pass., pres. ind., 3 pers. sing. [XVIII]

int*er* *prep.* [+acc.] 在...之間，在...之中 [IV, VI, X, XI, XVI, XXII]

int*erea* *adv.* 同時 [III]

int*erficio, fi***cis, fe***ci, fe***ctum, fi***cere** *v., tr.,* 3. 殲滅，殺死 [XI]；**i***nterfecti* perf. part., masc./ neut., gen. sing.; masc., nom. pl. 已[/被]殲滅的，已[/被]殺死的 [VI, XXII]；**i***nterfecti erunt* pass., futperf. ind., 3 pers. pl., masc. [VI]；**i***nterfecerunt* perf. ind., 3 pers. pl. [VI]；**i***nterfecit* perf. ind., 3 pers. sing. [XI]；**i***nterfecti sunt* pass., perf. ind., 3 pers. pl., masc. [XXII]

int*erpono, is, po***sui, po***situm, e***re** *v., tr.,* 3. 插入，介入，調停，干涉，引介；**i***nterposita* perf. part., fem., nom./ abl. sing.; neut., nom./ acc. pl. 已[/被]插入的，已[/被]介入的，已[/被]調停的，已[/被]干涉的，已[/被]引介的 [XXIII]

int*errogo, as, a***vi, a***tum, a***re** *v., tr.,* 1. 問，詢問，質問；**i***nterrogabat* imperf. ind., 3 pers.sing. [XXII]

int*ersum, es, fui, fut***urum, e***sse** *v., intr.,* irreg. 置中，介入；[無人稱] 涉及，關於，關心；**int***eresse* pres. inf. [XXII]；**i***nteresset* imperf. subj., 3 pers. sing. [XXII]

int*estinum, i* *n.,* 2 decl., neut. 腸，腸子；**i***ntestina* nom./ acc./ voc. pl. [XI]

i*ntra* *adv./ prep.* [+acc.] 在...之內 [XIV]

i*ntro* *adv.* 內部，裡面，屋內，室內 [VII]

i*ntro, as, a***vi, a***tum, a***re** *v., tr./ intr.,* 1. 進入 [III]；**i***ntrat* pres. ind., 3 pers. sing. [III]

int*roeo, is, i***vi/ ii, i***tum, i***re** *anomal. v., intr.,* 4. 進入 [XI]；**i***ntroeundi* [1.] ger., neut., gen. sing. 進入[的]；[2.] gerundive, masc./ neut., gen. sing.; masc., nom. pl. 該進入的 [XI]

int*ueor, eris, tu***itus sum, e***ri** *dep. v., tr.,* 2. 看，注視；**i***ntueri* pres. inf. [XXII]

i*nvado, is, va***si, va***sum, e***re** *v., intr./ tr.,* 3. 湧到，侵入；**i***nvasit* perf. ind., 3 pers. sing. [VI]

i*nvenio, is, ve***ni, ve***ntum, i***re** *v., tr.,* 4. 發現，尋獲；**i***nventuros* fut. part., masc., acc. pl. 將[/被]發現的，將[/被]尋獲的 [XVI]；**i***nventuros esse* fut. inf., masc., acc. pl. [XVI]

i*nvito, as, a***vi, a***tum, a***re** *v., tr.,* 1. 邀請；**i***nvitasses* pluperf. subj., 2 pers. sing. [XIV]；**i***nvitavi* perf. ind., 1 pers. sing. [XXII]

i*nvocatus, a, um* *adj.* 未召喚的，未受邀請的；**i***nvocatos* masc., acc. pl. [XXIII]

I*oannes, is* *n.,* 3 decl., masc. [人名] 約翰 [XIII]

i*pse, i***psa, i***psum** *demonstr. pron./ adj.* 他/她/它本身 [XXI, XXII]；**i***pso* masc./ neut., abl. sing. [IV, XIII]；**in se i***pso** *locu.* [*prep.* **in**+abl. sing.] 在他/它本身，在他/它自身 [IV]；**i***pse* masc., nom. sing. [IV]；**i***psa* fem., nom./ abl. sing.; neut., nom. /acc. pl. [IV, XXI, XXII, XXIV]；**i***psum* masc., acc. sing.; neut., nom./ acc. sing. 他，[IV, XI, XIII]；**i***psam* fem., acc. sing. [XI]；**per i***psum** *locu.* [*prep.* **per**+acc. sing.] （透過，經過）他/它本身 [XIII]；**in i***pso** *locu.* [*prep.* **in** + abl. sing.] 在他/它本身 [XIII]；**i***psi* masc./ fem./ neut., dat. sing.; masc., nom. pl. [XXI, XXII]；**i***psius* masc./ fem./ neut., gen. pl. [XXII]；**i***psorum* masc./ neut., gen. pl. [XXII]；**i***psos* masc., acc. pl. [XXII]；**i***psas* fem., acc. pl. [XXII]

i*ra, ae* *n.,* 1 decl., fem. 憤怒，生氣；**i***ram* acc. sing. [X, XI]

i*rascor, eris, ira***tus sum, ira***sci** *dep. v., intr.,* 3. 生氣，憤怒 [VII]；**ira***sci* pres. inf. [VII]

ira*tus, a, um* *adj.* 憤怒的，火大的，震怒的 [XVIII]

irr*ideo, es, ri***si, ri***sum, e***re** *v., tr.,* 2. 取笑，嘲笑，譏笑；**irr***idet* pres. ind., 3 pers. sing. [XIII]

ir*rigo, as, a***vi, atum, a***re** *v., tr.,* 1. 灌溉；**ir***rigant* pres. ind., 3 pers. pl. [III]

is, *e*a, id *demonstr. pron./ adj.* 他，她，它；此，其，彼 [IV, VIII, XI, XXI, XXII]；***e*am** fem., acc. sing. [III, V, X, XIII, XIV, XXIII]；***e*orum** masc./ neut., gen. pl. [IV, X, XI, XXII]；***e*a** fem., nom./ abl. sing.; neut., nom. /acc. pl. [IV, VII, XXI, XXII]；**id** neut., nom./ acc. sing. [IV, IX, X, XII, XXII]；***e*o** masc./ neut., abl. sing. [V, VI, VIII, XVI, XXI, XXII, XXIII]；**ab *e*o** *locu.* [*prep.* **ab**＋abl. sing.]（憑、依、靠、被）他；此；它；彼 [V]；**cum *e*o** *locu.* [*prep.* **cum**＋abl. sing.]（與）他；此；它；彼 [VI]；***e*ius** masc./ fem./ neut., gen. sing. [VI, VII, XI, XVIII, XXII]；***e*i** masc./ fem./ neut., dat. sing.; masc., nom. pl. [VII, XXII, XXIII]；**in *e*o** *locu.* [*prep.* **in**＋abl. sing.] 在他；在此；在它；在彼 [VIII]；***e*um** masc., acc. sing. [XI, XIII]；***ii*sque** [＝***ii*s**＋**que**] masc./ fem./ neut., dat./ abl. pl. [XXI]；***e*arum** fem., gen. pl. [XXII]；***e*iusque** [＝***e*ius**＋**que**] masc./ fem./ neut., gen. sing. [XXII, XXIII]；***ii*** masc., nom. pl. [XXII]；***e*os** masc., acc. pl. [XXII, XXIII]；***e*is** masc./ fem./ neut., dat./ abl. pl. [XXIII]

iste, ista, istud *demonstr. pron./ adj.* 那，其，那個的 [IV, XI, XXI]；**ist*i*us** masc./ fem./ neut., gen. sing. [V]；***i*sti** masc./ fem./ nuet., dat. sing.; masc., nom. pl. [VI]；***i*stam** fem., acc. sing. [XIV]；***i*sta** fem., nom./ abl. sing.; neut., nom./ acc. pl. [XVIII, XXI]；**ist*a*rum** fem., gen. pl. [XXII]

ist*u*c *adv.* 在那邊，到那頭 [XI]

ita *adv.* 因此，因而 [III, XIII, XXII, XXIV]；**itaque** [＝**ita**＋**que**] [XIII]

It*a*lia, ae *n.,* 1 decl., fem. [地名] 義大利 [III, IV, VI, XI]；**in It*a*lia** *locu.* [*prep.* **in**＋abl. sing.] 在義大利 [IV, VI, XI]

iter, it*i*neris *n.*, 3 decl., neut. 路，途徑，旅程 [0, VI, XIII, XXII, XXIV]

iterum *adv.* 再一次，再度 [XX]

itiner, it*i*neris *n.*, 3 decl., neut. 路，途徑，旅程 [XI]

i*u*beo, es, i*u*ssi, i*u*ssum, ere *v., tr.,* 2. 命令 [X]；**i*u*bet** pres. ind., 3 pers. sing. [X]；**i*u*ssit** perf. ind., 3 pers. sing. [X, XXIV]；**i*u*ssi** [1.] perf. ind., 1 pers. sing.; [2.] perf. part., masc./ neut., gen. sing.; masc., nom. pl. 已[/被]命令的 [X]

iuc*u*nde *adv.* 快樂地，愉悅地 [XXIV]

iuc*u*ndus, a, um *adj.* 快樂的，愉悅的，舒適的，美味的；**iuc*u*ndi** masc./ neut., gen. sing.; masc., nom. pl. [III]；**iuc*u*nda** fem., nom. /abl. sing.; neut., nom./ acc. pl. [XVII]

iudex, icis *n.,* 3 decl., masc. 法官，審判者；**iudices** nom./ acc./ voc. pl. [VII]；**iudicem** acc. sing. [XVI]

iud*i*cium, ii *n.,* 2 decl., neut. 法庭，審判，判決，判斷力 [VII]；**iud*i*cio** dat./ abl. sing. [XVIII]

iud*i*co, as, *a*vi, *a*tum, *a*re *v., tr./ intr.,* 1. 審判，裁判，判斷；**iudic*a*ndo** [1.] ger., neut., dat./ abl. sing. 審判，裁判，判斷；[2.] gerundive, masc./ neut., dat./ abl. sing. 該被審判的，該被裁判的，該被判斷的 [XVIII]；**in iudic*a*ndo** *locu.* [*prep.* **in**＋abl. sing.] 在審判中，在裁判中，在判斷時 [XVIII]

iu*u*gulum, i *n.*, 2 decl., neut. 咽喉，頸部，鎖骨；**iu*u*gulo** dat./ abl. sing. [XI]

iugum, i *n.*, 2 decl., neut. 軛，牛軛；**i*u*ga** nom./ acc. pl. [X]

Iug*u*rtha, ae *n.*, 1 decl., masc. [人名] 古代北非 Numidia 王國的國王（ca. 160 - 104 B.C.）[XXII]

I*u*lius, a, um *adj.* 七月，七月的；**I*u*lio** masc./ neut., dat./ abl. sing. [III]

iu*u*ngo, is, i*u*nxi, i*u*nctum, ere *v., tr.,* 3. 固定，繫縛，附屬，扣握，連結，結合 [X]；**i*u*nctis** perf. part., masc./ fem./ neut., dat./ abl. pl. 已[/被]固定的，已[/被]繫縛的，已[/被]附屬的，已[/被]扣握的，已[/被]連結的，已[/被]結合的 [X, XIII]

I*u*no, *o*nis *n.*, 3 decl., fem. [人名] 羅馬神話中的女神，為朱庇特的妻子；**Iun*o*nem** acc. sing. [VII]

I*u*ppiter, *I*ovis *n.,* 3 decl., masc. [人名] 朱庇特，羅馬神話中的主神 [XXIV]

ius, iu*u*ris *n.*, 3 decl., neut. 法，法律，法則 [IV]；**i*u*re** abl. sing. [IV]；**i*u*ra** nom./acc. pl. [XV]

iussus, us *n.,* 4 decl., masc. 命令；**iussu** abl. sing. [III]

iustitia, ae *n.,* 1 decl., fem. 正義 [XXIV]

iustus, a, um *adj.* 公平的，公正的，正確的，正當的；**iustum** masc./ neut., acc. sing.; neut., nom. sing. [XVI]

iuvenis, is *n.,* 3 decl., masc./ fem. 年青人 [XI]

iuvenis, is, e *adj.* 年輕的 [0, XXI]

iuventus, utis *n.,* 3 decl., fem. 青年，年青人；**iuventute** abl. sing. [XXIV]

iuvo, as, iuvi, iutum, iuvare *v., tr.,* 1. 幫忙，幫助 [X]；**iuvare** [1.] pres. inf.; [2.] pass., pres. imp., 2 pers. sing. [IV]；**iuves** pres. subj., 2 pers. sing. [X]

Labienus, i *n.,* 2 decl., masc. [人名] 男子名 [XVI]

labor, eris, lapsus sum, labi *dep. v., intr.,* 3. 滑，跌落，敗壞 [VII]；**labitur** pres. ind., 3 pers. sing. [VII]；**labente** pres. part., masc./ fem./ neut., abl. sing. [正在]滑的，[正在]跌落的，[正在]敗壞的 [XI]

labor, oris *n.,* 3 decl., masc. 勞動，辛勞，勞苦，艱難 [IV]；**laborem** acc. sing. [IV]；**labore** abl. sing. [XXI]

laboro, as, avi, atum, are *v., intr./ tr.,* 1. 工作，勞動；**laborabant** imperf. ind., 3 pers. pl. [V]

labrum, i *n.,* 2 decl., neut. 嘴，嘴唇；**labris** dat./ abl. pl. [XIII]；**a labris** *locu.* [*prep.* a＋abl. pl.] 從嘴，從嘴唇 [XIII]

labyrinthus, i *n.,* 2 decl., masc. 迷宮；**labyrinthum** acc. sing. [VI]

lacero, as, avi, atum, are *v., tr.,* 1. 絞碎，撕裂；**lacerat** pres. ind., 3 pers. sing. [XIII]

lacesso, is, ivi, itum, ere *v., tr.,* 3. 挑戰，刺激，激勵 [X]；**lacessis** pres. ind., 2 pers. sing. [X]

lacrimo, as, avi, atum, are *v., intr./ tr.,* 1. 流淚，哭泣；**lacrimans, antis** pres. part., 3 decl. [正在]流淚的，[正在]哭泣的 [X]

lacrimula, ae *n.,* 1 decl., fem. 小淚滴，小淚珠 [X]

lacus, us *n.,* 4 decl., masc. 湖，湖泊；**lacuum** gen. pl. [III]；**lacum** acc. sing. [X, XVI]

laetifico, as, avi, atum, are *v., tr.,* 1. 使振奮，使欣喜，使歡喜；**laetificant** pres. ind., 3 pers. pl. [VI]

laetus, a, um *adj.* 高興的，愉快的，歡喜的；茂盛的，濃密的，豐饒的；**laetas** fem., acc. pl. [X]；**laeta** fem., nom./ abl. sing.; neut., nom./ acc. pl. [XIII]

lana, ae *n.,* 1 decl., fem. 羊毛，獸毛；**lanam** acc. sing. [X]

languidus, a, um *adj.* 虛弱的，疲倦的，無力的 [XIII]

lanio, as, avi, atus, are *v., tr.,* 1. 撕裂；**laniant** pres. ind., 3 pers. pl. [0]；**laniantur** pass., pres. ind., 3 pers. pl. [0]；**laniati** perf. part., masc./ neut., gen. sing.; masc., nom. pl. 已[/被]撕裂的 [XVII]

lapis, idis *n.,* 3 decl., masc. 石頭；**lapides** nom./ acc. pl. [XVIII]

largitio, onis *n.,* 3 decl., fem. 慷慨，大方；**largitiones** nom./ acc. pl. [XVIII]

latrina, ae *n.,* 1 decl., fem. 廁所；**latrinam** acc. sing. [X]

latus, eris *n.,* 3 decl., neut. 側面，旁邊；**latera** nom./ acc. pl. [VII]；**ad latera** *locu.* [*prep.* ad ＋acc. pl.] 到旁邊，到側邊 [VII]

laudo, as, avi, atum, are *v., tr.,* 1. 稱贊，頌揚；**laudare** [1.] pres. inf.; [2.] pass., pres. imp., 2 pers. sing. [I]；**laudant** pres.ind., 3 pers. pl. [III]；**laudans, antis** pres. part., 3 decl. [正在]稱贊的，[正在]頌揚的 [IV]；**laudatus, a, um** perf. part. 已[/被]稱贊的，已[/被]頌揚的 [IV]；**laudaturus, a, um** fut. part. 將[/被]稱贊的，將[/被]頌揚的 [IV]；**laudandus, a, um** gerundive 該被稱贊的，該被頌揚的 [IV]；**laudabant** imperf. ind., 3 pers. pl. [VI]；**laudatae** perf. part., fem., gen./ dat. sing.; nom. pl. 已[/被]稱贊的，已[/被]頌揚的 [XII]；**laudata** perf. part., fem., nom./ abl. sing.; neut., nom./ acc. pl. 已[/被]稱贊的，已[/被]頌揚的 [XII]；

laud*atae* sunt pass., perf. ind., 3 per. pl., fem. [XII]；**laud*ata* sunt** pass., perf. ind., 3 per. pl., neut. [XII]

laurus, i *n.*, 2 decl., fem. 月桂樹，月桂冠；**lauro** fem., dat./ abl. sing. [X]

laus, laudis *n.*, 3 decl., fem. 稱贊，讚美；**laudis** gen. sing. [VI]

lavo, as, lavi, lautum, are *v., tr./ intr.*, 1. 洗，清洗 [X]；**lavabat** *v., tr.*, 1., imperf. ind., 3 pers. sing. [III]；**lavat** pres. ind., 3 pers. sing. [X]

leaena, ae *n.*, 1 decl., fem. 母獅；**leaenae** gen./ dat. sing.; nom. pl. [III]

lectica, ae *n.*, 1 decl., fem. 轎輿，擔架 [VIII]；**in lectica** *locu.* [*prep.* **in** + abl. sing.] 在轎輿，在擔架 [VIII]

lectus, i *n.*, 2 decl., masc. 床；**lecto** dat./ abl. sing. [X, XIV]；**in lecto** *locu.* [*prep.* **in** + abl. sing.] 在床上 [X]；**e lecto** *locu.* [*prep.* **e** + abl. sing.] 從床上 [XIV]；**lectum** acc. sing. [XIV]

legatus, i *n.*, 2 decl., masc. 使者，使節；**legati** gen. sing.; nom./ voc. pl. [XXII]；**legatos** acc. pl. [XXII]

legio, onis *n.*, 3 decl., fem. 軍隊，軍團 [XXII]；**legiones** nom./ acc. pl. [XVIII, XXIV]；**legionem** acc. sing. [XX]；**legione** abl. sing. [XXII]

lego, is, legi, lectum, ere *v., tr.*, 3. 閱讀，收集，聚集 [X]；**legito** fut. imp., 2/ 3 pers. sing. [X]；**legendi** [1.] ger., neut., gen. sing. 閱讀[的]，收集[的]，聚集[的]；[2.] gerundive, masc./ neut., gen. sing.; masc., nom. pl. 該被閱讀的，該被收集的，該被聚集的 [XVIII]

leo, onis *n.*, 3 decl., masc. 獅子 [0, IV]

lepide *adv.* 機伶地，討喜地，令人愉悅地 [X]

lepidus, a, um *adj.* 機伶的，討喜的，令人愉悅的；**lepida** fem, nom./ abl. sing.; neut., nom./ acc. pl. [III]；**lepidam** fem, acc. sing. [X]；**lepidum** masc./ neut., acc. sing.; neut., nom. sing. [XIII]

lex, legis *n.,* 3 decl., fem. 法律；**leges** nom./ acc. pl. 法律 [IV, VI]

liber, libri *n.,* 2 decl., masc. 書，書本，書籍；**libri** gen. sing.; nom. pl. [XVIII, XXI]；**librum** acc. sing. [XXIII]；**libro** dat./ abl. sing. 書，書本，書籍 [XXIII]

liberi, orum *n.,* 2 decl., masc., pl. tant. 小孩，孩子；**liberisque** [= liberis + que] dat./ abl. [XXII]

libertas, atis *n.,* 3 decl., fem. 自由，率直；**libertatem** acc. sing. [VI, XVIII]；**ad libertatem** *locu.* [*prep.* **ad** + acc. sing.] 到自由，到率直 [XVIII]

libet, --, libuit (/libitum est), --, ere *impers. v., intr.*, 2. [無人稱] 贊同 [XII]

licentia, ae *n.*, 1 decl., fem. 許可，認可，自由；放縱，放肆，失序；**licentiam** acc. sing. [XVIII]

licet, --, licuit (/licitum est), --, licere *impers. v., intr.*, 2. [無人稱] 允許，認可，能夠 [XII, XVI, XVIII]；**liceat** pres. subj. [X]；**licebit** fut. ind. [XI]；**licuit** perf. ind. [XI]；**liceret** imperf. subj. [XXII]

licet *conj.* 儘管，雖然，就算 [XIV]

lictor, oris *n.*, 3 decl., masc. 差役，衙役；**lictores** nom./ acc./voc. pl. [XI]

Ligarius, ii *n.*, 2 decl., masc. [人名] 古代羅馬的氏族名 [XXII]

ligneus, a, um *adj.* 木質的，木製的 [IV]

limpidus, a, um *adj.* 乾淨的，清澈的；**limpida** fem., nom./ abl. sing.; neut., nom./ acc. pl. [III]

lineamentum, i *n.*, 2 decl., neut. 線條，輪廓，外型；**lineamenta** nom./ acc. pl. [XXI]

lingua, ae *n.,* 1 decl., fem. 舌頭；言談，語言 [IV, X]

linter, tris *n.,* 3 decl., masc./ fem. 小船，小艇，小筏；**lintribus** dat./ abl. pl. [XIII]

liquidus, a, um *adj.* 液態的，流動的；**liquidum** masc./ neut., acc. sing.; neut. nom. sing. [XI]

littera, ae *n.,* 1 decl., fem., sing. 字母 [III]

litterae, arum *n.,* 1 decl., fem., pl. 文學，書信，記錄 [III]；**litteris** dat. pl. [V, XI]；**litteras** acc.

pl. [VII]

locus, i *n.,* 2 decl., masc. 地方，場所 [I, III, XXII, XXIII]；**loca** neut., nom./ acc. pl. [III]；**loci** gen. sing.; nom. pl. [III, X]；**loco** dat./ abl. sing. [IV, X, XVI, XXIV]；**locum** acc. sing. [IV, XIV]；**locis** dat./ abl. pl. [X]；**in locum** *locu.* [*prep.* **in**＋acc. sing.] 到...地方 [XIV]

longe *adv.* 長遠，長久 [VI, XVI, XVIII, XXIII, XXIV]；**non longe** *locu.* 不遠，不久 [XVI, XXIII]

longior, ior, ius *adj., comp.* [pos.: **longus, a, um**] 較長的 [IV]；**longiores** masc./ fem., nom./ acc. pl. [III]

longissimus, a, um *adj., sup.* [pos.: **longus, a, um**] 極長的 [IV]

longus, a, um *adj.* 長的 [IV]；**longam** fem., acc. sing. [XIII]

loquor, eris, locutum sum, loqui *dep. v., intr./ tr.,* 3. 說話，言談 [VII]；**loqui** pres. inf. [I, II, XVI, XVIII]；**loquimur** pres. ind., 1 pers. pl. [III]；**loquor** pres. ind., 1 pers. sing. [III]；**loquens, entis** pres. part. 3 decl. [正在]說話的，言談的 [VII]；**locuturus, a, um** fut. part. 將[/被]談到的 [VII]；**locuturus, a, um esse** fut. inf. [VII]；**loquendi** [1.] ger., neut., gen. sing. 說話[的]，言談[的]；[2.] gerundive, masc./ neut., gen. sing.; masc., nom. pl. 該被談論的 [VII, XVIII]；**locutum** [1.] perf. part., masc., acc. sing.,; neut., nom./ acc. sing. 已[/被]談論的；[2.] sup., neut., acc. sing. 說話，言談 [VII, XXIV]；**loquuntur** pres. ind., 3 pers. pl. [VII]；**loquere** pres. imp., 2 pers. sing. [VII]；**loquitur** pres. ind., 3 pers. sing. [XI]；**loquamur** pres. subj., 1 pers. pl. [XIV]；**loquendo** [1.] ger., neut., dat./ abl. sing 說話，言談；[2.] gerundive, masc./ neut., dat./ abl. sing. 該被談論的 [XVIII]；**loquendum** [1.] ger., neut., acc. sing. 說話，言談；[2.] gerundive, masc., acc. sing.; neut., nom./ acc. sing. 該被談論的 [XVIII]；**ad loquendum** *locu.* [*prep.* **ad**＋acc. sing.] 為了說話，言談 [XVIII]

luceo, es, luxi, --, ere *v., intr.,* 2. 發光，發亮；**lucet** pres. ind., 3 pers. sing. [XIII]

Luceria, ae *n.,* 1 decl., fem. [地名] 位於義大利半島東側偏南的一座城市；**Luceriam** acc. sing. [VI]

Lucius, i *n.,* 2 decl., masc. [人名] 男子名；**Luci** gen./ voc. sing. [XII]

ludus, i *n.,* 2 decl., masc. 遊戲，娛樂；**ludum** acc. sing. [VI]；**in ludum** *locu.* [*prep.* **in**＋acc. sing.] 到遊戲中 [VI]；**ludo** dat./ abl. sing. [X]

lugeo, es, luxi, luctum, ere *v., intr./ tr.,* 2. 哭，哭泣；**lugere** pres. inf. [V]；**lugebat** imperf. ind., 3 pers. sing. [XII]；**lugebant** imperf. ind., 3 pers. pl. [XII]

lumen, inis *n.,* 3 decl., neut. 光，光亮；**lumine** abl. sing. [X]；**luminibus** dat./ abl. pl. [XVIII]；**cum luminibus** *locu.* [*prep.* **cum**＋abl. pl] 帶著光，帶著燈 [XVIII]

luna, ae *n.,* 1 decl., fem. 月，月亮 [X, XI, XII]

lupus, i *n.,* 2 decl., masc. 狼 [0, III, XIII, XVII]；**lupi** gen. sing.; nom. pl. [VI]；**lupo** dat./ abl. sing. [XIII]；**a lupo** *locu.* [*prep.* **a**＋abl. sing.] 從狼 [XIII]；**lupe** voc. sing. [XIII]

lux, lucis *n.,* 3 decl., fem. 光 [XIII, XXIV]

lychnus, i *n.,* 2 decl., masc. 燈，燈火；**lychnorum** gen. pl. [XXIV]

machina, ae *n.,* 1 decl., fem. 機器，機器，器械；**machinam** acc. sing. [VII]

macilentus, a, um *adj.* 瘦的；**macilentum** masc., acc. sing.; neut., nom./ acc. sing. [XXI]

maestus, a, um *adj.* 悲哀的，哀傷的 [XIII]

magis *adv., comp.* 較多地（*more…*） [III, IV, XXIII]；**magisque** [＝**magis**＋**que**] 較多地（*and more...*） [XXIII]；**magis magisque** *locu.* [**magis et magis**] 愈來愈多（*more and more*） [XXIII]

magister, tri *n.,* 2 decl., masc. 老師，教師，主人 [VI]；**magistrum** acc. sing. [X]；**magistri** gen. sing.; nom./ voc. pl. [XIII]

magnificentior, or, us *adj., comp.* [pos.: **magnificus, a, um**] 較偉大的，較宏偉的 [XXI]

magnitudo, inis *n.,* 3 decl., fem. 巨大，廣大，宏大，重大，強烈，猛烈；**magnitudine** abl. sing. [XVI, XXIV]

m*a***gnus, a, um** *adj.* 大的，大量的，強大的，偉大的；**m***a***gna** fem., nom./ abl. sing.; neut., nom./ acc. pl. [III, VI, VII, XI, XIII, XXII]；**m***a***gne** masc., voc. sing. [III]；**m***a***gni** masc./ neut., gen. sing.; masc., nom. pl. [VI, XVI]；**m***a***gno** masc./ neut., dat./ abl. sing. [X]；**m***a***gnae** fem., gen./ dat. sing.; nom. pl. [XI]；**m***a***gnos** masc., acc. pl. [XXI]；**m***a***gnum** masc., acc. sing.; neut., nom./ acc. sing. [XXI]；**m***a***gnam** fem., acc. sing. [XXIII]

M*a***ia, ae** *n.*, 1 decl., fem. [人名] 羅馬神話中的女神，為信使之神 Mercurius 的母親；**M***a***iae** gen./ dat. sing.; nom./ voc. pl. [III]

mai*o***res, um** *n.*, 3 decl., masc., pl. tant. 祖先 [III]

maj*e***stas, ***a***tis** *n.*, 3 decl., fem. 尊嚴，威權 [II]

mal*a***cia, ae** *n.*, 1 decl., fem. 平靜，鎮靜 [III]

m*a***le** *adv.* 不好的，壞的，惡地 [IV, XIII]

m*a***lo, m***a***lis, m***a***lui, --, m***a***lle** *aux. anomal. v., tr.*, irreg. 偏好於，比較想要 [VIII, XIV]；**m***a***lis** pres., subj., 2 pers. sing. [IV]

m*a***lum, i** *n.*, 2 decl., neut. 惡，壞，災厄，苦難 [IV, XIV, XXIV]；**m***a***la** nom./ acc. pl. [III, VII, XIV]；**m***a***li** gen. sing.; nom. pl. [XI]；**mal***o***rum** gen. pl. [XVII]

m*a***lus, a, um** *adj.* 壞的，不好的，惡劣的；**m***a***los** masc., acc. pl. [V]

manc*i***pium, ii** *n.*, 2 decl., neut. 財產；**manc***i***pia** nom./ acc. pl. [XII]

m*a***ndo, as, ***a***vi, ***a***tum, ***a***re** *v., tr.*, 1. 命令，交託；**mand***a***vit** perf. ind., 3 pers. sing. [XXII]

mand*u***co, as, ***a***vi, ***a***tum, ***a***re** *v., tr.*, 1. 吃 [II, III, V]；**manduc***a***re** [1.] pres. inf.; [2.] pass., pres. imp., 2 pers. sing. [I, II, VIII]；**manduc***a***ta** perf. part., fem., nom./ abl. sing.; neut., nom./ acc. pl. 已[/被]吃的 [II, III]；**manduc***a***ta est** pass., perf. ind., 3 pers. sing., fem. [II, III]；**manduc***a***bat** imperf. ind., 3 pers. sing. [V]；**manduc***a***bit** fut. ind., 3 pers. sing. [V]；**manduc***a***tur** pass., pres. ind., 3 pers. sing. [V]；**manduc***a***tus, a, um** perf. part. 已[/被]吃的 [VI]；**manduc***a***tus est** pass., perf. ind., 3 pers. sing., masc. [VI]

m*a***ne** *adv./ n.* indecl. 早上 [XIV]

m*a***neo, es, m***a***nsi, m***a***nsum, ***e***re** *v., intr./ tr.*, 2. 留下，停留，保持 [X]；**man***e***re** [1.] pres. inf.; [2.] pass., pres. imp., 2 pers. sing. [I]；**m***a***net** pres. ind., 3 pers. sing. [IV]；**m***a***nens, ***e***ntis** pres. part. [正在]留下的，[正在]停留的，[正在]保持的 [X]；**m***a***ne** pres. imp., 2 pers. sing. [X]

m*a***nes, ium** *n.*, 3 decl., masc. pl. tant. 陰魂 [III]

M*a***nlius, ii** *n.*, 2 decl., masc. [人名] 古代羅馬的氏族名 [XI]

m*a***nus, us** *n.*, 4 decl., fem. 手 [X, XI, XXII]；**m***a***nu** abl. sing. [III, X, XXII]；**in m***a***nu** *locu.*, [*prep.* **in**＋abl. sing.] 在手裡 [III]；**m***a***nibus** dat./ abl. pl. [III, X, XXIV]；**m***a***num** acc. sing. 手 [XI, XIV, XXIV]；**e m***a***nibus** *locu.* [*prep.* **e**＋abl. pl.] 從手中 [XXIV]

Marc*e***llus, i** *n.*, 2 decl., masc. [人名] 古代羅馬的姓氏，隸屬於 Claudia 氏族；**Marc***e***llum** acc. sing. [XXII]；**ad Marcellum** *locu.* [*prep.* **ad**＋acc. sing.] 往 Marcellus，到 Marcellus 處 [XXII]

m*a***re, is** *n.*, 3 decl., neut. 海 [III, X]；**m***a***rium** gen. pl. [III]；**m***a***ris** gen. sing. [III]；**m***a***ria** nom./ acc./ voc. [III]；**m***a***ri** dat./ abl. sing. [IV, IX]

M*a***ria, ae** *n.*, 1 decl., fem. [人名] 瑪莉 [V]；**M***a***riam** acc., sing. [V]

mar*i***nus, a, um** *adj.* 海的，海洋的；**mar***i***na** fem., nom./ abl. sing.; neut., nom./ acc. pl. [III]

M*a***rius, ii** *n.*, 2 decl., masc. [人名] 古代羅馬的氏族名 [XXII]

m*a***rmor, ***o***ris** *n.*, 3 decl., neut. 大理石 [IV]

Mars, M*a***rtis** *n.*, 3 decl., masc. [人名] 羅馬神話中的戰神 [III]

M*a***rtius, a, um** *adj.* 三月，三月的；**M***a***rtiis** masc./ fem./ neut., dat./ abl. pl. [XIV]

m*a***ter, tris** *n.*, 3 decl., fem. 母親 [I, V, XII, XXII]；**m***a***tris** gen. sing. [X, XI]；**m***a***trem** acc. sing. [XI, XXII]

matrona, ae *n.*, 1 decl., fem. 女士，已婚的婦女；**matronae** gen./ dat. sing.; nom. pl. [III, X]

maturo, as, *a*vi, *a*tum, are *v., tr./ intr.*, 1. 趕緊，趕快；**maturat** pres. ind., 3 pers. sing. [XIII]

maxime *adv.* 極大地，極多地，特別地 [VII]

maximus, a, um *adj., sup.* [pos.: **magnus, a, um**] 極大的，極大量的，極強大的，極偉大的 [VI, XXIII]；**maximas** fem., acc. pl. [XVIII]；**maxima** fem., nom./ abl. sing.; neut., nom./ acc. pl. [XXIII]

Medea, ae *n.,* 1 decl., fem. [人名] 希臘神話中的巫女公主 [XXI]

medeor, eris, --, eri *dep. v., tr./ intr.*, 2. 治療；**mederi** pres. inf. [XVIII]

medicus, i *n.*, 2 decl., masc. 醫生，醫師；**medico** dat./ abl. sing. [XVIII]

medius, a, um *adj.* 中央的，中間的；**medio** masc./ neut., dat./ abl. sing. [VII]

mel, mellis *n.*, 3 decl., neut. 蜂蜜；**melle** abl. sing. [VI, XI]；**cum melle** *locu.* [*prep.* **cum**+abl. sing.] 加蜂蜜 [VI]

melior, or, us *adj., comp.* [pos.: **bonus, a, um**] 較美好的，較良善的，較有益的 [XXIII]

membrum, i *n.*, 2 decl., neut. 肢體，器官；成員；**membris** dat./ abl. pl. [XVIII]

memini, isti, isse *defect. v., tr.*, irreg. 記得 [IX]；**meministi** perf. ind., 2 pers. sing. [IX]；**meminisset** pluperf. subj., 3 pers. sing. [X]；**memento** pres. imp., 2 pers. sing. [XI]

memor, oris *adj.*, 3 decl. [+gen.] 記得的，有記憶的 [IV]

memoria, ae *n.*, 1 decl., fem. 記憶，回憶 [VI, XVII]；**in memoria** *locu.* [*prep.* **in**+abl. sing.] 在記憶裡 [VI]；**memoriam** acc. sing. [XXIV]

memoro, as, *a*vi, *a*tum, are *v., tr.*, 1. 記憶，留意，論及，提及；**memoravi** perf. ind., 1 pers. sing. [XXIII]；**quem (/quam /quod) supra memoravi** *locu.* [我]上述的 [XXIII]

mens, mentis *n.*, 3 decl., fem. 精神，心力，心智 [XVIII]；**mentem** acc. sing. [III, XIV]；**mente** abl. sing. [IV]；**mentis** gen. sing.; acc. pl. [XXIV]

mensa, ae *n.,* 1 decl., fem. 餐桌，餐宴，宴席；**mensam** acc. sing. [VI]

mensis, is *n.*, 3 decl., masc. 月，月份 [IV]；**mense** abl. sing. [III]；**mensibus** dat./ abl. pl. [III]；**menses** nom./ acc. pl. [XIII]

mentior, *i*ris, *i*tus sum, *i*ri *dep. v., intr./ tr.*, 4. 撒謊，欺騙；**mentiri** pres. inf. [XVI]

mercator, oris *n.*, 3 decl., masc. 商人；**mercatores** nom./ acc./ voc. pl. [III]；**mercatorumque** [=**mercatorum**+**que**] gen. pl. [III]

merces, edis *n.*, 3 decl., fem. 薪俸，報酬 [IV]

Mercurius, ii *n.,* 2 decl. masc. [人名] 羅馬神話中的信使之神 [III]；**Mercuri** gen./ voc. sing. [III]

mereo, es, ui, itum, ere *v., tr.*, 2. 賺，贏，值，值得 [VII]；**meruit** pres. ind., 3 pers. sing. [XI]；**merenti** pres. part., masc./ fem./ neut., dat. sing. [正在]賺的，[正在]贏的，[正]值的，[正]值得的 [XI]

mereor, eris, meritus sum, mereri *dep. v., tr.*, 2. 賺，贏，值，值得 [VII]；**meruerunt** perf. ind., 3 pers. pl. [VII]

metior, *i*ris, mensus sum, metiri *dep. v., tr.*, 4. 測量，估算 [VII]；**metiri** pres. inf. [VII]

metuo, is, ui, *u*tum, ere *v., tr.*, 3. 畏懼，害怕；**metuere** [1.] pres. inf.; [2.] pass., pres. imp., 2 pers. sing. [VII]

metus, us *n.*, 4 decl., masc. 害怕，恐懼，焦慮 [XI]

meus, a, um *poss. pron./ adj.* 我的 [II, IV, XXI, XXII]；**mea** fem., nom./ abl. sing.; neut., nom./ acc. pl. [II, XIII, XIV, XXI, XXII]；**meam** fem., acc. sing. [X, XI]；**meas** fem., acc. pl. [X]；**meo** masc./ neut., dat./ abl. sing. [X]；**meum** masc./ neut., acc. sing.; neut., nom. sing. [X]；**measque** [=**meas**+**que**] fem., acc. pl. [XI]；**meorum** masc./ neut., gen. pl. [XXI, XXIV]

miles, itis *n.*, 3 decl., masc. 士兵，步兵 [X]；**militum** gen. pl. [VII, XVIII]；**milites** nom./ acc./

voc. pl. [XVIII, XXII] ; **mil*i*tibus** dat./ abl. pl. [XXI]

mi*l*ia, ium *card. num. adj.,* 3 decl. pl. 數千 [IV, VIII, XII, XX]

militaris, is, e *adj.* 軍人的，軍隊的，軍事的 ; **militare** neut., nom./ acc. sing. [VII]

mi*l*ito, as, *a*vi, *a*tum, *a*re *v., intr.,* 1. 從軍，參軍，當兵 ; **milit*a*verat** pluperf. ind., 3 pers. sing. [XXII]

mi*l*le *card. num. adj.* 一千 [IV, X, XX]

mi*l*le *u*nus, a, um *card. num. adj.* 一千零一 [XX]

mill*e*ni s*i*nguli, ~ae ~ae, ~a ~a *distr. num. adj.* 每一千零一 [XX]

mill*e*ni, ae, a *distr. num. adj.* 每一千 [XX]

mill*e*simus pr*i*mus, ~a ~a, ~um ~um *ord. num. adj.* 第一千零一 [XX]

mill*e*simus, a, um *ord. num. adj.* 第一千 [XX]

mi*l*lies *num. adv.* 一千次 [XX]

M*i*lo, *o*nis *n.,* 3 decl., masc. [人名] 此指 Titus Annius Milo（? - 48 B.C.），羅馬共和末期的政治家 [XXII]

Milt*i*ades, is *n.,* 3 decl., masc. [人名] 古代雅典的軍事家（ca. 550 - 489 B.C.） [XXIV]

Min*u*cius, i *n.,* 2 decl., masc. [人名] 古代羅馬氏族名 ; **Min*u*cium** acc. sing. [XXII]

mi*n*uo, is, m*i*nui, n*u*tum, *u*ere *v., tr.,* 3. 減少，減輕，削弱 ; **m*i*nuit** [1.] pres. ind., 3 pers. sing.; [2.] perf. ind., 3 pers. sing. [VI]

m*i*nus *adv., comp.* [pos.: **parum**] 較少地（*less...*） [III, XXIV] ; **non m*i*nus quam** *locu.* 不少於，不亞於（*no less than...*） [XXIV]

m*i*ror, *a*ris, *a*tus sum, *a*ri *dep. v., intr./ tr.,* 1. 驚訝 [VII] ; **m*i*rans, *a*ntis** pres. part. [正在]驚訝的 [VII] ; **mirat*u*rus, a, um** fut. part. 將[/被]驚訝的 [VII] ; **mirat*u*rus, a, um *e*sse** fut. inf. [VII] ; **mir*a*ndi** [1.] ger., neut., gen. sing. 驚訝[的]; [2.] gerundive, masc./ neut., gen. sing.; masc., nom. pl. 該被驚訝的 [VII] ; **mir*a*tum** sup., neut., acc. sing. 驚訝 [VII] ; **mir*e*ntur** pres. subj., 3 pers. pl. [VII]

m*i*rus, a, um *adj.* 美妙的 [XXIV]

m*i*ser, a, um *adj.* 不幸的，悲慘的，可憐的 [I, IV, XIII] ; **m*i*seram** fem., acc. sing. [III] ; **m*i*sera** fem.. nom./ abl. sing.; neut., nom./ acc. pl. [III] ; **m*i*serum** masc., acc. sing.; neut., nom./ acc. sing. [VII]

mis*e*reo, es, ui, itum, ere *v., intr./ tr.,* 2. 同情，憐憫 [VII]

mis*e*reor, *e*ris, miser(i)tus sum, eri *dep. v., intr./ tr.,* 2. 同情，憐憫 [VII] ; **miser*e*mini** [1.] pres. ind., 2 pers. pl.; [2.] pres. imp., 2 pers. pl. [VII]

miser*e*sco, is, --, --, ere *v., intr.,* 3. 同情、憐憫 ; **miser*e*scite** pres. imp., 2 pers. pl. [XII]

mis*e*ror, *a*ris, *a*tus sum, *a*ri *dep. v., tr.,* 1. 同情，可憐，憐憫 ; **miser*a*ndum** [1.] ger., neut., acc. sing. 同情，可憐，憐憫；[2.] gerundive, masc., acc. sing.; neut., nom./ acc. sing. 該被同情的，該被可憐的，該被憐憫的 [XVIII]

miserrimus, a, um *adj., sup.* [pos.: **m*i*ser, a, um**] 極不幸的，極悲慘的，極可憐的 [IV]

m*i*tior, or, us *adj., comp.* [pos.: **mitis, is, e**] 較溫和的，較溫暖的，較和煦的 ; **miti*o*res** masc./ fem., nom./ acc./ voc. pl. [III]

m*i*tis, is, e *adj.* 溫和的，溫暖的，和煦的 ; **m*i*te** neut., nom./ abl. sing. [III]

m*i*tto, is, m*i*si, m*i*ssum, ere *v., tr.,* 3. 派遣，遣送，解放，釋放 [X] ; **m*i*ssus, a, um** perf. part. 已[/被]派遣的，已[/被]遣送的，已[/被]解放的，已[/被]釋放的 [XIII] ; **m*i*ttit** pres. ind., 3 pers. sing. [XIII, XXII, XXIII] ; **m*i*ttat** pres. subj., 3 pers. sing. [XXII] ; **m*i*ttunt** pres. ind., 3 pers. pl. [XXII] ; **mis*e*runt** perf. ind., 3 pers. pl. [XXII] ; **m*i*ssum** [1.] perf. part., masc./ neut., acc. sing.; neut., nom. sing. 已[/被]派遣的，已[/被]遣送的，已[/被]解放的，已[/被]釋放的；[2.] sup., neut., acc. sing. 派遣，遣送，解放，釋放 [XXII] ; **m*i*sit** perf. ind., 3 pers. sing. [XXIII] ; **m*i*tte**

pres. imp., 2 pers. sing. [XXIV]

m*i*us, a, um [＝m*e*us, a, um] *poss. pron./ adj.* 我的；m*i*ae fem., gen./ dat. sing.; nom. pl. [XII]；
mi masc./ neut., gen. sing. [XII]

moder*a*tus, a, um *adj.* 溫和的，節制的，克制的 [VI]

m*o*dicus, a, um *adj.* 適度的，節制的，少量的；m*o*dico masc./ neut., dat./ abl. sing. [VI]

m*o*do *adv.* 只，只有；立即，馬上 [VIII, X, XI, XVIII]；non mo**do** *locu.* 不只 [XVIII]

m*o*dus, i *n.,* 2 decl., masc. 方式，方法；m*o*do dat./ abl. sing. [VII, XIV]；m*o*dum acc. sing.
[VII]；in m*o*dum *locu.* [*prep.* in＋acc. sing.] 以...方式，方法 [VII]

m*o*enia, ium *n.,* 3 decl., neut., pl. tant. 城牆 [III]

mol*e*stus, a, um *adj.* 煩人的，擾人的，惱人的；mol*e*stum masc./ neut., acc. sing.; neut., nom.
sing. [III]

m*o*lior, *i*ris, *i*tus sum, *i*ri *dep. v., tr.,* 4. 努力，致力；moli*e*ndo [1.] ger., neut., dat./ abl. sing.
努力，致力；[2.] gerundive, masc./ neut., dat./ abl. sing. 該被努力的，該被致力的 [XVIII]

mon*i*le, is *n.,* 3 decl., neut. 項鏈，首飾；mon*i*lia nom./ acc. pl. [III]

mons, m*o*ntis *n.,* 3 decl., masc. 山，山嶺 [IV]；m*o*ntem acc. sing. [II]；s*u*pra m*o*ntem *locu.*
[*prep.* s*u*pra＋acc. sing.] 在山上 [II]；m*o*ntes nom./ acc. pl. 山，山嶺 [IV]

m*o*nstro, as, *a*vi, *a*tum, *a*re *v., tr./intr.,* 1. 展示，呈現，指出；monstr*a*bat imperf. ind., 3 pers.
sing. [III]；m*o*nstrat pres. ind., 3 pers. sing. [X]；monstr*a*re [1.] pres. inf.; [2.] pass., pres.
imp., 2 pers. sing. [XVII]

m*o*nstrum, i *n.,* 2 decl., neut. 怪物，怪獸；m*o*nstra nom./ acc. pl. [III]

mor*a*tus, a, um *adj.* 溫和的，文雅的，有禮的，有教養的；mor*a*ta fem., nom. /abl. sing.;
neut., nom./ acc. pl. [XIII]

m*o*rbus, i *n.*, 2 decl., masc. 疾病 [XVIII]；m*o*rbo dat./ abl. sing. [XI]

m*o*rdeo, es, mom*o*rdi, m*o*rsum, *e*re *v., tr.*, 2. 囓咬，叮螫；m*o*rdet pres. ind., 3 pers. sing. [III]

M*o*rini, *o*rum *n.*, 2 decl., masc. pl. [族群名] 古代高盧民族之一；M*o*rinos acc. pl. [XVII]

m*o*rior, eris, m*o*rtuus sum, m*o*ri *dep. v., intr.,* 3. 死亡，凋零 [VII]；mor*i*mur pres. ind., 1 pers.
pl. [IV, VII]；morit*u*ri fut. part., masc./ neut., gen. sing.; masc., nom./ voc. pl. 將死亡的，將凋
零的 [XVI]；mori*e*ndi [1.] ger., neut., gen. sing. 死亡[的]，凋零[的]；[2.] gerundive, masc./
neut., gen. sing.; masc., nom. pl. 該死亡的，該凋零的 [XVIII]；mori*e*ndum [1.] ger., neut.,
acc. sing. 死亡，凋零；[2.] gerundive, masc., acc. sing.; neut., nom./ acc. sing. 該死亡的，
該凋零的 [XVIII]；mori*e*ndum est *locu.* [gerundive＋*esse*] pres. ind., 3 pers. sing., masc./ neut.
（他/它）應該會死的，必定會死的 [XVIII]

mors, m*o*rtis *n.,* 3 decl., fem. 死亡，死屍；m*o*rtem acc. sing. [XIV]；m*o*rtis gen. sing.; acc.
pl. [XVI]

m*o*rsus, us *n.,* 4 decl., masc. 囓咬，叮螫；m*o*rsum acc. sing. [III]

mort*a*lis, is, e *adj.* 死亡的，人世的；mort*a*les masc./ fem., nom./ acc. pl. [VII]；mort*a*lium
masc./ fem./ neut., gen. pl. [XXII]

m*o*rtuus, a, um *adj.* 死的，死亡的；m*o*rtuum masc., acc. sing.; neut., nom./ acc. sing. [XV]

mos, m*o*ris *n.,* masc. 風俗習慣 [III]；m*o*ribus dat./ abl. pl. [III]；m*o*re abl. sing. [III, XXIV]；
m*o*re s*u*o *locu.* 依照他/它的習慣 [III]；m*o*rum gen. pl. [VI]

mox *adv.* 立即，即刻，馬上 [XI]

m*u*lier, eris *n.*, 3 decl., fem. 女人，婦女，妻子 [XIV]；mul*i*erem acc. sing. [VII, X]；
mul*i*erumque [＝mul*i*erum＋que] gen. pl. [XVI]

mul*i*ercula, ae *n.*, 1 decl., fem. 少女，少婦，女性 [III, VII]

mult*i*tudo, inis *n.*, 3 decl., fem. 眾人，群眾 [XVIII]；mult*i*tudinem acc. sing. [XI]

m*u*ltum *adv.* 許多地，很多地 [II, IV, XVI]

multus, a, um *adj.* 許多的，很多的；**multam** fem., acc. sing. [0]；**multi** masc./ neut., gen. sing.; masc., nom. pl. [III, IV, VII]；**multas** fem., acc. pl. [III]；**multae** fem., gen./ dat. sing.; nom. pl. [III, XXII]；**multa** fem., nom./ abl. sing.; neut., nom./ acc. pl. [IV, VII, XVIII, XXI]；**multos** masc., acc. pl. [XI]；**multis** masc./ fem./ neut., dat./ abl. pl. [XIII, XVIII]；**multum** masc., acc. sing.; neut., nom./ acc. sing. [XIV]；**multamque** [＝multam＋que] fem., acc. sing. [XXI]

munditia, ae *n.,* 1 decl., fem. 整潔，禮儀；**munditiae** gen./ dat. sing.; nom. pl. [VI]

mundus, i *n.,* 2 decl., masc. 世界，宇宙 [XIII]；**mundum** acc. sing. [XIII]；**mundo** dat./ abl. sing. [XIII]；**in mundo** *locu.* [*prep.* in＋abl. sing.] 在世界，在宇宙 [XIII]

munio, is, ivi/ ii, itum, ire *v., tr.,* 4. 鞏固，強化，保護，防衛；**munit** pres. ind., 3 pers. sing. [III]

munus, eris *n.,* 3 decl., neut. 義務 [VII]

Murena, ae *n.,* 1 decl., fem. [人名] 古代羅馬的姓氏，隸屬於 Licinia 氏族；**Murenae** gen./ dat. sing.; nom./ voc. pl. [XII]

murus, i *n.,* 2 decl., masc. 牆，牆壁 [XII]

Musa, ae *n.,* 1 decl., fem. [人名] 繆斯，希臘神話中掌管藝術的女神們；**Musas** acc. pl. [VI]

musicus, i *n.,* 2 decl., masc. 音樂家 [XXI]

mustum, i *n.,* 2 decl., neut. （未發酵或發酵尚未完全的）葡萄汁；**musti** gen. sing. [X]

nam *conj.* 由於，此外 [III, VII, XI, XIII]

narro, as, avi, atum, are *v., tr./ intr.,* 1. 敘述，講述 [XII]

nascor, eris, natus sum, nasci *dep. v., intr.,* 3. 誕生，出生 [VII]；**natus, a, um** perf. part. 已誕生的，已出生的 [V, XIII, XVIII]；**natus est** perf. ind., 3 pers. sing., masc. [V]；**nati** perf. part., masc./ neut., gen. sing.; masc., nom. pl. 已誕生的，已出生的 [VII]；**nascitur** pres. ind., 3 pers. sing. [XII]；**natus sum** perf. ind., 1 pers. sing., masc. [XVIII]；**nascendi** [1.] ger., neut., gen. sing. 誕生[的]，出生[的]；[2.] gerundive, masc./ neut., gen. sing.; masc., nom. pl. 該誕生的，該出生的 [XVIII]

Nasica, ae *n.,* 1 decl., masc. [人名] 古代羅馬的姓氏，隸屬於 Scipio 家族 [XXI]

natalis, is, e *adj.* 出生的，誕生的；**natalium** masc./ fem./ neut., gen. pl. [XIV]

nato, as, avi, atum, are *v., intr.,* 1. 漂流，浮游；**natare** pres. inf. [XI]

natura, ae *n.,* 1 decl., fem. 本質，天性，自然 [X, XVIII, XXIV]；**naturam** acc. sing. [XIV]

nauta, ae *n.,* 1 decl., masc. 水手，海員；**nautarum** gen. pl. [III]；**nautae** gen. /dat. sing.; nom./ voc. pl. [III, VI]；**nautisque** [＝nautis＋que] dat./ abl. pl. [IX]

navis, is *n.,* 3 decl., fem. 船；**navibus** dat./ abl. pl. [III]；**navis** nom./ gen. sing. [III]；**navibusque** [＝navibus＋que] dat./ abl. pl. [III]；**naves** nom./ acc. pl. [XI]

ne *neg. adv./ conj.* 不，否，非；為了不，以免 [VI, XI, XIV, XV, XXII, XXIV]

Neapolis, is *n.,* 3 decl., fem. [地名] 拿坡里 [III]

nec *neg. adv./ conj.* 也不 [VI, X, XI, XIV, XXI, XXII, XXIV]

necessarius, a, um *adj.* 必需的，必要的；**necessarias** fem., acc. pl. [XXI]

necesse *adj.,* indecl., neut., nom./ acc. 必需的，必要的 [VII, XVI, XVIII]；**necesse est** *locu.* [＋v. inf.] ...是必要的，...是必需的 [VII, XVI, XVIII]

necessitas, atis *n.,* 3 decl., fem. 需要，必要，必要性 [XVIII]

neco, as, avi, atum, are *v., tr.,* 1. 殺；**necare** [1.] pres. inf.; [2.] pass., pres. imp., 2 pers. sing. [III]；**necabam** imperf. ind., 1 pers. sing. [XI]

nefandus, a, um *adj.* 犯忌的，極惡的，惡毒的；**nefanda** fem., nom. /abl. sing.; neut., nom./ acc. pl. [XVIII]

nefarius, a, um *adj.* 惡劣的，犯忌的；**nefaria** fem., nom. /abl. sing.; neut., nom./ acc. pl. [XVIII]

nefas *n.*, indecl, neut. 忌，惡，壞 [III, XVI]；**nefas est** *locu.* [+*v.*, inf.] 做...是不宜的/犯忌的 [XVI]

neglego, is, lexi, lectum, ere *v., tr.,* 3. 不顧，忽視 [X, XI]

negligo, is, lixi, lictum, ere *v., tr.,* 3. 漠視，疏忽，怠慢；**negligenti** pres. part., masc./ fem./ neut., dat. sing. [正在]漠視的，[正在]疏忽的，[正在]怠慢的 [XVI]

nego, as, avi, atum, are *v., tr.,* 1. 否認，反對 [XI]；**negat** pres. ind., 3 pers. sing. [XI, XXIV]；**negaturum** fut. part., masc./ neut., acc. sing.; neut., nom. sing. 將[被]否認的，將[被]反對的 [XVI]；**negaturum esse** fut. inf., masc./ neut., acc. sing.; neut., nom. sing. [XVI]

negotium, i/ ii *n.,* 2 decl., neut. 工作，事業，生意；**negoti** gen. sing. [XI]；**negotii** gen. sing. [XI]

nemo, nemini [dat.], neminem [acc.] *pron./ adj.,* 3 decl., masc./ fem., sing. tant. 沒有人，無人（*no one*）[0, IV, XII, XVI, XXI, XXII, XXIV]；**neminem** acc. [IV, XV, XXIV]；**nemini** dat. [XIV, XXIV]；**nullius** gen. [XXIV]；**nullo** abl. [XXIV]；**non nemo** *locu.* 不是沒有人＝有些人 [XXIV]；**nemo non** *locu.* 沒有人不＝所有人都 [XXIV]

Neptunus, i *n.* 2 decl., masc. [人名] 羅馬神話中的海神 [III]；**Neptuni** gen. sing. [III]；**Neptunum** acc. sing. [III]

neque [＝**nec**] *neg. adv./ conj.* 也不 [VI, X, XIV, XXI, XXIV]

nequiquam *adv.* 徒勞地，無益地 [XI]

nervus, i *n.,* 2 decl., masc. 繩索，縛具；**nervo** dat./ abl. sing. [X]

nescio, is, ivi, itum, ire *v., tr.,* 4. 不知道，不瞭解 [XI]；**nescias** pres. subj., 2 pers. sing. [XXI]

neuter, tra, trum *indef. adj./ pron.* 兩者皆非 [IV, XII]；**neutrum** masc./ neut., acc. sing.; neut., nom. pl. [IV]

neve *neg. conj.* 而不，也不 [XIV]

nihil *indef. pron.,* indecl., neut., nom./ acc. sing. 無，無物，沒有東西 [I, IV, VI, X, XIII, XIV, XVI, XXI, XXII, XXIV]；**nullius rei** gen. sing. [XXIV]；**nulli rei** dat. sing. [XXIV]；**nulla re** abl. sing. [XXIV]；**nihilo** dat./ abl. sing. [XXIV]；**nihilo minus** *locu.* 即使 [XXIV]；**non nihil** *locu.* 不是沒有東西＝有些東西 [XXIV]；**nihil non** *locu.* 沒有東西不＝所有東西都 [XXIV]

nil [＝**nihil**] *indef. pron.,* indecl., neut., nom./ acc. sing. 無，無物，沒有東西 [VII]

Nilus, i *n.,* 2 decl., masc. [河川名] 尼羅河；**Nilo** dat./ abl. sing. [X]

Nioba, ae [＝**Niobe, es**] *n.,* 1 decl., fem. [人名] 希臘神話中的女性人物 [III]

nisi *conj.* 若非，除非 [II, IV, V, X, XI, XIV, XVI, XXIV]

nitor, eris, nisus (/nixus) sum, niti *dep. v., intr.,* 3. 倚靠，支撐，依賴於 [+abl.] [VII]；**nixus, a, um** perf. part. 已倚靠的，已依賴的 [VII]

niveus, a, um *adj.* 雪白的；**niveo** masc./ neut., dat./ abl. sing. [III]

nix, nivis *n.,* 3 decl., fem. 雪 [III]

Nobilior, oris *n.,* 3 decl., masc. [人名] 古代羅馬的姓氏，隸屬於 Fulvia 氏族 [XXII]

noceo, es, cui, citum, ere *v., intr.,* 2. [+dat.] 傷害，損害；**nocet** pres. ind., 3 pers. sing. [XXIV]

nocturnus, a, um *adj.* 夜晚的；**nocturna** fem., nom./ abl. sing.; neut., nom./ acc. pl. [IV, VII]

nolo, nolis, nolui, --, nolle *aux. anomal. v., intr./ tr.,* irreg. 不想要 [VIII, X, XI, XIV, XXIV]；**nolumus** pres. ind., 1 pers. pl. [IV]；**nolebam** imperf. ind., 1 pers. sing. [X]；**nolunt** pres. ind., 3 pers. pl. [X]；**noli** pres. imp., 2 pers. sing. [X, XV, XXIV]；**nolite** pres. imp., 2 pers. pl. [XV, XXIV]

nomen, nominis *n.,* 3 decl., neut. 姓名，姓氏，名銜 [XIII]；**nomina** nom./ acc. pl. [IX]；**nomenque** [＝**nomen**+**que**] nom./ acc. sing. [XXIV]；**nomine** abl. sing. [XXIV]

non *neg. adv.* 不，非，否 [III, IV, VI, VII, X, XI, XII, XIII, XIV, XV, XVI, XVII, XVIII, XXI, XXII, XXIII, XXIV]

nonageni, ae, a *distr. num. adj.* 每九十 [XX]

nonagesimus, a, um *ord. num. adj.* 第九十 [XX]

non*agies* *num. adv.* 九十次 [XX]

nonag*inta* *card. num. adj.* 九十 [XX]

no*ndum* *adv.* 尚未，未曾 [XXIII]

nong*eni*, ae, a *distr. num. adj.* 每九百 [XX]

nongent*esimus*, a, um *ord. num. adj.* 第九百 [XX]

nong*enti*, ae, a *card. num. adj.* 九百 [XX]

noning*enties* *num. adv.* 九百次 [XX]

no*nus*, a, um *ord. num. adj.* 第九 [XX]

nos, no*stri*/ no*strum*, no*bis* *pers. pron.,* irreg., 1 pers. pl. 我們 [II, IV, VI, VII, X, XI, XXII, XXIV]；**no*stri*** gen. [IV]；**no*bis*** dat./ abl. [IV, X, XVIII, XXIV]；***inter* nos** *locu.* [*prep. inter*＋acc.] 在我們之間彼此互相... [XXII]；**ad nos** *locu.* [*prep.* **ad**＋acc.] 向我們 [XXIV]；**no*strum*** masc., acc. sing.; neut., nom./ acc. sing. [XXIV]；**de no*bis*** *locu.* [*prep.* **de**＋abl.] 關於我們 [XXIV]

no*sco*, is, no*vi*, no*tum*, ere *v., tr.,* 3. 知道，認識，查明，瞭解 [X]；**no*scere*** [1.] pres. inf.; [2.] pass., pres. imp., 2 pers. sing. [X]；**no*tus*, a, um** perf. part. 已[/被]知道的，已[/被]認識的，已[/被]查明的，已[/被]瞭解的 [VI, XXIV]；**no*scat*** pres. subj., 3 pers. sing. [XXIV]；**no*rit*** [＝no*verit*] [1.] perf. subj., 3 pers. sing.; [2.] futperf. ind., 3 pers. sing. [XXIV]

no*ster*, tra, trum *poss. pron./ adj.* 我們的 [IV, XIV, XXII, XXIII]；**no*strum*** masc., acc. sing.; neut., nom./ acc. sing. [0, III, IV, XXI]；**no*stram*** fem., acc. sing. [IV, XXIV]；**no*stro*** masc./ neut., dat./ abl. sing. [IV]；**no*strae*** fem., gen./ dat. sing.; nom. pl. [VII]；**no*stris*** masc./ fem./ neut., dat./ abl. pl. [X, XIV]；**no*stra*** fem., nom./ abl. sing.; neut., nom./ acc. pl. [XI]；**no*stroque*** [＝no*stro*＋que] masc./ neut., dat./ abl. sing. [XIV]

no*tus*, i *n.,* 2 decl. masc. 友人，認識的人；**no*tum*** acc. sing. [XXIV]

no*vem* *card. num. adj.* 九 [XX]

November, bris, bre *adj.* 十一月，十一月的；**Nov*embri*** masc./ fem./ neut., dat./ abl. sing. [III]

nov*eni* d*eni*, ~ae ~ae, ~a ~a *distr. num. adj.* 每十九 [XX]

nov*eni*, ae, a *distr. num. adj.* 每九 [XX]

no*vie*(n)s *num. adv.* 九次 [XX]

no*vus*, a, um *adj.* 新的；**no*vum*** masc./ neut., acc. sing.; neut., nom. sing. [III, X]；**no*vam*** fem., acc. sing. [VII]；**no*vi*** masc./ neut., gen. sing.; masc., nom. pl. [XII]

nox, no*ctis* *n.,* 3 decl., fem. 夜晚；**no*ctem*** acc. sing. [III, VI]；**sub no*ctem*** *locu.* [*prep.* **sub**＋acc. sing.] 傍晚，接近晚上的時候 [III]；**no*ctes*** nom./ acc. pl. [III, IV]；**no*cte*** abl. sing. [IV]；**no*ctu*** abl. sing. [XI]

no*xius*, a, um *adj.* 有害的，不健全的，不愉快的；**no*xium*** masc./ neut., acc. sing.; neut., nom. sing. [XI]

nu*llus*, a, um, *adj.* 無，沒有 [IV, XVI, XXIV]；**nu*lla*** fem., nom./ abl. sing.; neut., nom./ acc. pl. [IV]；**nu*llae*** fem., nom. pl. [IV]；**nu*llaque*** [＝nu*lla*＋que] fem., nom./ abl. sing.; neut., nom./ acc. pl. [IV]；**nu*llos*** masc., acc. pl. [XXIV]；**nu*llius*** masc./ fem./ neut., gen. sing. [XXIV]；**nu*llo*** masc./ neut., abl. sing. [XXIV]；**non nu*llus*** *locu.* 不是沒有，有些 [XXIV]；**nu*llus* non** *locu.* 無不，都 [XXIV]；**nonnu*llas*** [＝non nu*llas*] *locu.,* fem., acc. pl. 不是沒有，有些 [XXIV]

num *adv.* 也許 [XXIV]

nu*mero*, as, a*vi*, a*tum*, are *v., tr.,* 1. 計算，盤算，支付；**numera*vit*** perf. ind., 3 pers. sing. [XXIII]

nu*merus*, i *n.,* 2 decl., masc. 數，數量，數列，範疇；**nu*mero*** dat./ abl. sing. [XXII]

nu*mmus*, i *n.,* 2 decl., masc. 錢，錢幣；**nu*mmum*** acc. sing.; gen. pl. [III, X]

nu*mquam* *adv.* 從未，不曾 [XXIV]；**non nu*mquam*** *locu.* 並非未曾，有時 [XXIV]；**nu*mquam* non** *locu.* 無時不，時時 [XXIV]

numqui, numquae, numquod *interr. adj./ pron.* 或許誰的？或許什麼的？ [IV]

numquis, numquis, numqui *interr. pron./ adj.* 或許誰？或許什麼？ [IV]

nunc *adv.* 現在，當下 [IV, VII, X, XI, XIII, XXIII, XXIV]

nunquam *adv.* 絕不，從不 [XIV]

nuntio, as, *avi*, *atum*, *are* *v., tr.,* 1. 通知，宣布，報告；**nuntiaverimus** [1.] futp. ind., 1 pers. pl.; [2.] perf. subj., 1 pers. pl. [V]；**nuntiabit** fut. ind., 3 pers. sing. [V]；*nuntiat* pres. ind., 3 pers. sing. [VII]；**nuntiatum** [1.] pref. part., masc., acc. sing.; neut., nom./ acc. sing. 已[/被]通知的，已[/被]宣布的，已[/被]報告的；[2.] sup., neut., acc. sing. 通知，宣布，報告 [XIII]；**nuntiatum esset** pass., pluperf. subj., 3 pers. sing., neut. [XIII]；**nuntiata** pref. part., fem., nom./ abl. sing.; neut., nom./ acc. pl. 已[/被]通知的，已[/被]宣布的，已[/被]報告的 [XXIII]；**qua re nuntiata** *locu.* [absolute ablative] （因為）宣布了那件事，那件事被告知（以後） [XXIII]；**nuntiantur** pass., pers. ind., 3 pers. pl. [XXIV]

nusquam *adv.* 無處（*nowhere*） [XXIV]

nutus, us *n.,* 4 decl., masc. 點頭，頷首；*nutu* abl. sing. [III]

o *interj.* 喔！噢！ [III, IX, X]

ob *prep.* [＋acc.] 由於，因為 [VII, XVIII]

oblecto, as, *avi*, *atum*, *are* *v., tr.,* 1. 娛樂，使歡喜；**oblectant** pres. ind., 3 pers. pl. [VI]

obliviscor, eris, obl*itus* sum, *visci* *dep. v., tr./ intr.,* 3., [＋gen.] 失去記憶，遺忘 [VII]；**obl*itus*, a, um** perf. part. 已[/被]失去記憶的，已[/被]遺忘的 [VII]；**obl*itus* sum** perf. ind., 1 pers. sing. [VII]；**obl*iti*** perf. part., masc./ neut. sing.; masc., nom. pl. 已[/被]失去記憶的，已[/被]遺忘的 [XIV]；**obliv*isci*** pres. inf. [XXIV]

oboedio, is, *ivi*, *itum*, *ire* *v., intr.,* 4. 服從，聽從；**oboediens, *entis*** pres. part., 3 decl. [正在]服從的，[正在]聽從的 [XVII]；**oboediendum** [1.] ger., neut., acc. sing. 服從，聽從；[2.] gerundive, masc., acc. sing.; neut., nom./ acc. sing. 該聽從的，該服從的 [XVIII]；**oboediendum est** *locu.* [gerundive＋*esse*] pres. ind., 3 pers. sing., masc./ neut. （他/它）應該聽從，應該服從 [XVIII]

obsc*urus*, a, um *adj.* 陰暗的，晦澀的，祕密的，難解的；**obsc*uras*** fem., acc. pl. [XXI]

obsequor, queris, c*utus* sum, qui *dep. v., intr.,* 3. [＋dat.] 聽從，順從 [XI]；*obsequar* [1.] pres. subj., 1 pers. sing.; [2.] fut. ind., 1 pers. sing. [XI]

observo, as, *avi*, *atum*, *are* *v., tr.,* 1. 觀測，觀察；**observabat** imperf. ind., 3 pers. sing. [III]；**observant** pres. ind., 3 pers. sing. [VI]

obs*ido*, is, s*edi*, s*essum*, ere *v., tr.,* 3. 侵佔，佔據 [XI]；**obs*ideri*** pass., pres. inf. [VI]；**obs*ideremus*** imperf. subj., 1 pers. pl. [XI]；**obs*ederant*** pluperf. ind., 3 pers. sing. [XXII]

obs*isto*, is, stiti, stitum, st*itere* *v., intr.,* 3. 阻礙，對立 [XI]；**obs*istat*** pres. subj., 3 pers. sing. [XI]

obsto, as, stiti, --, *are* *v., intr.,* 1. [＋dat.] 面對，對抗 [XI]；**obst*itit*** perf. ind., 3 pers. sing. [VI]；**obst*iterit*** [1.] perf. subj., 3 pers. sing.; [2.] futperf. ind., 3 pers. sing. [XI]；**obstat** pres. ind., 3 pers. sing. [XI]

obsum, es, fui, fut*urum*, esse *v., intr.,* irreg. [＋dat.] 損害，妨礙 [XI]；**obsit** pres. subj., 3 pers. sing. [XI]

obtempero, as, *avi*, *atum*, *are* *v., intr.,* 1. [＋dat.] 服從，順從；**obtemperavit** perf. ind., 3 pers. sing. [VI]

obt*ineo*, es, t*inui*, tentum, ere *v., tr.,* 2. 維持，保持 [XI]；**obtines** pres. ind., 2 pers. sing. [XI]

obviam *adv.* 阻礙，對立，對抗 [XI]

occasio, onis *n.,* 3 decl., fem. 機會；**occasionem** acc. sing. [XXIV]

occasus, us *n.,* 4 decl., masc. 沈落，日落 [X]；**occasum** acc. sing. [XI]；**occasum solis** *locu.*

[masc., acc. sing.＋gen. sing.] 日落 [XI]

occido, is, c*i*di, c*i*sum, ere *v., tr.*, 3. 殺，殺死，殺害 [XI]；**occ*i*derit** [1.] perf. subj., 3 pers. sing.; [2.] futp. ind., 3 pers. sing. [XI]；**occid*i*sse** perf. inf. 已殺，已殺死，已殺害 [XVI]；**occid*e*ndi** [1.] ger., neut., gen. sing. 殺[的]，殺死[的]，殺害[的]；[2.] gerundive, masc./ neut., gen. sing.; masc., nom. pl. 該被殺死的，該被殺害的 [XVIII]；**occ*i*dit** [1.] pres. ind., 3 pers. sing.; [2.] perf. ind., 3 pers. sing. [XXII]

occipio, is, c*e*pi, c*e*ptum, pere *v., tr./ intr.*, 3. 開始；**occ*e*pi** perf. ind., 1 pers. sing. [VII]；**occ*i*pito** fut. imp., 2/ 3 pers. sing. [VII]

occup*a*tio, *o*nis *n.*, 3 decl., fem. 職業，工作，天職 [XIV]

occupo, as, *a*vi, *a*tum, *a*re *v., tr.*, 1. 佔領，攻佔，攫取；**occup*a*bunt** fut. ind., 3 pers. pl. [V]

oct*a*vus, a, um *ord. num. adj.* 第八 [XX]；**oct*a*vum** masc., acc. sing.; neut., nom./ acc. sing. [XX]

octie(n)s *num. adv.* 八次 [XX]

octing*e*ni, ae, a *distr. num. adj.* 每八百 [XX]

octingent*e*simus, a, um *ord. num. adj.* 第八百 [XX]

octing*e*nti, ae, a *card. num. adj.* 八百 [XX]

octingenties *num. adv.* 八百次 [XX]

octo *card. num. adj.* 八 [XX]

Oct*o*ber, bris, bre *adj.* 十月，十月的；**Oct*o*bri** masc./ fem./ neut., dat./ abl. sing. [III]

octog*e*ni, ae, a *distr. num. adj.* 每八十 [XX]

octog*e*simus, a, um *ord. num. adj.* 第八十 [XX]

oct*o*gies *num. adv.* 八十次 [XX]

octog*i*nta *card. num. adj.* 八十 [XX]

oct*o*ni deni, ~ae ~ae, ~a ~a *distr. num. adj.* 每十八 [XX]

oct*o*ni, ae, a *distr. num. adj.* 每八 [XX]

oculus, i *n.*, 2 decl., masc. 眼睛；**oculis** dat./ abl. pl. [X]；**ocul*o*rum** gen. pl. [XI, XVII]；**oculos** acc. pl. [XVIII]；**ante oculos** *locu.* [*prep.* ante＋acc. pl.] 眼前 [XVIII]

odi, od*i*sti, os*u*rus, od*i*sse *defect. v., tr.*, irreg. 恨，厭惡 [IX]；**oderint** [1.] perf. subj., 3 pers. pl.; [2.] futperf. ind., 3 pers. pl. [X]

odium, ii *n.*, 2 decl., neut. 憎恨，厭惡；**odio** dat./ abl. sing. [X, XVI]；**odii** gen. sing. [XVIII]

oecon*o*micus, a, um *adj.* 經濟的，有秩序的 [XXIII]

Oecon*o*micus, i *n.*, 2 decl., masc. [書名]《經濟論》（色諾芬的著作） [XXIII]

off*e*ndo, es, f*e*ndi, f*e*nsum, ere *v., tr./ intr.*, 3. 冒犯，襲擊 [XI]；**off*e*ndam** [1.] pres. subj., 1 pers. sing.; [2.] fut. ind., 1 pers. sing. [XI]

offero, ers, *o*btuli, obl*a*tum, ferre *anomal. v., tr.*, irreg. 前移，呈現，提供 [XI]；**obtulit** perf. ind., 3 pers. sing. [XI]

offic*i*um, ii *n.*, 2 decl., neut. 責任，義務 [XIV, XXIV]；**ad offic*i*um** *locu.* [*prep.* ad＋acc. sing.] 對於責任，根據義務 [XXIV]

ole*a*ginus, a, um *adj.* 橄欖樹的；**ole*a*ginas** fem., acc. pl. [X]

olim *adv.* [有]一次，[有]一天 [III]

Olympus, i *n.*, 2 decl., masc. [地名] 奧林帕斯山，希臘神話中諸神居住之處；**Olympo** dat./ abl. sing. [III]；**in Olympo** *locu., [prep.* in＋abl. sing.] 在奧林帕斯山 [III]

omitto, is, om*i*si, om*i*ssum, ere *v., tr.*, 3. 忽視，省略，擱置；**omissa** perf. part., fem., nom./ abl. sing.; neut., nom./ acc. pl. 已[/被]忽視的，已[/被]省略的，已[/被]擱置的 [XVI]

omnes, es, ia *adj./ pron.* pl. 一切，所有，所有事物，所有人 [VI, XI, XII, XIV, XVI, XXI, XXIII]；**omnibus** masc./ fem./ neut., dat./ abl. pl. [III, V, X, XI, XII, XVI, XVIII, XXII]；**omnia** neut., nom./ acc. pl. [VII, X, XI, XIII, XIV, XVIII, XXII, XXIV]

omnis, is, e *adj./pron.* sing. 每一，任一，每一事物，每一人；**om**nem masc./ fem., acc. sing. [III, X, XIII]；**om**ne neut., nom./ acc. sing. [IV, XI, XIV]；**om**ni masc./ fem./ neut., dat./ abl. sing. [XXIV]

onus, eris *n.*, 3 decl., neut. 負荷，負擔 [XI]

onustus, a, um *adj.* 滿載的，負載的；**on**ustum masc./ neut., acc. sing.; neut., nom. sing. [XIII]

opera, ae *n.*, 1 decl., fem. 嘗試，努力，工作 [XXII]；**op**eram acc. sing. [XVIII, XXI]；**do op**eram *locu.*, pres. ind., 1 pers. sing. （我）盡力於，致力於，效力於 [XVIII]；

opinio, onis *n.*, 3 decl., fem. 意見，評價，觀點，看法；**op**inione abl. sing. [XIV]

oportet, --, uit, --, *ere impers. v., intr.,* 2. [無人稱] 需要，必須 [VII, X, XI, XVI]

oppeto, is, petivi, petitum, ere *v., tr.,* 3. 相遇，遭遇，面臨；**op**petat pres. subj., 3 pers. sing. [XIV]

oppidum, i *n.*, 2 decl., neut. 城鎮，城市，要塞 [III, X, XVIII]

opprimo, is, pressi, pressum, ere *v., tr.,* 3. 壓，壓制，壓迫 [XI]；**op**primit pres. ind., 3 pers. sing. [III]；**op**primito fut. imp., 2/ 3 pers. sing. [XI]；**op**primendae gerundive, fem., gen./ dat. sing.; neut., nom. pl. [XVIII]

oppugno, as, avi, atum, are *v., tr.,* 1. 攻擊，襲擊，圍攻；**op**pugnandum [1.] ger., neut., acc. sing. 攻擊，襲擊，圍攻；[2.] gerundive, masc., acc. sing.; neut., nom./ acc. sing. 該被攻擊的，該被襲擊的，該被圍攻的 [XVIII]

optimas, atis *n.*, 3 decl., masc. 貴族派，為羅馬共和晚期的政治派系；**op**timates nom./ acc./ voc. pl. [XXIV]

optimus, a, um *adj., sup.* [pos.: **b**onus, a, um] 極美好的，極良善的，極有益的；**op**timum masc./ neut., acc. sing.; neut., nom. sing. [XXII, XXIV]；**op**timo masc./ neut., dat./ abl. sing. [XXIV]

opto, as, avi, atum, are *v., tr.,* 1. 意欲，希望，想要；**op**tat pres. ind., 3 pers. sing. [III, XIII]；**op**taverat pluperf. ind., 3 pers. sing. [V]；**op**taverit [1.] futp. ind., 3 pers. sing.; [2.] perf. subj., 3 pers. sing. [V]；**op**tant pres. ind., 3 pers. pl. [XXI]

opus, eris *n.*, 3 decl., neut. 工作，工事，作品 [XIV, XXIII]；**op**ere abl. sing. [XI]；**op**eribus neut., dat./ abl. pl. [XXII]；**ex op**eribus *locu.* [*prep.* **ex**＋abl. pl.] 從工作，從工事，從作品 [XXII]；**op**us est *locu.* [**op**us＋**e**sse] 有效用，有必要，有需要 [XXIII]

oratio, onis *n.*, 3 decl., fem. 演說，演講，致詞；**or**atione abl. sing. [XVI]

orator, oris *n.*, 3 decl., masc. 演說家，演講者 [XI]；**or**atores nom./ acc./ voc. pl. [XXII]

orbis, is *n.*, 3 decl., fem. 圓週，[天體的]軌道；**or**bem acc. sing. [VI, XI]；**sub or**bem *locu.* [*prep.* **sub**＋acc. sing.] 在軌道下 [XI]

orca, ae *n.*, 1 decl., fem. （大開口的）瓶，壺，甕；**or**cae gen./ dat. sing.; nom. pl. [X]

ordior, iris, orsus sum, iri *dep. v., tr./ intr.,* 4. 開始，著手 [VII]；**or**diris pres. ind., 2 pers. sing. [VII]

orior, oreris, ortus sum, oriri *dep. v., intr.,* 4. 升起 [VII]；**or**iens, entis pres. part. [正在]升起的 [VII]；**or**iturus, a, um fut. part. 將升起的 [VII]；**or**turus, a, um esse fut. inf. [VII]；**or**iendi [1.] ger., neut., gen. sing. 升起[的]；[2.] gerundive, masc./ neut., gen. sing.; masc., nom. pl. 該升起的 [VII]；**or**tum [1.] perf. part., masc./ neut., acc. sing.; neut., nom. sing. 已升起的；[2.] sup., neut., acc. sing. 升起 [VII]

orno, as, avi, atum, are *v., tr.,* 1. 妝點，裝飾，配戴；**or**nant pres. ind., 3 pers. pl. [III]；**or**nabat imperf. ind., 3 pers. sing. [III]

oro, as, avi, atum, are *v., tr./ intr.,* 1. 祈禱，祈求 [XV]；**or**at pres. ind., 3 pers. sing. [XIII]；**or**o te *locu.* 我祈求你/妳＝請（你/妳） [XV]；**or**atum perf. part., masc./ neut., acc. sing.; neut., nom. sing. 已[/被]祈禱的，已[/被]祈求的 [XXII]

ortus, us *n.*, 4 decl., masc. 升起，日出 [X]

os, *o*ris *n.*, 3 decl., neut. 嘴，嘴巴；***o*ris** gen. sing. [X]

os, *o*ssis *n.,* 3 decl., neut. 骨，骨骸 [IV]

o*sculum, i** *n.*, 2 decl., neut. 吻；o*scula** nom./ acc. pl. [X]

ostendo, is, *te*ndi, tentum, ere *v., tr.*, 3. 揭示，呈現，指出；**ostendat** pres. subj., 3 pers. sing.
   [XXIII]；**ostendit** [1.] pres. ind., 3 pers. sing.; [2.] perf. ind., 3 pers. sing. [XXIV]

o*stium, i** *n.*, 2 decl., neut. 門，門口，出入口；o*stia** nom./ acc. pl. [X]

***pa*bulum, i** *n.*, 2 decl., neut. 食物，糧秣，飼料 [VII]

***pa*ctio, *o*nis** *n.*, 3 decl., fem. 協議，協定；**pacti*o*ne** abl. sing. [XXIII]

***pa*ene** *adv.* 幾乎 [X, XI]

paen*i*nsula, ae *n.*, 1 decl., fem. 半島 [III]

***pa*enitet, --, paen*i*tuit, --, ere** *impers. v., tr./ intr.*, 2. [無人稱] 後悔 [XII]

pal*a*estra, ae *n.*, 1 decl., fem. 體育場，角力場；**pal*a*estris** dat./ abl. pl. [VI]；**in pal*a*estris**
   locu. [*prep.* **in**＋abl. pl.] 在體育場，在角力場 [VI]

Pal*a*tium, ii *n.*, 2 decl., neut. [地名] 羅馬七丘之一；皇宮，宮殿 [X]；**Pal*a*tio** dat./ abl. sing.
   [VI]；**in Pal*a*tio** *locu.* [*prep.* **in**＋abl. sing.] 在皇宮，在宮殿 [VI]

paluda*me*ntum, i *n.*, 2 decl., neut. 披風，斗蓬 [III]

***pa*ngo, is, *pe*pigi (/pegi /panxi), pa(n)ctum, ere** *v., tr.*, 3. 固定，組成，規定，置入 [X]；
   pang*u*ntur pass., pres. ind., 3 pers. pl. [X]

***pa*nis, is** *n.*, 3 decl., masc. 麵包 [X]

panthera, ae *n.*, 1 decl., fem. 豹；**pan*the*rae** gen./ dat. sing.; nom. pl. [III]

Papa, ae *n.*, 1 decl., masc. 教宗；***Pa*pam** acc. sing. [VI]

par, p*a*ris *adj.*, 3 decl. 同樣的，相等的 [VII, XXII]；**p*a*ribus** masc./ fem./ neut., dat./ abl. pl. [X]

paras*i*tus, i *n.*, 2 decl., masc. 食客，寄生蟲；**paras*i*tum** acc. sing. [XI]

***pa*rco, is, *pe*perci, parsum, ere** *v., intr./ tr.*, 3. 節用，省去，寬恕 [X]；**p*a*rci** pass., pres. inf. [X]

p*a*rens, *e*ntis *n.*, 3 decl., masc. 父母，雙親；**par*e*ntum** gen. pl. [IX]

p*a*ries, *ie*tis *n.*, 3 decl., masc. 牆，牆壁；**pari*e*tibus** dat./ abl. pl. [X]

***pa*rio, is, *pe*peri, p*a*rtum, par*e*re** *v., tr.*, 3. 生產，產出，產生 [X]；**p*a*riet**, fut. ind., 3 pers. sing.
   [X]

Parmeno, *o*nis *n.*, 3 decl., masc. [人名] P. Terentius Afer 的劇作 Hecyra 裡的男性奴僕角色
   [VII]

***pa*ro, as, *a*vi, *a*tum, *a*re** *v., tr.*, 1. 準備；**p*a*rat** pres. ind., 3 pers. sing. [III]；**par*a*verat** pluperf.
   ind., 3 pers. sing. [V]

pars, p*a*rtis *n.*, 3 decl., fem. 部份 [III, IV, VI]；**p*a*rtes** nom./ acc. pl. [X]；**part*i*bus** dat./ abl. pl.
   [XII]；**in p*a*rtibus** *locu.* [*prep.* **in**＋abl. pl.] 在各個部份，到處 [XII]；**p*a*rtem** acc. sing. [XIV,
   XXIII]

***pa*rtio, is, *i*vi, *i*tum, *i*re** *v., tr.*, 4. 分享，分派，分擔 [VII]；**part*i*sset** pluperf. subj., 3 per. sing.
   [VII]

part*io*r, *i*ris, *i*tus sum, *i*ri *dep. v., tr.*, 4. 分享，分派，分擔 [VII]

***pa*rvulus, a, um** *adj.* 非常小的，非常少的，非常細微的；**p*a*rvulum** masc./ neut., acc. sing.;
   neut., nom. sing. [X]

***pa*rvus, a, um** *adj.* 小的，少的，細微的；**p*a*rvum** masc./ neut., acc. sing.; neut., nom. sing.
   [III]；**p*a*rvo** masc./ neut., dat./ abl. sing. [III]：**p*a*rva** fem., nom./ abl. sing.; neut., nom./ acc. pl.
   [III, IV, XIII]；**p*a*rvi** masc./ neut., gen. sing.; masc., nom. pl. [XIII]；**p*a*rvae** fem., gen./ dat. sing.;
   nom. pl. [XXII]

patef*a*cio, is, *fe*ci, *fa*ctum, ere *v., tr.*, 3. 顯露，暴露，透露；**patefaci*a*mus** pres. subj., 1 pers.
   pl. [VI]

patella, ae *n.,* 1 decl., fem. 小盤子，小碟子；**patellae** gen./ dat., sing.; nom. pl. [VI]

pater, tris *n.,* 3 decl., masc. 父親 [I, III, VI, VII, XIII, XXI]；**pater familias** *locu.* 家長，家主 [III]；
patris gen. sing. [VII, XI]；**patrem** acc. sing. [XI, XVI]；**patre** acbl. sing. [XXII]

patera, ae *n,* 1 decl., fem. 碗、碟；**paterae** gen./ dat. sing.; nom. pl. [VI]

paternus, a, um *adj.* 父親的；**paternae** fem., gen./ dat. sing.; nom. pl. [VI]；**paternam** fem.,
acc. sing. [X]

patina, ae *n,* 1 decl., fem. 盤，碟；**patinam** acc. sing. [X]

patior, eris, passus sum, pati *dep. v., tr.,* 3. 經歷，遭受 [VII]；**pati** pres. inf. [VII]

patria, ae *n.,* 1 decl., fem. 祖國，國家，故鄉 [III, VI]；**patriam** acc. sing. [VI]；**patriae** gen./
dat. sing.; nom. pl. [X, XVIII]

patricius, a, um *adj.* 貴族的；**patricii** masc./ neut., gen. sing.; masc., nom./ voc. pl. [XVI]

patrocinium, ii *n.,* 2 decl., neut. 保護，防衛，辯護；**patrocinio** dat./ abl. sing. [IV]

paucus, a, um *adj.* 很少的，少量的；**paucis** masc./ fem./ neut., dat./ abl. pl. [XVI, XXI]

Paulus, i *n.,* 2 decl., masc. [人名] [XXII]

Pausanias, ae *n.,* 1 decl., masc. [人名] 斯巴達的將領（(?) - 470 B.C.） [XXIII]

paveo, es, pavi, --, ere *v., intr./ tr.,* 2. 驚慌，害怕，恐懼；**pavet** pres. ind., 3 pers. sing. [VI]

pax, pacis *n.,* 3 decl., fem. 和平 [III]；**pacem** acc. sing. [III, VI, XXII]；**pace** abl. sing. [XVI]；**de
pace** *locu.* [*prep.* **de**＋abl. sing.] 關於和平 [XVI]；**pacis** gen. sing. [XVIII]

pectus, oris *n.,* 3 decl., neut. 胸，胸襟 [I, XI]；**pectora** nom./ acc. pl. [XI]

peculium, ii *n.,* 2 decl., neut. 私產 [XI]

pecunia, ae *n.,* 1 decl., fem. 財產，錢財；**pecuniam** acc. sing. [VI]

pecus, cudis *n.,* 3 decl., fem. 牲畜；**pecudes** nom./ acc. pl. [XI]

pecus, oris *n.,* 3 decl., neut. 牲畜 [XI]

pedes, itis *n.,* 3 decl., masc. 步兵；**pedites** nom./ acc./ voc. pl. [XI]；**peditum** gen. pl. [XII]

pello, is, pepuli, pulsum, ere *v., tr.,* 3. 推，擊，驅逐，趕走 [X]；**pellit** pres. ind., 3 pers. sing.
（他/她/它）推，擊，驅逐，趕走 [X]；**pellerentur** pass., imperf. subj., 3 pers. pl. [XVI]

pendeo, es, pependi, --, ere *v., intr.,* 2., 懸掛，懸置 [X]；**pependit** perf. ind., 3 pers. sing. [X]

pendo, is, pependi, [pensum], ere *v., tr.,* 3. 秤重，斟酌，衡量 [X]；**pensam** perf. part., fem.,
acc. sing. 已[/被]秤重的，已[/被]斟酌的，已[/被]衡量的 [X]

penetro, as, avi, atum, are *v., tr./ intr.,* 1. 進入，通過；**penetrasse** perf. inf. [XVI]

per *prep.* [＋acc.] 經過，透過（*through..., per...*） [0, VII, X, XI, XIII, XVI, XXII]

peragro, as, avi, atum, are *v., tr.,* 1. 走遍，巡遍；**peragrabat** imperf. ind., 3 pers. sing. [III]

percipio, is, cepi, ceptum, cipere *v., tr.,* 3. 取得，占有，領會 [XI]；**percipere** [1.] pres. inf.;
[2.] pass., pres. imp., 2 pers. sing. [XI]

percontor, aris, atus sum, ari *dep. v., tr.,* 1. 問，詢問；**percontamur** pres. ind., 1 pers. pl. [XXII]

percurro, is, cucurri, cursum, ere *v., intr./ tr.,* 3. 馳越，奔越；**percurrebat** imperf. ind., 3
pers. sing. [III]

percussor, oris *n.,* 3 decl., masc. 兇手，謀殺者，暗殺者，刺客；**percussorem** acc. sing. [XXII]

perdo, is, didi, ditum, ere *v., tr.,* 3. 遺失，毀壞，毀滅 [X, XI]；**perdidisti** perf. ind., 2 pers. sing.
[X, XI]；**perdendi** [1.] ger., neut., gen. sing. 遺失[的]，毀壞[的]，毀滅[的]；[2.] gerundive,
masc./ neut., gen. sing.; masc., nom. pl. 該被毀壞的，該被毀滅的 [XVIII]

pereo, es, perii, peritum, perire *v., intr.,* 4. 死亡 [XI]；**pereat** pres. subj., 3 pers. sing. [XI]；
perire pres. inf. [XXII]

perfectus, a, um *adj.* 完美的，完成的；**perfectum** masc./ neut., acc. sing.; neut., nom. sing.
[IV]

perficio, is, feci, fectum, ficere *v., tr.,* 3. 完成，執行 [XI]；**perfecero** futperf. ind., 1 pers. sing.

[XI]；**perf*i*cere** [1.] pres. inf.; [2.] pass., pres. imp., 2 pers. sing. [XI]

perflo, as, *a*vi, *a*tum, *a*re *v., tr./ intr.,* 1. 吹，刮，擊，打；**perflant** pres. ind., 3 pers. pl. [III]

perforo, as, *a*vi, *a*tum, *a*re *v., tr.,* 1. 穿洞，鑿孔；**perfor*a*tur** pass., pres. ind., 3 pers. sing. [XI]

perfr*i*gidus, a, um *adj.* 很冷，寒冷 [V]

perfr*i*ngo, is, fr*e*gi, fr*a*nctum, ere *v., tr.,* 3. 破壞 [XI]；**perfr*e*gerant** pluperf. ind., 3 pers. pl. [XI]

pergo, is, perr*e*xi, perr*e*ctum, ere *v., intr.,* 3. 前進，前往 [XI]；**pergit** pres. ind., 3 pers. sing. [XI]

per*i*culum, i *n.,* 2 decl., neut. 危險，風險；**per*i*culo** dat./ abl. sing. [V]；**in per*i*culo** *locu.* [*prep.* in＋abl. sing.] 在危險之中 [V]；**per*i*culis** dat./ abl. pl. [XXII]

perm*a*neo, es, m*a*nsi, m*a*nsum, ere *v., intr.,* 2. 持續，繼續，維持；**perman*e*re** pres. inf. [XVI]

perm*i*tto, is, m*i*si, m*i*ssum, ere *v., tr.,* 3. 使通過 [XI]；**perm*i*ttere** [1.] pres. inf.; [2.] pass., pres. imp., 2 pers. sing. [XI]

perp*e*tuus, a, um *adj.* 連續的，持續的，長久的；**perp*e*tuo** masc./ neut., dat./ abl. sing. [XI]

pers*e*quor, eris, sec*u*tus sum, sequi *dep. v., tr.,* 3. 追求，探究；**persec*u*tus, a, um** perf. part. 已[/被]追求的，已[被]探究的 [XXIII]；**persec*u*tus est** perf. ind., 3 pers. sing., masc. [XXIII]

pers*e*vero, as, *a*vi, *a*tum, *a*re *v., intr.,* 1. 堅持，持續；**persever*a*re** pres. inf. [XVI]

persu*a*deo, es, su*a*si, su*a*sum, ere *v., tr.,* 2. 勸服，強迫 [XI]；**persuad*e*re** [1.] pres. inf.; [2.] pass., pres. imp., 2 pers. sing. [XI]

pert*e*rreo, es, ui, itum, ere *v., tr.,* 2. 恐嚇，使驚嚇 [XI]；**perterr*e*bo** fut. ind., 1 pers. sing. [XI]

pert*i*neo, es, t*i*nui, t*e*ntum, ere *v., intr.,* 2. 延伸，到達 [XI]；**pert*i*nent** pres. ind., 3 pers. pl. [XI]

pert*u*rbo, as, *a*vi, *a*tum, *a*re *v., tr.,* 1. 混亂，攪亂；**perturb*a*tam** perf. part., fem., acc. sing. 已[/被]混亂的，已[/被]攪亂的 [XI]

perv*e*nio, is, v*e*ni, v*e*ntum, *i*re *v., intr.,* 4. 抵達，到達 [XI]；**perv*e*nit** [1.] pres. ind., 3 pers. sing.; [2.] perf. ind., 3 pers. sing. [VI, XII, XIII, XXIII]；**perv*e*ni** [1.] pres. imp., 2 pers. sing.; [2.] perf. ind., 1 pers. sing. [XI]；**perven*i*re** pres. inf. [XVIII]

perv*i*gilo, as, *a*vi, *a*tum, *a*re *v., intr.,* 1. 守夜，通宵警戒；**perv*i*gilat** pres. ind., 3 pers. sing. [IV]

pes, p*e*dis *n.,* 3 decl., masc. 腳；**p*e*de** abl. sing. [III, XI]；**p*e*di** dat. sing. [XI]

peto, is, *i*vi, *i*tum, ere *v., tr.,* 3. 要求，請求，尋求，攻擊，追擊，前往 [X]；**petunt** pres. ind., 3 pers. pl. [III, XXII]；**pet*e*bant** imperf. ind., 3 pers. pl. [III]；**pet*e*bat** imperf. ind., 3 pers. sing. [III]；**pet*i*stis** perf. ind., 2 pers. pl. [VI]；**pet*i*sse** perf. inf. [X]；**petat** pres. subj., 3 pers. sing. [XIV]；**pet*i*mus** pres. ind., 1 pers. pl. [XVI]；**pet*e*ntes** pres. part., masc./ fem., nom./ acc. pl. [正在]要求的，[正在]請求的，[正在]尋求的，[正在]攻擊的，[正在]追擊的，[正在]前往的 [XXII]；**pet*e*rent** imperf. subj., 3 pers. pl. [XXII]

Pha*e*thon, *o*ntis *n.,* 3 decl., masc. [人名] 希臘神話中太陽神之子，因偷駕日車釀災而遭宙斯擊斃 [VI]

ph*a*lera, ae *n.,* 1 decl., fem. 馬具；**ph*a*leris** dat./ abl. pl. [XIII]；**ph*a*lerae** gen./ dat. sing.; nom. pl. 馬具 [XIII]

Ph*e*rae, *a*rum *n.,* 1 decl., fem., pl. tant. [地名] 古代希臘的一座城鎮；**Phera*e*os** acc. [XXII]

Phil*i*ppus, i *n.,* 2 decl., masc. [人名] 菲利浦；**Phil*i*ppo** dat./ abl. sing. [XXI]

philos*o*phia, ae *n.,* 1 decl., fem. 哲學 [I, XVII]

philos*o*phus, i *n.,* 2 decl., masc. 哲學家 [XXI]；**philos*o*phi** gen. sing.; nom./ voc. pl. [XI]

pho*e*nix, *i*cis *n.,* 3 decl., masc. 鳳凰；[大寫] [族群名] 腓尼基人；**pho*e*nices** nom./ acc. pl. [VII]

pi*e*tas, *a*tis *n.,* 3 decl., fem. 虔誠，虔敬，忠誠，責任，義務；**piet*a*te** abl. sing. [III]

p*i*get, --, p*i*guit (/p*i*gitum est), --, p*i*gere *impers. v., tr.,* 2., pers. ind. [無人稱] 厭煩，厭惡，反

感 [XI]

p*i*la, ae *n.,* 1 decl., fem. 柱子，椿；**p*i*lam** acc. sing. [XI]

p*i*lum, i *n.,* 2 decl., neut. 槍矛；**p*i*lis** dat./ abl. pl. [X]

p*i*ngo, is, p*i*nxi, p*i*ctum, ere *v., tr.,* 3. 繪，畫，著色，塗漆，裝點 [X]；**pinx*e*runt** perf. ind., 3 pers. pl. [X]

p*i*ng*ui*or, or, us *adj., comp.* [pos.: **p*i*nguis, is, e**] 較胖的 [XXI]

p*i*nguis, is, e *adj.* 胖的；**p*i*nguem** masc./ fem./ neut., acc. sing. [XXI]

p*i*nus, us *n.,* 4 decl., fem. 松樹 [X]

p*i*scis, is *n.,* 3 decl., masc. 魚；**p*i*scium** gen. pl. [XXIV]

p*i*us, a, um *adj.* 虔誠的，虔敬的，忠誠的；**p*i*um** masc./ neut., acc. sing.; neut., nom. sing. [XIV]

pl*a*ngo, is, pl*a*nxi, pl*a*nctum, ere *v., tr.,* 3. 哀悼，悲歎；**plang*e*ndi** [1.] ger., neut., gen. sing. 哀悼[的]，悲歎[的]；[2.] gerundive, masc./ neut., gen. sing.; masc., nom. pl. 該被哀悼的，該被悲歎的 [XVIII]

pl*a*nta, ae *n.,* 1 decl., fem. 秧苗，樹苗；**pl*a*ntas** acc. pl. [III]

pl*a*nto, as, *a*vi, *a*tum, *a*re *v., tr.,* 1. 移植，接枝；**plant*a*ndi** [1.] ger., neut., gen. sing. 移植[的]，接枝[的]；[2.] gerundive, masc./ neut., gen. sing.; masc., nom. pl. 該被移植的，該被接枝的 [XVIII]；**plant*a*tum** [1.] perf. part., masc./ neut., acc. sing.; neut., nom. sing. 已[/被]移植的，已[/被]接枝的；[2.] sup., neut., acc. sing. 移植，接枝 [XVIII]；**plant*a*tum est** pass., perf. ind., 3 pers. sing., neut. [XVIII]

Plato, onis *n.,* 3 decl., masc. [人名] 柏拉圖（428-427/ 424-423 - 348/ 347 B.C.）古代希臘的哲學家 [XII]；**Plat*o*nis** gen. sing. [XIV]

pl*e*nus, a, um *adj.* 充滿的，豐富的，滿足的 [VI]；**pl*e*na** fem., nom./ abl. sing.; neut., nom./ acc. pl. [XIII]

pl*e*rus, a, um *adj.* 大多數的，大部份的，非常多的；**pl*e*rasque** [＝pleras＋que] fem., acc. pl. [XXIV]

pl*ui*t, --, pl*ui*t (/pl*u*vit), --, ere *impers. v., intr.,* 3. [無人稱] 下雨 [XII]

pl*u*mbum, i *n.,* 2 decl., neut. 鉛 [X]

pl*u*res, es, a *adj., comp.* [pos.: **m*u*ltus, a, um**] pl., tant. 更多的，較多的 [X]；**pl*u*ra** neut., nom./ acc. [X]

plus, pl*u*ris *n.,* 3 decl., neut. 加，許多 [IV]

p*o*culum, i *n.,* 2 decl., neut. 酒杯，酒器，酒樽；**p*o*cula** nom./ acc. pl. [X]

po*e*ta, ae *n.,* 1 decl., masc. 詩人 [IV]；**po*e*tae** gen./ dat. sing.; nom./ voc. pl. [III, VI]

poll*i*ceor, eris, poll*i*citus sum, ceri *dep. v., tr.,* 2. 承諾，給予保證 [VII]；**poll*i*ceri** pres. inf. [VII]

Polyph*e*mus, i *n.,* 2 decl., masc. [人名] 希臘神話中的獨眼巨人；**Polyph*e*mum** acc. sing. [XII]

p*o*lypus, i *n.,* 2 decl., masc. 章魚；鼻息肉；**p*o*lypi** gen. sing.; nom. pl. [X]

pom*e*rium, ii *n.,* 2 decl., neut. 用於區分狹義的羅馬城（urbs）及其轄區（ager）的境界線。 [X]

Pompei*a*nus, a, um *adj.* [地名] 龐貝城的；**Pompei*a*num** masc., acc. sing.; neut., nom./ acc. sing. [XV]；**in Pompei*a*num** *locu.* [*prep.* in＋acc. sing.] 到龐貝城 [XV]

Pompe*i*us, ii *n.,* 2 decl., masc. [人名] 龐培，即 Gnaeus Pompeius Magnus（106 - 48 B.C.），羅馬共和末期政治家，軍事家 [XXII]

p*o*mum, p*o*mi *n.,* 2 decl., neut. 水果 [V]；**p*o*mis** dat./ abl. pl. [III]

p*o*no, is, p*o*sui, p*o*situm, ere *v., tr.,* 3. 擺放，安置 [X]；**p*o*nito** fut. imp., 2/ 3 pers. sing. [X]

pons, p*o*ntis *n.,* 3 decl., masc. 橋 [IV]；**p*o*ntem** acc. sing. [VI, XXIII]；**p*o*ntis** gen. sing.; acc. pl. [X]

Po**ntus, i** *n.,* 2 decl., masc. [地名] 位於小亞細亞面向黑海一帶的地區；**P**o**nto** dat./ abl. sing.
　[**XXI**]

po**pulus, i** *n.,* 2 decl., masc. 人民，民眾 [**III, X, XIV**]；**p**o**pulo** dat./ abl. sing. [**III**]；**a p**o**pulo** *locu.*
　[*prep.* **a**＋abl. sing.] 從人民，從民眾 [**III**]；**p**o**pulum** acc. sing. [**VII, XXII**]；**p**o**puli** gen. sing.;
　nom./ voc. pl. [**X**]

po**rrigo, is, r**e**xi, r**e**ctum, ere** *v., tr.,* 3. 伸展，延長 [**XI**]；**p**o**rrigi** pass., pres. inf. [**XI**]

po**rro** *adv.* 此外，再者 [**III**]

po**rta, ae** *n.,* 1 decl., fem. 門 [**XII**]

po**rtus, us** *n.,* 4 decl., masc. 港口；**p**o**rtubus** dat./ abl. pl. [**III**]；**in p**o**rtubus** *locu.* [*prep.* **in**＋
　abl. pl.] 在港口 [**III**]；**p**o**rtum** acc. sing. [**VII**]；**p**o**rtu** abl. sing. [**XI**]；**a p**o**rtu** *locu.* [*prep.* **a**
　＋abl. sing.] 從港口 [**XI**]

po**sco, is, pop**o**sci, [postul**a**tum], ere** *v., tr.,* 3. 要求，強求 [**X**]；**p**o**scit** pres. ind., 3 pers. sing.
　[**X**]

possi**deo, es, s**e**di, s**e**ssum, ere** *v., tr.,* 2. 持有，擁有 [**XI**]；**poss**i**det** pres. ind., 3 pers. sing. [**III**]；
　possi**d**e**bat** imperf. ind., 3 pers. sing. [**VI, XXIII**]

possi**do, is, s**e**di, s**e**ssum, ere** *v., tr.,* 3. 抓住，掌握 [**XI**]；**poss**i**dit** pres. ind., 3 pers. sing. [**XI**]

po**ssum, p**o**tes, p**o**tui, --, posse** *aux. v., intr.,* irreg. 能夠 [**VI, XI**]；**p**o**terat** imperf. ind., 3 pers.
　sing. [**VI, XVIII**]；**p**o**test** pres. ind., 3 pers. sing. [**VI, X, XI, XIV, XVI**]；**p**o**tuit** perf. ind., 3 pers. sing.
　[**VII, XXIII**]；**p**o**ssit** pres. subj., 3 pers. sing. [**X**]；**p**o**sse** pres. inf. [**X, XI, XVII, XXIV**]；**p**o**ssent** imperf.
　subj., 3 pers. pl. [**XI, XXII**]；**p**o**sset** imperf. subj., 3 pers. sing. [**XI**]；**p**o**tesne** [＝**potes**＋*interr.*
　adv. **ne**] pres. ind., 2 pers. sing. [**XI**]；**p**o**ssunt** pres. ind., 3 pers. pl. [**XI, XVI**]；**p**o**ssint** pres. subj.,
　3 pers. pl. [**XI**]；**p**o**ssim** pres. subj., 1 pers. sing. [**XIV**]；**p**o**tes** pres. ind., 2 pers. sing. [**XIV**]

post *adv./ prep.* [＋acc.] 後面，後方，之後 [**III, VI, XIV**]

po**stea** *adv.* 然後，以後，後來 [**XIII**]

po**stquam** *conj.* 在…之後 [**V, IX**]

po**str**e**mus, a, um** *adj., sup.* [pos.: **p**o**sterus, a, um**] 最後的 [**I, XIV**]

po**stulo, as, a**v**i, a**t**um, a**r**e** *v., tr.,* 1. 要求，請求，乞求；**p**o**stulas** pres. ind., 2 pers. sing. [**XI**]；
　po**stul**a**re** [1.] pres. inf.; [2.] pass., pres. imp., 2 pers. sing. [**XXII**]

po**testas, a**t**is** *n.,* 3 decl., fem. 力量，能力，機會 [**VII**]

po**tius** *adv.* 寧可，寧願 [**XIV, XXI**]；**p**o**tius quam** *locu.* 寧願，偏好於（*rather than*） [**XIV, XXI**]

prae**beo, es, ui, itum, ere** *v., tr.,* 2. 供應，提供，呈現；**pra**e**bet** pres. ind. 3 pers. sing. [**III, VI**]；
　prae**buit** perf. ind., 3 pers. sing. [**XXII**]

prae**ceptum, i** *n.,* 2 decl., neut. 教導，教誨，教訓；**pra**e**cepta** nom./ acc. pl. [**XIV**]

prae**c**i**pio, is, c**e**pi, c**e**ptum, c**i**pere** *v., tr.,* 3. 先於，優先於 [**XI**]；**pra**e**cipit** pres. ind., 3 pers.
　sing. [**XI**]

prae**c**i**pito, as, a**v**i, a**t**um, a**r**e** *v., tr./ intr.,* 1. 扔下，一頭栽進；**pra**e**cipit**a**vit** perf. ind., 3 pers.
　sing. [**III**]

prae**da, ae** *n.,* 1 decl., fem. 獵物，掠奪品，戰利品 [**X**]；**pra**e**dam** acc. sing. [**0**]

prae**f**i**cio, is, f**e**ci, f**e**ctum, f**i**cere** *v., tr.,* 3. [＋dat.＋acc.] 使擔當，掌管 [**XI**]；**pra**e**ficit** pres.
　ind., 3 pers. sing. [**XI**]

prae**m**i**tto, is, m**i**si, m**i**ssum, ere** *v., tr.,* 3. 先發，先遣 [**XI**]；**pra**e**m**i**sit** perf. ind., 3 pers. sing.
　[**XI**]

prae**n**u**ntius, a, um** *adj.* 先驅的，前兆的，通報的，傳令的；**pra**e**n**u**ntia** fem., nom./ abl.
　sing.; neut., nom./ acc. pl. [**III**]

prae**s**i**dium, ii** *n.,* 2 decl., neut. 防護，保護，保障 [**III**]

prae**sto, as, stiti, a**t**um, a**r**e** *v., intr./ tr.,* 1. 優於，勝於；履行，執行，落實 [**XI**]；**pra**e**st**a**rent**

imperf. subj., 3 pers. pl. [XI]；**praestarentur** pass., imperf. subj., 3 pers. pl. [XXIII]

pr*ae*sum, es, fui, fut*u*rum, prae*e*sse *anomal. v., intr.,* irreg., [＋dat.] 負責，領導，帶頭；**praefut*u*ri** fut. part., masc./ neut., gen. sing.; neut., nom. pl. 將負責的，將領導的，將帶頭的 [XIV]；**praefut*u*ri sunt** fut. inf., 3 pers. pl., neut. [XIV]；**pr*ae*sunt** pres. ind., 3 pers. pl. [XXIII]；(***ei/ ii***) **qui r*ei* p*u*blicae pr*ae*sunt** *locu.* 國家的領導者們 [XXIII]

pr*ae*ter *prep.* [＋acc.] 在…前面，之前；此外，除外 [IV, XIV]

praeterea *adv.* 此外，另外，再者，此後 [III, XIII, XIV]

praetereo, is, *i*vi/ ii, itum, *i*re *anomal. v., intr./ tr.,* 4. 過去，經過；**praeterit*o*rum** perf. part., masc./ neut. gen. pl. 已過去的，已經過的 [XVII]

praeterm*i*tto, is, m*i*si, m*i*ssum, ere *v., tr.,* 3. 省略，忽略，錯過 [XI]；**praeterm*i*ttes** fut. ind., 2 pers. sing. [XI]；**praeterm*i*tteret** imperf. subj., 3 pers. sing. [XXIV]

pr*ae*tor, *o*ris *n.,* 3 decl., masc. （古代羅馬的）裁判官 [VII, XI, XII]

pr*a*ndium, ii *n.,* 2 decl., neut. 午餐 [XI]

pr*a*tum, i *n.,* 2 decl., neut. 曠野，原野，牧草地 [X]；**in pr*a*tum** *locu.* [*prep.* in＋acc. sing.] 到曠野，到原野 [X]；**pr*a*ta** nom./ acc. pl. [XI]

pr*e*ces, ium *n.,* 3 decl., fem., pl. tant. 祈求 [III]

pr*e*mo, is, pr*e*ssi, pr*e*ssum, ere *v., tr.,* 3. 按壓，抓緊，握緊 [X]；**pr*e*mit** pres. ind., 3 pers. sing. [X]

preti*o*sus, a, um *adj.* 珍貴的，昂貴的，貴重的；**preti*o*sasque** [＝preti*o*sas＋que] fem., acc. pl. [III]

pr*e*tium, ii *n.,* 2 decl., neut. 價金，報酬 [XXIII]

pr*i*dem *adv.* 先前，之前 [X]

pr*i*mo *adv.* 起初，首先 [XI]

pr*i*mus, a, um *ord. num. adj.* 第一 [IV, XIV, XX]；**pr*i*mis** masc./ fem./ neut., dat./ abl. pl. [VI]

pr*i*nceps, is *n.,* 3 decl., masc. 領導者；**pr*i*ncipes** nom./ acc./ voc. pl. [XXII]

princip*a*tus, us *n.,* 4 decl., masc. 領導階層，上位者；**principatum** acc. sing. [XII]；**ad principatum** *locu.* [*prep.,* ad＋acc. sing.] 到領導階層 [XII]

princ*i*pium, ii *n.,* 2 decl., neut. 開始；**princ*i*pio** dat./ abl. sing. [XIII]；**in princ*i*pio** *locu.* [*prep.* in＋abl. sing.] 在一開始 [XIII]

pr*i*us *adv.* 之前，早先，首先，較早地 [XI, XIV, XXII]

pro *prep.* [＋abl.] 為了…；之前，在…前方；根據…；作為…，如同… [VII, XIV, XXII, XXIII, XXIV]

pro*a*vus, i *n.,* 2 decl., masc. 曾祖父 [XII]

pr*o*bo, as, *a*vi, *a*tum, *a*re *v., tr.,* 1. 檢證，論證，證明，認可，贊同；**prob*a*rent** imperf. subj., 3 pers. pl. [XXIV]

pr*o*bus, a, um *adj.* 良善的，誠實的，率直的；**pr*o*ba** fem., nom./ abl. sing.; neut., nom./ acc. pl. [XIII]

proc*e*do, is, c*e*ssi, c*e*ssum, ere *v., intr.,* 3. 前進，前行，進行；**proc*e*dit** pres. ind., 3 pers. sing. [XIII]；**proc*e*ssit** perf. ind., 3 pers. sing. [XXIII]；**proc*e*dat** pres. subj., 3 pers. sing. [XXIII]

proc*e*lla, ae *n.,* 1 decl., fem. 風暴；**proc*e*llas** acc. pl. [VI]

proc*u*mbo, es, c*u*bui, c*u*bitum, ere *v., intr.,* 3. 沈沒，倒下；**proc*u*buit** perf. ind., 3 pers. sing. [XI]

pr*o*deo, is, *i*vi/ ii, itum, *i*re *v., intr.,* 4. 前行，前進，投射；**pr*o*deunt** pres. ind., 3 pers. pl. [X]

pr*o*do, is, pr*o*didi, itum, ere *v., tr.,* 3. 推進，投射 [X]

pro*e*lium, li(i) *n.,* 2 decl., neut. 戰役 [I, III]；**pro*e*lio** dat./ abl. sing. [VIII]；**pro*e*liis** dat./ abl. pl. [XXII]

proficiscor, eris, fectus sum, ficisci *dep. v., intr.,* 3. 啟程，出發 [VII, XI]；**profecti** perf. part., masc./ neut., gen. sing.; masc., nom. pl. 已啟程的，已出發的 [VII, XII]；**sumus profecti** perf. ind., 1 pers. pl., masc. [VII]；**profectus, a, um** perf. part. 已啟程的，已出發的 [XI]；**profectus sum** perf. ind., 1 pers. sing., masc. [XI]；**profecti sunt** perf. ind., 3 pers. pl., masc. [XII]；**profectae** perf. part., fem., gen./ dat. sing.; nom. pl. 已啟程的，已出發的 [XII]；**profectae sunt** perf. ind., 3 pers. pl., fem. [XII]；**proficisci** pres. inf. [XIII]；**profecturus, a, um** fut. part. 將啟程的，將出發的 [XVI]

profligo, as, avi, atum, are *v., tr.,* 1. 擊潰，擊敗；**profligavit** perf. ind., 3 pers. sing. [XXIV]

profugio, is, fugi, itum, gere *v., intr./ tr.,* 3. 逃走，脫逃；**profugisse** perf. inf. [XXI]

profundus, a, um *adj.* 深的，無底的，無止境的；**profunda** fem., nom./ abl. sing.; neut., nom./ acc. pl. [XI]

prohibeo, es, hibui, hibitum, ere *v., tr.,* 2. 隔離，使遠離 [XI]；**prohibere** [1.] pres. inf.; [2.] pass., pres. imp., 2 pers. sing. [XI]；**prohibent** pres. ind., 3 pers. pl. [XXII]

promitto, is, misi, missum, ere *v., tr.,* 3. 允諾，答應 [XI, XII]；**promisisti** perf. ind., 2 pers. sing. [XI, XII]

prope *adv./ prep.* [+acc.] 接近，靠近；幾乎 [VII, X, XVI]

propero, as, avi, atum, are *v., intr./ tr.,* 1. 加速，趕忙，催促；**properabant** imperf. ind., 3 pers. pl. [VI]

propono, is, posui, positum, ere *v., tr.,* 3. 展現，提議，提出；**proponebant** imperf. ind., 3 pers. pl. [VI]；**proposui** perf. ind., 1 pers. sing. [XXIII]；**quod mihi proposui** *locu.* 我的提議 [XXIII]

proprius, a, um *adj.* 個別的，專屬的，獨特的，特有的，本質的；**proprium** masc./ neut., acc. sing.; neut., nom. sing. [VI, XXIV]；**proprio** masc./ neut., dat./ abl. sing. [X]

propter *prep.* [+acc.] 接近，靠近；因為 [III, VI, XVI, XXII]

prora, ae *n.,* 1 decl., fem. 船頭，船首；**proras** acc. pl. [XI]

proscribo, is, scripsi, scriptum, ere *v., tr.,* 3. 公告，拍賣 [XI]；**proscripsi** perf. ind., 1 pers. sing. [XI]

prosilio, is, ivi, --, ire *v., intr.,* 4. 跳，跳躍；**prosilit** pres. ind., 3 pers. sing. [III]

prosperus, a, um *adj.* 繁榮的，興盛的，成功的，幸運的；**prosperum** nom./acc. neut., acc.masc.sing. [III]

prospicio, is, spexi, spectum, cere *v., tr./ intr.,* 3. 看見，觀察，預見，盤算 [X, XI]；**prospexit** perf. ind., 3 pers. sing. [X]；**prospicere** [1.] pres. inf.; [2.] pass., pres. imp., 2 pers. sing. [XI]

prosterno, is, stravi, stratum, ere *v., tr.,* 3. 擊倒，傾覆，耗盡 [XI]；**prosternere** [1.] pres. inf.; [2.] pass., pres. imp., 2 pers. sing. [XI]

prosum, prodes, profui, profuturus, prodesse *v., intr.,* irreg. [+dat.] 有效用，有益於，有助於 [XI]；**profuerit** [1.] perf. subj., 3 pers. sing.; [2.] futperf. ind., 3 pers. sing. [XI]

protego, is, texi, tectum, ere *v., tr.,* 3. 遮蔽，保護 [XI]；**protecta** perf. part., fem., nom./ abl. sing.; neut., nom./ acc. pl. 已[/被]遮蔽的，已[/被]保護的 [XI]

provideo, es, vidi, visum, ere *v., tr./ intr.,* 2. 預見，預料 [XI]；**providere** [1.] pres. inf.; [2.] pass., pres. imp., 2 pers. sing. [XI]

provincia, ae *n.,* 1 decl., fem. 省區，轄區 [XVI, XXI, XXIII]；**provinciam** acc. sing. [XIII, XXII]；**per provinciam** *locu.* [*prep.* per+acc. sing.] 經過省區，經過轄區 [XIII, XXII]；**ex provincia** *locu.* [*prep.* ex+abl. sing.] 從省區，從轄區 [XVI]；**in provincia** *locu.* [*prep.* in+abl. sing.] 在省區內，在轄區內 [XXI, XXIII]

prudens, entis *adj.,* 3 decl. 審慎的，謹慎的，有遠見的，有經驗的 [XVIII, XXII]

prudentia, ae *n.,* 1 decl., fem. 審慎，謹慎，睿智，洞見 [VI, XVIII, XXIII]；**qua prudentia es** [=

quae t*u*a est prudentia /pro t*u*a prudentia] *locu.* 鑑於你/妳的謹慎 [XXIII]

prudentior, or, us *adj., comp.* [pos.: **pr*u*dens, *entis***] 較審慎的，較謹慎的，較有遠見的，較有經驗的 [XXI]

p*u*blicus, a, um *adj.* 公共的，公眾的；**p*u*blica** fem., nom./ voc./ abl. sing.; neut., nom./ acc./ voc. pl. [III, XIV]；**p*u*blicae** fem., gen./ dat. sing.; nom. pl. [IV, XI, XIV]；**p*u*blicam** fem., acc. sing. [V]

pu*e*lla, ae *n.*, 1 decl., fem. 女孩，女童 [III, IV, V, XII, XIII]；**pu*e*llaeque** [＝pu*e*llae＋que] gen./ dat. sing.; nom./ voc. pl. [III]；**pu*e*ll*a*rum** gen. pl. [IV]；**pu*e*llae** gen./ dat. sing.; nom./ voc. pl. [VII]

pu*e*llula, ae *n.*, 1 decl., fem. 小女孩，小女童 [XIII]

p*u*er, i *n.*, 2 decl., masc. 男孩，男童 [III, V, XI, XIV]；**p*u*eros** acc. pl. [III, XXIV]；**p*u*ero** dat./ abl. sing. [V]；**a p*u*ero** *locu.* [*prep.* **a**＋abl. sing.] 被男孩 [V]；**p*u*eri** gen. sing.; nom./ voc. pl. [XII, XVII]

pu*e*rulus, i *n.* 2 decl., masc. 小男孩，男童 [III]

p*u*gna, ae *n.*, 1 decl., fem. 戰鬥，打鬥；**p*u*gnam** acc. sing. [XI, XXIII]；**ad p*u*gnam** *locu.* [*prep.* **ad**＋acc. sing.] 來打鬥 [XXIII]

p*u*gno, as, *a*vi, *a*tum, *a*re *v., intr.*, 1. 戰鬥，打仗；**pugn*a*tur** pass., pres. ind., 3 pers. sing. （他/她/它）被戰鬥，被打仗 [XII]

p*u*lcher, p*u*lchra, p*u*lchrum *adj.* 美麗的，漂亮的 [IV]；**p*u*lchra** fem., nom./ abl. sing.; neut., nom./ acc. pl. [III, IV, XIII]；**p*u*lchro** masc./ neut., dat./ abl. sing. [X]；**p*u*lchram** fem., acc. sing. [XVII]

pulch*e*rrimus, a, um *adj., sup.* [pos.: **p*u*lcher, p*u*lchra, p*u*lchrum**] 極美麗的，極漂亮的 [IV]

p*u*lmo, *o*nis *n.*, 3 decl., masc. 肺；**pulm*o*nem** acc. sing. [XI]；**ad pulm*o*nem** *locu.* [*prep.* **ad**＋acc. sing.] 到肺部，往肺部 [XI]

p*u*lvis, eris *n.*, 3 decl., masc. 塵埃，灰塵 [IV, XI]；**p*u*lverem** acc. sing [XI]；**in p*u*lverem** *locu.* [*prep.* **in**＋acc. sing.] 到塵埃 [XI]

p*u*nio, is, pun*i*vi, *i*tum, *i*re *v., tr.*, 4. 懲罰，處罰；**pun*i*verit** [1.] futp. ind., 3 pers. sing.; [2.] perf. subj., 3 pers. sing. [V]；**pun*i*vit** perf. ind., 3 pers. sing. [XVIII]

pup*i*llus, i *n.*, 2 decl., masc. 孤兒，受監護人；**pup*i*llum** acc. sing. [XI]

p*u*ppis, is *n.*, 3 decl., fem. 甲板 [III]

p*u*rior, or, us *adj., comp.* [pos.: **p*u*rus, a, um**] 較乾淨的，較清澈的，較純潔的 [XXIV]

purp*u*reus, a, um *adj.* 紫的，紫色的；**purp*u*reas** fem., acc. pl. [III]

p*u*rus, a, um *adj.* 乾淨的，清澈的，純潔的 [IV, VII]

p*u*teus, p*u*tei *n.*, 2 decl., masc. 井，坑；**p*u*teum** acc. sing. [III]

p*u*to, as, *a*vi, *a*tum, *a*re *v., tr.*, 1. 以為，認為，認定，相信 [VII]；**put*a*re** [1.] pres. inf.; [2.] pass., pres. imp., 2 pers. sing. [XXIV]；**pro n*i*hilo put*a*re** *locu.* 視某人或某物如無物，把某人或某事設想為不存在 [XXIV]

quadrag*e*ni, ae, a *distr. num. adj.* 每四十 [XX]

quadrag*e*simus, a, um *ord. num. adj.* 第四十 [XX]

quadr*a*gies *num. adv.* 四十次 [XX]

quadrag*i*nta *card. num. adj.* 四十 [XX]

qu*a*drim(ul)us, a, um *adj.* 四年的、四歲的 [XX]

quadring*e*ni, ae, a *distr. num. adj.* 每四百 [XX]

quadringent*e*simus, a, um *ord. num. adj.* 第四百 [XX]

quadring*e*nti, ae, a *card. num. adj.* 四百 [XX]

quadring*e*nties *num. adv.* 四百次 [XX]

qu*ae*ro, is, qu*ae*s*i*vi, qu*ae*s*i*tum, ere *v., tr.,* 3. 尋找，搜尋，尋求，要求 [X]；**qu*ae*r*e*bant** imperf. ind., 3 pers. pl. [X]；**qu*ae*r*e*bat** imperf. ind., 3 pers. sing. [XIII]

qu*ae*so, ere *defect. v., tr./ intr.,* irreg. 要求，祈求，請 [IX, X, XII, XV]；**qu*ae*s*e*ntibus** pres. part., masc./ fem./ neut., dat./ abl. pl. [正在]要求的，[正在]祈求的 [IX]；**qu*ae*sumus** pres. ind., 1 per. pl. [XII]

qu*a*lis, is, e *interr.; rel. pron./ adj.* 哪一類的，什麼樣的；**qu*a*lem** masc./ fem., acc. sing. [X, XIV]

quam *adv./ conj.* 多少，多麼；[用於比較] 比...，較... [III, IV, VII, XI, XXI, XXII, XXIII, XXIV]

qu*a*mdiu *adv./ conj.* 多久；直到何時 [XXIV]

qu*a*ndo *adv./ conj.* 在...時候，何時；因為，由於 [XIV]

qu*a*nto *adv.* 在如何大的程度下 [XVI]

qu*a*ntum *adv.* 多少，到什麼程度 [XXII]

qu*a*ntus, a, um *adj.* 多麼多的，多麼大的；**qu*a*nti** masc./ neut., gen. sing.; neut., nom. pl. [XXI]

qu*a*re *adv.* 如何，為何，因何 [X]

qu*a*rt*a*nus, a, um *adj.* 第四的；**quartan*o*rum** masc./ neut., gen. pl. [XX]

qu*a*rtus d*e*cimus, ~a ~a, ~um ~um *ord. num. adj.* 第十四 [XX]

qu*a*rtus, a, um *ord. num. adj.* 第四 [XX]

qu*a*si *adv.* 如同，有如 [X, XI, XXIV]

qu*a*ter *num. adv.* 四次 [XX]

qu*a*ter d*e*cie(n)s *num. adv.* 十四次 [XX]

quat*e*rni d*e*ni, ~ae ~ae,~a ~a *distr. num. adj.* 每十四 [XX]

quat*e*rni, ae, a *distr. num. adj.* 每四 [XX]

qu*a*ttuor *card. num. adj.* 四 [XI, XX]

qu*a*ttu*o*rdecim *card. num. adj.* 十四 [XX]

qu*e*o, is, *i*vi/ ii, *i*tum, *i*re *v., intr.,* 4. 能夠；**quis** pres. ind., 2 pers. sing. [XIV]

qu*e*ror, eris, qu*e*stus sum, qu*e*ri *dep. v., intr./ tr.,* 3. 抱怨 [VII]；**qu*e*rentis** pres. part., masc./ fem./ neut., gen. sing. [正在]抱怨的 [VII]

qui, quae, quod *rel.; indef.; interr. pron./ adj.* 誰，哪個/些；那/些；什麼 [0, II, IV, VI, VII, X, XI, XIII, XIV, XVI, XXI, XXII, XXIII, XXIV]；**c*u*i** masc./ fem./ neut., dat. sing. [I, XIII, XVIII]；**quae** fem., nom. sing./ pl.; neut., nom./ dat. pl. [IV, VII, X, XI, XIII, XIV, XVIII, XXII, XXIII, XXIV]；**quod** neut., nom./ acc. sing. [IV, VI, VII, X, XI, XIII, XIV, XVIII, XXI, XXII, XXIII]；**quem** masc. acc. sing. [V, X, XI, XXIII]；**quam** fem., acc. sing. [VI, VII, XI, XIV, XXIII, XXIV]；**quo** masc./ neut., abl. sing. [VI, X, XIV]；**cum quo** *locu.* [*prep.* **cum**＋abl. sing.] 與誰，與哪個；與那；與什麼 [VI]；**qua** fem., abl. sing. [VI, X, XVI, XXIII]；**in quo** *locu.* [*prep.* **in**＋abl. sing.] 在誰，在哪個；在那；在什麼 [VI]；**quos** masc. acc. pl. [X, XXIII]；**de qua** *locu.* [*prep.* **de**＋abl. sing.] 關於誰，關於哪個 [X]；**ex qua** *locu.* [*prep.* **ex**＋abl. sing.] 從誰，從哪個 [X]；**c*u*ius** masc./ fem./ neut., gen. sing. [XI]；**qu*i*bus** masc./ fem./ neut., dat./ abl. pl. [XIII, XXIII]；**quas** fem., acc. pl. [XXIII]

qu*i*a *conj.* 因為 [VII, XI, XIII]

quic*u*mque, quaec*u*mque, quodc*u*mque *rel.; indef. pron./ adj.* 無論誰，無論什麼 [IV, XXIV]；**cuic*u*mque** masc./ fem./ neut., dat. sing. [XI]；**quaec*u*mque** fem., nom. sing./ pl.; neut., nom./ acc. pl. [XIV]

qu*i*dam, qu*ae*dam, qu*i*ddam *indef. pron./ adj.* 某人，有人 [IV, XXIV]

qu*i*dam, qu*ae*dam, qu*o*ddam *indef. adj./ pron.* 某事 [IV, XXIV]；**qu*ae*dam** fem., nom. sing./ pl.; neut., nom./ acc. pl. [XVI, XXIV]；**qu*a*ndam** fem., acc. sing. [XXIV]；**qu*a*dam** fem., abl. sing. [XXIV]

qu*i*dem *adv.* 甚至，而且，確定地 [XXI]

qu*i*es, *e*tis *n.,* 3 decl., fem. 寧靜，寂靜，平靜 [IV]

qu*i*libet, qu*ae*libet, qu*i*dlibet *indef. pron./ pron.* 無論誰，無論什麼 [IV]

qu*i*libet, qu*ae*libet, qu*o*dlibet *indef. adj./ pron.* 無論誰的，無論什麼的 [IV]

quin *interr. adv./ conj.* 為何不？為何沒有？ [VII, X, XI]

qu*i*nam, qu*ae*nam, qu*o*dnam *interr. adj./pron.* 不管是誰？無論什麼？ [IV]

qu*i*ndecim *card. num. adj.* 十五 [XX]

quing*e*ni, ae, a *distr. num. adj.* 每五百 [XX]

quingent*e*simus, a, um *ord. num. adj.* 第五百 [XX]

quing*e*nti, ae, a *card. num. adj.* 五百 [XX]

quing*e*nties *num. adv.* 五百次 [XX]

qu*i*ni d*e*ni, ~ae ~ae, ~a ~a *distr. num. adj.* 每十五 [XX]

qu*i*ni, ae, a *distr. num. adj.* 每五 [XX]

quinquag*e*ni, ae, a *distr. num. adj.* 每五十 [XX]

quinquag*e*simus, a, um *ord. num. adj.* 第五十 [XX]

quinqu*a*gies *num. adv.* 五十次 [XX]

quinquag*i*nta *card. num. adj.* 五十 [XX]

qu*i*nque *card. num. adj.* 五 [XX]

qu*i*nquie(n)s *num. adv.* 五次 [XX]

qu*i*nquie(n)s decie(n)s *num. adv.* 十五次 [XX]

qu*i*ntus d*e*cimus, ~a ~a, ~um ~um *ord. num. adj.* 第十五 [XX]

qu*i*ntus, a, um *ord. num. adj.* 第五 [XX]；**qu*i*nta** fem., nom./ abl. sing.; neut., nom./ cc. pl. [XXIV]；**qu*i*nto** masc./ neut., dat./ abl. sing. [XXIV]

quis, quis, quid *interr.; indef. pron.* 誰，什麼 [I, IV, VII, IX, X, XI, XXIV]；**quid** neut., nom./ acc. sing. [IV, VI, VII, X, XI, XII, XIV, XXII, XXIV]；**ne quis** *locu.* 沒有誰，沒有人 [XXIV]；**ne quid** *locu.* 沒有什麼，沒有東西 [XXIV]

qu*i*snam, qu*ae*nam, qu*i*dnam *interr. pron./ adj.* 不管是誰？無論什麼？ [IV]

qu*i*spiam, qu*ae*piam, qu*o*dpiam *indef. adj./ pron.* 有人的，某人的，某物的 [IV]

qu*i*spiam, qu*i*spiam, qu*i*dpiam (/qu*i*ppiam) *indef. pron./ adj.* 有人，某人，某物 [IV]

qu*i*squam, [*u*lla], qu*i*cquam (/qu*i*dquam) *indef. pron.,* sing. tant. 無一人不，任何人 [IV, XXIV]；**qu*e*mquam** masc., nom./ acc. [VI, X, XXIV]；**qu*i*cquam** neut., nom./ acc. [XI, XXIV]；**c*u*iquam** masc./ fem./ neut., dat. sing. [XXII, XXIV]；**nec qu*i*squam** *locu.* 並未有任何人 [XXIV]；**nec qu*i*cquam** *locu.* 並未有任何東西 [XXIV]

qu*i*sque, qu*ae*que, qu*o*dque *indef. adj./ pron.* 每，每一 [IV, XXIV]；**qu*a*que** fem., abl. sing. [XXIV]

qu*i*sque, qu*i*sque, qu*i*dque *indef. pron./ adj.* 每人，每物 [IV, X, XI, XIV, XXI, XXII, XXIV]；**c*u*ique** masc./ fem./ neut., dat. sing. [XVIII, XXII, XXIV]；**qu*e*mque** masc./ fem. acc. sing. [XXIV]；**qu*i*dque** neut., nom. sing. [XXIV]；**qu*o*que** masc./ fem./ neut., abl. sing. [XXIV]

qu*i*squis, qu*i*squis, qu*i*dquid (/qu*i*cquid) *rel.; indef. pron./ adj.* 無論是誰，無論什麼 [IV, XXIV]；**qu*i*cquid** neut., nom. sing. [X, XXI, XXIV]；**qu*o*quo** masc./ fem./ neut., abl. sing. [XXIV]

qu*i*vis, qu*ae*vis, qu*i*dvis *indef. pron./ adj.* 無論誰，無論什麼 [IV]

qu*i*vis, qu*ae*vis, qu*o*dvis *indef. adj./ pron.* 無論誰，無論什麼 [IV, XXIV]；**qu*a*mvis** fem., acc. sing. [IV, XVI]；**qu*ae*vis** fem., nom. sing./ pl.; neut., nom./ acc. pl. [IV]；**qu*o*dvis** neut., nom. sing. [IV]；**c*u*iusvis** masc./ fem./ neut., gen. sing. [XVI]；**qu*a*vis** fem., abl. sing. [XXIV]

quo *adv./ conj.* 何處，在哪裡 [X, XI]

quod *adv./ conj.* 關於，至於，因為 [X, XII, XIV, XXII]

qu*o*ndam *adv.* 先前，曾經，一度 [XXI]

qu*o*niam *conj.* 因為 [XI, XXI]

qu*o*tiens *adv.* 每當 [IV]

r*a*dix, *i*cis *n.*, 3 decl., fem. 根；**rad*i*cem** acc. sing. [XV]

r*a*mus, i *n.*, 2 decl., masc. 樹枝；**r*a*mos** acc. pl. [X]

r*a*pio, is, r*a*pui, r*a*ptum, ere *v., tr.*, 3. 奪取，拿走，攫取，劫掠，掠奪 [VI, X]；**r*a*piant** pres. subj., 3 pers. pl. [X]

rar*i*ssimus, a, um *adj., sup.* [pos.: **r*a*rus, a, um**] 極薄的，極稀疏的，極少的，極罕見的；**rar*i*ssimum** masc./ neut., acc. sing.; neut., nom. sing. [XXIV]

r*a*tio, *o*nis *n.*, 3 decl., fem. 計算，計畫，方法，理性 [XIV]；**rati*o*nem** acc. sing. [VI, X]

rec*e*do, is, c*e*ssi, c*e*ssum, ere *v., intr.*, 3. 後退，退下；**rec*e*de** pres. imp., 2 pers. sing. [XIII]；**rec*e*dit** pres. ind., 3 pers. sing. [XIII]

rec*e*nsio, *o*nis *n.,* 3 decl., fem. 清查，簿列，調查；**recensi*o*ne** abl. sing. [XXI]；**in recensi*o*ne** *locu.* [*prep.* **in**＋abl. sing.] 在清查，在調查 [XXI]

rec*i*pio, is, rec*e*pi, rec*e*ptum, pere *v., tr.*, 3. 歡迎，迎接，接受，接回 [XI]；**rec*i*pitur** pass., pres. ind., 3 pers. sing. [XI]；**rec*e*perat** pluperf. ind., 3 pers. sing. [XXIII]

rec*o*rdor, *a*ris, *a*tus sum, *a*ri *dep. v., tr.,* 1. 記住，記得；**record*a*ri** pres. inf. [XVI]

r*e*cta *adv.* 直接地，筆直地 [VII]

r*e*cte *adv.* 正直地，正當地，正確地 [XVI]

rec*u*pero, as, *a*vi, *a*tum, *a*re *v., tr.*, 1. 奪回，收復，恢復；**recuper*a*re** [1.] pres. inf.; [2.] pass., pres. imp., 2 pers. sing. [VI]

red*a*rguo, is, gui, g*u*tum, ere *v., tr.*, 3. 反駁 [XI]；**red*a*rguam** [1.] pres. subj., 1 pers. sing.; [2.] fut. ind., 1 pers. sing. [XI]

r*e*ddo, is, didi, ditum, ere *v., tr.*, 3. 交還，回歸，回報，報復；呈現，表示；**r*e*ddidit** perf. ind., 3 pers. sing. [XVIII]；**r*e*dditum** [1.] perf. part., masc./ neut., acc. sing.; neut., nom. sing. 已[/被]交還的，已[/被]回歸的，已[/被]回報的，已[/被]報復的；已[/被]呈現的，已[/被]表示的；[2.] sup., neut., acc. sing. 交還，回歸，回報，報復；呈現，表示 [XXII]

r*e*deo, is, r*e*dii, itum, *i*re *v., intr.*, 4. 返回，恢復，回覆；**red*i*re** pres. inf. [XXIV]

r*e*digo, is, d*e*gi, d*a*ctum, ere *v., tr.*, 3. 擊退，趕回，回復 [XI]；**red*e*git** perf. ind., 3 pers. sing. [VI]

red*i*mo, is, d*e*mi, d*e*mptum, ere *v., tr.*, 3. 回購，贖回 [XI]；**redim*e*ndo** [1.] ger., neut., dat./ abl. sing. 回購，贖回；[2.] gerundive, masc./ neut., dat./ abl. sing. 該被回購的，該被贖回的 [XI]

r*e*fero, fers, r*e*ttuli, l*a*tum, ferre *anomal. v., tr.*, irreg. 帶回，回歸 [XI]；**refer*e*tur** pass., fut. ind., 3 pers. sing. [XI]；**r*e*ferent** fut. ind., 3 pers. pl. [XIV, XXII]；**referr*e*tur** pass., imperf. subj., 3 pers. sing. [XVI]；**ref*e*rre** [1.] pres. inf.; [2.] pass., pres. imp., 2 pers. sing. [XXII]

r*e*gia, ae *n.*, 1 decl., fem. 皇宮，宮殿 [III]

r*e*gius, a, um *adj.* 王室的，帝王般的；**r*e*gio** masc./ neut., dat./ abl. sing. [XXIV]

r*e*gnum, i *n.*, 2 decl., neut. 王國 [III]

r*e*go, is, r*e*xi, r*e*ctum, ere *v., tr.*, 3. 指揮，指導，管理，管控 [X]；**reg*u*ntur** pass., pres. ind., 3 pers. pl. [X]

re*i*cio, is, i*e*ci, i*e*ctum, cere *v., tr.*, 3. 驅除，擊退，拒絕；**reici*e*nda** gerundive, fem., nom./ abl. sing.; neut., nom./ acc. pl. 該被驅除的，該被擊退的，該被拒絕的 [XVIII]

rel*i*nquo, is, l*i*qui, l*i*ctum, quere *v., tr.*, 3. 放棄，拋棄，遺棄，留下，剩餘 [X, XI]；**rel*i*nquit** pres. ind., 3 pers. sing. [X]；**rel*i*nque** pres. imp., 2 pers. sing. [XI]；**rel*i*cta** perf. part., fem., nom./ abl. sing.; neut., nom./ acc. pl. 已[/被]放棄的，已[/被]拋棄的，已[/被]遺棄的，已[/被]留下的，已[/被]剩餘的 [XII]；**rel*i*cta sunt** pass., perf. ind., 3 pers. pl., neut. [XII]；**rel*i*quit** perf. ind., 3 pers. sing. [XXIV]

reliquus, a, um *adj.* 其他的，其餘的，剩下的；**reliquas** fem., acc. pl. [XIV, XXIV]；**reliqui, ae, a** *adj.*, pl. [XXIV]

reluceo, es, luxi, --, ere *v., intr.*, 2. 閃爍，閃耀；**relucebat** imperf. ind., 3 pers. sing. [III]

remedium, ii *n.*, 2 decl., neut. 治療，醫療，補救；**remedio** dat./ abl. sing. [XIV]；**pro remedio** *locu.* [*prep.* **pro**+abl. sing.] 作為治療，作為醫療，作為補救 [XIV]

reminiscor, eris, [recordatus sum], sci *dep. v., tr./ intr.*, 3. 記起，想起 [VII]

remitto, is, misi, missum, ere *v., tr.*, 3. 送回，遣回；**remittit** pres. ind., 3 pers. sing. [XXII]

remoror, aris, ratus sum, ari *dep. v., intr./ tr.*, 1. 遲延，耽擱；**remorantur** pres. ind., 3 pers. pl. [VII]

removeo, es, movi, motum, ere *v., tr.*, 2. 移動，排除 [XI]；**removeri** pass., pres. inf. [XI]

reor, reris, ratus sum, reri *dep. v., intr.*, 2. 看待，想像，認定 [VII]；**retur** pres. ind. 3 pers. sing. [VII]

repagula, orum *n.*, 2 decl., neut., pl. tant. 門栓 [VI]

repente *adv.* 突然地 [III, XVI]

reperio, is, repperi, repertum, ire *v., tr.*, 4. 尋找，發現 [X, XI]；**repertae** perf. part., fem., gen./ dat. sing.; nom. pl. 已[/被]尋找的，已[/被]發現的 [XI]；**reperiet** fut. ind., 3 pers. sing. [X]；**repertae sunt** pass., perf. ind., 3 pers. pl., fem. [XI]

repeto, is, petivi, petitum, ere *v., tr.*, 3. 返回，恢復 [XI]；**repeterent** imperf. subj., 3 pers. pl. [XI]

reprehendo, is, hendi, hensum, ere *v., tr.*, 3. 抓住，奪取；譴責 [XI]；**reprehende** pres. imp., 2 pers. sing. [XI]；**reprehendatis** pres. subj., 2 pers. pl. [XXIII]

repugno, as, avi, atum, are *v., intr.*, 1. 抵抗，對抗；**repugnantes** pres. part., masc./ fem., nom./ acc. pl. [正在]抵抗的，[正在]對抗的 [XVII]

res publica, rei publicae *n.*, 5 decl.＋ 1 decl., fem. 政事，公眾事務，國家；**re publica** abl. sing. [III, XIV]；**de re publica** *locu.* [*prep.* **de**+abl. sing.] 關於政事 [III, XIV]；**res publicae** nom. pl. [IV]；**rem publicam** acc. sing. [V]；**rei publicae** gen./ dat. sing. [XI, XIV, XXIII]；**in re publica** *locu.* [*prep.* **in**+abl. sing.] 在政事 [XIV]

res, rei *n.*, 5 decl., fem. 物，事物，東西 [III, IV, XXI, XXIII]；**re** abl. sing. [III, XIV, XXIII, XXIV]；**rem** acc. sing. [V, XI, XIV]；**rei** gen./ dat. sing. [XI, XIV, XXIII, XXIV]；**rebus** dat./ abl. pl. [XVIII, XXIII, XXIV]；**in res** *locu.* [*prep.* **in**+acc. pl.] 到...事物 [XXI]；**eas res** *locu.* 那些事情，那些東西 [XXIII]；**rerum** gen. pl. [XXIV]

resarcio, is, sarsi, sartum, ire *v., tr.*, 4. 修復，修理；賠償；**resarcire** [1.] pres. inf.; [2.] pass., pres. imp., 2 pers. sing. [X]

rescindo, is, scidi, scissum, ere *v., tr.*, 3. 移除，破壞，廢除 [XI]；**rescindunt** pres. ind., 3 pers. pl. [XI]

resisto, is, stiti, --, ere *v., intr.*, 3. 反對，拒絕 [XI]；**resistis** pres. ind., 2 pers. sing. [XI]

respicio, is, pexi, pectum, cere *v., tr./ intr.*, 3. 注視，回顧，反觀；**respicere** [1.] pres. inf.; [2.] pass., pres. imp., 2 pers. sing. [VII]；**respice** pres. imp., 2 pers. sing. [XI]

respondeo, es, spondi, sponsum, ere *v., intr.*, 2. 回應，答覆 [XI]；**respondes** pres. ind., 2 pers. sing. [IV, XI]；**respondet** pres. ind., 3 pers. sing. [XIII]；**respondeam** pres. subj., 1 pers. sing. [XIV]；**responderim** perf. subj., 1 pers. sing. [XIV]；**responsum** [1.] perf. part., masc./ neut., acc. sing.; neut., nom. sing. 已[/被]答應的，已[/被]回覆的；[2.] sup., neut., acc. sing. 答應，回覆 [XVI]；**respondere** pres. inf. [XVI]；**respondit** perf. ind., 3 pers. sing. [XXII]

restituo, is, stitui, stitutum, uere *v., tr.*, 3. 修復，復原 [XI]；**restituit** [1.] pres. ind., 3 pers. sing.; [2.] perf. ind., 3 pers. sing. [XI]

resto, as, stiti, atum, are *v., intr.*, 1. 逗留，徘徊 [XI]；**restas** pres. ind., 2 pers. sing. [XI]

reticulum, i *n.*, 2 decl., neut. 網子，網袋 [X]

revenio, is, veni, ventum, ire *v., intr.,* 4. 回來；**revenias** pres subj., 2 pers. sing. [X]

revertor, eris, versus sum, erti *semidep. v., intr.* 3. 回頭，回來，回去，返回，回歸 [VII, XI]；**revertamur** pres. subj., 1 pers. pl. [VII]；**reverteris** pres. ind., 2 pers. sing. [XI]；**reverterunt** perf. ind., 3 pers. pl. [XXII]

rex, regis *n.*, 3 decl., masc. 國王 [XII, XXI]；**regem** acc. sing. [VI, XXIII]；**ad regem** *locu.* [*prep.* **ad**＋acc. sing.] 往國王（處），到國王（處） [VI, XXIII]；**regis** gen. sing. [X, XII]

Rhenus, i *n.*, 2 decl., masc. [河川名] 萊茵河；**Rhenum** acc. sing. [XVI, XVIII]

rideo, es, risi, risum, ridere *v., intr./ tr.,* 2. 笑 [X]；**rideant** pres. subj., 3 pers. pl. [X]；**ridet** pres. ind., 3 pers. sing. [XIII]；**ridendi** [1.] ger., neut., gen. sing. 笑[的]；[2.] gerundive, masc./ neut., gen. sing.; masc., nom. pl. 該被笑的 [XVIII]

ripa, ae *n.*, 1 decl., fem. 河岸，堤防 [XIII]；**ripam** acc. sing. [X]；**in ripa** *locu.* [*prep.* **in**＋abl. sing.] 在河岸 [XIII]

risus, us *n.*, 4 decl., masc. 笑，笑聲；**risuque [risu＋que]** abl. sing. [III]；**risu** abl. sing. [XI]

rivus, rivi *n.*, 2 decl., masc. 小河，溪流；**rivo** dat./ abl. sing. [III]；**rivi** gen. sing.; nom. pl. [XIII]

rixa, ae *n.*, 1 decl., fem. 爭論，爭吵，吵架，口角；**rixae** gen./ dat. sing.; nom. pl. [XIII]

rogo, as, avi, atum, are *v., tr.,* 1. 詢問，尋求 [XI]；**roges** pres. subj., 2 pers. sing. [XIV]；**rogaveris** [1.] perf. subj., 2 pers. sing.; [2.] futp. ind., 2 pers. sing. [XIV]；**rogavit** perf. ind., 3 pers. sing. [XXI, XXII]；**rogatum** [1.] perf. part., masc./ neut., acc. sing.; neut., nom. sing. 已[/被]詢問的，已[/被]尋求的；[2.] sup., neut., acc. sing. 詢問，尋求 [XXII]

Roma, ae *n.*, 1 decl., fem. [地名] 羅馬 [XXIII, XXIV]；**Romam** acc. sing. [III, V]；**ad Romam** *locu.* [*prep.* **ad**＋acc. sing.] 到羅馬 [III]；**Roma** nom./ voc./ abl. sing. [III]；**ex Roma** *locu.* [*prep.* **ex**＋abl. sing.] 離開羅馬 [III]；**Romae** gen./ dat. sing. [XII]；**in Roma** *locu.* [*prep.* **in**＋abl. sing.] 在羅馬 [XXIV]

Romanus, a, um *adj.* [地名] 羅馬的，羅馬人的；**Romani** masc./ neut., gen. sing.; masc., nom. pl. [III, VI]；**Romanum** masc./ neut., acc. sing; neut., nom. sing. [IV, VII, XXII]；**Romanam** fem., acc. sing. [VI]；**Romana** fem., nom./ abl. sing.; neut., nom./ acc. pl. [XVIII]

Romanus, i *n.*, 2 decl., masc. [族群名] 羅馬人 [VI]；**Romani** gen. sing.; nom./ voc. pl. [III, VI]；**Romanos** acc. pl. [V, X]；**Romanorum** gen. pl. [VI]

Romulus, i *n.*, 2 decl., masc. [人名] 羅馬城的創建者；**Romule** voc. sing. [X]

rosa, ae *n.*, 1 decl., fem. 玫瑰 [I, III]；**rosas** acc. pl. [III]

rostrum, i *n.*, 2 decl., neut. 啄，鳥嘴 [XVII]

ruber, bra, brum *adj.* 紅的，紅色的 [IV]

Rufus, i *n.*, 2 decl., masc. [人名] 男子名 [XVII]

ruina, ae *n.*, 1 decl., fem. 崩塌，毀滅，災厄；**ruinae** gen./ dat. sing.; nom. pl. [XIV]

ruinosus, a, um *adj.* 毀壞的，崩塌的，荒廢的；**ruinosae** fem., gen./ dat. sing.; nom. pl. [X]

rumpo, is, rupi, ruptum, ere *v., tr.,* 3. 破裂，毀壞 [X]；**ruptae** perf. part., fem., gen./ dat. sing.; nom. pl. 已[/被]破裂的，已[/被]毀壞的 [X]

ruo, is, rui, rutum, ruere *v., intr./ tr.,* 3. 毀滅，毀壞；跑，衝；**ruere** [1.] pres. inf.; [2.] pass., pres. imp., 2 pers. sing. [XI]

rusticus, a, um *adj.* 鄉村的，農村的，農務的；**rusticum** masc./ neut., acc. sing.; neut., nom. sing. [XIV]

rutilo, as, avi, atum, are *v., intr./ tr.,* 1. 有光澤，變紅潤；**rutilabant** imperf. ind., 3 pers. pl. [III]

sacrificium, ii *n.*, 2 decl., neut. 犧牲，祭品 [XII]

sacr*i*legus, a, um *adj.* 褻瀆的，瀆神的，不敬的；**sacr*i*legum** masc./ neut., acc. sing.; neut., nom. sing. [XI]

sacros*a*nctus, a, um *adj.* 神聖的，不可褻瀆的；**sacros*a*nctum** masc./ neut., acc. sing.; neut., nom. sing. [X]

s*ae*pe *adv.* 時常，常常 [III, VI, X, XI, XIII]

s*ae*vus, a, um *adj.* 殘暴的，兇猛的 [IV]

sag*i*tta, ae *n.*, 1 decl., fem. 箭，箭矢；**sag*i*ttam** acc. sing. [III]；**sag*i*ttas** acc. pl. [VI]

Sag*u*ntum, i *n.*, 2 decl., neut. [地名] 位於伊比利半島東側沿海的城鎮，曾被漢尼拔所攻陷；**Sag*u*nti** gen. sing. [XIV]

S*a*lamis, *i*nis *n.,* 3 decl., fem. [地名] [III]

salt*a*tor, *o*ris *n.,* 3 decl., masc. 舞者；**saltat*o*rium** masc., gen. pl. [VI]

s*a*lto, as, *a*vi, *a*tum, *a*re *v., intr./ tr.,* 1. 跳舞，舞蹈；**salt*a*ndi** [1.] ger., neut., gen. sing. 跳舞[的]，舞蹈[的]；[2.] gerundive, masc./ neut., gen. sing.; masc., nom. pl. 該跳舞的 [XVIII]

s*a*ltus, us *n.,* 4 decl., masc. 彈，跳；**s*a*ltu** abl. sing. [XI]

sal*u*brior, or, us *adj., comp.* [pos.: **sal*u*ber, bris, bre**] 較健康的，較有益健康的；**sal*u*brius** neut., nom./ acc. sing. [III]

salus, *u*tis *n.,* 3 decl., fem. 安全，健康；**sal*u*tem** acc. sing. [IV]；**sal*u*te** abl. sing. [XI]

sal*u*to, as, *a*vi, *a*tum, *a*re *v., tr.,* 1. 問候，致意，打招呼；**sal*u*tant** pres. ind., 3 pers. pl. [XVI]

sal*ve*o, --, --, [salvus], ere *defect. v., intr.,* 2. 健康、安在；**s*a*lve** pres. imp., 2 pers. sing.; [書信問候語] 保重、平安、再會 [XII]

s*a*lvus, a, um *adj.* 安全的；**s*a*lvam** fem., acc. sing. [V]

Samn*i*tes, ium *n.,* 3 decl., masc. [族群名] 古代義大利民族之一；**Samn*i*tibus** dat./ abl. pl. [VI]；**a Samn*i*tibus** *locu.* [*prep.* **a**+abl. pl.] 從 Samnites 人，被 Samnites 人 [VI]

s*a*ncio, is, s*a*nxi, s*a*nctum, *i*re *v., tr.,* 4. 承認，認可，批准 [X]；**s*a*nxit** perf. ind., 3 pers. sing. [X]

s*a*nctus, a, um *adj.* 神聖的，不可褻瀆的，不可侵犯的，不可違背的；**s*a*ncta** fem., nom./ abl. sing.; neut., nom./ acc. pl. [XV, XXII]

s*a*ne *adv.* 必定，一定，確實無疑地 [XIV]

s*a*nguis, inis *n.,* 3 decl., masc. 血，血液 [IV, X]

s*a*no, as, *a*vi, *a*tum, *a*re *v., tr.,* 1. 治療；**san*a*ndi** [1.] ger., neut., gen. sing. 治療[的]；[2.] gerundive, masc./ neut., gen. sing.; masc., nom. pl. 該被治療的 [XVIII]

Sant*o*nes, um *n.,* 3 decl., fem., pl. [族群名] 古代高盧民族之一 [XXIII]

s*a*piens, *e*ntis *n.,* 3 decl., masc. 智者，賢者 [IV]；**sapi*e*ntes** nom./ acc. voc. pl. [VII]；**sapi*e*ntis** gen. sing.; acc. pl. [XXII]

sapi*e*ntia, ae *n.,* 1 decl., fem. 智慧，知性 [XIV]

s*a*rcina, ae *n.,* 1 decl., fem. 馱包，捆包，包裹，載荷物；**s*a*rcinis** dat./ abl. pl. [XIII]

s*a*tis *adv.* 足夠地，充分地 [I, X, XII]

s*a*xum, i *n.,* 2 decl., neut. 岩石，石頭；**s*a*xa** nom./ acc. pl. [X]

sc*a*la, ae *n.,* 1 decl., fem. 樓梯；**sc*a*lae** gen./ dat. sing.; nom. pl. [X]

sc*e*lus, eris *n.,* 3 decl., neut. 罪，犯罪，罪惡；**sc*e*lerum** gen. pl. [XXIII]

sch*o*la, ae *n.,* 1 decl., fem. 學校 [II]；**in sch*o*la** *locu.* [*prep.* **in**+abl. sing.] 在學校 [II]；**sch*o*lam** acc. sing. [II, X, XIII]；**ad sch*o*lam** *locu.* [*prep.* **ad**+acc. sing.] 往學校 [II]；**in sch*o*lam** *locu.* [*prep.* **in**+acc. sing.] 到學校 [XIII]

sci*e*ntia, ae *n.,* 1 decl., fem. 知識，學問，技藝 [XXIV]

sc*i*ndo, is, sc*i*di , sc*i*ssum, ere *v., tr.,* 3. 撕裂；**scind*e*ndi** [1.] ger., neut., gen. sing. 撕裂[的]；[2.] gerundive, masc./ neut., gen. sing.; masc., nom. pl. 該被撕裂的 [XVIII]

scio, scis, scivi, scitum, scire *v., tr.*, 4. 知道，瞭解 [VI]；**scit** pres. ind., 3 pers. sing. [VI]；**scire** [1.] pres. inf.；[2.] pass., pres. imp., 2 pers. sing. [VII]；**scias** pres. subj., 2 pers. sing. [X]；**sciam** [1.] pres. subj., 1 pers. sing.；[2.] fut. ind., 1 pers. sing. [XII]；**sciat** pres. subj., 3 pers. sing. [XIV]；**sciant** pres. subj., 3 pers. pl. [XV]

Scipio, onis *n.*, 3 decl., masc. [人名] 古代羅馬的姓氏，隸屬於 Cornelia 氏族 [XVIII, XXI]；**Scipionem** acc. sing. [XXII]；**ad Scipionem** *locu.* [*prep.* **ad**＋acc. sing] 到 Scipio 處 [XXII]

scribo, is, scripsi, scriptum, ere *v., tr.*, 3. 描繪，書寫，劃分 [X]；**scribas** pres. subj., 2 pers. sing. [X]；**scripseras** pluperf. ind., 2 pers. sing. [XXIV]

scrupulus, i *n.*, 2 decl., masc. 碎石，顧忌，疑慮 [XXIV]

scurra, ae *n.*, 1 decl., masc. 丑角，小丑；**scurrae** gen./ dat. sing.; nom./ acc. pl. [VI]

secedo, is, cessi, cessum, ere *v., intr.*, 3. 退開，移走 [XI]；**secedant** pres. subj., 3 pers. pl. [XI, XIV]

secerno, is, crevi, cretum, ere *v., tr.*, 3. 分離，隔開 [XI]；**secrevit** perf. ind., 3 pers. sing. [XI]；**secernant** pres. subj., 3 pers. pl. [XIV]

seco, as, secui, sectum, secare *v., tr.*, 1. 切，切斷 [X]；**seca** pres. imp., 2 pers. sing. [X]

secundum *prep.* [＋acc] 根據，符合於 [X]

secundus, a, um *ord. num. adj.* 第二 [IV, XX]

securis, is *n.*, 3 decl., fem. 斧 [III]

sed *conj.* 但是，然而 [II, III, VI, VII, XI, XIII, XIV, XVIII, XXI, XXII, XXIII]

sedecim *card. num. adj.* 十六 [XX]

sedeo, es, sedi, sessum, ere *v., intr.*, 2. 坐，使置於；**sedebat** imperf. ind., 3 pers. sing. [III]；**sedent** pres. ind., 3 pers. pl. [X]；**sedeo** pres. ind., 1 pers. sing. [X]；**sedeto** fut. imp., 2/ 3 pres. sing. [X]

sedes, is *n.*, 3 decl., fem. 座椅，座位，位置，處所；**sedem** acc. sing. [XII]；**ad sedem** *locu.* [*prep.* **ad**＋acc. sing.] 到⋯座位，位置 [XII]

seditio, onis *n.*, 3 decl., fem. 叛亂，暴動；**seditione** abl. sing. [III]；**a seditione** *locu.* [*prep.* **a**＋abl. sing.] 從叛亂，從暴動 [III]

sedo, as, avi, atum, are *v., tr.*, 1. 平靜，鎮定；**sedabant** imperf. ind., 3 pers. pl. [III]

Segni, orum *n.*, 2 decl., masc., pl. [族群名] 古代比利時民族之一 [XXII]

seligo, is, legi, lectum, ere *v., tr.*, 3. 選擇；**seligenda** gerundive, fem., nom./ abl. sing.; neut., nom./ acc. pl. 該被選擇的 [XVIII]

semel *num. adv.* 一次 [XX]；**semel atque iterum** *locu.* 兩次（一次再一次） [XX]

semel et centies *num. adv.* 一百零一次 [XX]

semel et millies *num. adv.* 一千零一次 [XX]

semel et tricie(n)s *num. adv.* 三十一次 [XX]

semen, seminis *n.*, 3 decl., neut. 種子；**semina** nom./ acc. pl. [X]

semper *adv.* 永遠，一直，總是 [III, V, VI, XIV, XVIII, XXII]

senator, oris *n.*, 3 decl., masc. （古代羅馬的）元老院議員；**senatorum** gen. pl. [VI]

senatus, us *n.*, 4 decl., masc. （古代羅馬的）元老院 [VI, X]；**senatu** abl. sing. [XXII, XXIII]；**a senatu** *locu.* [*prep.* **a, ab**＋abl. sing] 從元老院，被元老院 [XXII, XXIII]

senectus, senectutis *n.*, 3 decl., fem. 長者，老人，老年；**senectute** abl. sing. [0, XXI]；**in senectute** *locu.* [*prep.* **in**＋abl.] 在年老時 [0, XXI]；**senectutem** acc. sing. [XXI]

senesco, is, senui, --, ere *v., intr.*, 3. 變老；**senescere** pres. inf. [XIV, XXI]

senex, is *n.*, 3 decl., masc. 老人 [VII, XI]；**senibus** dat./ abl. pl. [III]

seni deni, ~ae ~ae, ~a ~a *distr. num. adj.* 每十六 [XX]

seni, ae, a *distr. num. adj.* 每六 [XX]

sensus, us *n.*, 4 decl., masc. 感覺，認知；**sensum** acc. sing. [XI]

sententia, ae *n.,* 1 decl., fem. 意見，看法，想法 [XIV, XXII]

sentio, is, sensi, sensum, ire *v., tr./ intr.,* 4. 察覺，感覺，考量，認知，理解 [X, XIV, XXIII]；**sentient** fut. ind., 3 pers. pl. [III]；**sentire** [1.] pres. inf.; [2.] pass., pres. imp., 2 pers. sing. [VI]；**sentimus** pres. ind., 1 pers. pl. [XIV]；**sentiat** pres. subj., 3 pers. sing. [XIV]；**(ea) quae sentio** *locu.* 我所考慮的 [XXIII]

sepelio, is, ivi, sepultum, ire *v., tr.,* 4. 埋，埋葬，抑制，鎮壓 [X]；**sepeliverunt** perf. ind., 3 pers. pl. [VI]；**sepultus, a, um** perf. part. 已[/被]埋的，已[/被]埋葬的，已[/被]抑制的，已[/被]鎮壓的 [X]；**sepultus est** pass., perf. ind., 3 pers. sing. [X]；**sepelito** [1.] fut. imp., 2/ 3 pers. sing.; [2.] perf. part., masc./ neut., dat./ abl. sing. 已[/被]埋的，已[/被]埋葬的，已[/被]抑制的，已[/被]鎮壓的 [XV]

septem *card. num. adj.* 七 [VIII, XX]

septendecim *card. num. adj.* 十七 [XX]

septeni deni, ~ae ~ae, ~a ~a *distr. num. adj.* 每十七 [XX]

septeni, ae, a *distr. num. adj.* 每七 [XX]

septie(n)s decie(n)s *num. adv.* 十七次 [XX]

septie(n)s *num. adv.* 七次 [XX]

septimus decimus, ~a ~a, ~um ~um *ord. num. adj.* 第十七 [XX]

septimus, a, um *ord. num. adj.* 第七 [XX]

septingeni, ae, a *distr. num. adj.* 每七百 [XX]

septingentesimus, a, um *ord. num. adj.* 第七百 [XX]

septingenti, ae, a *card. num. adj.* 七百 [XX]

septingenties *num. adv.* 七百次 [XX]

septuageni, ae, a *distr. num. adj.* 每七十 [XX]

septuagesimus, a, um *ord. num. adj.* 第七十 [XX]

septuagies *num. adv.* 七十次 [XX]

septuaginta *card. num. adj.* 七十 [XX]

sepulc(h)rum, i *n.*, 2 decl., neut. 墳墓 [X]；**sepulchro** dat./ abl. sing. [XI]

Sequani, orum *n.,* masc., pl. [族群名] 古代高盧民族之一 [XVI]

sequor, eris, secutus sum, sequi *dep. v., tr.,* 3. 跟隨 [VII]；**sequi** pres. inf. [VII]；**sequere** pres. imp., 2 pers. sing. [VII]

sereno, as, avi, atum, are *v., tr.,* 1. 放晴，發光，照亮；**serenabat** imperf. ind., 3 pers. sing. [III]

serenus, a, um *adj.* 晴朗的，明亮的；**serenum** masc./ neut., acc. sing.; neut., nom. sing. [VII]

sermo, onis *n.,* 3 decl., masc. 談話，對話，話語，演說 [IV, XIV, XXIV]；**sermones** nom./ acc. pl. [VI, XI]；**inter sermones** *locu.* [prep. **inter**＋acc. pl.] 在談話之間，在對話當中 [VI]；**sermonibus** dat./ abl. pl. [XIV]

sero, is, serui, sertum, serere *v., tr.,* 3. 結合，纏繞，交織 [X]；**seritote** fut. imp., 2 pers. pl. [X]

sero, is, sevi, satum, serere *v., tr.,* 3. 種植，播種 [X]；**serit** pres. ind., 3 pers. sing. [X]；**satae** perf. part., fem., gen./ dat. sing.; nom. pl. 已[/被]種植的，已[/被]播種的 [XXII]；**satae sunt** pass., perf. ind., 3 pers. pl. [XXII]

servo, as, avi, atum, are *v., tr.,* 1. 看守，保護，保存，救助；**servat** pres. ind., 3 pers. sing. [III]；**servabant** imperf. ind., 3 pers. pl. [III]；**serva** pres. imp., 2 pers. sing. [X, XI]；**servet** pres. subj., 3 pers. sing. [XIV]

servus, i *n.,* 2 decl., masc. 奴隸，僕人 [XXI]；**servo** dat./ abl. sing. [XI]；**servis** dat./ abl. pl. [XXIII]；**de servis** *locu.* [prep. **de**＋abl. pl.] 從奴隸中，從僕人中 [XXIII]

sesc*e*ni, ae, a *distr. num. adj.* 每六百 [XX]

sescent*e*simus, a, um *ord. num. adj.* 第六百 [XX]

sesc*e*nti, ae, a *card. num. adj.* 六百 [XX]

sesc*e*nties *num. adv.* 六百次 [XX]

sest*e*rtius, ii *n.,* 2 decl., masc. 古羅馬的一種銀幣名稱；**sest*e*rtium** acc. sing.; gen. pl. [III]

sev*e*ritas, *a*tis *n.,* 3 decl., fem. 嚴格，嚴厲 [VI]；**sev*e*rit*a*tem** acc. sing. [VI]；**pr*o*pter sev*e*rit*a*tem** *locu.* [*prep.* **pr*o*pter**＋acc. sing.] 因為嚴格，嚴厲 [VI]

sev*e*rus, a, um *adj.* 嚴肅的，嚴格的，嚴厲的；**sev*e*ro** masc./ neut., dat./ abl. sing. [XXIV]

sex *card. num. adj.* 六 [XII, XIII, XX]

sex*a*geni, ae, a *distr. num. adj.* 每六十 [XX]

sexag*e*simus, a, um *ord. num. adj.* 第六十 [XX]

sex*a*gies *num. adv.* 六十次 [XX]

sexag*i*nta *card. num. adj.* 六十 [XX]

s*e*xie(n)s *num. adv.* 六次 [XX]

s*e*xie(n)s d*e*cie(n)s *num. adv.* 十六次 [XX]

s*e*xtus d*e*cimus, ~a ~a, ~um ~um *ord. num. adj.* 第十六 [XX]

s*e*xtus, a, um *ord. num. adj.* 第六 [XX]

si *conj.* 如果，倘若 [III, IV, VI, VII, X, XI, XII, XIV, XV, XXIV]

sic *adv.* 如此地，這般地 [III, XXIII]

Sic*i*lia, ae *n.,* 1 decl., fem. [地名] 西西里島 [XXIV]；**Sic*i*liam** acc. sing. [VI]；**in Sic*i*liam** *locu.* [*prep.* **in**＋acc. sing.] 到西西里島 [VI]

s*i*cubi *adv.* 若在任何地方 [XI]

s*i*dus, eris *n.,* 3 decl., neut. 星星，星體；**s*i*dera** nom./ acc. pl. [III]；**s*i*derum** gen. pl. [III]；**s*i*deris** gen. sing. [VI]

s*i*lva, ae *n.,* 1 decl., fem. 樹林、森林；**s*i*lvis** dat./ abl. pl. [III, IV]；**in s*i*lvis** *locu.* [*prep.* **in**＋abl. pl.] 在森林，在樹林 [III]；**s*i*lvae** gen./ dat. sing.; nom. pl. [IV]；**s*i*lvam** acc. sing. [IV]

s*i*milis, is, e *adj.* 相似的 [IV]

sim*i*llimus, a, um *adj., sup.* [pos.: **s*i*milis, is, e**] 極相似的 [IV]

s*i*mul *adv.* 同時，同樣地 [0, XI]

simul*a*crum, i *n.,* 2 decl., neut. 肖像，雕像，影像，身影 [XXII]

sin *conj.* 但若，然而 [XXIV]

s*i*ne *prep.* [＋abl.] 沒有（*without*） [VI, XIII, XVI, XXIV]

singul*a*ris, is, e *adj.* 單一的，獨特的，罕見的，驚人的 [XXIV]；**singul*a*ri** masc./ fem./ neut., dat./ abl. sing. [VII]；**singul*a*rem** masc./ fem., acc. sing. [XXII]

s*i*nguli, ae, a *distr. num. adj.* 每一 [XX]

s*i*no, is, s*i*vi, s*i*tum, ere *v., tr.,* 3. 放任，允許，容許 [X]；**sin*a*mus** pres. subj., 1 pers. pl. [VI]；**s*i*ne** pres. imp., 2 pers. sing. [X]；**s*i*nas** pres. subj., 2 pers. sing. [XI]；**s*i*nunt** pres. ind., 3 pers. pl. [XI]

s*i*nus, us *n.,,*4 decl., masc. 曲線，彎曲，衣袍在胸襟或膝部的摺層；**s*i*nu** abl. sing. [X]

s*i*sto, is, st*e*ti, st*a*tum, ere *v., tr.,* 3. 安置，豎立 [X]；**s*i*steret** imperf. subj., 3 pers. sing. [X]

s*i*tis, is *n.,* 3 decl., fem. 渴 [III]

s*i*tus, a, um *adj.* 座落，位於；**s*i*ta** fem., nom./ abl. sing.; neut., nom./ acc. pl. [III]

s*i*ve *conj.* 或者 [VII, XXIV]

smar*a*gdus, i *n.,* 2 decl., masc. 綠寶石；**smar*a*gdis** dat./ abl. pl. [III]

s*o*brius, a, um *adj.* 清醒的，未醉的 [XIV]

soc*ietas*, *atis* *n.,* 3 decl., fem. 社會，社群，聯盟，同盟 [XXII]

soc*ius*, **ii** *n.,* 2 decl., masc. 同伴，伙伴 [III]

sol, **s***olis* *n.,* 3 decl., masc. 太陽 [IV, VII]；**s***olem* acc. sing. [VII]；**s***ole* abl. sing. [X]；**s***olis* gen.
sing. [XI, XVIII, XXIV]

sole*atus*, **a, um** *adj.* 穿著（古羅馬人所用的皮製）涼鞋的 [VII]

sole*o*, **es**, **s***olitus* **sum**, *ere* *semidep. v., intr.,* 2. 慣習於，習慣於 [VII]；**s***oles* pres. ind., 2 pers.
sing. [VII]；**s***olent* pres. ind., 3 pers. pl. [VII]

sol*itudo*, **inis** *n.,* 3 decl., fem. 單獨，孤獨，寂寞；**sol***itudinem* acc. sing. [XVI]

sollemnis, **is**, **e** *adj.* 莊嚴的，隆重的；**sollemne** neut., nom./ acc. sing. [XIV]

sollicit*udo*, **inis** *n.,* 3 decl., fem. 焦慮，不安，煩惱；**sollicit***udine* abl. sing. [XIV]；**a**
sollicit*udine* *locu.* [*prep.* **a**＋abl. sing.] 從焦慮，從不安，從煩惱 [XIV]

S*olon*, **onis** *n.,* 3 decl., masc. [人名] 梭倫（ca. 638 - 559 B.C.），古代雅典的政治家、詩人，
為古希臘七賢之一；**Sol***onis* gen. sing. [XXI]；***illud* S***olonis* *locu.* [***illud*＋人名 gen.] 梭倫的
那句名言 [XXI]

s*olum* *adv.* 僅，只 [XVIII]；**non s***olum* *locu.* 不僅，不只 [XVIII]

s*olus*, **a, um** *adj.* 唯一的，單獨的 [IV]；**s***ola* fem., nom./ voc./ abl. sing., neut., nom./ acc./ voc.
pl. 唯一的，單獨的 [IV]；**s***olum* masc., acc. sing.; neut., nom./ acc./ voc. sing. 唯一的，單
獨的 [IV]；**s***olos* masc., acc. pl. [XVI]

solvo, **is**, **s***olvi*, **sol***utum*, **ere** *v., tr.,* 3., perf. inf. 鬆開，解開，解決 [X]；**s***olvet* fut. ind., 3 pers.
sing. [XI]；**solv***isse* perf. inf. [XII]

s*omnus*, **i** *n.,* 2 decl., masc. 睡眠；**s***omnum* acc. sing. [VI]

s*onitus*, **us** *n.,* 4 decl., masc. 聲響；**s***onitum* acc. sing. [X]

s*ono*, **as**, **ui**, **itum**, *are* *v., intr./ tr.,* 1. 發出聲響，回聲 [X]；**s***onat* pres. ind., 3 pers. sing. [X]

s*onus*, **i** *n.,* 2 decl., masc. 聲音 [I, XI]

s*ordidus*, **a, um** *adj.* 骯髒的，污穢的；**s***ordidum* masc./ neut., acc. sing.; neut., nom. sing.
[XIII]

s*oror*, **s***ororis* *n.,* 3 decl., fem. 姊妹 [VII, XII]

sp*argo*, **is**, **sp***arsi*, **sp***arsum*, **ere** *v., tr.,* 3. 拋，撒 [X]；**sp***argere* [1.] pres. inf.; [2.] pass., pres.
imp., 2 pers. sing. [X]；**sp***argendi* [1.] ger., neut., gen. sing. 拋[的]，撒[的]；[2.] gerundive,
masc./ neut., gen. sing.; masc., nom. pl. 該被拋灑的 [XVIII]

Spartiates, **ae** *n.,* 1 decl., masc. [族群名] 斯巴達人；**Spartiatae** gen./ dat. sing.; nom./ voc. pl.
[XVII]

sp*atium*, **ii** *n.,* 2 decl., neut. 空間 [XI]；**sp***atiis* dat./ abl. pl. [X, XVIII]

sp*ecies*, **ei** *n.,* 5 decl., fem. 物種 [III]

spectaculum, **i** *n.,* 2 decl., neut. 景象，場面，展示 [XVIII]

specto, **as**, **a***vi*, **a***tum*, **are** *v., tr.,* 1. 觀察，檢視；**spect***as* pres. ind., 2 pers. sing. [III]；**spectent**
pres. subj., 3 pers.pl. [X]

speculum, **i** *n.,* 2 decl., neut. 鏡子 [X]；**speculo** dat./ abl. sing. [IV, XXII]；**in speculo** *locu.* [*prep.*
in＋abl. sing.] 在鏡中 [XXII]

sp*ecus*, **us** *n.,* 4 decl., masc./ fem./ neut. 洞穴，深淵；**sp***ecubus* dat./ abl. pl. [III]

spel*unca*, **ae** *n.,* 1 decl., fem. 洞穴，洞窟 [XVI]

sperno, **is**, **spr***evi*, **spr***etum*, **ere** *v., tr.,* 3. 分離，隔開，排除，拒絕，輕蔑 [X]；**spernitur**
pass., pres. ind., 3 pers. sing. [X]；**sprevit** perf. ind., 3 pers/ sing. [XXII]

spes, **ei** *n.,* 5 decl., fem. 希望 [III]；**spe** abl. sing. [XXIV]；**s***ine* **u***lla* **spe** *locu.* 毫無任何希望
[XXIV]；**s***ine* **al***iqua* **spe** *locu.* 沒有多大的希望 [XXIV]

sp*ina*, **ae** *n.,* 1 decl., fem., acc. sing. 刺；**sp***inam* acc. sing. [0]

sp*i*ro, as, *a*vi, *a*tum, *a*re *v., intr./ tr.*, 1. 呼吸；**sp*i*rant** pres. ind., 3 pers. pl. [XI]

sp*i*ssus, a, um *adj.* 濃密的，厚實的，固態的；**sp*i*sso** masc./ neut., dat./ abl. sing. [XI]

sp*o*ndeo, es, spop*o*ndi, sp*o*nsum, *e*re *v., intr./ tr.*, 2. 擔保，保證 [X]

sq*ua*lidus, a, um *adj.* 悲慘的，卑賤的，污穢的；**squ*a*lidam** fem., acc. sing. [XIII]

st*a*tim *adv.* 隨即，馬上 [XXIV]

st*a*tua, ae *n.,* 1 decl., fem., acc. pl. 雕像；**st*a*tuas** acc. pl. [III]

st*a*tuo, is, ui, t*u*tum, *ue*re *v., tr.*, 3. 決定；建立；**st*a*tuit** [1.] pres. ind., 3 pers. sing.; [2.] perf. ind., 3 pers. sing. [III, XVIII]

st*e*lla, ae *n.,* 1 decl., fem. 星體，行星；**st*e*llas** acc. pl. [VI]

st*e*rcus, oris *n.,* 3 decl., masc. 糞肥，肥料 [X]

st*e*rno, is, str*a*vi, str*a*tum, *e*re *v., tr.*, 3. 展開，攤開，散播 [X]；**str*a*to** perf. part., masc./ neut., dat./ abl. sing. 已[/被]展開的，已[/被]攤開的，已[/被]散播的 [X]

sto, as, st*e*ti, st*a*tum, *a*re *v., intr.*, 1. 站立，佇立，停留，留下 [X]；**st*a*bat** imperf. ind., 3 pers. sing. [III]；**st*e*tit** perf. ind., 3 pers. sing. [VII]；**stant** pres. ind., 3 pers. pl. [X]；**st*a*bant** imperf. ind., 3 pers. pl. [XIII]

str*e*pitus, us *n.,* 4 decl., masc. 聲響；**str*e*pitum** acc. sing. [III]

str*i*ngo, is, str*i*nxi, str*i*ctum, *e*re *v., tr.*, 3. 綁緊，繫牢 [X]；**str*i*ngebat** imperf. ind., 3 pers. sing. [X]

struct*u*ra, ae *n.,* 1 decl., fem. 建築物；**struct*u*rae** gen./ dat. sing.; nom. pl. [XI]

st*u*deo, es, ui, --, *e*re *v., intr.*, 2., [+dat.] 學習 [V]；**st*u*dere** pres. inf. [I]；**st*u*det** pres. ind., 3 pers. sing. [V]；**stud*e*bam** imperf. ind., 1 pers. sing. [V]

studi*o*sus, a, um *adj.* 熱衷的，熱切的 [XVIII]

st*u*dium, ii *n.,* 2 decl., neut. 研究，熱忱 [XXI]；**st*u*dio** dat./ abl. sing. [XXIV]

stult*i*tia, ae *n,* 1 decl., fem. 愚笨，愚蠢 [X, XI]；**stult*i*tiae** gen./ dat. sing.; nom. pl. [XXIV]

sub *prep.* [+acc./ abl.] 在…下面；有關，關於 [III, XI, XVI, XVIII]

subd*u*co, is, d*u*xi, d*u*ctum, *e*re *v., tr,* 3. 奪走，撤收，移除；**subd*u*cit** pres. ind., 3 pers. sing. [XXIV]

s*u*beo, es, s*u*bii, s*u*bitum, sub*i*re *anmal. v., intr./ tr.*, 4. 行至…之下 [XI]；**sub*i*sset** pluperf. subj., 3 pers. sing. [XI]

sub*i*cio, is, sub*i*eci, sub*i*ectum, *ce*re *v., tr.*, 3. 上拋而下 [XI]；**sub*i*ciunt** pres. ind., 3 pers. pl. [XI]

s*u*bigo, is, sub*e*gi, sub*a*ctum, *e*re *v., tr.*, 3. 壓制，抑制 [XI]；**s*u*bigunt** pres. ind., 3 pers. pl. [XI]

s*u*bito *adv.* 突然地 [XVI]

subl*u*stris, is, e *adj.* 昏暗的，幽暗的；**subl*u*stri** masc./ fem./ neut., dat./ abl. sing. [XI]

subm*i*tto, is, m*i*si, m*i*ssum, *e*re *v., tr.*, 3. 提升，降低，容許 [XI]；**submitt*u*ntur** pass., pres. ind., 3 pers. pl. [XI]

s*u*btraho, is, tr*a*xi, tr*a*ctum, *e*re *v., tr.*, 3. 帶走，除去 [XI]；**subtr*a*hitur** pass., pres. ind., 3 pers. s ing. [XI]

subv*e*nio, is, *ve*ni, *ve*ntum, *i*re *v., intr.*, 4. [+dat.] 協助，幫忙 [XI]；**subv*e*niet** fut. ind., 3 pers. sing. [XI]

succ*e*do, is, c*e*ssi, c*e*ssum, *e*re *v., intr.*, 3. 進入，推進，繼續，繼承 [XI]；**succ*e*ssit** perf. ind., 3 pers. sing. [XI, XXI]

s*u*i, s*i*bi, se, s*e*se *pers./ refl. pron.*, irreg., 3 pers. sing./ pl. 他/她/它（自身）；他/她/它們（自身） [IV, XXII]；**se** masc./ dem./ neut., acc./ abl. [III, IV, X, XIV, XVI, XXI, XXII, XXIII, XXIV]；**s*i*bi** dat. [IV, X, XIV, XVIII, XXI, XXII, XXIV]；**s*e*se** [=se] masc./ dem./ neut., acc./ abl. [XI, XVIII, XXII]；***i*nter se** *locu.* [*prep. **i**nter*+acc. pl.] 在他/她們之間彼此互相… [X, XXII]；**secum** [=se+cum] sing./ pl., abl.

[X, XVI]；**se _i_pse** _locu._ [se＋_i_pse, _i_psa, _i_psum：強調用法] 他/她/它自身 [XXI]；**ad se** _locu._ [_prep._ **ad**＋acc. sing./ pl.] 到他/她/它（自身）；到他/她/它們（自身）[XXII]；**de se** _locu._ [_prep._ **de**＋abl. sing./ pl.] 從他/他/它（自身），關於他/她/它（自身）；從他/她/它們（自身），關於他/她/它們（自身）[XXII]；**pro se** _locu._ [_prep._ **pro**＋abl. sing./ pl.] 在他/她/它之前，為了他/她/它（自身）；在他/她/它們之前，為了他/她/它們（自身）[XXII]；**a se** _locu._ [_prep._ **a**＋abl. sing./ pl.] 從他/她/它（/們），被他/她/它（/們）[XXIV]

_su_lco, as, _a_vi, _a_tum, _a_re _v., tr.,_ 1. 耕，犁，劈開；**_su_lcant** pres. ind., 3 pers. pl. [VI]

sum, es, f_u_i, fut_u_rus, esse _aux. v., intr.,_ irreg. 是，有，在 [VI, VII, X, XI, XIII, XIV, XVI, XVIII, XXI]；**est** pres. ind., 3 pers. sing. [0, II, III, IV, V, VI, VII, X, XI, XII, XIII, XIV, XVI, XVII, XVIII, XXI, XXII, XXIII, XXIV]；**f_u_it** perf. ind., 3 pers. sing. [0, VI, VII, XI, XII, XIII, XVIII, XXI, XXII]；**s_u_mus** pres. ind., 1 pers. pl. [II, VII]；**esse** pres. inf. [III, IV, V, VII, X, XI, XII, XIV, XVI, XVIII, XXII, XXIV]；**sunt** pres. ind., 3 pers. pl. [III, IV, VI, VII, X, XI, XII, XIII, XIV, XVIII, XX, XXII, XXIV]；**erat** imperf. ind., 3 pers. sing. [III, VI, XI, XIII, XVII, XVIII, XXII]；**erant** imperf. ind., 3 pers. pl. [III, VI, XII, XVI, XXIV]；**sit** pres. subj., 3 pers. sing. [IV, VII, XI, XIV, XVI, XXIII]；**es** [1.] pres. ind., 2 pers. sing.; [2.] pres. imp., 2 pers. sing. [IV, XXI, XXIII, XXIV]；**erit** fut. ind., 3 pers. sing. [IV, XII, XXIV]；**esset** imperf. subj., 3 pers. sing. [IV, XII, XIII, XIV, XXI, XXII]；**sint** pres. subj., 3 pers. pl. [IV]；**ero** fut. ind., 1 pers. sing. [IV, VI]；**essem** imperf. subj., 1 pers. sing. [IV, XIV]；**erunt** fut. ind., 3 pers. pl. [VI]；**fuerunt** perf. ind., 3 pers. pl. [VI]；**fu_i_sset** pluperf. subj., 3 pers. sing. [VI, XXIV]；**fut_u_rum** fut. part., masc., acc. sing.; neut., nom./ acc. sing. 將是的，將有的，將在的 [VI, XVI]；**eris** fut. ind., 2 pers. sing. [XI]；**sis** pres. subj., 2 pers. sing. [XI, XV]；**eram** imperf. ind, 1 pers. sing. [XIII]；**sim** pres. subj., 1 pers. sing. [XIV]；**erimus** fut. ind., 1 pers. pl. [XV]；**s_u_nto** fut. imp., 3 pers. pl. [XV]；**fut_u_rum esse** fut. inf., masc., acc. sing.; neut., nom./ acc. sing. [XVI]；**fut_u_rumque** [＝fut_u_rum＋que] fut. part., masc., acc. sing.; neut., nom./ acc. sing. 將是的，將有的，將在的 [XVI]；**estne** [＝est＋ne] pres. ind., 3 pers. sing. [表疑問] [XXIV]；**fu_i_sse** perf. inf. 已是，已有，已在 [XXIV]

summitas, _a_tis _n.,_ 3 decl., fem. 表面，頂端；**summit_a_tem** acc. sing. [III]

_su_mmus, a, um _adj., sup._ 極高的，極致的；**_su_mma** fem., nom./abl. sing.; neut., nom./ acc. pl. [III]；**_su_mmum** masc./ neut., acc. sing.; neut., nom. sing. [XXII]

_su_mo, is, s_u_mpsi, s_u_mptum, ere _v., tr.,_ 3. 拿取，提取 [X, XI]；**s_u_mere** [1.] pres. inf.; [2.] pass., pres. imp., 2 pers. sing. [X, XI]

super_bi_a, ae _n.,_ 1 decl., fem. 自豪，驕傲；**super_bi_am** acc. sing. [VI]

super_bu_s, a, um _adj._ 自豪的，驕傲的，傲慢的 [XIII]

superfl_u_o, is, fl_u_xi, fl_u_xum, fl_u_ere _v., intr.,_ 3. 溢出 [XI]；**superfl_u_it** pres. ind.,3 pers. sing. [XI]

super_su_m, es, fui, --, esse _v., intr.,_ irreg. 照料，管理 [XI]；**super_e_sse** pres. inf. [XI]

supp_le_o, es, _e_vi, _e_tum, ere _v., tr.,_ 2. 補足，補充 [XI]；**suppl_e_tur** pass., pres. ind., 3 pers. sing. [XI]

s_u_pplex, icis _adj.,_ 3 decl. 懇求的，哀求的，乞求的；**s_u_pplices** masc./ fem., nom./ acc. pl. [VII]；**s_u_pplici** dat./ abl. sing. [XXII]

suppl_i_cium, ii _n._, 2 decl., neut. 懇求，哀求；折磨，受難，處罰 [VII]

s_u_pra _adv./ prep._ [＋acc.] 在...上面 [II, XXIII]

s_u_rgo, is, surr_e_xi, surr_e_ctum, ere _v., intr.,_ 3. 起身，起立 [XI]；**s_u_rgit** pres. ind., 3 pers. sing. [XI]；**s_u_rgat** pres. subj., 3 pers. sing. [XIV]

susc_i_pio, is, _ce_pi, _ce_ptum, _ci_pere _v., tr.,_ 3. 撐起，托住；接受 [XI]；**s_u_scipe** pres. imp., 2 pers. sing. [XI]；**susci_pie_nda** gerundive, fem., nom./ abl. sing.; neut., nom./ acc. pl. 該被撐起的，該被托住的；該被接受的 [XVIII]；**susci_pie_nda fuit** _locu._ [gerundive＋_e_sse] perf. ind., 3 pers. sing. （她已）應該撐起，應該托住；應該接受 [XVIII]；**suscep_i_sses** pluperf. subj., 2 pers.

sing. [XVIII]

suspendo, is, pendi, pensum, ere *v., tr.,* 3. 懸掛 [XI]；**suspendit** [1.] pres. ind., 3 pers. sing.; [2.] perf. ind., 3 pers. sing. [XI]

sustineo, es, tinui, tentum, tinere *v., tr.,* 2. 支援，負擔 [XI]；**sustinere** [1.] pres. inf.; [2.] pass., pres. imp., 2 pers. sing. [XI]

suus, a, um *poss. pron./ adj.* 他/她/它的；他/她/它們的 [IV, XXII]；**suis** masc./ fem./ neut., dat./ abl. pl. [III, XI, XIII, XVIII, XXII, XXIII]；**suo** masc./ neut., dat./ abl. sing. [III, XIV, XVIII, XXIV]；**sua** fem., nom./ abl. sing.; neut., nom./ acc. pl. [III, XIII, XIV, XXII, XXIV]；**suam** fem., acc. sing. [VII, XI, XVII]；**suas** fem., acc. pl. [X, XII]；**suorum** masc./ neut., gen. pl. [XIII, XIV, XVI, XXII, XXIV]；**sui** masc./ neut., gen. sing.; neut., nom. pl. [XIV]；**suae** fem., gen./ dat. sing.; nom. pl. [XVIII, XXII]；**suaque** [＝**sua**＋**que**] fem., nom./ abl. sing.; neut., nom./ acc. pl. [XXII]；**suum** masc./ neut., acc. sing.; neut., nom. sing. [XXII, XXIV]；**suos** masc., acc. pl. [XXII]

Syracusae, arum *n.,* 1 decl., fem., pl. tant. [地名] 西西里島上的一處城鎮名；**Syracusis** dat./ abl. [XVI]；**a Syracusis** *locu.* [*prep.* **a**＋abl. pl.] 從 Syracusae [XVI]

Syracusanus, a, um *adj.* [地名] Syracusae 的，Syracusae 人的；**Syracusani** masc./ neut., gen. sing.; masc., nom./ voc. pl. [XVI, XXII]

tabellarius, ii *n.,* 2 decl., masc. 信差，信使；**tabellarium** acc. sing. [XXIV]

tabernaculum, i *n.,* 2 decl., neut. 帳篷；**tabernacula** nom./ acc. pl. [XI]

tabula, ae *n.,* 1 decl., fem. 碑，牌，板，列表，文書 [II, X]；**tabulae** gen./ dat. sing.; nom. pl. [XI]

taceo, es, tacui, tacitum, ere *v., intr./ tr.,* 2. 沈默；**tacet** pres. ind., 3 pers. sing. [XIII]；**tacendi** [1.] ger., neut., gen. sing. 沈默[的]；[2.] gerundive, masc./ neut., gen. sing.; masc., nom. pl. 該沈默的 [XVIII]

tacite *adv.* 寂靜地，無聲地，沈默地 [X]

tacitus, a, um *adj.* 寂靜的，無聲的，沈默的 [XXIV]；**tacitae** fem., gen/ dat. sing.; nom. pl. [X]

talea, ae *n.,* 1 decl., fem. 木塊，木；**taleas** acc. pl. [X]；**taleam** acc. sing. [XI]

tam *adv.* 如此地，多麼地，那麼多地 [III, VII, XIV, XXII]

tamen *adv.* 尚且，仍然，但是 [IV, X]

tamenne [＝**tamen**＋**ne**] *interr. adv.* 尚且，仍然，但是 [VI]

tamquam *conj.* 如...般，像...一樣 [XVIII]

tandem *adv.* 終於，最後 [XII]

tango, is, tetigi, tactum, ere *v., tr.,* 3. 碰，碰觸 [X]；**tetigerunt** perf. ind., 3 pers. pl. [X]；**tacta** perf. part., fem., nom./ abl. sing.; neut., nom./ acc. pl. 已[/被]碰的，已[/被]碰觸的 [XII]；**tacta sunt** pass., perf. ind., 3 pers. pl., neut. [XII]；**tangere** [1.] pres. inf.; [2.] pass., pres. imp., 2 pers. sing. [XV, XXIV]

tantum *adv.* 只，僅，幾乎不，如此多地 [X, XXIV]

tantus, a, um *adj.* 如此大的，如此多的；**tantum** masc./ neut., acc. sing.; neut., nom. sing. [XI]；**tantas** fem., acc. pl. [XVI]；**tanti** masc./ neut., gen. sing.; masc., nom. pl. [XXI]

tarde *adv.* 緩慢地，遲晚地 [XI, XIII]

taurus, i *n.,* 2 decl. masc. 公牛；**tauris** dat./ abl. pl. [X]；**tauros** acc. pl. [XI]

telum, i *n.,* 2 decl., neut. 標槍，矛槍 [XII]；**telo** dat./ abl. sing. [XI]

temere *adv.* 輕率地，冒然地，魯莽地，盲目地 [XXII]

tempero, as, avi, atum, are *v., intr./ tr.,* 1. 調節，調和，調整；**temperando** [1.] ger., neut., dat./ abl. sing. 調節，調和，調整；[2.] gerundive, masc./ neut., dat./ abl. sing 該被調節的，胎被調和的，該被調整的 [XVIII]

tempestas, atis *n.,* 3 decl., fem. 風暴，暴風雨；**tempestatibus** dat./ abl. pl. [III]；**in**

tempestatibus *locu.* [*prep.* **in**＋abl. pl.] 在暴風雨中 [III]；**tempestatem** acc. sing. [III]

templum, i *n.,* 2 decl., neut. 廟宇，神殿 [III]；**templa** nom./ acc./ voc. pl. [VII, X]

tempus, oris *n.,* 3 decl., neut. 時間，光陰 [0, II, XI, XVI, XVIII]；**per tempus** *locu.* [*prep.* **per**＋acc. sing.] 經過一段時間 [0]；**temporis** gen. sing. [III]；**tempore** abl. sing. [IV]

tendo, is, tetendi, tentum, ere *v., tr./ intr.,* 3. 伸出，延展，擴張 [X]；**tendebam** imperf. ind., 1 pers. sing. [X]

tenebrae, arum *n.,* 2 decl., fem., pl. tant. 黑暗 [III, VI]；**tenebris** dat./ abl. [XIII]；**in tenebris** *locu.* [*prep.* **in**＋abl. pl.] 在黑暗中 [XIII]；**tenebrae** nom./ voc. [XIII]

teneo, es, tenui, tentum, ere *v., tr.,* 2. 擁有，抓住，持續，維持；**tenebat** impref. ind., 3 pers. sing. [III]；**tenent** pres. ind., 3 pers. pl. [X]；**teneant** pres. subj., 3 pers. pl. [XIV]；**tenuit** pref. ind., 3 pers. sing. [XXI]

tener, era, erum *adj.* 柔嫩的，柔軟的，柔弱的；**teneros** masc., acc. pl. [X]

ter *num. adv.* 三次 [XX]

terdecie(n)s *num. adv.* 十三次 [XX]

terni deni, ~ae ~ae, ~a ~a *distr. num. adj.* 每十三 [XX]

terni, ae, a *distr. num. adj.* 每三 [XX]

tero, is, trivi, tritum, ere *v., tr.,* 3. 摩擦，擦拭 [X]；**terendo** [1.] ger., neut., dat./ abl. sing. 摩擦，擦拭；[2.] gerundive, masc./ neut., dat./ abl. sing. 該被摩擦的，該被擦拭的 [X]

terra, ae *n.,* 1 decl., fem. 土地，陸地，地面 [III, XXIII]；**terram** acc. sing. [III, IV, X]；**in terram** *locu.* [*prep.* **in**＋acc. sing.] 到陸地，到地面 [X]；**per terram** *locu.* [*prep.* **per**＋acc. sing.] 經過地面 [X]；**terrarum** gen. pl. [XI]；**terras** acc. pl. [XVI]；**sub terras** *locu.* [*prep.* **sub**＋acc. pl.] 到地底下 [XVI]

terrenus, a, um *adj.* 土地的，陸地的，地上的；**terrenas** fem., acc. pl. [III]

terror, oris *n.,* 3 decl., masc. 恐怖，恐懼，恐慌；**terrore** abl. sing. [XI]

tertius decimus, ~a ~a, ~um ~um *ord. num. adj.* 第十三 [XX]

tertius, a, um *ord. num. adj.* 第三 [XX]；**tertio** masc./ neut., dat./ abl. sing. [XX]

testamentum, i *n.,* 2 decl., neut. 遺囑；**testamento** dat./ abl. sing. [VII]；**testamenti** gen. sing. [X]

testis, is *n.,* 3 decl., masc./ fem. 證人 [XI]；**testes** nom./ voc./ acc. pl. [VI]

Tethys, yos *n.,* irreg. [acc.: ~yn, dat.: ~yi, abl.: ~yi] fem. [人名] 希臘神話中的海洋女神 [VI]

theatrum, i *n.,* 2 decl., neut. 劇場 [I]

Thebanus, a, um *adj.* [地名] 底比斯（古代希臘的一座城邦）的，底比斯人的 [XXII]

Themistocles, is *n.,* 3 decl., masc. [人名] 古代雅典的政治家，軍事家（525－460 B.C.）[XXIII, XXIV]

theologia, ae *n.,* 1 decl., fem. 神學；**theologiae** gen./ dat.. sing.; nom./ voc. pl. [XVIII]

Tiberis, is *n.,* 3 decl., masc. [河川名] 台伯河 [III]

tibicina, ae *n.,* 1 decl., fem. 演奏 Tibia 笛的女樂手；**tibicinam** acc. sing. [VI]

timeo, es, timui, --, ere *v., intr./ tr.,* 2. 害怕，恐懼；**timere** [1.] pres. inf.; [2.] pass., pres. imp., 2 pers. sing. [XVI]；**timet** pres. ind., 3 pers. sing. [XXIV]

timidus, a, um *adj.* 害羞的 [XIII]

Tiro, onis *n.,* 3 decl., masc. [人名] 男子名 [XII]

Tityrus, i *n.,* 2 decl.. masc. [人名] 維吉爾作品《牧歌集》中的牧羊人；**Tityre** voc. sing. [XI]

tolero, as, avi, atum, are *v., tr.,* 1. 容忍，容許，忍受；**tolerant** pres.ind., 3 pers. pl. [VI]

tollo, is, substuli, sublatum, tollere *anmal. v., tr.,* 3. 舉，舉起，拿走 [X]；**tollere** [1.] pres. inf.; [2.] pass., pres. imp., 2 pers. sing. [X]

Tolosates, tium *n.,* 3 decl., masc., pl. [族群名] 古代高盧民族之一；**Tolosatium** gen. pl. [XXIII]

totus, a, um *adj.* 全部，所有 [IV]；**totamque** [＝**totam**＋**que**] fem., acc. sing. [IV]；**totum** masc., acc. sing.; neut., nom. acc. sing. [IV, XIV]；**totas** fem., acc. pl. [IV]；**tota** fem., nom./ abl. sing.; neut., nom. acc. pl. [IV, XXIV]；**toti** masc./ fem./ neut., dat. sing.; masc., nom. pl. [IV]；**totae** fem., nom., pl. [IV]；**toto** masc./ neut., abl. sing. [IV]

tracto, as, avi, atum, are *v., tr.,* 1. 拉扯，操弄，管控；**tractabat** imperf. ind., 3 pers. sing. [XXI]

trado, is, tradidi, traditum, ere *v., tr.,* 3. 交付，遞交；述說 [XI, XII]；**trade** pres. imp., 2 pers. sing. [X]；**tradunt** pres. ind., 3 pers. pl. [X, XII]；**traditur** pass., pres. ind., 3 pers. sing. [XII]

traduco, is, duxi, ductum, ere *v., tr.,* 3. 遷移，調動；**traducerent** imperf. subj., 3 pers. pl. [X]

tragoedia, ae *n.,* 1 decl., fem. 悲劇；**tragoediis** dat./ abl. pl. [VI]

traho, is, traxi, tractum, ere *v., tr.,* 3. 拖，拉 [X]；**trahuntur** pass., pres. ind., 3 pers. pl. [X]；**trahunt** pres. ind., 3 pers. pl. [XI]

traicio, is, traieci, traiectum, cere *v., tr.,* 3. 穿過，越過；**traiectus, a, um** perf. part. 已[/被]穿過的，已[/被]越過的 [XI]；**traiectus erat** pass., pluperf. ind., 3 pers. sing., masc. [XI]

tranquille *adv.* 安靜地，平靜地 [III]

tranquillus, a, um *adj.* 安靜的，平靜的；**tranquillum** masc., acc. sing.; neut., nom./ acc. sing. [VI]；**tranquillos** masc., acc. pl. [VII]

transeo, is, ivi/ ii, itum, ire *anomal. v., intr./ tr.,* 4. 穿過，越過，渡過；**transibant** imperf. ind., 3 pers. pl. [XIII]；**transisse** perf. inf. 已穿過，已越過，已渡過 [XVI]；**transirent** imperf. subj., 3 pers. pl. [XVI]；**transeunt** pres. ind., 3 pers. pl. [XVIII]；**transeundum** [1.] ger., neut., acc. sing. 穿過，越過，渡過；[2.] gerundive, masc., acc. sing.; neut., nom./ acc. sing. 該被穿過的，該被越過的，該被渡過的 [XVIII]；**transeundum esse** *locu.* [gerundive＋**esse**] pres. inf. 應該穿過，應該越過，應該渡過 [XVIII]；**transierat** pluperf. ind., 3 pers. sing. [XXIII]

transfero, fers, tuli, latum, ferre *anomal. v., tr.,* irreg. 攜帶，運送 [XI]；**translata** perf. part., fem., nom./ abl. sing.; neut., nom./ acc. pl. 已[/被]攜帶的，已[/被]運送的 [VII]；**translata sunt** pass., perf. ind., 3 pers. pl., neut. [VII]；**transferentur** pass., fut. ind., 3 pers. pl. [XI]

transfigo, is, fixi, fixum, ere *v., tr.,* 3. 穿透，刺穿 [XI]；**transfixum** [1.] perf. part., masc./ neut., acc. sing.; neut. nom. sing. 已[/被]穿透的，已[/被]刺穿的 [XI]；[2.] sup., neut., acc. sing. 穿透，刺穿 [XI]

treceni, ae, a *distr. num. adj.* 每三百 [XX]

trecentesimus, a, um *ord. num. adj.* 第三百 [XX]

trecenti, ae, a *card. num. adj.* 三百 [XX]；**trecenta** neut., nom./ acc. pl. [VIII]

trecenties *num. adv.* 三百次 [XX]

tredecim *card. num. adj.* 十三 [XX]

tres, tres, tria *card. num. adj.* 三 [IV, XX]

trice(n)simus primus, ~a ~a, ~um ~um *ord. num. adj.* 第三十一 [XX]

trice(n)simus, a, um *ord. num. adj.* 第三十 [XX]

triceni singuli, ~ae ~ae, ~a ~a *distr. num. adj.* 每三十一 [XX]

triceni, ae, a *distr. num. adj.* 每三十 [XX]

tricie(n)s *num. adv.* 三十次 [XX]

tridens, entis *n.,* 3 decl., masc. 三叉戟；**tridentem** acc. sing. [III]；**tridente** abl. sing. [III]

triginta *card. num. adj.* 三十 [XVI, XX]

triginta unus, a, um *card. num. adj.* 三十一 [XX]

trini, ae, a *distr. num. adj.* 每三 [XX]；**trina** neut., nom./ acc. pl. [XX]

tristitia, ae *n.,* 1 decl., fem. 悲傷，哀戚 [XVI]

triumphus, i *n.,* 2 decl., masc. 凱旋式；**triumpho** dat./ abl. sing. [VIII]；**triumphi** gen. sing.; nom. pl. [XXII]

triumviri, um/ orum *n.* 2 decl., masc. [官制名稱] 古代羅馬的三人執政官；**triumvirum** gen. pl. [III]

Troas, ados/ adis *adj.,* 3 decl. [地名] 特洛伊的；**Troade** fem., abl. sing. [XXIII]

trunco, as, avi, atum, are *v., tr.,* 1. 切斷肢體，殘毀身體；**truncatis** [1.] pres. ind., 2 pers. pl.; [2.] perf. part., masc./ fem./ neut., dat./ abl. pl. 已[/被]切斷肢體的，已[/被]殘毀身體的 [XVIII]

tu, tui, tibi, te *pers. pron.,* irreg., 2 pers. sing. 你/妳 [II, III, IV, X, XI, XII, XIII, XIV, XXIV]；**te** acc./ voc./ abl. [IV, V, VI, VII, X, XI, XII, XV, XVI, XXIV]；**tibi** dat. [IV, X, XI, XIV, XVIII, XXIII, XXIV]；**tui** gen. [IV, X]；**tecum** [= te+cum] abl. [IV, X]

tueor, eris, tuitus sum, tueri *dep. v., tr.,* 2., pres. subj., 3 pers. pl. 看顧，保護，維護；**tueantur** pres. subj., 3 pers. pl. [XIV]；**tuentur** pres. ind., 3 pers. pl. [XIV]

Tullia, ae *n.,* 1 decl., fem. [人名] 女子名 [XII]

tum *adv.* 那時，當時；此外，接著，然後 [III, X, XVII]

tumor, oris *n.,* 3 decl., masc. 腫瘤 [XI]

tumultus, us *n.,* 4 decl., masc. 騷亂，暴動 [XI]

tunc *adv.* 那時，當時，然後，隨即 [III, XIII]

turba, ae *n.,* 1 decl., fem. 群，大群 [III]

turbo, as, avi, atum, are *v., tr./ intr.,* 1. 擾亂，打擾；**turbatas** perf. part., fem., acc. pl. 已[/被]擾亂的，已[/被]打擾的 [XI]

turpis, is, e *adj.* 醜的，醜惡的，可恥的；**turpe** masc./fem./ neut., abl. sing.; neut., nom./ acc. sing. [XVI]

turris, is *n.* 3 decl., fem. 塔 [III]

Tusculanus, a, um *adj.* [地名] Tusculum 城的；**Tusculanum** masc./ neut., acc. sing.; neut., nom. sing. [XI]

tutor, oris *n.,* 3 decl., masc. 教師，導師，監護人；**tutorem** acc. sing. [XI]

tuus, a, um *poss. pron./ adj.* 你/妳的 [IV, XIII, XXII]；**tuum** masc., acc. sing.; neut., nom./ acc. sing. [III, IX, XIV]；**tuam** fem., acc. sing. [XI]；**tua** fem., nom./ abl. sing.; neut., nom./ acc. pl. [X, XI, XXI, XXII, XXIII, XXIV]；**tuae** fem., gen./ dat. sing.; nom. pl. [XIII]；**tuis** masc./ fem./ neut., dat./ abl. pl. [XIII, XIV, XXIV]；**ad tuum** *locu.* [*prep.* ad+acc. sing.]（向、到、照）你/妳的 [XIV]；**tuorum** masc./ neut., gen. pl. [XIV]；**de tuis** *locu.* [*prep.* de+abl. pl.] 關於你/妳的[家人] [XXIV]

Tyndarus, i *n.,* 2 decl., masc. [人名] Titus Maccius Plautus 的劇作 Captivi 裡的男性奴僕角色；**Tyndarum** acc. sing. [XI]

tyrannis, nidis *n.,* 3 decl., fem. 專制，暴政；**tyrannidis** gen. sing. [VI]

tyrannus, i *n.,* 2 decl., masc. 暴君 [III]；**tyranno** dat. /abl. sing. [III]；**tyrannum** acc. sing. [III]

ubi *adv. /conj.* 哪裡，在哪處，在哪時 [X, XI, XIII, XVI]

ulciscor, eris, ultus sum, ulcisci *dep. v., tr.,* 3. 報仇 [VII]；**ulciscar** [1.] pres. subj., 1 pers. sing.; [2.] fut. ind., 1 pers. sing. [VII]

ullus, a, um *adj.* 無一不，任一 [IV, XXIV]；**ulla** fem., nom./ abl. sing.; neut., nom./ acc. pl. [IV, XXIV]；**ullius** masc./ fem. neut., gen. sing. [IV]；**nec ullus** *locu.* 並未有 [XXIV]；**ne ullus** *locu.* 並未有 [XXIV]

ulterior, ior, ius *adj., comp.* 較遠的，更進一步的；**ulteriorem** masc./ fem., acc. sing. [XIII]

umbra, ae *n.,* 1 decl., fem. 陰影，影子；**umbras** acc. pl. [X]

umerus, i *n.,* 2 decl., masc. 肩膀，上臂；**umero** dat./ abl. sing. [X, XI]

umquam *adv.* 曾經，隨時（*ever, at any time*）[XXI, XXIV]；**nec umquam** *locu.* 未曾，並非隨時 [XXIV]；**ne umquam** *locu.* 從未，不曾 [XXIV]

unda*, ae** *n.*, 1 decl., fem. 波浪 [XI]；undas*** acc. pl. [III, VI]

und*e*cie(n)s *num. adv.* 十一次 [XX]

und*e*cim *card. num. adj.* 十一 [XX]

und*e*cimus, a, um *ord. num. adj.* 第十一 [XX]

und*e*ni, ae, a *distr. num. adj.* 每十一 [XX]

undev*i*cesimus, a, um *ord. num. adj.* 第十九 [XX]

undev*i*cie(n)s *num. adv.* 十九次 [XX]

undev*i*ginti *card. num. adj.* 十九 [XX]

ungu*e*ntum, i *n.*, 2 decl., neut. 香精，油膏；**ungu*e*nta** nom./ acc. pl. [III]；**ungu*e*nto** dat./ abl. sing. [XXIV]

unicus*, a, um** *adj.* 唯一的，單一的；unicum*** masc., acc. sing.; neut., nom./ acc. sing. [XXIII]

***universus*, a, um** *adj.* 全部的，全體的，共同的；**univ*e*rso** masc./ neut., dat./ abl. sing. [IV]；**univ*e*rsi** masc./ neut., gen. sing.; masc., nom. pl. [X]；**univ*e*rsa** fem., nom./ abl. sing.; neut., nom./ acc. pl. [XVIII]

unus*, a, um** *card. num. adj.* 一；一些 [0, IV, XX, XXII]；unum*** masc., acc. sing.; neut., nom./ acc. sing. [IV, XIV]；***una*** fem., nom./ abl. sing.; neut., nom./ acc. pl. [XX, XXI]；**un*i*us** masc./ fem./ neut., gen. sing. [XXII]

unusqu*i*sque, unaqu*a*eque, unumqu*o*dque *indef. adj.* （...之中的）每一 [IV, XXIV]

unusqu*i*sque, unumqu*i*dque *indef. pron.* （...之中的）每一 [IV, XXIV]；**unumqu*e*mque** masc., acc. sing. （...之中的）每一 [XXIV]；**uniuscu*i*usque** masc./ fem./ neut., gen. sing. [XIV]

urbs, *urbis* *n.*, 3 decl., fem. 城市；羅馬城；***urbe*** fem., abl. sing. [III, VI, X, XIII, XV, XXI]；**ab *urbe*** *locu.* [*prep.* **ab**+abl. sing.] 自從羅馬城 [III, XIII]；***urbem*** acc. sing. [III, X, XVI]；**extra *urbem*** *locu.* [*prep.* **extra**+acc. sing.] 在（羅馬）城外 [III]；**in *urbe*** *locu.* [*prep.* **in**+abl. sing.] 在羅馬城 [VI]；***urbis*** gen. sing.; acc. pl. [X]；***urbibus*** dat./abl. pl. [XVI]；**ad *urbem*** *locu.* [*prep.* **ad**+acc. sing.] 往羅馬城 [XVI]

ur*i*na, ae *n.*, 1 decl., fem. 尿，小便；**ur*i*nam** acc. sing. [X]

uro, is, *ussi*, *ustum*, *urere* *v., tr.*, 3. 燒毀，燃燒 [X]；***urit*** pres. ind., 3 pers. sing. [X]

usquam *adv.* 到處，隨處 [XXIV]；**nec *usquam*** *locu.* 並非到處 [XXIV]；**ne *usquam*** *locu.* 並非到處 [XXIV]；**non *usquam*** *locu.* 不是隨處，某處 [XXIV]；***usquam* non** *locu.* 無處不，到處 [XXIV]

usque *adv./ prep.* [+acc.] 一直，一直到 [XVI, XVIII]

ut *conj.* 為了，以致於，如同 [I, III, VI, VII, X, XI, XII, XIV, XVI, XVIII, XXII, XXIII, XXIV]

uter, *utra*, *utrum* *indef. adj./ pron.* sing. tant. 兩者之一 [IV, XII]；***utram*** fem., acc. sing. [IV]；***utrum*** masc., acc. sing. [IV]；***utro*** masc./ neut., abl. sing. [IV]；***utra*** fem., nom./ abl. sing. [XXIII]

ut*e*rque, ut*a*que, utr*u*mque *indef. adj./ pron.* 兩者皆，兩者中的每一 [XII, XXIV]；**ut*ro*que** masc./ neut., abl. sing. [IV]；**utr*a*mque** fem., acc. sing [X]；**utr*u*mque** masc., acc. sing.; neut., nom./ acc. sing. [XVI]；**utr*a*que** fem., nom./ abl. sing.; neut., nom./ acc. pl. [XXIII]；**utr*i*usque** masc./ fem./ neut., gen. sing. [XXIV]；**utr*i*usque n*o*strum** *locu.* 我倆的 [XXIV]；**utr*o*sque** masc., acc. pl. [XXIV]

ut*i*lis, is, e *adj.* 有用的，實用的，有益的；***utile*** neut., nom./ acc. sing.; masc./ fem./ neut., abl. sing. [XXI]

ut*i*litas, *atis* *n.*, 3 decl., fem. 效用，功效，利益；**utilit*a*tem** acc. sing. [XIV]

ut*i*nam *adv.* 但願 [V, XIV]

utor, eris, *usus* sum, *uti* *dep. v., intr./ tr.*, 3. 使用，處理，控制 [VII]；***uti*** pres. inf. [IV]；**ut*e*ndum** [1.] ger., neut., acc. sing. 使用，處理，控制；[2.] gerundive, masc., acc. sing.; neut.,

nom./ acc. sing. 該被使用的，該被處理的，該被控制的 [IV, XVIII]；**est utendum** *locu.*
[gerundive＋*esse*]（他/它）應該使用，應該處理，應該控制 [IV, XVIII]；**ut*u*ntur** pres. ind.,
3 pers. pl. [VII]

u*t*rum *interr. adv.* 是否（*whether*） [XI]

uxor, *o*ris *n.,* 3 decl., fem. 妻子 [X, XXII]；**uxoribus** dat./ abl. pl. [III]；**ux*o*res** nom./ acc./ voc.
pl. [VII]；**ux*o*rem** acc. sing. [VII]

v*a*cuus, a, um *adj.* 空的，空無的，空虛的；**v*a*cuum** masc., acc. sing.; neut., nom./ acc. sing.
[XXIII]

v*a*leo, es, ui, itum, ere *v., intr.,* 2. 安好；**val*e*tis** pres. ind., 2 pers. pl. [XII]；**val*e*mus** pres. ind.,
1 pers. pl. [XII]；**v*a*le** pres. imp., 2 pers. sing.; [書信問候語] 再會，保重 [XII]；**val*e*te** pers.
imp., 2 pers. pl.; [書信問候語] 再會，保重 [XII]；**val*e*to** fut. imp., 2/ 3 pers. sing.; [書信問候
語] 再會，保重 [XII]

v*a*lidus, a, um *adj.* 強壯的，強大的；**val*i*da** fem., nom./ abl. sing.; neut., nom./ acc. pl. [III]

v*a*llis, is *n.,* 3 decl., fem. 山谷；**vall*i*bus** dat./ abl. pl. [X]

v*a*llum, i *n.,* 2 decl., neut. 圍籬，圍牆 [XI]

vas, is *n.,* 3 decl., neut., sing. 花瓶 [III]；**vasa, orum** *n.,* 2 decl., neut. pl. 花瓶 [III]

v*a*tes, is *n.,* 3 decl., masc./ fem. 預言者 [XIV]

Vat*i*nius, ii *n.,* 2 decl., masc. [人名] 古代羅馬氏族名；**Vat*i*nio** dat./ abl. sing. [XVI]

veh*e*mens, entis *adj.,* 3 decl. 激烈的，強烈的，強調的；**vehem*e*ntibus** masc./ fem./ neut.,
dat./ abl. pl. [III]；**vehem*e*ntes** masc./ fem., nom./ acc. pl. [III]

vehem*e*ntior, or, us *adj., comp.* [pos.: **veh*e*mens, entis**] 較激烈的，較強烈的，較強調的；
vehementi*o*res masc./ fem., nom./ acc. pl. [III]

v*e*ho, is, v*e*xi, v*e*ctum, ere *v., tr.,* 3. 承載，負載，運送，傳送 [X]；**veh*e*bant** imperf. ind., 3
pers. pl. [III]；**veh*a*s** pres. subj., 2 pers. sing. [X]

vel *adv./ conj.* 或，或者，或是 [VI, XII, XXIV]；**vel...vel...** *locu.* 不是...就是...（*either...or...*）
[XII]

v*e*lox, *o*cis *adj.,* 3 decl. 快的，快速的；**vel*o*ci** masc./ fem./ neut., dat. sing. [III]

v*e*ndo, is, didi, ditum, ere *v., tr.,* 3. 賣；**v*e*ndunt** pres. ind., 3 pers. pl. [III]；**vend*i*dit** pref. ind.,
3 pers. sing. [XXIII]

v*e*nio, is, v*e*ni, v*e*ntum, *i*re *v., intr.,* 4. 來 [X]；**ven*i*sti** perf. ind., 2 pers. sing. [VII]；**v*e*niet** fut.
ind., 3 pers. sing. [X]；**v*e*nias** pres. subj., 2 pers. sing. [X, XIV]；**v*e*ntum** [1.] perf. part., masc./
neut., acc. sing.; neut., nom. sing. 已來的；[2.] sup., neut., acc. sing. 來 [XII]；**v*e*nit** [1.] pres.
ind., 3 pers. sing.; [2.] perf. ind., 3 pers. sing. [XIII, XVII]；**v*e*niat** pres. subj., 3 pers. sing. [XIV]；
ven*i*ret imperf. subj., 3 pers. sing. [XIV]；**v*e*nerit** [1.] perf. subj., 3 pers. sing.; [2.] futp. ind., 3
pers. sing. [XIV]；**ven*i*sset** pluperf. subj., 3 pers. sing. [XIV]；**ven*i*res** imperf. subj., 2 pers. sing.
[XIV]；**ven*i*re** pres. inf. [XIV]；**v*e*ni** [1.] pres. imp., 2 pers. sing.; [2.] perf. ind., 1 pers. sing. [XV]；
ven*i*te pers. imp., 2 pers. pl. [XV]；**ven*i*to** fut. imp., 2/ 3 pers. sing. [XV]；**vent*u*rum** fut. part.,
masc./ neut., acc. sing.; neut., nom. sing. 將會來的 [XVI]；**vent*u*rum esse** fut. inf., masc./ neut.,
acc. sing.; neut., nom. sing. [XVI]；**ven*i*rent** imperf. subj., 3 pers. pl. [XXII]；**ven*i*ssent** pluperf.
subj., 3 pers. pl. [XXII]；**ven*i*sse** perf. inf. [XXII]；**ven*e*runt** perf. ind., 3 pers. pl. [XXIV]

venter, tris *n.,* 3 decl., masc. 肚子，腹部，胃 [XI]

ventus, i *n.,* 2 decl., masc. 風；**venti** masc., gen. sing.; nom. pl. [III]；**vent*o*rum** gen. pl. [III]；
v*e*ntis dat../ abl. pl. [X]

ven*u*stas, *a*tis *n.,* 3 decl., fem. 可愛，迷人，優雅；**venust*a*tem** acc. sing. [XI]

ven*u*stus, a, um *adj.* 可愛的，迷人的，優雅的；**ven*u*sta** fem., nom./ abl. sing.; neut., nom./
acc. pl. [XIII]

ver, veris *n.,* 3 decl., neut. 春天，春季 [III]；**vere** abl. sing. [III]

verax, acis *adj.,* 3 decl. 誠實的，真誠的 [0]

verber, eris *n.* 3 decl., neut. 鞭打；**verberum** gen. pl. [XVII]

verbum, i *n.,* 2 decl., neut. 字，話語，言論 [XIII]；**verba** nom./ acc. pl. [VI, VII, XVII, XXII]；**verbis** dat./ abl. pl. [XIII]；**verborum** gen. pl. [XVIII]

vereor, eris, veritus sum, vereri *dep. v., tr./ intr.,* 2. 尊崇，敬畏 [VII]；**vereri** pres. inf. [VII]

Vergilius, ii *n.,* 2 decl., masc. [人名] 維吉爾（Publius Vergilius Maro，70 - 19 B.C.，古羅馬詩人）[III]；**Vergilii** gen. sing. [III]；**Vergili** voc. sing. [III]

veritas, atis *n.,* 3 decl., fem. 真理；**veritatem** acc. sing. [XIV]

vero *adv.* 確實，的確，然而（*certainly, truly, however*）[XII, XIV]

versiculus, i *n.,* 2 decl., masc. 韻文，詩篇，詩歌；**versiculo** dat. /abl. sing. [XXI]

verum *adv.* 確實，的確，然而（*certainly, truly, however*）[XVIII]

verus, a, um *adj.* 真的，真實的；**vera** fem., nom./ abl. sing.; neut., nom./ acc. pl. [XIII]；**verum** masc., acc. sing.; neut., nom./ acc. sing. [XIII]

Vespasianus, i *n.,* 2 decl., masc. [人名] Titus Flavius Vespaianus（9 - 79 A.D.），羅馬帝國皇帝，在位期間：69 - 79 A.D. [XXIV]

vesper, eri *n.,* 2 decl., masc. 晚上 [III]；**vesperi** gen./ dat./ abl. sing.; nom./ voc. pl. [III]；**vespere** voc./ abl. sing. [III]

vespillo, onis *n.,* 3 decl., masc. 殮葬者；**vespillones** nom./ acc./ voc. pl. [VI]

vester, tra, trum *poss. pron./ adj.* 你/妳們的 [IV, XXII]；**vostrorum** [＝**vestrorum**] masc./ neut., gen. pl. [IV]；**vestrum** masc., acc. sing.; neut., nom./ acc. sing. [IV, XXIV]；**vestras** fem., acc. pl. [XI]；**vestra** fem., nom./ abl. sing.; neut., nom./ acc. pl. [XIV, XXII]

vestis, is *n.,* 3 decl., fem. 衣服，服飾；**vestes** nom./ acc. pl. [III]

veto, as, vetui, vetitum, vetare *v., tr.,* 1. 禁止 [X]；**vetueram** pluperf. ind., 1 pers. sing. [X]

vetus, eris *adj.,* 3 decl. 老的，陳年的；**vetere** masc./ fem./ neut., abl. sing. [VII]

vexillum, i *n.,* 2 decl., neut. 旗子，旗幟；**vexilla** nom./ acc. pl. [X]

via, ae *n.,* 1 decl., fem. 路，路徑 [IV, XI, XIII]；**vias** acc. pl. [III]；**viam** acc. sing. [III]；**de via** *locu.* [*prep.* **de**＋abl. sing.] 從路上 [XI]；**in via** *locu.* [*prep.* **in**＋abl. sing.] 在路上 [XIII]

vicatim *adv.* 沿街，滿街 [XI]

vice(n)simus primus, ~a ~a, ~um ~um *ord. num. adj.* 第二十一 [XX]

vice(n)simus, a, um *ord. num. adj.* 第二十 [XX]

viceni singuli, ~ae ~ae, ~a ~a *distr. num. adj.* 每二十一 [XX]

viceni, ae, a *distr. num. adj.* 每二十 [XX]

vicie(n)s *num. adv.* 二十次 [XX]

vicie(n)s semel *num. adv.* 二十一次 [XX]

vicinus, i *n.,* masc. 鄰居，鄰人；**vicini** gen. sing.; nom./ voc. pl. [X]

vicissim *adv.* 依次，再度（*in turn, again*）[III]

victoria, ae *n,* 1 decl., fem. 勝利，凱旋 [XXII]；**victorias** acc. pl. [VI]；**victoriasque** [＝**victorias**＋**que**] acc. pl. [VI]

video, es, vidi, visum, ere *v., tr.,* 2. 看 [V, VII, X, XI, XXIV]；**videre** [1.] pres. inf.; [2.] pass., pres. imp., 2 pers. sing. [III, VI, XI]；**videt** pres. ind., 3 pers. sing. [III, XIII]；**vides** pres. ind., 2 pers. sing. [III, X]；**videris** [1.] futperf. ind., 2 pers. sing.; [2.] perf. subj., 2 pers. sing.; [3.] pass., pres., 2 pers. sing. [IV]；**videretur** pass., imperf. subj., 3 pers. sing. [IV]；**videtur** pass., pres. ind., 3 pers. sing. [IV, XXIV]；**videam** pres. subj., 1 pers. sing. [V, XIV]；**vidistis** perf. ind., 2 pers. pl. [VI]；**vidit** perf. ind., 3 pers. sing. [IX, XVII, XXII]；**videbis** fut. ind., 2 pers. sing. [X]；**videat** pres.

subj., 3 pers. sing. [XIV]；**v*i*de** pres. imp., 2 pers. sing. [XV]；**vid*e*te** pres. imp., 2 pers. pl. [XV]；
vid*e*nte pres. part., masc./fem./ neut., abl. sing. [正在]看的 [XVIII]；**v*i*su** sup., neut., abl. sing.
被看 [XIX]；**vid*i*sset** pluperf. subj., 3 pers. sing. [XXI, XXIII]；**vid*e*ntur** pass., pres. ind., 3 pers.
pl. [XXII]；**vide*a*tur** pass., pres. subj., 3 pers. sing. [XXIV]；**t*i*bi vide*a*tur** *locu.* 在你/妳看來，
對你/妳而言 [XXIV]

vigil*a*ntia, ae *n.,* 1 decl., fem. 警戒 [IV]

vig*i*nti *card. num. adj.* 二十 [XX]

vig*i*nti et d*u*o, ae, o *card. num. adj.* 二十二 [XX]

vig*i*nti et tres, tres, tr*i*a *card. num. adj.* 二十三 [XX]

vig*i*nti et *u*nus, a, um *card. num. adj.* 二十一 [XX]

vig*i*nti *u*nus, a, um *card. num. adj.* 二十一 [IV, XX]

v*i*licus, i *n.,* 2 decl., masc. 農場管理人 [XIV]

v*i*lla, ae *n.,* 1 decl., fem. 農場，農莊 [XIV]；**v*i*llam** acc. sing. [XIII]；**ad v*i*llam** *locu.* [*prep.* **ad**
＋acc. sing.] 到農場 [XIII]

v*i*ncio, is, v*i*nxi, v*i*nctum, *i*re *v., tr.,* 4. 綁，捆，束縛 [X]；**vinc*i*to** fut. imp., 2/ 3 pers. sing. [X]

v*i*nco, is, v*i*ci, v*i*ctum, v*i*ncere *v., tr.,* 3. 征服，擊敗，獲勝 [X]；**v*i*ncere** [1.] pres. inf.; [2.]
pass., pres. imp., 2 pers. sing. [X, XVII]

v*i*num, vini *n.,* 2 decl., neut. 酒 [X]；**vino** dat./ abl. sing. [VI, VII, XVIII]

vir, v*i*ri *n.,* 2 decl., masc. 男人，人 [II, III, XVIII]；**v*i*ri** gen. sing.; nom./ voc. pl. [III, VI]；**vir*o*rum**
gen. pl. [XVI]；**v*i*rum** acc. sing. [XXIII]

v*i*rgo, ginis *n.,* 3 decl., fem. 少女，處女 [XI]；**v*i*rginem** acc. sing. [XI, XVI]；**v*i*rgines** nom./
acc./ voc. pl. [XII]

v*i*rtus, *u*tis *n.,* 3 decl., fem. 美德，德性；勇氣，膽識 [IV, VI, XII]；**virt*u*te** abl. sing. [XI, XVI, XXII,
XXIV]；**s*i*ne virt*u*te** *locu.* 沒有道德，沒有德性；沒有勇氣，沒有膽識 [XVI]

vis, vis/ r*o*boris *n.,* 3 decl., fem. 力氣，武力，暴力 [III, X, XXI]；**vim** acc. sing. [XXIV]；**ad vim**
locu. [*prep.* **ad**＋acc. sing.] 對暴力 [XXIV]；**vi** dat./ abl. sing. [XXIV]

v*i*sus, us *n.,* 3 decl., masc. 視覺，視力 [XVII]

v*i*ta, ae *n.,* 1 decl., fem. 生命，生活 [III, XIII, XIV]；**v*i*tae** gen./ dat. sing.; nom. pl. [VI]；**v*i*tam**
acc. sing. [IX, X, XIII, XXII]

v*i*tium, ii *n.,* 2 decl., neut. 缺陷，缺點；**v*i*tia** nom./ acc. pl. [XXII, XXIV]

v*i*to, as, *a*vi, *a*tum, *a*re *v., tr.,* 1. 避免；**vit*e*ntur** pass., pres. subj., 3 pers. pl. [XIV]

vit*u*pero, as, *a*vi, *a*tum, *a*re *v., tr.,* 1. 責罵，責備；**vituper*a*bant** imperf. ind., 3 pers. pl. [VI]

v*i*vo, is, v*i*xi, v*i*ctum, ere *v., intr.,* 3. 活，生活 [VI, X]；**v*i*vet** fut. ind., 3 pers. sing. [III]；**v*i*vimus**
pres. ind., 1 pers. pl. [VII]；**viv*e*bant** imperf. ind., 3 pers. pl. [X]；**v*i*vas** pres. subj., 2 pers. sing.
[XIV]；**v*i*vere** pres. inf. [XIV, XVI, XXIV]；**vict*u*rum** fut. part., masc./ neut. acc. sing.; neut., mnom.
sing. 將存活的 [XVI]；**viv*e*ndi** [1.] ger., neut., gen. sing. 生活[的]；[2.] gerundive, masc./
neut., gen. sing.; masc., nom. pl. 該活著的 [XVIII]；**v*i*vat** pres. subj., 3 pers. sing. [XXIV]；**v*i*ves**
fut. ind., 2 pers.sing. [XXIV]；**v*i*vit** pres. ind., 3 pers. sing. [XXIV]

vix *adv.* 困難地，艱難地 [VII, XXI]

v*o*co, as, *a*vi, *a*tum, *a*re *v., tr.,* 1. 召喚，號召，召集；**voc*a*ret** imperf. subj., 3 pers. sing. [XXIII]

v*o*lo, vis, v*o*lui, --, v*e*lle *aux. anomal. v., tr./ intr.,* irreg. 想要 [VII, VIII, X, XI, XIV, XVI, XXIII, XXIV]；**vis**
pers. ind., 2 pers. sing. [VII, X, XV]；**vol*u*eram** pluperf. ind., 1 pers. sing. [X]；**vol*u*it** perf. ind.,
3 pers. sing. [X]；**v*e*lim** pres. subj., 1 pers. sing. [XIV]；**v*e*llem** imperf. subj., 1 pers. sing. [XIV]；
v*e*lis pres. subj., 2 pers. sing. [XIV]；**vult** pres. ind., 3 pers. sing. [XIV]；**si vis/ si sis** *locu.* 如
你/妳所願＝請 [XV]；**v*o*let** fut. ind., 3 pers. sing. [XVIII]

vol*u*ntas, volunt*a*tis *n.*, 3 decl., fem. 意志，意願，意圖，意旨；**volunt*a*ti** dat. sing. [VI]；
volunt*a*tem acc. sing. [X, XI]

v*o*lvo, is, v*o*lvi, vol*u*tum, ere *v., tr.*, 3. 滾動，旋轉，[循圓周]繞行 [X]；**v*o*lvier** pass., pres. inf. [X]

v*o*ro, as, *a*vi, *a*tum, *a*re *v., tr.*, 1. 吞食，吞噬；**v*o*rat** pres. ind., 3 pers. sing. [XIII]

vos, v*e*stri/ v*e*strum, v*o*bis *pers. pron.,* irreg., 2 pers. pl. 你/妳們 [II, IV, VII, XII, XXII]；**v*e*stri** gen. [IV]；**v*o*bis** dat./ abl. [IV, V, XXIII]；**v*o*bisque** [=**v*o*bis+que**] dat./ abl. [X]；**i*n*ter vos** *locu.* [*prep.* **i*n*ter**+acc.] 在你/妳們之間彼此互相... [XXII]；**in v*o*bis** *locu.* [*prep.* **in**+abl.] 在你/妳們[身上] [XXIII]

vox, v*o*cis *n.,* 3 decl., fem. 聲音；**v*o*ce** abl. sing. [VII, XXII, XXIII]；**v*o*cem** acc. sing. [XVII]

v*u*lpes, is *n.*, 3 decl., fem. 狐狸 [XVII]

v*u*ltus, us *n.*, 4 decl., masc., acc. sing. 臉，面容 [XXIV]；**v*u*ltum** acc. sing. [III]；**v*u*ltu** abl. sing. [XXIV]

Xen*o*phon, *o*ntis *n.*, 3 decl., masc. [人名] 色諾芬（ca. 430 - 354 B.C.），古希臘哲學家、歷史學家 [XXIII]

Z*e*phyrus, Z*e*phyri *n.*, 2 decl., masc. 西風，微風（通常在詩歌或神話中會被擬人化）；**Z*e*phyre** voc. sing. [XI]

Z*e*uxis, idis *n.*, 3 decl., masc. [人名] 古希臘時期的畫家 [XXIV]

秀威經典　　　　　　　　　學習新知類　PD0063　學語言16

拉丁文文法大全（修訂版）

作　　　者 / 康華倫（Valentino Castellazzi）
編　　　校 / 王志弘
責任編輯 / 陳慈蓉
圖文排版 / 楊家齊
封面設計 / 蔡瑋筠

出版策劃 / 秀威經典
發 行 人 / 宋政坤
法律顧問 / 毛國樑　律師
印製發行 / 秀威資訊科技股份有限公司
　　　　　　114台北市內湖區瑞光路76巷65號1樓
　　　　　　電話：+886-2-2796-3638　傳真：+886-2-2796-1377
　　　　　　http://www.showwe.com.tw
劃撥帳號 / 19563868　戶名：秀威資訊科技股份有限公司
　　　　　　讀者服務信箱：service@showwe.com.tw
展售門市 / 國家書店（松江門市）
　　　　　　104台北市中山區松江路209號1樓
　　　　　　電話：+886-2-2518-0207　傳真：+886-2-2518-0778
網路訂購 / 秀威網路書店：https://store.showwe.tw
　　　　　　國家網路書店：https://www.govbooks.com.tw

2018年8月　BOD一版
定價：700元

國家圖書館出版品預行編目

拉丁文文法大全 / 康華倫(Valentino Castellazzi)著. --
修訂一版. -- 臺北市 : 秀威經典, 2018.08
　　面；　公分. -- (學語言 ; 16)
BOD版
ISBN 978-986-96186-5-6(平裝)

　1.羅曼語族 2.語法

804.26　　　　　　　　　　　　　　107008595

讀者回函卡

感謝您購買本書,為提升服務品質,請填妥以下資料,將讀者回函卡直接寄回或傳真本公司,收到您的寶貴意見後,我們會收藏記錄及檢討,謝謝!如您需要了解本公司最新出版書目、購書優惠或企劃活動,歡迎您上網查詢或下載相關資料:http:// www.showwe.com.tw

您購買的書名:_____

出生日期:_____年_____月_____日

學歷:□高中 (含) 以下　　□大專　　□研究所 (含) 以上

職業:□製造業　□金融業　□資訊業　□軍警　□傳播業　□自由業
　　　□服務業　□公務員　□教職　　□學生　□家管　　□其它_____

購書地點:□網路書店　□實體書店　□書展　□郵購　□贈閱　□其他

您從何得知本書的消息?

　　□網路書店　□實體書店　□網路搜尋　□電子報　□書訊　□雜誌
　　□傳播媒體　□親友推薦　□網站推薦　□部落格　□其他_____

您對本書的評價:(請填代號　1.非常滿意　2.滿意　3.尚可　4.再改進)

　　封面設計____　版面編排____　內容____　文／譯筆____　價格____

讀完書後您覺得:

　　□很有收穫　□有收穫　□收穫不多　□沒收穫

對我們的建議:_____

_____

_____

_____